SCHERZ

Axel Melzener
Julia Nika Neviandt

SCHATTEN ÜBER COLONIA

Ermittlungen am Rand des römischen Reichs

SCHERZ

Aus Verantwortung für die Umwelt hat sich der S. Fischer Verlag zu einer nachhaltigen Buchproduktion verpflichtet. Der bewusste Umgang mit unseren Ressourcen, der Schutz unseres Klimas und der Natur gehören zu unseren obersten Unternehmenszielen.

Gemeinsam mit unseren Partnern und Lieferanten setzen wir uns für eine klimaneutrale Buchproduktion ein, die den Erwerb von Klimazertifikaten zur Kompensation des CO_2-Ausstoßes einschließt.

Weitere Informationen finden Sie unter:
www.klimaneutralerverlag.de

FSC www.fsc.org MIX Papier | Fördert gute Waldnutzung FSC® C083411

Erschienen bei FISCHER Scherz

Die im Buch erzählte germanische Sage ist übernommen aus dem *Handbuch der Germanischen Mythologie* von Wolfgang Golther, 1908; der Philologe Golther fand die Sage in einer Schrift des langobardischen Mönchs und Geschichtsschreibers Paulus Diaconus (8. Jahrhundert) und übertrug sie schöpferisch aus dem Lateinischen ins Deutsche.

Lektorat: Silke Reutler
Karte: Peter Palm, Berlin
Satz und Gestaltung: Denise Sterr, Dornbirn
Druck und Bindung: CPI books GmbH, Leck
Printed in Germany
ISBN 978-3-651-02596-7

Für unsere Familien.
Mit besonderem Dank an Opa Bumm.

Inhaltshinweise

»Schatten über Colonia« ist ein Werk schriftstellerischer Imagination, die Handlung und die meisten Figuren des Romans sind fiktional. Das Autorenduo hat sich an historischen Daten, Fakten, Umständen und Konzepten orientiert; der Wissensstand zur Epoche und die Perspektiven auf die Zeit entwickeln sich stetig.
Im Roman werden einige zeitübliche diskriminierende Begriffe und Konzepte verwendet.

Hinweis zu den Dialogen

Das Lateinische kennt nur die Du-Form; wie nahe sich Menschen standen oder in welchem Rang zueinander, drückten sie im Gespräch durch die Verwendung von Namen, Attributen oder Titeln aus. Dies wurde im Roman in der Kommunikation der römischen und romanisierten Figuren nachempfunden.

Glossar

Am Ende des Buchs finden sich Überblicke und Erklärungen zu lateinischen und germanischen Begriffen sowie zu Orten, Stämmen und der Götterwelt.

GERMANIEN 87 NACH CHR.
MARE GERMANICUM
Friesen
Chauken
Weser
Ems
Vecht
Amsivarier
TRAIECTUM
(Utrecht)
Brukterer
Rhein
Bataver
NOVIOMAGUS
(Nimwegen)
Lippe
CASTRA
VETERA
(Xanten)
Tenkterer
Marser
Ruhr
Usipeter
Maas
NOVAESIUM
(Neuss)
Sugambrer
Germania Inferior
(Niedergermanien)
JULIACUM
(Jülich)
COLONIA AGRIPPINA
(Köln)
AQUAE GRANNI
(Aachen)
Ubier
BONNA (Bonn)
RIGOMAGUS
(Remagen)
Chatten
Rhein
Lahn
CONFLUENTES
(Koblenz)
Mosel
Main
Maas
Treverer
(Mainz)
MOGONTIACUM
AUGUSTA
TREVERORUM
(Trier)
BORBETOMAGUS
(Worms)
Rhein
Gallia Belgica
(Belgisches Gallien)
Germania Superior
(Obergermanien)
0 20 40 60 km

1

Salvia Salina Mercatus schlug die Augen auf und starrte in undurchdringliche Finsternis. Es war tief in der Nacht, und ein Geräusch hatte sie geweckt. Sie horchte. Nichts. Kein Mucks. Ihr Landhaus nahe der Colonia Agrippina lag in völliger Stille.

Erleichtert atmete Salvia aus. Es musste wohl wieder einmal ihr eigenes Schnarchen gewesen sein, das sie hatte aufschrecken lassen. Es war mit den Jahren immer lauter geworden, ihr Schlaf hingegen immer leichter, so dass sie sich immer häufiger selbst um ihre Nachtruhe brachte.

Die Gutsbesitzerin zog die Wolldecke, die etwas verrutscht war, wieder bis an ihre Nasenspitze und wälzte sich seufzend auf die Seite. Wenn doch bloß ihr Gaius noch bei ihr wäre! Doch der war schon vor Jahren in die elysischen Gefilde entschwunden und hatte sie als Witwe zurückgelassen.

Gerade als ihr die Augen wieder zufielen, hörte sie ein Klirren. Laut und deutlich. Das kam nicht aus einem Traum, der sich im Halbschlaf in die Wirklichkeit drängte, sondern tatsächlich aus ihrem eigenen Haus. Mit einem Schlag war Salvia hellwach und setzte sich in ihrem Bett auf.

Plötzlich ein Schrei. Von einer Frau. Einer ihrer Sklavinnen. Hastige, stolpernde Schritte … dann langsame, schwere. Ein Scharren, dann ein Rumpeln, so als würde Mobiliar verrückt. Ein weiterer Schrei drang an Salvias Ohr, durchdringend, fast wie ein Schlachtruf. Er erinnerte an das Heulen eines Wolfes. Salvia hielt den Atem an. Was war hier los?

»Die Germanen! Die Germanen sind hier!«, hörte sie eine

zitternde Männerstimme auf Latein mit dakischem Akzent rufen. Es war ihr Koch.

»Hilfe!«, ertönte der Schrei einer jungen Frau von weiter her.

Plötzlich waren aus allen Richtungen Schritte zu hören. Unruhe erfasste das eben noch friedliche Haus. Von überall schienen nun unheimliche Wolfsstimmen zu kommen. Salvia vernahm ein weiteres Klirren, tief und dumpf, so als sei ein großes Tongefäß auf dem Boden zerborsten.

Die Germanen … Sie war wie gelähmt. In den letzten Wochen sollte es schon mehrere Überfälle dieser Art in der Umgebung gegeben haben. Aber womit hatte sie, die fromme, brave Salvia Salina Mercatus, die Götter gegen sich aufgebracht, dass ausgerechnet ihr Landsitz von diesen plündernden Wilden heimgesucht wurde?

Sie bezwang ihre aufsteigende Panik und schlug die Decke zurück. Barfuß schlich sie über den kalten, im Schachbrettmuster verlegten Fliesenboden zu dem dicken Vorhang, der ihr Schlafgemach vom Rest des Hauses trennte. Vorsichtig schob sie den Stoff einen Spaltbreit zur Seite und lugte in den hinteren Korridor des Hauptgebäudes. Er wurde von einer einzelnen Öllampe schwach erhellt, die an einer Kette von der Decke baumelte und nachts brannte, damit man den Weg zur Latrine finden konnte. Eines der sündhaft teuren Glasfenster war eingeschlagen worden, Scherben bedeckten den Boden. Waren diese Barbaren so ins Haus gelangt?

Eine jugendliche Sklavin kam mit angstverzerrtem Gesicht den Korridor entlanggerannt und hielt genau auf das Schlafgemach zu. Salvia machte einen Schritt zurück. Die Sklavin erschrak, als sie den Vorhang beiseitezog und ihre Domina hellwach vor ihr stand.

»Herrin! Hier sind Räuber!«, keuchte sie, nachdem sie sich gefangen hatte. »Wir müssen weg.«

Sie schaute nach links den Korridor hinab und bemerkte etwas, das ihre Herrin noch nicht sehen konnte. Ihre Augen weiteten sich vor Schreck, und sie rannte davon, bevor Salvia überhaupt reagieren konnte. Schwere Schritte näherten sich, und das Wolfsgeheul, von einer tiefen Männerstimme erzeugt, klang nun ganz nah. Salvia stellten sich die Nackenhaare auf. Sie wusste, dass es zu spät war, um zu fliehen. In ihren jungen Jahren hatte sie nicht nur die Bacchanalien durchtanzen können, sondern wäre auch leicht jedem Verfolger davongesprungen, doch heute ... Sie verfluchte ihre altersmüden Beine. Sie sah sich um. Ihr Schlafgemach war klein, kaum neun mal neun Fuß groß, und hatte kein Fenster, damit es im Winter leichter zu heizen war. Sie saß in der Falle.

Das ganze Haus war nun erfüllt von Geschrei und Gerumpel. Umgestoßene Möbel krachten zu Boden, der Inhalt von Kisten und Truhen prasselte auf Fliesen.

Salvia spürte, wie sich ihr Herzschlag beschleunigte. Die Schritte im Korridor kamen näher. *Eine Waffe*, dachte sie, *ich brauche eine Waffe*. Ihre Augen tasteten die Umgebung ab. Der mannshohe bronzene Kerzenständer neben dem Bett – viel zu schwer. Nein, es hatte keinen Zweck. Verstecken! Sie musste sich verstecken. Panisch blickte sie sich um. Ihr Schlafgemach war karg eingerichtet. Bis auf das schmale Bett mit der blättergefüllten Matratze, den kleinen Tisch, den Korbstuhl und eine große Kleidertruhe war der Raum leer. Die Truhe! Ja! Salvia eilte auf sie zu. Ihre Sklaven hatten gestern Wäsche gewaschen, die noch zum Trocknen im Garten hing. Die mächtige Truhe aus Pinienholz, die sie von ihrer Mutter geerbt hatte, musste also leer sein. Salvia klappte den Deckel hoch und tatsächlich, es war gerade genug Platz darin, dass sie sich hineinzwängen konnte. Vor Angst keuchend kletterte sie in die Kiste. Sie zog den Deckel über sich zu – gerade noch rechtzeitig, denn genau in dem Moment wurde der Vorhang zur Seite gerissen und jemand polterte in ihr Cubiculum. Salvia hoffte, dass der Einbrecher sie nicht gesehen hatte. Sie hielt den Atem an. Darauf bedacht, kein Geräusch zu machen, schob sie ihren Kopf zum Schlüsselloch der Truhe.

Durch die Öffnung erspähte sie den breitschultrigen Mann, der in den Raum getreten war und sich umsah. Salvia konnte ihn im schwachen Licht, das vom Korridor ins Schlafgemach fiel, nicht richtig sehen, aber zumindest erkennen, dass er lange Hosen trug. Unüblich bei den Römern, doch bei den Germanen Sitte. Ihr Koch hatte recht: Germanen! Der Mann trug ein Fell um die Schultern, was seiner Erscheinung etwas Animalisches verlieh. Am erschreckendsten war jedoch sein Gesicht, das einer dämonischen Fratze glich. Es war mit roter Farbe bemalt, darauf weiße und schwarze Kringel. Salvia fiel es immer schwerer zu atmen. Es war warm in der Truhe, Schweiß rann ihr von der Stirn. Sie wollte sich gar nicht ausdenken, was dieser Wilde mit ihr machen würde, wenn er sie fände.

Der Eindringling verschwand aus ihrem Sichtfeld. Salvia hörte, wie ihr Bett durchwühlt, ihr Korbstuhl umgestoßen, ihr tönerner Trinkbecher zertrümmert wurde. Bei jedem Geräusch zuckte sie zusammen. Jetzt hörte sie weitere Schritte, ihr Blick wanderte zurück in Richtung Vorhang. Ein zweiter Mann erschien, größer als der erste, aber ähnlich gewandet. Sein Gesicht war blau bemalt, mit gelben Strichen auf Stirn und Wangen, die an Narben erinnerten. Um seinen Hals hing eine prächtige Perlenkette, die einen merkwürdigen Kontrast zu seiner sonstigen Erscheinung bildete. Salvia erkannte den Schmuck, er gehörte ihr. Der Kerl hatte die Kette wohl nebenan im Ankleidezimmer gefunden. Dazu hielt er bronzene Teller und silberne Kelche in den Händen – das beste Geschirr des Hauses – und schien sichtlich erfreut über seine

Beute. Nun fiel sein Blick auf die Truhe und er kam schnurstracks auf sie zu. Seine massige Statur schob sich vor das Schlüsselloch und nahm Salvia die Sicht. Sie unterdrückte einen Schrei, hielt die Luft an und kniff die Augen zusammen. Jeden Augenblick würde der Deckel über ihr hochgerissen und ihr letztes Stündlein hätte geschlagen. Dann wäre sie zumindest wieder mit ihrem Gaius vereint.

Doch die Sekunden verstrichen und es geschah … nichts. Sie blinzelte, wischte sich den Schweiß von der Stirn und lugte wieder durch das Schlüsselloch. Jetzt sah sie, wie der rot bemalte Mann dem blau bemalten etwas ins Ohr flüsterte. Der schaute noch einmal zur Truhe hinüber, nickte, und beide verließen eilig das Schlafgemach. Ihre Schritte entfernten sich. Und auch das tierische Geheul, das die Eindringlinge von sich gegeben hatten, war immer leiser geworden. Im Haus schien wieder Ruhe eingekehrt zu sein.

Doch Salvia wagte es nicht, sich zu rühren. Sie wartete. Minuten, die ihr vorkamen wie eine Ewigkeit. Die Zeit schien stillzustehen. Gerade als sie sich sicher war, dass die Luft nun wirklich rein wäre, wurde mit einem Ruck der Deckel über ihr hochgerissen. Salvia schrie auf, alles schien verloren – doch dann blickte sie in das gutmütige Gesicht ihres Kochs.

»Herrin, hier bist du!«, entfuhr es ihm erleichtert.

Nachdem Salvia den Schock überwunden und durchgeschnauft hatte, ergriff sie seine Hand und kletterte ungelenk aus ihrem Versteck. Sie war froh, dass der Mann, der ihr seit mehr als zehn Jahren diente, unbeschadet war.

»Sind sie weg?«, wisperte sie, und der Koch nickte.

An den Gerüchten über die Germanenüberfälle war also tatsächlich etwas dran, dachte sie, während ihr Puls langsam auf eine normale Frequenz zurückfiel und sie tief die saubere, kühle Nachtluft einatmete. Sie hatte Glück im Unglück gehabt, sie war körperlich unversehrt geblieben. Und wie es aussah, galt das auch für ihre Sklaven. Salvia fiel ein Stein vom Herzen. Goldene Ohrringe, Ketten und Juwelen waren ohne weiteres ersetzbar, aber die Sklaven, die für sie wie Familie waren, nicht. Sie würde Minerva im Kapitolstempel der nahen Colonia zum Dank ein Opfer darbringen. Ein Lamm. Mindestens eins.

2

In der zweiten Etage des lauten Mietshauses in einer Insula am westlichen Stadtrand saß Quintus Tibur beim Frühstück. Er hatte die Nacht durchgearbeitet und gar nicht bemerkt, wie schnell die Zeit verronnen war. Noch mühte sich draußen die Sonne den Himmel hinauf, so dass er die kleine tönerne Öllampe, die vor ihm auf dem grob gezimmerten Holztisch stand, weiter brennen ließ. Vor einem der beiden unverglasten Wohnzimmerfenster sah er Schwalben vorbeifliegen. Jetzt ließ die aufgehende Sonne den gegenüberliegenden Wohnblock in warmem Licht erstrahlen, und von der nahen Hauptstraße hallte das Klappern der Händlerkarren herüber.

Gedankenverloren tunkte Quintus ein Stückchen Fladenbrot vom Vortag in ein Schälchen mit Olivenöl, um es aufzuweichen. Seine ganze Aufmerksamkeit galt seiner Schreibtafel, die er in der linken Hand hielt, zwei zusammengebundene hölzerne Brettchen, die beide mit einer dicken schwarzen Schicht Wachs überzogen waren. Quintus' Blick glitt prüfend über die in kleiner Schrift eingeritzten Notizen und Zahlen. Gute Vorbereitung war aus seiner Sicht das A und O. Auch wenn es kein großer Fall war, der ihn an diesem Morgen erwartete – die Regelung einer Erbangelegenheit unter mehreren zerstrittenen Parteien. Kompliziert und arbeitsintensiv, doch keiner, mit dem man glänzen konnte. Aber er zahlte die Miete.

Quintus steckte sich das Brotstück, das sich mittlerweile wie ein Schwamm mit Öl vollgesaugt hatte, in den Mund, ohne es anzuschauen, und verzog das Gesicht. Das Öl schmeckte bitter. Es war nicht von bester Qualität, eher hätte es in die Lampe gehört. Die Flamme des Öllämpchens war kleiner geworden, aber es war mittlerweile auch so hell genug, dass Quintus lesen konnte.

Er fuhr sich durch das kurz geschnittene blonde Haar und überlegte, wie er vor den Geschworenen argumentieren würde, um sie auf seine Seite zu ziehen, damit seiner Mandantin ein möglichst großer Teil des Erbes zugesprochen würde. Er hatte ein Gespür dafür, was bei seinen Zuhörern ankam. Quintus war einer der wenigen Rechtsanwälte, die im römischen Germanien praktizierten – und wahrscheinlich der Einzige von ihnen, der germanischer Herkunft war. Das war jedoch nicht unbedingt ein Nachteil. Dass er nicht nur akzentfrei Latein beherrschte – das Resultat langer, harter Übung –, sondern auch seine germanische Muttersprache samt einiger Dialekte trotz langer Abwesenheit von der Heimat noch fließend sprach, kam ihm immer wieder zugute. Er hatte seinen Kollegen, die fast alle aus Italien stammten und nur den Lebenshorizont eines römischen Patriziers oder Equiten kannten, damit einiges voraus.

Quintus blickte auf, weil die Flamme am Docht des Öllämpchens zu zucken begann. Sie ließ seinen Schatten an der weiß getünchten, schmucklosen Wand zittern. Vorsichtig kippte er den Rest des Olivenöls, den er nicht essen mochte, durch das Füllloch der Lampe, worauf eine große Flamme aufloderte.

Da schwang mit einem energischen Ruck die Wohnungstür auf.

»Erwischt!«, rief eine Frauenstimme.

Quintus fuhr auf seinem Schemel herum, begriff aber sofort, dass es seine Frau war, die nach Hause gekommen war. Apollonia Tibur, öffentlich bekannt und im Theater der Stadt gefeiert als Pola, liebte große Auftritte.

»Danke, jetzt bin ich wieder wach«, grinste er.

Er betrachtete seine Frau, die, die Hände in die Hüften gestemmt, in der Mitte des Wohnzimmers wie eine Statue posierte. Ihre schlanken Arme und Beine waren perfekt proportioniert, ihre fast weiße Haut makellos. Ihr kleines, scharf geschnittenes Gesicht wurde von einer roten Lockenmähne eingerahmt. Was der Raum mit seinen niedrigen Decken und rustikalen Holzdielen an Glanz vermissen ließ, machte sie mit ihrer Erscheinung wett. Wenn sie, wie jetzt, von der Arbeit kam, strahlte sie eine besondere Energie aus. Selbstbewusst und mächtig, als habe ihr das Publikum im steinernen Halbrund mit seinen Blicken, seinen Gefühlen, seinem Klatschen eine spezielle, wenn auch nur flüchtige Kraft gespendet. Zu Hause, wo sie zur Ruhe kam, baute sich diese euphorische Energie dann langsam ab. Quintus war fasziniert davon, was die Bühne mit seiner Frau machte und wie ihre Leidenschaft für dieses schwierige Gewerbe trotz vieler Hindernisse weiter brannte.

Pola war keine unkomplizierte Frau, aber die schönste, die Quintus je gesehen hatte, und er war bis heute stolz darauf, dass sie sich von ihm hatte erobern lassen – sie, eine Adelige, Tochter eines römischen Senators, die das spießige Dasein leid gewesen war und sich einem Beruf verschrieben hatte, den die bessere Gesellschaft verachtete, von ihm, dem Bastard aus der Wildnis, der nicht richtig wusste, wohin er gehörte. Obwohl sie aus grundverschiedenen Welten kamen, hatten sie gemeinsam, dass sie Rebellen waren, Außenseiter, die die Grenzen ihrer zu klein gewordenen Territorien übertreten hatten, aber nun auch einen Preis dafür zahlen mussten. Auch nach fünf Jahren Ehe war Pola die einzige Frau, die Quintus begehrte. Und so gefiel es ihm, dass sie zu ihm kam, sich auf seinen Schoß setzte und zärtlich die Arme um seinen Hals schlang, auch wenn er eigentlich weiterarbeiten wollte.

»Enttäuschend«, flüsterte Pola.

»Was hast du denn erwartet, als du hier reingeplatzt bist?«

»Dass du mich überraschst, indem du gerade mit etwas völlig Unerwartetem beschäftigt bist.«

»Zum Beispiel?«

»Dass du dich mit einem Lustknaben vergnügst. Oder tatsächlich mal das Loch in der Decke reparierst, wie du es schon öfter versprochen hast. Damit uns die neugierige Vettel von oben nicht mehr beobachten kann.«

In der Tat waren die Etagen des Mietshauses nicht durch gemauerte Decken getrennt. Die von breiten Balken getragenen Holzdielen, die den Boden der oberen Wohnung bildeten, waren zugleich die Decke der darunterliegenden. Fiel jemandem über Quintus und Pola also ein Krug Wein herunter, so tropfte es durch die Ritzen zwischen den Brettern direkt auf ihre Möbel herab.

»Und ich alter Langweiler enttäusche dich mit Fallvorbereitungen«, sagte Quintus.

»Ach was!«, rief Pola. »Von nichts kommt nichts. Ich habe lieber einen ehrgeizigen Mann, der etwas kann, statt einen, der sich nur faul auf seinem Titel ausruht.«

Sie küssten sich leidenschaftlich. Pola kam direkt aus dem Theater, und man roch es. Quintus nahm den Schweiß an ihr wahr, der von der körperlich fordernden Darbietung herrührte, aber auch den leichten Duft von Rosen, deren Essenz die Schminke der Darsteller parfümierte. Und den Geruch von süßem Wein, dem Pola wohl nach der Aufführung zugesprochen hatte.

»Schatz, ich bin hier noch nicht ganz fertig«, erklärte Quintus und nahm die Hände vom Bauch seiner Liebsten. Aber die machte keine Anstalten, sich von seinem Schoß zu erheben. Stattdessen nahm sie spielerisch die Wachstafel, klappte sie auf und überflog die Notizen.

»Ach, es ist die Sache mit der Erbschaft? Die arme Frau, die von ihren Verwandten über den Tisch gezogen werden soll?«

Quintus nickte bejahend.

Polas Augen funkelten.

»Quintus, der Retter der Witwen und Waisen«, flüsterte sie ihm ins Ohr. »Mein Fels der Gerechtigkeit in der Brandung aus Schmutz und Verderben.« Sie leckte mit ihrer Zungenspitze leicht über sein Ohrläppchen.

Die Berührung durchfuhr seinen Körper wie ein elektrischer Schlag.

»Was hältst du davon, wenn wir sofort ins Bett gehen?«, flüsterte Pola und blickte ihm tief in die Augen.

Hilflos sah Quintus zwischen ihr und seinen Unterlagen hin und her.

»Das … geht nicht. Mein Prozess ist der erste heute«, erklärte er.

»Ach komm, da bleibt doch noch genügend Zeit«, sagte Pola, die sich nun herausgefordert fühlte. »Du musst auch kein Vier-Gänge-Menü zaubern, es reicht ein schneller Nachtisch.«

Quintus schluckte. Ihre Ausstrahlung überwältigte ihn, aber er war in Gedanken eben schon im Gerichtssaal.

»Ich muss mir meine Kraft gut einteilen. Es tut mir leid, Liebste, ich muss wirklich los«, sagte Quintus und stand auf, was auch Pola wieder in eine aufrechte Position zwang. Sie war nicht enttäuscht, sie kannte ihn.

»Wie ist es im Theater gelaufen?«, fragte er, während er seine Wachstafeln und Schriftrollen in einem Beutel verstaute. »Hat sich das Publikum wieder etwas mit Giftmischerei gewünscht?«

Anders als bei klassischen Komödien und Tragödien mit bedeutungsschweren vorgeschriebenen Texten war beim Mimus alles improvisiert. Statt um Könige und Krieger drehten sich die Geschichten um normale Bürger. Statt Lektionen gab es Lebensnahes inklusive derbem Humor und allerlei Frivolitäten. Und statt Masken zu tragen, zeigten die Darsteller hier ihre Gesichter. Das trug nicht nur zu ihrem Wiedererkennungswert bei – Quintus musste immer schmunzeln, wenn Pola auf der Straße von einem nervösen Verehrer angesprochen wurde –, sondern bewirkte auch, dass Frauenrollen von Frauen gespielt werden durften.

Pola schüttelte den Kopf und entgegnete nachdenklich: »Die Wünsche der Zuschauer waren diesmal etwas … verstörend.«

»Dass ihr es auf offener Bühne miteinander treibt? Das fordern sie doch dauernd«, grinste Quintus.

»Nein, nein. Sie wollten, dass wir ein Verbrechen nachspielen. Einen Überfall, genauer gesagt. Germanische Räuber sollten ein Haus ausrauben, und dabei sollte es rasant zugehen. So was soll sich wohl neulich wirklich ereignet haben.«

Quintus runzelte die Stirn. Von einem derartigen Vorkommnis hatte er noch nicht gehört. »Habt ihr es hingekriegt?«, fragte er.

»Natürlich«, entgegnete Pola. »Als Hausherrin habe ich einfach die Räuber mit einer List in die Flucht geschlagen. Weil ich nicht wollte, dass sie einfach nur ein hilfloses Opfer ist. Das kam gut an, es gab viel Applaus. Die beste Vorstellung seit langem! Das haben wir noch gefeiert. Ädil Gracchus, der die Aufführung bezahlt hat, hat dem Trupp noch eine riesige Amphore Falernum spendiert.«

»Und sie hat nicht überlebt, das riecht man. Der gute Gracchus weiß, wie er sich beim Volk beliebt macht. Würde mich nicht wundern, wenn er noch einmal wiedergewählt wird«, lachte Quintus. Das Theater war ein rein privater Betrieb, sein Bau im Südwesten der Stadt war von reichen Händlern finanziert worden, die sich damit ein Denkmal gesetzt hatten. Den Spielplan bestimmten die reichen Gönner, die auch die Schauspieler für das jeweilige Stück auswählten und bezahlten. Manche der Aufführungen waren öffentlich, manche fanden nur im privaten Rahmen für Familie und Freunde statt.

»Ich hau' mich aufs Ohr«, gähnte Pola und streckte sich. »Dir viel Glück heute. Zeig's den gierigen Verwandten.«

Sie küsste ihn zum Abschied und verschwand im Schlafgemach. Mit zwei Fingern löschte er den Docht der Öllampe.

Er verdrängte die Gedanken an einen angeblichen Germanenüberfall und spornte sich selbst an. Du schaffst das, Quintus. Deine Argumente sind gut. Dieser Tag gehört dir.

3

Die Vögel waren aus dem Süden zurückgekehrt, und der Chor ihrer Stimmen wurde von Tag zu Tag lauter. Das allgegenwärtige Zwitschern und Zirpen war Balsam für Lucretias Seele. Auf dem Forum war endlich wieder Leben eingekehrt. Huschten die Agrippinenser im Winter nur kurz ins Herz der Stadt, wo sich die beiden Hauptstraßen kreuzten, um eilig ein paar Einkäufe zu tätigen, so ging es hier nun wieder laut und lebhaft zu. Es war Ende April, und es schien, als habe Sol Invictus einen grauen Schleier nicht nur von den Dächern der Stadt, sondern auch von den Herzen ihrer Bewohner gezogen, die aus ihren kalten Wohnungen zurück auf die Straßen drängten, dorthin, wo sich das eigentliche Leben abspielte.

Lucretia Veturius war gern Teil des Treibens. Sie hatte die letzten zwei Wochen mit Husten und Schnupfen im Bett verbracht. Ihr Vater, ein reicher Händler, war stets im Übermaß besorgt um seine Jüngste und hatte im Heiligtum des Äskulap nahe des Westtores eine kostspielige Opfergabe dargebracht. Ihre Mutter hingegen hatte versucht, sie auf weltlichere Weise mit Zwiebelsuppe und Salbeitee zu heilen – das allerdings im Übermaß –, so dass Lucretia beides niemals wieder sehen, geschweige denn schmecken mochte. Durch die Krankheit war sie etwas abgemagert und für jemanden, der einen mauretanischen Vater und eine italienische Mutter hatte, ungewohnt blass. Sie hatte auffällige große braune Augen, die wachsam die Umgebung betrachteten. Unter ihrer feinen Nase formte sich ein kleiner, voller Mund, und ihre hohen Wangenknochen waren leicht mit Sommersprossen gesprenkelt. Sie war in eine elegante fliederfarbene Palla gehüllt und trug deren Saum wie eine Kapuze über dem gewellten kastanienbraunen Haar, das sich heute etwas störrisch gab. Das hatte gleich zwei Vorteile: Es verbarg die nicht formvollendete Frisur und ließ Lucretia brav und keusch wirken, so wie man es in der konservativen römischen Oberschicht gern sah.

Rauchschwaden von Holzkohlefeuern wälzten sich durch die Luft und verteilten dabei den Geruch von gebratenem Fleisch und fremdländischen Gewürzen. An die zweihundert Stände, manche nur wackelige Holzgerüste, andere mit bunten Stoffbahnen verkleidet, standen kreuz und quer verteilt auf dem riesigen Markt- und Versammlungsplatz. Viele waren zudem mit Blumengirlanden verziert, oder das Personal trug Blüten im Haar – ein Zeichen dafür, dass die einwöchigen Festlichkeiten zu Ehren der Göttin Flora begonnen hatten, bei denen man den Frühling hochleben ließ. Auf dem Forum wurde alles feilgeboten, was das Herz begehrte. Wer spontan Olivenöl, Kosmetik oder einen Sklaven benötigte, wurde hier fündig.

»Kommt her! Schwein, frisch geschlachtet!«, pries ein gallischer Metzger mit buschigem Schnurrbart seine Waren an und schlug mit einem scharfen Beil demonstrativ das untere Stück eines Schweinehinterbeins ab, das vor ihm auf einem Hackklotz lag. »Pfötchen gefällig?«, fragte er Lucretia, als sie an ihm vorbeiging, und hielt ihr den blutigen Huf hin, wobei er das Quieken eines Ferkels imitierte. Lucretia verzog das Gesicht und lehnte kopfschüttelnd ab, der Gallier lachte dröhnend.

»Bei Alfenus gibt es die besten Austern«, sagte ihre Mutter, die an ihrer Seite schritt, und sah sich suchend um. Cäcilia Veturius war eine Frau von vierzig Jahren, die sich eine gewisse Jugendlichkeit bewahrt hatte. Sie hatte ein schmales

Gesicht mit einem kleinen spitzen Kinn und einen teuren Puder aus Marmorstaub aufgelegt, der die Haut mattierte und zugleich leicht glitzern ließ. Sie trug über ihrer Tunika eine Stola in der Farbe schweren Rotweins, die von einem hauchdünnen Goldrand gesäumt war – ein Gewand, das nur Verheirateten gestattet und für Wohlhabende erschwinglich war.

Lucretia und Cäcilia drängten sich zwischen den eng stehenden Ständen durch das Gewühl.

»Frische Fisch! Direkt vom batavische Küste!«, hörten sie jemanden in schlechtem Latein rufen, irgendwo weiter vorne, und hielten auf die Stimme zu.

Ihnen folgte die zyprische Sklavin Nephele, einen Weidenkorb in der einen Hand und einen kleinen blechernen Eimer in der anderen. Ihr schulterlanges Haar war unfrisiert, und sie trug eine knöchellange beige Tunika, die in der Taille von einer alten Kordel zusammengehalten wurde.

Der Fischstand von Alfenus, einem rotwangigen Germanen mit struppigem blondem Haar, kam in Sichtweite. Nur einmal im Monat nahm er die zwei Tage dauernde Anreise vom Meer auf sich. Er hatte sich auf Muscheln, Austern und Tintenfische spezialisiert, die seine örtlichen Konkurrenten, die im Süßwasser fischten, nicht bieten konnten. Die Köstlichkeiten aus Neptuns Reich waren immer schnell vergriffen. Beruhigt stellte Lucretias Mutter im Näherkommen fest, dass sich noch einige Austern im Salzwasserbecken auf dem Tisch des Cananefaten befanden.

Doch bevor sie den Stand erreichten, schoben sich zwei ältere Damen davor. Lucretia hatte nicht viel für die beiden übrig. Es waren reiche Nachbarinnen, die sie seit ihrer Kindheit kannten und die sich anmaßten, permanent über ihr Leben zu urteilen. Als Lucretia ein kleines Mädchen gewesen war, hatten die beiden sie an die Tiere erinnert, die sie vom Marktplatz kannte. In ihrem Kopf hatten sich damals die heimlichen Spitznamen »Kuh« und »Ziege« festgesetzt, die sich bis heute gehalten hatten. Denn die eine war groß, rundlich und gutmütig, die andere klein, drahtig und störrisch.

»Die Damen Veturius!«, entfuhr es der Ziege mit theatralischer Freude.

»Salve, ihr Lieben, ich hoffe, es geht euch gut an diesem schönen Tag«, begrüßte Lucretias Mutter die beiden höflich, doch nicht überschwänglich.

Lucretia zwang sich zu einem Lächeln und neigte leicht ihr Haupt zur Begrüßung.

»Deine Tochter ist ein Juwel. Von Venus gesegnet«, machte die Kuh Lucretias Mutter ein Kompliment.

»Sie ist unser ganzer Stolz«, bestätigte diese.

Lucretia hasste es, wenn man über sie redete, als ob sie nicht dabei wäre, obwohl sie direkt danebenstand.

»Und schon achtzehn geworden, wenn ich mich nicht täusche?«, meckerte die Ziege und ließ vernehmlich den Vorwurf mitschwingen, dass Lucretia noch nicht verheiratet war. Ungewöhnlich in einer Gesellschaft, in der das Heiraten für Mädchen mit fünfzehn die Norm war. Immerhin wandten sich die älteren Damen nun direkt an sie.

»Die hellere Haut steht dir gut, Kleines. Was ist dein Geheimnis? Hast du sie mit Schwefelpaste gebleicht?«, wollte die Kuh wissen.

»Ich war krank«, sagte Lucretia trocken. »Aber was tut man nicht alles für den perfekten Teint.«

Die Größere lachte, die Kleinere konnte jedoch mit Lucretias Lakonie wenig anfangen und schaute zu ihrer Mutter hinüber, die ihrerseits einen strafenden Blick in Richtung Tochter schickte. Eine junge Frau, die noch unter der Hausgewalt des Vaters stand und damit über so gut wie keine Rechte verfügte, hatte nicht aufmüpfig zu sein. Doch Lucretia konnte das ständige Urteilen ihrer Umgebung über ihr Äußeres nicht ertragen. Gab es denn nichts anderes, worüber sich eine Frau definieren konnte? Bildung, zum Beispiel. Aber allen schien es egal zu sein, dass sie Plato zitieren konnte. Jenen Philosophen, der behauptet hatte, Liebe sei eine schwere Geisteskrankheit. Und auch den Satz des Pythagoras zu kennen, brachte einer jungen Frau wie ihr offenbar nichts. Wozu hatte sie das alles gelernt, wenn alle nur ihre Erscheinung interessierte? »Du musst ein bisschen was auf die Rippen kriegen, sonst schauen dich die Kerle nicht an«, hatte die Mutter sie erst gestern angestachelt, nicht verstehend, dass ihre Jüngste keinen Wert darauf legte, angeschaut zu werden. Im Gegenteil, kaum etwas war ihr unangenehmer, als gierige Blicke auf sich zu spüren. »Männer stellen sich laufend vor, was unter deiner Tunika ist«, hatte die Mutter ihr erklärt. Auf Lucretias sarkastische Frage, warum Frauen dann überhaupt Kleidung trügen, wo sich doch viel Geld sparen ließe, wenn man diese Angewohnheit einfach aufgäbe, war ihr keine Antwort eingefallen. Die Mater Familias war zwar energisch, aber nicht besonders schlagfertig. Meistens gab sie als Replik auf derlei Provokationen nur ein abschätziges Murmeln von sich.

»Es war schön, euch gesehen zu haben«, sagte Cäcilia, bemüht, einen Schlussstrich unter das Gespräch zu ziehen, weil sie bemerkte, dass eine Frau an Alfenus' Stand gerade nach einer Handvoll der begehrten Austern verlangte. Doch die Nachbarinnen dachten nicht daran, sie gehen zu lassen.

»Hast du das mit den Germanen gehört?«, fragte die Ziege mit verschwörerisch gesenkter Stimme.

»Sie meint die Überfälle«, ergänzte die Kuh. »Gestern Nacht hat es wieder einen gegeben. Dieses Mal draußen bei der Mercatus. Schon der dritte diesen Monat.«

Seit Wochen wurden im Umland der Metropole Gutshöfe von einer mysteriösen berittenen Bande überfallen und ausgeplündert.

»Schlimm«, erwiderte Lucretias Mutter, obwohl sie das Thema nicht sonderlich interessierte. Vielmehr beschäftigte sie, wie beunruhigend schnell der Bestand an Austern am Fischstand zur Neige ging. Alfenus zählte zufrieden seine Denare – er hatte die richtige Marktlücke in der Colonia gefunden.

»Mein Mann hat immer davon geträumt, auf dem Land zu leben. Jupiter sei Dank konnte ich es ihm ausreden, wo man jetzt doch außerhalb der Stadt Freiwild für die Barbaren ist«, sagte die Ziege.

»Zum Glück ist die Colonia von einer hohen Holzwand umgeben, und die Tore sind gut bewacht. Hier sind wir sicher«, versuchte sich die Kuh selbst zu beruhigen.

»Weiß man denn, wer hinter diesen Überfällen steckt?«, hakte Cäcilia nach, nun doch ein wenig interessiert.

»Manche sagen, es seien Krieger aus Germania Magna. Sie sind den Tieren näher als den Menschen. Können nicht sprechen, sondern heulen sich an wie Wölfe, hat mir ein Sklave von Salvia Salina Mercatus erzählt. Die Unholde haben es wohl besonders auf Metall abgesehen, vor allem Silber und Gold, weil sie so was da drüben nicht haben«, sagte die Ziege.

Das Land rechts des großen Flusses war immer noch fest in der Hand der Einheimischen, und alle Versuche der Römer, es zu erobern, waren bisher gescheitert. Dort erstreckte sich ein einziger, gigantischer Urwald, nass und neblig, bevölkert von ungewaschenen Hünen, die unverständliche Laute von sich gaben und denen Freiheit wichtiger war als jede Segnung der Zivilisation – der Albtraum eines jeden ordnungsliebenden Römers.

»Andere behaupten, es seien Germanen aus den verbündeten Stämmen der Umgebung. Aufständische, die die Pax Romana aufkündigen wollen. Warum auch immer, ihr Leben ist doch nun um so vieles besser als das ihrer Vorfahren«, ergänzte die Kuh.

»Ich habe als frisch verheiratetes Mädchen den Bataveraufstand miterlebt, so eine Erfahrung will ich kein zweites Mal machen, bloß nicht!«, sagte die Ziege. Die Angst, die in ihrer Stimme mitschwang, war echt.

Lucretia folgte dem nervösen Blick ihrer Mutter zwischen den Schultern von Kuh und Ziege hindurch und verstand. Schon wieder hatte Alfenus Kunden, die begierig die Austern begutachteten. Familie Veturius drohte leer auszugehen.

»Mutter, ich will mich nützlich machen. Lass mich die Austern kaufen. Sie sollen doch heute Abend auch mein Gastgeschenk für Claudia sein«, bot Lucretia an.

»Eine hervorragende Idee«, erwiderte die Mutter und drückte der Tochter erleichtert ein paar Sesterze in die Hand. Lucretia hatte drei Fliegen mit einer Klappe geschlagen – sie bekam Austern, wirkte wie eine fügsame Tochter und konnte vor allem dem Gespräch mit den Nachbarinnen entrinnen. Ein bisschen zu schnell wandte sie sich ab. »Nephele hilft mir tragen«, ergänzte sie noch, und die Sklavin, deren Miene sich merklich aufhellte, folgte ihr eilig.

»Danke, Herrin. Ich bewundere deine Geduld«, raunte Nephele ihr erleichtert zu.

»Wenn ich jemals so werde wie die drei, töte mich bitte«, flüsterte Lucretia.

»So wirst du niemals werden, ganz sicher nicht«, entgegnete Nephele selbstsicher, und die Prognose beruhigte Lucretia. Sie lächelten sich verschwörerisch an. Nephele war nicht nur ihre Leibsklavin, sondern im Laufe der Jahre auch zu ihrer Freundin geworden.

»Was kann ich für der Dame tun?«, fragte Alfenus. Er stand mit der lateinischen Sprache auf Kriegsfuß, was Lucretia sehr charmant fand.

»Austern, bitte. Alle, die noch da sind«, antwortete sie.

»Sofort, Holdeste«, freute sich der Fischhändler.

Nephele reichte ihm den mitgebrachten Eimer, und er füllte mit einer Schöpfkelle Salzwasser aus dem Becken hinein, das die Tiere benötigten, um zu überleben.

»Habt ihr schon von der Überfälle gehört?«, fragte Alfenus. Offenbar gab es heute auf dem Forum nur dieses eine Thema. »Der Politik tut viel zu wenig dagegen. Den Dekurionen geht es doch nur darum, sich selber der Taschen zu stopfen.«

»Nicht allen«, erwiderte Lucretia und verteidigte damit ihren Vater, der auch ein Ratsherr war, und zwar einer der idealistischen Sorte, »aber es ist tatsächlich beunruhigend, was man hört.«

»Was ist, wenn die Kerlen mir ausrauben? Mein Heimweg zurück an die Küste führt genau durch die betroffene Gebiet«, sagte Alfenus, während er mit einer rostigen Eisenzange eine Auster nach der anderen in Nepheles Eimer hievte.

»Ich habe gehört, sie kommen nur nachts. Beeil dich bei Tag, und sei bei Anbruch der Dunkelheit bei einem Rasthof, dann wird Merkur dafür sorgen, dass du unbehelligt bleibst«, schlug Lucretia vor.

»Eure Schönheit wird nur von eure Klugheit übertroffen«, schmeichelte der Fischhändler.

Das war ein Kompliment, das Lucretia gefiel, und mit diesem niedlichen Akzent ganz besonders. Sie lächelte und drückte dem Mann die Münzen in die Hand: »Behalte den Rest, Alfenus.«

Der Händler neigte dankbar sein Haupt und legte seine schwielige rechte Hand auf seine breite Brust.

»Endlich sind die Klatschbasen fort«, seufzte Cäcilia und rollte mit den Augen, als sie sich neben ihre Tochter drängte.

Dabei bist du doch oft die Schlimmste, dachte sich Lucretia, sprach es aber nicht aus.

»Und jetzt schnell nach Hause, Nephele muss dich noch hübsch machen für das Fest heute Abend!«

Die drei wandten sich zum Gehen. Cäcilia schritt voran, allerdings in die falsche Richtung, denn die Stadtvilla der Familie befand sich in der Nordstadt, nicht im Süden. Doch Lucretia verstand sofort, was der Umweg zu bedeuten hatte, als sie einen jungen Mann in Toga erblickte, der offenbar nicht recht wusste, wohin mit sich, und zu verbergen versuchte, dass er das Trio erwartete.

»Oh, die Familie Veturius!«, sprach der Mann Lucretias Mutter an und wahrte damit die Etikette, obwohl er zugleich die Augen kaum von Lucretia wenden konnte.

»Flavius Antonius, was für ein angenehmer Zufall!«, antwortete Cäcilia in einem leicht überdrehten Ton, der unterstrich, was Lucretia ohnehin schon ahnte – dass hier nämlich in keinster Weise der Zufall im Spiel war. »Hast du schon meine Tochter Lucretia kennengelernt?«

»Ich glaube nicht. An eine solche Schönheit würde man sich doch erinnern«, entgegnete Flavius und nickte Lucretia anerkennend zu.

Lucretia rang sich ein Lächeln ab. Ihr war klar, was hier geschah, und es würde nicht leicht werden, der Falle zu entkommen.

»Flavius entstammt der noblen Linie von Marcus Antonius, Cäsars engstem Vertrauten«, verkündete Cäcilia stolz.

»Was du nicht sagst«, erwiderte Lucretia höflich, während sie Flavius musterte.

Er war recht klein, aber von ebenmäßigem Wuchs. Seine kurz geschnittenen Haare rahmten seinen kantigen Kopf ein. Er war durchaus gut aussehend zu nennen, aber zugleich stand ihm eine Überheblichkeit ins Gesicht geschrieben, die Lucretia abstieß.

»Ich bin sicher, du und Flavius, ihr habt viel gemeinsam«, sagte Cäcilia.

»Oh, dann liebst du es also auch zu lesen?«, fragte Lucretia.

»Ähm, nein. Wenn ich ehrlich bin, finde ich Schriftrollen ziemlich langweilig«, gab Flavius zu und versuchte, sich mit einem Lachen zu retten.

»Ich auch!«, stimmte Cäcilia in sein Lachen ein, um das Eis weiter zu brechen.

Dann heirate du ihn doch, dachte Lucretia. Sie hatte ihre Mutter schon mehrmals gebeten, ihre Verkupplungsversuche einzustellen, aber Cäcilia konnte es einfach nicht bleiben lassen.

»Nun, wenigstens bist du ehrlich«, sagte Lucretia. »Womit vertreibst du dir denn gern die Zeit?«

»Als ich noch in Rom gelebt habe, habe ich leidenschaftlich die Wagenrennen im Circus verfolgt. Ich war ein Unterstützer der Roten.«

»Pferden dabei zuzuschauen, wie sie endlos im Kreis laufen, würde mich ganz traurig machen. Was ist das für ein Leben«, entgegnete Lucretia mit einem Seitenblick auf ihre Mutter.

»Leider gibt es hier in der Provinz keine Rennbahn. Die Colonia kann sich sehen lassen, sie ist viel sauberer und moderner als Rom, aber vom Unterhaltungswert nicht annähernd in derselben Liga«, schnarrte Flavius mit einer Herablassung, die Lucretias Befürchtungen bestätigte. »Ich gehe aber auch gern jagen«, fügte er schnell hinzu, um das Gespräch am Laufen zu halten.

»Was Männer daran finden, hilflosen Tieren nachzustellen, werde ich wohl nie verstehen«, seufzte Lucretia und fing sich dafür einen mahnenden Blick ihrer Mutter ein.

»Nun, wir sind letzte Woche einem Bären nachgestiegen, und er war sehr wohl in der Lage, sich zu verteidigen«, entgegnete Flavius und bemühte sich, höflich zu bleiben.

»Und wovon lebst du?«, fragte Lucretia forsch.

Diese Frage irritierte Flavius. Er blickte drein, als hätte er nicht damit gerechnet, dass sie jemals gestellt werden könnte.

»Aber verehrte Lucretia, wir sind Patrizier.«

Natürlich. Und Adelige arbeiteten nicht. Das war unter ihrer Würde. »Dann lebst du also vom Geld anderer?«, fragte sie. Cäcilias Augen weiteten sich. Ihre Jüngste war auf Konfrontationskurs, das konnte übel enden.

Flavius Antonius sah die Mutter irritiert an.

»Ich … borge mir hin und wieder welches«, gab er zu, und seine Selbstsicherheit begann zu bröckeln, was Lucretia mit Genugtuung wahrnahm. Nephele, die, von Flavius völlig unbeachtet, hinter ihr stand, konnte sich ein Grinsen nicht verkneifen.

»Das klingt so, als glaubtest du, dass das Anhäufen von Schulden ein löbliches Ziel im Leben sei«, reizte Lucretia ihn weiter.

Cäcilia schnappte nach Luft. Das Verhalten ihrer Tochter war impertinent.

»Was verstehst du denn schon davon?«, fragte Flavius mit zorniger Stimme. »Du bist eine Frau!«

Diese Aussage versetzte Lucretia einen Stich. Wenn er glaubte, sie damit in die Schranken gewiesen zu haben, hatte er sich getäuscht.

»Deine Existenz scheint sich nicht sehr von der eines Sklaven zu unterscheiden, nur dass du Gläubiger statt eines Herrn hast.« Sofort bereute Lucretia die Worte, die aus ihrem Mund gekommen waren. Sie hatte den Gipfel der Unhöflichkeit erklommen. Das war beschämend, gab ihr aber zugleich auch ein unerwartet befreiendes Gefühl.

Nephele musste wieder ein Lachen unterdrücken, doch als Lucretias Vertraute hatte sie Übung darin.

»Aufhören!«, zischte Cäcilia ihrer Jüngsten fast tonlos zu.

»Ich, äh, ich …«, stammelte Flavius, der nun vollends aus dem Konzept gekommen war. »Ich muss dich bitten, das zurückzunehmen!«

»Es tut mir leid, aber ich habe leider keine Zeit, dieses interessante Gespräch weiter zu vertiefen«, verkündete Lucretia, die genug von der Unterhaltung hatte, und wandte sich mit einer energischen Drehung ab. »Ich habe Vater versprochen, ihn von der Kurie abzuholen, und als brave Tochter pflege ich, zuverlässig zu sein.«

Mit diesen Worten entschwand sie in Richtung Prätorium. Während Nephele wieder angestrengt ein Grinsen unterdrückte, blickten Flavius und Cäcilia ihr konsterniert hinterher.

»Ach je, meine arme Lucretia ist ganz durcheinander, gar nicht … sie selbst«, versuchte ihre Mutter, die Situation zu retten, »weil … also, diese furchtbaren Germanenüberfälle machen ihr wirklich große, große Angst.«

Flavius kniff die Augen zusammen. Er wirkte wenig überzeugt, doch sagte höflich: »In der Tat furchtbar. Aber nicht überraschend. Ich wusste schon immer, dass diesen Wilden nicht zu trauen ist.« Mit diesen Worten ließ er Cäcilia stehen.

IV
4

Gespannt wartete Lucretia auf den Ausgang der Erbstreitigkeit. Sie hatte nicht gelogen, als sie gesagt hatte, dass sie wegen ihres Vaters zum Prätorium müsse, und doch hatte sie nicht ganz die Wahrheit gesagt. Denn was sie an dem gewaltigen Gebäude im Osten des Stadtkerns wirklich reizte, war der Gerichtssaal. Sooft sie konnte, stahl sie sich von den Marktgängen mit ihrer Mutter davon, um den Verhandlungen beizuwohnen, die dort täglich abgehalten wurden. Andere gingen lieber ins Theater, um sich unterhalten zu lassen, aber das gefiel Lucretia nicht, es war ihr viel zu künstlich. Im Gerichtssaal hingegen war das Drama echt. Hier wurde über wirkliche Verbrechen geredet, mit Menschen, die tatsächlich Schlimmes getan oder erlitten hatten. Die Prozesse waren für die Öffentlichkeit zugänglich, und das große Tor zum Gerichtssaal stand immer offen, wenn getagt wurde. Auf den Rängen pflegten sich dann Männer und Frauen, ja ganze Familien zu tummeln. Bis zum Ende der Ratssitzung schien es noch zu dauern, und Lucretia war in die laufende Verhandlung gehuscht.

Der junge Anwalt hatte gerade sein mitreißendes Schlussplädoyer beendet, und vorn im Saal wertete nun Richter Orata die Stimmen der siebzehn Geschworenen aus. Lucretia hatte Quintus Tibur schon mehrmals hier erlebt, er war ihr auch aufgefallen, weil er der einzige germanischstämmige Advokat war. In dieser Position gab der große Mann mit den blauen Augen ein ungewöhnliches Bild ab. Neben seiner Schlagfertigkeit mochte sie besonders, dass er seine Reden, die bei vielen seiner Kollegen manchmal etwas zu pathetisch ausfielen, gern mit etwas Humor würzte. Jetzt saß er neben seiner Mandantin, einer zierlichen Frau um die fünfzig, und redete beruhigend auf sie ein.

Der Anwalt der Gegenseite, Denter Aquilius Varro, ein kleiner, rundlicher Mann Ende dreißig mit Glatze, saß mit betont gleichgültiger Miene neben seinem Mandanten, doch die Finger seiner rechten Hand, die ohne Unterlass mit einem Schreibgriffel spielten, verrieten seine Nervosität.

»Ruhe bitte!«, hallte die Stimme des Richters Sergius Orata durch den Saal, die Zuschauer wurden still, und auch Lucretias Augen richteten sich auf ihn. Sein buschiger brauner Bart und die fast schulterlangen und etwas wirren Haare, in die sich erste graue Strähnen mischten, ließen ihn älter aussehen, als er wahrscheinlich war. Dieses als ungepflegt geltende Auftreten war ungewöhnlich, fast provokant, und erinnerte an das eines griechischen Philosophen.

Beide Anwälte blickten auf. Durch die großen trüben Butzenscheiben in der oberen Hälfte der Mauern fiel weiches Licht in die zwanzig Fuß hohe Gerichtshalle und ließ Quintus Tiburs helles Haar erstrahlen.

»Wir haben ein Urteil erreicht«, verkündete Orata.

Wenig später verließ Quintus durch das gewaltige Eingangsportal das Prätorium und trat hinaus in die Arkaden, die die gesamte Front des Rathauses säumten. Die orangefarben gestrichene Decke wölbte sich hoch über ihm wie ein glühender Himmel, und die gewaltigen, fünfzehn Fuß hohen Säulen, von denen es mehr als sechzig brauchte, um das Vordach zu tragen, warfen im Licht der Morgensonne breite Schatten auf den Boden, der mit einem Schachbrettmuster verziert war. Da es Händlern und Prostituierten untersagt war, hier ihren Tätigkeiten nachzugehen, war der Säulengang leer und wirkte dadurch umso größer. Quintus lehnte sich an eine der Säulen und schaute auf die Straße, wo Passanten vorbeizogen. Die Anspannung, die er jedes Mal während einer Verhandlung spürte, baute sich langsam ab und machte einer wohligen Zufriedenheit Platz. Er hatte seiner Mandantin versprochen, dass alles gut werden würde – und so war es auch gekommen. Er hatte ihr zu ihrem Recht verholfen. Zum Erbe, das ihr zustand. Für Momente wie diesen lebte er. Und speziell dieser wurde ihm zusätzlich dadurch versüßt, dass er sich auch noch ein sehr ansehnliches Honorar erarbeitete.

Am Prätorium herrschte ein ständiges Kommen und Gehen. Das riesige Gebäude erinnerte an einen Palast. Nach dem letzten Ausbau vor ein paar Jahren war es jetzt fünfhundert Fuß lang und ebenso breit und damit so groß wie mehrere Häuserblocks. Es war der größte Steinbau nördlich der Alpen, geschaffen, um zu beeindrucken. So etwas hätte auch in Rom stehen können. Aber die Größe war tatsächlich notwendig, denn neben dem Gerichtssaal und der Kurie, der Versammlungshalle des Stadtrates im Nordflügel, beherbergte das Rathaus noch zahlreiche Amtsstuben, die sich über zwei Obergeschosse verteilten. Bürger, die offizielle Dokumente benötigten oder Rechtsstreitigkeiten beilegen wollten, nahmen oft eine Tagesreise und mehr auf sich, um über die gut ausgebauten Straßen aus dem ganzen Umland hierhin zu kommen.

Quintus störte das Treiben nicht, im Gegenteil, er empfand es als belebend. Er beobachtete einen schmächtigen Schreiber, der keuchend eine Holzkiste schleppte, in der unbeschriebene Papyrusrollen ordentlich gestapelt waren – die Bürokratie brauchte Nachschub. Ohne Papyrus lief im Imperium nichts. Als der Mann durch das Eingangsportal im Gebäude verschwunden war, wagten sich zwei sichtlich angeheiterte Halbstarke hinter einer Säule hervor und stürzten zur nächstgelegenen Wand. Mit zwei Stücken Holzkohle schmierten sie mit schnellen Bewegungen einen großen Phallus auf den bis dahin makellosen Putz und rannten dann kichernd davon. Quintus sah sich nicht genötigt einzuschreiten, er grinste in sich hinein. Sollten sie doch ihren Spaß haben, vor allem während der Floralien. Jugendlichen Übermut sollte man nicht ausbremsen, sondern nutzen, fand er, denn das unvermeidliche Phlegma erwachsener Vernunft würde sich noch früh genug einstellen. Für einen Moment schloss er die Augen und genoss die Sonnenstrahlen. Sie waren intensiv genug, um sie nach ein paar Augenblicken auf der Haut zu spüren, aber nicht so stechend und unerbittlich, wie es schon in ein paar Wochen der Fall sein würde. Für ihn war jetzt die schönste Zeit des Jahres, weil Temperaturen herrschten, bei denen es sich gut denken ließ. Wenn er fror oder schwitzte, konnte er sich kaum konzentrieren, was jedoch für seinen Beruf von größter Wichtigkeit war. Der Frühling tarierte die Dinge aus wie Justitias Waagschalen, das gefiel ihm. Nur während der kurzen Zeit, in der Tage und Nächte etwa gleich lang waren, kam ihm die Welt so vor, als sei sie im Gleichgewicht.

In gewisser Weise war sein ganzes Leben auf Balance ausgerichtet. Schon als Kind hatte Quintus lieber Streit geschlichtet, als ihn zu suchen. Lautem Gebrüll, Raufereien und erst recht der Jagd war er immer abgeneigt gewesen. Er half den Kleineren gegen die Größeren und war mildtätig gegenüber den Ärmeren. In den Augen der meisten Gleichaltrigen des germanischen Dorfs, in dem er geboren war, hatte ihn das zum Schwächling gemacht, auch wenn er mit zwölf Jahren schon einen guten Kopf größer gewesen war als die meisten von ihnen. Ein echter Usipeter übergab sich nicht, wenn er zusah, wie ein totes Reh ausgeweidet wurde und die Innereien auf den Boden platschten, sondern schluckte seinen Ekel herunter und freute sich auf die köstliche Mahlzeit, die das Tier aus Wodans Gehölz abgeben würde. Ein echter Usipeter akzeptierte auch das Urteil der Götter über einen mutmaßlichen Verbrecher, wenn er in ein Fass eingesperrt in einen wilden Fluss voller Stromschnellen geworfen wurde, dabei auf einen Felsen prallte und starb – hätte er die Fahrt überlebt, wäre er unschuldig gewesen.

Quintus hatte nie verstanden, was das mit Gerechtigkeit zu tun haben sollte, und war froh, nun an einem Ort zu leben, an dem in Rechtsfragen anders vorgegangen wurde. Als er so vor dem Prätorium in der Sonne stand, konnte er nicht ahnen, dass sich gerade eine Bedrohung zusammenbraute, die dieses Rechtssystem an seine Grenzen bringen und die Stadt in ihren Grundfesten erschüttern würde.

5

Lucretia hatte die Gerichtsverhandlung genossen. Ihre kleinen Abstecher in diese Welt waren für sie das Salz in der Suppe des Lebens, ganz besonders, wenn sie heimlich geschahen. Nun wartete sie in der mächtigen Vorhalle des Prätoriums auf ihren Vater. Die Sitzung dauerte viel länger als geplant, und Lucretia fragte sich, was das zu bedeuten hatte. Alles spielte sich hinter einem schweren Doppeltor links des Eingangs ab. Das dicke Eichenholz dämpfte die Stimmen der Männer dahinter so, dass Lucretia nicht verstehen konnte, worüber gesprochen wurde, aber es schien laut zuzugehen, und eine lebhafte Debatte war zu erahnen.

Die Vorhalle war würfelförmig, dreißig Fuß lang und breit und ebenso hoch. Der Boden war mit teurem, grau-weiß geädertem Marmor aus Carrara ausgelegt – für die größte römische Stadt nördlich der Alpen war das Beste, was die Steinbrüche des Reiches zu bieten hatten, gerade gut genug. Im Zentrum war nur eine Fläche von etwa sechs Quadratfuß ausgespart, die ein Mosaik ausfüllte, das den goldenen römischen Adler mit einem Bündel von Jupiters Blitzen in den Krallen auf scharlachrotem Grund darstellte. Jeder, der die Halle durchquerte, musste über dieses Symbol der Macht laufen, wollte er nicht absichtlich einen Umweg gehen. Die Decke war orangefarben gestrichen wie die des Säulengangs vor dem Gebäude. Das Tor auf der rechten Seite des Eingangs führte in den Gerichtssaal, und über eine große Öffnung ihm gegenüber, die von einem Rundbogen überspannt war, gelangte man tiefer in den weitläufigen Gebäudekomplex hinein.

Die Halle war ehrfurchtgebietend. Lucretia, die oft hier war, erinnerte sich noch gut daran, wie sie sich gefühlt hatte, als sie das Rathaus zum ersten Mal betreten hatte. Vor allem durch die hohe Decke kam man sich klein und unbedeutend vor. Das war beabsichtigt. Nichts war größer als Rom, nichts bedeutender als seine Macht, und das wollte man auch – und gerade – den Bewohnern der eroberten Gebiete deutlich vor Augen führen. Als Aushängeschild der römischen Kultur und Zivilisation konnte auch die Colonia Claudia Ara Agrippinensium nicht hell genug strahlen.

Die eigentliche Attraktion der Eingangshalle war das Wandgemälde, das die römischen Götter abbildete und in das die Aussparungen für die Durchgänge geschickt integriert waren. Diana, Göttin der Jagd, spannte ihren Bogen und schien leicht am Betrachter vorbeizuzielen. Bacchus lag in einer Grotte, mit Weinlaub bekränzt und sich an Trauben labend, den Blick auf einige schlanke, nur als Silhouetten angedeutete Nymphen an einer kleinen Quelle gerichtet. Weiter oben schwebte Götterbote Merkur, nur mit geflügeltem Helm und Schuhen bekleidet, durch die Wolken. Auch die Gottheiten der Einheimischen hatte man nicht vergessen: Den Platz über dem Eingang zum Gerichtssaal, flankiert von Juno und Minerva, gehörte einem Bildnis der Matronae. Lucretia betrachtete das Trio der keltischen Fruchtbarkeitsgöttinnen. Die drei waren in lange Gewänder gehüllt und fielen durch ihren markanten Kopfschmuck auf, große kreisrunde Hauben, die ein typisches Element der hier üblichen Frauentracht waren. Dieser Kult war nur in der Colonia und in der näheren Umgebung verbreitet, im Rest des Reiches war er gänzlich unbekannt. Ihm hier einen solch prominenten Platz einzuräumen, sollte den Unterworfenen das Gefühl geben, dass auch ihre Traditionen und Überzeugungen einen Wert hatten. Die Colonia war nun mal germanischen Ursprungs.

Die Ubier, welche die Matronen über alle Maßen verehrten, hatten die Siedlung gegründet, aus der die spätere Stadt entstanden war, und die Römer zollten dieser Tatsache auf eben jene Weise Respekt. Am größten aber war Jupiter dargestellt, er thronte mit grauem Bart und finsterem Blick über allen anderen, ein Bündel leuchtender Blitze in der ausgestreckten Faust haltend.

Endlich schwangen die schweren Eichentüren quietschend auf. Zwei Wachen mit Speeren und ovalen blauen Schilden traten heraus und bezogen zu beiden Seiten Posten. Die Ratssitzung war beendet, und der Ordo Decurionum strömte aus dem Nordflügel in die Vorhalle. Lucretia trat ein wenig zur Seite, um den meist älteren Herren in den weißen Togen Platz zu machen. Aufgeregte Stimmen schallten durch die bisher ruhige Halle. Lucretia sah etliche nachdenkliche Gesichter, aber die Mehrheit der Stadträte schien erfreut, fast euphorisch. Manche lachten und schlugen einander auf die Schultern. Es musste gute Nachrichten gegeben haben, aber zugleich lag eine gewisse Anspannung in der Luft.

Endlich entdeckte sie in der Menge ihren Vater, der mit zwei anderen Dekurionen diskutierte. Als er seine Tochter erblickte, verabschiedete er sich sofort von ihnen und kam strahlend auf sie zu. Die beiden umarmten einander herzlich.

»Was ist passiert? Alle sind so unruhig«, fragte Lucretia.

»Es wird sich viel verändern, Kind«, antwortete Magnus Veturius. »Ich habe die Neuigkeiten selbst noch nicht ganz verdaut.«

Hinter ihm rief einer der Ratsherren laut: »Das ist ein großer Tag, lasst uns feiern!«, was Applaus hervorrief.

»Du suchst aber auch immer einen Grund zum Saufen, Lucius!«, frotzelte ein anderer, und Gelächter brandete auf.

Die Einzigen, die nicht mit einstimmten und schnell zum Ausgang strebten, waren einige Vertreter des Militärs. Sie waren an ihren blank polierten, bronzenen Brustharnischen zu erkennen, an denen bunte Umhänge befestigt waren, die über ihre Rücken fielen. Grimmig dreinblickend setzten sie im Hinausgehen ihre mit Federn geschmückten Prunkhelme auf.

»Raus mit der Sprache, Vater. Was ist los?«, hakte Lucretia nach. Ihre Neugier war geweckt.

Sie schoben sich ein paar Fuß vor, um Platz für die nachrückenden Dekurionen zu machen, und blieben mitten auf dem Adlermosaik stehen. Lucretias Vater Magnus Veturius stammte aus der Provinz Mauretania Tingitana und war an der nordwestlichsten Spitze Afrikas nahe der kleinen Stadt Septem Fratres aufgewachsen, unweit der Säulen des Herkules, die die Grenze von Mittelmeer und dem endlosen Oceanus markierten. Er war Anfang fünfzig, wirkte aber jünger, und in seinem kurz geschorenen pechschwarzen Schopf fand sich kaum ein graues Haar. Seine Haut war dunkler als die aller anderen im Rat, doch man war den Anblick von Menschen verschiedenster Herkunft in der Colonia gewohnt, da Männer aus allen Winkeln des Imperiums in der Armee dienten. Auch Magnus hatte es auf diese Weise nach Germanien verschlagen. Zwei Jahrzehnte lang hatte er für Rom gekämpft und beim Bau von Straßen und Wasserleitungen mitgewirkt. Die vielen Narben an seinem Körper zeugten von den geschlagenen Schlachten, und zwei Finger seiner linken Hand waren kurz vor Ende seiner Dienstzeit auf einem Schlachtfeld beim zerstörten Kastell Vetera geblieben, wo sich seine Legion den aufständischen Batavern entgegengestellt hatte. Magnus Veturius verbarg diese Verwundung nicht. Jeder sollte ihm seine Vergangenheit als Soldat ansehen. Nach seiner Pensionierung hatte er eine beeindruckende Karriere hingelegt, die ihn bis ins höchste Gremium der Stadt befördert hatte.

»Wie du weißt, gehört das Germanien links des Rhenus offiziell zu Gallien«, hob ihr Vater an, nachdem er kurz Luft geholt hatte. »Zumindest hat es das bis vor ein paar Stunden. Denn Kaiser Domitian hat die Einrichtung zweier neuer, eigenständiger germanischer Provinzen angeordnet. Germania Superior weiter südlich mit der Hauptstadt Mogontiacum, und Germania Inferior …«

»… mit unserer Colonia als Hauptstadt?«, spekulierte Lucretia. Nun verstand sie die gute Laune der Würdenträger, von denen viele noch eifrig diskutierend in der Eingangshalle verblieben waren. Die Grenzstadt hatte aufgrund ihrer Größe und Lage schon zuvor eine große strategische und damit politische Bedeutung gehabt, aber eine Aufwertung zur Provinzhauptstadt bedeutete einen enormen Prestigegewinn. Sie würde damit in einer Reihe mit altehrwürdigen Städten wie Alexandria, Karthago und Athen stehen.

»Die Offiziere, die ich eben gesehen habe, wirkten allerdings weniger begeistert«, schob Lucretia nach.

»Das hast du gut beobachtet«, sagte Magnus und lächelte. Er war stolz darauf, wie politisch interessiert seine Jüngste war – anders als ihre große Schwester Claudia, der selten mehr durch den Kopf ging als Mode und Gastmahle. »Durch die Umstrukturierung verliert das Militär hier etwas an Einfluss«, setzte er seine Erklärung fort.

»Weiß man schon, wer unser erster Statthalter sein wird?«, wollte Lucretia wissen.

»Ja. Sein Name ist Lappius – Aulus Bucius Lappius. Er stammt aus einem altehrwürdigen römischen Geschlecht und ist Senator, wie schon sein Vater vor ihm, der sehr angesehen war. Man sagt, Lappius sei einer mit einem eigenen Kopf, eigenen Ideen«, erklärte Magnus nachdenklich. »Allerdings ist er noch ziemlich jung und verdankt seinen schnellen Aufstieg wohl einer persönlichen Freundschaft mit dem Kaiser. Das ist alles, was wir über ihn in Erfahrung bringen konnten, und ich fürchte, das meiste davon ist nur Gerücht.«

»Und wann nimmt der große Unbekannte seinen neuen Posten ein?«

»Sehr bald. Am letzten Tag der Floralien«, antwortete ihr Vater mit leichter Verwunderung. Das Ausmaß und die Schnelligkeit dieser Umwälzung schien er in diesem Moment erst richtig zu begreifen.

»Das ist ja schon in fünf Tagen«, rechnete Lucretia nach.

Das war in der Tat viel Neues auf einmal, und die Hektik, die sich zunehmend in die Freude des Kollegiums gemischt hatte, war nun umso verständlicher – galt es doch, schnell einen würdigen Empfang für den hohen Herrn aus Rom zu organisieren.

»Lasst mich endlich los, ihr Verrückten!«, brüllte da jemand mit germanischem Akzent aus voller Kehle, und seine tiefe Stimme hallte von den Wänden wider.

»Klappe halten!«, erwiderte eine zweite Männerstimme in etwas besserem Latein nur wenig leiser.

Die Halle hatte sich inzwischen weiter geleert, und die letzten verbliebenen Mitglieder des Kollegiums drehten sich neugierig um. Lucretia folgte ihren Blicken und erblickte vier Männer in einfachen Tuniken, wahrscheinlich Handwerker oder Bauern, die gemeinsam einen fünften Burschen in die Halle schleppten. Einen Germanen, der sich nach Kräften wehrte.

»Ihr habt den Falschen, ihr Idioten!«, fluchte der blonde Mann und versuchte, um sich zu treten, doch die zwei Männer vorn hatten seine Beine fest im Griff, während die zwei hinteren ihn an den Armen hielten.

»Ich werde meiner Freiheit beraubt, steht nicht blöd rum und glotzt!«, fauchte der Germane, als er die entgeisterten Gesichter der Anwesenden sah. Aber keiner der Ratsherren schritt ein, niemand wusste ja, worum es hier ging.

»Beraubt, ha! Der Räuber hier bist du!«, grunzte der verschwitzte Mann, der seinen rechten Arm umklammerte.

Auch Lucretia und ihr Vater gesellten sich zur Traube von Gaffern, die sich schnell um die merkwürdigen Besucher geschart hatte.

»Wo geht's hier zum Gerichtssaal?«, blaffte der kräftige Mann, der den rechten Unterschenkel des Germanen fest unter seine Achsel geklemmt hielt.

»Dort entlang!«, sagte Lucretias Vater höflich und deutete auf das offen stehende Tor unter dem Matronenbild.

»Ihr macht einen großen Fehler. Einen großen Fehler!«, wütete der Blonde, der es als gewaltige Demütigung empfinden musste, wie ein Sack Rüben einfach weggeschleppt zu werden.

»Lasst ihn los«, war jetzt eine ruhige, entschiedene Stimme zu hören.

Es war die von Quintus, der sich einen Weg durch die Menge der Schaulustigen bahnte.

Lucretia sah den Mann in der beigen Toga, der Schriftrollen unter dem Arm trug, nun zum ersten Mal aus nächster Nähe und war erstaunt, wie groß er war.

»Wenn wir ihn loslassen, rennt er doch weg«, erklärte derjenige, der das linke Bein des Blonden festhielt.

»Er muss verurteilt werden für seine Untaten«, fügte einer seiner Mitstreiter hinzu.

Offenbar wurden die Mitglieder der Kurie hier Zeugen einer Festnahme. Dem widerspenstigen Germanen wurde ein Verbrechen vorgeworfen, und die Männer wollten ihn vor Gericht stellen. Ein solcher Vorgang war nicht ungewöhnlich. Denn einen Polizeiapparat, der rund um die Uhr Verbrecher jagte, gab es nicht, und das Aufrechterhalten der öffentlichen Ordnung unterlag den Stadtwachen und der Feuerwehr, wobei die Kompetenzen allerdings nicht klar geregelt waren. Wer jemanden eines Verbrechens überführen wollte, musste das also auf eigene Faust tun – und wer diese Person vor Gericht stellen wollte, hatte sich auch selbst darum zu kümmern, dass sie dort erschien.

Quintus betrachtete den Verschleppten und hatte Mitleid mit ihm. »Lasst uns in Ruhe darüber reden«, schlug er vor. »Euer Gefangener ist sicher ein Ehrenmann und wird nicht feige davonrennen.«

Die vier Männer zögerten kurz, stellten den Blonden dann aber doch auf die Füße und traten ein paar Schritte zurück. Der Germane zog sein weites moosgrünes Wollhemd zurecht und fuhr sich durch seine gepflegten, aber nun zerzausten schulterlangen Haare, um sie zu glätten. Überhaupt war er keine wilde Erscheinung, seine Kleidung war sauber, und er trug kniehohe Stiefel aus Wildleder, wie sie bei den Brukterern beliebt waren.

»Wie heißt du?«, verlangte Quintus zu wissen.

»Fridolf«, sagte der Blonde mürrisch. Dass er keinen latinisierten Namen hatte, war ein deutlicher Hinweis darauf, dass er kein römischer Staatsbürger war. »Ich habe nichts Unrechtes getan!«

Der letzte Satz löste abschätziges Murren bei den vier Männern aus, die ihn hergeschafft hatten.

»Und ob! Deshalb haben wir ihn ja festgenommen«, sagte der, der den rechten Arm des Gefangenen gehalten hatte.

»Solange ihr keine Klage eingereicht habt und es keine entsprechende richterliche Genehmigung gibt, habt ihr dazu keine Befugnis – so handelt es sich um eine Entführung«, rutschte es Lucretia heraus.

Mit einem Mal herrschte Stille, und alle sahen sie verblüfft an. Dass die junge Frau, die brav neben ihrem Vater stand, plötzlich das Wort ergriff und dazu noch Fundiertes zu sagen hatte, war höchst irritierend. Auch Quintus, dem Lucretia bisher gar nicht aufgefallen war, war überrascht.

»Da hat die Dame völlig recht«, pflichtete er ihr schließlich bei.

Für einen Moment trafen sich ihre Blicke. Unwillkürlich lächelte Lucretia, und Quintus nickte ihr anerkennend zu.

»Was mischt ihr euch hier überhaupt ein?«, hatte nun der Kräftige seine Stimme wiedergefunden.

»Ich arbeite hier. Ich bin Rechtsanwalt.«

»Und deswegen glaubst du, alles zu wissen?«

»Ich kenne das Zwölftafelgesetz auswendig. Du etwa nicht?«, konterte Quintus.

Er wollte die Sache schnell zu einem Ende zu bringen, da sein zweiter Gerichtstermin an diesem Tag unmittelbar bevorstand.

»Was wird ihm vorgeworfen?«, fragte er die Männer.

»Er ist Teil der Bande, die seit Wochen im Umland die Höfe ausplündert«, erklärte der Kräftige.

Quintus ging ein Licht auf. Wahrscheinlich hatte Pola mit ihrer Truppe einen dieser Überfälle nachspielen müssen.

»Ein Dieb! Einer, der vor nichts zurückschreckt!«, echauffierte sich der Verschwitzte.

»Ihr habt ihn also auf frischer Tat ertappt? Das ist mutig, ihr verdient meine Bewunderung«, sagte Quintus.

Lucretia unterdrückte ein Grinsen. Sie begriff, in welche Falle er die Männer schickte.

»Äh, nein, ganz so war es nicht«, lenkte einer von ihnen etwas kleinlauter ein.

»Also wisst ihr es nur vom Hörensagen?«, fragte Quintus mit gespielter Verwunderung.

»Es gibt einen Zeugen, den Färber Marius!«, insistierte ein anderer der vier, der nicht bereit war, sich so schnell geschlagen zu geben.

»Wenn ihr Fridolf wirklich vor Gericht stellen wollt, muss einer von euch offizielle Anklage erheben, sonst kommt kein

Prozess in Gang. Derjenige trägt dann die Verantwortung für alles, was sich daraus ergibt«, erklärte Quintus und hoffte, dass diese unangenehme Aussicht reichen würde, um die Sache hier und jetzt zu beenden.

Die vier Männer sahen sich fragend an. Einer von ihnen zuckte mit den Achseln, ein anderer kratzte sich am Kopf und starrte an die Decke. Doch der Kräftige, ein sonnengegerbter Mann, den Quintus aufgrund seiner hohen Wangenknochen und leicht mandelförmigen Augen als Sarmaten erkannte, trat schließlich vor und sagte mit um Festigkeit bemühter Stimme: »Ich, Publius Hostilius, klage diesen Mann an.«

»Du Hund, du blöder!«, fauchte Fridolf und wollte sich wütend auf ihn stürzen, aber Quintus, der, wenngleich nicht trainiert, doch durch sein Körpergewicht mit einiger Kraft ausgestattet war, hielt ihn zurück.

»Ruhe jetzt«, forderte er mit einer Stimme, die keinen Widerspruch duldete. »Geht nach Hause, ein Gerichtsdiener wird euch informieren, sobald ein Verhandlungstermin feststeht.«

Den Männern fiel keine weitere Frage oder Provokation ein, und sie blickten sich betreten um. Nur Hostilius, der kräftige, wagte einen Schritt nach vorn.

»Wer garantiert mir, dass der da auch wirklich vor Gericht erscheint, und nicht einfach verschwindet?«, blaffte er und machte eine verächtliche Kopfbewegung in Richtung des mutmaßlichen Verbrechers.

Fridolf brauste auf: »Ich bin ein Ehrenmann, ich würde niemals …«

Doch Quintus brachte ihn mit einer Handbewegung zum Schweigen. »Als Anklageführer ist es deine Aufgabe, für sein Erscheinen zu sorgen, wusstest du das nicht?«, wandte er sich an Hostilius. Der wirkte überrumpelt.

»Ich gehe davon aus, dass du über einen sicheren Ort verfügst, an dem du den Angeklagten bewachen und versorgen kannst«, setzte Quintus nach.

»Versorgen?« Hostilius kratzte sich unsicher am Ohr.

»Natürlich. Rechte und Pflichten gehen Hand in Hand. Ich kann dir nur raten, den Angeklagten wohlgenährt und bei bester Gesundheit zur Verhandlung zu führen. Bis zur Verkündung des Urteilsspruchs gilt er als unschuldig. Und einen Unschuldigen zu misshandeln würde ein unschönes Licht auf deinen Charakter werfen, meinst du nicht auch?«

Hostilius wurde sichtlich nervös. Diesen Aufwand hatte er offenbar nicht erwartet. Hilfesuchend blickte er zu seinen Kumpanen, doch die zuckten nur ratlos mit den Schultern.

»Wenn es euch zu viel ist, steht es euch natürlich frei, die Anklage zurückzuziehen«, sagte Quintus und schaute Hostilius abwartend an, der rot anlief und offensichtlich mit sich rang.

Lucretia war beeindruckt davon, wie gut sich Quintus allein nur mit Worten durchsetzen konnte – und stolz darauf, selbst ein wenig zur Sache beigetragen zu haben. Vom siebten bis zum zwölften Lebensjahr hatte sie einen Hauslehrer gehabt, den Griechen Menelaos, einen wortkargen, äußerst gebildeten Thebaner. Er hatte ihr nicht nur das Lesen, Schreiben und Rechnen beigebracht – was die meisten Frauen nicht beherrschten, da man meinte, dass sie derlei Fähigkeiten nicht benötigten –, sondern in seinen Unterricht auch Exkurse über Astronomie und das Rechtssystem eingeflochten. Letzteres hielt Menelaos, der die Römer allgemein als unflätige Emporkömmlinge verachtete, für die beste, nein, die einzig gute Erfindung des Imperiums. Lucretia war ihrem Vater bis heute dankbar, dass er, ihrem Wunsch entsprechend, diese Investition in ihre Ausbildung getätigt hatte. Aber vielleicht war das auch nicht ganz ohne Hintergedanken geschehen, denn Magnus hatte keine männlichen Nachkommen, und

Claudia war nicht geeignet, eines Tages das Unternehmen zu führen. Vielleicht hoffte er, dass seine jüngere Tochter das übernehmen könnte. Frauen hatten kaum Möglichkeiten, etwas anderes zu werden als Gattin und Mutter, doch Geschäfte leiten durften sie.

»Ja gut, dann nehm' ich ihn halt mit«, brummte Hostilius, dessen Gesicht die Farbe eines gekochten Hummers angenommen hatte. Trotzig packte er Fridolf wieder am Arm. Quintus seufzte innerlich, doch den Versuch war es wert gewesen.

Der Zorn des Bezichtigten schlug in Verzweiflung um. Schweigend und tief atmend stand er da. Es schien, als wisse der Mann gar nicht, wie ihm geschah, und Quintus stufte seine Gefühlsregungen als ehrlich ein.

»Wie soll ich einen Prozess überstehen? Ich habe keinen Anwalt«, sagte der Germane, als Hostilius begann, ihn wegzuzerren.

»Vielleicht doch«, erwiderte Quintus und schloss zu ihnen auf. »Ich habe gleich noch eine Verhandlung, aber danach würde ich gern mit Fridolf sprechen«, eröffnete er Hostilius. »Bitte wartet draußen auf mich.«

»Wie, warten?«, patzte Hostilius sichtlich genervt. »Ich hab keine Zeit, ich muss noch …«

»Rechte und Pflichten, Publius Hostilius, Rechte und Pflichten«, mahnte Quintus.

Hostilius starrte ihn einen Moment an, nickte dann zähneknirschend und stapfte mit Fridolf im Schlepptau in Richtung Forum. Seine Freunde folgten ihm mit einer gewissen Erleichterung, selbst nicht in der Verantwortung zu stehen.

Quintus blickte ihnen einen Moment nachdenklich hinterher und eilte dann zum Gerichtssaal. Sein nächster Mandant wartete bestimmt schon auf ihn.

Die Traube der Dekurionen löste sich langsam auf, und

auch Magnus Veturius wandte sich zum Gehen, doch Lucretia konnte sich nur schwer losreißen. Die denkwürdige Szene, die sie eben miterlebt hatte, warf in ihrem Kopf tausend Fragen auf.

Aber sie wusste auch, dass die Toleranz ihres Vaters gegenüber ihrer Neugier, so großzügig sie sonst auch bemessen war, Grenzen hatte, und folgte ihm schnell.

»Ein überaus interessanter Tag«, stellte Magnus mit einem Hauch Ironie fest.

»Und er ist noch nicht mal vorbei«, ergänzte Lucretia, die den trockenen Humor ihres Vaters schätzte. Sie beschloss, die Sache im Auge zu behalten und in Erfahrung zu bringen, wann der Prozess gegen diesen Fridolf beginnen würde. Den wollte sie sich auf keinen Fall entgehen lassen.

»Schauen wir, dass wir deine Mutter finden. Wollen wir wetten, dass sie am Parfümstand ist?«

»Wo sonst.«

VI
6

»Ein Meisterwerk!«, rief Nephele erfreut aus, als sie den letzten Faden, der aus Lucretias Frisur ragte, theatralisch abschnitt und die kleine Bronzeschere zufrieden in ihren Gürtel steckte. Lucretia lächelte. Normalerweise wäre sie von dem langen Stillsitzen genervt gewesen, doch sie kannte Nepheles Leidenschaft für kunstvolle Frisuren und gönnte ihr die Freude. Sie griff nach dem Handspiegel, der vor ihr auf der Kommode lag. Der aus dunklem Holz geschnitzte Griff hatte die Form einer schlanken Frau. Es war die Göttin Venus, die ihre Hände über den Kopf hielt und die Spiegelfläche auf ihren Fingerspitzen balancierte. In der auf Hochglanz polierten Silberscheibe betrachtete Lucretia ihr metallisch trübes Abbild. Das Licht fiel günstig durch die mit einem verschnörkelten Eisengitter gesicherte Fensteröffnung über ihrem Bett, so dass Nepheles Arbeit gut zu erkennen war: Lucretias dunkles, gewelltes Haar war zu einem Turm verwoben, der sich an ihrem Hinterkopf zuspitzte und mit einer filigranen Bronzekette umwickelt war. Dass er der Schwerkraft trotzte, war Nepheles geschicktem Umgang mit Nadel und Faden zu verdanken.

»In der Tat sehr kunstvoll, Nephele«, sagte Lucretia anerkennend. »Aber findest du es nicht etwas zu übertrieben?«

»Du bist jung, du kannst dir das leisten«, zerstreute Nephele die Bedenken, während sie ihre Schminkschatulle auf die grau gemaserte Marmorplatte des kleinen Tisches neben Lucretias Bett stellte und öffnete. Metallische Gelenke verbanden darin mehrere flache Schubladen aus leichtem, hellem Holz, in denen sich winzige Fläschchen und Döschen befanden. »Und auf den Festen deiner Schwester kann es doch gar nicht wild genug zugehen.«

»Gerade das macht mir etwas Angst«, sagte Lucretia und legte den Spiegel, der ebenso viel kostete wie ein gut ausgebildeter Haussklave, behutsam zurück. Große Gelage waren eigentlich nicht ihr Ding, auf solchen Veranstaltungen hielt sie sich abseits und fühlte sich unwohl, während alle anderen Spaß hatten. »Am liebsten würde ich gar nicht hingehen.«

»Von wegen«, lachte Nephele. »Das hast du auch letztes und vorletztes Jahr gesagt, und danach hast du tagelang von den Feiern geschwärmt.«

Das stimmte. Lucretias Wesen war von einer grundsätzlichen Skepsis geprägt, die sie erst überwinden musste, bevor sie Begeisterung empfinden konnte.

»Stell dein Licht nicht unter den Scheffel«, ermunterte Nephele ihre Herrin. »Du bist eine Naturgewalt. Alle Augen werden heute Nacht auf dich gerichtet sein.«

»Die Frage ist, ob ich das will«, sagte Lucretia.

»Nur weil du keinen Ehemann suchst, heißt das doch nicht, dass du wie eine Barbarin herumlaufen musst«, entgegnete ihre Vertraute. Da hatte sie natürlich recht.

Nephele öffnete einen kleinen Tiegel, in dem sich eine weißliche Paste befand – Hirschtalg. Dann griff sie zu einem Fläschchen, durch dessen milchig grünes Glas ein graues Pulver zu erkennen war. Sie schüttelte es leicht, damit die metallischen Partikel sich lockerten. Mit der Absicht, beides zu vermischen, holte sie einen dünnen Zinnlöffel aus der Schminkschatulle hervor.

»Nein, warte. Ich glaube, auf die Grundierung können wir dieses Mal verzichten«, sagte Lucretia.

Nephele hielt inne und blickte sie erstaunt an.

»Bist du sicher?«

»Ich weiß, ich weiß, helle Haut ist das Ideal. Aber ich habe nun mal keine. Selbst mit deiner Kunstfertigkeit wirkt jeder Versuch gezwungen. Und abgesehen davon, dass es viel zu lange dauert, bis du meinen halben Oberkörper damit bestrichen hast, habe ich die Mischung letztes Mal wirklich nicht gut vertragen.«

»Ich erinnere mich. Das war womöglich das Blei. Manche sagen, ihnen wird ganz schwummrig davon. Wir könnten es durch Kreide ersetzen. Die hält bloß nicht so lange, da müsste ich auf dem Fest noch einmal nachlegen.«

»Nein, nein. Ich komme mir damit immer ganz fremd vor. Wie eine bemalte Statue.«

»Du sprichst wie eine erwachsene Frau«, nickte Nephele anerkennend. Sie war zwar nur drei Jahre älter als Lucretia, wirkte aber viel reifer. Die harte Arbeit im Haushalt der Familie Veturius hatte ihre Spuren hinterlassen. Nephele stand als Erste auf und ging als Letzte zu Bett. Sie hatte viele Talente. So war sie nicht nur Lucretias Ornatrix, ihre Kammerzofe, sondern sprang auch als Küchenhilfe und bei der Gartenarbeit ein.

»Dann können wir uns auch das Rouge sparen, das sieht man dann sowieso nicht«, sagte Lucretia. Alles, was die Prozedur verkürzte, kam ihr gelegen.

»Gut. Wer will auch schon Krokodilmist im Gesicht haben!«, lachte Nephele, und Lucretia stimmte ein. Im Sommer gewann man die Farbe für das Wangenrot aus Klatschmohn oder Rosenblättern, in den kälteren Monaten mussten unappetitlichere Zutaten dafür herhalten.

»Und deine Augenbrauen fassen wir natürlich auch nicht an«, setzte Nephele nach.

»Danke«, nickte Lucretia. Sie mochte ihre vollen dunklen Brauen, die von Natur aus sanft geschwungen waren, so wie sie waren.

»Lidschatten … blau oder grün?«, fragte Nephele.

»Blau«, entschied Lucretia.

Nephele nahm ein Döschen, öffnete es und holte mit einem winzigen Löffel eine Prise dunkelblaues Pulver hervor, das aus einem zu Staub gemahlenen Gestein bestand. Auf einem kleinen Stück Zedernholz, das als Palette diente, verrührte sie es vorsichtig mit ein wenig Hirschfett, und es entstand eine dicke hellblaue Paste, in die Nephele nun ein Pinselchen tauchte.

»Augen zu«, ordnete Nephele an.

Lucretia leistete der Anweisung Folge und hielt brav still, während Nephele mit ruhiger Hand ihre Augenlider bemalte. Lucretia bewunderte ihr Geschick und ihre Geduld. Kosmetik konnte man nicht fertig kaufen, die Ornatrix musste sie jeden Tag frisch zubereiten. Jede Zofe hatte da ihre Eigenheiten und Tricks, aber Nephele beherrschte diese Kunst wie sonst keine. Sie hatte an Lucretias älterer Schwester Claudia, die für ihre Eitelkeit bekannt war, ausreichend Gelegenheit zum Üben gehabt. Als Claudia vor drei Jahren geheiratet hatte und ausgezogen war, war es für Nephele eine Erleichterung gewesen, denn Claudias Wutausbrüche, wenn nur ein einzelnes Härchen nicht richtig lag, hatten stets alle im Haus gefürchtet. Lucretia war im Vergleich dazu die Friedfertigkeit in Person.

»Du wirst mir fehlen«, sagte Nephele jetzt ernst.

»Du mir auch«, erwiderte Lucretia, immer noch mit geschlossenen Augen. Und fügte hinzu: »Du kannst dir als Abschiedsgeschenk wünschen, was du willst. Wenn ich es besorgen kann, sollst du es haben.«

Nephele war gerührt. Trotz Claudias Eskapaden hatte sie sich bei der Familie Veturius immer wohlgefühlt. Ihr war klar, dass sie großes Glück gehabt hatte. In den Jahren, die sie hier verbracht hatte, war sie nur zwei- oder dreimal geschlagen worden. Und der Hausherr hatte sie nie genötigt, mit ihm das Bett zu teilen, so wie es in vielen anderen Haushalten üblich war. Als Sklavin war man rechtlich gesehen ein Gegenstand, reiner Besitz, wie ein Esel oder ein Tisch. Doch hier, in dem kleinen, gepflegten Stadthaus im Herzen der Colonia, hatte sich Nephele immer wie ein Mensch gefühlt.

»Ich wünsche mir nur eine Sache, Herrin, und für die musst du dich nicht einmal in Unkosten stürzen«, sagte Nephele. Sie war sich nicht sicher, ob sie den nächsten Satz wirklich aussprechen sollte oder ob er zu distanzlos, zu unhöflich klingen würde. In ihrer Position musste man seine Worte gegenüber den Hausherren immer mit Bedacht wählen. Aber andererseits – warum sollte sie aus ihrem Herzen eine Mördergrube machen? Sie würde nur noch wenige Tage hier sein. Als zehnjähriges Mädchen war sie von Piraten entführt und in die Sklaverei verkauft worden. Am ersten Mai, dem Ehrentag der Bona Dea, der Göttin der Frauen und der Fruchtbarkeit, der die Mitte und den Höhepunkt der Floralien darstellte, sollte Nephele, wie weithin üblich, nach einem Jahrzehnt im Besitz ihrer Herrschaften die Freiheit erhalten. Nur noch dreimal schlafen, dann würde ihr Traum von einem selbstbestimmten Leben Wirklichkeit werden. Der Gedanke, wie traurig Lucretia bei der Verabschiedung sein würde, machte ihr zu schaffen, aber sie schob ihn beiseite.

»Ich wünsche mir, dass wir Freundinnen bleiben, auch wenn ich bald ein eigenes Leben haben werde. Dass wir uns begrüßen wie alte Vertraute, wenn wir uns eines Tages wiedersehen.«

Lucretia war sehr gerührt von Nepheles Worten, aber versuchte, es sich nicht anmerken zu lassen. »Natürlich bleiben wir Freundinnen. Du bleibst immer meine Nephele«, bekräftigte sie.

Die Augen der Sklavin wurden feucht, und ihre Lippen zitterten leicht, aber das konnte Lucretia nicht sehen. Nephele riss sich zusammen.

»Augen auf!«, befahl sie und versuchte, sachlich zu wirken. Sie begutachtete ihr Werk. »Und wieder schließen, bitte.« Sie griff nun nach einer Pinzette, mit der sie einen Splitter Holzkohle aus einer Glasampulle fischte. Dann begann sie damit, einen feinen Lidstrich zu ziehen.

»Du hast eben gesagt, dass wir uns eines Tages wiedersehen. Das klingt so, als wolltest du nicht in der Colonia bleiben«, stellte Lucretia mit geschlossenen Lidern fest, und Bedauern schwang in ihrer Stimme mit.

»Das stimmt«, eröffnete ihr Nephele zögernd. Sie wusste nicht, wann der richtige Zeitpunkt sein würde, diese Nachricht zu verkünden, aber nun war er wohl gekommen. »Ich möchte gern nach Zypern zurück, auf die Insel meiner Ahnen. Ich wollte ja nie …« Sie schluckte. »Ein Teil von mir ist immer dortgeblieben. Es ist wie eine Wunde, die nie verheilt ist. Und etwas in mir sagt, dass sie sich schließen wird, wenn ich wieder unter den Pinien am türkisblauen Meer stehe. Ich erinnere mich an eine felsige Stelle an der Küste, da, wo ich aufgewachsen bin, und ich frage mich, ob ich sie wiederfinde. Und ob die Sonnenuntergänge dort immer noch so schön sind, wie ich sie nachts in meinen Träumen sehe … Hochschauen, bitte.«

Lucretia öffnete die Augen, und Nephele begann, die unteren Lider dunkel zu umranden.

»Nun, das Wetter hier wirst du sicher nicht vermissen.«

»Nein«, lachte Nephele, »dort regnet es so gut wie nie. Man sagt, Helios winke den Zyprioten besonders freundlich zu, wenn er am Himmel mit seinem Sonnenwagen vorbeizieht. Komm mich doch besuchen! Die Insel ist zu jeder Jahreszeit schön. Es ist fast so, als herrschte dort immer Frühling.«

»Ich würde mich schon gerne einmal auf Reisen begeben«,

gab Lucretia zu. »Der Süden zieht mich tatsächlich an. Den hab ich irgendwie im Blut, bestimmt durch Vater. Oft fühle ich mich wie ein exotisches Tier, das sich zu weit nach Norden verirrt hat und in Wirklichkeit ganz woanders hingehört.«

»Ich weiß genau, was du meinst«, sagte Nephele. »So, jetzt nur noch deine Wimpern. Zum Glück hast du noch viele. Ein deutliches Zeichen dafür, dass du Menschen selten Schlechtes wünschst.«

Nephele schraubte ein kleines schwarzes Keramikfläschchen auf, gab etwas Olivenöl hinein, um die schnell eintrocknende Oktopustinte und das Kohlepulver darin wieder geschmeidig zu bekommen, und färbte damit eine filigrane Bürste ein. Dann begann sie, Lucretias Wimpern zu tuschen.

»Du glaubst doch nicht wirklich, dass es da einen Zusammenhang gibt?«, fragte Lucretia zweifelnd.

»Alles in unserem Körper ist durch unser Blut verbunden. Was in unserem Kopf vorgeht, strömt also auch bis in die Zehen, Fingerspitzen und Augenlider«, war Nephele überzeugt.

»Klingt sehr gescheit, wie du das erklärst. Aber ich glaube trotzdem nicht, dass böse Gedanken zu Haarausfall führen. Zumal der Großvater vom Nachbarsjungen noch ein volles Haupt hat, obwohl er ständig seine Frau, seine Sklaven und seinen Hund verprügelt.«

»Abwarten«, zwinkerte Nephele. »Wenn er eines Morgens als glänzende Melone aus dem Haus kommt, wirst du noch an mich und meine Worte denken.«

Die beiden kicherten bei der Vorstellung.

»Wenn du keine Sklavin mehr bist, kannst du auch endlich heiraten«, fiel Lucretia ein. »Willst du das?«

»Ich hätte schon gern Kinder«, sagte Nephele nachdenklich. »Und der passende Mann dafür kommt sicher auch noch des Weges. Immerhin kann ich mir den dann selbst aussuchen.«

»Dann wirst du in ein paar Tagen freier sein, als ich es je sein werde«, stellte Lucretia bedrückt fest.

Sie wusste, dass ihre Familie sie früher oder später verheiraten würde. Ihre Mutter wollte es dringend, ihr Vater, der den Freiheitsdrang seiner Jüngsten besser verstand, war dagegen. Aber Cäcilia würde sich auf Dauer durchsetzen, wie sie es in dieser Ehe schon immer getan hatte. Der sogenannte gute Ruf bedeutete ihr alles, und dass eine Frau von achtzehn Jahren noch nicht vermählt war, war nicht nur unüblich, sondern auch durchaus rufschädigend.

Lucretia konnte ihre Gefühle nicht länger zurückhalten. Sie legte ihre rechte Hand auf Nepheles linke, die auf dem Rand des Weidenkorbsessels mit der hohen Lehne ruhte, in dem Lucretia saß. Die Sklavin war überrascht von der vertraulichen Geste. Betretene Stille legte sich für einen Moment über das kleine Zimmer. Früher hatte Lucretia es sich mit Claudia teilen müssen, doch seit sie aus dem Haus war, war es allein Lucretias Reich. Die grüne Wandbemalung imitierte gekonnt die feine Äderung von Marmor. Die Zimmerdecke war mit quadratischen Kassetten aus dunklem Holz verkleidet, und das Zentrum des weißen Mosaikbodens schmückte das Bildnis zweier Delfine, die Lieblingstiere ihres Vaters, gerahmt von einem schmalen Kreis aus schwarzen Steinen.

»Ich weiß nicht, was ich ohne dich machen soll, Nephele. Dieses Haus wird so viel leerer sein ohne dich. Du bist der einzige Mensch hier, der mich wirklich versteht.«

Nephele fühlte sich geehrt und lächelte.

»Wir sind hier zusammen groß geworden, Herrin«, antwortete sie. »Und alles, was ich im Laufe der Jahre gesehen habe, erfüllt mich mit der Gewissheit, dass du eine starke Frau bist, die so leben wird, wie sie es möchte.«

Lucretia lächelte traurig.

Das Gespräch hatte eine ernste Wendung genommen, und

um davon abzulenken, griff Nephele rasch zum Spiegel und reichte ihn Lucretia.

»Fertig!«, verkündete sie stolz. Lucretia betrachtete ihr leicht unscharfes Ebenbild, aber konnte genug erkennen, um zu wissen, dass es ihr bestens stand, ihre Haut so natürlich zu zeigen, wie sie war. Mochte ihr dunklerer Teint aus Sicht der höheren Gesellschaft bäuerlich wirken – ihr gefiel er, und das war es, was zählte.

»Jetzt fehlt eigentlich nur noch eines zur Vollkommenheit«, sagte Nephele, nahm einen kleinen Tiegel von der Kommode und grinste Lucretia schelmisch an.

»Wage es bloß nicht!«, drohte Lucretia spielerisch, die bereits ahnte, was kam.

Nephele öffnete den Tiegel, der eine scharlachrote Masse enthielt, und hielt ihn Lucretia vors Gesicht. Sofort stieg ihr ein ekelerregender Gestank in die Nase.

»Was, kein Schneckenschleim für deine Lippen?«, neckte Nephele und schwenkte das widerliche Sekret unter Lucretias Nase.

Lucretia machte theatralische Würgegeräusche und versuchte, den stinkenden Tiegel abzuwehren, ohne dabei ihre Frisur zu ruinieren.

»Igitt, nein, geh weg«, kicherte sie. Sie würde Nephele vermissen. Wirklich vermissen.

Da hörte sie ein metallisches Klirren. Lucretia zuckte zusammen und entdeckte die Frisierschere, die offenbar zu Boden gefallen war.

»Oh, wie ungeschickt von mir«, sagte Nephele. Schnell hob sie die Schere wieder auf und legte sie zurück auf die Kommode. Nephele schien keinen weiteren Gedanken an diesen Vorfall zu verschwenden.

Doch Lucretia überkam plötzlich ein ungutes Gefühl, als wäre dieses scheinbar harmlose Missgeschick ein Zeichen der

Götter. Schaudernd musste sie daran denken, dass die Schere das Attribut der Totengöttin Morta war, mit der sie die Lebensfäden der Menschen durchtrennte.

»Was ist denn, Herrin?«, fragte Nephele besorgt.

»Ach, nichts«, sagte Lucretia, betrachtete sich noch einmal im Spiegel und rang sich ein fröhliches Lächeln ab. »Ich danke dir für dieses Kunstwerk!«

Lucretia versuchte, das flaue Gefühl abzuschütteln. Jeder ließ doch einmal etwas fallen, beruhigte sie sich. Offenbar ging die Phantasie mit ihr durch.

VII
7

Quintus packte seine Sachen zusammen. Die zweite Gerichtsverhandlung des Tages war nicht zu seiner vollen Zufriedenheit verlaufen, doch auch die Gegenseite hatte am Ende Zugeständnisse machen müssen, also ließ sich das Ergebnis verkraften. Der Gerichtssaal leerte sich schnell. Der Fall hatte nicht im gleichen Maße das öffentliche Interesse geweckt wie der am Morgen, und so waren nur sehr wenige Zuschauer zugegen gewesen. Die Sonne war inzwischen um das Südende des Saals gewandert und schickte nun ihre schwächer werdenden Strahlen durch die Fensteröffnungen in der Westwand. Zwei Sklaven fegten mit Reisigbesen den Boden. Richter Orata, der auch diesen Fall verhandelt hatte, legte Wert auf Sauberkeit. In seiner hochstehenden Rolle als Prätor Urbanus war er der einzige Träger eines Schlüssels für das Tor zum Gerichtssaal.

Quintus beschloss, dem Prätor den neuen Fall, der sich abzeichnete, noch nicht anzutragen. Er wollte erst mehr über die Hintergründe in Erfahrung bringen, bevor er dem Germanen Fridolf seine Hilfe zusagte. Außerdem war er mit seiner Konzentration am Ende und hatte für diesen Tag mehr als genug geredet. Was nicht hieß, dass er Grund zur Klage gehabt hätte – als Selbständiger konnte er sich auf keine regelmäßige Auftragslage verlassen, und manch einer der alteingesessenen Vertreter genoss mehr Vertrauen als er. Zwar sprach sich sein Talent mittlerweile herum, aber noch stand er nicht in der ersten Reihe. Zwei Fälle an einem Tag abwickeln zu dürfen, die zudem überdurchschnittlich bezahlt waren, stellte ein seltenes Glück dar. Quintus verabschiedete sich von Orata und verließ den Saal. Er nickte auch den zwei Wachen höflich zu, die sicher froh waren, endlich Feierabend machen zu können, nachdem die Verhandlung sich länger hingezogen hatte als erwartet.

Als Quintus das Prätorium verließ, ergoss sich die Abendsonne immer noch warm über die umliegenden dreistöckigen Wohnblöcke. In der Straße, die vor dem Prätorium verlief, herrschte ausgelassenes Treiben. Die Türen und Fenster der Häuser waren mit Blumengirlanden geschmückt. Eine bunt gewandete Gruppe junger Frauen und Männer, schon merklich angetrunken, schob sich lachend an ihm vorbei. Dass dies der erste Abend der Floralien war, konnte man nicht nur sehen, sondern auch hören – die schiefen Gesänge Betrunkener schallten ebenso durch die Straßen wie das rhythmische Schlagen der Trommeln, zu denen viele Menschen ausgelassen tanzten. Überhaupt wurde auf allem getrommelt, was Töne machte.

Hostilius hatte tatsächlich auf Quintus gewartet. Mit missmutigem Gesicht stand er neben seinem Gefangenen Fridolf, der auf der Bordsteinkante hockte und dem Treiben auf dem Cardo Maximus, der zwanzig Fuß breiten Nord-Süd-Achse der Stadt, zuschaute. Als Hostilius Quintus erblickte, setzte er sofort genervt an, etwas zu sagen, doch der Anwalt ließ ihn nicht zu Wort kommen.

»Danke, dass du so lange gewartet hast, Hostilius. Ich wusste, du bist ein Mann von Ehre. Darf ich?« Er deutete auf Fridolf, und Hostilius nickte leicht verwirrt.

Fridolf erhob sich zögerlich und machte einen Schritt auf Quintus zu.

»Danke für deine Hilfe vorhin«, sagte er.

»Du brauchst mir nicht zu danken. Ich bin Rechtsanwalt. Quintus Tibur mein Name.«

Sie schüttelten sich die Hand.

»Ich bin Brukterer. Von welchem Stamm bist du?«, fragte Fridolf neugierig.

Quintus hatte sich also nicht getäuscht.

»Meine Mutter ist Usipeterin«, erklärte Quintus. »Wir sprechen also einen sehr ähnlichen Dialekt und können gerne unsere Muttersprache nutzen, wenn es dir leichter fällt.«

»Nein, nein, ich muss Latein üben«, erklärte Fridolf, »sonst nimmt mich hier nie jemand ernst.«

Quintus wusste genau, wovon Fridolf redete. Die lateinische Sprache war der Schlüssel zur Integration. Wer sie beherrschte, konnte hier seinen Platz finden. Auch dem bloßen Versuch, sie zu sprechen, wurde Respekt gezollt. Quintus setzte sich in Bewegung und schlenderte die Straße hinab, Fridolf folgte ihm zaghaft, fast so, als schüchtere ihn die Stadt ein. Hostilius blieb an Fridolfs Seite. Er würde die beiden nicht aus den Augen lassen.

»Du wohnst nicht in der Colonia«, stellte Quintus fest.

»Woher weißt du das?«

»Dann hättest du einen anderen Namen.«

»Du meinst, ich muss irgendwann meinen Namen ändern?«, fragte Fridolf mit spürbarem Unbehagen.

Hostilius stöhnte genervt auf. Quintus warf ihm einem mahnenden Blick zu, und er verstummte.

»Das wäre so, wenn du einen Wohnsitz in der Stadt ergattern könntest und damit das Bürgerrecht bekämst«, sagte Quintus zu Fridolf und wunderte sich über die Unwissenheit des Germanen, der offenbar noch nicht lange in Kontakt mit der römischen Welt stand.

Sie bogen um eine Straßenecke und stießen auf eine große Gruppe von Feiernden. Ein hübscher Bursche mit hell gepudertem Gesicht saß mit geschlossenen Augen auf dem Boden und schüttelte mit beiden Händen eine Rassel. Junge Frauen mit Blüten im Haar tanzten zu dem schnellen Rhythmus um ihn herum und wirkten dabei ganz verzückt.

»Darf ich mir den neuen Namen selbst aussuchen?«

»In der Regel bekommst du den Namen von der Person, die dich einbürgert, vom Statthalter oder vom Kaiser. Und deinen jetzigen Namen würdest du als Nachnamen behalten.«

»Aha«, sagte Fridolf. Ihm schien klarzuwerden, wie viel er noch zu lernen hatte. »Nun, vorerst muss ich wohl in meiner kleinen Hütte bleiben. Eine Meile nördlich der Stadt am Ufer.«

»Dann lebst du nicht bei deinem Stamm?«

Quintus musste an die Zeit zurückdenken, als er selbst seine Heimat verlassen hatte, um in einer Straßensiedlung vor den Toren der Colonia zu leben, angespornt von dem Traum, eines Tages Teil dieser Stadt zu sein.

»Nein, ich war es leid, immer nur auf Bäume zu starren«, lachte Fridolf.

Er wirkte wie ein einfacher Mann ohne Hintergedanken, auf eine Weise unverdorben, um die ihn Quintus fast beneidete. *War ich damals auch so unbedarft?*, fragte er sich.

»Es gibt in meinem Stamm einen alten Brauch«, wurde Fridolf nun ernst.

»Wie lange soll das hier noch gehen?«, mischte Hostilius sich ein.

»Mit jeder Unterbrechung länger«, wandte sich Quintus an ihn und blieb stehen. »Warum wartest du nicht in der Taverne, bis wir fertig sind?«

»Aber du hast selbst gesagt, ich muss ihn im Auge behalten«, sträubte sich Hostilius.

Quintus holte tief Luft. »Nun, im Moment bin ich ja da, um ihn an der Flucht zu hindern. Und es wäre mir sehr wichtig, einen Moment allein mit meinem potenziellen Klienten zu haben. Anwaltsgeheimnis. Das verstehst du sicher.«

Der Bauer zögerte.

»Hostilius, Rechte und –«

»Jaaaa, Rechte und Pflichten!« Genervt warf Hostilius die Hände in die Luft, dann ging er außer Hörweite, lehnte sich an eine Hauswand und starrte finster zu Fridolf herüber.

»So ist es besser, nicht wahr?«, schmunzelte Quintus.

Fridolf atmete auf. Sie setzten sich wieder in Bewegung, und Hostilius trottete ihnen von nun an in einigem Abstand hinterher.

»Du wolltest eben etwas über deinen Stamm sagen, über einen Brauch«, erinnerte Quintus.

»Richtig …« Fridolf sammelte sich. »Wenn ein Junge zum Mann wird, muss er eine Prüfung bestehen. Er wird von den Ältesten mit verbundenen Augen und barfuß tief in den finsteren Wald geführt und muss dann ohne Hilfe zurück ins Dorf finden. Wenn er das schafft, bekommt er einen Armreif, der ihn als Krieger ausweist.«

»Bei den Usipetern ist das ähnlich«, sagte Quintus.

»Als ich an der Reihe war, habe ich mich verlaufen«, erklärte Fridolf. »Das war nicht ungefährlich. So manchen Burschen holen sich die Wölfe oder Bären. Meinen besten Freund, der das ein halbes Jahr vor mir durchmachen musste, habe ich nie wieder gesehen. Ich bin also zwei Tage lang durch das Dickicht gestapft, bis meine Arme und Beine zerkratzt und meine Fersen blutig waren«, fuhr er fort.

»Am dritten Tag kam ich an den Rhein. Oder Rhenus, wie sie hier sagen. Die machen es sich leicht, die Römer, hängen einfach an alles ein us und behaupten dann, es gehöre ihnen.« Der Mann lachte auf, wurde aber schnell wieder ernst und fuhr mit seiner Geschichte fort: »Ich hatte noch nie so einen breiten Fluss gesehen, nein, überhaupt noch nie so viel Wasser auf einmal. Aber was mich noch mehr beeindruckt hat, war, was ich auf der anderen Seite erblickte. Da war eine

Stadt, die tausendmal größer war als mein Dorf, umgeben von einem meilenlangen hölzernen Zaun und großen Türmen. Und dahinter Häuser, Häuser aus Stein! Und so viele! In meinen kühnsten Träumen hätte ich mir so etwas nicht ausmalen können. Dass Menschen so leben! Und so viele auf einem Fleck. Als ich da zum ersten Mal die Colonia gesehen habe, war mir sofort klar, dass ich eines Tages selbst dort leben wollte.«

Quintus verstand. Fridolf hatte einen Traum, und den konnte er nur zu gut nachvollziehen. Die Schilderung des Germanen berührte ihn, weil er vor langer Zeit eine ganz ähnliche Erfahrung gemacht hatte. Er selbst war damals noch ein Kind gewesen. Besonders der Anblick des gewaltigen weißen Altars hatte sich ihm eingeprägt. Er stand auf einem erhöhten Platz und man konnte ihn, ja sollte ihn über den Fluss und die hölzerne Stadtmauer hinweg sehen. Eine Verlockung für die Barbaren auf der anderen Seite des Stroms. So war es von Kaiser Augustus angeordnet und den Architekten geplant gewesen, und ganz offensichtlich funktionierte es. Bei ihm war es auf jeden Fall so gewesen.

»Ich fühle mich geehrt, dass du mir helfen willst«, unterbrach Fridolf seine Gedanken.

»Bevor ich das tue, habe ich allerdings noch einige Fragen«, war Quintus nun wieder ganz bei der Sache.

»Ich gebe dir jede Antwort, die du brauchst.«

»Bist du einer der Räuber, die die Landgüter überfallen, wie der Ankläger behauptet?«, fragte Quintus ihn streng und geradeheraus. Eine solche Direktheit provozierte oft Reaktionen, an denen sich viel ablesen ließ.

»Auf keinen Fall, ich nehme nichts, was mir nicht gehört!«, empörte sich Fridolf.

Quintus ließ das erst einmal so stehen. Ob der Mann schuldig war oder nicht, spielte im Prinzip keine Rolle. Es ging eigentlich nur darum herauszufinden, ob hier ein Fall vorlag, der sich gewinnen ließ. Quintus war Anwalt, kein Richter, und eine gewisse Neutralität zu wahren, schärfte den Verstand. Dazu gehörte auch, die mögliche Schuld des Klienten in Kauf zu nehmen.

»He, was guckt ihr denn so ernst drein? Flora muss ja weinen, wenn sie euch trübe Tassen so sieht!«, lallte da ein junger Mann, Nase und Wangen rot vom Wein, er drängte sich zwischen sie und hakte sich bei ihnen unter. »Ihr müsst saufen, Männer, saufen!«, rief er, und einige Männer und Frauen, die gerade dabei waren, sich ihre Holzbecher aus einer Amphore großzügig nachzufüllen, grölten bestätigend ein paar kaum verständliche Worte zurück.

»Vielen Dank«, lehnte Fridolf höflich ab.

Der junge Mann zuckte mit den Schultern und tanzte, ein Lied auf den gespitzten Lippen, wieder von dannen.

Hinter ihnen hustete Hostilius jetzt hörbar, wohl um an seine Anwesenheit zu erinnern und Quintus zur Eile zu mahnen.

»Aber du hast von den Vorfällen gehört?«, nahm der den Faden wieder auf.

»Na ja, was so geredet wird«, erklärte Fridolf. »Man sagt, es sei eine Gruppe von zehn oder zwanzig Mann. Germanische Krieger. Auf Pferden. Schwer bewaffnet. Die nehmen ganz schöne Strapazen auf sich.«

»Wie meinst du das?«, fragte Quintus.

»Na, sie müssen doch irgendwie über das Wasser. Da brauchen sie mehrere Flöße, und zwar große, wenn sie mit Pferden unterwegs sind. Und das Ganze immer bei Dunkelheit. Und bei der Strömung, stell dir das nur mal vor!«

Quintus nickte. Ein interessanter Gedanke. Der Rhenus war von Wachtürmen aus gut zu überblicken, und wenn der Mond schien, auch nachts. Die Räuber mussten also ein ganzes Stück weiter weg übersetzen, um nicht sofort bemerkt zu werden. Zumal sie angreifbar waren, solange sie im mächtigen Strom trieben. Für jeden Raubzug den riesigen Fluss zu überqueren, stellte schon ein immenses Risiko dar. Aber offenbar schien sich der Aufwand für die Halunken zu lohnen. Gier konnte einem Menschen Flügel verleihen und ihn jede Vorsicht vergessen lassen. Das wusste Quintus, der schon mehr als einmal Morde mit solchem Motiv vor Gericht verhandelt hatte, nur zu gut.

Er musste daran denken, mit welcher Vehemenz die vier Männer Fridolf ins Prätorium geschleppt hatten. Hatten sie etwa ein persönliches Motiv?

»Sag mal, diese Kerle«, setzte Quintus an, »bist du denen irgendwie krummgekommen? Hast du einem von ihnen geschäftlich geschadet oder bist du einer von ihren Frauen nachgestiegen?«

»Nein!«, rief Fridolf aus. »Deshalb war ich ja so überrumpelt. Ich habe die Kerle noch nie zuvor gesehen. Plötzlich sind sie da gewesen und haben mich gepackt. Ich wusste gar nicht, wie mir geschah.«

Quintus wägte ab. Wenn Fridolf die Wahrheit sagte, war an der Sache etwas faul. Aber vielleicht log er auch, und es war ihm zu peinlich, eine persönliche Verfehlung vor Quintus zuzugeben.

Fridolf wollte noch etwas hinzufügen, verstummte aber, weil ohrenbetäubende, schräge Trompetentöne hinter ihm erschallten. Ein splitternackter Greis überholte sie im Laufschritt, seine welke Männlichkeit schwang bei jedem Schritt hin und her. Um den Oberkörper trug er eine Bucina, eine schwere, zu einem Kreis gebogene Tuba von bestimmt drei Fuß Durchmesser, wie sie bei der Armee üblich war, um Befehle über weite Distanzen zu übermitteln. Wie zu hören war, beherrschte der Alte das Instrument in keiner Weise, war aber hingerissen von dem blechernen Dröhnen, das sich damit erzeugen ließ. Wo er die wohl herhatte? Er nahm Fridolf und Quintus kaum wahr, seine Augen waren rot unterlaufen und die Pupillen geweitet. Nur Bacchus wusste, was und wie viel der Kerl getrunken hatte.

»Geht es hier immer so hoch her?«, wunderte sich Fridolf, der schon viel von der Feierlust der Römer gehört hatte.

»Nein, nein. Nur zu den Floralien. Ein Frühlingsfest, das fast eine Woche dauert. Es ist selbst für unsere Gewohnheiten extrem«, erklärte Quintus.

»Eine ganze Woche? O weh, das gibt einen Kater«, sagte Fridolf. »Was den Fluss angeht, weiß ich, wovon ich rede«, kam der Germane zum eigentlichen Thema zurück, »ich lebe von der Jagd. An einem kleinen Stand auf dem Markt biete ich mein Fleisch an. Links des Rheins habt ihr ja alles abgeholzt, und es sind überall Äcker, da erwische ich mit Bogen und Speer nur ein paar Hasen und höchstens mal ein Reh. Einmal in der Woche lasse ich mich aber von einem Fährmann auf die andere Seite bringen. Dabei fürchte ich mich jedes Mal ein wenig, weil ich nicht gut schwimmen kann. Und rüberzukommen dauert fast eine halbe Stunde. Im Wald drüben findet sich da aber viel mehr, mal ein prächtiger Hirsch, mal sogar ein junger Bär. Die Römer zahlen viel für Bärenfleisch.«

»Frau und Kinder hast du keine?«, wollte Quintus wissen. Fridolf schüttelte den Kopf. »Und deine Geschwister oder ein paar Freunde sind dir auch nicht hierher gefolgt?«

»Nein, ich bin allein«, bestätigte Fridolf.

Quintus grübelte. Wenn das stimmte, war Fridolf auf sich gestellt und hatte von niemandem Hilfe zu erwarten. Er war der perfekte Sündenbock. Dass er mit Speer und Bogen umgehen und ohne zu zögern töten konnte – auch, wenn es nur Tiere waren –, kam erschwerend hinzu. Quintus konnte sich schon denken, was die Geschworenen von Fridolf halten würden. Und genau das machte ihn stutzig. Es wirkte fast so, als hätte jemand den Blonden genau zu diesem Zweck ausgewählt.

»Hallo, ihr zwei, trinkt mit uns!«, rief ihnen ein zarter Knabe mit Blumenkranz in den braunen Locken zu, löste sich aus seiner Gruppe und wirbelte kichernd um sie herum. Fridolf winkte höflich ab. Der Junge hielt inne, musterte Quintus angetan und meinte: »Du kannst von mir noch was ganz anderes haben.«

»Verheiratet!«, wehrte Quintus das Angebot ab.

Der Gelockte lachte schrill auf. »Der beste Grund, mal etwas anderes zu probieren. Du weißt ja gar nicht, was gut ist, Großer!«, rief er und hüpfte mit neckisch schwingenden Hüften davon.

»Ich bin bereit, alles zu tun, um meine Unschuld zu beweisen«, eröffnete Fridolf, »ich würde sogar ein glühendes Eisen in Händen halten und nicht fallen lassen, damit Wodan mir glaubt.«

»Sehr löblich«, meinte Quintus, »aber das wird nicht nötig sein. Wir erledigen diese Dinge hier auf andere Weise. Und die Götter bleiben dabei außen vor.« Er dachte kurz nach und verkündete dann den Entschluss, der in ihm gereift war: »Ich finde deinen Fall sehr interessant und werde dich vertreten.«

Fridolf war merklich erfreut. »Ich bekomme nicht viel Geld zusammen, aber du kannst alles haben, was ich besitze«, sagte er, »und notfalls stottere ich es nach und nach ab.«

»Danke für dein ehrenhaftes Angebot«, erwiderte Quintus, »aber ich werde dich pro bono vertreten.«

»Was heißt das?«

»Ohne Bezahlung«, erklärte Quintus. »Als Anwalt geht es mir um die Sache, nicht ums Geld.« Das stimmte nur halb, denn auch Quintus musste von etwas leben. Aber er hatte heute in wenigen Stunden so viel verdient wie sonst im ganzen letzten Jahr nicht, und das wertete er als Zeichen. Womöglich war das eine Aufforderung Merkurs, dem Schicksal seinen Tribut zu zollen.

»Das kann ich nicht annehmen«, sagte Fridolf, gekränkt in seinem germanischen Stolz.

»Einigen wir uns darauf: Wenn wir vor Gericht gewinnen, bringst du mir ein Jahr lang jede Woche einen Hasen vorbei, gehäutet und ausgenommen«, schlug Quintus vor.

»So soll es sein!«, willigte Fridolf erfreut ein, nur um kurz darauf nachdenklich hinzuzufügen: »Und was, wenn wir verlieren?«

Eine berechtigte Frage. Quintus räusperte sich. Er wusste, dass dem Jäger die Antwort nicht gefallen würde.

»Dann wirst du sterben.«

Fridolf blieb stehen und war für einen Augenblick still. Erst jetzt wurde ihm bewusst, welche Tragweite die Anklage hatte, die man gegen ihn erhob. Über seine Schulter warf er einen nervösen Blick auf seinen Bewacher Hostilius, der ihn weiterhin aus der Entfernung fixierte. Die Musik und die freudigen Rufe der blumengeschmückten Feiernden um sie herum bildeten jetzt einen fast spöttischen Kontrast zu Fridolfs aufkommender Furcht.

»Und es gibt keine mildere Strafe?«, fragte er leise.

»Nicht bei Raub, das ist ein schweres Vergehen«, erklärte Quintus. »Und erst recht nicht für dich, als Peregrin aus Germania Magna. Vor Gericht bist du hier ein Niemand«, eröffnete der Anwalt seinem neuen Mandanten ehrlich.

»Aber das ist doch nicht gerecht!«, empörte sich Fridolf. »Ich dachte, euer System sei so ausgefeilt.«

»Ist es auch. Es ist verflucht kompliziert und wird ständig von Rechtsgelehrten und dem Senat mit neuen Beschlüssen und Erweiterungen noch komplizierter gemacht …«, sagte

Quintus, »und es ist bei weitem nicht perfekt. Aber lass dir gesagt sein, Fridolf, es ist besser als nichts.«

Der Brukterer nickte.

»Ich glaube, ich nehme jetzt doch einen Becher. Oder zwei«, rief Fridolf dem gelockten Knaben nach und steuerte auf die Gruppe zu. Unter lobendem Gejohle wurde ihm ein Becher gereicht.

Quintus folgte ihm. Er gab Hostilius ein Zeichen, der sich zögerlich zu ihnen gesellte, und drückte auch ihm einen Becher in die Hand. »Danke, das war sehr hilfreich. Fridolf wird dir keine Probleme bereiten, richtig?«

Der Brukterer nickte bestätigend.

Hostilius rang einen Moment mit sich, akzeptierte mit einem Nicken schließlich die versöhnliche Geste und nahm einen großen Schluck. Auch Quintus widmete sich nun seinem Wein. Am nächsten Tag würde er genug Probleme haben. Denn obwohl er an Fridolfs Unschuld glaubte, hatte er noch keine Ahnung, wie er sie beweisen sollte. Zu viel stand auf dem Spiel.

VIII
8

Kurz vor Sonnenuntergang näherten sich Lucretia und Nephele Claudias Landgut. Lucretias Vater hielt es für Geldverschwendung, eigene Sänftenträger zu beschäftigen, deren Dienste man nicht jeden Tag brauchte. Aber wenn es nicht anders ging, so wie an diesem Abend, konnte er sich für ein paar Sesterze die Träger eines Nachbarn ausleihen. Und die vier starken Burschen kamen gehörig ins Schwitzen, nicht nur, weil die Distanz bis zur westlich der Stadt gelegenen Villa Rustica ein paar Meilen betrug, sondern weil in der Sänfte, die sie schleppten, gleich zwei Frauen saßen – denn für die Sklavin eine eigene Sänfte zu mieten, wäre aus Magnus' Sicht bei aller Wertschätzung für Nephele dann doch zu viel des Guten gewesen. Was er aber nicht wusste, war, dass Lucretia es nicht zuließ, dass ihre Ornatrix zu Fuß ging.

Das Gut lag auf einer kleinen Anhöhe, die ringsum von Äckern umgeben war. Das Land war hier ansonsten flach, und man konnte meilenweit sehen. Es gab nur wenige Bäume, und die gehörten zu den Obstgärten. Lucretia lugte durch den Vorhang der Sänfte und blickte auf braunen Matsch, so weit das Auge reichte. Im Sommer würden die Felder voller Weizen sein, der wie ein gelbes Meer sanft im Wind wogte, doch Ende April boten die Äcker noch einen trostlosen Anblick.

Die gesamte Umgebung der Colonia wurde landwirtschaftlich genutzt, meist von ehemaligen Armeeangehörigen. So war auch Plautus, Claudias Ehemann, an die Villa gekommen. Sein Vater, ein vielfach ausgezeichneter Offizier, hatte sie auf der Parzelle errichten lassen, die die Verwaltung ihm nach dem Ende seines Militärdienstes zugedacht hatte. Der war nun schon vor einigen Jahren gestorben, und so hatte Plautus das Haus geerbt. Er hatte es modernisiert und um einige Anbauten erweitert, allen voran um einen eigenen Badetrakt, da Claudia die Thermen der Stadt so sehr vermisste.

Jetzt wurde die Sänfte abgesetzt.

»Wir sind da, edle Dame«, sagte einer der Träger.

Der Platz vor der Villa war mit Kies bedeckt, so dass man trockenen Fußes zum Hauptgebäude gelangen konnte. Zu beiden Seiten des Vorplatzes standen dicht an dicht zahlreiche weitere Sänften, die meisten kunstvoll in ihrer Ausführung. Es war Geld anwesend. Die Erscheinung der dazugehörigen Träger, die prächtig gekleidet waren und sich das Warten mit Würfelspiel und Unterhaltung vertrieben, unterstrich diesen Eindruck noch.

Nephele folgte Lucretia, die auf das Haupthaus zuging. Es war der mittlere und größte Teil des u-förmigen Gebäudekomplexes. Der linke Trakt war der landwirtschaftlichen Nutzung vorbehalten und im rechten, dem neuesten Anbau, waren Küche und Bad untergebracht. Überdachte Gänge, von Holzpfeilern gestützt, waren den Gebäuden vorgelagert und verbanden die drei Teile miteinander. Wie die Häuser in der Stadt waren die des Landgutes ebenfalls weiß getüncht und mit den typischen hellroten tönernen Dachziegeln gedeckt.

Lucretia hielt auf den Haupteingang zu, dessen große dunkelbraune Torflügel weit offen standen. Musik schallte heraus. Lucretia hörte das Schlagen einer Trommel und das ekstatische Spiel einer Flöte, das sich mit dem Stimmengewirr und Gelächter der Gäste mischte.

»Tu nichts, was ich nicht auch tun würde«, riet Nephele ihrer Herrin scherzhaft.

»Du tust immer so brav, dabei ist dir sicher einiges zuzutrauen«, konterte Lucretia.

Sie war aufgeregt. Mit vielen Menschen in einem Raum zu sein, behagte ihr nicht. Ganz im Gegensatz zur Gastgeberin. Als Claudia ihre kleine Schwester erblickte, steuerte sie gleich auf sie zu, wobei sie sich elegant durch die zahlreichen Besucher manövrierte.

»Lucretia! Wie schön, dass du gekommen bist«, flötete Claudia und drückte Lucretia an sich. Nephele beachtete sie hingegen gar nicht. Die war es gewohnt, unsichtbar zu sein, und sah sich nach einer ruhigen Ecke um, von der aus sie alles beobachten und ihrer Herrin schnell zu Diensten sein könnte.

»Wein! Plautus! Bring Wein für mein Schwesterherz!«, rief Claudia in die Halle. Dabei verrutschten ihr ein paar Silben. Offenbar hatte sie selbst dem Rebensaft schon ausgiebig zugesprochen. »Umwerfend siehst du aus!« Sie musterte Lucretia mit großen Augen und tippte ihr spielerisch gegen das Brustbein. Claudia sah aus wie eine jüngere Ausgabe ihrer Mutter. Sie wirkte sehr italienisch, die dunkle Haut des Vaters schlug bei ihr weniger durch. Seit sie verheiratet war, hatte sie ein paar Pfund zugenommen, die ihr aber gut standen. Sie war barfuß und trug eine luxuriöse rote Stola. Um den Hals baumelte eine goldene Kette, deren Protzigkeit ihrer Mutter die Schamesröte ins Gesicht getrieben hätte. Allzu großes Ausstellen von Luxus war unter Römern der besseren Gesellschaft verpönt, das offizielle Ideal der Kultur war immer noch ein asketisches, soldatisches. Doch die Zeiten änderten sich. Claudia tat, was ihr gefiel. Hier konnte sie es – und das war auch ein Grund, warum sie hierher zu Plautus gezogen war, weit weg von Cäcilia und ihren Regeln.

»Wein kommt sofort«, sagte eine Stimme, und die Frauen drehten sich um.

Plautus, Claudias Ehemann, stand vor ihnen. Abgesehen von einem Lorbeerkranz auf dem Kopf trug er nichts. Lucretia erschrak kurz, was Plautus gefiel. Er liebte es zu provozieren. Er war als komischer Kauz bekannt. Obwohl sein Körper mit den dünnen Armen und dem runden Bäuchlein keineswegs dem Ideal einer griechischen Statue entsprach, fühlte er sich pudelwohl. Ihn scherte nicht, was andere über ihn dachten. Er war ein Freigeist, was Claudia für ihn eingenommen hatte. An der Seite jedes anderen Mannes wäre sie wahrscheinlich vor Langeweile eingegangen, aber in ihm hatte sie den Richtigen gefunden.

»Ich habe bei einem Trinkspiel verloren«, erklärte Plautus grinsend. In der rechten Hand hielt er ein Holztablett mit drei Bechern darauf. Einen frisch gefüllten reichte er Lucretia.

»Wenn ich da mitmachen muss, trinke ich lieber nichts«, sagte Lucretia skeptisch.

»Natürlich machst du mit! Wenn du den Becher nicht in einem Zug austrinken kannst, musst du dich ausziehen.«

»Was?«, entfuhr es Lucretia entsetzt.

»Meine Güte, Schwesterchen, er macht doch nur Spaß. Nimm ihn nicht zu ernst«, lachte Claudia.

Während Plautus davontänzelte, nippte Lucretia an dem Becher.

»Schmeckt irgendwie komisch«, sagte sie und kräuselte die Lippen.

»Ist mit Kräutern angereichert. Die werden dir guttun«, erklärte Claudia. »Und keine Sorge. Du musst heute nicht mehr zurück in die Colonia, du kannst bei uns übernachten, wir haben genug Platz.«

Lucretia nickte dankbar. Claudia drückte ihr einen Kuss auf die Wange, schenkte ihr einen liebevollen Blick und schwebte dann weiter zu anderen Gästen, die um ihre Aufmerksamkeit buhlten.

Lucretia sah sich um. Es war für die frühe Uhrzeit schon viel los, die Mehrzahl der Gäste schien bereits anwesend zu sein. In Grüppchen bevölkerten sie das gesamte Atrium, eine große Halle mit fünfzehn Fuß hohen Wänden. Diese waren in der unteren Hälfte olivgrün und mit orangefarbenen Rankenornamenten verziert, und in der oberen Hälfte blassgelb mit weißen dorischen Säulen bemalt, was den Raum nach oben hin heller wirken ließ. Die drei halbkreisförmigen verglasten Fenster, die in der oberen Hälfte genau über der Pforte angebracht waren und durch die das Licht der untergehenden Sonne fiel, verstärkten diesen Eindruck noch. Der Boden war aus grauem Marmor und im Zentrum des Raumes sprudelte ein kleiner, von einem achteckigen Becken eingefasster Springbrunnen, bei dem das Wasser aus dem Mund einer Forelle kam.

Überall im Raum waren Liegen aufgestellt, die mit Tierfellen und Wolldecken zum Verweilen einluden. Dazwischen standen niedrige Tische, die sich unter der Last der dargebotenen Leckereien fast bogen – bronzene und silberne Schalen und Teller voller gegrillter Fleischspieße, gebratener Fische und exotischer Früchte, die mühsam importiert werden und Claudia ein Vermögen gekostet haben mussten. Aber Plautus, ihr Mann, musste sich um Geld nicht sorgen, er hatte genug davon – wichtig war ihm nur der Genuss. Wärme und zusätzliches Licht spendeten zwei große Schalen, gefüllt mit rot glühender Holzkohle, die in eisernen Gestellen hingen. Deckel aus engmaschigem Stahlnetz, die darübergestülpt waren, hegten die Feuer ein.

Aus der Generation ihrer Eltern schien niemand anwesend zu sein, was Lucretia erfrischend fand. Junge Erwachsene, alle fein herausgeputzt, fläzten sich auf den Liegen oder prosteten sich im Stehen mit ihren Bechern zu. Auf der anderen Seite des Atriums erblickte Lucretia die beiden Musiker, die sie bereits gehört hatte. Eine Frau mit bronzefarbener Haut, kahl geschorenem Kopf und großer Nase, in der sie einen kleinen juwelenbesetzten Ring trug, schlug eine mit Ziegenleder bespannte Trommel. *Vielleicht eine Perserin*, dachte Lucretia. Neben ihr ein bärtiger Mann, der mit beiden Händen einen Aulos, eine doppelläufige Flöte, spielte und dazu tanzte. Er war ein Südländer, hatte aber helles Haar. Lucretia hielt ihn für einen Mazedonier. Obwohl er schon älter war, zog er mit seinem definierten, biegsamen Körper, den er geschickt zu bewegen verstand, auch verlangende Blicke manch junger Frau auf sich.

Da bemerkte Lucretia, wie Titus Bulbo auf sie zusteuerte. Reflexhaft sah sie sich nach einer Fluchtmöglichkeit um, doch es war zu spät, der junge Mann hatte sie schon erreicht.

»Lucretia, du auch hier?«, eröffnete er etwas ungeschickt das Gespräch. Er war sichtlich nervös.

Lucretia kannte Titus schon seit der Kindheit, sie waren im selben Viertel aufgewachsen. Er war der jüngste Spross einer der reichsten Familien der Stadt. Früher hatten sie miteinander gespielt und waren unschuldige Gefährten gewesen. Aber das Heranwachsen, nebst den körperlichen Veränderungen, die es mit sich brachte, hatte etwas zwischen ihnen verändert.

»Salve, Titus«, erwiderte Lucretia freundlich. »Ein Hoch auf Flora!«

»Das kannst du laut sagen«, fand Titus, und beide hoben ihre Becher.

Lucretia nahm einen großen Schluck. Sie mochte Titus, aber er war ihr in letzter Zeit zu aufdringlich geworden. Damals, als er einfach nur ihr bester Freund gewesen war, war alles viel einfacher gewesen.

»Ich habe gehofft, dass du kommst«, gab Titus zu und grinste Lucretia linkisch an.

Sie wusste nicht so recht, was sie darauf erwidern sollte und schwieg.

»Hier, ich habe ein Geschenk für dich«, sagte er und zog unter seinem Gewand einen metallenen Anhänger hervor, der an einer dünnen Lederschlaufe befestigt war. Er reichte ihn Lucretia.

»Danke, wie schön«, sagte sie höflich, während sie das silberne Schmuckstück betrachtete – es war ein erigierter Phallus, ja, zweifellos. Mit Flügeln an den Seiten. Zu den Floralien war es üblich, seinem Schwarm erotische Talismane zu schenken. Lucretia fühlte sich zwar geehrt, hätte aber lieber auf das Geschenk verzichtet. Titus war ein herzensguter Junge, aber sie konnte beim besten Willen nichts anderes in ihm sehen als ihren tollpatschigen Spielgefährten. Erst recht keinen Ehemann. Falls sie überhaupt Interesse für derlei Dinge gehegt hätte. Statt sich den Anhänger vor Titus' Augen umzuhängen, was ihm womöglich falsche Hoffnungen gemacht hätte, behielt sie ihn in der Hand.

»Ich bereite im Badehaus gerade eine skythische Sauna vor«, raunte Titus und zwinkerte ihr zu.

»Was ist das? So eine Art Dampfbad?«

»Mit ganz besonderen Dämpfen. Die wilden Pferdemenschen aus Asia entspannen sich darin nach ihren langen Ritten. Es heißt, man kann vor Lachen sterben, wenn man sie einatmet.«

»Immerhin ein schöner Tod. Wie kommst du nur auf so was?«, fragte Lucretia.

»Klassische Bildung«, grinste Titus, »der gute alte Herodot hat vor vierhundert Jahren schon darüber geschrieben.«

Titus war ein Bücherwurm, was ihr sympathisch war, denn sie las selbst gerne. Er träumte davon, Arzt zu werden, und saugte alles über Medizin auf, was er in der Bibliothek, die oberhalb des Forums lag, in die Finger bekommen konnte. In Sachen Frauen jedoch hielt sich seine Bildung wie auch seine praktische Erfahrung noch sehr in Grenzen.

»Entschuldige mich kurz, ich muss austreten«, sagte Lucretia, die dringend nach einem Grund suchte, das Gespräch zu beenden. Die anderen Gäste beobachteten sie bereits, und sie wollte nicht, dass ein falscher Eindruck entstand. Ein guter Ruf war schnell ruiniert, und im Gegensatz zu Claudia war Lucretia das nicht völlig egal. Sie wandte sich zum Gehen. Nephele bemerkte es und folgte ihr.

»Verpass es nicht!«, rief Titus ihr hoffnungsvoll nach.

Lucretia wickelte den Anhänger, den Titus ihr geschenkt hatte, um ihren Gürtel und trat zusammen mit Nephele hinaus in die frische Luft der anbrechenden Nacht. Da sie den neuen Gebäudeteil mit Küche und Bad, auf den Claudia und Plautus so stolz waren, noch nicht gesehen hatte, war das eine gute Gelegenheit, ihn sich anzuschauen.

Als sie die Küche betrat, sahen die Sklaven, die dort Dienst taten, Lucretia verwirrt an. Der Älteste, der Oberkoch, kam mit fragender Miene auf sie zu, während er sich die Hände an einem Lappen sauber wischte.

»Herrin! Stimmt etwas nicht?«, wollte er besorgt wissen.

»Im Gegenteil«, beruhigte Lucretia den Mann, »es ist alles wunderbar, und ich wollte euch nur persönlich für dieses großartige Mahl danken.«

Die Gesichter der Sklaven hellten sich auf, viele nickten erleichtert. Claudia pflegte nicht viel Lob zu verteilen, das wusste Lucretia. Umso erfreuter waren sie über ihres.

»Meine Ornatrix würde gerne auch etwas essen«, sagte Lucretia mit einem Seitenblick auf Nephele.

»Setzt euch doch«, sagte der Oberkoch und schob die frisch gespülten Teller und Löffel beiseite, die sich am Kopfende des fünfzehn Fuß langen Küchentisches befanden.

Am anderen Ende waren zwei Sklavinnen damit beschäftigt, Gemüse für eine mit viel Meersalz gewürzte Brühe zu schneiden, die den Gästen zu fortgeschrittener Stunde den

Kater vertreiben sollte. Eine der beiden lief sofort los und brachte einen Holzteller mit einem noch dampfenden Stück frischen Brotes und einer halben Hartwurst. Lucretia und Nephele labten sich beide daran. Sie fanden es hier in der Küche, bei den brodelnden Töpfen, die über Holzfeuern in mehreren Herden hingen, viel gemütlicher als im Atrium. Hier musste niemand mit seinem Schmuck prahlen oder den anderen mit seinen Sprüchen übertreffen. Der Geruch von Knoblauch und Zwiebeln hing in der Luft, und das Lachen der Sklaven war weitaus ehrlicher als das der Gecken in Claudias treuer Schar.

Lucretia fragte sich, wer all das Essen, das hier zubereitet wurde, vertilgen sollte. Allein das, was sich in der Halle befand, war mehr als genug.

»Deine Schwester hat wieder viel zu viel besorgt«, bemerkte auch Nephele.

»Ihre Augen waren schon immer größer als ihr Magen«, stöhnte Lucretia. »Aber Hauptsache, sie kann das halbe Forum leer kaufen und ist damit Tagesgespräch.«

»Nun, was die Gäste nicht essen, verdrücken die Sklaven schon im Lauf der Woche«, meinte Nephele.

Lucretia kaute nachdenklich an einem Stück Brot, als ihr plötzlich etwas einfiel. »Kennst du die Familie Cleitomachus? Die Nachbarn von Claudia?«

Nephele nickte. »Sehr nette Leute. Schon älter, oder?«

»Ja, seit dem letzten Winter fällt ihnen das Gehen schwer«, erklärte Lucretia und fügte etwas beschämt hinzu: »Deshalb hat Claudia sie natürlich nicht eingeladen. Glaubst du, sie würden sich über ein paar Leckereien freuen?«

»Sicher! Und darüber, dass jemand während der Floralien an sie denkt«, pflichtete Nephele ihr bei und schnitt sich ein weiteres Stück von der würzigen Wurst ab, die ihr sehr schmeckte.

»Gut«, sagte Lucretia. »Wir packen ein paar Sachen zusammen, die fehlen hier doch keinem, und bringen sie rüber. Zu Fuß sind es nur zehn Minuten.«

Nephele sah Lucretia gerührt an.

»Das ist eine liebe Idee«, sagte sie, »aber bleib du hier und lass dich drinnen mal wieder blicken. Ich bin gerne die Botin.«

Lucretia, die ganz froh war, dem Fest bisher weitgehend entkommen zu sein, seufzte: »Du hast ja recht. Wie immer.« Sie wandte sich an den Oberkoch: »Habt ihr vielleicht einen Korb für uns?«

Nachdem Nephele mit dem Essen aufgebrochen war, begab sich Lucretia zurück ins Atrium. Die Sonne war mittlerweile hinter dem Horizont verschwunden, und die Feier hatte Fahrt aufgenommen. Stimmen und Gelächter erfüllten den Raum. Vor allem Claudias unverkennbares, mitreißendes Lachen hallte von den Wänden wider. Sie und Plautus waren mit einigen Gästen ins Gespräch vertieft, und dem Bekleidungsgrad nach zu urteilen, war das nächste Trinkspiel in vollem Gang.

Die Musik war schneller und rhythmischer geworden, und einige Gäste wirbelten wild durch den Raum. Ein sichtlich betrunkener Mann hatte sich zu den Musikern gesellt und versuchte sich als Sänger. Leider hatte Apollo ihn nicht mit Talent bedacht. Sklaven mit Amphoren voller Wein bewegten sich geschickt durch die Menge und sorgten dafür, dass alle Becher stets gefüllt waren.

Im Springbrunnen entdeckte Lucretia eine nackte junge Frau, die verzückt das Wasser durch ihre Finger rinnen ließ. Die Forellenfigur im Brunnen trug nun einen Lorbeerkranz. Nur Titus konnte Lucretia nirgendwo entdecken und vermutete ihn in der Sauna. Unvermittelt packte einer der

Tanzenden sie an den Hüften und versuchte, sie mit sich zu ziehen. Charmant lächelnd entwand sich Lucretia seinem Griff und schob sich schnell durch die Menge, bis sie zu einem kleinen Tisch mit allerlei bunten Früchten kam. Sie inspizierte die Auswahl und pflückte sich schließlich ein paar Weintrauben, belud einen Teller mit Obst und machte es sich auf einer freien Liege mit Ziegenfell bequem. Während sie an einem großen Melonenstück nagte, betrachtete sie das Treiben.

Die Musik schien noch einmal schneller und lauter geworden zu sein, wenn das überhaupt möglich war. Während einige Gäste sich wie sie am übervollen Buffet bedienten, vergnügten sich andere miteinander auf den Liegen. Zwei junge Männer tanzten langsam und eng umschlungen, unbeeindruckt vom Trubel um sie herum, in ihrer eigenen Welt versunken.

Die große Schwester hatte Lucretia schon oft damit aufgezogen, dass sie eine Spießerin wäre, dabei gönnte sie doch jedem seinen Spaß. Aber dabei mitzumachen und auf diese Art die Kontrolle zu verlieren, entsprach einfach nicht ihrer Natur. Jetzt verlor einer der wirbelnden Tänzer das Gleichgewicht und plumpste in den Springbrunnen, wo er die nackte Badende aufschreckte. Lucretia musste lachen und hätte sich fast an ein paar Melonenkernen verschluckt.

Plötzlich gab es ein lautes Scheppern, und ein markerschütternder Schrei bereitete dem Frohsinn ein jähes Ende. Die Musik verstummte, die Gäste hielten erschrocken inne und schauten sich irritiert um. Eine junge Frau mit aufwendiger blonder Perücke stand mit schreckgeweiteten Augen am Brunnen. Zu ihren Füßen lagen die Scherben eines Tellers, Fleischstücke, Obst und Brot. Lucretia folgte ihrem Blick.

Im Eingangstor stand zitternd eine alte Frau. Ihr graues Haar stand wirr ab. Aus einer Wunde am Kopf lief ihr Blut über Gesicht und Kleidung. Ihre Füße und Hände waren mit Schlamm bedeckt.

Lucretia war die Erste, die sich aus der Schockstarre löste. »Bei allen Göttern!«, rief sie und eilte auf die Frau zu.

»Hilfe. Wir brauchen … Hilfe«, stammelte Ariadna Cleitomachus mit ihrem leichten griechischen Akzent, den sie nie ganz abgelegt hatte.

Gerade noch rechtzeitig erreichte Lucretia die Nachbarin, bevor deren Beine nachgaben und sie in ihren Armen zusammensackte.

»Was ist passiert?«, fragte Lucretia alarmiert.

Die alte Dame rang nach Luft. Sie schien den unwegsamen Pfad über die Felder gerannt zu sein, so schnell es ihre schwachen Beine zugelassen hatten.

»Überfall«, flüsterte sie. »Männer. Barbaren … sie waren plötzlich … überall.«

Im Atrium war es so still geworden, dass man eine Stecknadel hätte fallen hören.

Ein Überfall, verbreitete sich nun flüsternd die Kunde. Schon wieder …

»Die Germanen sind hier!«, rief plötzlich ein Mann.

»Was, wenn die als Nächstes hierher kommen?«, kreischte die Badende.

Auf einmal kam Bewegung in die eben noch erstarrte Festgesellschaft. Alle liefen aufgeregt durcheinander, schoben und schubsten sich gegenseitig. Weitere Teller fielen scheppernd zu Boden. Nackte und Halbnackte suchten panisch ihre Kleidung. Alle drängten zum Ausgang, sie wollten so schnell wie möglich zurück in die gut bewachte Stadt.

»Wartet, bleibt doch hier! Das Fest ist doch noch nicht vorbei!«, rief Claudia flehend und verlor beinahe das Gleichgewicht, als ein Mann den Saum seiner Toga unter ihren Füßen wegriss.

Die Einzige, die sich um die blutende Frau kümmerte, war Lucretia. Als sie ihr half, ein paar Schlucke Wasser zu trinken, fiel ihr plötzlich siedendheiß ein: »Was ist mit Nephele? War sie bei euch?«

Ariadna Cleitomachus nickte, und Tränen stiegen ihr in die Augen, doch sie konnte nichts sagen.

Lucretia stockte der Atem. Ihr wurde abwechselnd heiß und kalt.

So schnell sie konnte rannte Lucretia über den Feldweg. Die zierlichen Sandalen und ihre bauschige Kleidung waren dabei eher hinderlich, doch die Angst trieb sie weiter. Über ihr spannte sich der funkelnde Sternenhimmel, der ihr in dieser klaren Nacht den Weg wies. Schon von weitem erblickte sie schließlich den Feuerschein des brennenden Gehöftes der Cleitomachus. Mit jedem Schritt, den Lucretia näher kam, wurden die Flammen höher und ihr Tosen lauter. Nun mischten sich auch verzweifelte Stimmen in das Knistern und Grollen – Sklaven, die weinten oder um Hilfe riefen.

Lucretia starrte fassungslos auf das Inferno. Sklaven hatten eine Eimerkette zum Brunnen gebildet, der sich vor dem Gebäude befand, und schütteten Wasser in die Flammen, so schnell und so viel sie nur konnten, aber das Feuer ließ sich nicht mehr bändigen.

»Was ist passiert?«, fragte Lucretia einen der Sklaven atemlos.

»Es waren bestimmt zehn Kerle. Oder mehr. Germanen, würde ich sagen. Beritten und schwer bewaffnet«, antwortete der Mann und fuhr sich mit dem Handrücken über die rußverschmierte Stirn.

»Haben sie das Haus angezündet?«, fragte Lucretia.

»Sie haben ein Becken mit Kohlen umgestoßen, als sie im

Haus nach Wertsachen gesucht haben. Aber das war wohl keine Absicht. Sie haben geflucht, weil sie den Überfall abbrechen mussten.«

»Ich hatte meine Sklavin zu euch geschickt. Nephele. Weißt du, wo sie ist?«, wollte Lucretia jetzt wissen.

Der Mann zögerte einen Moment, nickte dann wortlos.

»Wo?«, schrie Lucretia ihn an und packte ihn an den Schultern.

Der Mann deutete zaghaft zum Hauseingang. Lucretia rannte los. Vor der offen stehenden Tür erkannte sie eine reglose schwarze Silhouette auf dem Boden. Nephele! Sie eilte zu ihr – und erstarrte. Es war tatsächlich ihre Sklavin, die da vor ihr lag, auf dem Rücken, die Arme von sich gestreckt. In ihrem Bauch klaffte eine blutende Wunde, die ihr Kleid rot färbte. Auf dem Boden erkannte Lucretia eine Blutspur, die über die Schwelle aus dem Inneren des Hauses nach draußen führte. Nephele musste sich mit letzter Kraft ins Freie geschleppt haben.

»Nephele«, flüsterte Lucretia fassungslos und kniete sich neben ihre Freundin.

Nepheles Augen standen offen. Sie blinzelte nicht, sie atmete nicht, ihr Brustkorb stand still.

Plötzlich ein Stöhnen, rasselnd von Blut, das in die Luftröhre gelangt war. Nepheles Körper bäumte sich auf. Lucretia war so erschrocken, dass sie zurückzuckte. Doch sofort beugte sie sich wieder vor und nahm Nepheles rechte Hand in ihre. Ihre Freundin lebte! Die Blicke der Frauen trafen sich – und in beiden lag Angst.

Nephele wollte etwas sagen, aber statt Worten quoll nur Blut zwischen ihren Lippen hervor.

»Psst, nicht sprechen. Du musst nichts sagen«, wisperte Lucretia tränenerstickt. »Was machst du nur für Sachen? Frau Cleitomachus hat mir erzählt, wie du dich schützend vor sie gestellt und dem Germanen die Stirn geboten hast. Ich dachte, du wärest nur bei mir so eigensinnig.«

Lucretia glaubte, bei Nephele den Anflug eines Lächelns zu erkennen.

»Ich hole Hilfe. Ich hole sofort Hilfe. Es wird alles gut.«

Lucretia wollte aufstehen, doch Nepheles Griff schloss sich plötzlich fest um ihre Finger. Ihre Augenlider flatterten, ihr Körper zuckte. Nephele zog Lucretia zu sich und fuhr mit ihrem blutigen Zeigefinger zitternd über Lucretias Unterarm. Lucretia ließ es verwirrt zu und erkannte bald, dass Nephele ein Zeichen malte – ein Symbol, das an eine Gabel erinnerte.

»Was ist das? Was hat es zu bedeuten?«, fragte sie verwirrt, während die Hitze der nahen Flammen ihr Gesicht zum Glühen brachte. Doch das spürte sie in der Aufregung kaum.

Nephele hob die linke Hand. Sie versuchte erneut zu sprechen, doch wieder kam nur Blut. Keuchend legte sie die geschlossene Hand in Lucretias Schoß. Jetzt verstand Lucretia – ihre Sklavin wollte ihr etwas geben. Vorsichtig bog sie Nepheles Finger auseinander und fand einen Stofffetzen. Sicher hatte Nephele ihn einem der Angreifer vom Umhang abgerissen. Schnell stopfte Lucretia den Stoff in ihren Gürtel und wandte sich wieder ihrer Freundin zu, der das Atmen mit jedem Zug schwerer fiel. Ihre Augen flackerten.

»Nein, bitte nicht. Geh nicht! Ich habe dich so lieb, du darfst nicht gehen«, flehte Lucretia. »Du stirbst nicht, du bleibst bei mir, Nephele! Hörst du, ich befehle es dir, ich bin deine Herrin!« Sie drückte ihre Freundin an sich. Es gab kein Entrinnen, das wusste sie. Mit einem Mal wurde Nepheles Körper schlaff, aus den Muskeln wich jede Spannung. Aus ihren Augen jedes Leben. Lucretia spürte, wie Nephele den letzten Atem aushauchte, und es war das Schrecklichste, das sie bis dahin erlebt hatte.

»Es tut mir so leid«, wimmerte Lucretia.

Die Flammen loderten immer höher um das Haus, und ihr gelber Schein tanzte zuckend über Nepheles Gesicht. Doch Lucretia wollte, konnte ihre Freundin nicht loslassen, und als zwei Sklaven sie und Nephele packten und vom brennenden Gebäude wegzerrten, nahm sie das nur wie durch einen Schleier wahr. An einen Baum gelehnt und mit der Freundin im Schoß beobachtete sie verstört, wie die Flammen alles vor ihr verzehrten, was es zu verzehren gab.

9 IX

Lucretia blinzelte verschlafen. Noch halb in Somnus' Reich, fragte sie sich, ob sie die schrecklichen Geschehnisse der letzten Nacht vielleicht bloß geträumt hatte. Die Sonne erhellte bisher nur schwach die grünen Wände ihres Zimmers. Lucretia fröstelte und zog die Wolldecke näher zum Kinn. Dabei stellte sie fest, dass sie noch ihre komplette Kleidung trug. Inklusive der Sandalen an den Füßen … Sie drehte den Kopf und spürte einen stechenden Schmerz. Griff in ihre Haare – und zog eine der Haarnadeln heraus. Ihr Blick fiel auf ihren Unterarm, auf das seltsame Symbol, das Nephele dort gezeichnet hatte. Sie starrte es an.

Mit einem Schlag war die Müdigkeit verschwunden, und Lucretia schwang sich aus dem Bett. Dabei zerfiel auf ihrem Kopf, was von Nepheles Haarkunstwerk noch übrig war. Sie blickte an sich hinab. Und dann sah sie die dunklen, fast schwarzen Flecken. An ihrer linken Sandale. An ihrem Knie. Ein dumpfes Grauen durchfuhr sie. Blut. Das war Blut! Und es war auch an ihrer Brust. Vielleicht sogar an ihrem Gesicht, aber das konnte sie nicht sehen. An den Händen war jedenfalls welches. Lucretia wimmerte. Es war wirklich passiert! Nephele. Der Überfall. Nephele. Der brennende Bauernhof. Nephele. Es war Realität.

Sie spürte Übelkeit in sich aufsteigen. Das Blut, das sie bedeckte, war das ihrer besten Freundin – die in ihren Armen gestorben war. Nephele. Hektisch streifte Lucretia ihre Palla ab und wand sich aus ihrer Tunika, ihrem Brustband und ihrer Unterhose, bis sie nackt in ihrem Zimmer stand. Die kalte Morgenluft überzog ihren Körper mit Gänsehaut, doch in diesem Moment spürte sie es nicht. Sie wollte einfach nur das Blut loswerden. Glücklicherweise stand auf der Kommode eine Waschschale mit Wasser, die Lucretias Mutter dort in weiser Voraussicht für die Heimkehrerin positioniert hatte. Und daneben ein kleines Schälchen gesalzener Oliven – sie halfen gegen Kater. Typisch Cäcilia.

Lucretia griff beherzt in das eiskalte Wasser, biss die Zähne zusammen und begann, sich zu waschen. Aber das Blut ging nicht so leicht ab. Sie griff nach einem kleinen Schwamm, befeuchtete ihn und rieb damit so fest über ihr Gesicht, ihre Hände und das merkwürdige Symbol auf ihrem Unterarm, bis die Stellen rot wurden. Immer schneller, immer hektischer wurden ihre Bewegungen, während die Bilder der gestrigen Nacht auf sie einprasselten. Ihr Zimmer begann sich um sie zu drehen, schneller, immer schneller – bis sie schließlich jede Kraft aus ihrem Körper weichen spürte, sie zu Boden stürzte und ein Weinkrampf sie überkam. Sie würde Nephele niemals wiedersehen. Und Nephele würde Zypern niemals wiedersehen. Keinen Mann haben. Keine Kinder. Warum waren die drei Schicksalsgöttinnen, die Parzen, nur so verdammte, unerbittliche Biester?

Irgendwann fand Lucretia die Kraft, sich wieder aufzurappeln und anzuziehen. Sie entfernte den Haarschmuck, schlüpfte in eine frische bodenlange Tunika und ging zu ihren Eltern. Sie saßen beim Frühstück am Küchentisch, der zu diesem Zweck jeden Morgen von Sklaven in den hinteren Bereich des Peristyls geschleppt wurde, ans Kopfende der kleinen Zisterne im Zentrum des Hauses. Lucretias Vater aß gern draußen, der Speisesaal in der rechten hinteren Ecke des Hauses war ihm zu eng und dunkel. Er war bereits seiner allmorgendlichen Pflicht nachgekommen, kurz seine Klienten zu begrüßen, die ihm ihre Aufwartung gemacht hatten.

Als wohlhabender Römer von Stand und Ansehen füllte Magnus Veturius die Rolle eines Patronus aus – eines einflussreichen Bürgers, der sozial niedriger Stehende unterstützte. Im Gegenzug mussten ihn diese Clientes etwa bei den Wahlen zum Stadtrat unterstützen, Botengänge für ihn erledigen oder manchmal sogar als Leibwächter fungieren.

»Da bist du ja endlich. Komm, setz dich, Schatz«, forderte ihre Mutter sie auf, die an einem Stück Käse kaute. Es stammte aus einem großen gelben Laib, der auf einem Brett in der Mitte des Tisches lag. Ihr Vater hingegen schwieg und musterte seine Tochter mitleidvoll. Ihre Blässe und ihre Augenringe blieben ihm nicht verborgen, und er glaubte nicht, dass sie von zu viel Alkohol stammten. Aus seiner Dienstzeit als Soldat wusste er, wie Menschen aussahen, die Schlimmes erlebt hatten und es nun verdauen mussten.

Er schob ihr einen Holzbecher hin und griff nach dem Milchkrug. Doch bevor er ihn heben konnte, sagte Lucretia: »Nein. Posca.«

Ihr Vater schaute verwundert, doch nickte dann, setzte den Krug ab und griff einen zweiten, kleineren, der danebenstand.

»Aber das magst du doch gar nicht, du trinkst doch immer Milch«, stellte die Mutter verblüfft fest.

»Heute nicht«, meinte Lucretia, nahm den Becher, den ihr Vater gerade mit der klaren Flüssigkeit gefüllt hatte, und trank. Sofort brannte die Säure auf ihrer Zunge. Es war furchtbar. Aber ihr Vater schwor auf das Getränk, das er Legionärs-Limonade nannte. Es bestand halb aus Wasser, halb aus Weinessig. *Schmeckt schlecht, aber macht gut wach*, pflegte er immer zu sagen. Kein Legionär hielt ohne Posca eine Nachtwache durch. Es war das Schmieröl der römischen Armee.

»So schlimm?«, fragte der Vater leise.

Lucretia antwortete nicht und holte nur tief Luft. Ihre Mutter legte ihr mit besorgtem Blick ein Stück ofenfrisches Fladenbrot auf den flachen Terrakottateller. Sie hatte es liebevoll mit Moretum bestrichen, einem Frischkäse mit Kräutern, den ihre Jüngste sehr mochte. Aber heute fasste Lucretia das Brot nicht an.

»Ich habe gehört, was passiert ist. Beim Bäcker haben sie geredet«, sagte der Vater. »Aber ich frage mich, warum du in diesem Zustand bist.«

»Und wo verflixt nochmal ist Nephele? Sie ist doch sonst so zuverlässig. Hat dich allein durch die Nacht heimlaufen lassen, so weit. Und das in diesen Zeiten. Das gibt ein Donnerwetter!«, schimpfte ihre Mutter.

Lucretia sagte nichts und starrte auf das lange Wasserbecken, auf dessen spiegelglatter Oberfläche durch die große Dachöffnung das warme Morgenlicht fiel. Cäcilia hob an weiterzusprechen, doch ihr Mann warf ihr einen Blick zu, der sie verstummen ließ. Er merkte, dass etwas ganz und gar nicht stimmte und Lucretia Zeit brauchte. Nach einer Weile hatte Lucretia sich schließlich gefasst.

»Das Fest war … schön«, begann sie. »Ich wollte, dass auch die Nachbarn etwas davon haben. Sie sind doch so alt und … Und es war so viel Essen übrig.«

»Hatte Claudia wirklich frische Weintrauben? Wo kann sie die zu der Jahreszeit denn …« Magnus legte seine Hand auf die seiner Frau, und sie verstummte.

Lucretia fuhr mechanisch fort: »Ich hab einen kleinen Korb gepackt, voll mit Essen, und hab Nephele gebeten …« Sie stockte.

»Worum hast du sie gebeten?«, fragte ihr Vater ruhig.

»Ich habe ihr aufgetragen, ihn zu den Nachbarn zu bringen. Und es war …«, schluckte sie, »dieses Haus, Papa. Das Haus, wo es passiert ist. Eine Stunde früher oder eine Stunde später, und sie wäre nicht … Sie hätte überlebt. Es ist meine …«

Lucretias Unterlippe begann zu beben. Sie kämpfte wieder mit den Tränen. Ihr Vater nahm ihre rechte Hand in seine. Ihre Mutter blickte betreten zu Boden.

»Wegen mir ist sie tot, Papa.«

»Es tut mir so leid, Schatz.«

»Es war nicht deine Schuld«, schloss sich ihre Mutter eilig an, »es war einfach Pech.«

»Ich hab sie in den Tod geschickt«, wimmerte Lucretia, die die Worte ihrer Eltern gar nicht zu hören schien.

»So kurz vor ihrer Manumission, wie grauenhaft«, sagte ihr Vater. »Hätte ich sie doch nur einen Monat früher freigelassen, zu ihrem Geburtstag, wie sie es wünschte. Aber nein, ich habe auf den Tag der Bona Dea bestanden, weil es ihr besonderes Glück bringen sollte.« Mit jedem Wort war auch er trauriger geworden. Aber dann räusperte er sich, bemüht, der schlechten Botschaft etwas entgegenzusetzen: »Immerhin scheinen sie einen von den Räubern gekriegt zu haben. Er soll in den nächsten Tagen vor Gericht gestellt werden.«

Lucretia erinnerte sich an den Mann, den die Kläger in die Vorhalle des Prätoriums gezerrt hatten, und spürte, dass sich neben der Trauer noch etwas anderes in ihr regte: Wut. Wenn er tatsächlich mit Nepheles Mördern unter einer Decke steckte, würde er dafür zahlen müssen. Und auch wenn er am Vorabend nicht dabei gewesen sein konnte, hatte er als Mitglied der Bande immer noch indirekt Schuld am Tod ihrer Freundin. *Mitgefangen, mitgehangen*, dachte Lucretia bitter.

»Wir werden Nephele die letzte Ehre erweisen, wie sie es verdient hat. Und wir werden sie nie vergessen. Es ist schwer, eines unserer Familienmitglieder zu verlieren, und als solche erachte ich unsere Sklaven. Aber noch schwerer ist es, eine liebe Freundin zu verlieren«, sagte Magnus und streichelte die Hand seiner Tochter.

Lucretia taten sein Verständnis und die tröstenden Worte gut. Dankbar lächelte sie ihren Vater an.

Einzig Cäcilia konnte mit diesem Ausbruch von Trauer nicht umgehen und wählte, im Versuch zu trösten, genau die falschen Worte: »Gräme dich nicht, liebste Tochter. Jeder ist ersetzbar. Wir kaufen dir eine neue Sklavin.«

Lucretia und ihr Vater starrten die Mutter entgeistert an.

»Stimmt doch, Magnus, oder etwa nicht?«, sagte sie bemüht heiter. »Lucretia bekommt eine neue Zofe, noch besser als die alte.«

Ein lauter Rumms ließ den Tisch erbeben. Lucretia hatte beide Fäuste auf die Tischplatte geschlagen und war aufgesprungen. Ihr Gesicht lief rot an, und Cäcilia erschrak. So zornig hatte sie ihr Kind noch nie gesehen.

»Eine neue kaufen?«, schrie Lucretia. »Das ist es, was dir dazu einfällt? Jeder ist ersetzbar, Mutter?« Sie schob ihr hochrotes Gesicht genau vor das ihrer Mutter und zischte nun leise, aber bestimmt: »Nephele nicht.« Und damit stürzte sie davon, zurück in ihr Schlafgemach.

Unfähig, einen klaren Gedanken zu fassen, lief sie in ihrem Zimmer auf und ab, bis sie sich langsam beruhigte und sich schließlich erschöpft auf die Kante ihres Bettes sinken ließ. Ihr Blick fiel auf ihre Tunika und die Palla, die sie darüber getragen hatte. Beide hatte sie über den Korbstuhl neben ihrem Bett geworfen, und an beiden klebten noch Spuren von Nepheles Blut. Aber das war es nicht, was sie beschäftigte. Da war noch etwas anders. Etwas, das sie vergessen hatte … Sie schob die Palla zur Seite, zog ihre Tunika hervor und drehte sie suchend in den Händen. Da war eine Idee, ein Funke Hoffnung. Sie fand den Lederriemen, den sie am Vortag um die Taille getragen hatte, und tastete ihn ab. Tatsächlich. Das Stück Stoff, das Nephele ihr gegeben hatte und das wahrscheinlich von einem der Angreifer stammte, war noch da. Sie drehte sich zum Fenster, um es im Licht besser sehen zu können. Der Stofffetzen, kleiner als ihre Handfläche, leuchtete rot im Morgenlicht. In Lucretia keimte ein Gedanke. Zuerst zaghaft, dann immer entschlossener. Nephele verdiente Gerechtigkeit! Und da sich niemand sonst für ihr Schicksal interessierte, musste sich Lucretia darum kümmern, dass sie sie bekam. Sie würde Nepheles Mörder finden und zur Strecke bringen, das schwor sie sich. Und der Stofffetzen war ihre erste Spur.

10

Quintus hatte an diesem Morgen ausschlafen können, er musste nicht ins Gericht. Er spürte den Wein vom Vorabend, dennoch fühlte er sich zuversichtlich. Er würde den Tag mit einer Tätigkeit verbringen, die er als eine anregende Facette seines Berufes empfand, dem Ermitteln. Es galt einige Sachverhalte zu klären, um Fridolfs Verteidigung optimal aufzustellen. In diesem Fall gab es eine Menge leerer Stellen, die ausgefüllt werden wollten. Eine Behörde, die Nachforschungen kriminalistischer Natur anstellte, existierte nicht. Wenn man Informationen über den Verlauf eines Verbrechens bekommen wollte, musste man als Kläger oder Anwalt selbst tätig werden, und Quintus empfand diese Aufgabe als willkommene Abwechslung zu den formalisierten Auftritten vor Gericht. Als Ausgangspunkt für seine Recherche konnte er sich nur auf die Aussagen stützen, die er gehört hatte, als die vier Männer den Jäger in die Halle des Prätoriums geschleppt hatten. Da war von einem Färber namens Marius die Rede gewesen, der etwas Belastendes gesehen haben wollte. Quintus hütete sich davor, Hostilius oder einen seiner Kumpane aufzusuchen, um ihnen weitere Fragen zu stellen. Zum einen konnte er sich ohnehin nicht sicher sein, dass die Ankläger die Wahrheit sagten, zum anderen wollte er eine gewisse Heimlichkeit wahren, von der er sich einen strategischen Vorteil gegenüber der Anklage erhoffte.

Quintus fröstelte leicht, als er auf die Straße trat. Die für die Jahreszeit typische Frische in der Frühe hing in den Straßen der Colonia, und der grau verhangene Himmel verhieß einen Tag, der sich mehr zum Arbeiten als zum Tanzen eignete – was freilich manche Bürger nicht davon abhielt, Flora auch schon zu frühester Stunde zu huldigen. Zwei Betrunkene, die sich gegenseitig stützen mussten, torkelten an ihm vorbei, einer davon nur noch mit einer Sandale, und sangen schief ein Lied, von dessen Text sie jedes zweite Wort vergaßen. Ob es noch Nacht war oder schon wieder Tag, schien ihnen einerlei.

Das Zwitschern von Schwalben, die auf der Suche nach ein paar Krümeln zum Lenticulum umherschwirrten, erfüllte die Luft, und das Volk nahm die Arbeit auf. Die breiten überdachten Bürgersteige füllten sich langsam. Sie dienten zugleich als Verkaufsfläche für die Handwerker und Händler, die ihre Geschäfte in den Erdgeschossen der Insulae hatten. Ein verkaterter Schuster schloss das zweiflügelige Tor zu seiner Werkstatt auf. In der Imbissstube daneben, deren Torrahmen einladend mit einer bunten Blumengirlande verziert war, blies die junge Besitzerin ein frisches Holzkohlefeuer unter dem Grill an, während ihr klapperdürrer Gatte keuchend einen riesigen Sack Linsen auf den schmalen Schultern hereinschleppte.

Alle waren froh, dass der Winter vorbei war. Zum Glück war er mild gewesen. Nur an den Saturnalien, den kürzesten Tagen des Jahres, hatte die Kälte die Oberhand gewonnen und Schnee die hellroten Dachziegel weiß gefärbt, die wie die Schuppen eines Tieres die Dächer der Colonia bedeckten. Harmlos im Vergleich zum Vorjahr, als die Stadt mehr als einen Monat lang eingeschneit gewesen und Quintus, wie jeder andere männliche Bewohner seines Häuserblocks auch, zum Schneeschippen abkommandiert worden war. Er hasste es, sich in der Dunkelheit vor dem ersten Hahnenschrei mit zwei übereinandergezogenen Wolltuniken auf dem Bürgersteig mit der großen Holzschaufel zu quälen, bis er Finger und Nase kaum noch spürte. Als Kind hatte ihm der Frost nichts ausgemacht. Im rechtsrheinischen Germanien, wo er aufgewachsen war, gehörte diese Witterung zum Alltag. Aber seit er den Luxus beheizter öffentlicher Thermen kannte, kam ihm der Schnee rauer und das Eis glatter vor. War er durch den Aufenthalt in der Colonia etwa verweichlicht? Quintus wollte nicht länger darüber nachdenken, auch weil die naheliegende andere Erklärung, nämlich, dass er allmählich in ein gewisses Alter kam, ihn noch weniger tröstete. Sosehr er den ewigen Kreislauf der Dinge und den Charakter der Jahreszeiten schätzte, umso deutlicher machte ihm dieser Wandel, dass die Zeit verflog. Mit fünfundzwanzig Jahren hatte er den Zenit seines Lebens fast erreicht. Er kannte nur wenige seines Standes, die viel älter als fünfzig geworden waren. »Jedes Jahr nimmt dir ein Stück Leben und gibt dir dafür eine Handvoll Falten«, hatte Camilla Lupertus, seine erste Mandantin, amüsiert zu ihm gesagt, die er einst in einem Erbstreit vertreten hatte. Damals gerade erst zwanzig geworden, hatte er nur gelacht. Die gute Dame, die ihm seine Redegewandtheit vor Gericht großzügig vergolten hatte, war mittlerweile verstorben. Quintus dachte oft an die reiche Witwe, wenn er sich zu Bett legte oder auf einen Stuhl setzte, denn ihr Honorar hatte die Einrichtung seiner Wohnung bezahlt. Obwohl er damals als Anwalt noch völlig unerfahren gewesen war, hatte die gute Lupertus ihm eine Chance und damit den entscheidenden Anschub für sein neues Leben gegeben – das würde er ihr nie vergessen. Er war weit gekommen in den letzten fünf Jahren. Er hatte allen Grund, stolz auf sich zu sein.

Quintus hatte sich vorgenommen, die Stoffhandlungen der Stadt abzuklappern, bis er einen Angestellten namens Marius finden würde. Die meisten Stoffhändler färbten ihre Textilien selbst, nur die erfolgreichsten und damit größten

Betriebe konnten sich Angestellte leisten, die ihnen dabei zur Hand gingen, was bereits die in Frage kommenden Läden begrenzte. Die Seidenhändler brauchte er nicht aufzusuchen, denn der extrem teure Stoff, der auf langem Wege ins Imperium gelangte, wurde bereits am Herstellungsort, dem fernen Land Sina, gefärbt.

Bei seiner ersten Station, dem Laden des Tuchhändlers Manlius Gallienus nahe dem Theater, wurde Quintus nicht fündig. Zehn Männer arbeiteten für den Syrer, aber ein Marius war nicht darunter.

Am anderen Ende der Stadt begann auch Lucretia mit ihren Nachforschungen. Unter dem Vorwand, sich mit der Suche nach Stoff für ein neues Kleid von ihrem Kummer ablenken zu wollen, hatten die Eltern ihr erlaubt, das Haus zu verlassen. Jetzt steuerte sie entschlossen auf die Stammstoffhandlung ihrer Familie zu, Nepheles mysteriösen Stofffetzen fest umklammert. Der Schrecken der letzten Nacht saß tief, doch ihre Mission ließ sie ihre Unrast sinnvoll nutzen. Sie gab ihr einen Sinn, einen Fokus.

Das Geschäft hatte keine Fenster, aber durch die breite Pforte fiel genug Licht hinein. Zusätzlich wurde es von Öllampen erhellt, die an dünnen schwarzen Ketten von der Decke hingen. In Regalen befanden sich, akkurat gefaltet und säuberlich gestapelt, Stoffe in allen Farben. Der Laden hatte sich auf Leinen spezialisiert, eine in Ägypten entwickelte leichte Stoffsorte, die zur Herstellung von Sommerkleidung und Bettwäsche verwendet wurde. Neben den bereits vorgeschnittenen Formaten gab es auch auf runde Holzrollen gespannte Stoffbahnen, von denen sich die Kunden ganz nach Wunsch Stücke abschneiden lassen konnten.

»Ich weiß, es ist ein bisschen wie im Trüben zu fischen«, eröffnete Lucretia dem Ladenbesitzer, »aber ich kenne niemanden, der so viel Ahnung von Stoffbearbeitung hat, wie du, also bin ich hier.«

Maxentius, ein kräftiger, stark behaarter Mann um die vierzig mit zusammengewachsenen Augenbrauen, fühlte sich geschmeichelt. Er trug goldene Ohrringe und hatte seine Augen mit reichlich Kajal betont.

»Wenn ich dir helfen kann, will ich das gerne tun, Schätzchen. Das ist doch selbstverständlich«, sagte er. In der Tat hatte Lucretias Mutter in diesem Geschäft bereits ein Vermögen gelassen. Maxentius kannte Lucretia von klein auf, sie war für ihn mehr als nur die Tochter einer Stammkundin.

Lucretia hielt dem Händler den Stofffetzen hin.

»Kannst du mir sagen, was das für ein Stoff ist?«

Maxentius nahm den Fetzen und trat einen Schritt zur Seite, näher an eine der Öllampen heran. Seine Sehkraft war nicht mehr die beste. Er kniff die Augen zusammen und strich vorsichtig mit dem Daumen über das Gewebe. Lucretia blickte auf. Unter die Decke des Ladens waren, kaum sichtbar, Fäden gespannt, an denen kleine Zweige von frischen Kräutern, vor allem Salbei und Rosmarin, befestigt waren. Sie parfümierten die Luft auf angenehme Weise und übertünchten dabei auch halbwegs erfolgreich den strengen Geruch von Urin, der in solchen Betrieben allgegenwärtig war.

»Das ist auf jeden Fall Schafswolle«, begann Maxentius seine Analyse. »Gute Qualität.«

»Glaubst du, der Stoff wurde in Germanien hergestellt?«

»Eher nicht«, entgegnete Maxentius. »Die Wolle ist sehr gut gesäubert, die Germanen sind da meist nicht so genau. Und die Farbe, dieses Rot, spricht auch nicht dafür. Blau und rot sind teure Farben und sehr selten drüben. Die Wilden färben mehr grün und braun, das ist einfacher.«

Lucretia starrte auf das kleine Stück Stoff. Einen Moment war sie wie in Trance, Bilder zogen vor ihrem geistigen

Auge vorbei, und sie schien noch einmal zu durchleben, wie Nephele ihr den Fetzen mit letzter Kraft gegeben hatte.

»Alles in Ordnung?«, fragte Maxentius.

Lucretia riss sich zusammen, zwang sich zu einem Lächeln.

»Ja, alles bestens. Also stammt der Fetzen eher vom Kleidungsstück eines Römers?«

»Nicht unbedingt, viele Germanen kaufen ja auch Stoffe auf der linken Seite des Rhenus, weil sie deren Qualität zu schätzen wissen. Ich bin mir ziemlich sicher, dass Römer den Stoff hergestellt haben. Doch wer die Kleidung letztlich getragen hat, lässt sich nicht feststellen«, schloss Maxentius.

Lucretia schluckte ihre Enttäuschung herunter, während sie dem Stoffhändler höflich dankte. Sie hatte so sehr gehofft, dass diese Spur sie weiterbringen, sie zu Nepheles Mördern führen würde. Erneut spürte sie hilflose Verzweiflung in sich aufsteigen. Sie hatte das Gefühl, Nephele im Stich zu lassen – schon wieder.

Quintus ging eine enge, düstere Gasse entlang. Die Gegend im Schatten der hoch aufragenden Arena war berüchtigt. Die drei Stockwerke hohen Wohnblocks in der nordwestlichen Ecke der Stadt waren in keinem guten Zustand. Es handelte sich um alte Gebäude aus einer frühen Bauphase der Stadt in den Dreißigerjahren, die noch aus Fachwerk, nicht aus Stein errichtet worden waren, was man vor allem daran sah, dass Türen und Fenster sich verzogen hatten und alles an den Fassaden schief wirkte. Anders als im sonnigen Mittelmeerraum sorgten in Germanien Wind und Wetter dafür, dass Gebäude schneller verfielen und mehr Pflege benötigten. Außerdem fehlten den Häusern die typischen umgebenden Säulengänge, ihre Türen führten unmittelbar auf die Straße hinaus, wodurch alles insgesamt enger wirkte. Quintus eilte an einem der zahlreichen Bordelle vorbei und nickte höflich einer älteren Prostituierten zu, die, noch ungeschminkt, den Eingangsbereich fegte, in dem Scherben lagen. Die Frau verscheuchte fluchend eine Möwe, die sich an getrocknetem Erbrochenem labte und nun mit einem Krächzen gen Himmel flatterte. Quintus bog in die nächste, schon viel modernere Straße ein und steuerte auf die offen stehende Pforte des nächsten Stoffladens auf seiner Liste zu. Gerade, als er ihn betreten wollte, erschien Lucretia im Türrahmen. Beide hielten abrupt inne, um einen Zusammenstoß zu vermeiden. Lucretia erkannte Quintus sofort, war jedoch so in ihren Gedanken versunken, dass sie sich nichts dabei dachte.

»Bitte, die Dame zuerst«, insistierte Quintus, und ließ Lucretia höflich vorbei. War das nicht die junge Frau aus dem Prätorium? Sie sah nun aber ganz anders aus. Ungeschminkt. Und aufgewühlt. Warum wohl? Doch diesen Gedanken verfolgte er nicht weiter, denn in seinem Kopf gärten viel dringendere Fragen und trieben ihn ins Innere des Ladens, sobald Lucretia an ihm vorbeigehuscht war.

Vor dem Laden holte sie tief Luft. Sie spürte, wie Panik von ihr Besitz ergreifen wollte, und versuchte mit aller Macht, sie niederzuringen. Sie würde sich nicht kampflos ihren Gefühlen ergeben, sie würde nicht die Kontrolle verlieren! Leicht zitternd lehnte sie sich neben der Tür gegen die Wand und versuchte, ihre Atmung zu kontrollieren. Zu jedem anderen Zeitpunkt wären ihr unangenehme Blicke der Passanten gewiss gewesen, doch während der Floralien wunderte zum Glück niemanden etwas. Langsam entspannte Lucretia sich, als sie Stimmen aus dem Inneren des Ladens hörte. Der Anwalt! Was er wohl hier wollte? Ihre Neugier flammte auf und ließ sie ihren Kummer für einen Moment vergessen. Sie schob sich näher zur Tür, um zu lauschen.

»Guten Tag!«, rief Maxentius theatralisch aus, als er aus seinem Lager kam und Quintus in seinem Laden bemerkte. Ihm schien zu gefallen, was er sah. Der Händler warf sich hinter der Verkaufstheke in Pose. »Schöne Tage bringen schöne Kunden«, schmeichelte er. Seine zarte Stimme wollte so gar nicht zu seinem grobschlächtigen Körper passen. »Maxentius, zu Diensten. Was darf es denn sein?«

»Leider bin ich nicht gekommen, um etwas zu kaufen«, eröffnete ihm Quintus. »Vielmehr suche ich jemanden. Einen gewissen Marius. Er soll hier arbeiten. Ich bin Rechtsanwalt und habe ein paar Fragen an ihn.«

»Marius«, wiederholte Maxentius und seine Augen weiteten sich für einen Moment. »Ja, es gibt hier jemanden mit diesem Namen, der mir zur Hand geht. Ich hoffe, er steckt nicht wieder in Schwierigkeiten?«

Lucretia schob ihren Kopf etwas vor. Gleich neben der Tür konnte sie die Stimmen der Männer gut verstehen. Irgendetwas an dem Namen Marius ließ sie aufhorchen. Sie spürte, dass es hier um etwas ging, das auch sie betraf.

»Ich möchte ihm nur ein paar Fragen stellen, wenn du ihm gestattest, mir ein paar Minuten seiner Arbeitszeit zu opfern, geehrter Maxentius.«

Der Händler dachte kurz nach, schien dann zu beschließen, diese Begegnung interessant zu finden, drehte sich um und bedeutete Quintus mit einem kurzen Winken, ihm zu folgen. Er schob einen aschgrauen Vorhang beiseite, hinter dem sich eine schwere Holztür befand. Maxentius drückte sie auf und ließ Quintus den Vortritt.

Sie fanden sich in einem gepflasterten Hinterhof wieder, wo die eigentliche Arbeit, das Färben, verrichtet wurde. Der Uringestank hier war grauenvoll, und Quintus musste sich kurz Mund und Nase zuhalten, um den Würgereiz zu unterdrücken. Der Geruch rührte von den flachen Steinbecken her, in denen sich die Farbe für die Stoffe befand. Grundlage dafür waren menschliche Exkremente, gemischt mit Mineralien und Pflanzensäften, die je nach Zusammenstellung alle möglichen Schattierungen ergaben. Einige Angestellte, sowohl Männer als auch Frauen, standen barfuß in den Becken und traten geduldig auf den darin befindlichen Stoffstücken herum, hier gelb, dort rot. Das Einstampfen der Farbe dauerte Stunden.

»Marius, komm doch mal her«, verlangte Maxentius. »Hier ist ein edler Herr, der dich sprechen will.«

Ein schlanker Mann Mitte zwanzig mit grünen Augen drehte sich in einem der Becken zu seinem Chef um. Er stand knietief in stinkender tiefblauer Suppe. Kinn und Lippen waren glattrasiert, aber vor den Ohren trug er einen buschigen braunen Backenbart. Skeptisch musterte er Quintus.

»Muss das ausgerechnet jetzt sein?«, fragte er mürrisch.

»Ja, sofort«, insistierte Maxentius.

Marius stieg aus dem Farbtrog in ein kleines Wasserbecken, das davor stand und zum Waschen der Füße diente. Kurz blieb er darin stehen, schlenkerte mit den Beinen, bis sich das Gröbste von seiner Haut gelöst hatte, und stapfte dann auf Quintus zu, wobei seine Füße dunkle Spuren auf den Pflastersteinen hinterließen.

»Ich bin Quintus Tibur, Rechtsanwalt.«

Marius war überrascht, wirkte vielleicht sogar einen Moment ertappt, wie Quintus zu bemerken meinte. Manchmal erfuhr man in den ersten Sekunden einer Begegnung am meisten über einen Menschen.

»Marius Thrax«, erwiderte der Färber kurz angebunden. »Was willst du von mir?« Sein Name wies darauf hin, dass seine Vorfahren aus einer Gegend nördlich von Griechenland stammten, aber sein Latein war so gut, dass es seine Muttersprache zu sein schien. Er war wohl innerhalb der Reichsgrenzen aufgewachsen.

»Na, na, so sprechen wir hier nicht mit Kunden«, ermahnte

Maxentius den Färber mit strengem Blick und wandte sich an Quintus. »Ist es in Ordnung, wenn ich dich allein lasse? Das Geschäft …«

Quintus nickte verständnisvoll, und Maxentius ging wieder hinein.

Lucretia hatte innerlich geflucht, als die Stimmen der Männer sich entfernten. Dann hatte sie durch die Ladentür gelugt und war hineingehuscht. Dort versteckte sie sich nun hinter einem Stapel Stoffballen.

Als Maxentius vom Hinterhof zurückgekommen war und sich wieder an der Ladentheke platziert hatte, gab sich Lucretia einen Ruck. So leise sie konnte, schob sie sich in Richtung Hoftür, den Stoffhändler immer im Blick, und spähte durch den grauen Vorhang. Zum Glück hatte Maxentius die schwere Holztür offen stehen lassen, sonst hätte sie Lucretia sicher mit einem lauten Knarren verraten. Lucretia entdeckte den Anwalt, der mit einem hageren Mann auf eine Sitzecke zusteuerte, und schlüpfte unbemerkt in den Innenhof. Sofort schlug ihr ein scharfer Gestank entgegen, doch sie biss die Zähne zusammen. Von ihrer Schminke war sie ohnehin an einiges gewöhnt. Leichtfüßig huschte sie von Amphore zu Stoffballen zu Säule, bis sie ein Versteck in Hörweite der Männer gefunden hatte.

Hier abseits der Färbetröge eröffnete Quintus Marius nun, worum es ihm ging: »Ich bereite einen Gerichtsprozess vor. Es geht um die Überfälle der Germanen auf die Landgüter in der Umgebung.«

»Ah, ja. Schlimme Sache, ganz schlimm, da soll ja viel geraubt worden sein«, murmelte Marius, und Quintus merkte, dass es in seinem Gegenüber zu arbeiten begann.

»Nicht nur das, es gab auch schon ein Todesopfer. Und Publius Hostilius hat mir gesagt, dass du etwas gesehen hast«, erklärte er. Der Färber räusperte sich. Die Begegnung war ihm unangenehm, das spürte Quintus.

Lucretia fiel es wie Schuppen von den Augen. Marius! Färber! Natürlich! Dieser Name war doch im Prätorium gefallen, der Ankläger des Germanen hatte ihn erwähnt. Ihr Gefühl war richtig gewesen. Hier ging es um sie – und Nephele. Lucretia schluckte, als der Anwalt sie als Todesopfer bezeichnete. Das klang so kalt, so unpersönlich. Doch immerhin interessierte er sich für das Schicksal ihrer Freundin. Allein für diese Erkenntnis waren ihre Nachforschungen nicht umsonst gewesen.

»Wir wollen doch alle Gerechtigkeit und ziehen am selben Strang, oder?«, stachelte Quintus seinen Gesprächspartner an.

»Ja, also, es war folgendermaßen«, setzte Marius an, »vorgestern Nacht in der sechsten Stunde war ich in der Stadt unterwegs. Beruflich, meine ich.«

»Beruflich? Um Mitternacht?«, wunderte sich Quintus.

»Ja, ich war an der Reihe, die Pinkeltöpfe auszuleeren. Jeder Angestellte muss das mal machen.«

Quintus verstand. Um wildes öffentliches Urinieren zu unterbinden, hatte die Stadtverwaltung an fast jeder Straßenecke Amphoren in kleinen Eisenständern aufstellen lassen, in die sich erleichtern sollte, wer entsprechenden Druck verspürte. Das war nicht nur für die Hygiene in den Straßen ein Segen, sondern auch für das Textilgewerbe, das in den Töpfen stetigen Nachschub an wichtigem Rohstoff fand. Es hatte einen großen Aufschrei gegeben, als Kaiser Vespasian vor zehn Jahren den Tuchhändlern eine Steuer auf den eingesammelten Urin aufgebrummt hatte. In diesem Staat musste man für alles zahlen. Geld stank eben nicht.

»Ich war ein bisschen spät dran, die Konkurrenz hatte schon die meisten Amphoren geleert. Aber dann fand ich noch eine und füllte den Inhalt in den großen Bottich auf meiner Schubkarre um. Das war unmittelbar am Südtor. Nein, was rede ich, am Nordtor natürlich. Ich schaute kurz nach draußen. Und da sah ich ihn. Im Mondlicht. Er kam von Westen und ging Richtung Fluss.«

»Wer?«

»Na, dieser Germane.«

»Wie sah er denn aus?«

»Er trug einen Jagdbogen über der Schulter. Er hatte gepflegtes langes, glattes Haar. Ach ja, und Stiefel. Hohe. Aus Leder. Wildleder.«

»Und das hast du aus der Entfernung erkannt? Bei Dunkelheit?«

»Wie gesagt, der Mond schien. Und es war keine Wolke am Himmel«, erklärte Marius. Das war auf jeden Fall nicht gelogen, Quintus konnte sich an die sternenklare Nacht erinnern. Es fiel ihm zunehmend schwer, sich zu konzentrieren. Der Uringestank war so penetrant, dass er ihm die Sinne vernebelte. Wie hielten die Angestellten das nur aus? Der Mensch gewöhnte sich offenbar an alles.

»Und was machte der Germane?«, fragte Quintus und hielt die Luft an, um den Gestank nicht riechen zu müssen.

»Er trug einen Sack. Der klapperte recht laut. Weil Metall drin war, denke ich. Und er hatte noch eine Glaskaraffe in der Hand. Die sah sehr teuer aus.«

Quintus fiel es schwer, dem Färber zu glauben. Die Art, wie er das vermeintlich Gesehene vortrug, wirkte hölzern, ergab kein richtiges Bild. Und die Tatsache, dass Marius es die ganze Zeit vermied, Quintus in die Augen zu schauen, machte ihn noch zusätzlich verdächtig.

»Er hat die Karaffe wohl nicht in den Sack gesteckt, weil er Angst hatte, dass sie kaputtgeht. Ich hab mich gefragt, wie sich ein einfacher Mann so ein edles Ding leisten kann und was er nachts damit will, aber ich hab ja zu arbeiten gehabt und nicht weiter drüber nachgedacht«, führte Marius langatmig aus.

»Das war alles? Hat er sonst noch was gemacht?«

»Nein, das war alles. Dann war er weg und ich hab die Sache erst mal vergessen.«

Nachdem sie beim Frühstück bei der bloßen Erwähnung des Angeklagten noch brennenden Hass verspürt hatte, war Lucretia sich nun plötzlich unschlüssig, ob sie wirklich an die Schuld des Germanen, über den die beiden Männer redeten, glauben sollte. Die Situation im Prätorium war ihr seltsam vorgekommen, und der Ankläger hatte linkisch gewirkt. Doch die Aussage des Färbers klang plausibel. Warum sollte es nicht so gewesen sein, wie er es schilderte? Zwar konnte der Angeklagte nichts mit Nepheles Tod zu tun haben, da er in der betreffenden Nacht schon in Gewahrsam gewesen war, doch was, wenn er wirklich zu der Bande gehörte? Dann würde er sie zumindest zu Nepheles Mördern führen können.

»Und wie kam der Kontakt zu Hostilius zustande?«

»Ich kenne ihn schon länger. Er hat einen Hektar Land gepachtet, unmittelbar nordwestlich der Stadt, hinter dem Gräberfeld. Als er am nächsten Morgen auf den Acker kam, fand er die frisch gekeimte Saat seines Getreides niedergetrampelt vor. Es waren Fußspuren darin, aber auch ein paar Hufspuren von Pferden.«

»Wurde in der Nacht nicht der Gutshof der Witwe Mercatus überfallen, der nur eine halbe Meile westlich liegt?«

»Richtig. Und die Spuren mussten von den Räubern sein, die dafür verantwortlich waren. Hostilius war empört, weil er jetzt einen Teil seines Feldes neu säen musste. Er hat in der Taverne darüber geschimpft.«

»Und dann habt ihr zwei und zwei zusammengezählt«, stellte Quintus fest und schnappte wieder nach Luft. Der Trick mit dem sporadischen Atmen funktionierte tatsächlich ganz gut.

»Hostilius wollte seinen Frust in Wein ertränken. Dabei kamen wir ins Gespräch. Ich habe ihm erzählt, was ich gesehen hatte. Das passte zusammen.«

»Und dann kamt ihr unweigerlich zu dem Schluss, dass der Brukterer, den du gesehen hast, einer von den Kerlen gewesen sein musste, die gerade vom Raubzug heimgekehrt waren«, fasste Quintus zusammen.

Marius nickte bestätigend. »So ist es. Der wollte wohl gerade mit seiner Beute nach Hause.«

»Vielen Dank, das sind sehr interessante Ausführungen«, sagte Quintus.

»Wenn ich Hostilius helfen kann, tue ich das natürlich gerne«, sagte der Färber jetzt gönnerhaft.

Wenn du wüsstest, dass ich nicht der Anwalt von Hostilius bin, sondern die Gegenseite vertrete, würdest du dich schwarzärgern, dachte sich Quintus. Aber diese Offenbarung würde er sich noch bis zum Prozess aufheben. Sollte der Befragte nur weiterhin denken, dass sie beide auf der gleichen Seite standen.

»Und du würdest das alles vor Gericht wiederholen?«, fragte er den Färber. »Als einziger Zeuge ist deine Aussage viel wert.«

»Ja natürlich, wenn es sein muss«, bestätigte Marius.

Quintus dankte, verabschiedete sich und trat wieder in den Laden.

Vorsichtig kam Lucretia aus ihrem Versteck. Ihr schwirrte der Kopf. Sie wusste, dass sie etwas Verbotenes getan hatte. Aber sie war auch seltsam aufgekratzt. Die Frage, was wirklich geschehen war, beflügelte ihre Phantasie und steigerte zugleich ihre Neugier ins Unermessliche. Das war ein ganz neues Gefühl – und es gefiel ihr. Eine Regung, die vielleicht auch ein Jäger empfand, wenn er die Spur seiner Beute aufnahm, vermutete sie. Sie schlich zurück zur Hoftür und duckte sich wieder hinter einige Stoffballen, den Ausgang im Blick. Zu ihrer Überraschung hatte der Anwalt den Laden noch nicht verlassen. Sie hielt in ihrem Versteck inne.

»Du hast eben gefragt, ob Marius schon wieder in Schwierigkeiten ist«, erinnerte sich Quintus, der bei Maxentius an der Ladentheke stand. »Ist er denn früher schon mal mit dem Gesetz in Konflikt geraten?«

»Mit dem Gesetz nicht, soweit ich weiß. Aber er würfelt gern.«

»Und er verliert meistens?«, vermutete der Anwalt. Die Problematik war ihm vertraut. Glücksspiel war ein Problem epidemischen Ausmaßes, es schien fast so, als würde das halbe Imperium das sauer verdiente Geld verzocken. Schon vor langer Zeit war ein Glücksspielverbot erlassen worden, aber niemand hielt sich daran, weil es keine Instanz gab, die es ernsthaft durchsetzen konnte.

»Ich glaube, er hat Schulden«, sagte der Ladeninhaber und zuckte mit den Schultern.

»Hat er eine Stammkneipe?«, wollte Quintus wissen.

»Den *Gallischen Eber*. Aber das ist alles, was ich weiß«, entgegnete Maxentius und verschränkte jetzt die Arme vor der Brust. Er hatte wohl das Gefühl, schon mehr als genug gesagt zu haben, und Quintus wollte den Bogen nicht überspannen. Also fragte er nicht weiter, bedankte sich und verließ das Geschäft.

Einen Moment später schlüpfte auch Lucretia wieder ins Freie. Sie atmete auf. Es war alles gutgegangen. Nicht nur war das belauschte Gespräch hochinteressant, sie war auch fasziniert davon gewesen, Quintus bei dieser Art von Arbeit zu erleben. Die Tätigkeit als Anwalt erforderte offenbar viel mehr, als nur vor Gericht große Reden zu schwingen. Wäre er nicht nur Männern vorbehalten, hätte Lucretia sich gut vorstellen können, auch diesen Beruf zu wählen. Was ihre Mutter allerdings dazu zu sagen gehabt hätte, konnte sie sich lebhaft vorstellen. Doch Lucretia verdrängte den Gedanken. Es war jetzt nicht die Zeit, um Luftschlösser zu bauen. Vielmehr ging es darum, der Gerechtigkeit zum Sieg zu verhelfen. In ihrem Kopf rumorte es. All das, was sie in den belauschten Gesprächen erfahren hatte, warf viele neue Fragen auf, und Lucretia war fest entschlossen, die Antworten zu finden. Im Zweifel auf eigene Faust.

11 XI

Quintus freute sich, wieder frischere Luft zu atmen. Tief in Gedanken versunken, bog er um die Ecke und wäre fast in eine Greisin hineingelaufen.

»Pass doch auf, Tölpel!«, schimpfte die Alte. Er murmelte eine Entschuldigung und eilte weiter. Für einen Moment hatte er tatsächlich alles um sich herum vergessen. »Du denkst zu viel«, hatte ihm seine Mutter früher oft gesagt und behauptet, dass er das nicht von ihr, sondern von seinem Vater hätte. Quintus konnte nicht anders, als ihr zu glauben – seinen Vater hatte er nie kennengelernt. Allerdings ertappte sich Quintus auch heute noch oft dabei, wie er versuchte, sich vor seinem geistigen Auge ein Bild von ihm zu machen. Das fiel ihm nicht leicht, weil er kaum etwas über ihn wusste. Nur wenig hatte er als Jugendlicher seiner Mutter über diesen römischen Centurio aus der Nase ziehen können, und über die meisten seiner Eigenschaften – gute wie schlechte – hatte sie sich ausgeschwiegen. Quintus ahnte, dass er die große Liebe ihres Lebens gewesen war, doch jede seiner Fragen dazu war unbeantwortet geblieben.

Auf den Straßen war jetzt viel los, und er musste achtsam sein, wollte er nicht wieder mit jemandem zusammenstoßen. Doch seine Gedanken kreisten weiter um seinen neuen Fall. Er wurde den Verdacht nicht los, dass der Färber ihn angelogen hatte. Seine Geschichte klang schlüssig, aber die Art, wie er sie erzählt hatte, machte Quintus misstrauisch. Sie enthielt zu viele Details, die ausgedacht klangen. Konnte Marius wirklich erkannt haben, welchen Glasgegenstand der Bezichtigte bei sich trug, aus achtzig, vielleicht hundert Fuß Entfernung, durch einen Torbogen hindurch, Mondlicht hin oder her? Quintus beschloss, das zu überprüfen, und schlug den Weg zum Nordtor ein, das nicht weit entfernt war.

Dort angekommen, machte er die Probe aufs Exempel. Er suchte nach der nächstgelegenen Amphore, positionierte sich daneben und versuchte, sich in die Situation zu versetzen, in der sich Marius angeblich in jener Nacht befunden hatte. Quintus wandte sich nach Norden und schaute zum Tor. Pferdekarren fuhren hinein und hinaus, Stadtwachen winkten sie durch. Und obwohl Quintus sein Sehvermögen als überdurchschnittlich wertete, konnte er kaum etwas, das sich jenseits des Tores befand, klar erkennen. Es war offensichtlich, dass Marius schlicht und ergreifend nicht das gesehen haben konnte, was er behauptet hatte.

Ein plätscherndes Geräusch riss ihn aus seinen Gedanken. Neben ihm erleichterte sich ein älterer, kahlköpfiger Mann in einer einfachen Tunika in die Amphore. Quintus sah ihm abwesend zu, während sich in seinem Kopf eine Theorie formte.

»He, was glotzt du so?«, fuhr ihn der Kahle an.

»Oh, tut mir leid«, erwiderte Quintus aus seinen Gedanken gerissen, er wich zurück und wandte die Augen ab. Doch was er gesehen hatte, genügte, um seine Vermutung zur Gewissheit werden zu lassen: Die Amphore war fast bis zum Rand voll. Und das konnte bei ihrer Größe eigentlich nicht sein, wenn Marius sie, wie angegeben, in der Nacht des Überfalls ausgeleert hätte. Der Färber hatte die nächtliche Runde also in Wahrheit nie gedreht. Er war gar nicht hier gewesen! Marius hatte gelogen – aber warum?

Quintus beschloss, als Nächstes Marius' Stammkneipe aufzusuchen. Maxentius, der Tuchhändler, hatte doch den *Gallischen Eber* erwähnt. Er lag nicht weit von den Thermen im Südwesten der Stadt. Die Wände des Gebäudes waren über und über mit Graffiti bedeckt. Da prangten Sprüche wie »Gaius hat hier gesoffen« oder »Drusilla trinkt alle unter den Tisch« und dazwischen zahlreiche Zeichnungen von religiösen Symbolen, Tieren und Geschlechtsteilen. Die meisten Hausbesitzer übermalten diese allgegenwärtigen Schmierereien irgendwann, aber hier hatte man sich offenbar dafür entschieden, das anrüchige Dekor zum Markenzeichen zu machen. Der Eingang war nicht beschriftet. Es gab kein Schild, das auf die Kneipe hinwies, aber über der Eingangstür thronte in neun Fuß Höhe auf einem eisernen Balken ein struppiger Eber mit großen Stoßzähnen aus Ton.

Quintus trat ein, und seine Augen mussten sich erst einmal an die Dunkelheit gewöhnen, denn es waren noch keine Öllampen entzündet. Lediglich zwei schmale unverglaste Fensteröffnungen rechts und links der Tür ließen etwas Tageslicht hinein, was aber nicht ausreichte, um den Raum zu erhellen.

»Wir haben noch geschlossen!«, hörte Quintus eine barsche Frauenstimme.

Er lief dennoch weiter, entlang der hölzernen Bänke und Tische, die dringend einmal abgewischt werden mussten, der Stimme entgegen. Aus den Augenwinkeln sah er eine Maus, die frech auf einem Tisch hockte und an einem Stück Brot knabberte. Bestimmt war sie hier nicht die einzige!

»Ich bin nicht gekommen, um Flora zu preisen«, erwiderte Quintus, »ich suche nur jemanden, der mir hilft.«

»Helfen? Wobei?«, fragte die Besitzerin der Taverne, trat aus dem Halbdunkel vor Quintus und stemmte ihre Hände in die breiten Hüften. Sie war klein, Mitte vierzig und hatte nicht mehr viele Zähne im Mund. Sie hatte das ungewaschene, grau melierte Haar hochgesteckt, und ihre braune Tunika war mit Fettspritzern besudelt.

»Ich habe einem Mann Geld geliehen und möchte nun meine Schulden eintreiben. Er ist hier Stammgast, wie ich hörte«, gab Quintus vor. Der Frau war anzusehen, dass sie keine Obrigkeiten mochte. Wenn er ihr eröffnete, dass er Anwalt war, würde sie gleich dichtmachen. Ihre Stammkunden waren ihr sicher näher als Recht und Gesetz.

»Ist doch nicht mein Problem«, schnarrte die Wirtin, wie zu erwarten war. »Komm später wieder, wenn es voller ist, vielleicht findest du den Kerl dann. Ich kann dir nicht helfen.«

»Vielleicht doch«, sagte Quintus. »Der Mann heißt Marius.«

»Sagt mir nichts.«

»Schade, ich dachte, du wüsstest vielleicht, wo er arbeitet.«

»Keinen Schimmer.«

»So einer mit grünen Augen und einem Backenbart.«

»Kenn ich nicht.«

Die Wirtin war eisern. Quintus griff in seine Toga, ertastete seinen Geldbeutel und zog ihn hervor. Er öffnete ihn, ließ ihn dabei absichtlich laut klimpern und zog einen Sesterz heraus, den er der Frau reichte: »Ich will dich nicht weiter belästigen. Vielen Dank für deine Mühe.«

Er machte Anstalten, den Geldbeutel wieder wegzustecken, wobei er sich absichtlich Zeit ließ. Jetzt hatte er die Wirtin am Haken.

»Wie sah der noch mal aus?«

»Ein junger Bursche. Ich glaube, er leert ab und zu die Amphoren an den Ecken.«

»Ach ja, der mit der Pisse!«, fiel es ihr plötzlich ein.

»Genau der. War er vorgestern Nacht hier?«

»Vorgestern? Hm. Das ist lange her. Ich weiß nicht genau«, murmelte sie und kratzte sich am Kopf, wobei sie auf Quintus' Geldbeutel schielte.

Mit stoischer Miene fischte er einen weiteren Sesterz hervor und reichte in ihr. Informationen zu erkaufen, war eigentlich nicht seine Art, und er vermied es, wenn irgend möglich.

Aber manchmal ging es halt nicht anders.

»Ach ja, jetzt fällt es mir wieder ein«, sagte die Wirtin. »Der war vorgestern hier. Und gestern auch.«

»Es geht mir erst mal um die vorletzte Nacht. Wie lang ist er denn hier gewesen?«

»Oh, lange! Sehr lange!«, betonte die Wirtin, hielt inne und grinste Quintus frech an. Ohne lange zu fackeln, drückte er ihr einen Silberling in die Hand. Sie schaute erfreut drein. »Er ist so zur dritten Abendstunde gekommen. Hat zwei, drei Becher Weinschorle getrunken. Aber das Zeug ist nicht sein Problem. Die Würfel sind es. Aber das weißt du als sein Gläubiger ja nur zu gut«, sprudelte es nun aus ihr heraus. »Du bist nicht der Einzige, bei dem er Schulden hat. Hier lässt er auch immer anschreiben. Ich hab' ihm Hausverbot angedroht, wenn er nicht endlich mal zahlt. Und am Abend darauf hat er dann tatsächlich seine ganze Zeche der letzten Wochen bezahlt, und das war keine kleine Summe, sag ich dir. Irgendwie ist er über Nacht zu Geld gekommen, aber hat das meiste dann gleich wieder beim Würfeln verloren.«

»Für mich zählt vor allem, wann er vorgestern wieder gegangen ist«, merkte Quintus ruhig an, während er darüber nachdachte, woher der plötzliche Reichtum des Färbers wohl rührte. Der Monat war fast zu Ende, da hatten die meisten doch kaum noch etwas in der Tasche.

»Er war einer der Letzten, die gingen, ich hab' ihn kurz vor Morgengrauen rausgeschmissen, den Taugenichts.«

»Also war er die ganze Nacht hier?«, wunderte sich Quintus. »Und ist nicht zum Arbeiten rausgegangen, dieser faule Hund?«

»Nein, er wollte die Runde mit seiner Schubkarre, die draußen stand, erst auf dem Heimweg machen, aber so kaputt und müde, wie der war, ist er sicher lieber schnell ins Bett, statt sich noch lange zu placken.«

Quintus durchströmte ein erhebendes Gefühl. Ein Prickeln vom Kopf bis zu den Zehenspitzen, das er immer dann spürte, wenn er einer Sache auf die Spur kam. Es war wie ein Knoten, der sich in seinem Inneren löste. Das waren für Quintus die besten Momente bei seinen Ermittlungen. Momente, die ihn näher zur Wahrheit führten.

Die Sache war klar: Marius hatte ihm ein Märchen aufgetischt. Vermutlich nicht ganz freiwillig. Ein persönliches Motiv schloss Quintus so gut wie aus. Er glaubte nicht, dass sich sein Mandant und der Färber, der ihn eines Verbrechens bezichtigte, kannten. Sie waren sich höchstwahrscheinlich nie begegnet. Der Jäger Fridolf war das arglose Opfer einer Intrige, und auch Marius, den möglicherweise jemand zu einer Falschaussage angestiftet hatte, war in diesem Spiel nur eine ahnungslose Randfigur. Bloß – was war das für ein Spiel, wer machte die Regeln und was gab es zu gewinnen? Quintus war überfragt und euphorisch zugleich. So war das, wenn man die Antwort auf eine dringende Frage erhielt, aber diese Antwort zugleich unzählige neue Fragen aufwarf. Aber das spornte ihn nur umso mehr an.

»Und da bist du dir ganz sicher?«, hakte er nach.

»Ja, ich hatte die Gruppe die ganze Zeit im Blick. Habe denen gesagt, dass sie mit dem Glücksspiel aufhören sollen, weil das natürlich strikt untersagt ist, aber sie wollten nicht auf mich hören«, erklärte die Wirtin scheinheilig, als ob sie jemals einem Stammgast etwas verbieten würde.

Quintus hatte genug in Erfahrung gebracht. Seine wahre Identität preiszugeben und die Wirtin zu bitten, vor Gericht auszusagen, sparte er sich. Diese Indiskretion wäre ihr nicht zuzumuten gewesen. Denn was in ihrer Taverne geschah, blieb auch dort und wurde nicht nach außen getragen – darauf vertraute ihre Kundschaft. Es gab die Gesetze des Staates und die Gesetze der Straße, und die Wirtin gehorchte nur

Letzteren. Quintus machte ihr daraus keinen Vorwurf. Auch sie musste ja von etwas leben – und sie hatte ihm mehr geholfen, als sie ahnen konnte. Quintus würde noch einmal zum ersten Tuchhändler zurückgehen, den er vergeblich befragt hatte. In seinem Kopf formte sich ein Plan.

12 XII

Quintus saß an seinem Tisch im Gerichtssaal, neben ihm ein angespannter, frisch gebadeter Fridolf. Nervös schaute er sich im Saal um. Am Tisch ein paar Fuß rechts daneben saß Hostilius mit seinem Anwalt. Denter Aquilius Varro und Quintus waren schon vor dem Erbschaftsprozess oft gegeneinander angetreten, schließlich gab es nicht viele Anwälte in der zwanzigtausend Einwohner zählenden Stadt, und so begegnete man sich regelmäßig im Südflügel des Rathauses, der für Gerichtsprozesse vorgesehen war. Im Gegensatz zu Quintus, der von einem starken Gerechtigkeitssinn angetrieben wurde und den Beruf auch ausübte, um seinen Lebensunterhalt zu verdienen, kam Varro aus reichem Hause und betätigte sich lediglich aus Prestigegründen als Anwalt. Einen Juristen in der Familie zu haben war etwas, worauf sein aus Helvetien stammendes Geschlecht, strebsam und seit fünfzig Jahren dem Ritterstand angehörend, stolz sein konnte. Dass er kein besonders talentierter Redner war und nur selten Prozesse gewann, fiel da kaum ins Gewicht. Was zählte, war die Position. Quintus war sich sicher, dass der arrogante Kollege ihn für einen schrecklichen Emporkömmling hielt, der hier nichts zu suchen hatte. Auch jetzt warf er Quintus abschätzige Blicke zu.

Es war schneller zur Verhandlung gekommen, als er erwartet hatte. Bereits am letzten Apriltag war er durch einen Boten des Prätors Sergius Orata informiert worden, dass der Kläger offiziell einen Antrag bei Gericht gestellt hatte. Orata hatte ihn auch sofort bewilligt. Der Prozess hätte sogar schon tags darauf beginnen können, doch der erste Mai war ein wichtiger Feiertag, an dem das Gericht ausnahmsweise geschlossen blieb, und so hatte sich die Verhandlung verschoben. Quintus hatte sein Mandant leidgetan, der deswegen einen Tag länger in Haft hatte bleiben müssen. Aber zugleich hatte diese Verzögerung Quintus mehr Zeit zur Vorbereitung gegeben. So war er am Feiertag zu Hause geblieben und hatte gegrübelt, während Pola und ihr Trupp den Tag bei einem reichen Gönner verbracht hatten, der sich gerne mit den berühmten, aber auch als verrucht geltenden Schauspielern schmückte.

Quintus stupste Fridolf leicht an der Schulter an, und der Germane wandte seinen Blick nach vorn, wo Prätor Orata auf den mit Bronzeornamenten beschlagenen Richterstuhl kletterte, der weithin sichtbar auf einem Podest aus grünem Marmor an der Stirnseite des Gerichtssaales stand. Der Stuhl war so hoch, dass es etwas Übung erforderte, sich elegant auf ihm niederzulassen. Zeitgleich nahmen die Iudices, die Geschworenen, Platz auf den langen Bänken, die etwas erhöht und von einem niedrigen, rautenförmigen Holzgatter abgetrennt an der Westwand des Gerichtssaals aufgestellt waren. Bei den Iudices handelte sich um siebzehn freie Männer, die vom Los für ein Jahr für diese ehrenvolle Position bestimmt worden waren.

Die Verhandlung war wie immer öffentlich, und sie stieß auf ein Interesse, das Quintus' Erwartung noch überstieg. Dass die Zuschauerränge auf der Empore im ersten Stock bis auf den letzten Platz besetzt waren, kam jedenfalls selten vor. Aber die Überfälle in der Umgebung beschäftigten die Leute. Man erzählte sich, dass Reisende, die es sich leisten konnten, nun bewaffnete Eskorten anheuerten, wenn sie das Umland durchqueren mussten, und die, die schon eine hatten, vergrößerten ihre. Die Raubzüge der aufmüpfigen Germanen waren eine Gefahr für die Ordnung, und es war Sache der Politik, sich darum zu kümmern. Leute wie Quintus konnten nur die Scherben aufsammeln.

Die beiden Stadtwachen am Tor des Gerichtssaals, die durch ihre blauen ovalen Schilde als Marinesoldaten aus dem südlich der Stadt gelegenen Flottenkastell zu erkennen waren, hatten Mühe, dem Ansturm Herr zu werden. Unter denen, die Einlass begehrten, waren viele blumenbekränzte Zecher vom Floralienfest, die wohl dachten, dass es lustig wäre, sich in trunkenem Zustand an einer Gerichtsverhandlung zu ergötzen. Doch sie wurden von den Soldaten abgewiesen.

Unter denen, die auf der Empore Platz genommen hatten, waren die drei Freunde von Hostilius, die geholfen hatten, Fridolf ins Rathaus zu schleppen, aber auch Lucretia. Schon früh hatte sie als eine der Ersten vor der noch geschlossenen Tür gewartet. Um nichts in der Welt hatte sie diesen Prozess verpassen wollen, bestand doch die Möglichkeit, dass der Angeklagte mit dem Tod Nepheles in Verbindung stand.

Auch wenn man es ihr nicht ansah – für ihre Verhältnisse war sie stark geschminkt –, die jüngsten Ereignisse hatten Lucretia sehr mitgenommen. Am letzten Tag im April, der kalt und neblig gewesen war, hatte sie der Beerdigung ihrer geliebten Freundin beiwohnen müssen. Nepheles in pechgetränkte Tücher gewickelter Leichnam war auf einem Scheiterhaufen auf der Ustrina verbrannt worden, einem für solche Zwecke vorgesehenen Platz außerhalb der Stadt. Es war Lucretia gewesen, die mit der Fackel das Holz entzündet hatte. Das zu tun, hatte sie sich von ihrem Vater erbeten, dessen Aufgabe es als Nepheles Besitzer eigentlich gewesen wäre. Eine Stunde lang hatte Lucretia danach weinend in die Flammen gestarrt. Der beißende Geruch der schwelenden sterblichen Überreste der Frau, die ihr immer zur Seite gestanden hatte, war in ihre Nase gestiegen und hatte sich dort schmerzhaft eingebrannt. Lucretia war wieder bewusst geworden, wie kurz das Leben sein konnte. Es war nicht die erste Beerdigung, der sie beigewohnt hatte. Die wenigsten Menschen in der Colonia erreichten ein hohes Alter. Doch es war die erste Beisetzung eines von ihr geliebten Menschen gewesen. Mit traurigen Gesichtern hatten die anderen Sklaven aus ihrem Haushalt später mit Löffeln Nepheles Asche eingesammelt und in eine Urne gefüllt. Sie war beliebt gewesen. Ihre Hilfsbereitschaft und Güte würden im Hause Veturius fehlen. Die Urne aus unglasierter rauer Terrakotta wurde schließlich in einem Loch in der vierten Reihe an der Via Belgica vergraben. Üblicherweise wurden Sklavengräber höchstens mit einer Holztafel markiert, die schnell verwitterte. Aber weil ihr Vater wusste, wie wichtig die Verstorbene für seine Tochter gewesen war, hatte Magnus Veturius eigens einen, wenn auch sehr kleinen, Grabstein aus einfachem Vulkangestein anfertigen lassen, in den immerhin der Name der Toten und eine knappe Auflistung ihrer Qualitäten als Haussklavin eingemeißelt worden war. Lucretia war ihrem Vater dankbar dafür.

Tags darauf hatte sie zuerst an der öffentlichen Feier zu Ehren der Bona Dea teilgenommen und dann zu Hause bei den Festvorbereitungen mithelfen müssen. Zu Ehren der Göttin waren auf dem riesigen Altar im Kultbezirk nahe des Rhenus zwölf weibliche Kälber geschlachtet worden. Das Blut der jungfräulichen Tiere sollte die Götter gnädig stimmen und den kommenden Sommer fruchtbar sein lassen. Die Kälber waren von Bauern und von reichen Bürgern gespendet worden, die sich auch aus persönlichen Gründen besonders um die Gunst der Göttin bemühten. Allein drei Tiere waren in diesem Jahr von Claudia gestiftet worden, die sich davon erhoffte, endlich schwanger zu werden. Bereits im letzten Jahr hatte sie ein Kalb für das Ritual zur Verfügung gestellt, geholfen hatte es nichts. Daher versuchte Lucretias Schwester nun, Bona Dea mit einer noch größeren Gabe für sich zu gewinnen. Das Fleisch der Tiere wurde danach an die Armen verteilt. Bei dieser Feier auf dem Forum waren ausdrücklich nur Frauen zugelassen, und auch die Zeremonie wurde ausschließlich von Priesterinnen durchgeführt. Die Feier war beliebt und immer sehr gut besucht, in ihrer von Männern beherrschten Welt gab sie den Bürgerinnen das seltene Gefühl, einmal etwas ganz Eigenes zu haben.

Beim Trinkgelage am Abend hatten jedoch auch die Männer wieder teilnehmen dürfen. Die wohlhabenden Nachbarn in Lucretias Straße luden sich zu diesem Anlass traditionell gegenseitig reihum ein, und in diesem Jahr war die Familie Veturius dran gewesen. Lucretia hatte mechanisch ihre Pflicht erfüllt. Selbst ihr Ermittlungsdrang war von ihrer Trauer erstickt worden, doch sie konnte ohnehin keinen klaren Gedanken fassen. Auf der Feier am Abend hatte sie dann ein paar höfliche Anstandsgespräche geführt, sich danach aber in ihr Zimmer zurückgezogen. Sie hatte von den gut gemeinten Wünschen in Bezug auf die Fruchtbarkeit ihres Körpers, die sie zugleich als unterschwellige Kritik daran verstand, dass sie noch immer unverheiratet war, ohnehin schnell genug gehabt. Obwohl sie jeden Grund gehabt hätte, sich zu betäuben, wollte Lucretia auch am großen »Zähltrinken«, bei dem man so viele Becher Weinschorle leerte, wie der Name des zu Feiernden Buchstaben enthielt, nicht teilnehmen. Im gegebenen Fall der Göttin Bona Dea waren das nur sieben – enttäuschend wenig, wie die Trinkfesteren unter den Gästen kundtaten. Immerhin hatte Lucretia mit angehört, wie einer der Nachbarn erzählte, dass am nächsten Tag der Prozess stattfinden würde, was sie als Hoffnungsschimmer empfunden hatte. Und jetzt war es endlich so weit.

»Ruhe bitte!«, forderte der Richter mit lauter Stimme, doch das Gewisper oben auf der Empore erstarb nicht gleich.

Lucretia beobachtete Quintus, der sich flüsternd mit Fridolf beriet. Dieser war mit seinem Wollpullover, den langen Hosen und Lederstiefeln, die nichts vom Fuß sehen ließen, eindeutig als Germane zu identifizieren. Quintus sah mit seinem blonden Haar nicht weniger germanisch aus, die beiden hätten Brüder sein können, aber die Toga und die vor ihm aufgeklappten Wachstafeln mit Notizen machten unmissverständlich klar, dass er sich der römischen Lebensart verschrieben hatte. Beide kamen sie aus Germania Magna, aber der eine wurde gehasst, der andere bewundert. Kleider machten halt Leute.

»Ruhe!«, forderte Richter Orata etwas lauter, und endlich wurde es still. Er entrollte einen Papyrus und trug den Sachverhalt vor: »Publius Hostilius, frei geboren in Iadera, Dalmatien, als Sohn zweier karpischer Freigelassener, seit zehn Jahren Landpächter und Bauer, seit fünf Jahren wohnhaft in der Colonia Claudia Ara Agrippinensium und seitdem römisches Bürgerrecht besitzend, das ihn zur Klageerhebung berechtigt, bezichtigt Fridolf vom Stamm der Brukterer, den Status eines Peregrinus tragend, des Raubes. Konkret geht es um einen Überfall auf das Landhaus der Witwe Salvia Salina Mercatus vor fünf Nächten, bei der es keine Todesopfer, aber erhebliche Sachbeschädigung gegeben hat, und außerdem Geschirr und Schmuck im Wert von mehr als dreitausend Sesterzen entwendet worden ist. Mercatus ist die Besitzerin des Stückes Land, das Hostilius gepachtet hat. Sie hat nicht selbst Anklage erhoben, da sie nach dem Überfall unter Schock gestanden hat und zu Verwandten nach Augusta Treverorum gefahren ist, um sich zu erholen.«

Orata erklärte das Verfahren für eröffnet und erteilte der Anklage das Wort.

Denter Aquilius Varro erhob sich langsam und schritt in die Mitte des Saals. Ihm schien bewusst zu sein, dass er keine Fehler machen durfte. Wenn er weiterhin Mandanten haben wollte, musste er sich endlich einmal wieder durch einen Sieg empfehlen.

»Geehrter Richter, verehrte Geschworene«, hob Varro an, »die Pax Romana ist ein zentrales Versprechen, das das Imperium seinen Bewohnern gibt. In ihm soll jedem, vom Bürger bis zum Sklaven, vom Einheimischen bis zum Eingewanderten, ein möglichst sorgloses Leben ermöglicht werden. Kriege werden nur an den Außengrenzen des Reiches geführt, während wir uns auf unseren Straßen sicher fühlen. Eine Garantie für ein angstfreies Dasein gibt es trotzdem nicht. Der Friede ist zerbrechlich. Es erfordert Arbeit, ihn zu erhalten. Wer sollte das besser wissen als wir, die stolzen Agrippinenser, die vor zwanzig Jahren fast dem Verrat der Bataver zum Opfer gefallen wären?«

Zustimmendes Gemurmel der Zuschauer, Varro hatte den richtigen Hebel gefunden. Es war klar, dass das passieren würde, Quintus hatte nur darauf gewartet. In der Tat war die Rebellion des an der Mündung des Rhenus beheimateten Reitervolkes nach dem Tod des verhassten Kaisers Nero, der für politische Verwirrung gesorgt hatte, ein traumatisches Erlebnis für die Bewohner der Region gewesen, das bis heute nachwirkte. Die Bataver waren eigentlich schon lange mit den Römern verbündet gewesen und hatten ein Gros der Kavallerie in den Legionen gestellt, sich aber ungerecht behandelt gefühlt und gegen die römische Besatzung aufbegehrt. Dabei hatten sich ihnen weitere linksrheinische Stämme und auch einige aus Germania Magna angeschlossen. Einzig die Ubier, auf deren Gebiet sich die Colonia befand, hatten treu an der Seite des neuen Kaisers Vespasian gestanden und sich den anderen Germanen widersetzt, die im Gegenzug gedroht hatten, die Stadt niederzubrennen. Der Imperator hatte es mit Truppen aus den Lagern Novaesium und Bonna sowie Legionen aus anderen Provinzen, die in Gewaltmärschen zur Colonia geeilt waren, geschafft, die Erhebung niederzuschlagen. Die Stadt war einer Katastrophe entkommen, allerdings nur um Haaresbreite. Nun fürchteten viele, dass sich die Geschichte wiederholen könnte, und der arme Fridolf sollte herhalten, um diese Angst zumindest vorübergehend zu mildern.

»Schon seit zwei Monaten fallen germanische Räuberbanden über unsere Bauernhöfe her. Hart arbeitende Landpächter wie mein Mandant trauen sich kaum noch aufs Feld. Lähmender Schrecken macht sich in unserer Mitte breit wie ein Krebsgeschwür. Einwanderer wie Fridolf der Brukterer sind nicht nur Diebe, nein, sie sind eine Bedrohung des gesamten Zusammenhalts unseres Staates.«

Quintus schüttelte verächtlich den Kopf.

»So ist es!«, schrie ein Zuschauer von der Empore.

»Er soll sterben!«, rief ein anderer, und viele pflichteten ihm applaudierend bei.

Quintus nutzte die Gelegenheit, das Wort zu ergreifen und stand auf. Vom Verteidigertisch aus wandte er sich Varro zu.

»Lieber Kollege, in der Tat ist die Pax Romana ein hohes Gut. Und sie wird nicht nur draußen von tapferen Legionären und Matrosen mit Schwertern verteidigt, sondern auch genau hier, wo wir uns gerade befinden, mit Worten. Ohne Gerechtigkeit gibt es keinen Frieden. Aber Gerechtigkeit gibt es nicht ohne Wahrheit, edler Varro. Dein Mandant behauptet, meiner sei ein Missetäter, und du dichtest ihm sogar noch auf lächerliche Weise an, er wolle eigenhändig das Imperium Romanum zu Fall bringen. Doch solange deine Seite dafür keine Beweise vorlegt, bleibt es reine Behauptung. Also, wo sind eure Beweise, Varro? Ich kann es nicht erwarten, sie zu sehen.«

Er sah aus den Augenwinkeln, dass zwei Geschworene leicht nickten. Sie waren zwar strikt angehalten, keine Regung zu zeigen, aber niemand hatte seinen Körper völlig unter Kontrolle.

»Quintus Tibur soll haben, was er begehrt. Ich bin mir sicher, dass ein Zeuge Licht ins Dunkel bringen kann. Ich beantrage, Marius Thrax im Zeugenstand zu vernehmen.«

»Stattgegeben«, sagte Orata, der alles aufmerksam mit angehört hatte.

Eine kleine Seitentür öffnete sich, und ein Wächter mit Speer und ovalem blauen Schild führte den Färber herein. Er trug eine schöne, saubere Tunika und ansehnliche Sandalen.

Marius nahm auf dem einfachen Holzschemel im Zeugenstand Platz, der sich rechts des Richterpodiums hinter einem kleinen Holzgeländer befand.

»Marius Thrax, Färber. Zwanzig Jahre alt. In der Colonia geboren. Stimmt das?«, fragte Prätor Orata routiniert, den Blick noch auf seine Schriftrolle gerichtet, die entsprechende Informationen enthielt.

»Das ist richtig«, sagte Marius.

»Schwörst du beim Leben des Kaisers, die Wahrheit zu sagen?«, fragte der Richter.

»Ich schwöre.«

Marius wirkte nervös. Quintus wusste, warum. Einen Meineid zu leisten, konnte empfindliche Strafen nach sich ziehen. Innerlich rieb er sich die Hände.

»Nun, Marius Thrax, schildere uns doch bitte, was du in der betreffenden Nacht beobachtet hast«, forderte ihn Varro auf.

Marius legte los und erzählte die Geschichte, fast Wort für Wort so, wie er sie Quintus aufgetischt hatte. Nur etwas weniger unsicher, so als habe er zwischenzeitlich geübt. Aber das sollte ihm nichts nützen – dafür würde Quintus sorgen. Als er seine Erzählung schloss, wirkte der Thraker erleichtert, und Varro und sein Mandant Hostilius siegessicher.

Doch wenn der Färber dachte, dass er nun fein raus wäre, hatte er sich gehörig getäuscht.

»Ich würde den Zeugen auch gern befragen«, verkündete Quintus und stand auf.

»Das ist dein gutes Recht«, sagte der Richter.

Quintus schritt langsam auf den Zeugenstand zu. Marius sah den Anwalt beleidigt an, denn er hatte gerade erst verstanden, dass dieser nicht seinen Kumpel Hostilius, sondern den Angeklagten vertrat. Quintus genoss das und hoffte, dass die zusätzliche Verunsicherung, die Marius deswegen empfand, ihn vielleicht dazu verleiten würde, Fehler zu machen.

»Stimmt es, dass du gerne würfelst, Marius?«, fragte er.

»Einspruch!«, entfuhr es Varro sofort. »Das Privatleben des Zeugen hat nichts mit dem Fall zu tun.«

»Das hat es sehr wohl«, sagte Quintus, an den Richter gewandt.

»Fahr fort«, forderte der Prätor Quintus auf. Varro verzog säuerlich das Gesicht.

»Es ist schon richtig, dass ich gerne würfele. Also, hin und wieder«, gab Marius zu. Er senkte seinen Blick. Dass sein Laster hier öffentlich angesprochen wurde, war ihm unangenehm. Und genau das hatte Quintus beabsichtigt.

»Ist das nicht verboten?«, fragte Quintus mit gespielter Verwunderung.

»Ich glaube schon«, antwortete der Zeuge kleinlaut. Er merkte, wie der Anwalt ihn vorführte, und konnte nichts dagegen tun.

»Und du spielst keineswegs nur hin und wieder, sondern regelmäßig. Eigentlich jede Nacht. Ist es nicht so?«

»Das könnte man so sagen«, presste Marius beschämt hervor.

Lucretia verfolgte die Befragung jetzt mit höchster Anspannung. Sie hatte schon einigen Gerichtsverhandlungen als Zuschauerin beigewohnt und kannte inzwischen die Abläufe. Somit durchschaute sie auch Quintus' Strategie – der Zeuge musste diskreditiert werden, wenn Fridolf dem Tod entrinnen wollte. Doch mittlerweile war sie auf der Seite der Anklage und glaubte fest daran, dass der Germane schuldig wäre. Sie wollte, dass er schuldig war. Er sollte sie doch zu seinen Komplizen, Nepheles Mördern, führen.

»Einspruch! Das ist alles irrelevant!«, rief Varro.

»Abgelehnt«, sagte Orata. »Aber die Verteidigung muss jetzt auf den Punkt kommen.«

»Das will ich gern tun«, sagte Quintus. »Der Zeuge hat uns eben erklärt, wann er angefangen hat zu arbeiten. Wann er sich aufgemacht hat, um den Urin einzusammeln, der in seinem Betrieb gebraucht wird.«

»In der sechsten Stunde, gegen Mitternacht«, wiederholte der Richter.

»Ich frage mich nur, wie er das getan haben will. Wo doch seine Saufkumpane im *Gallischen Eber*, dem ich einen Besuch abgestattet habe, darauf bestehen, dass er bis zum Morgengrauen mit ihnen gewürfelt hat. Dabei hat er ganz schön viel Geld verspielt. Von dem übrigens keiner weiß, woher es stammte.«

Der Zeuge erstarrte und machte große Augen. Quintus hatte ins Schwarze getroffen. Das merkte sogar Lucretia, die so weit entfernt saß, dass sie Marius' Gesicht nicht genau erkennen konnte. Und wenn sie es schon merkte, würden es auch die Iudices tun. Jetzt wurde es spannend. Lucretia hielt unwillkürlich die Luft an.

Varros und Hostilius' Blicke trafen sich. In dem des Glatzkopfs lag Verunsicherung. Dieser Zeuge war alles, was er hatte, und Quintus demontierte ihn. Varro musste fürchten, dass sich das Blatt gegen ihn wendete.

»Erleichtere dein Gewissen, und sage uns die Wahrheit, Marius!«, forderte Quintus jetzt mit donnernder Stimme. Ein bisschen übertrieben, aber womöglich färbte es ab, mit einer Schauspielerin verheiratet zu sein. »Du bist in der fraglichen Nacht gar nicht am Nordtor gewesen. Du bist kein Zeuge, Marius Thrax, sondern ein Lügner. Und du hast keine Skrupel, einen unschuldigen Mann, der von der Hand in den Mund lebt, mit einem Falsum unters Schwert zu bringen!«

Unruhiges Gemurmel erhob sich unter den Zuschauern. Waren sie zu vorschnell mit ihrem Urteil gewesen, sollte der Brukterer am Ende unschuldig sein? Auch Lucretia spürte einen Anflug schlechten Gewissens.

»Kann Quintus Tibur einen Zeugen für diesen Sachverhalt berufen?«, fragte Varro sofort. Ein guter Einwurf, und einer, den Quintus befürchtet hatte. Dass er die Wirtin nicht herzitiert hatte, konnte nun zu einem Problem werden.

»Marius Thrax ist Stammgast im *Gallischen Eber*, es würden sich leicht hundert Leute finden, die das bestätigen.«

»Aber ich sehe hier niemanden«, höhnte Varro und sah sich demonstrativ um.

Doch der Prätor schien die Sache abschließen zu wollen. »Habt ihr noch Fragen an diesen Zeugen?«, wollte er wissen, und beide Anwälte verneinten.

Marius verließ den Zeugenstand. Man konnte ihm ansehen, wie ihm ein Stein vom Herzen fiel. Der vorwurfsvolle Blick, den Varro ihm zuwarf, als er an ihm vorbei zum Ausgang ging, sprach allerdings Bände. Varro wusste ebenso wie Quintus, dass der Färber gelogen hatte, aber er würde es in Kauf nehmen, solange es seiner Sache nützte.

»Was hast du vorzubringen, Tibur?«, fragte der Richter, zu Quintus gewandt. »Es reicht nicht, einfach zu behaupten, der Zeuge sei zum betreffenden Zeitpunkt nicht vor Ort gewesen.«

»Das ist mir bewusst, verehrter Prätor«, erwiderte Quintus,

»darum habe ich einen Zeugen einbestellt, der dasselbe Handwerk verrichtet wie Marius. Wer könnte die Arbeit eines Färbers besser beurteilen als ein Färber? Ich rufe Pertinax in den Zeugenstand.«

Der Richter schaute auf seinen Papyrus. »Der Name ist hier nicht angekündigt.«

»Ich beantrage eine nachträgliche Zulassung«, bat Quintus.

»Ist bewilligt, wenn uns das hier endlich weiterbringt«, nickte Richter Orata, ganz zum Missfallen von Varro.

Ein Raunen ging durch die Menge, dies war eine unerwartete Wendung. Der Wächter führte Pertinax herein, einen kleinen, breitschultrigen Mann mit dichtem braunem Haar und kurz geschnittenem Bart. Er hatte eine wulstige Stirn und bewegte sich träge. Fridolf blickte Quintus fragend an, aber der lächelte aufmunternd zurück. Pertinax nahm im Zeugenstand Platz.

»Stell dich vor«, verlangte der Richter.

»Ich bin Pertinax. Stamme aus Rätien. War zehn Jahre Sklave dort. Auf einem Landgut«, sagte der Mann in abgehacktem, aber weitgehend akzentfreiem Latein. Er sprach so langsam, wie er sich bewegte. »Habe Geld gespart und mir die Freiheit erkauft. Seit vier Jahren in der Colonia. Arbeite als Färber in der Tuchhandlung von Manlius Gallienus.«

»Pertinax, schwörst du beim Leben des Kaisers, die Wahrheit zu sagen?«, fragte der Prätor.

»Ich schwöre«, sagte Pertinax und klang dabei um einiges überzeugender als zuvor Marius.

Lucretia verstand zwar noch nicht, worauf Quintus hinauswollte, wohl aber die grundsätzliche Wahl des Zeugen. Sein Arbeitgeber, Manlius Gallienus, war sehr angesehen in der Stadt, er war sogar Teil des Stadtrates und mit ihrem Vater bekannt. Und er war auch einmal Gast auf einer Feier bei ihnen zu Hause gewesen – ein ziemlich aufgeblasener Unsympath, aber einer, mit dem sich viele gut stellen wollten. Das verlieh dem Zeugen Glaubwürdigkeit.

»Die Verteidigung soll ihren Zeugen befragen«, verlangte der Richter.

»Pertinax, erinnerst du dich an die fragliche Nacht?«, begann Quintus.

»Ich erinnere mich gut. Ich war dran.«

»Du warst dran? Womit?«

»Mit Pisse sammeln.«

»Du hast also in der Nacht die gleiche Tätigkeit verrichtet wie Marius, der vorherige Zeuge. Nur für einen anderen Auftraggeber.«

»Genau. Für meinen Chef, Gallienus«, nickte Pertinax.

»Es sind nachts also viele Färber unterwegs, um, wie du es ausdrückst, Pisse zu sammeln?«

»Ja. Alle Tuchhändler schicken ein, zwei Mann los. Nach Einbruch der Dunkelheit. Da rennen zwanzig, dreißig durch die Colonia. Jede Nacht.«

»Und da begegnet man sich natürlich. So als Kollegen. Und Rivalen«, führte Quintus aus.

»Ja. Man kennt sich. Wer zuerst kommt, mahlt zuerst. Jeder will am meisten einsammeln. Keiner will leer ausgehen. Gibt sonst Ärger. Aber seit wir Reviere eingeteilt haben, schlagen wir uns zumindest nicht mehr die Köppe ein.«

»Wie lange warst du unterwegs?«

»Zwei Stunden etwa.«

»Und du hast viel eingesammelt in dieser Nacht.«

»Sehr viel. Es sind vorher offenbar noch nicht viele unterwegs gewesen.«

»Und bist du dabei Marius Thrax begegnet?«

»Nein, den habe ich nicht gesehen.«

»Einspruch!«, rief Varro. »Die Stadt ist groß, es ist nicht zwingend, dass man sich über den Weg läuft.«

»Stattgegeben«, lenkte der Richter ein. »Quintus Tibur, komm auf den Punkt!«

»Sofort«, versprach Quintus und wandte sich wieder Pertinax zu: »Und dir ist auch sonst kein Angestellter von Maxentius begegnet?«

»O doch«, sagte Pertinax. »Ein Kollege von ihm. Ein Syrer. Baktus heißt der. Und der war schlecht gelaunt. Sehr schlecht.«

»Warum denn das?«, fragte Quintus und freute sich innerlich, weil sie auf den großen Knall zusteuerten.

»Weil er die ganze Arbeit allein machen musste. Obwohl sie es doch zu zweit machen sollten. Er beklagte sich. Weil Marius beim Würfeln war. In der Taverne. Statt ihm zu helfen, wie verabredet.«

Varro klappte die Kinnlade herunter. Hostilius schnappte nach Luft und ballte seine Fäuste auf dem Tisch so fest, dass die Knöchel weiß hervortraten. Quintus schien es, als sei der Ankläger von der Wendung ehrlich überrascht, als sei auch er den Lügen des Färbers aufgesessen. In dem Moment tat der Mann ihm fast leid.

»Vielen Dank, Pertinax«, sagte Quintus und ging zurück an seinen Platz.

»Das war jetzt gut, oder?«, fragte Fridolf ihn leise, der im Lateinischen noch nicht alles ganz verstand.

»Ich denke schon«, erklärte Quintus bescheiden.

Er war froh, nach der Befragung der Wirtin noch einmal zum ersten Tuchhändler zurückgegangen zu sein. Dass man ihn dort an Pertinax verwiesen hatte, der wiederum mit dieser entscheidenden Information aufwartete, war mehr gewesen, als er sich von seinem zweiten Besuch erhofft hatte.

»Möchte die Anklage den Zeugen ebenfalls befragen?«, wandte sich der Prätor nun Varro zu und hob leicht die Augenbrauen, wie es schien mit einem Anflug von Spott, da er sich die Antwort schon denken konnte.

»Ich habe keine Fragen«, murmelte Varro zerknirscht.

»Wie bitte?«, hakte der Richter nach.

»Keine Fragen!«, sagte der Glatzkopf übertrieben deutlich. Welch eine Demütigung.

»Ich glaube, wir haben genug gehört, um die Iudices zur Abstimmung zu bitten«, stellte der Prätor fest. Für Sergius Orata war die Angelegenheit klar. Er wollte nicht mehr Zeit auf diese Farce verschwenden als nötig. Er hatte heute noch über weitere Fälle zu urteilen, über einen Mordprozess, der ihn Nerven kosten würde, und einen Fall, in dem ein Bauer angeblich den Acker seines Nachbarn verhext hatte, um ihm die Ernte zu vermiesen – in seinen Augen hochtrabender Unsinn, der aber immerhin amüsant zu werden versprach.

Die Geschworenen holten nun Wachstafeln hervor, die ihnen zu Sitzungsbeginn ausgehändigt worden waren. Auf der einen Seite der Tafel war ein »A« für unschuldig eingeritzt, auf der anderen ein »C« für schuldig. Die Iudices entfernten nun mit den stumpfen Enden ihrer Schreibgriffel jeweils einen der Buchstaben, indem sie das Wachs glattstrichen, und gaben dann jeder seine Tafel in einen großen Tontopf, den ein Gerichtsdiener vor sie hielt. Der Diener wiederum reichte das gefüllte Behältnis dem Prätor. Orata griff in den Topf, holte jede Wachstafel einzeln heraus, klappte sie auf, und zählte die Stimmen für A und C. Angespannte Stille lag in der Luft. Es schien ewig zu dauern, bis sich der Richter alle Buchstaben angesehen hatte. Zur Fällung eines Urteils reichte eine einfache Mehrheit. Die Zahl der Geschworenen war bewusst ungerade, damit es zu keiner Pattsituation kommen konnte.

»Die Geschworenen haben mit fünfzehn zu zwei Stimmen entschieden«, verkündete Orata schließlich. »Der Angeklagte, der Germane Fridolf, wird als nicht schuldig im Sinne der Anklage befunden!«

Fridolf atmete auf. Im Überschwang schlang er seine Arme um Quintus und drückte ihn an sich. Die Reaktionen im Publikum waren gemischt. Einige wollten den Brukterer tot sehen, Urteil hin oder her. Nur weil er in dieser einen Sache unschuldig war, hieß das ja noch lange nicht, dass er nicht zur Räuberbande gehörte. Aber die meisten im Saal schienen zufrieden. Es gab sogar vereinzelten Applaus.

»Das Urteil ergeht im Namen des Kaisers, des Senats und Volkes von Rom«, vervollständigte der Prätor seine Verkündung und fügte noch hinzu: »Das Gericht sieht es als erwiesen an, dass Fridolf der Brukterer eines Verbrechens bezichtigt wurde, das er nicht begangen hat. Er ist Opfer einer Intrige geworden. Zu der hat der Zeuge Marius Thrax durch Falsum beigetragen. Dieser Meineid wird noch ein Nachspiel für ihn haben. Niemand lügt in diesem Gericht ungestraft.«

Bestätigende Rufe und lautes Klatschen brandeten von der Empore auf. Varro und Hostilius sahen sich ratlos an und brachten kein Wort hervor. Fridolf schüttelte unterdessen euphorisch Quintus' Hand.

»Ich weiß nicht, wie ich dir je danken kann«, sagte der Germane.

»Ich freue mich auf viel Hasenbraten in diesem Jahr«, schmunzelte Quintus.

»Gehäutet«, erinnerte sich Fridolf an ihren Handel.

»… und ausgenommen«, ergänzte Quintus.

Auf der Empore war Lucretia vom Ausgang des Prozesses verblüfft. Die Anklage war gut gestartet, hatte selbst sie zeitweise überzeugt, nur um dann mit Sang und Klang unterzugehen. Das war zweifelsfrei Quintus' geschickt konstruierter Verteidigung zu verdanken. Er hatte nur wenige Pfeile im Köcher gehabt, aber die hatten ins Schwarze getroffen. Lucretias Bewunderung für den Anwalt war noch weiter gewachsen, doch zugleich empfand sie eine tiefe Enttäuschung wegen des Ergebnisses. Natürlich gönnte sie dem unschuldigen Germanen seinen Freispruch, doch um wie vieles besser wäre es gewesen, hätte er mit der Bande unter einer Decke gesteckt und sie zu Nepheles Mörder geführt! Diese Hoffnung hatte sich nun leider zerschlagen. Lucretia stand wieder mit leeren Händen da. Ein Teil von ihr wollte nach der Enttäuschung aufgeben, sich in die tröstenden Arme ihres Vaters werfen und einfach vergessen. Doch ein anderer wollte nicht einfach klein beigeben. Denn es gab da eine Sache, die sie nicht losließ. Eine Frage, die der Prozess ihr nicht beantwortet hatte. Und je länger sie darüber nachdachte, desto wichtiger erschien sie ihr.

13 XIII

Lucretia behielt den Eingang zum Gerichtssaal im Auge, während sie in der großen Vorhalle des Prätoriums vor den prunkvollen Wandgemälden auf und ab ging. Das Gemälde vor ihr zeigte eine langhaarige Frau mit Augenbinde, in der einen Hand ein Schwert, in der anderen eine Waage – Justitia. Die Abbildung war von enormer Plastizität, so dass sie fast meinte, die Göttin anfassen zu können.

Lucretias Vater hatte ihr erzählt, dass Apuleius aus Narbonensis, einer der besten Maler des Reiches, wochenlang an den Kunstwerken hier gearbeitet hatte, nachdem der Stadtrat durch Spenden reicher Bürger dessen saftiges Honorar aufgebracht hatte. Berühmt geworden war er vor allem durch seine Fresken in den teuersten Villen Pompejis, und durch eine tragische Fügung war er vor acht Jahren ebendort beim Ausbruch des Vesuvs ums Leben gekommen – dessen Asche nun nicht nur Apuleius' Leichnam, sondern auch seine größten Kunstwerke für immer vor den Augen der Welt verbergen sollte. Wie schnell es manchmal zu Ende sein konnte … Lucretia spürte, wie ihr die Hitze ins Gesicht stieg und die Tränen in die Augen, doch sie kämpfte das Gefühl nieder. Das Letzte, was sie wollte, war, hier in der Öffentlichkeit loszuheulen.

Da erblickte sie aus den Augenwinkeln Quintus, der gut gelaunt und mit großen Schritten den Gerichtssaal verließ. Jetzt oder nie. Auch wenn ihre Knie leicht zitterten, steuerte Lucretia mutig auf ihn zu. Würde der Anwalt überhaupt mit ihr reden? Und wenn ja, würde er sie ernst nehmen? Doch sie hatte keine andere Wahl. Ihr Verlangen nach Vergeltung war stärker als ihre Schüchternheit.

»Quintus Tibur?«, sprach sie ihn an.

Er blieb stehen. Er erkannte sie sofort wieder als die junge Frau, die sich bei Fridolfs Festnahme durch unerwartete Rechtskenntnisse hervorgetan und die er dann auch beim Stoffhändler gesehen hatte. Kurz wanderte sein Blick über ihre adrette Erscheinung.

»Mit wem habe ich das Vergnügen?«

»Lucretia Veturius.«

Mit ihrer natürlichen Eleganz wäre sie in Quintus' Augen glatt als Adelige durchgegangen. Und da war noch etwas anderes, das ihm auffiel. Ihre Augen strahlten eine Intelligenz und Wissbegierigkeit aus, die er nur selten bei Menschen sah.

»Veturius«, wiederholte Quintus nachdenklich. »Ist dein Vater nicht Teil der Kurie?«

»Er ist einer der hundert Gewählten«, antwortete Lucretia stolz und fuhr fort: »Entschuldige, dass ich dich hier anspreche. Ich habe gerade den Prozess beobachtet. Du musst noch einmal mit dem Färber sprechen!«

Der letzte Satz war energischer herausgekommen, als sie es beabsichtigt hatte, und Quintus schaute sie irritiert an.

»Entschuldige«, setzte sie nach, »es ist nur … seine Aussage lässt mir keine Ruhe.«

»Da sind wir schon zu zweit«, sagte Quintus, denn auch ihm kam einiges an dem Fall merkwürdig vor. Obwohl eine Klärung in der Sache stattgefunden hatte, blieben die Hintergründe doch verborgen. »Was beschäftigt dich denn?«

Lucretias Herz schlug schneller. Der Anwalt interessierte sich dafür, was sie zu sagen hatte! »Ich muss etwas weiter ausholen«, kündigte sie an. Sie berichtete Quintus alles, was ihr widerfahren war. Von der Feier bei ihrer Schwester, der blutverschmierten Nachbarin, ihrer Sklavin und Freundin, die sie unwissend in den Tod geschickt hatte. Quintus hörte aufmerksam zu. Die junge Frau konnte sich gut ausdrücken, schweifte nicht ab, gab alles in präzisen Sätzen wieder. Offenbar hatte sie eine gute Bildung genossen, wahrscheinlich durch einen griechischen Hauslehrer. Dazu hatte sie eine schöne, warme Stimme, die von mehr Reife und Tiefe zeugte, als ihr Äußeres vermuten ließ.

»Es tut mir leid, dass du so etwas durchmachen musstest«, sagte Quintus mitfühlend. Er konnte sich vorstellen, wie schrecklich es für Lucretia sein musste, mit dem Tod eines so nahestehenden Menschen konfrontiert zu sein, und dann auch noch auf eine solche Weise. Doch gleichzeitig war er fasziniert davon, den Bericht von jemandem zu hören, der fast unmittelbar einen solchen germanischen Raubzug miterlebt hatte. Lucretia war die einzige Person, die ihm bisher begegnet war, die das von sich behaupten konnte. »Aber ich weiß nicht genau, wie ich dir helfen kann.«

»Die Frage ist wohl eher, wie ich dir helfen kann«, antwortete Lucretia.

»Wobei?«, fragte Quintus, der nicht auf Anhieb verstand, worauf sie hinauswollte.

»Die Überfälle aufzuklären. Ich will wissen, wer Nephele getötet hat. Und ich will, dass derjenige vor Gericht kommt!«

Quintus schaute sie verdutzt an. Trotz seiner Zweifel hatte er nicht vorgehabt, der Sache weiter nachzugehen. Natürlich – er war so besorgt über die Räuberbanden wie die meisten in der Colonia, aber eigentlich schienen die mehr ein Problem des Umlandes zu sein, und er fühlte sich in der Stadt mit ihrer hohen doppelwandigen, mit Erde gefüllten Holzmauer sicher. Hier ging ja alles seinen gewohnten Gang. Außerdem hatte er bezüglich anstehender Prozesse, bei denen sich abzeichnete, dass sie nicht so leicht zu gewinnen waren wie der heutige, ganz andere Sorgen.

»Die Banditen zur Strecke zu bringen, fällt nicht in meine Zuständigkeit. Tut mir leid«, erklärte Quintus.

»Wer wird es denn dann tun?«, fragte Lucretia zweifelnd.

»Das müssen die Betroffenen organisieren. Die Inhaber der Villae Rusticae müssen Vorkehrungen treffen, um sich, ihre Familien und ihre Sklaven zu schützen. Und wenn es völlig aus dem Ruder läuft, wird sich vielleicht das Militär der Sache annehmen. Aber solange es nur einfache Plündereien –«

»Diese einfachen Plündereien haben meine Ornatrix unmittelbar vor ihrer Freilassung das Leben gekostet«, fiel Lucretia ihm ins Wort.

»Und das ist sehr bedauerlich«, griff Quintus den Satz auf und fuhr fort: »Es ist schön, dass das Feuer der Gerechtigkeit in dir glüht, aber ich fürchte, ich kann dir nicht helfen.«

»Was, wenn Nephele nicht die Einzige bleibt? Wenn sie nur die Erste war? Ich würde mich schämen und mir vorwerfen, nichts getan zu haben. Und du?«, entgegnete Lucretia.

Das schien Quintus ein bisschen frech. Römische Frauen hatten nicht so mit Männern zu reden, schon gar nicht in der Öffentlichkeit. Einige Passanten, die gerade die Halle durchquerten, warfen ihnen auch schon skeptische Blicke zu. Dieses Auftreten erinnerte ihn eher an die Frauen seiner germanischen Heimat. Andererseits war er mit Pola verheiratet und weiß Gott gewohnt, dass auch hier Frauen außerhalb der Norm agierten. Er konnte die forsche junge Dame mit den großen braunen Augen nicht richtig einschätzen. Aber sie stand hinter dem, was sie sagte, so viel war klar.

Lucretia spürte, dass Quintus überzeugt werden musste, und sah sich gezwungen, stärkere Geschütze aufzufahren.

»Es stehen doch viel zu viele offene Fragen im Raum. Warum sollte Fridolf zum Sündenbock gemacht werden? War er einfach zur falschen Zeit am falschen Ort, ein zufällig ausgewähltes Opfer, das ins Raster passte? Oder sagt er nicht die ganze Wahrheit, hat vielleicht eine Vorgeschichte, die wir nicht kennen, und wurde ganz gezielt Opfer einer Intrige?«, sprudelte es aus ihr heraus.

Quintus war überrascht. Er hatte sich dieselben Fragen gestellt, und dieses Mädchen brachte sie haargenau auf den Punkt.

»Das spielt für die Urteilsfindung keine Rolle«, wehrte er dennoch ab.

Lucretia war der Verzweiflung nah. Warum wollte dieser Mann nicht sehen, wie wichtig die Sache für sie war? Wie wichtig sie für die Colonia sein konnte?

»Und dann ist da noch der Zeuge, Marius, wegen dem du bei Maxentius warst«, bearbeitete sie ihn weiter.

Quintus horchte auf. »Moment mal, woher weißt du, was ich mit Maxentius besprochen habe?«, fragte er. Er konnte sich selbst die Antwort geben: »Hast du uns etwa belauscht?«

»Ihr habt so laut geredet, ich konnte euch nicht überhören. Außerdem bin ich öfter mal dort, um … Stoffe zu kaufen, ich bin ja schließlich eine Frau«, sagte Lucretia und setzte eine unschuldige Miene auf.

»Du solltest deine Nase nicht in Angelegenheiten stecken, die dich nichts angehen«, wies Quintus sie zurecht. Er wollte tadelnd klingen, aber es lag auch ein Hauch Anerkennung in dieser Ermahnung.

»Dieser Marius hat jedenfalls falsch ausgesagt. Aber ich verstehe nicht, warum«, fuhr Lucretia ungerührt fort. So leicht ließ sie sich nicht zum Schweigen bringen. »Hatte er persönlich etwas gegen Fridolf? Oder hat ihn jemand angestiftet? Wenn ja, wer? Und warum? Du hast in deinem Plädoyer selbst erwähnt, dass er offenbar plötzlich viel Geld hatte, aber woher?«

Sie war jetzt richtig in Fahrt. Quintus fühlte sich etwas unwohl in seiner Haut. Er war es als Anwalt durchaus gewohnt, auch einmal in die Ecke gedrängt zu werden, aber nicht so, nicht hier, und vor allem nicht von einer Frau. Die allerdings mit jedem Satz recht hatte.

»Das … sind berechtigte Fragen …«, war alles, was er herausbrachte.

Lucretia stellte zufrieden fest, dass sie ihn ein wenig weichgeklopft hatte.

»Und deshalb musst du noch einmal mit ihm reden«, schloss sie ihren Vortrag.

Quintus wurde die Sache langsam zu bunt. »Ich muss gar nichts. Und ich glaube nicht, dass er nach heute noch einmal mit mir reden würde. Geschweige denn, mir seine dunkelsten Geheimnisse verraten.«

»Dann schlage ich vor, ich komme mit. Und dann finden wir die Räuber. Gemeinsam«, sagte Lucretia, verschränkte die Arme vor der Brust und sah Quintus herausfordernd an. Er konnte sich nicht helfen, ein Lachen platzte aus ihm heraus. Lucretia holte empört Luft, aber es war ein Reflex, den er nicht unterdrücken konnte. Er sah, wie gekränkt sie war.

»Entschuldige, ich wollte dich nicht beleidigen«, versuchte er, sich zu fangen. »Aber wie stellst du dir das vor? Und was sagt dein Mann dazu?«

»Mann? Welcher Mann?«, fragte Lucretia verächtlich. Für einen Moment war Quintus überrascht. Er schätzte sie auf siebzehn, vielleicht älter, da musste sie doch schon verheiratet sein, vor allem in den Kreisen, in denen sie sich offensichtlich bewegte. Dazu war sie noch sehr attraktiv, unmöglich, dass die Freier bei ihr nicht Schlange standen.

»Hör zu, Lucretia Veturius«, sagte er ernst. »Du begibst dich auf gefährliches Terrain. Dein Anliegen ist ehrenhaft, und du magst viele Bücher gelesen haben, aber das wahre Leben ist oft anders als das, was geschrieben steht.«

Lucretia fühlte, wie es in ihrem Bauch zu brodeln begann.

Ihr Temperament stand kurz davor, mit ihr durchzugehen. »Ich bin kein kleines Mädchen mehr«, presste sie zähneknirschend hervor. Es war ihr peinlich, sich nicht vollends unter Kontrolle zu haben. Ein richtiger Anwalt, so wie Quintus, blieb immer gelassen, warum konnte sie das nicht?

»Das habe ich auch nicht behauptet«, ruderte Quintus zurück, der wahrnahm, dass ein Unwetter aufzog. »Aber du bist auch kein Anwalt. Warum belastest du dich mit Dingen, an denen du ohnehin nichts ändern kannst? Und, wie gesagt, der Fall ist abgeschlossen.«

»Das ist … sehr enttäuschend«, zischte Lucretia und ärgerte sich, dass ihr keine bessere Erwiderung einfiel, obwohl sie im Hinterkopf fieberhaft nach etwas Bissigerem suchte. »Schöne Floralien noch!«

Sie drehte sich auf dem Absatz um und ging mit zornigen Schritten davon, die Hände zu Fäusten geballt. Diesem Fatzke würde sie es zeigen.

Quintus sah ihr beeindruckt, aber auch ein wenig belustigt nach. Juno schütze den armen Mann, den sie eines Tages ehelichen sollte, falls sie sich doch noch dazu durchringen konnte.

Erst jetzt hatte er Muße, sich über seinen Sieg zu freuen, der zugleich Fridolfs war – ja, einer der Gerechtigkeit schlechthin. Die Colonia hatte Quintus viel gegeben, heute hatte er das Gefühl, ihr etwas zurückgegeben zu haben. Deutlicher denn je war ihm bewusst, dass die Entscheidung, sein Dorf zu verlassen und auf der anderen Seite des Flusses sein Glück zu suchen, die beste Wahl gewesen war, die er im Leben getroffen hatte. Auch wenn ihm der Abschied damals schwergefallen war. Seine Mutter Gelsa hatte ihn ermutigt aufzubrechen, denn sie hatte in jungen Jahren selbst Sehnsucht nach den Segnungen der römischen Lebensart verspürt. Ihr Versuch, sich mit einem schönen italienischen Centurio, mit seinen sechsundzwanzig Jahren damals deutlich älter als sie, ein anderes Leben aufzubauen und nicht mit einem germanischen Ehemann die Traditionen des Stammes fortzuführen, war allerdings gescheitert, als er – die Liebe ihres Lebens – vorzeitig verstorben war. Es war riskant gewesen, sich mit einem Soldaten einzulassen. Für Rom zu kämpfen, konnte bedeuten, Ruhm und Reichtum, ein Stück Land nach der Entlassung, die Erlaubnis, zu heiraten und das begehrte römische Bürgerrecht zu erhalten, aber nicht alle Männer konnten diese Früchte ernten. Viele erlebten das Ende ihrer fünfundzwanzigjährigen Dienstzeit nicht. Als die schwangere Gelsa die Nachricht erhielt, dass ihr Geliebter im Kampf nahe Camulodunum gefallen war, wusste sie, dass sie alles auf eine Karte gesetzt und verloren hatte. Sie trauerte Jahre um ihn. Ihr stattlicher Offizier war ein Meister mit dem Schwert gewesen, aber bei der Niederschlagung der Rebellion der britannischen Stammesfürstin Boudicca hatte es einen Barbaren gegeben, der seine Axt noch etwas geschickter einzusetzen verstand.

Gelsa war klug, hatte Weitblick und war hoffnungslos unterfordert mit Tätigkeiten wie dem Spinnen von Wolle und dem Füttern von Schweinen, die ihren Alltag als Frau von niedrigem Rang in der germanischen Gesellschaft bestimmten. Dieses eintönige Leben, vor dem sie geflohen war, hatte sie nach ihrer reuigen Rückkehr wieder führen müssen. Doch sie hatte es mit Fassung getragen und sich nie beklagt, sondern war froh gewesen, dass ihr Stamm sie überhaupt wieder aufgenommen hatte. Eine großzügige Geste, wenn man bedachte, dass sie mit einem Kind im Bauch zurückgekehrt war – mit dem Jungen, der später Quintus heißen sollte. Sie war schwanger vom Feind gewesen. Das war mehr als Schande, es war Verrat, doch zum Glück hatten sich einige hochgestellte Verwandte im Dorf für sie eingesetzt.

Die Römer sind anders als wir, hatte Gelsa ihrem kleinen Quintus eingebläut. Aber es war nicht als eine Warnung gemeint gewesen, so wie sie die alten Häuptlinge raunten, die die gepanzerten Kämpfer mit den eckigen roten Schilden aus dem Süden ebenso fürchteten wie hassten, sondern als Ermunterung. Sie könnten lesen und schreiben, hatte Gelsa erzählt. Sie machten sich das Land mit den größten Bauwerken untertan und schafften zugleich die filigransten Kunstwerke aus einer Handvoll geschmolzenem Sand, hatte sie erzählt. Die Römer seien die Zukunft. Quintus hatte ihr geglaubt. Und heute, viele Jahre später, wusste er, dass seine Mutter recht gehabt hatte, was seinen Respekt vor ihr, die noch immer tief im Wald auf der anderen Rheinseite hauste, vergrößerte. Noch ahnte er nicht, dass das Schicksal ihn schon in wenigen Tagen wieder mit ihr zusammenführen würde. Die Bedrohung, die bereits ihre Schatten vorauswarf und die Menschen links wie rechts des Flusses gleichermaßen betreffen sollte, rückte unaufhaltsam näher.

14 XIV

Im *Gallischen Eber* ging es hoch her. Die Taverne war immer gut besucht, aber jetzt, während der Floralien, platzte sie vor Feierwütigen förmlich aus allen Nähten.

Lucretia hatte sich noch eine Weile über Quintus geärgert, doch am Nachmittag war dann ein Plan in ihr gereift. Sie würde seine Abfuhr nicht einfach so hinnehmen. Unter dem Vorwand, eine Freundin auf dem Forum treffen zu wollen, hatte sie von ihrer Mutter die Erlaubnis erhalten, ein zweites Mal unbegleitet das Haus verlassen zu dürfen. Zur Cena hatte sie wieder da zu sein. Cäcilia hatte angekündigt, dass es Spargel geben würde, eine nur in dieser Jahreszeit verfügbare Leibspeise ihrer Jüngsten, mit der sie sie wohl ein wenig trösten und mit dem Leben versöhnen wollte. Aber bis zum Essen blieb ihr genügend Zeit, um das Rätsel zu lösen, das sie beschäftigte. Warum hatte dieser Marius vor Gericht gelogen? Wenn Quintus nicht helfen wollte, würde sie dem Färber eben allein auf den Zahn fühlen. Der Anwalt würde sich noch wundern. Dank der Informationen, die sie aus dem Stoffgeschäft und der Gerichtsverhandlung hatte, konnte sie sich denken, wo sie den dreisten Lügner finden würde.

Das Erste, was sie im *Gallischen Eber* wahrnahm, war der Gestank – eine Mischung aus Schweiß, Wein, Bier und Erbrochenem. Und über alldem hing der bläuliche, von Röstaromen geschwängerte Rauch eines Holzkohlefeuers, der aus der schlecht belüfteten Küche in den Schankraum zog. Lucretia war noch nie in einer Taverne gewesen. Eine junge Frau aus gutem Hause wie sie hatte in ein solches Lokal auf keinen Fall einen Fuß zu setzen. Lucretia sah sich um und hoffte, dass niemand sie erkannte, als sie sich unter die Leute mischte. Aber es war unwahrscheinlich, dass die Männer und Frauen, die sich hier aufhielten, mit ihren Eltern verkehrten. Bauern und Matrosen tranken, lachten und sangen zusammen. In einer Ecke waren zwei muskulöse Legionäre mit Blumenkränzen auf den kantigen Schädeln mit Wetttrinken beschäftigt und wurden von ihren Kameraden angefeuert. In einer anderen Ecke hockten zwielichtige Gestalten, die Kapuzen tief ins Gesicht gezogen, und besprachen sich leise, aber eindringlich. Bestimmt gehörten sie zur örtlichen Unterwelt, wahrscheinlich zu einer der zahlreichen Straßenbanden. Ein dicker, betrunkener Mann hatte eine Prostituierte auf dem Schoß sitzen, die geziert kiekste, während er sein schweißnasses Gesicht in ihr Dekolleté drückte. Im Vorbeigehen konnte Lucretia verschiedene Gesprächsfetzen aufschnappen. Neben den Floralien und den Überfällen war vor allem die Ankunft des neuen Statthalters am morgigen Tag in aller Munde. Wüste Spekulationen über den Mann namens Lappius konnte Lucretia aufschnappen: Er war wahlweise ein Schürzenjäger oder schwul, viel zu jung für den Posten oder ein Held, weil er im Alleingang eine große Schlacht gewonnen hätte.

»He, Süße!«, rief da jemand. Ein Betrunkener mit wettergegerbter Haut und großen Händen, dessen auffällige Ohrringe ihn als Seemann auswiesen, war hinter Lucretia aufgestanden. »Suchst du jemanden, schönes Blümchen?«, fuhr er fort und zeigte auf sich: »Mich vielleicht?« Lucretia schob sich weiter vor, während der Seemann und seine Kameraden dreckig lachten. Sie konnte all diese begierigen Blicke auf sich spüren und begann zu zweifeln, dass es eine gute Idee gewesen war, hierherzukommen, aber nun gab es kein Zurück mehr. Sie war es Nephele schuldig, die Wahrheit ans Licht zu bringen.

Lucretias Blick streifte ein Gesicht in der Menge. Sie hielt inne, betrachtete es genauer und war sich sicher: Da war Marius. Nach seinem heutigen Auftritt vor Gericht war ihm offenbar nicht nach Gesellschaft zumute. Er saß etwas abseits an einem kleinen Tisch an der Wand, wohin das Licht der zahlreichen tönernen Öllampen nicht ganz reichte. Lucretia spürte, wie es in ihrem Bauch zu kribbeln begann. In ihr regte sich Angst, gepaart mit Neugier. Sie war im Begriff, eine unsichtbare Grenze zu überschreiten. Würde sie den Mut dafür aufbringen? Und wenn ja, machte sie einen riesigen Fehler? Doch sie wusste genau, was sie hier wollte, und war sich der einzigartigen Chance, es hier und jetzt zu bekommen, bewusst.

»Was nimmst du?«, fragte die Wirtin, die mit einem Tablett voller leerer Becher in Händen Lucretias Weg kreuzte.

»Zwei Becher Mulsum bitte«, sagte Lucretia.

»Macht vier As, zahlbar sofort«, schnarrte die Wirtin.

Lucretia holte aus dem Geldbeutel, der unter ihrer Palla verborgen hing, zwei Dupondien – Bronzemünzen, die den Kupfermünzen entsprachen – und legte sie aufs Tablett.

»Bring ich dir gleich.« Die Frau verschwand in Richtung Theke.

Lucretia gab sich einen Ruck. Sie atmete tief ein, setzte ihr bezauberndstes Lächeln auf, zog den Bauch ein, streckte die Brust heraus und näherte sich lasziv der Zielperson.

Ihr Gebaren verfehlte seine Wirkung nicht. Marius, der gerade von seinem fast leeren Krug Cervisia aufblickte, schien von ihrer Erscheinung sofort gefesselt zu sein. Jedenfalls konnte er seine Augen nicht mehr von ihr abwenden. Lucretia spürte seinen Blick über ihren Körper wandern.

»Ist hier noch ein Platz frei?«, säuselte sie.

Marius starrte sie einen Moment verständnislos an und schielte kurz zur Seite, als ob dort die Person säße, die eigentlich angesprochen war, bis er seine Sprache wiederfand: »Natürlich.«

Lucretia glitt auf den Schemel ihm gegenüber. Die Wirtin kam, musterte skeptisch das ungleiche Paar, schüttelte leicht den Kopf und knallte die bestellten Gewürzweine vor Lucretia auf den Tisch. Die schob einen davon betont langsam zu Marius hinüber.

»Ich bin …«, eröffnete Lucretia und musste sich schnell einen falschen Namen einfallen lassen, »Claudia.«

»Marius«, entgegnete er, immer noch verblüfft.

»Das weiß ich doch«, sagte Lucretia und kicherte mädchenhaft.

»Was? Woher denn?«

»Ich war heute zufällig im Gericht, da habe ich dich gesehen.«

»Im Gericht? Was treibt denn so eine schöne junge Frau an einem so langweiligen Ort?«

»Ich finde ihn überhaupt nicht langweilig«, erwiderte Lucretia. »Er hat eine ganz besondere Atmosphäre. Da schwebt immer so etwas … Gefährliches in der Luft.«

Sie nahm den kleinen tönernen Becher und nippte an ihrem Mulsum. Der Weißwein war angenehm gesüßt, schmeckte jedoch etwas zu stark nach Lorbeer.

»Ich weiß, was du meinst. Liebe, Verrat, Hass, Gewalt, alles an einem Ort«, ging Marius auf sie ein.

»Lust nicht zu vergessen«, warf Lucretia ein und zwinkerte ihm kokett zu.

Marius musterte sie argwöhnisch. »Vielleicht suchst du besser nach diesem blonden Anwalt. Dem strahlenden Helden. Pah! Hier kriegst du nur den Bösewicht«, sagte er bitter. Es gelang ihm nur schlecht zu überspielen, wie peinlich ihm der Prozess und sein Ausgang war.

Lucretia schaute ihm tief in die Augen. »Die Männer, die

mir meine Mutter vorstellt, sind mir viel zu weich. Sie will einfach nicht einsehen, dass ich … etwas anderes brauche.«

Marius' Augen weiteten sich, und nach einem kurzen Zögern verzogen seine Lippen sich zu einem breiten Grinsen.

»Ja, ihr Weiber mögt gern böse Jungs.«

»Einige von uns zumindest. Es ist auf jeden Fall was dran an den Kerlen, die sich einfach nehmen, was sie wollen.«

Lucretia spürte, wie Marius' Blick förmlich an ihren Brüsten klebte. Es war ihr unangenehm, aber jetzt musste sie die Rolle, die sie eingenommen hatte, bis zum Ende spielen.

»Du bist aber auch mutig, an einen Ort wie diesen zu kommen … um dir zu nehmen, was du willst«, ging Marius auf sie ein.

»Ich weiß gar nicht, was mich geritten hat«, seufzte Lucretia gespielt ratlos und zuckte aufreizend mit den Achseln. »Aber seit ich dich gesehen habe, kann ich nicht mehr richtig denken.«

Marius trank sein Bier aus und leckte sich mit der Zunge den Schaum von den Lippen. Der glaubt mir das auch noch, wurde ihr klar, und sie war zugleich angewidert und erschrocken.

»Ich wohne nicht weit von hier, Claudia«, raunte er. »Warum noch mehr Zeit verlieren?«

»Oh, nicht so stürmisch bitte! Ich bin eine Dame«, antwortete Lucretia mit neckisch entrüsteter Stimme. »Du würfelst doch gerne. Spiel mit mir!«

Marius sah sie verdutzt an. Das Spiel war seine größte Leidenschaft, und er konnte nicht nein sagen. Er griff zum Mulsum, den Lucretia vor ihm platziert hatte, und nahm einen großen Schluck.

»Gut, wenn du willst. Um was spielen wir denn?«

»Ich weiß nicht«, flötete Lucretia und versuchte, so unbedarft wie möglich zu klingen.

»Um dich!«, rief Marius und zeigte lachend mit dem Finger auf sie.

»Das geht mir zu schnell. Ich wollte dich erst einmal kennenlernen.«

»Dann lass doch das Schicksal entscheiden, wie es mit uns weitergeht«, schlug Marius vor und holte aus seinem Geldbeutel, in dem ein paar Sesterze klimperten, drei abgewetzte Würfel aus Elfenbein hervor.

»Na gut, die höchste Zahl gewinnt«, schlug Lucretia vor, die ihm gerade ihre Idee als seine eigene untergeschoben hatte und ein bisschen stolz darauf war. »Drei Runden.«

»Und wenn ich siege?«

»Dann gehöre ich dir. Die ganze Nacht«, flüsterte Lucretia, wobei sie mit jedem Wort leiser wurde und sich weiter vorbeugte, so dass Marius immer tiefer in ihren Ausschnitt blicken konnte.

»In Ordnung, in Ordnung«, stammelte der Färber. Es war offensichtlich, dass sein Verstand im Begriff war, komplett auszusetzen. Er nahm erneut einen Schluck Wein.

»Ich fange an!«, rief Lucretia aus und schnappte sich die Würfel. Sie formte mit beiden Händen einen Hohlraum und ließ die Würfel darin klimpern.

«Los, wirf schon!« Marius lachte und schien nur noch daran denken zu können, die schöne, saubere junge Frau aus gutem Hause, die auf böse Jungs stand, zu berühren.

Lucretia ließ die Würfel fallen und betete dabei innerlich zu Merkur. Eine Drei, eine Zwei, eine Eins. O weh. Nicht gerade umwerfend.

»Sechs Augen, die übertreffe ich leicht«, grinste Marius, griff die Würfel mit der rechten Hand und warf sie schwungvoll gegen die Wand neben sich, von wo sie abprallten und klackernd vor Lucretia zu liegen kamen. Vier, drei, drei. Zusammen zehn.

»Merkur sei Dank! Ich opfere dir morgen früh eine Taube«, lachte Marius mit Blick zur Tavernendecke und schielte dann zu seiner Spielgefährtin, »für eine Nacht mit dieser Taube hier.«

»Das Glück ist dir hold«, sagte Lucretia säuselnd und versuchte, das flaue Gefühl in der Magengegend zu verdrängen, das sich dort zusammenbraute. Was, wenn sie das Spiel verlor? Wie käme sie aus dieser Situation nur wieder heraus? Marius war jetzt wie in Trance. Lucretia merkte, dass er nun nicht mehr sie anstarrte, sondern seine ganze Aufmerksamkeit den Würfeln galt. Endlich sah sie den richtigen Moment gekommen, um Antworten auf ihre Fragen zu erhalten.

»Sag, dieser Germane, gegen den du vor Gericht ausgesagt hast«, begann sie, »ist der dir früher mal krummgekommen? Oder was hast du gegen den?«

»Ach, der, den hab ich vorher nie gesehen«, entfuhr es Marius, und er drängte sie: »Jetzt würfel aber!«

Lucretia konnte es kaum fassen. Ihre Taktik schien aufzugehen. Doch nun brauchte sie einen guten Wurf, sonst würde sich das Spiel schon in dieser Runde entscheiden. Und sie säße in der Klemme.

Sie nahm sich Zeit, ließ die Würfel ein wenig in ihren Händen klackern, warf sie auf den Tisch – und starrte auf das Ergebnis. Zwei Zweien und eine Drei! Einen Moment lang wich das aufgesetzte Lächeln aus ihrem Gesicht, aber als der Blick des Färbers es wieder traf, hatte Lucretia sich schon wieder gefasst.

»Wohl kein Anfängerglück«, neckte Marius. Er wollte sich sofort wieder die Würfel greifen, aber sie hielt ihn davon ab, indem sie zärtlich ihre Hand auf seine legte. Wenn er sie mit dem nächsten Wurf erneut übertraf, war jetzt ihre letzte Chance, etwas von ihm zu erfahren.

»Aber warum hast du dann all das auf dich genommen,

wenn nicht mal eine ordentliche Rache dabei rausspringt?«, fragte sie gespielt naiv.

»Ach, das ist eine lange Geschichte«, erwiderte der Färber. Lucretia spürte, wie dringend Marius an die Würfel wollte. Die Lust am Glücksspiel hatte ihn fest im Griff. Sie war noch stärker als seine Libido. Lucretia fand es höchst interessant, aber auch beängstigend, das zu erleben. Sie hatte vorher noch nie bei jemandem eine solche Gier gesehen. Doch ihre Faszination lenkte sie einen Moment zu lang ab.

Mit einem Ruck zog Marius seine Hand unter ihrer hervor, griff sich die Würfel, warf sie mit einer routinierten Handbewegung – und fluchte laut. Er hatte drei Einer gewürfelt.

Fortuna und Felicitas sei Dank!, jubelte Lucretia innerlich.

Gleichstand.

Marius griff zu seinem Becher und leerte den restlichen Kräuterwein in einem Zug. Seine Miene wurde entschlossen.

»Bereit zu verlieren, mein Täubchen?«, forderte er Lucretia zur letzten Runde auf.

Lucretia schluckte. Jetzt ging es um alles oder nichts.

»Auf mich wirkte es vor Gericht so, als wolltest du mit deiner Aussage einem Freund einen Gefallen tun. Was ein ehrenwertes Anliegen ist«, erklärte Lucretia.

Marius schmunzelte. »Einen Gefallen, das würde ich so nicht sagen. Ich kannte den Kerl ja kaum.«

Lucretia horchte auf. Von wem redete er?

»Du bist dran! Du bist dran!«, insistierte Marius, der ganz gefesselt war vom Spiel.

Lucretia nahm die Würfel, redete aber weiter auf ihn ein.

»Hast du dich etwa bezahlen lassen?«, fragte sie mit treuherzig geweiteten Augen.

»Ja«, lachte Marius dreckig, »ich bin ein schlimmer Finger, was?«

»Und was für ein schlimmer!«, antwortete Lucretia und bemühte sich, ihn so lüstern anzuschauen, wie sie nur konnte. »Wie verdorben Männer sein können. Puh, mir wird ganz heiß!«, fügte sie hinzu und fächelte sich mit der Hand etwas Luft zu.

»Die Nacht wird noch viel heißer. Aber mach endlich deinen nächsten Wurf!«, drängte sie Marius.

Lucretia schloss die Augen und schleuderte die Würfel auf den Tisch. Kein Jubel seitens Marius – und als sie die Augen wieder öffnete, sah sie, warum: Zwei Vieren und eine Fünf. Ein guter Wurf. Sie lachte erleichtert auf und nippte an ihrem Mulsum. Dann reichte sie Marius den Weinbecher, der ihn bereitwillig nahm und sich einen großen Schluck gönnte. Währenddessen nahm Lucretia die Würfel wieder an sich.

»Und für das Geld solltest du diesen Kerl belasten«, mutmaßte sie.

»Können wir über was anderes reden?«, versuchte Marius abzulenken.

»Jetzt machst du mich aber neugierig. Hat dein Auftraggeber was gegen den Germanen?«, fragte Lucretia und fügte leiser, mit mädchenhaftem Kichern hinzu: »Ist es was Skandalöses? Weil der mit seiner Frau geschlafen hat?«

»Ach. Um den ging es nie«, sagte Marius kurz angebunden. Er schien das Thema nun wirklich abschließen zu wollen. »Ich sollte nur rumerzählen, dass ich die Germanen mit der Beute gesehen hab. Sonst nichts.«

Lucretia stutzte. Die ganze Colonia sprach bereits über die Germanenüberfälle. Warum sollte jemand dafür zahlen, dass sich eine Person mehr am Klatsch und Tratsch beteiligte?

»Wie bist du dann auf Fridolf gekommen?«, fragte sie.

»Gib mir bitte die Würfel, Kleine, wir müssen hier zu einer Entscheidung kommen«, grunzte der vom Spielfieber Gepackte und streckte die Hand aus.

»Nur, wenn du meine Frage beantwortest.«

»Was interessiert dich dieser Kram denn? Wieso willst du das alles wissen?«, ärgerte sich Marius.

»Das habe ich dir doch gesagt«, erinnerte ihn Lucretia und biss sich spielerisch auf die Unterlippe, »das Leben kann so langweilig sein, und diese Verbrechen … sind so … wild. Erregend.« Sie schenkte Marius ihren verführerischsten Augenaufschlag. »Bitte!«

Marius musterte sie lang und anzüglich und schien dann zu entscheiden, dass es das wert war. »Na gut, ich hatte meinen Freunden in der Kneipe erzählt, dass ich am Abend des Überfalls was mitbekommen hatte. Wie ich es sollte. Vielleicht hab ich es auch etwas sehr ausgeschmückt … Wir hatten alle eh zu viel gesoffen an dem Abend. Die wollten von mir eine Beschreibung und haben nicht lockergelassen, und dann hab ich einfach einen typischen Germanen beschrieben. Reine Erfindung, aus meiner Phantasie, damit die Jungs Ruhe geben. Haben sie dann auch. Und am nächsten Tag sehen sie diesen Fridolf. Der dummerweise exakt auf die Beschreibung passt, das hatte ich doch gar nicht geplant! Meine Kumpels haben ihn gepackt, und plötzlich waren wir alle vor Gericht. Ich wollte das gar nicht.«

»Und wer war der Mann, der dich fürs Rumerzählen und die Aussage vor Gericht bezahlt hat?«, tastete Lucretia sich an den Kern der Sache heran und ließ die Würfel verführerisch in ihrer Handfläche kreisen.

»Ein Fremder. Hier im *Eber*. Hat mich gefragt, ob ich etwas Geld verdienen will. Und die Summe überstieg meine Erwartungen. Wer würde da nein sagen?«

»Wie sah dieser Kriminelle denn aus, der dich reich machen wollte?«

»Keine Ahnung, um die dreißig, muskulös, braune Haare. Ein Allerweltsgesicht«, rasselte Marius herunter, die Augen fest auf die Würfel in Lucretias Hand gerichtet.

»Besondere Kennzeichen?«, fragte Lucretia, und es fiel ihr auf, dass sie ein bisschen zu geschäftsmäßig klang. Sie musste wieder zurück zu ihrer Geschichte, bevor Marius stutzig wurde, und fügte schnell wispernd hinzu: »Also, mich machen Narben bei Kerlen ja so richtig scharf.«

Marius lächelte matt. »Nein, eine Narbe hatte der nicht, zumindest keine, die ich gesehen hätte. Aber eine Tätowierung. Hier. Am rechten Unterarm.«

»Eine was?«

»Eine Körperbemalung. Aus einer speziellen Tinte, die nicht wieder abgeht.«

»Wirklich? Nie wieder?« Lucretia war ehrlich baff.

»Nie wieder. Kommt aus Persien. Bilder, Muster, alles möglich.«

»Von so etwas habe ich noch nie gehört«, gab Lucretia zu.

»Das wundert mich nicht. Hier in der Germania Inferior sind Tätowierungen sehr selten. Soll äußerst schmerzhaft sein, sich eine anfertigen zu lassen. Nur was für harte Kerle.« Marius genoss es sichtlich, mit seinem Wissen prahlen zu können. »Vielleicht lass ich mir auch mal eine machen.«

»Und was hatte er sich auf die Haut gemalt?«

Marius antwortete nicht, er war wieder völlig auf die Würfel fixiert.

»Bitte verrate es mir doch, ich habe von etwas Derartigem noch nie gehört. Das ist alles so aufregend!«, versuchte sie es erneut.

»Nach der Runde«, sagte Marius ungeduldig, und Lucretia konnte in seiner Stimme einen Anflug von Zorn ausmachen. Zu gerne hätte sie das Unvermeidliche hinausgezögert, doch sie spürte, dass sie Marius nicht weiter hinhalten konnte, und reichte ihm die Würfel.

»Na gut, los. Ich bin so gespannt, wie diese Nacht endet.«

Das ließ er sich nicht zweimal sagen. Es schien Lucretia

wie eine Ewigkeit, bis die Würfel endlich zum Liegen kamen. Sechs … zwei … drei – Marius hatte verloren. Seine Mundwinkel sackten nach unten.

»Oh, das tut mir leid«, heuchelte Lucretia, die in Wahrheit zutiefst erleichtert war. »Wird wohl doch nichts mit uns beiden.«

Marius taxierte sie einen Moment, griff dann unter den Tisch, und als seine Hand wieder zum Vorschein kam, befand sich ein Messer darin.

Lucretia zuckte zusammen. Hatte sie sich verraten? War sie zu weit gegangen?

»Keine Angst«, meinte Marius spöttisch und neigte die Spitze der Klinge der hölzernen Tischplatte entgegen. »Ich beiße nur.«

Lucretia erschauderte innerlich, schenkte ihm aber noch einmal ein reizendes Lächeln.

Mit wenigen Griffen ritzte er ein etwa zwei Hand breites Bildchen in das Holz, das auf den ersten Blick an eine Gabel erinnerte.

»So sah die Tätowierung aus«, erklärte Marius.

Lucretia betrachtete sein Werk – und ihr stockte der Atem: Es war exakt das Symbol, das ihr Nephele mit ihrem Blut auf den Unterarm gezeichnet hatte.

15 XV

Die Schlange vor dem Thermopolium im Erdgeschoss von Quintus' Haus war an diesem Abend besonders lang. Es war Mittwoch, und da wurde in der Garküche eine rare Köstlichkeit serviert: gegrillter Siebenschläfer. Die kleinen Tiere, die in ihrer Erscheinung an Eichhörnchen erinnerten, waren eine Spezialität, die ihren Preis hatte, und in der Colonia nur in wenigen Imbissstuben erhältlich war. Für ihr zartes, würziges Fleisch beliebt, wurden die Nager in eigens dafür konstruierten Zuchtkästen gemästet. Die Familie, die den Imbiss betrieb, hatte zwei der Kästen im Hinterzimmer. Der jüngste Sohn, dessen Aufgabe es war, sich um die Tiere zu kümmern, war offenbar geschickt im Umgang mit ihnen. Reiche Kunden, die die Tierchen von ihren Küchensklaven zu Hause schlachten und zubereiten ließen, schickten oft nach lebenden Exemplaren. Quintus wollte sich mit dem teuren Spaß für die erfolgreiche Woche belohnen, aber auch Pola überraschen, die heute zur Cena zu Hause sein würde.

Geduldig wartete er mit dem Tonteller in der Hand, den er zuvor aus seiner Wohnung geholt hatte, bis er an der Reihe war. Vor ihm standen noch zwei weitere Kunden, auch sie hatten ihr eigenes Geschirr mitgebracht. Essen gab es hier nur zum Mitnehmen, der Imbiss war klein und hatte keine Sitzplätze. Quintus genoss es, hier zu stehen, die Luft war angenehm warm und klar, ganz anders als die mückenverseuchte Schwüle im Sommer, die durch die Nähe zu dem großen Gewässer erdrückend werden konnte. In der Straße vor ihm waren die Floralien in vollem Gange. Blumengeschmückte

Männer und Frauen tanzten ekstatisch zum Schlag einer Trommel im Schein der sich senkenden Sonne vorbei, und unter einer Arkade in der angrenzenden Seitenstraße fielen gerade ein junger Mann und eine junge Frau lustvoll übereinander her. Dass sie beobachtet wurden, schien sie nur noch mehr anzuspornen, statt Scham hervorzurufen, aber niemand störte sich daran. Beim Frühlingsfest war so gut wie alles erlaubt, und eine schnelle Nummer zu schieben, hieß die Göttin zu ehren.

Quintus bestellte sechs Siebenschläfer – man brauchte ein paar davon, um satt zu werden –, und drückte dem Betreiber einen Silberdenar in die ölige Hand. Davon hätte er sich zwar ein Dutzend Brotlaibe kaufen können, doch diese Köstlichkeit wollte er sich heute gönnen, er hatte es sich verdient. Als Pola und er in die Wohnung gezogen waren, wussten sie kaum, wie sie die Miete aufbringen sollten, und kauften im Imbiss nur Puls, das billigste Gericht, die Speise der Armen und der Soldaten. Der lasche Getreidebrei aus Emmer enthielt ein bisschen Gemüse und, wenn man Glück hatte, ausgekochte Knochen oder Spuren von billigem Speck, doch selbst dann musste man mit viel Garum oder ein paar Kräutern nachhelfen, damit er genießbar wurde. Doch die mageren Zeiten waren für sie beide nun vorbei, es hatte sich viel getan in den letzten fünf Jahren.

Als der Imbissbesitzer die dampfende Köstlichkeit auf seinen Teller gelegt hatte und Quintus sich voller Vorfreude zum Treppenhaus umwandte, stand plötzlich Lucretia vor ihm.

»Du schon wieder«, entfuhr es ihm, und es kam unhöflicher heraus, als es gedacht gewesen war.

»So schnell wirst du mich nicht los«, entgegnete Lucretia.

»Woher weißt du überhaupt, wo ich wohne?«

»Ich bin dir gefolgt.«

»Warum denn das?«

»Es könnte einmal nützlich sein, das zu wissen, dachte ich. Hast du etwa nicht gemerkt, dass ich dir nachgegangen bin?«

Er schüttelte den Kopf und musterte die Händlerstochter, wobei er die Augen leicht zukniff. Sie wurde ihm langsam ein bisschen unheimlich. War sie vielleicht eine liebestolle Verrückte, die ihm nachstellte? Gleichzeitig nahm er eine Gewitztheit bei der jungen Frau wahr, die er als ungewöhnlich empfand und die seine Neugier weckte.

»Ich muss mit dir reden«, sagte Lucretia.

Er wurde ungeduldig. Die gegrillten Siebenschläfer auf dem Teller, den er vor sich hielt, dufteten verführerisch. Sie waren innen offenbar mit Thymian und Knoblauch ausgerieben worden, und ihm lief schon das Wasser im Mund zusammen.

»Es geht um die Überfälle. Ich habe etwas herausgefunden«, lockte die junge Frau.

Quintus war hin und her gerissen. Einerseits hatte er jetzt keine Lust auf das Gespräch, andererseits wollte er schon wissen, was Lucretia in Erfahrung gebracht hatte, da der Fall ihn insgeheim auch noch immer beschäftigte.

»Fasse dich kurz«, forderte er sie auf.

Sie mochte seinen Ton nicht, ließ sich aber nicht beirren. Diesem störrischen germanischen Esel würde sie schon beikommen.

»Kurz bevor sie starb, hat mir Nephele einen Stofffetzen in die Hand gedrückt. Ich bin mir sicher, dass er vom Gewand ihres Mörders stammt. Und wir beide sind uns beim Tuchhändler begegnet, weil ich ihm den Stoff gezeigt und ihn um seine Einschätzung gebeten habe. Aber das hat mich nicht weitergebracht. Also dachte ich mir, ich knöpfe mir mal Marius vor.«

Quintus' Unruhe verstärkte sich. Der Duft der Siebenschläfer war etwas schwächer geworden, sie waren im Begriff, kalt zu werden. Und wenn sie kalt waren, schmeckten sie nicht mehr so gut und hatten ihre butterweiche Konsistenz verloren. Das ärgerte ihn, zumal sie doch so teuer gewesen waren. Und sein Magen knurrte. Er musste die Kleine loswerden. Aber das war leichter gedacht als getan.

»Du hast aus dem verlogenen Färber ja nichts herausgekriegt. Ich hingegen schon«, stichelte Lucretia, »nachdem ich ihn in der Taverne umgarnt habe.«

Schlau, dachte sich Quintus. *Etwas naiv. Aber mutig.*

»Die sehen lecker aus«, bemerkte Lucretia und unterbrach ihre Schilderung, als sie des Gegrillten auf Quintus' Teller gewahr wurde, das sie in ihrem Eifer bisher gar nicht bemerkt hatte.

»Komm zum Punkt«, entgegnete er.

»Ich wollte wissen, warum Marius vor Gericht gelogen hat. Irgendwann rückte er raus mit der Sprache. Er bestätigte, was wir beide schon vermutet hatten. Es hat mit dem vielen Geld zu tun, zu dem er so plötzlich gekommen war.«

»Das Falsum?«, riet Quintus.

»Ja, man hat ihn für eine Falschaussage bestochen. Und Marius hat mir auch gesagt, wer es getan hat«, verkündete Lucretia stolz.

Quintus' Blick war zu den Feiernden abgeschweift, die an einer Straßenecke lauthals Flora priesen und ein Trinkspiel veranstalteten, bei dem der eine dem anderen Wein direkt aus der Amphore in die Kehle schüttete. Aber nun hatte seine Gesprächspartnerin wieder seine ganze Aufmerksamkeit.

»Wer denn?«, ließ sich Lucretia von ihm fragen.

»Den Namen wusste er nicht. Er war dem Mann noch nie zuvor begegnet. Aber er hat etwas, das ihn unverwechselbar macht: Eine Tätowierung auf dem Arm.«

»Eine was?«

»Eine Verzierung der Haut, die für immer bleibt. Bei uns ist das noch nicht verbreitet, das ist wohl eine Sitte aus den östlichen Provinzen.«

Quintus wunderte sich. Was es alles gab! Aber die Bewohner des Orients waren berüchtigt für ihre ungewöhnlichen Ideen.

»Was steht ihr hier im Weg rum?«, blaffte ein Kunde sie an, der gerade mit einer dampfenden Schüssel Linseneintopf an ihnen vorbei wollte.

Quintus und Lucretia machten dem älteren Herrn Platz und traten ein paar Schritte zur Seite, um den Betrieb der Imbissstube nicht weiter zu behindern.

»Und wie sah diese … Tätowierung aus?«

»Eine lange Linie mit drei kurzen, fächerartigen Strichen an ihrem Ende. So ähnlich wie diese Gabeln, mit denen Bauern Heu wenden«, sagte Lucretia. »Ich kann es dir aufmalen.«

»Jetzt nicht, ich kann es mir ungefähr vorstellen. Solche Mutmaßungen führen auch zu nichts«, sagte Quintus.

»Wahre Vorstellung ist zur Richtigkeit des Handelns keine schlechtere Führerin als wahre Einsicht«, erwiderte Lucretia.

»Hast du dir das gerade ausgedacht?«, fragte Quintus mit einem Anflug von Bewunderung.

»Das ist von Sokrates. Einem Philosophen«, erklärte Lucretia.

Quintus hatte keine Ahnung, wer das war. Seine gesamte Bildung, die er sich im Rahmen seiner Ausbildung zum Anwalt angelesen hatte, bezog sich auf das Rechtswesen.

»Wo hast du das denn aufgeschnappt?«, fragte er.

»Bei meinem Hauslehrer«, erwiderte sie trocken.

Quintus nickte. Ein Hauslehrer. Er hatte also richtig vermutet. Ihm war klar, dass er selbst noch große Wissenslücken hatte, die es zu schließen galt, vor allem, wenn er mit Leuten aus höheren Kreisen erfolgreich umgehen wollte. Hier machte sich bemerkbar, dass er in Germanien aufgewachsen und erst als Erwachsener in der Colonia Lesen und Schreiben gelernt hatte.

»Das ist ja alles interessant, aber wie bringt uns das weiter?«, fragte er.

Lucretia registrierte mit heimlicher Freude das »uns«, das dem Anwalt entfahren war.

»Nephele ... Das Letzte, was sie getan hat, war, mir ein Symbol auf die Innenseite des Unterarms zu malen. Mit ihrem Blut. In dem Moment habe ich nicht verstanden, warum, aber als Marius mir seinen Auftraggeber beschrieben hat, hat sich alles zusammengefügt. Das ist der Mann, auf den mich auch Nephele hinweisen wollte. Sie hat ihn aus nächster Nähe gesehen und dabei auch seine Tätowierung – ich gehe davon aus, dass er es war, der sie ermordet hat. Und ich will, dass er dafür bezahlt.«

Quintus stutzte. Sein Hunger rückte in den Hintergrund. Was Lucretia herausgefunden hatte, konnte sich sehen lassen. Und wenn sie sich diese Informationen allein erarbeitet hatte, sprach das für ein großes Ermittlungstalent. Er musste sich eingestehen, dass er beeindruckt war. Das Bild, das er sich von der jungen Römerin gemacht hatte, wandelte sich. Eine solche Verbündete zu haben, konnte unter Umständen doch wertvoll sein.

»Du meinst«, sortierte er seine Gedanken, »der Mann, der Marius korrumpiert hat, ist identisch mit dem, den Nephele dir beschrieben hat. Der Färber ist also von einem der Räuber, vielleicht sogar von ihrem Mörder bestochen worden.«

»Richtig. Dieser Unbekannte ist der Schlüssel zu allem. Und er hat ein Merkmal, an dem wir ihn leicht identifizieren können. Er wird sich finden, wenn wir nur genug suchen.«

»Wie stellst du dir das vor? In der Stadt leben zwanzigtausend Menschen, im Umland noch einmal halb so viele«, wehrte Quintus ab.

»Dann müssen wir uns eben anstrengen. Schulden wir es unseren Mitmenschen nicht, diese elenden Latrones zur Strecke zu bringen?«, drängte Lucretia.

Quintus zögerte einen Moment, dann nickte er langsam.

»Ich frage mich – warum besticht ein Räuber einen Färber, um vor Gericht einen völlig unschuldigen und vor allem unbekannten Mann zu bezichtigen?«, sinnierte er mit ins Leere gerichtetem Blick.

»Um von sich selbst abzulenken?«, spekulierte Lucretia.

»Ja. Um eine falsche Fährte zu legen – so nennt man das«, erklärte Quintus.

»Aha. Aber ist das nicht sehr umständlich für einen Barbaren, der nur schnell etwas stehlen will und dann wieder weg ist? Warum betreibt er solch einen Aufwand, nimmt Kontakt mit jemandem in der Stadt auf? Ein normaler Räuber würde doch nicht auf so eine Idee kommen«, befand sie.

Quintus war beeindruckt. Das waren Schlussfolgerungen, die er selbst nicht hätte besser ziehen können. Sein Interesse galt jetzt wieder der Tätowierung, von der sie gesprochen hatte. Vielleicht war sie eine gute Spur.

»Kannst du mir dieses Symbol auf dem Unterarm vielleicht doch aufzeichnen?«, bat er Lucretia. »In meinem Beutel ist eine Wachstafel.«

Sie ließ sich nicht lange bitten und griff beherzt in den Beutel, den Quintus an einem Gurt um die Schulter trug, während er mit beiden Händen sein Abendessen festhielt. Lucretia zog die Tafel hervor, an der mit einer Schlaufe ein Stylus befestigt war, klappte sie auf und zeichnete mit dem Griffel das Bild so nach, wie Marius es in die Tischplatte geschnitzt hatte. Dabei zeigte das lange Ende, das wie ein Stiel aussah, nach oben. Sie reichte Quintus die Tafel, der sie mit der rechten Hand annahm, während er mit der Linken den Teller mit den Siebenschläfern balancierte.

»Interessant. Sieht tatsächlich ein bisschen aus wie eine Heugabel«, stellte Quintus fest, als er die Ritzung begutachtete. »Aber es könnte auch …«, fügte er hinzu und verstummte dann nachdenklich.

»Könnte auch was?«, hakte Lucretia nach.

»Es könnte eine germanische Rune sein«, spekulierte Quintus.

»Eine Rune? Was ist das?«

Quintus lächelte. »Du bist in Germanien aufgewachsen und weißt nicht, was eine Rune ist? Es ist ein Buchstabe.«

»Die Germanen haben eine Schrift? Mir wurde immer gesagt, das sei nicht der Fall.«

»Man darf auch nicht jede Propaganda ernst nehmen, die die Römer über andere Völker verbreiten. Die meisten Männer, die in Rom die Geschichte festschreiben, haben Italien noch nie verlassen, und man sollte ihnen nicht zu viel Glauben schenken.«

»Und welcher Buchstabe ist das?«

»Das weiß ich nicht genau. In meinem Stamm werden Runen nur zu religiösen Zwecken benutzt. Schrift ist für die Germanen heilig, nichts, was man im Alltag benutzt. Nur Priester kennen alle Zeichen und deren Bedeutung. Die einzige Schrift, die ich bisher erlernt habe, ist Latein.«

Gemeinsam kamen sie gut voran, das ließ sich nicht bestreiten. Ein zweites Paar Augen konnte dieser Ermittlung guttun. Lucretia hatte bewiesen, dass sie das Zeug dazu hatte, ihm zu helfen.

»Vielleicht ist es doch sinnvoll, wenn wir zusammenarbeiten«, dachte Quintus laut nach.

Das war der Satz, auf den Lucretia gewartet hatte, und sie musste sich Mühe geben, ihre Freude nicht zu offensichtlich zu zeigen.

»Ich weiß nicht, ob ich Zeit dafür habe«, erwiderte sie gespielt gelangweilt, als ginge sie das alles plötzlich gar nichts mehr an. Doch ihr Einwand kam viel zu schnell, um nicht einstudiert zu wirken.

»Sicher hast du die. Du bist doch nicht der Typ, der näht und strickt«, provozierte Quintus sie grinsend.

»Na gut, wenn du es wünschst, bin ich dabei«, sagte Lucretia gönnerhaft, grinste zurück und ging ihres Weges.

Quintus blickte ihr verblüfft nach, bis sein Magen sich mit einem lauten Grummeln meldete. Mittlerweile war er hungrig wie ein Wolf, griff noch im Stehen nach einem Siebenschläfer und biss schnell hinein. Endlich! Während er genussvoll kaute, hoffte er, dass er seine Entscheidung nicht bereuen würde. Doch er wollte das Geheimnis des Zeichens, das Lucretia gesehen hatte, unbedingt ergründen.

16 XVI

Die ganze Stadt war auf den Beinen und strömte Richtung Forum. Die Floralien neigten sich inzwischen ihrem Ende zu, und obwohl immer noch gefeiert wurde, hatte sich die Aufmerksamkeit spürbar auf das große Ereignis verlagert, das unmittelbar bevorstand: Die Ankunft des Statthalters, der die frisch eingerichtete Provinz Germania Inferior künftig von der Colonia aus regieren würde. Entsprechend groß war der Andrang bei der Willkommensfeier. Die Sonne schien, und nur sporadisch warfen bauchige Wolken, die unter dem Blau des Himmels träge vorbeizogen, einen Schatten auf das Straßenpflaster. Ein Bote, der dem Tross vorausgeeilt war, hatte das pünktliche Eintreffen des Statthalters zur vierten Tagesstunde nach Sonnenaufgang bestätigt.

»Bin gespannt, was das für ein Typ ist«, sagte Pola. »Glaubst du, er sieht gut aus?«

»Mach dir nicht zu viele Hoffnungen.«

Quintus und Pola gingen Hand in Hand, um sich im Getümmel nicht zu verlieren. Sie waren Teil des Menschenstroms, der sich über den Decumanus, die dreißig Fuß breite Hauptstraße, die die Stadt von Westen nach Osten durchschnitt, zur Stadtmitte bewegte. Manch einer hatte es besonders eilig und überholte die beiden, um sich einen Platz vorn an der Treppe zum Kryptoportikus zu sichern, dem halbkreisförmigen, von Säulen umgebenen westlichen Abschluss des riesigen Platzes, von wo der neue Prokonsul seine Antrittsrede halten würde. Quintus war entspannter. Er war sich sicher, dass sich seine Wege mit dem Statthalter früher oder später ohnehin kreuzen würden, da dieser – neben zahlreichen anderen Aufgaben – auch der oberste Richter der Provinz sein und es sich bestimmt nicht nehmen lassen würde, einigen Prozessen in dieser Funktion vorzusitzen. Prätor Orata würde somit in Zukunft etwas weniger zu tun haben, aber das war ihm sicherlich recht, da er sich so wieder mehr mit seinem Lieblingsthema, der Wasserversorgung der Colonia, beschäftigen konnte.

Pola freute sich auf den Anlass, sie liebte große Menschenmengen und große Ereignisse. Quintus betrachtete sie aus den Augenwinkeln und war stolz, der Mann an ihrer Seite zu sein. Sie trug eine grüne Palla, die ihre helle Haut und ihre roten Haare bestens zur Geltung brachte – ein intensiver, aber nicht zu aufdringlicher Farbton. Dazu trug sie die schmalen Sandalen mit den feinen Riemchen aus dunklem Wildschweinleder, die ihr so gut standen und deren Anblick Quintus immer ein wenig erregte. Quintus bemerkte aber auch die Reaktionen anderer Passanten. Viele beäugten sie. Sie waren ein auffälliges Paar – er, der große blonde Germane, der die Toga so selbstverständlich trug, als wäre er damit geboren worden, und sie, die populäre Schauspielerin, die viele Bürger aus dem Theater kannten und an der sich die Geister schieden. Denn wie Wagenlenker und Gladiatoren waren Schauspieler einerseits Geächtete am Rande der Gesellschaft, mit denen man sich in höheren Kreisen auf keinen Fall abgeben wollte, andererseits wurden sie verehrt und waren Objekt erotischer Begierden. Pola war gleichgültig, was andere über sie dachten, und sie genoss jeden Blick, ob bewundernd oder abschätzig.

»Du bist doch immer bestens informiert, mein Liebster. Was hast du über unseren neuen Statthalter herausfinden können?«, wollte sie wissen.

»Dass er zumindest kein blutiger Anfänger ist«, sagte Quintus. »Er hat schon mal eine Provinz verwaltet, Bithynia und Pontus. Mit den grundsätzlichen Abläufen müsste er also gut vertraut sein.«

»Bithy … was? Wo soll das denn sein?«, wunderte sich Pola.

»Ich weiß es nicht genau«, gab Quintus zu. Er hatte, wie die meisten Menschen, noch nie eine Landkarte des gesamten Imperiums gesehen und daher keine genaue Vorstellung von seiner Größe und dem Verlauf seiner Grenzen. Solches Material war dem Militär vorbehalten. »Aber ich glaube, es ist kleiner als Germanien und liegt weit im Süden. Dort, wo das Land trocken und warm ist und man auch im Winter eine Ernte einfahren kann.«

»Na, mal sehen, wie ihm unsere Winter gefallen!«, lachte Pola, die sich daran erinnerte, wie schwer es ihr selbst gefallen war, sich an das hiesige Klima zu gewöhnen, nachdem sie von der Sonne Italiens verwöhnt aufgewachsen war, so wie der neue Statthalter auch.

Familie Veturius war bereits auf dem Forum angekommen. Die Menschen standen dichtgedrängt, es war eine gewaltige Menge. Keiner wollte sich das Spektakel entgehen lassen. Das Stimmengewirr, das hier herrschte, war von enormer Lautstärke. Vigiles, Mitglieder der freiwilligen Feuerwehr, die bei Großveranstaltungen dieser Art als Ordner herangezogen wurden und an ihren roten Armbinden zu erkennen waren, versuchten, die Besucherströme zu lenken, damit jeder Platz fand.

Für Lucretias Vater war die Anwesenheit Pflicht, da er Teil des Stadtrates war. Er trug zu diesem Anlass eine leuchtend weiße Toga, und Cäcilia, die in ihre beste roséfarbene Stola und eine graue Palla gehüllt war, hatte sich bei ihm untergehakt und blickte stolz um sich. Wie die anderen Männer des Kollegiums konnte er seine Familie mit in den speziell für sie bestimmten Bereich bringen. Claudia hatte nicht mitkommen wollen, Politik langweilte sie. Umso mehr freute sich Magnus, dass seine Jüngste dabei war. Die lief, überwältigt von der riesigen Menschenmasse, hinter ihren Eltern und trug eine auffällige, strahlend gelbe Palla, die ihre Mutter ihr sicher nicht ohne Hintergedanken herausgelegt hatte. Lucretia hatte ergeben beschlossen, etwaige Verkupplungsversuche mit Würde zu ertragen und das Beste aus diesem Pflichttermin zu machen. Denn einen Vorteil hatte es, wenn man fast die gesamte Bevölkerung der Stadt auf einem Fleck versammelt sah: Man konnte die Augen nach einem Mann mit einer gabelförmigen Tätowierung auf dem Unterarm offenhalten.

Die Familie schritt auf einen Streifen unmittelbar zu Füßen des Portikus zu, von wo es den besten Blick auf das leicht erhöhte steinerne Rednerpodest, das Rostrum, gab. Dort hatten die Vigiles die Plätze für die Ratsherrenfamilien reserviert. Stadtwachen mit blauen Schilden, jeweils im Abstand von sechs Fuß postiert, hielten eine etwa fünfzehn Fuß breite Gasse quer über das Forum frei. Das gewöhnliche Volk hatte hinter dieser Begrenzung zu bleiben. Nur der Statthalter mit seinem Gefolge und eben die Mitglieder des Kollegiums, die ihre Plätze ganz vorn erreichen mussten, durften diesen Weg beschreiten. Lucretia musterte unauffällig die Besucher, die den Weg säumten. Und deren Arme. Vielleicht hatte sich Nepheles Mörder ja auch hier eingefunden? Es war wie eine Stecknadel im Heuhaufen zu suchen, aber immerhin war der ganze Heuhaufen heute beisammen. Lucretia beäugte auch die Wachen, die Kettenhemden, ovale blaue Schilde und lange Speere trugen. Ihre Gesichter konnte man kaum erkennen, da der Wangenschutz ihrer schmucklosen Bronzehelme viel davon verbarg. Nur Nase und Augen waren zu sehen.

Quintus und Pola fanden sich weit hinten in der Menge wieder. Für ihn war das in Ordnung, er war ohnehin größer als die meisten und hatte somit von überall beste Sicht. Aber Pola war unzufrieden.

»Hier kann man doch gar nichts hören«, empörte sie sich.

»Doch, doch, man hört überall gleich gut, das Forum ist extra so konstruiert«, versuchte Quintus, sie zu beruhigen.

»Ich will aber auch wissen, wie der Kerl aussieht«, hatte sie sich in den Kopf gesetzt.

»Lass gut sein.«

»Nein, Quintus, wir gehen jetzt nach vorn!«, sagte sie, nahm seine Hand, stapfte los und zog ihn mit sich. Zielstrebig schob sie sich durch die Menge. »Darf ich mal? Danke!« Es war nicht fein, sich vorzudrängeln, aber Pola legte keinen Wert darauf, eine feine Dame zu sein. Sie wollte eine Dame mit guter Sicht sein. »Kann ich bitte mal durch?« Andere Schaulustige wichen zur Seite, manche erstaunt, einige verärgert.

Quintus, dem die Sache sichtlich peinlich war, ließ sich geduldig mitziehen, bis sie schließlich an einem Platz weiter vorn, gar nicht weit von den Dekurionen und deren Familien, zum Stehen kamen.

»Viel besser!«, konstatierte Pola.

Diese Ansicht teilten jedoch ein Bäcker hinter ihnen, dem noch Mehl im Bart klebte, und seine Frau ganz und gar nicht.

»Geh mir aus der Sonne, Großer!«, keifte der Mann, denn Quintus nahm ihm nun die Sicht.

»Tut mir leid, irgendwo muss ich ja stehen«, sagte Quintus.

»Aber nicht genau vor uns!«, protestierte die Bäckerin und fügte hinzu: »Bück dich doch ein wenig.«

Quintus lächelte entschuldigend und tauschte mit Pola den Platz, was das Bäckerpaar zu besänftigen schien.

Fanfaren ertönten, und das große Spektakel begann. Tausende aufgeregte Stimmen, die bis dahin das Forum mit einem Rauschen überzogen hatten, verstummten, und alle Blicke richteten sich auf die künstlich geschaffene Gasse in der Menschenmenge.

»Habt acht!«, schallte eine durchdringende, tiefe Männerstimme über das Forum. Mit einem Ruck, der von einem lauten metallischen Klingen begleitet wurde, nahmen die Soldaten, die die Gasse frei hielten und bisher in lockerer Pose dagestanden hatten, Haltung an und verschränkten ihre Speere mit dem des jeweiligen Nebenmannes. So entstand eine Art Zaun, der die beginnende Parade von den Zuschauern abschirmte.

Die Stimme gehörte Hostus Gordianus, dem Praefectus Classis, dem Oberkommandierenden der römischen Rheinflotte. Er stand neben Prätor Orata, dem bisher höchsten zivilen Würdenträger der Colonia, am Ende der Gasse, am Fuß der Treppe zum Portikus – nicht weit von der Stelle, an dem sich Familie Veturius in Position gebracht hatte. Er trug einen blank polierten Brustpanzer, einen Prunkhelm mit buntem Federschmuck und wirkte ausgeglichen und zufrieden. Der vierzigjährige Mann strahlte das Selbstvertrauen eines geborenen Anführers aus. Mit seiner gebräunten Haut, den muskulösen Armen, dem breiten, kantigen Kinn und seinen strahlend weißen Zähnen war er zudem sehr attraktiv und zog viele Blicke aus der Menge auf sich. Lucretia hatte den Mann noch nie zuvor gesehen, wahrscheinlich, weil er im Flottenkastell residierte, das eine eigene, in sich geschlossene kleine Welt darstellte. Gordianus' Auftreten beeindruckte auch sie, doch sie hatte andere Prioritäten. Während aller Augen auf Gordianus gerichtet waren, schweifte ihr Blick wieder über die nackten Arme der Bürger. Doch keine Tätowierung weit und breit.

Nun betraten Musiker den frei gehaltenen Weg und marschierten in langsamem Gleichschritt in Richtung Portikus. Vorneweg sechs Bläser mit langen schmalen Posaunen. Ihr

Ton war heller und melodischer als der der großen kreisrunden Militärtuben. Dahinter vier kräftige Trommler, die ihre Instrumente an breiten Ledergurten über den Schultern vor sich hertrugen und in perfektem Gleichklang einen Marschrhythmus schlugen, der laut und hart von den Säulengängen widerhallte, die das Forum an drei Seiten einrahmten.

Lucretia wippte unwillkürlich im Takt mit, bis sie die ersten Vertreter der neu installierten Provinzverwaltung erspähte und erstaunt innehielt: Hinter den Musikern schritten elf ältere Männer, viele von ihnen bestimmt über fünfzig. Sie trugen schlichte Togen aus beigem Leinen, deren Säume jedoch mit einem markanten wellenförmigen Muster in Rot verziert waren. Die stolzen Männer mit den harten Gesichtern, deren Narben und Falten die Geschichten langer Reisen und vieler Schlachten erzählten, waren allein schon ein beeindruckender Anblick. Doch besonders auffällig war, was sie jeder über die rechte Schulter gelegt trugen: ein fest verschnürtes Bündel aus dünnen Ruten, aus dem unten ein längerer Stab und oben die Klinge eines Beils ragte.

»Liktoren«, erklärte Magnus, der den fragenden Blick seiner Tochter bemerkt hatte. »Alle hochdekorierte ehemalige Centurionen. Sie sind die Leibwächter des Statthalters und seine engsten Vertrauten. Je höher der Rang, desto mehr Liktoren.«

»Was tragen sie da mit sich herum?«, fragte Lucretia.

»Das sind Fasces. Die haben eine lange Tradition. Schon vor vielen hundert Jahren waren sie bei den Etruskern ein Symbol der Macht, jetzt sind sie es auch bei uns. Wie unser Adler.«

Lucretia staunte. Gerade als sie zu einer weiteren Frage ansetzen wollte, brandete Applaus auf. Und endlich näherte sich der Mann, um den es heute eigentlich ging – Aulus Bucius Lappius Maximus. Er fuhr in einem weißen Streitwagen mit prächtiger goldener Bemalung, der von vier grauen

Schimmeln gezogen wurde. Das machte Eindruck, wie Lucretia an den vielen ehrfürchtigen Gesichtern um sich feststellte, und auch sie selbst konnte nicht anders als zu staunen.

Quintus stach besonders ins Auge, dass der neue Prokonsul auf einen Fahrer verzichtet hatte und den Wagen selbst lenkte. Ein geschickter Zug. Dadurch wirkte er wie einer, der die Dinge anpackte, der die Zügel im wahrsten Sinne in der Hand hatte. Außerdem offenbarte es enorme Geschicklichkeit und Erfahrung im Umgang mit Pferden. Ein Vierergespann zu führen war schwierig und erforderte viel Übung, nur professionelle Wagenlenker beherrschten es perfekt, und Lappius gab eine gute Figur ab.

Der Streitwagen rollte durch die Menge hindurch über das Forum. Quintus betrachtete den neuen Statthalter genauer. Er war kein alter Hase, sondern vielmehr ein aufstrebender junger Politiker Anfang dreißig. Sein Haar war dunkel, dicht, sehr kurz geschnitten. Er hatte weiche Gesichtszüge, die im Kontrast zu den durchaus starken Armen standen, die wohl vom Wagenlenken herrührten. Er ließ ganz offenbar lieber die Pferde laufen, anstatt sich selbst zu bewegen und sprach bestimmt dem guten Essen und dem Wein zu, wie der deutliche Ansatz eines Doppelkinns zeigte. Unter seiner Toga aus bescheidenem Stoff, deren Falten aber perfekt fielen, versteckte sich wahrscheinlich ein runder Bauch. Auch die Wahl der Kleidung wusste Quintus zu interpretieren: Lappius trug keinen Harnisch, gab sich bodenständig, wollte nicht als etwas Besseres dastehen. Ein zivilisierter Mann in ziviler Kleidung, dessen Waffe das Wort, nicht das Schwert war. Das war geschickt. Lappius schien zu wissen, was er tat.

Der neue Statthalter lächelte breit und winkte der Menge nach rechts und links von seinem Wagen aus zu. Nicht zu anbiedernd, aber auch nicht hochnäsig, sondern absolut souverän, registrierte Quintus. Applaus brandete auf.

Lappius war am Fuß der Treppe angekommen, stoppte den Wagen und stieg ab. Zwei Sklaven standen bereit, um die Pferde zu übernehmen. Gordianus nahm aus Respekt seinen Helm ab, klemmte ihn unter den linken Arm und streckte die rechte Hand zum Gruß vor sich.

»Salve Maximus, Legatus Augusti Pro Praetore. Willkommen in der Colonia Claudia Ara Agrippinensium«, sagte Prätor Orata.

»Die Truppen des Marinekastells öffnen dir in tiefster Ergebenheit die Tore«, fügte Gordianus hinzu.

»Danke für eure herzlichen Worte. Ihr glaubt nicht, wie froh ich bin, nach langer, beschwerlicher Reise endlich in eurer schönen Stadt zu sein«, erwiderte Lappius.

Er hatte keine tiefe, dafür aber eine gut ausgebildete Stimme, was sich an der Deutlichkeit seiner Aussprache und der bemerkenswerten Lautstärke zeigte. Nur Männer, die eine rhetorische Schulung genossen hatten und häufig öffentlich sprachen, klangen so.

Lappius stieg die breiten Stufen auf den terrassenartigen Halbkreis vor dem Säulengang hinauf und steuerte auf die Marmorstatue von Kaiser Domitian zu, die mitten auf dem Abschluss des Forums stand. Seine Liktoren folgten ihm für ein paar Schritte, hielten dann aber auf der zweiten Stufe inne, stellten sich nebeneinander auf und drehten sich Richtung Volk.

Lappius betrachtete wohlwollend die Statue. Mit Sockel war sie fast zwölf Fuß hoch und zeigte den Imperator mit huldvoll erhobenem rechten Arm, während über dem linken sein in kunstvollen Falten gemeißelter Umhang drapiert war. Die Statue war aufwendig bemalt, der Umhang leuchtete rot, und auf dem metallisch schimmernden Brustharnisch zeichneten sich bunte Fabelwesen ab. Die Hautpartien waren jedoch ausgespart worden, um den Blick auf die Qualität des sündhaft teuren, bräunlich geäderten Parischen Marmors zu lenken.

»Eine großartige Arbeit. Unserem Princeps wie aus dem Gesicht geschnitten!«, lobte er. Dann kniete er nieder und senkte den Kopf. Orata und Gordianus hatten nicht mit der Geste gerechnet, taten es ihm aber sofort gleich. Quintus verstand: Lappius wollte seine Kaisertreue unter Beweis stellen und sich als loyalen Diener inszenieren. Nach ein paar Sekunden stiller Andacht erhob er sich wieder.

Nun war der Moment gekommen, die Götter ins Spiel zu bringen. Mit einer theatralischen Geste deutete Lappius auf die ihm gegenüberliegende Seite des Forums, an das sich im Osten der Tempelbezirk anschloss, der kultischen Zwecken vorbehalten war. Sein Platz hatte dieselbe Breite wie das Forum, war aber etwas kürzer, und reichte fast bis zum Rhenus. Dazu lag er bewusst so erhöht, dass man ihn von der anderen Flussseite über die östliche Stadtmauer hinweg erspähen konnte.

Auch die Zuschauer, die Lappius' Geste mit ihren Blicken folgten und sich gespannt umdrehten, hatten dadurch eine perfekte Sicht auf den gewaltigen Altar in seinem Zentrum: die Ara, die so große Bedeutung hatte, dass sie Eingang in den Namen der Stadt erhalten hatte. Denn die Colonia war von Anfang an auch als ein spirituelles Zentrum konzipiert worden, und auf dem weißen, kunstvoll gemeißelten Marmorblock wurden regelmäßig Opferzeremonien abgehalten.

Auf den erhöhten Platz traten nun fünf ältere Männer und schritten betont langsam zur Ara. Den Saum ihrer leuchtend weißen Togen trugen sie andachtsvoll über die Köpfe gelegt. Es waren die höchsten Priester der Stadt, deren Aufgabe es sein würde, dem ganzen Spektakel den Segen der Götter zu bescheren. Der Älteste, ein knöchriger asketischer Mann, trug einen kleinen Käfig, in dem eine weiße Taube gurrte. An einem schmalen Lederriemen, der um seine Robe gewunden war, baumelte ein Ritualdolch in einer vergoldeten Scheide. Er war ein Haruspex, der aus den Eingeweiden von Tieren die Zukunft vorhersagen konnte. Seine blasse, von Altersflecken überzogene Haut wirkte brüchig wie altes Pergament. Die Priester positionierten sich würdevoll um die Ara. Der Haruspex öffnete nun den Käfig und zog den Vogel heraus. Ohne viel Federlesens brach er dem Tier das Genick und legte es mit dem Bauch nach oben auf die fast sechs Fuß breite Marmorfläche der Ara. Er zückte seinen Dolch und schnitt mit einem Ruck den Rumpf der Taube auf. Die Menschenmenge beobachtete ihn gespannt. Der Haruspex schob seine Finger in die Wunde, aus der dunkles Blut quoll. Schließlich zog er mit einem Ruck das winzige Herz aus dem Vogelkörper heraus und hielt es mit beiden Händen feierlich über seinen Kopf.

»Das Herz der Taube ist so groß wie das eines Adlers«, verkündete der Seher so laut, wie es ihm seine vom Alter raue Stimme noch gestattete. »Unser neuer Statthalter hat den Segen der Götter.«

Erleichterter Applaus brandete auf, während das Blut des Tieres auf die weiße Altaroberfläche sickerte und sich ausbreitete. Die Römer gaben viel auf die Bedeutung von Omen. Kein Amtsantritt eines hohen Würdenträgers wäre ohne ein solches Ritual vollständig gewesen. Dass die neue Verwaltung angeblich unter einem guten Stern stand, beruhigte die Menge, die sich nun wieder gespannt zu dem neuen Statthalter umwandte. Annähernd zwanzigtausend Frauen und Männer wollten wissen, was er zu verkünden hatte, und es wurde wieder still.

»Ich grüße euch, Bürger dieser wundervollen Stadt!«, rief Lappius und riss die Arme hoch wie ein Athlet nach einem großen Sieg bei den olympischen Spielen. Jubel brandete auf. Mit diesem Kompliment für die Colonia hatte er die Mehrheit ihrer Einwohner sofort auf seiner Seite.

»Ich hatte jemand Älteres erwartet«, wunderte sich Lucretias Mutter.

»Je einflussreicher die Familie, desto schneller der Aufstieg. Aber er soll sich auf früheren Posten durchaus verdient gemacht haben«, erklärte ihr Vater.

Das rief Lucretia in Erinnerung, dass das Ansehen eines Mannes in der römischen Welt eben nicht nur von Ausstrahlung und Leistung, sondern vor allem auch von seiner Herkunft abhing. Nur wenn man dem alten Adel, den Patriziern, angehörte – was bei Lappius der Fall war –, konnte man ganz nach oben kommen.

»Und was für eine Stadt das ist!«, hob Lappius wieder an und deutete auf die Gebäude um ihn herum, wobei er seinen Körper leicht drehte. »Seht diese starken Mauern, die heute dort stehen, wo vor hundert Jahren nichts war außer Wildnis! Seht dieses Wunder, dass ihr tapferen Menschen selbst mit vereinten Kräften geschaffen habt! Seht, wie weit ihr gekommen seid!«

Die Menge war begeistert und rief zustimmende Worte. Lappius wusste genau, was er sagen musste. Die elf Liktoren, die wie ein menschlicher Schutzwall vor ihrem Herrn standen, verzogen keine Miene und blickten nur streng über das Forum hinweg.

»Heute überbringe ich demütig ein Geschenk unseres Kaisers, Imperator Caesar divi Vespasiani filius Domitianus Augustus Germanicus, Pontifex maximus, Tribuniciae potestatis XVI, Imperator XXIII, Consul XVII, Censor perpetuus, Pater patriae. Vor auf den Tag genau siebenunddreißig Jahren wurde euer gewöhnliches Oppidum in den Rang einer Colonia erhoben, eine Ehre, die nur wenigen Städten von den Säulen des Herkules bis zu den Wüsten Arabiens zuteilwird. Ist vielleicht jemand unter euch, der sich an diesen Tag erinnert?«

Etwa ein Dutzend älterer Männer und Frauen hob die Hand. *Er bezieht die Menge mit ein*, dachte Quintus, *das ist klug*. Lappius deutete auf einen zahnlosen Alten, der seine Hand gehoben hatte, und nun kurz in den Mittelpunkt der Aufmerksamkeit geriet, was er sichtlich genoss.

»Ah! Dann wirst du, treuer Bürger, zum zweiten Mal erleben, wie in deiner Heimat Geschichte geschrieben wird. Denn heute steigt die Colonia zur Hauptstadt einer neuen Provinz auf. Ihr Name ist: Germania Inferior.«

Die Zuschauer klatschten begeistert. Die Neuigkeiten hatten sich zwar längst herumgesprochen, aber es war etwas anderes, sie aus dem Mund eines römischen Senators zu hören.

»Eure Stadt ist ein Juwel. Die Welt, liebe Agrippinenser, die ihr an der Grenze zwischen dem Lichte Roms und der barbarischen Dunkelheit lebt, arbeitet, kämpft – die Welt blickt auf euch!«

Erneut brandete Jubel auf.

»Er trägt ein bisschen dick auf, findest du nicht?«, fragte Pola.

»Das sagst ausgerechnet du?«, entgegnete Quintus neckend.

»Du hast recht, er macht es gut«, sagte sie.

Während Lucretia dem neuen Statthalter genau zuhörte, sah sich ihre Mutter neugierig um, nickte und winkte unauffällig Freunden und Bekannten zu. Für sie war das Ereignis ein Anlass, ihre sozialen Kontakte aufzufrischen, die politischen Zusammenhänge interessierten sie nicht.

»Der Sohn des Bibulus ist ja zu einem stattlichen jungen Mann herangereift«, raunte Cäcilia ihrer Tochter zu und drehte ihren Kopf mit aufforderndem Lächeln bewusst in dessen Richtung, hoffend, dass Lucretia es ihr nachtun und einen Blick auf den Jüngling werfen würde, aber den Gefallen tat Lucretia ihr nicht.

»Ich könnte ein Treffen arrangieren«, flüsterte Cäcilia.

»Mutter, bitte!«, raunte Lucretia.

»Zu heiraten und Nachkommen zu zeugen, ist die heilige Pflicht jeder Römerin«, belehrte Cäcilia ihre Jüngste, wahrscheinlich zum tausendsten Mal. Sie wusste, dass solche Sprüche bei Lucretia auf taube Ohren stießen. Allerdings wusste sie auch, dass steter Tropfen den Stein höhlte – sie selbst hatte ihren Magnus eine Weile bearbeiten müssen, bis er sich auf sie eingelassen hatte –, und würde in dieser Sache nicht lockerlassen.

»Pssst!«, zischte ein Mann hinter den beiden, der gekommen war, um die Rede des Statthalters und nicht einen familiären Zank zu hören. Cäcilia reckte beleidigt das Kinn und legte den Kopf leicht schief, schwieg aber. Dankbar atmete Lucretia auf.

»Mir wird nun die große Ehre zuteil, für vorerst zwölf Monate euer Statthalter zu sein. Ich verspreche euch, nach bestem Wissen und Gewissen mein Amt zu bekleiden. Ich bete dafür, dass Apollo mir Weisheit gibt, Fortuna Glück und Mars Kraft!«

Lappius kam nun erst richtig in Fahrt: »Ich verspreche euch neue Bauprojekte. Steuersenkungen. Ich verspreche Frieden und Wohlstand für alle!«

Zustimmender Applaus und vereinzelter Jubel ertönten aus der Menge. Lucretia spähte weiter um sich, immer noch hoffend, den Mann mit der markanten Körperbemalung zu finden. Aber vielleicht war das vergeblich, ging es ihr durch den Kopf. Vielleicht war der Kerl gar nicht aus der Colonia und längst irgendwo anders hingereist oder in sein Dorf rechts des Rheins zurückgekehrt. Trotzdem wollte sie wachsam bleiben.

»Jetzt kommt der Teil mit den Versprechungen – typisch Politiker«, höhnte ein Mann neben Pola, und Quintus musste schmunzeln. Er war selbst neugierig, was Lappius von dem, was er ankündigte, umsetzen würde. In einem Jahr konnte man viel bewegen, wenn man die nötige Energie aufbrachte, andererseits verging die Zeit wie im Flug. Längere Amtszeiten für Prokonsuln wurden im Senat immer wieder diskutiert und in Ausnahmefällen auch bewilligt, aber die Angst vor Verfilzung oder gar Umstürzen war zu groß. Rom hatte schlechte Erfahrungen mit Verschwörern und Usurpatoren gemacht, und so wurde peinlich darauf geachtet, dass kein hoher Beamter zu viel Macht anhäufen konnte. Das war auch der Grund, warum hohe städtische Ämter, etwa der Bürgermeister, der Duovir, oder ein wichtiger Verwaltungsbeamter, der Ädil, immer doppelt besetzt wurden – die beiden Amtsträger des Tandems sollten sich gegenseitig kontrollieren und so auch der Korruption entgegenwirken.

»Landsleute, Römer, Freunde, Bewohner der stolzen Colonia. Ich will euch nicht länger aufhalten. Genießt den letzten Abend der Festlichkeiten zu Ehren Floras. Bekränzt euch, tanzt, trinkt! Als persönliches Geschenk habe ich euch fünfzig Fässer besten Moselweins mitgebracht, die auf alle Tavernen der Stadt verteilt und gratis ausgeschenkt werden. Ich werde meinen Becher heute Abend auf euch alle erheben und hoffe, ihr werdet es auch auf mich tun!«

Erneut brandete Jubel auf, diesmal frenetisch, fast donnernd. Lappius hatte sich die größte und in den Augen der Bürger wohl beste Überraschung bis zuletzt aufgehoben. Quintus konnte sich nicht beherrschen und musste laut lachen. So waren sie, die Römer. Man konnte ihnen die Welt zu Füßen legen, aber wirklich begeistern ließen sie sich nur vom Wein. Der schmeckte ihnen noch besser als jede Steuersenkung. Lappius hatte den Zeitpunkt für seinen Amtsantritt perfekt gewählt, indem er den allgemeinen Optimismus, bedingt durch die Feierlichkeiten, für sich arbeiten ließ – das musste man ihm lassen. Genau diese Schläue im Umgang mit den Massen war es, die man als Senatorenkind schon mit der Muttermilch einsaugte.

»Der Schleimer kann drauf wetten, dass ich mindestens eins seiner Fässer allein leer trinke«, rief Pola und löste damit Gelächter bei den Umstehenden aus. In solchen Momenten liebte Quintus sie ganz besonders.

Plötzlich ertönten aus den hintersten Reihen der Menge Schreie. Unruhe breitete sich aus. Die, die weiter vorn standen, drehten sich neugierig um. Quintus, der aufgrund seiner Größe über die Köpfe hinweg sehen konnte, bemerkte einen Mann in einer ockerfarbenen Tunika, der mit den Armen wedelte und auf die Leute um ihn herum einredete. Offenbar war er der Grund für die Aufregung. Eine Welle der Angst, geradezu sicht- und greifbar, rollte nach vorn in Richtung Portikus, bis auch Quintus und schließlich Lucretia und ihre Familie das Wort verstanden, das aus allen Kehlen drang: »Überfall!« Wie ein Lauffeuer verbreitete sich diese Information unter den Tausenden von Menschen.

»Was ist hier los?«, fragte Lappius.

Admiral Gordianus und Prätor Orata sahen sich besorgt an, auch sie wussten es nicht.

»Die Germanen sind hier!«, schrie ein Mann aus der Menge angsterfüllt.

»Bei Jupiter!«, entfuhr es Gordianus. Er winkte den nächsten Soldaten der Stadtwache zu sich und begann, ihm hektisch Anweisungen zu erteilen.

Weitere Rufe ertönten: »Wir werden überfallen!«, »Die Barbaren greifen uns an!«

Entsetzensschreie waren die Antwort. Stimmen riefen mit zunehmender Lautstärke wild durcheinander. Und mit einem Ruck kam Bewegung in die Menge. Zwanzigtausend Menschen wollten jetzt nur noch eines – so schnell wie möglich herunter vom Forum.

»Das ist ja schrecklich! Wir müssen sofort hier weg!«, wurde auch Cäcilia von Furcht gepackt.

Lucretia war nicht minder beunruhigt. Sie mochte ohnehin keine großen Menschenmengen und bereute es jetzt umso mehr, mitgekommen zu sein. »Aber wie kommen wir hier raus?«, fragte sie.

»Erst einmal müssen wir zusammenbleiben«, sagte ihr Vater, um Besonnenheit bemüht, und griff nach ihrer Hand und nach der ihrer Mutter.

Wie auf Kommando eilten die elf Liktoren, die bisher unterhalb des Rostrums nebeneinander aufgereiht gestanden hatten, jetzt zu ihrem Herrn und kreisten ihn schützend ein, breitbeinig standen sie da, Schulter an Schulter, ihre Rutenbündel, die Fasces, nach außen gerichtet. Ihre Blicke suchten mit höchster Aufmerksamkeit die Umgebung nach möglichen Feinden ab. Es war offensichtlich, dass sie das nicht zum ersten Mal taten. Die Veteranen hatten ein ausgeprägtes Gespür für gefährliche Situationen, jeder von ihnen hatte in seiner Dienstzeit wahrscheinlich Hunderte Feinde getötet – bessere Beschützer konnte man sich nicht wünschen.

Lappius schloss seinen Mund, nachdem er bemerkt hatte, dass seine Kinnlade heruntergeklappt war, und betrachtete entgeistert das Chaos. Bisher war alles perfekt gelaufen, was geschah hier auf einmal?

»Wir müssen Ordnung herstellen, sonst trampeln sich die Leute gegenseitig tot«, erfasste Prätor Orata sofort die Lage. In diesem Moment war es gut, Männer der Tat um sich zu haben.

»Ich kümmere mich darum«, antwortete der Admiral und winkte ein paar der in den Säulengängen wartenden Feuerwehrleute zu sich, die merklich nervös waren, aber erst zu handeln vermochten, wenn sie genaue Anweisungen bekamen. Zusammen mit den Vigiles begab sich der Flottenpräfekt in die Menge und versuchte, durch lautes Rufen und energische Gesten die Fliehenden in Richtung Säulengänge zu steuern. Denn die Arkaden, die das Forum säumten, hatten viele Tore, die nach außen führten, was einer schnellen Evakuierung dienlich war. Die meisten Zuschauer, von Panik erfasst, strömten jedoch wie eine blinde Herde in eine Richtung – ans breite offene Ende im Osten des Forums. Auch Quintus und Pola waren darunter. Sie hielten sich an den Händen, um sich im Gewühl nicht zu verlieren. Beide waren sie Menschen, die klaren Kopf behielten und nicht leicht in Panik verfielen, wenngleich Quintus jetzt Angst in den Augen seiner Frau sehen konnte. Es kam, wie es kommen musste, Menschen stolperten und fielen zu Boden. Wenn sie Glück hatten, half ihnen ein Freund oder Verwandter auf die Füße, hatten sie Pech, wurden sie überrannt. Kinder wurden von ihren Eltern getrennt und im Chaos mitgerissen. Der Freudentag hatte sich auf einmal in einen Albtraum verwandelt.

»Die Wilden! Die Wilden kommen!«, ertönten immer wieder Rufe.

»Hier lang«, rief Quintus hektisch atmend, änderte die Richtung und zog Pola mit sich. Er hatte gesehen, dass die Offiziere mit den Feuerwehrleuten Menschen zu den Arkaden leiteten. Das war die richtige Entscheidung. Vor ihnen drängten sich zwar viele Leute durch den etwa fünfzehn Fuß breiten Portikus hin zu den zahlreichen torlosen Öffnungen, die durch das einströmende Licht wie himmlische, rettende Portale wirkten, aber die Menge dünnte sich hier viel schneller aus und kam besser voran. Quintus hatte mit Pola fast einen dieser Ausgänge erreicht, als er neben sich ein bekanntes Gesicht entdeckte. Er räusperte sich laut.

Trotz der herrschenden Panik musste Lucretia fast loslachen, als sie Quintus erkannte, so absurd fühlte sich die ganze Situation an, fast wie ein Traum.

»Und, wie hat dir die Rede gefallen?«, rief sie ihm zu.

»Bis vor einer Minute ganz gut«, entgegnete Quintus gehetzt.

Pola sah irritiert zwischen den beiden hin und her. Quintus nickte Lucretias Vater höflich zu, den er vom Sehen aus dem Prätorium kannte, und entschloss kurzerhand, Familie Veturius den Vortritt zu lassen. Magnus, Cäcilia und Lucretia eilten durch die Öffnung auf den rettenden Decumanus, der dahinter verlief und viel Platz bot, dann drängten Quintus und Pola nach. Sie atmeten auf, erleichtert darüber, dem Gewühl entkommen zu sein.

»Woher kennst du dieses Mädchen?«, fragte Pola.

Quintus wollte schon zu einer Antwort ansetzen, da fiel sein Blick auf den Mann mit der ockerfarbenen Tunika, der von einem Menschenpulk umringt neben dem Ausgang stand – der Überbringer der Botschaft, die diesen Tumult hier ausgelöst hatte. Das war Quintus' Chance herauszufinden, was geschehen war. Er zögerte nur kurz, seine Neugier war stärker als seine Furcht.

»Wir sehen uns zu Hause«, sagte er zu seiner Frau und wandte sich ab.

»Wo willst du hin?«, rief sie ihm entgeistert nach.

Doch er hörte sie schon nicht mehr und bahnte sich gegen den Strom einen Weg auf den Mann zu.

Lucretia sah ihm nach. Eine Mischung aus Neid und Abenteuerlust packte sie, und bevor sie sich versah, setzten sich ihre Füße in Bewegung und sie eilte Quintus hinterher. Genau wie er, wollte sie erfahren, was hier eigentlich vor sich ging.

»Lucretia!«, rief ihr Vater erschrocken.

»Bleib hier, Kind! Was tust du?«, stimmte ihre Mutter besorgt ein, die nicht verstand, warum ihre Jüngste inmitten des Tumults verschwand.

Die Zurückgelassenen sahen sich ratlos an. Jetzt erst bemerkte Magnus Pola.

»Irgendwo habe ich dich schon einmal gesehen«, sagte er zu ihr. Sie schien ihn sichtlich zu faszinieren.

»Das kann sein, ich spiele am Theater«, antwortete Pola, die die Bewunderung des mauretanischen Händlers spürte. Er konnte seine Augen kaum von ihr abwenden.

Cäcilia machte ein grimmiges Gesicht und zog ihren Mann mit sich.

»Zu Hause sind wir sicherer«, sagte sie spitz und bedachte Pola zum Abschied mit einem aufgesetzten Lächeln. »Einen schönen Tag noch.« Dann ging sie im Marschtempo die Straße hinab.

»Was ist denn los?«, wollte Magnus wissen.

»Je schneller ich dich aus dem Bannkreis dieser Dirne bekomme, desto besser«, entgegnete seine Frau scharf. Nicht nur Polas Erscheinung, sondern auch ihr Status waren ihr ein Dorn im Auge, denn Schauspielerinnen, so war die verbreitete Meinung, waren allesamt Prostituierte. In der Tat wurden die meisten Künstler so schlecht bezahlt, dass viele von ihnen auf einen solchen Nebenverdienst angewiesen waren. Pola wäre es niemals in den Sinn gekommen, sie hatte ein gutes Auskommen. Sie hatte sich daran gewöhnt, dass sie durch ihre Berufswahl in eine bestimmte Schublade geraten war, und konnte damit leben.

Lucretia schloss zu Quintus auf. Der war mit einem betrunkenen jungen Mann zusammengestoßen, der ihn anpöbelte und offenbar auf Streit aus war. Quintus' germanisches Aussehen schien ihn noch mehr zu reizen. Der Anwalt entschuldigte sich und beschwichtigte den Raufbold mit sanften Worten. Dann setzte er seinen Weg durch die panische Menge fort und guckte erstaunt, als er plötzlich Lucretia neben sich bemerkte. Die beiden sprachen nicht. Quintus wusste es auch so: In dieser jungen Frau brannte dasselbe Feuer wie in ihm.

»Da ist er!«, rief Quintus, schon ziemlich außer Atem. Er war froh, dass er sich nur selten in Laufschritt setzen musste, da er nicht besonders sportlich war.

»Die Germanen sind hier! Sie plündern uns aus!«, riefen angstverzerrte Stimmen um sie herum, und vor und hinter ihnen rannten Hunderte Menschen um ihr Leben.

Endlich erreichten sie den Mann mit der ockerfarbenen Tunika, der von Menschen umringt war, darunter nicht nur einfache Bürger, sondern auch Stadtwachen und Feuerwehrleute, die ihn mit Fragen bedrängten. Der schlanke, schüchtern wirkende dunkelhäutige Mann, den eine kleine Metallplakette, die er an einem dünnen Kettchen um den Hals trug, als Haussklaven auswies, hielt schützend die Arme vor seinen Kopf.

»Ist dir klar, was du getan hast? Das ganze Durcheinander hier ist dein Verdienst!«, fuhr ein wütender Feuerwehrmann, dessen Kollegen gerade Verletzte vom Forum aufsammelten, den eingeschüchterten Sklaven an.

»Hätte er's verschwiegen, wär's auch nicht recht gewesen! So etwas muss man doch sofort melden«, nahm ein Marinesoldat den Überbringer der schlechten Nachricht in Schutz.

»Was ist denn los?«, rief eine Bürgerin, »sind wir in Gefahr?«

»Verliert nicht den Kopf, es wird sich schon alles aufklären! Lasst uns durch!«, rief Quintus mit seiner donnernden Anwaltsstimme, und die Meute machte ihm Platz. Lucretia hielt sich einfach dicht hinter ihm und nutzte die entstehende Gasse. Die beiden standen nun unmittelbar vor dem verängstigten Sklaven in der ockerfarbenen Tunika.

»Ich bin Quintus Tibur. Ich arbeite bei Gericht. Was ist passiert?«, fragte er mit ruhiger, fester Stimme.

Der Mann beruhigte sich etwas und senkte die Arme. Der

Anwalt schien ihm wohl ein vertrauenswürdiger Vertreter der Obrigkeit zu sein.

»Sie … sie haben das Haus unserer Nachbarn überfallen! Ge… Germanen! Ihre Gesichter … schrecklich! Gleich nebenan!«, stotterte der Sklave.

»Wo ist das? Kannst du uns hinführen?«, fragte Lucretia.

Sie war alarmiert, denn sie kannte den Mann vom Sehen. Der Überfall war also in dem Viertel geschehen, in dem auch ihre eigene Familie wohnte. Bei Jupiter, hoffentlich war es nicht ihr Haus, schoss es Lucretia durch den Kopf!

»Natürlich, Herrin, sofort«, sagte der Sklave und setzte sich in Bewegung, froh, den Vorwürfen zu entkommen.

Quintus und Lucretia eilten ihm nach. Einige Vigiles und Stadtwachen schlossen sich an.

Gemeinsam schoben sie sich durch die aufgebrachte Menge. Die meisten Menschen hatten das Forum mittlerweile verlassen, drängten sich nun aber in den umliegenden Straßen und traten sich gegenseitig auf die Füße. Der erste Schrecken war verflogen und hatte der eifrigen Verbreitung von Gerüchten Raum gegeben, die sich nun rasch hochschaukelten.

»Ich denke, ihr könnt euch wieder rühren«, sagte zur gleichen Zeit Lappius zu seinen Liktoren im Halbrund des Kryptoportikus, die daraufhin von ihm wegtraten. Verlassen stand der frischgebackene Statthalter vor der riesigen Kaiserstatue und blickte bestürzt auf das leere Forum vor sich.

17 XVII

Lucretia konnte eine gewisse Erleichterung nicht verhehlen, als sie mit dem Sklaven an der betroffenen Stadtvilla ankamen. Es war nicht ihre, sie lag aber nur einen Steinwurf von der der Familie Veturius entfernt – also nah genug, um für die Zukunft besorgt zu sein.

Die Männer der Stadtwache schritten sofort zur Tat, brüllten Anweisungen, und Feuerwehrmänner stürmten mit noch leeren Eimern ins Haus, um sich einen Eindruck von der Lage zu verschaffen. Vor dem Eingang bildete sich schnell eine Menschentraube. Passanten und Nachbarn standen dichtgedrängt. Auch einige Clientes der Familie Bulbo versammelten sich, um ihrem Patron Hilfe anzubieten, und alle diskutierten heftig miteinander. Aus den Gesprächsfetzen, die Quintus aufschnappte, während er sich durch die Menge schob, konnte er immer wieder Feindseligkeit gegen Germanen heraushören. Die meisten seien schmutzig und ungebildet, und viele seien Diebe. Das waren neue Töne in einer Gesellschaft, die bisher immer zusammengehalten hatte. Aber auch Stimmen der Vernunft waren auszumachen, die daran erinnerten, dass noch gar nicht feststand, wer die Täter waren.

»Das ist das Haus der Bulbos. Die kenne ich. Vielleicht kann ich uns hineinbringen«, überlegte Lucretia laut.

»Es wäre sicher hilfreich, sich an einem frischen Tatort umsehen zu können«, stimmte Quintus zu.

Jetzt war dafür aber noch kein guter Zeitpunkt, wimmelte es im Haus nur so von Ordnungshütern, denen die beiden im

Weg gestanden hätten. Doch schon kurze Zeit später kamen die Vigiles wieder heraus. Sie wirkten beruhigt, offenbar war zumindest kein Feuer ausgebrochen.

Quintus und Lucretia eilten zur noch offen stehenden Eingangstür. Doch gerade, als sie eintreten wollten, schob die Hausherrin, Hersilia Bulbo, sich ihnen in den Weg. Sie war die Mutter von Titus, dem Burschen, der Lucretia auf Claudias Fest umworben hatte. Ihr Gesicht war nass von Tränen und zugleich vor Wut verzerrt.

»Lasst uns in Ruhe! Haut ab, ihr Geier, geht woanders gaffen!«, fuhr sie Quintus und die nachdrängenden Schaulustigen an.

»Hersilia Bulbo, ich bin es nur«, rief Lucretia und drückte sich an Quintus vorbei. »Das hier ist Rechtsanwalt Tibur. Ein Freund von mir. Ich habe mir Sorgen gemacht und wollte einfach nach euch sehen. Fragen, ob ihr etwas braucht.«

Jetzt sind wir also schon Freunde, wunderte sich Quintus. Hersilias Miene hellte sich auf.

»Lucretia! Das ist lieb von dir. Ach, du bist so ein gutes Mädchen«, sagte die Hausherrin erleichtert.

Stadtwachen kamen die Straße heruntergelaufen und hielten auf das Haus zu. Sie wollten die Menge auflösen, die sich auf bestimmt über hundert Schaulustige erhöht hatte.

»Ihr stört hier nur. Geht nach Hause. Alle. Los!«, rief ein Offizier, und die Stadtwachen begannen etwas unsanft, Passanten beiseitezuschubsen, als diese sich nicht in Bewegung setzten.

»Wir helfen gern beim Aufräumen«, versicherte Lucretia, hoffend, so Zugang zum Haus zu erhalten.

»Kommt herein«, bat sie die Hausherrin, die vom Tumult vor ihrer Haustür genug hatte.

Lucretia trat über die Schwelle in den kurzen Gang, der ins Atrium führte. Quintus folgte ihr schweigend. Das Erste, was ihm auffiel, waren die hohen Decken. Fühlte er sich in seiner Wohnung in der Insula immer etwas beengt, so konnte er hier frei atmen. Sie stiegen über einen schweren, mannshohen bronzenen Kerzenständer, der quer im Flur lag und beim Aufprall auch einige Bodenfliesen beschädigt hatte.

»Es ist so schrecklich«, klagte Hersilia. »Warum wir? Wir haben doch niemandem etwas getan.«

Das stimmte wohl. Die Bulbos waren eine der reichsten Familien der Stadt und genossen einen ausgezeichneten Ruf. Wie Lucretias Vater war das Familienoberhaupt, Aemilius Bulbo, Soldat gewesen und hatte nach Ende seiner Dienstzeit das Haus in der Colonia erworben. Anders als Magnus Veturius, der sich dem Handel verschrieben hatte, hatte sich Bulbo auf Immobilien verlegt und mit der Vermietung von Speicherräumen im Hafen ein Vermögen gemacht. Und er liebte es, seinen Erfolg zu zeigen. Quintus fiel der Reichtum, der hier herrschte, schon beim Betreten des Hauses auf. Überall hingen Blumengirlanden zu Ehren der Göttin Flora. Die kleinen Öllampen, die alle paar Fuß an Ketten von der Decke baumelten, waren vergoldet. Quintus wunderte sich, dass die Einbrecher sie übersehen hatten. Alle Wände waren mit sehr gelungenen Wandmalereien verziert, die meisten stellten Fabelwesen wie lüsterne Satyrn und Nymphen dar. Auch Lucretia fiel auf, dass das Wasserbecken im Zentrum des Baus mindestens dreimal so groß war wie das in ihrem Haus. Die Wände des Peristyls, dessen Säulenkapitelle besonders detailreich gearbeitet waren, schmückten sehr realistische Abbildungen von Rebstöcken, Bäumen und Grashalmen, so dass es wirkte, als wäre das Zentrum des Hauses ein riesiger Garten. Alle Böden waren mit Marmor ausgelegt, teilweise mit rotem – dem teuersten.

»Wo warst du, als es passierte, Hersilia Bulbo?«, fragte Quintus die Hausherrin.

»Auf dem Forum, wie alle anderen. Eine meiner Sklavinnen hat mich dort gefunden, und ich lief nach Hause, so schnell es meine morschen Knochen erlaubten«, erklärte Hersilia. Sie war um die fünfzig, und für eine Italienerin sehr hoch gewachsen. Die starke Schminke konnte die tiefer werdenden Falten kaum noch überdecken. Ihr strenger Blick war ebenso markant wie ihre große Oberweite, die sich unter der locker fallenden Seidenstola abzeichnete, die sagenhaft teuer gewesen sein musste.

»Und dann musste ich das hier sehen«, rief sie mit zitternder Stimme und führte Lucretia und Quintus in ihr Schlafgemach. Das Bett war umgekippt, die Matratze lag auf dem Boden. Alle Schubladen der Kommode waren herausgerissen, deren Inhalt lag überall verstreut. Dazwischen eine kleine Schatulle, mit goldenen Nieten verziert, offenbar ein Schmuckkästchen. Leer.

»Hat jemand den Überfall unmittelbar miterlebt?«, wollte Quintus wissen.

»Ja, ein paar Sklaven. Sie sind in der Küche.«

Quintus beugte sich zu Lucretia und raunte ihr zu: »Lass mich mit ihnen reden. Lenk du die Domina ab, verschaff uns Zeit, sie soll uns wohlgesonnen bleiben.«

Lucretia nickte. Sie entdeckte einen intakten Korbsessel, richtete ihn auf und bugsierte die Hausherrin hinein, während sie tröstend auf sie einredete. Hersilia lächelte dankbar.

Quintus ging zur Küche. Sie war leicht zu finden, denn römische Stadtvillen waren im ganzen Imperium recht ähnlich gebaut. Es gab zwar Luxusvarianten wie diese hier, aber die grundlegende Aufteilung war immer die gleiche.

In der Küche, die wie der Rest des Hauses mit üppigen Blumengirlanden dekoriert war, kümmerten sich zwei junge Sklavinnen um einen älteren Sklaven, der auf dem Boden kauerte. Er hatte eine Platzwunde am Kopf, aus der Blut floss. Quintus bemerkte die feine Blutspur, die über den Boden des Peristyls in die Küche führte. Offenbar war der Sklave in der Nähe der Eingangstür niedergeschlagen worden und hatte dann versucht, sich in der Küche in Sicherheit zu bringen.

»Ich bin Quintus Tibur, Anwalt«, stellte er sich den Sklaven vor, die den großen Germanen etwas ängstlich anschauten. Offenbar steckte der Küchenbesatzung der Schreck noch in den Gliedern. »Ich versuche herauszufinden, was hier geschehen ist.«

»Er hat alles gesehen«, sagte eine der Sklavinnen zögerlich und mit starkem thrakischen Akzent, dabei strich sie dem blutenden Sklaven zärtlich über die Schulter.

»Was genau ist passiert?«, wollte Quintus wissen.

»Sie kamen ohne Vorwarnung. Haben nicht geklopft. Waren plötzlich einfach da«, sagte der Mann. Seine Worte kamen abgehackt aus seinem Mund, er stand noch unter Schock. Quintus musste geduldig sein. Ihm fielen das helle Haar und die grünen Augen des Sklaven auf. Quintus vermutete, dass auch er ein Germane war.

»Du bist sehr tapfer. Wie heißt du?«

»Ragin«, antwortete der Sklave, was Quintus' Annahme bestätigte. »Ich habe versucht, sie aufzuhalten. Aber ich hatte nur einen Knüppel, und sie Schwerter.«

»Die anderen sind feige weggerannt, aber Ragin war so tapfer«, sagte die andere Sklavin anerkennend.

Zum Glück hatte er seinen Heldenmut nicht mit dem Leben bezahlt, dachte sich Quintus. Verwunderlich, dass diese rücksichtslosen Räuber nicht einfach jeden mit der Klinge durchbohrten, der sich ihnen in den Weg stellte.

»Dann hast du sie aus der Nähe gesehen, nehme ich an.«

Ragin nickte.

»Nach dem Schlag auf den Kopf war ich bewusstlos. Als ich

wieder zu mir kam, waren die Kerle schon weg. Und mit ihnen alle Wertsachen im Haus. Aber ihre Gesichter ... die sehe ich noch vor mir. Bei Wodan, die werde ich nie vergessen.«

Quintus horchte auf: »Du hast ihre Gesichter gesehen? Das ist gut. Würdest du sie bei einer Gegenüberstellung wiedererkennen?«

»Nein«, erklärte Ragin beschämt. »Sie waren ja bemalt. Da waren sie nicht wirklich zu erkennen.«

»Du meinst eine Kriegsbemalung?«, hakte Quintus nach. Er wunderte sich. Etwas passte nicht richtig zusammen, aber er konnte noch nicht sagen, was. Ragin nickte.

»Welche Farbe hatten ihre Gesichter? Rot, grün, blau? Das könnte uns sehr helfen herauszufinden, welcher Stamm hinter den Überfällen steckt«, bohrte Quintus nach.

»Alle Farben, alle Muster waren dabei ... alles, was man sich denken kann«, sagte der Mann hastig, nachdem er kurz gezögert und in seinen Gedanken gekramt hatte.

»Also waren sie nicht alle vom selben Stamm«, stellte Quintus fest.

»Ich bin selbst Suebe, daher habe ich eine der Bemalungen erkannt. Ein anderer Mann könnte Brukterer gewesen sein«, erklärte der Zeuge.

Suebe? Jetzt verstand Quintus gar nichts mehr. Der Großteil der Sueben war im Südosten Galliens ansässig, in einer Gegend, die schon seit Jahrzehnten romanisiert war und in der Frieden herrschte. Ein solcher Räuber wäre sehr weit weg von zu Hause – so weit, dass sich der lange Weg kaum lohnen würde.

Offenbar hatten hier Vertreter verschiedener Stämme zusammengearbeitet, was an sich schon ungewöhnlich schien, da die meisten miteinander verfeindet waren. Aber was wusste Quintus schon? Seit er in der Colonia lebte, hatte er keinen Kontakt mehr zu seinem Stamm und war über dessen Politik nicht auf dem Laufenden. Und vielleicht hatte die Aussicht auf fette Beute die Feinde ja miteinander versöhnt, Gier konnte bekanntlich Berge versetzen.

»Gab es noch weitere Auffälligkeiten? Wie Bemalungen an anderen Stellen des Körpers?«, fragte Quintus, der sich an Lucretias Beschreibung der Tätowierung erinnerte.

»Nein, zumindest habe ich nichts gesehen. Aber darauf habe ich in dem Moment auch nicht geachtet.«

»Wie sind die Kerle vorgegangen?«, fragte Quintus.

»Sie schienen alles gut geplant zu haben. Sie verteilten sich, jeder ging in ein anderes Zimmer. Sie lachten laut, als sie die Möbel umwarfen und das Geschirr zerschlugen. Da hatten sie ihre Freude dran. Aber eigentlich hatten sie es nur auf die Wertsachen abgesehen.«

»Haben sie miteinander gesprochen? Etwas gesagt, das uns zu ihnen führen könnte?«, bohrte Quintus weiter.

»Nein, kein Wort«, sagte Ragin, und es schien ihn nun, da ihm die Frage gestellt worden war, selbst zu verwundern. »Sie haben kein Wort geredet. Aber geheult … wie Tiere.«

»Wie Wölfe«, sagte die ältere Sklavin und nickte ängstlich.

»Jupiter sei Dank, dass diese Monstren uns nichts angetan haben«, fügte die andere hinzu.

Ragin kam Quintus etwas näher, als wolle er ihm etwas mitteilen, das nur für seine Ohren bestimmt war.

»Sie haben sogar das Geheimfach gefunden, obwohl es so gut versteckt war«, raunte Ragin.

Das ließ Quintus hellhörig werden. »Kannst du mich dorthin führen?«, bat er den Sklaven.

Lucretia kümmerte sich unterdessen um die Hausherrin. Deren Mann und Sohn konnten ihr keinen Beistand leisten, sie besuchten den Bruder ihres Mannes auf dessen Landgut nahe Bonna und würden erst morgen zurückkehren.

»Und wir dachten, die Colonia sei sicher«, schluchzte Hersilia. Und fügte verärgert hinzu: »Wozu zahlen wir denn überhaupt Steuern, wenn uns keiner schützt?«

Die Stimmen vor der Haustür wurden lauter. Draußen teilte sich die verbliebene Menschenmenge, und die Stadtwachen machten einen Schritt zur Seite, als zwei prominente Besucher im Domizil der Bulbos Einlass begehrten: Admiral Gordianus und niemand anderer als der eben erst angekommene neue Statthalter Lappius.

Hersilia machte große Augen, als sie den unerwarteten Besuch sah, wischte sich die Tränen von den Wangen und zupfte sich schnell die Haare zurecht. Dann eilte sie am Wasserbassin entlang auf die Männer zu, die in das Licht des Peristyls getreten waren und sich umsahen.

»Statthalter Lappius, Exzellenz! Hersilia Bulbo heißt dich willkommen. Und auch dich, edler Gordianus. Zwei so wichtige Männer in unserem bescheidenen Haus. Welch Ehre.«

»Danke, dass du uns empfängst, werte Hersilia Bulbo«, erwiderte Lappius höflich. »Bescheiden ist wohl nicht ganz das richtige Wort für eure prächtige Villa. Die Wandmalereien zählen zu den schönsten, die ich jemals gesehen habe.«

Das entlockte Hersilia ein stolzes Strahlen. Der Berufspolitiker wusste, wie man sich Freunde machte.

Lappius fuhr fort: »Der Admiral hat deine Familie in den höchsten Tönen gepriesen und mir geraten, so bald als möglich eure Bekanntschaft zu machen. Es tut mir leid, dass unsere erste Begegnung nicht unter günstigeren Vorzeichen stattfindet.«

Hersilia nickte traurig.

»Wir haben von dem Überfall gehört und wollten uns sofort persönlich ein Bild machen«, erklärte Gordianus.

»Das ehrt mich, lieber Gordianus«, sagte Hersilia Bulbo, »aber es bringt mir meinen Schmuck und meine goldenen Becher nicht wieder zurück.« Sie versuchte, den Vorwurf heiterer klingen zu lassen, als er gemeint war, denn indirekt gab sie Gordianus die Schuld an ihrer Misere, was dieser offenbar spürte.

»Es tut mir unendlich leid. Ich weiß nicht, wie so etwas passieren konnte«, sagte der Admiral. »Meine Männer haben strikte Order, keine bewaffneten Germanen in die Stadt zu lassen. Durch die Tore können diese Kerle nicht gekommen sein. Sie müssen sich auf andere Weise Zutritt verschafft haben.«

Lucretia hörte aufmerksam zu. Sie stand hinter der Hausherrin, aber die Männer hatten sie noch nicht richtig wahrgenommen.

»Deine Tochter? Wie reizend«, bemerkte Lappius nun und nickte Lucretia höflich zu.

»Nein«, lachte Hersilia Bulbo, »schön wäre es. Das ist Lucretia Veturius, eine Nachbarin.«

»Sehr erfreut«, sagte Lucretia. »Willkommen in der Colonia, Statthalter Lappius.«

»Danke, Lucretia Veturius.«

»Ich verspreche dir eine lückenlose Aufklärung«, sagte Gordianus nun an die Hausherrin gewandt. »Wir werden diese germanischen Unholde jagen! Und wer weiß, vielleicht finden wir sogar die Beute. Dann bekommst du zurück, was dir gehört, Hersilia Bulbo.«

»Das würde mich sehr freuen«, erwiderte die Geschädigte und bemühte sich um ein Lächeln, auch wenn sie nicht glaubte, ihr entwendetes Hab und Gut jemals wiederzusehen. Es war sicher schon tief im germanischen Urwald verschwunden. Den materiellen Schaden empfand sie als gar nicht so schlimm, vielmehr setzte ihr die Verletzung der häuslichen Sicherheit zu.

»Wir werden die Wachen verdoppeln«, sagte Lappius mit

Blick auf Gordianus. »So etwas darf unter keinen Umständen noch einmal passieren. Ausgerechnet am Tag meiner Ankunft – eine Katastrophe. Es überschattet all die Freude.«

»In der Tat ein dummer Zufall. Sehr bedauerlich«, pflichtete der Admiral ihm bei.

»Bleib stark, Hersilia Bulbo. Und grüße deinen Mann. Ich freue mich darauf, bald einmal mit euch zu speisen. Es war mir eine Ehre, eine so tapfere Frau kennenzulernen«, sagte Lappius.

Du kannst wohl nur dick auftragen, dachte Lucretia und verdrehte innerlich die Augen.

»Lucretia Veturius, danke, dass du deinen Nachbarn beistehst. Auch dir noch einen schönen Tag«, verabschiedete sich der Statthalter nun auch von ihr und wandte sich zum Gehen.

Der Admiral folgte ihm, und bei jedem Schritt wippten die Federn auf seinem glänzenden Helm.

»Guter Mann«, entschied Hersilia für sich. »Der wird ein ordentlicher Statthalter. Hast du seine Hände gesehen? Er hat sehr gepflegte Nägel. Das lässt auf einen guten Charakter schließen.«

Lucretia lächelte ihr freundlich zu, auch wenn sie das Geplapper nicht ernst nahm. Sie wusste leider nur zu gut, wie sich ein solcher Schreck aufs Gemüt auswirken konnte.

»Weißt du, was du jetzt brauchst? Einen großen Becher Wein.«

»O ja«, rief die Hausherrin, »da hast du völlig recht. Ich hoffe, die Schurken haben noch eine Amphore ganz gelassen. Dann trinkst du aber einen Becher mit.«

Quintus hatte sich unterdessen mit dem Sklaven Ragin ins Tablinum begeben, das durch einen breiten Durchgang am Fußende des Peristyls zu erreichen war. Es war der größte

Raum des Hauses, hier empfing der Pater Familias morgens seine Klienten. Tagsüber diente er als Arbeitszimmer. Das konnte man auch an den zahlreichen Regalen erkennen, die mit Schriftrollen gefüllt waren. Auf einem großen Schreibtisch lagen Wachstafeln und andere Schreibutensilien. Durch ein großes verglastes Deckenfenster fiel Licht in den Raum. Ein teurer Luxus, den sich nur wenige leisten konnten. Das Tageslicht brachte allerdings die prächtigen Wandmalereien bestens zur Geltung, die in allen Farben leuchteten. Auch hier dominierten Naturmotive und geheimnisvolle Wesen. An eine der Wände war ein Drache mit mehreren Köpfen gemalt. Quintus kannte die dazugehörige Geschichte nicht, er war bisher kaum mit den Mythen aus dem Mittelmeerraum in Berührung gekommen. Diese Wissenslücke zu schließen, hatte er sich jedoch fest vorgenommen. Rom und das römische Wesen würde er nur zur Gänze verstehen können, wenn er die Wurzeln begriff. Doch es war gar nicht so leicht, an diese Erzählungen heranzukommen, denn sie wurden meist nur mündlich überliefert.

»Das ist die Hydra«, erklärte Ragin. »Wenn man ihr einen Kopf abschlägt, wachsen zwei weitere nach. Eine alte griechische Legende. Der Dominus hat sie mir erzählt.«

Ragin führte Quintus tiefer in den Raum, zur hinteren linken Ecke. Quintus war beeindruckt – eine solche Umgebung hätte er sich auch zum Arbeiten gewünscht. Erst im Kontrast zu diesem Prunk wurde ihm klar, wie bescheiden sein eigenes Heim war. Zugleich spornte ihn diese Erkenntnis an, nach mehr zu streben – Bulbo hatte seinen Wohlstand durch harte Arbeit aus dem Nichts erschaffen, und wenn er es vermocht hatte, konnte auch Quintus selbst es eines Tages schaffen.

»Da ist das Versteck«, sagte Ragin jetzt und zeigte vor sich auf den Boden.

Quintus kniete sich hin und inspizierte die Stelle, auf die Ragin gedeutet hatte. Aber da waren nur bunte Mosaiksteine. Auch der prächtige Boden leuchtete bei Tageslicht eindrucksvoll. Er war mit hellgrünen Rankenmustern verziert, die verschiedene in Germanien beheimatete Tiere einrahmten. Das gewaltige Kunstwerk musste aus Zehntausenden von Steinchen bestehen.

»Ich sehe nichts«, gab Quintus zu.

»Vielleicht irgendwo drücken?«, spekulierte Ragin.

Quintus tastete die Steinchen ab, bis er ein unscheinbares graues fand, das etwas locker wirkte. Er presste den Zeigefinger darauf. Und tatsächlich: Ein Klicken ertönte, und inmitten des Mosaiks öffnete sich eine unterarmlange, quadratische Luke.

»Eine listige Vorrichtung«, sagte Quintus anerkennend und schaute ins Innere des verborgenen Bodentresors. Er war leer.

»Wirklich nicht leicht zu finden. Keiner von uns wusste von dem Geheimfach. Ich habe es auch vorhin erst gesehen, weil es nach dem Überfall offen stand.«

»Und doch haben die Räuber es entdeckt«, wunderte sich Quintus.

Das war tatsächlich merkwürdig. Den Germanen waren solche Vorrichtungen fremd, wie hätten sie also auf die Idee kommen können, danach zu suchen? Doch wenn hier erfahrene Diebe am Werk gewesen waren, die schon mehrere römische Häuser ausgeraubt hatten – und danach sah es aus –, dann hatten sie die Kultur der Menschen, die sie ausplünderten, mittlerweile verinnerlicht.

»Was war denn in dem Geheimfach?«, fragte Quintus.

»Das weiß ich nicht«, sagte Ragin. »Aber ich fürchte, der Dominus hat dort sein ganzes Bargeld aufbewahrt.«

Und jetzt war das Geld auf einen Schlag weg und er kein steinreicher Mann mehr, dachte Quintus. So schnell konnte es gehen. Unheimlich, dass so etwas mitten in der Stadt geschah.

Lucretia und Quintus verabschiedeten sich von Hersilia, die sich für den Beistand bedankte, und traten aus dem Haus. Außer zwei Stadtwachen war dort niemand mehr, die Schaulustigen hatten sich zerstreut.

»Eine merkwürdige Geschichte«, sagte Lucretia nachdenklich. »Es ist, als hätten die Räuber darauf spekuliert, dass fast die ganze Stadt bei der Antrittsrede des Prokonsuls auf dem Forum sein würde.«

Lucretia und Quintus liefen die Straße entlang. Obwohl Lucretia sich gerade von ihrem eigenen Haus entfernte, tat die Bewegung gut, um die Gedanken zu ordnen. Der Himmel war grau verhangen, und leichter Nieselregen benetzte die großen, flachen Pflastersteine und machte sie glitschig. Der Tag, der mit der Ankunft des neuen Statthalters so strahlend begonnen hatte, wirkte nun trist. Auch die Feiernden hatten sich in die Tavernen zurückgezogen, die Gassen waren praktisch leer. Lucretia zog die gelbe Palla, die sie um die Schultern getragen hatte, über ihren Kopf, um ihre Haare vor der Nässe zu schützen.

»Ja, mir stößt auch so einiges sauer auf«, gab Quintus zu. Es arbeitete in ihm. »Diese Germanen könnten die gesamte Provinz ausplündern, sie könnten überall zuschlagen … Und überall wäre es leichter als hier. Aber ein Raub mitten in der Stadt und dann noch am helllichten Tag? Das ist geschickt – und gefährlich, sehr gefährlich.«

»So ein Risiko geht man nur ein, wenn man es auf etwas besonders Wertvolles abgesehen hat.«

»Oder wenn man ein Zeichen setzen will«, entgegnete Quintus. Er kniff die Augen zusammen und ergänzte: »Im Haus der Bulbos war sicher viel zu holen. Aber eigentlich ist nicht die Frage, was die Räuber mitgenommen haben. Interessant ist, was sie dagelassen haben.«

»Dagelassen?«, fragte Lucretia, die nicht verstand, worauf der Anwalt hinauswollte.

»Angst«, erklärte Quintus. »Genug für die ganze Stadt.«

»Aber wenn sie eine Botschaft senden wollten, wenn es ihnen darum ging, ihre Verachtung für Rom auszudrücken – warum haben die Wilden dann niemanden umgebracht? Oder das Haus angezündet, oder gleich die ganze Stadt? Das hätte doch noch viel mehr Panik ausgelöst.«

»Das stimmt«, gab Quintus zu. »Bei keinem Überfall wurde bisher Blut vergossen. Einzig deine Freundin musste bisher ihr Leben lassen. Aber vielleicht war das gar nicht beabsichtigt gewesen, denn auf Mord und Totschlag scheinen sie eigentlich nicht aus zu sein.«

»Nicht beabsichtigt?«, presste Lucretia hervor. »Da hat Nephele ja Glück gehabt.« Sie hatte es bisher gut geschafft, ihre Wut über Nepheles Tod in ihren Ermittlungseifer zu kanalisieren, doch jetzt spürte sie sie wieder aufflackern. Sie verstand selbst nicht, warum, aber die Vorstellung, dass Nepheles Tod keinem Plan, sondern womöglich dem Zufall geschuldet war, machte es noch schlimmer. Noch sinnloser. Als wäre Nephele gar kein Mensch, sondern ein Käfer, auf den man unabsichtlich trat und achtlos weiterging.

Quintus erwiderte nichts. Er konnte ihren Schmerz nachfühlen und wusste, dass sich ihre Wut nicht gegen ihn richtete. Während sich Lucretia langsam wieder beruhigte, ging ihm immer wieder die Schilderung der Gesichtsbemalungen durch den Kopf. Etwas daran irritierte ihn. Aber er kam einfach nicht darauf, was es war. Gedankenverloren ging er die nasse Straße entlang und merkte nicht, dass Lucretia an einer Kreuzung stehen geblieben war, weil sie dort umkehren wollte, um wieder nach Hause zu gelangen.

»Bitte, gern geschehen!«, rief sie ihm nach.

Quintus stutzte und drehte sich um. Ja, es war sehr hilfreich von Lucretia gewesen, dass sie ihm Zutritt zur Villa der Bulbos verschafft hatte. Sie kannte viele Leute in besseren Kreisen, das könnte sie nützlicher machen, als der Anwalt es ihr bisher zugestanden hatte.

»Vielen Dank«, murmelte Quintus, lächelte ihr kurz aufmunternd zu, und schon hatten ihn die immer schneller kreisenden Gedanken in seinem Kopf wieder eingenommen.

18 XVIII

»Tut mir leid, Liebste, irgendwie will es heute nicht recht klappen.« Quintus rollte sich von Pola herunter, die enttäuscht seufzte. Sie hatte sich auf den Abend gefreut und war gerade richtig in Fahrt gekommen. Quintus zog sie an sich und streichelte zärtlich ihren Kopf, während sie die Bettdecke hochzog, als müsste sie ihren Körper, der mit einem Mal verwundbar geworden war, schützen. Ihr Mann war nicht richtig bei der Sache, das spürte sie.

»Vielleicht morgen«, sagte er.

»Morgen ist es wieder gefährlich«, erinnerte Pola ihn.

Sie waren sich einig, dass sie erst Kinder bekommen wollten, wenn sie finanziell besser dastanden. Wenn Quintus' Karriere endlich richtig in Schwung kam, sie sich eine größere Wohnung und vielleicht sogar eine Sklavin als Kindermädchen leisten konnten. Denn mit dem Gedanken, für den Nachwuchs das Theater aufgeben zu müssen, hatte Pola sich noch nicht angefreundet. Bisher hatten die mit Ingwer getränkten Schwämmchen und der strikte Zeitplan, an den sich Pola und Quintus hielten, gewirkt.

»Vielleicht bist du mit deinen Gedanken ja bei der kleinen Brünetten«, neckte Pola, die noch schwer atmete und nur langsam abkühlte.

»Bei wem?«, wunderte Quintus sich und wusste in dem Moment tatsächlich nicht, auf wen seine Frau anspielte.

»Jetzt tu nicht so. Die im gelben Gewand, die mit den Sommersprossen, mit der du heute morgen einfach durchgebrannt bist.«

»Ach, Lucretia?«

»Oh, Lucreeeetia«, wiederholte Pola.

»Sie ist die Tochter von Veturius, dem Stadtrat.«

»Reich ist sie auch. Wie praktisch«, stellte Pola trocken fest.

Quintus war sich plötzlich nicht mehr sicher, ob Pola ihn wie sonst üblich aufzog oder ob in ihrer Stimme diesmal wirklich ein Hauch Eifersucht mitschwang. Seine Frau war sich ihrer Schönheit ebenso bewusst, wie sie sich seines Begehrens sicher sein konnte, auch wenn es, wie in dieser Nacht, einmal nicht rund lief. Normalerweise stand Pola über solchen Dingen, doch in dem Fall schien es anders zu sein.

»Was unterstellst du mir hier?«, fragte Quintus verunsichert. Er fühlte sich wie vor ein Tribunal gestellt, und unwillkürlich war der Anwalt in ihm auf dem Posten. Sicher, Lucretia war eine junge Frau, deren Reize nicht zu übersehen waren, aber aus seiner Sicht noch ein halbes Kind. Die Vorstellung, dass er eine Liebschaft mit ihr haben könnte, kam ihm absurd vor. Diese Idee hatte bis zu diesem Zeitpunkt noch nicht einmal seine Gedanken berührt.

»Ich hab doch gesehen, wie sie dir schöne Augen gemacht hat«, schmollte Pola.

»Ich glaube, sie hatte in dem Moment mehr damit zu tun, nicht von der Herde zertrampelt zu werden«, konterte er.

»Woher kennst du sie denn?«

»Wir haben beruflich miteinander zu tun. Wegen des Überfalls heute in der Stadt.«

»Ah, dann ist sie eine neue Mandantin?«, fragte Pola versöhnt.

»Nicht ganz«, gab Quintus zu, was Pola gleich wieder aufhorchen ließ, »sie geht mir nur bei einer Ermittlung zur Hand.«

»Oho – zur Hand. Wie denn zur Hand? Etwa so?«, stichelte sie und ließ ihre Hand unter die Decke gleiten.

»Hör auf, Pola, es ist nicht das, was du denkst«, protestierte er. »Sie ist gut darin, Informationen zu sammeln, das ist alles«, schob er ihre Anschuldigungen beiseite und ihre Hand unter der Decke gleich mit.

»Also, dem Publikum im Theater gestern Abend habe ich gefallen«, sagte sie etwas ernster. »Wir sind ja splitternackt aufgetreten.«

»Wie bitte?«, entfuhr es Quintus. Er hatte nichts gegen Nacktheit, aber das kam ihm doch merkwürdig vor.

»Eine Sitte an den Floralien«, berichtete Pola. »Wenn das Publikum will, dass wir uns für die Aufführung ausziehen, dann machen wir das. Aber nur an diesen Festtagen.«

Quintus ließ sich nicht provozieren und antwortete: »Deine Schönheit ist so groß, warum sollte ich sie nicht mit anderen Menschen teilen?«

»Aha!«, entfuhr es Pola, »Du würdest mich also ohne zu zögern hergeben. So viel bin ich dir wert, ja?«

Er stöhnte innerlich. Es gab diese Momente, in denen er einfach nicht das Richtige sagen konnte, Schweigen aber ebenso falsch gewesen wäre. Er hatte gelernt, sie zu ertragen.

Pola ließ von ihm ab, drehte ihm den Rücken zu und zog ihm dabei einen Teil der Decke weg. Dann war sie ganz still. Das war auch kein gutes Zeichen, wusste er, doch er genoss den Augenblick der Ruhe.

Durch die Wand hinter ihnen ertönte gedämpft lustvolles Stöhnen und das rhythmische Quietschen eines hölzernen Bettgestells.

»Hört das denn nie auf?«, seufzte er.

»Nimm dir lieber mal ein Beispiel«, erwiderte Pola pampig.

»Vielleicht vögeln die gar nicht. Vielleicht kommt das Quietschen von einer Töpferscheibe oder so was. Ich meine, so perfekt getaktet, wie das ist«, spekulierte Quintus grinsend.

»Um Mitternacht?«

»Sie sind halt ehrgeizig. Und sie haben vier Kinder, die müssen ernährt werden.«

»Klingt eher so, als ob sie dabei sind, ein fünftes zu machen, und der Mann ein gutes Rhythmusgefühl hat. Ist wahrscheinlich auch ein guter Tänzer«, gab Pola zurück.

Er hörte das Schmunzeln in ihrer Stimme, das ihm klarmachte, dass sie sich gefangen hatte und ihre Laune langsam wieder besser wurde. Mit Humor konnte man sie besänftigen. Zum Glück hatte Quintus davon genug. Sonst hätte er die Frau seiner Träume damals vielleicht nie erobern können.

»Psst!«, sagte er und zeigte in die Dunkelheit. Stille.

»Es hat aufgehört«, stellte Pola gespielt erschrocken fest.

»Genug gearbeitet«, scherzte Quintus, »morgen ist der Becher im Ofen.«

»Du meinst wohl eher, der Braten in der Röhre«, prustete sie, und er stimmte mit ein. Sie konnten noch zusammen lachen. Also war alles gut. Pola konnte sehr vulgär sein, aber das schätzte er an ihr, weil sie sich um keine Konventionen scherte. Dadurch wirkte sie frei. Vielleicht war es eben das, was ihn an ihr so reizte: Sie war die Freiheit in Person.

»Woran ich tatsächlich gedacht habe«, hob Quintus an, »sind diese Überfälle. Und noch mehr an das, was sie für unsere Stadt bedeuten.« Er spürte, dass sich Pola tatsächlich Sorgen wegen seiner Libido machte, und wollte sie nicht im Ungewissen darüber lassen, was ihn umtrieb. »Hast du nicht auch das Gefühl, dass die Stimmung kippt?«, fragte er.

Pola drehte sich wieder zu ihm um und legte nachdenklich die Stirn in Falten. »Wie meinst du das?«

»Ich bin es ja gewohnt, dass mich die Leute anschauen«, erklärte Quintus. »Aber heute Nachmittag war es anders. Als ich von der Villa der Bulbos nach Hause ging, lag da etwas Neues in den Blicken. Angst. Und Verachtung. Leute, die ich schon lange kenne, guckten mich irgendwie skeptisch an. Nur, weil ich Germane bin. Oder ein halber.« Obwohl sich kein echter »Germane« als ein solcher bezeichnet hätte – dies war ein römischer Sammelbegriff für die ihnen fremden waldbewohnenden Stämme in diesen Breitengraden –, hatte sich Quintus daran gewöhnt und benutzte das Wort mittlerweile selbst. Denn mit Gerede von Brukterern, Sugambrern und Usipetern verwirrte man die Menschen diesseits des Rhenus nur.

»Das ist doch Unfug, das bildest du dir ein«, wischte Pola seine Bedenken beiseite. »Alle schätzen dich. Es gibt hier eben nicht viele gut aussehende Germanen in Toga, die eine gewisse Bildung ausstrahlen. Da schaut man gern hin, und einige sind vielleicht auch ein bisschen neidisch.«

»Das mag sein«, griff er ihre Worte auf, »aber ich habe das Gefühl, dass die Vorfälle einen Keil zwischen Römer und Germanen treiben, wo wir doch seit Jahrzehnten in Frieden Seite an Seite in der Colonia leben. Genau zu dem Zweck wurde die Stadt ja errichtet.«

»Die einheimischen Ubier und die Zugewanderten sind immer respektvoll miteinander umgegangen, solange ich hier lebe«, bestätigte Pola.

»Aber ich spüre, dass sich das ändert. Ich wünschte, man würde härter gegen diese Räuber vorgehen. Aber es scheint sich aus irgendeinem Grund, niemand zuständig zu fühlen. Es ist ein Spiel mit dem Feuer. Denn dieser gierige Trupp von zehn, zwanzig räudigen Dieben bringt Zehntausende von Unschuldigen in Verruf. Wo soll das hinführen?«

Quintus merkte nicht, dass er während seiner Ausführungen immer lauter geworden war. Plötzlich ertönte gedämpft eine vorwurfsvolle Frauenstimme durch die Wand, durch die eben noch für alle Nachbarn gut hörbare Zeugnisse lustvollen Treibens gedrungen waren: »Redet nicht so laut! Hier wollen Leute schlafen!«

Quintus und Pola mussten lachen. Welch eine Ironie.

»Das wird nicht passieren. Du denkst zu viel«, beruhigte ihn Pola flüsternd. Dann gähnte sie. Ihr war das alles zu kompliziert zu so später Stunde.

»Du klingst wie meine Mutter«, seufzte Quintus leise. Dabei kam ihm eine Idee. Warum sollte er seine Verbindungen in die alte Heimat nicht nutzen? Vielleicht halfen die ja, Klarheit in die Sache zu bringen.

»Pola?«, fragte er leise.

»Was ist denn noch?«

»Ich glaube, ich sollte mein Dorf besuchen. Hast du nicht Lust, einmal mitzukommen?«

»Über den Rhenus? In den Urwald? Bist du verrückt?«

»Nun ja, es ist meine Heimat«, sagte er etwas gekränkt, »und meine Mutter würde sich sicher freuen, dich endlich kennenzulernen.«

»Das würde ich doch auch«, seufzte Pola. Sie versprach schon seit Jahren, ihn dorthin zu begleiten. »Aber ich kann nicht weg, mein Süßer. Nein, nein. Ich habe doch Auftritte. Ein anderes Mal.«

Quintus wusste, dass es keinen Zweck hatte zu insistieren. Er war enttäuscht, aber das änderte nichts an seinem Plan. Er schloss die Augen und fiel fast gleichzeitig mit seiner Frau in einen tiefen, traumlosen Schlaf.

»Das ist eine großartige Idee, ich komme mit«, rief Lucretia.

»Wie bitte? Ganz bestimmt nicht!«, entgegnete Quintus überrumpelt. Im Wohlstand aufgewachsene junge Römerinnen zog in der Regel wenig auf matschige Wanderwege durch Barbarengebiet. Doch in diesem Fall hatte er sich gründlich geirrt.

Der Morgen war frisch und leicht bewölkt, Quintus trug eine schlichte Tunika und feste Sandalen mit Nägeln darunter, wie Legionäre sie besaßen. Um seine Schultern hatte er einen Proviantbeutel gelegt. Ohne Toga hätte Lucretia ihn fast nicht erkannt. Sie hatte zweimal hinschauen müssen. Lucretia war zu dieser frühen Stunde mit einer älteren Sklavin zum Wasserholen gegangen, um den Vorträgen ihrer Mutter zu entkommen.

Nun stand sie zusammen mit Quintus in der Nähe des Brunnens, in den durch den stilisierten Mund eines bronzenen Delfins Wasser plätscherte.

»Was würde dein Vater dazu sagen?«, fuhr Quintus sofort schwere Geschütze auf.

»Der weiß nicht, dass wir zusammenarbeiten. Und das soll auch so bleiben.«

Hätte er doch bloß den Mund gehalten! Aber Quintus hatte es sich einfach nicht verkneifen können, sie in seinen Plan einzuweihen. Vielleicht auch, um sie ruhigzustellen, weil sie ihn so hartnäckig ausgefragt hatte: »Wozu denn diese Schuhe, Quintus? Und Proviant? Wo geht es denn hin? Über den Fluss etwa? Warum denn? Hat es mit den Überfällen zu tun? Was hoffst du da herauszufinden?«

Gnade, Jupiter, Gnade! Er war weich geworden und hatte Lucretia, die ihm von Satz zu Satz faszinierter zugehört hatte, in seine Theorie eingeweiht: Wer immer diese Überfälle rund um die Colonia und jüngst auch innerhalb der Stadtgrenzen beging, spielte ein gefährliches Spiel und riskierte im schlimmsten Fall einen Krieg. Etwas, das weder Germanen noch Römer wollen konnten. Oder etwa doch? Was, wenn die Raubzüge nur ein Vorbote einer handfesten Invasion waren? Was, wenn die rechtsrheinischen Stämme sich vereint hatten und nun gegen die römischen Nachbarn aufbegehrten? Das war schon einmal passiert, vor fast achtzig Jahren, als die Römer drei Legionen im Wald einen Tagesmarsch nördlich des Militärlagers Aliso an den verräterischen Offizier Arminius und seine Aufständischen verloren hatten – ein traumatisches Ereignis mit fünfzehntausend toten Römern, über das auch heute noch geredet wurde –, und das nicht nur in Germanien. Und erst vor siebzehn Jahren hatte man mühsam den Aufstand der Bataver, die eigentlich mit den Römern verbündet gewesen waren, niederschlagen müssen. Das Vertrauen in diesem nördlichen Grenzgebiet des Reiches war brüchig, und mit ihm auch der Frieden. Es galt, weiteres Blutvergießen zu verhindern, und Quintus kannte nur einen Ort, an dem er die nötigen Informationen bekommen konnte, um eine solche Katastrophe zu verhindern: sein Heimatdorf.

»Aber ist es nicht gefährlich, so allein dort hinüberzugehen – ohne Schutz, bei den ganzen Wilden?«, wandte Lucretia ein.

»Ich sehe selbst aus wie ein Wilder«, entgegnete Quintus.

Sie wollte ihm helfen. Das sprach für sie. Und sie wollte ein Abenteuer erleben, auch das war verständlich. Aber Germania Magna war nichts für junge Römerinnen, das stand fest. Und so hilfreich Lucretia bisher auch gewesen war, wollte und konnte er die Verantwortung nicht übernehmen, eine unverheiratete junge Frau aus gutem Hause auf eine solch gefährliche Reise mitzunehmen. Es würde zu viele Probleme hervorrufen, für sie beide, selbst wenn tatsächlich niemand davon erfahren sollte.

Quintus setzte sich in Bewegung und ging mit festen Schritten in Richtung nördliches Stadttor. »Tut mir leid, ich muss los, wenn ich den Weg vor Sonnenuntergang schaffen will«, verabschiedete er sich.

»Ich bin eine freie römische Bürgerin und kann gehen, wohin ich will. Und gerade im Moment will ich dorthin, wo du hinwillst«, sagte sie, während sie neben ihm her eilte.

»Geh lieber nach Hause. Es ist viel zu gefährlich drüben.«

»Ach, du kannst doch die Sprache der Einheimischen, und

als Anwalt drückst du dich hervorragend aus. Du würdest uns aus jeder brenzligen Situation herausreden«, schmeichelte Lucretia ihm.

»Nicht, wenn Wölfe und Bären die Gesprächspartner sind«, konterte Quintus trocken. »Die haben dich nämlich schon gefressen, bevor du überhaupt den ersten Barbaren zu Gesicht kriegst.« Er hoffte, ihr damit genug Angst gemacht zu haben.

Aber weit gefehlt. »Ich wollte diese stolzen Tiere schon immer in freier Wildbahn beobachten«, verkündete Lucretia. »Bisher habe ich sie nur einmal bei einer Tierhatz in der Arena gesehen. Wie sie sich gegenseitig zerfleischt haben, das war grausam. Seitdem gehe ich nicht mehr hin. Vor allem die Bären sind so schön, und sie haben so prächtiges Fell.«

»Du kannst ja versuchen, einen zu streicheln, falls er die Hand lange genug an deinem Arm lässt«, spottete Quintus. »Junge Römerinnen mögen sie besonders gern, roh und in der kalten Luft dampfend. Und es gibt drüben auch Kobolde. Und Geister. Und Drachen.«

Lucretia lachte. Als ob sie an so etwas glauben würde! Ein weiterer Abschreckungsversuch war ins Leere gelaufen.

Sie waren am Nordtor angekommen, und er sah sich um. Der wuchtige Torbau war komplett aus Tannenholz gezimmert, etwa dreißig Fuß breit und in der Mitte zwölf Fuß hoch, flankiert von zwei fast doppelt so hohen Wachtürmen mit spitz zulaufenden, mit Pech imprägnierten Dächern. Auf den Türmen stand jeweils ein Marinesoldat mit blauem Schild, der den Verkehr unter sich genau im Auge behielt. Der Torbau wies zwei große Pforten auf: Durch die rechte bewegte man sich aus der Colonia hinaus, durch den linken Durchgang hinein. An diesen Portalen standen weitere Wachen, drei auf jeder Seite. Es waren mehr als sonst, fiel Quintus auf. Die Angst ging um. Fremde wurden misstrauisch beäugt. Die Weltoffenheit der Colonia bekam Risse. Der neue Statthalter wollte wohl durch die Verstärkung der Wachen ein Gefühl der Sicherheit vermitteln – nachvollziehbar, so wäre er an seiner Stelle auch vorgegangen, dachte Quintus.

Während der Verkehr nach draußen ungehindert floss, hatten die Wachen die Ankommenden genau im Blick. Wer südländisch aussah, wurde unbehelligt durchgewunken. Wessen Erscheinung jedoch auf eine germanische Herkunft schließen ließ, der wurde argwöhnisch beäugt und musste sich gegebenenfalls einer Durchsuchung unterziehen. Gerade hatten die Wachen einen großen Germanen abgetastet und ihm einen Dolch abgenommen, wogegen er heftig protestierte. Sie erklärten ihm, dass er die Waffe zurückhaben könnte, wenn er die Stadt wieder verließe. Nun wandten sich die Wachen einem Karren zu, der von zwei alten Ochsen gezogen wurde. Der Besitzer, ein dicker Ubier mit verfilztem Haar, hatte Heu geladen, das laut seiner in perfektem Latein vorgetragenen Erklärung über den Winter getrocknet war und nun als Pferdefutter in die Colonia geliefert würde. Die Wachen stachen mit ihren Lanzen ins Heu. Vielleicht hofften sie, einen versteckten Räuber aufzuscheuchen, was aber nicht der Fall war, und so wurde der Ubier durchgewunken.

Im Strom der Menschen und Wagen, die zur Stadt hinaus wollten, entdeckte Quintus einen Händler aus der Innenstadt, den er an seinem Armreif als Tenkterer identifizierte. Dieser Stamm war dem seinen, den Usipetern, im Norden benachbart. Und häufig mit ihm verfeindet – zurzeit aber nicht, was der Sache half.

»Salve!«, rief Quintus und sagte dann in seiner Muttersprache: »Ich heiße Folkward, ich bin auf dem Weg zu meinem Stamm.«

Der Händler war nicht in Eile, er stoppte den Karren, auf dessen Kutschbock er saß, zwei kleine, stämmige Pferdchen an den Zügeln.

»Für zehn Sesterze nehme ich dich mit«, antwortete der Mann auf Germanisch.

Lucretia sah zwischen beiden hin und her. Sie hatte zwar schon öfter Germanen im Gespräch gehört, aber Quintus bisher nur Latein sprechend erlebt. Er kam ihr plötzlich fremd vor.

»Gut, das machen wir so, danke!«, willigte Quintus ein und kletterte neben den Händler auf den Kutschbock. Die Ladefläche des kleinen Wagens war mit einer Plane abgedeckt, um Räubern keine allzu offene Einladung auszusprechen, aber dem hellen Klappern und Klimpern nach, das Quintus vernommen hatte, als der Karren herangerollt war, hatte der Tenkterer Amphoren geladen, wahrscheinlich gefüllt mit Olivenöl oder Wein. Beides war drüben sehr begehrt.

Er drehte sich noch einmal kurz um, um sich von Lucretia zu verabschieden und sie aufzufordern, in der Stadt die Stellung zu halten und weitere Erkundigungen einzuholen, aber sie war schon verschwunden. Wahrscheinlich war sie beleidigt, doch es war fraglos besser für sie beide, wenn er allein fuhr.

Der Händler schnalzte mit der Zunge, und der Wagen rollte auf das Tor zu. Quintus trat die Reise mit gemischten Gefühlen an. Er war schon lange nicht mehr in seinem Dorf gewesen. Es gab zwar dort manches, was er vermisste, aber noch mehr, was er gern für immer hinter sich gelassen hätte.

19 XIX

Die Fahrt mit dem Pferdewagen war keine komfortable Angelegenheit, aber sie ging zügig voran. Das unangenehme Holpern, wie man es von den Römerstraßen mit ihrem unregelmäßigen Kopfsteinpflaster kannte und das von lautem Rattern begleitet wurde, fehlte. Die Räder liefen weich und ruhig, dafür sackte der Wagen auf dem unebenen Weg immer wieder nach rechts oder links ab, und Quintus musste sich am eisernen Haltebügel festklammern, um nicht vom Kutschbock zu rutschen. Auf Dauer war das sehr kräftezehrend.

Wiglaf, der Händler, dem der Karren gehörte, schaffte es dagegen immer, gerade sitzen zu bleiben. Reine Übungssache, wie er erklärte. Er war Mitte dreißig, hatte sein langes Haar zu einem dicken Zopf geflochten, der ihm zwischen den Schulterblättern baumelte, und trug Jacke und Hosen aus kariertem Stoff, wie er bei den Galliern üblich war. Nicht einfach zu beschaffen und recht teuer. Dazu trug er Ohrringe, filigran, wie man sie eher im östlichen Mittelmeerraum kannte. In seinem Dorf war der Tenkterer sicherlich ein Blickfang. Wie sich herausstellte, handelte Wiglaf mit blondem Frauenhaar. In Italien, wo fast alle dunkles Haar hatten, war man ganz versessen darauf und fertigte in speziellen Werkstätten Perücken daraus. Die fanden vor allem in der Hauptstadt Rom reißenden Absatz bei denen, die sie sich leisten konnten. Im Gegenzug importierte Wiglaf Waren, die bei den Germanen begehrt waren. Dazu gehörten so einfache Dinge wie Salz, das sie erst seit kurzem kannten, sofern sie nicht von einem Stamm waren, der direkt an der Nord- oder Ostseeküste lebte. In letzter Zeit war auch Garum, die Fischsoße, mit der die Römer so gut wie alle Gerichte würzten, in Mode gekommen – ein kleines Fläschchen minderer Qualität konnte man schon gegen ein Pfund Frauenhaar eintauschen, was eine enorme Gewinnspanne versprach. Geld war den Germanen bisher unbekannt gewesen, es setzte sich nur langsam durch. Sie erkannten den Vorteil davon einfach nicht, wie von so vielem nicht, was die römische Kultur hier im Norden eingeführt hatte. Für die Verlockungen römischer Luxusgüter waren sie trotzdem anfällig.

Quintus war lange nicht mehr auf der rechten Flussseite gewesen. Umso deutlicher stachen ihm jetzt die Unterschiede zur linken ins Auge. In Germania Magna gab es keine Straßen, nur ein planloses Netz an unbefestigten Handelswegen, die selten breiter als zehn Fuß, meist jedoch viel schmaler als das waren und den Umgang mit dem Gegenverkehr zu einer Herausforderung werden ließen. Gekreuzt wurden sie von Trampelpfaden, die von Fußgängern und Reitern benutzt wurden. Beschildert war nichts davon, man musste sich auskennen, sonst war man verloren. Und wenn man sich umschaute, sah man nur Bäume, nichts als Bäume, und dazwischen ein schier undurchdringliches Dickicht aus verrottendem Holz und dornigen Sträuchern. Der Blick reichte nicht weiter als fünfzehn oder dreißig Fuß, einen Horizont gab es nicht. Auf einen Römer, der die Weite einer harmonisch gestalteten Agrarlandschaft gewohnt war, musste diese Umgebung unwillkürlich bedrückend wirken. Vor achtzig Jahren waren die drei Legionen des Feldherrn Varus genau diesen Weg entlang in den Tod marschiert, erinnerte sich Quintus. Die Legionen des Tiberius hatten später grausame Rache an den Germanen genommen und Tausende von ihnen getötet und versklavt. Diese Region hatte viel Blutvergießen gesehen, aber das war nun schon lange her.

Die Baumkronen spendeten Schatten, nur hier und da streichelte die Sonne den Boden, so dass das Gelände immer ein wenig klamm war und die Wege sich schon nach kurzen Schauern schnell in matschige Pisten verwandelten, auf denen ein Fortkommen mit einem Wagen fast unmöglich wurde. Die allgegenwärtige Feuchtigkeit kroch in die Knochen, und es war kein Wunder, dass die meisten älteren Germanen unter Rheuma litten. Im Sommer, wenn die Natur ihre ganze Pracht entfaltete, war es noch schlimmer, dann wurde der germanische Wald zum heißen, feuchten Dschungel, aus dem die Laute wilder Tiere drangen und in dessen schwüler Luft Myriaden von Mücken tanzten. In seiner ungezügelten Wildheit strahlte das Land aber auch enorme Kraft und Unbeugsamkeit aus. Es war ein Symbol des Widerstandswillens seiner Bewohner, die fest mit dieser Umgebung verwachsen waren – eine riesige Barriere aus Holz und Blättern, Matsch und Moder, die jedem Eindringling die klare Botschaft vermittelte, dass die Menschen dort sich niemals unterjochen lassen würden.

Für Quintus war das nichts Neues, er stammte von hier, und mit jeder Meile, die Wiglafs Karren zurücklegte, wurde ihm die Umgebung vertrauter und er fühlte sich heimischer. Für einen Fremden mochte das wirre Dickicht überall gleich aussehen. Wer jedoch hier aufgewachsen war und die Spuren des Waldes zu lesen wusste, konnte sich gut orientieren. Markante Bäume, Hügel, Felsen und Gewässer bildeten eine Topographie, die erkennbar wurde, wenn man sich auf sie einließ, und nach ein paar Stunden kam Quintus vieles wieder bekannt vor.

Plötzlich ließ Wiglaf die Zügel fallen, griff rasch unter den Kutschbock und zog einen kleinen Bogen und einen Köcher mit Pfeilen hervor. Bevor Quintus begriff, was geschah, hatte der Germane mit wenigen Handgriffen den Bogen gespannt, legte kurz auf etwas links des Wagens an und ließ die Sehne schnellen. Der Pfeil zischte los, und eine Sekunde später hörte man einen hellen Schrei, den Wiglaf zufrieden wahrnahm. Er sprang vom Wagen und eilte einige Fuß ins Dickicht.

»Auf wen hast du geschossen?«, fragte Quintus und vermutete schon einen Räuber im Gebüsch.

Doch Wiglaf hielt zur Antwort breit grinsend einen Auerhahn in die Höhe, ein dickes, prächtiges Tier. Er zog den Pfeil aus dem schwarzen Gefieder und stieg zurück auf den Kutschbock. Die Beute verstaute er mit der Waffe darunter.

»Du hast gute Augen. Er hat direkt vor uns gesessen, und ich habe ihn nicht gesehen«, gab Quintus zu.

»Meine Augen sind nicht mehr halb so gut wie früher«, lachte Wiglaf heiser, »wahrscheinlich warst du einfach zu lange in der Stadt.«

Vielleicht hatte Wiglaf recht. Es kam Quintus manchmal so vor, als verlöre er seine Instinkte, die als Jugendlicher in Germania Magna noch geschärft worden waren. Aber die Anforderungen an das Leben in einer römischen Stadt waren eben ganz andere als die an ein Leben im tiefen Wald. Quintus war nicht mehr der Junge, der einst mit großen Träumen Richtung Colonia aufgebrochen war, er hatte sich verändert, vielleicht war das auch gut so. Unvermeidbar war es auf jeden Fall gewesen, denn Quintus war damals auf der Suche nach Antworten, die er im Barbarenland nicht gefunden hatte, voller Enthusiasmus losgezogen – aber diese Antworten hatte er auch in der großen Stadt bisher nicht finden können. Seinen Enthusiasmus hatte er eingebüßt, nicht aber seine Neugierde und seinen Optimismus.

Das Übersetzen über den Fluss hatte problemlos funktioniert. Ein Kapitän, ein junger Iberer mit markanter Zahnlücke und einem soliden, fünfzehn mal fünfzehn Fuß großen Floß aus Tannenstämmen, hatte den Wagen und die Passagiere übergesetzt. Am Ufer eine halbe Meile nördlich der Stadt gab es eine Stelle mit vielen kleinen hölzernen Rampen, an denen Flöße anlegten und die mit Karren befahrbar waren. Für den Handel zwischen dem Imperium und dem freien Germanien waren die Flößer unentbehrlich, das merkte man an den Preisen, die sie mittlerweile aufriefen – fünf Sesterze pro Person, zwanzig für einen Pferdekarren. Kein Wunder, dass der Beruf beliebt war. Die Fahrt über den mächtigen Strom dauerte eine halbe Stunde. Vier Arbeiter – große, breitschultrige Männer, die aus allen Winkeln des Reiches stammten – navigierten das Floß mit Rudern und langen Balken, die sie dort, wo das Wasser flach genug war, ins Flussbett stemmten, um gegen die Strömung anzusteuern. Wie stark die war, merkte man erst, wenn man sich auf dem Wasser befand. Vom Ufer aus betrachtet, wirkte der Rhenus wie ein glatter, ruhiger Teich, aber tatsächlich floss er sehr schnell. Während der Überfahrt trieb man unwillkürlich ein, zwei Meilen stromabwärts. Fast jeden Tag kam es zu Unfällen, Flöße kenterten, kostbare Ladung ging unter und Menschen ertranken. Während die meisten Germanen schon als Kinder schwimmen lernten und sich zu retten vermochten, beherrschten viele Fremde es nicht und hatten weniger Glück. So wurden immer wieder Leichen in den Hafen an der Ostseite der Colonia gespült, die dann von Feuerwehrleuten geborgen werden mussten. Doch die vier Männer wussten offensichtlich, was sie taten, und so gelangten Quintus und sein Reisegefährte trockenen Fußes über den Strom.

Im Stadtrat war es immer wieder ein Thema, wie man mit den Flößern umgehen sollte. Denn offiziell war es Germanen verboten, den Rhenus von der rechten Seite her zu überqueren, da man kriegerischen Übergriffen entgegenwirken wollte. Andererseits taten der Handel und der kulturelle Austausch der Colonia gut, man wollte nur ungern darauf verzichten.

Die Kapitäne boten also eine Dienstleistung an, die einerseits wichtig, andererseits illegal war, und ihr Geschäft florierte in dieser Grauzone.

Der Rhenus war nicht irgendein Fluss, er war eine Grenze – die Grenze zwischen dem römischen Imperium und der freien Welt oder, andersherum betrachtet, zwischen der Sicherheit der Pax Romana und einem endlosen Sumpf barbarischer Willkür, der von Unwissen und Blutrünstigkeit getränkt war. Eine Brücke gab es keine, zu groß war die Angst der Römer, dass sie von den Barbaren als Einladung verstanden werden könnte. Allerdings schienen die gar keine zu brauchen, um Abstecher in das Reichsgebiet zu machen, wie die aktuelle Überfallserie allen vor Augen führte. Das mehr als tausend Meilen lange Gewässer, das sich von der Alpina durch vier Provinzen bis zum Mare Germanicum schlängelte, konnte einzig per Schiff überquert werden. Bei den Feldzügen der Römer gegen die Stämme der Germania Magna in den letzten Jahrzehnten hatten die Legionen zwar Pontonbrücken errichtet, damit die Armee übersetzen konnte, diese waren jedoch bald wieder abgebaut worden.

Wiglafs Karren rollte auf eine Wegkreuzung zu und kam zum Stehen. Die Pferdchen schnaubten erleichtert, sie freuten sich über die erste Pause seit Stunden. Sie wirkten winzig gegen die Pferde der Gallier links des Rheins und die der Römer, die in den vergangenen Jahrhunderten zur Verwendung in der Kavallerie gezüchtet worden waren und dadurch an Schulterhöhe und Länge gehörig zugelegt hatten. Als Zugtiere auf den engen Pfaden Germaniens waren die kleinen fleißigen Tiere jedoch perfekt geeignet.

Wiglaf und Quintus stiegen vom Kutschbock. Sie standen inmitten eines Nadelwalds, der aus alten Tannen und Fichten bestand, die fast hundertfünfzig Fuß in den Himmel ragten. Die Bäume wiegten sich im Wind, der heute recht stark war, und knarzten dabei leise. Quintus freute sich, dieses Geräusch zu hören, er hatte es fast vergessen. Oft waren es solche Kleinigkeiten, die Heimat bedeuteten. Abgesehen vom energischen Klopfen eines Spechts, das tief aus dem Tann hallte, war es still. Der Händler und er waren die einzigen Menschen weit und breit.

»Danke fürs Mitnehmen«, sagte Quintus.

»Keine Ursache. Du bist ein interessanter Bursche, komm jederzeit vorbei, wenn du mal wieder mitfahren willst«, antwortete Wiglaf, während er die Hose herunterließ und in weitem Strahl in den Wald pinkelte.

»Mögen Freya und Merkur den Rest deiner Reise leicht machen«, wünschte Quintus und winkte zum Abschied, um sich dann dem Trampelpfad zuzuwenden, der von der Kreuzung nach rechts führte. Der mit ausgedörrten braunen Tannennadeln bedeckte Boden fühlte sich weich unter seinen Füßen an. Zum Glück hatte er einen trockenen Tag erwischt.

Er war kaum zwanzig Fuß weit gekommen, da hörte er hinter sich ein dumpfes Geräusch, gefolgt von einem leisen Fluchen. Er drehte sich um.

»He, was machst du hier?«, hörte er Wiglafs überraschte Stimme.

Quintus fuhr herum und sah – Lucretia, die sich gerade einen Zweig aus den Haaren zupfte. Wiglaf starrte die junge Römerin entgeistert an, als würde er einem Fabelwesen gegenüberstehen. In der Tat wirkte sie in ihren feinen Sandalen, der eleganten Kleidung aus edlem blauem Stoff und mit den silbernen Ringen und Ohrringen hier völlig deplaziert.

Lucretia straffte ihre Schultern und blickte sich neugierig um.

»Das ist also das wahre, das wilde Germanien«, stellte sie fest wie eine Vergnügungsreisende, die sich auf dem Weg zu den Pyramiden um ein paar hundert Meilen verlaufen hatte.

Quintus stapfte auf sie zu. »Was soll das?«, fuhr er sie an. »Was tust du hier?«

»Ach, sie gehört zu dir?«, schlussfolgerte Wiglaf.

»Nein«, stellte Quintus klar, »aber wir kennen uns, und jetzt muss ich mich wohl oder übel um sie kümmern.«

»Vor allem musst du für sie bezahlen. Ich nehme keine blinden Passagiere mit«, ereiferte sich der Germane.

»Entschuldigung, wie unhöflich von mir«, sagte Lucretia und drückte Wiglaf mit Gönnermiene einen Silberdenar in die Hand, was dessen Laune schlagartig besserte.

»Na, dann noch viel Spaß im Nirgendwo, euch beiden«, höhnte er, stieg zurück auf den Kutschbock und trieb seine Pferdchen mit lautem Zungenschnalzen an. Kurz darauf war er zwischen den Bäumen verschwunden, und Quintus stand mit Lucretia allein im Barbarenland.

»Was hast du dir dabei gedacht?«, fuhr er sie an.

»Gar nichts, ich bin nur … einem Impuls gefolgt«, rechtfertigte sich Lucretia. »Ich habe so viel über die Germania Magna gelesen und wollte sie mal mit eigenen Augen sehen.«

Quintus schüttelte den Kopf. Hoffentlich konnte sie so gut wandern, wie sie schwarzfuhr. Er wusste nicht, was er sagen sollte und verspürte auch keine Lust, sich zu streiten. Also drehte er sich einfach um und beschritt wieder den Weg, für den er sich entschieden hatte.

Lucretia lief hinterher und holte auf. Der Weg war zu schmal, um nebeneinander zu gehen, also blieb sie hinter ihm.

»Wo wollen wir denn hin? Kennst du dich hier aus? Meinst du das Wetter bleibt so? Was ist, wenn es regnet?«, sprudelte es aus ihr heraus. Mit der Stille des germanischen Waldes war es nun offensichtlich vorbei.

Langsam spürte Lucretia nun doch, wie Angst vor dem eigenen Mut in ihr aufkam, doch sie würde sich nicht die Blöße geben, sich das anmerken zu lassen.

»Kannst du nicht leiser sprechen?«, herrschte Quintus sie in halber Lautstärke an.

»Warum denn? Hier ist doch niemand«, entgegnete Lucretia kein bisschen gedämpfter.

»Ich weiß nicht. Das ist hier so. Der Wald ist leise, und die Menschen reden leise«, versuchte er zu erklären.

»Na gut, ich versuch's«, sagte sie und gab sich Mühe, ihre Stimme zu senken. Sie schaute sich um und ließ die Umgebung auf sich wirken. Quintus hatte recht. Es fühlte sich so an, als ob der Wald wollte, dass man leise sprach. Schweigend setzten sie ihren Weg fort.

Lucretia war klar, dass sie für einen solchen Ausflug falsch gekleidet war, doch sie beschloss, nicht in die Rolle der verwöhnten Städterin zu verfallen. Also biss sie die Zähne zusammen und marschierte, wobei sie den Saum ihrer langen Tunika mit beiden Händen anhob, damit sie nicht über den Boden schleifte und sich verfing.

»Es ist schmutzig hier.« Diese Bemerkung konnte sie sich nicht verkneifen.

»Das ist Natur. So sieht alles aus, bevor Römer kommen und Mauern bauen«, murrte Quintus.

»Ach, ich finde es schön. So viele Grüntöne habe ich noch nie gesehen. Und es riecht gut!«

Tatsächlich war der Geruch der Tannen etwas, was Lucretia nicht kannte. Das Holz, das Harz und die Nadeln vermischten sich zu einem erfrischenden und belebenden Duft, der dazu einlud, tief inhaliert zu werden.

»Was ist das denn für eine Pflanze?«, fragte sie neugierig und bückte sich.

»Nicht anfassen!«, warnte Quintus, aber zu spät, sie hatte das Gewächs schon berührt und schrie auf. »Ah! Sie hat mich gebissen!«

»Das ist eine Brennnessel«, erklärte Quintus.

»Sogar die Blumen hier sind feindselig«, stellte Lucretia fest. »Uh, das juckt und zwickt.«

»Das wird es auch noch ein paar Stunden. Und je mehr du daran herumreibst, desto schlimmer wird es.«

»Was? Oje!« Lucretia hörte erschrocken auf, sich zu kratzen.

»Es dauert eine Weile, bis es nachlässt, und man kann nichts dagegen tun. Bis dahin empfehle ich dir, nicht einfach jede Pflanze und jedes Tier anzufassen, das dir vor die Finger kommt«, brummte Quintus.

Sie gelangten an eine große Pfütze. Quintus marschierte ungerührt mittendurch, es war ihm egal, dass das schlammige Wasser Sandalen und Tunika beschmutzte. Lucretia war zögerlicher. Am Rand konnte sie nicht entlanggehen, da der von sprießenden Brennnesseln bedeckt war. Also hob sie ihr Gewand noch höher, bis über die Knie, und lief dann durch die Pfütze. Dabei unterdrückte sie jedes Murren und lächelte Quintus, der sie prüfend ansah, selbstbewusst zu.

»Sehr … nett hier«, sagte sie.

Es war ihm klar, dass sie das Gegenteil meinte, aber wusste es zu schätzen, dass sie sich zusammenriss.

Sie folgten dem Pfad weiter. Lucretia war bemüht, nicht zu weit hinter Quintus zurückzufallen, der mit langen Schritten schnell vorankam. Sie hatte noch nie so viele Bäume auf einmal gesehen, und die Undurchdringlichkeit des Dickichts flößte ihr Respekt ein. Und als jemand, der in der Colonia aufgewachsen war, kam es ihr unwirklich vor, so lange keinem einzigen Menschen zu begegnen. Nachts würde sie hier auf keinen Fall allein sein wollen.

»Und was ist das?«, fragte sie und meinte das rhythmische Klopfen aus der Tiefe des Waldes.

»Ein Specht. Ein Vogel, der seinen Schnabel wie einen Hammer benutzt«, erklärte Quintus.

»Tatsächlich? Warum macht er das?«

»Um Würmer aus der Baumrinde hervorzulocken.«
»Recht anstrengend.«
»Willst du mir weismachen, du hättest noch nie einen Specht gehört?«, wunderte sich Quintus.
»Noch nie«, bestätigte Lucretia.
In der Tat hatte sie fast ihr gesamtes Leben innerhalb der Stadtgrenzen der Colonia verbracht. Reisen aufs Land hatten zwar auch dazugehört, aber dabei hatte sie nur Äcker und Felder gesehen. In einem richtigen Wald war sie noch nie gewesen. Darum freute sie sich über die neue Erfahrung, die sie zugleich aber auch einschüchterte. Der Wald hatte etwas Unberechenbares, Undurchschaubares, und alles in ihm war ungebändigt, krumm und schief. Eine Herausforderung für den römischen Verstand, der auf gerade Linien und geordnete Verhältnisse fixiert war. Für Lucretia sah alles gleich aus, und dazu kamen noch die vielen merkwürdigen Geräusche, die sie nicht kannte.
»Vielleicht sehen wir ja einen Elch«, freute sich Lucretia.
»Einen was?«, fragte Quintus verständnislos, der diese Bezeichnung noch nie gehört hatte.
»Ein ziegengroßes Wesen mit Hörnern. Es hat keine Kniegelenke und muss sich daher beim Schlafen an einen Baum lehnen. Das musst du doch kennen, wenn du hier aufgewachsen bist«, erklärte Lucretia.
Quintus lachte schallend.
»Wer denkt sich denn solch einen Quatsch aus?«, fragte er.
»Julius Cäsar schreibt in seinem Bericht über den Gallischen Krieg darüber«, entgegnete Lucretia irritiert.
»Nur weil etwas in einem Buch steht, muss es noch lange nicht wahr sein«, entgegnete Quintus. »Da hat jemand dem großen Julius einen schönen Bären aufgebunden. Selbst gesehen haben kann er das Tier nicht, weil es nicht existiert. So eine Kreatur wäre wohl kaum überlebensfähig. Wie soll es

denn laufen und Futter finden, wenn es keine Gelenke hat?«

Das war ein berechtigter Einwand, fand Lucretia. Sie hatte Cäsars Bericht, mit dem ihr alter Hauslehrer ihr das Lesen beigebracht hatte, nie hinterfragt. Schon deswegen nicht, weil der legendäre Feldherr bis heute höchstes Ansehen bei allen Römern genoss.

»Nun«, schloss Lucretia, »vielleicht sehen wir immerhin eins von diesen Einhörnern. Die hat er ja auch beschrieben.«

Quintus schüttelte amüsiert den Kopf und gab es auf zu widersprechen. Sollte Lucretia ruhig die Augen offenhalten und das Unterholz nach Fabelwesen absuchen.

Als sie über eine Stunde marschiert waren – Lucretia hatte jedes Zeitgefühl verloren –, endete vor ihnen plötzlich der Pfad. Sie sahen nur noch Brombeersträucher.

»Es kann doch nicht sein, dass ein Weg einfach aufhört«, empörte sie sich.

»Willkommen in Germania Magna«, kommentierte Quintus. Er sah sich um und stapfte dann zielstrebig schräg rechts ins Dickicht.

»He, Moment, woher weißt du, wohin wir wollen?«, rief ihm Lucretia nach.

»Wir müssen nach Westen.«

»Und woher weißt du, wo Westen ist?«

»Bist du sicher, dass du mit in mein Dorf willst?«, konterte Quintus mit einer Gegenfrage. »Deine Eltern werden doch wahnsinnig vor Sorge, wenn du heute Nacht nicht nach Hause kommst!«

»Keineswegs. Ich habe einer Sklavin aufgetragen, Vater zu sagen, dass ich bei meiner Schwester übernachte.«

»Wann? Ich dachte, deine Entscheidung war so spontan.«

Lucretia lächelte unschuldig. »Wie gut die Luft hier ist, man kann richtig durchatmen.«

»Noch kannst du umkehren.«

»Nein.«

»Überleg's dir gut ...«

»Nein!«

»Na dann«, sagte Quintus. Er konnte sie sich hier nicht selbst überlassen, jetzt hatte er sie am Bein. Er verdrängte das beklemmende Gefühl, das in ihm aufstieg, als ihm klarwurde, dass er seinem Dorf die Begleitung durch eine Römerin würde erklären müssen, und zeigte auf einen Baum. »Die Wetterseite, die bemooste Seite, ist immer im Westen.«

Lucretia sah sich den Baum genauer an und erkannte nun die dünne grüne Schicht, die eine Seite des Stammes überzog.

»Interessant«, murmelte sie und eilte dann Quintus nach, denn aus dem Busch neben ihr vernahm sie etwas, das sich anhörte wie das Knurren eines wilden Tieres. Vielleicht war es auch nur Holz, das im Sonnenlicht arbeitete, aber egal, was es war, es hatte ihr einen Höllenschrecken eingejagt.

Zwischen den Tannen, die am unteren Teil ihres Stammes keine Äste hatten, war viel Platz, und so konnten sie nun nebeneinander gehen. Tannennadeln drückten sich in Lucretias filigrane Sandalen, stachen sie in die Zehen und kitzelten sie, aber sie ließ sich nicht anmerken, wie unangenehm sie es fand. Die Temperatur hier war deutlich niedriger als am Rhenus, im Wald hing noch die Kälte und Feuchtigkeit des Winters. Lucretia fröstelte.

»Die rothaarige Frau vom Forum, bist du mit ihr verheiratet?«, begann sie ihren Reisegefährten auszuhorchen.

»Pola? Ja, seit fünf Jahren.«

»Sie ist sehr schön«, sagte Lucretia bewundernd. »Ihre Haut ist wie Elfenbein.«

»Was ist Elfenbein?«, fragte Quintus, der noch nie von diesem Material gehört hatte.

»Knochen. Von Elefanten. Das sind riesige Tiere aus Afrika. Sie haben gigantische Ohren. Und Stoßzähne.«

»So wie Eber?«

»Noch viel größer. Zehn, zwölf Fuß lang.«

»Du nimmst mich auf den Arm. Dann müsste ein Elefant ja achtzehn Fuß hoch sein, damit er das Gewicht tragen kann. So ein Tier gibt es nicht.«

»Doch, doch. Mein Vater hat mir davon erzählt. Er kommt von dort«, insistierte Lucretia und lenkte das Thema zurück auf Pola: »Warum habt ihr denn keine Kinder?«

Quintus stöhnte. Nach dieser Art von Unterhaltung war ihm nun wirklich nicht. »Es war noch nicht der richtige Zeitpunkt«, antwortete er in einem Ton, der seine Laune durchscheinen ließ.

»Hat man euch gezwungen zu heiraten?«, wollte Lucretia wissen.

Er konnte heraushören, dass ihr die Frage wichtig war. Und er verstand auch, warum. Lucretia würde sich ihren Ehepartner wahrscheinlich nicht selbst aussuchen können. Das tat ihm leid. Sie war eine kluge junge Frau und würde sicher leiden, wenn man sie mit dem Falschen zusammensperrte.

»Nein«, antwortete er, »wir haben aus Liebe geheiratet. Als ich sie zum ersten Mal gesehen habe, wusste ich gar nicht, wer sie war. Es war eine zufällige Begegnung. Aber sie hat etwas in mir ausgelöst. Wie ein Funke, der ein Feuer entfacht. Es ist schwer zu beschreiben.«

»Und in dem Moment wusstest du, dass sie die Richtige ist?«

»Ja. Es ist merkwürdig. Es gab eine Art von Gewissheit.«

Lucretia ließ das ein paar Sekunden sacken. »Das möchte ich auch einmal erleben«, sagte sie leise.

»Warst du denn noch nie verliebt?«

»Nicht wirklich. Meiner Schwester fiel das immer leicht. Sie hat dauernd für Kerle geschwärmt. Jeder war der Tollste.

Und wenn es vorbei war, ging jedes Mal die Welt unter. Claudia hat diese intensiven Gefühle. Aber ich nicht«, gab Lucretia zu.

»Jeder Mensch ist anders«, meinte Quintus, »die einen finden die große Liebe früher, die anderen später. Mach dir nicht zu viele Sorgen.«

»Was ist, wenn ich sie niemals finde?«, dachte Lucretia laut.

Quintus fühlte sich etwas unbehaglich. Er hätte auf dieser Reise mit allem gerechnet, nur nicht, solche intimen Gespräche führen zu müssen.

»Es wird passieren«, tröstete er sie. »Man kann es nicht erzwingen. Meist geschieht es, wenn man am wenigsten damit rechnet. Man muss einfach Sinne und Herz offenhalten.« Damit war die Sache für ihn erledigt. Für Lucretia allerdings noch lange nicht.

»Und Pola, war sie auch sofort in dich verliebt?«

Quintus hätte sich ein Rudel Wölfe herbeigewünscht, das aus dem Unterholz brach und Lucretia verschleppte, aber Vidar tat ihm den Gefallen nicht.

»Nein«, erwiderte er so geduldig wie möglich, weil er nicht unhöflich sein wollte. »Sie ist Schauspielerin. Männer umschwirren sie wie Motten eine Öllampe. Anfangs hat sie mich gar nicht wahrgenommen.«

»Aber irgendwann dann doch«, bohrte Lucretia nach. »Weil du Geld hattest wahrscheinlich.«

»Nein, hatte ich nicht. Damals war ich noch in der Ausbildung zum Anwalt. Marcus Appius Tibur hat mir alles beigebracht und mich später sogar adoptiert. Aber reich war er auch nicht, und ich habe in seiner winzigen Wohnung auf dem Boden geschlafen«, erklärte Quintus und fügte in Gedanken hinzu: *Und manchmal habe ich auf der Straße gebettelt, um nicht zu verhungern.* Aber dafür schämte er sich zu sehr, als dass er es vor ihr zugegeben hätte.

»Dann hat sie sich für dich entschieden, weil du gut aussiehst und eine schöne Stimme hast«, riet Lucretia.

Quintus war ein bisschen überrumpelt. »Äh, denkst du das?«

»Ja, schon«, zwitscherte Lucretia neckend, aber ihr Ton wurde gleich wieder ganz sachlich. »Irgendetwas muss sie ja wohl an dir gefunden haben.«

»Sicher, aber ich weiß bis heute nicht genau was«, gab Quintus zu. »Und wenn du sie fragen würdest, könnte sie es dir vielleicht auch nicht genau erklären. Man kann das alles nicht so leicht in Worte fassen. Mir fehlt zumindest das entsprechende Talent, über das manche Dichter wohl verfügen.«

»Interessant. Also, meine Mutter hat eine Liste gemacht mit Anforderungen, die ein Mann erfüllen muss, wenn er mich heiraten will.«

»Das ist in Ordnung, wenn man ein Geschäft abwickelt, aber mit Liebe hat es nichts zu tun«, sprach Quintus das Offensichtliche aus, wobei ihm klar war, dass die meisten arrangierten Ehen, wie sie unter Adeligen oder – im Fall der Familie Veturius – wohlhabenden Bürgern üblich waren, eben genau das darstellten – eine geplante Transaktion, die die Bande zwischen Familien stärken sollte, wobei strategische und finanzielle Belange von größter Wichtigkeit waren, Gefühle aber eine untergeordnete Rolle spielten.

»Ich bin doch kein Esel und kein Schwein«, murrte Lucretia, und es schwang eine Traurigkeit und Verwundbarkeit in ihrer Stimme mit, wie Quintus sie bei ihr bisher nicht wahrgenommen hatte. Die Fassade der schlagfertigen jungen Römerin, die sie sonst erfolgreich aufrechterhielt, bekam Risse. Vielleicht begann die Umgebung auf sie abzufärben. Die ungezügelte Wildheit Germaniens hatte etwas an sich, das Menschen die Wahrheit entlockte.

»Lass uns nicht über ungelegte Eier reden«, versuchte Quintus, sie aufzumuntern, »jetzt braucht unsere Stadt erst einmal unsere Hilfe. Zusammen werden wir schon herausfinden, wer hinter den Überfällen steckt.«

»Das machen wir!«, sagte Lucretia, und die Aussicht darauf sorgte dafür, dass es ihr gleich etwas besser ging.

20

Erschöpft und verschwitzt traten Quintus und Lucretia nach der langen Wanderung aus dem Wald. Vor ihnen erstreckte sich ein kleines Tal, das von knorrigen Eichen und Linden eingerahmt war. Einige Bäume versperrten die Sicht auf das, was unterhalb lag, aber an den schmalen grauen Rauchsäulen, die dahinter aufstiegen, war ebenso zu erkennen, dass sie ihr Ziel erreicht hatten, wie an Quintus' erleichterter Miene. Er war seit Jahren nicht hier gewesen, und auf den ersten Blick schien sich nichts verändert zu haben.

»Sind wir da?«, hakte Lucretia sicherheitshalber nach. Ihre Füße schmerzten und sie hätte keine Meile mehr laufen können, aber sie tat Quintus nicht den Gefallen, sich das anmerken zu lassen. Dabei schmerzten dessen Knie nicht weniger. Im Unterschied zu seiner Jugend, als ihn eine solche Tour kaum angestrengt hatte, war auch er jetzt erschöpft.

Er beschritt einen Trampelpfad, der zwischen den Bäumen entlangführte, und Lucretia folgte ihm. Ein Palisadenzaun aus grauem, von der Sonne ausgebleichtem Holz – mit sieben Fuß Höhe winzig im Vergleich zum Zaun, der die Colonia umgab – begann sich zwischen den Baumstämmen abzuzeichnen.

»Wie werden sie im Dorf reagieren, wenn sie mich sehen?«, fragte Lucretia.

»Schlimmstenfalls kriegst du einen Pfeil zwischen die Augen, bevor du das Tor erreicht hast«, warnte Quintus.

Sie erschrak. Er lachte, und sie verstand, dass er sie aufzog, und schlug ihm mit gespieltem Ärger auf den Arm.

Der Pfad kreuzte einen breiteren, auch für Karren geeigneten Weg, der aus einer anderen Richtung herführte. Quintus bog nach links ab, und gemeinsam hielten sie nun direkt auf das Haupttor zu. Die Usipeter lebten schon länger in Frieden mit ihren Nachbarn, was man am schlechten Zustand der Palisaden erkannte. Im Zaun klafften Lücken, in denen Unkraut spross. Lucretia konnte durch sie die Dächer der ersten Häuser ausmachen. Sie waren mit Stroh gedeckt und leicht bemoost. Die Häuser wirkten wie ein Teil der Natur, als seien sie wie kleine Hügel aus dem Boden gewachsen. Die Obstbäume, die vor den Palisaden standen, blühten in Weiß und Rosa. Die Luft duftete süßlich, und der leichte Wind wehte Blütenblätter und Pollen umher. Die Natur war hier so intensiv, so lebendig, wie Lucretia sie noch nie erlebt hatte. Weitab von der Geschäftigkeit der Colonia schien hier die Zeit stillzustehen. Einen Moment lang kam es Lucretia so vor, als befände sie sich in einem Märchen.

Am Haupttor schob ein junger germanischer Krieger Wache, der ungefähr in Lucretias Alter sein musste. Als er die beiden sah, schaute er einen Moment lang ungläubig, hob dann seinen kreisrunden Schild, der krude in verblichenem Gelb mit dem Haupt einer bärtigen Gottheit bemalt war, und legte seinen Speer auf sie an.

»Halt! Wer seid ihr? Was wollt ihr?«, rief der schlaksige Junge.

Sie blieben in ein paar Fuß Abstand stehen.

»Ich bin Folkward. Ich bin in diesem Dorf aufgewachsen. Und das hier ist Lucretia Veturius, eine Römerin aus der Colonia«, erklärte Quintus auf Germanisch. Für Lucretia war es immer noch etwas seltsam, ihn so reden zu hören. Sie setzte vorsorglich ein freundliches Lächeln auf.

»Ist sie deine Gefangene?«, wollte der Bursche wissen, der Quintus gar nicht ansah, sondern nur Lucretia anstarrte.

Quintus verkniff sich ein Schmunzeln. »Nein, meine Begleitung.« *Vorsicht, Kleiner*, dachte er, *gleich fallen dir die Augen aus dem Kopf*.

»Ich hab dich hier noch nie gesehen«, wandte sich ihm der Krieger nun schroff zu.

»Du bist noch zu jung, um mich zu kennen. Ich bin vor langer Zeit über den Fluss ausgewandert.«

»In Ordnung«, gab sich der Kerl zufrieden, offenbar hatte er den Eindruck gewonnen, dass keine Gefahr von den beiden ausging. »Zu wem wollt ihr?«

»Zum Haus von Baldwin. Er ist ein alter Freund von mir.«

»Ach ja?«, hakte der Bursche nach. »Dann beschreib mir den Weg zu ihm.«

Quintus kramte kurz in seinen Erinnerungen. Aber das Dorf war so klein, dass man die Wege, die man dort als Kind tausendfach zurückgelegt hatte, nicht vergaß.

»Hinter dem Tor das dritte Haus rechts«, sagte Quintus.

Der Junge ließ die Waffe sinken und machte eine betont lässige Kopfbewegung, die den beiden wohl bedeuten sollte, dass sie passieren durften.

»Du hast schon den ersten Verehrer«, raunte Quintus Lucretia zu.

»Der hat mich nur so angeschaut, weil ich eben anders aussehe«, entgegnete sie.

Sie betraten das Dorf, und Lucretia konnte sich nun ein genaueres Bild machen. Die Germanen wohnten in langen, rechteckigen Häusern. Separate Ställe gab es nicht, die Tiere lebten also mit im Haus – wenn sie nicht gerade auf kleinen eingehegten Grasflächen umherstreiften, die zwischen den Häusern lagen. Jedes Haus hatte einen kleinen Vorgarten, in dem Gemüse und Kräuter wuchsen, und ein niedriger Zaun trennte das Grundstück von dem des Nachbarn. Die Anordnung der Häuser schien keinem Plan zu folgen, und die Türen zeigten in alle Himmelsrichtungen. Geschäfte, Imbissstände oder öffentliche Latrinen schien es nicht zu geben. Lucretia war verwundert. Wie konnten Menschen so leben?

Die Bewohner selbst schienen ihr weniger ungewöhnlich, schließlich war sie den Anblick von Germanen von Kind auf gewöhnt. Sie sah große, stolze Männer und Frauen, viele davon blond und blauäugig – aber, entgegen dem unter Römern verbreiteten Klischee, längst nicht alle. Es waren auch kleinere Menschen mit dunklerer Haut, die Lederriemen um den Hals trugen, unter ihnen. Lucretia vermutete, dass es sich um Kriegsgefangene handelte, die hier als Sklaven dienen mussten. Während die Häuser schmucklos waren und in ihren Braun- und Grauschattierungen eintönig wirkten, waren die Menschen überraschend farbenfroh gekleidet. Die Männer trugen Hosen, die Frauen lange Röcke mit Schürzen darüber, die aus dicker Wolle gefertigt waren und in blauen, roten und grünen Tönen leuchteten. Im Gegensatz zu ihren Händen, die von der Feldarbeit dunkel und schwielig waren, wirkte das Haar der Usipeter sehr gepflegt. Die Frauen trugen aufwendig geflochtene Kunstwerke auf ihren Köpfen, wie Lucretia sie noch nie zuvor gesehen hatte. Viele Männer hatten das Haar seitlich am Kopf zu einem Knoten gebunden, was Lucretia ein wenig seltsam fand, aber zumindest interessanter aussah als die schlichten Kurzhaarschnitte der römischen Männer. Alle Bewohner trugen geschlossene Schuhe oder Stiefel, was nicht verwunderlich war in Anbetracht der ungepflasterten Wege, die sich bei Regen sicher im Handumdrehen in einen See verwandelten.

»Ich dachte, dass es weit mehr Usipeter gibt«, meinte Lucretia irritiert.

»Gibt es auch. Aber die wohnen ja nicht alle an einem Fleck«, erklärte Quintus. »Die einzelnen Stämme leben weit verstreut, jeweils auf Dutzende von kleinen Siedlungen verteilt. Jedes Dorf verwaltet sich selbst. Ein Zentralismus wie in der römischen Welt ist hier unbekannt.«

»Sind alle Dörfer so klein?«

»Das hier ist sogar weit und breit das größte«, lachte Quintus. Natürlich war Lucretia, die nur die Großstadt kannte, ganz andere Dimensionen gewöhnt. »Es ist nämlich der Sitz von Adalbert, dem König der Usipeter. Daher ist es etwas repräsentativer.«

»Aha«, murmelte Lucretia, die rein gar nichts an den kreuz und quer stehenden Häusern repräsentativ fand. Sie hakte nicht weiter nach, um Quintus nicht zu kränken. Andere Länder, andere Sitten. Das wusste sie ja bereits von ihrem mauretanischen Vater, der auch unglaubliche Geschichten über die Gewohnheiten seines Stammes erzählte, der in den heißen, trockenen Weiten der Wüste ansässig war – einer Landschaft, die nicht gegensätzlicher zu der sein konnte, in der sie sich gerade befand. Und eines musste Lucretia zugeben: So ärmlich und rückständig das Dorf auch wirkte, so hatte es doch etwas Verwunschenes an sich. Es kam ihr vor, als würde ihr ein Blick in eine weit zurückliegende, glückliche Vergangenheit gewährt, sie ein Echo des Lebens vernehmen, das die Vorfahren ihrer Mutter vor vielen Hunderten Jahren in Italien auf eine ganz ähnliche Weise geführt hatten.

Es dauerte nicht lang, bis die Dorfbewohner die Besucher bemerkten. Sie riefen sich Worte zu, die Lucretia nicht verstand, und kamen dann neugierig näher.

»He, Folkward!«, rief ein früherer Nachbar erfreut.

»Grüß dich, Tammo, schön, dich wiederzusehen!«, winkte Quintus zurück. Sie hatten als Kinder zusammen gespielt.

Lucretia stellte allerdings die weitaus größere Attraktion dar. Ein schnurrbärtiger Germane, der die Römerin erblickt hatte, stand mit offenem Mund da, die Mistgabel in der Hand.

Eine Gruppe junger Mädchen blickte zu Lucretia herüber und tuschelte.

»Ist hier der König so mächtig wie der Kaiser in Rom?«, wollte Lucretia wissen und versuchte, sich von dem Auflauf nicht beirren zu lassen. Es war ihr doch etwas unangenehm, so angegafft zu werden.

»Natürlich nicht. Er herrscht nur über ein paar tausend Menschen. Jeder Stamm hat seinen eigenen König, und es gibt viele Stämme. Nur im Krieg kann ein König seine Herrschaft richtig ausspielen, ins Leben der Leute mischt er sich sonst gar nicht so groß ein. Aber das Königtum hat hier lange Tradition. Der Stamm der Usipeter war angeblich der erste, der es eingeführt hat.«

Lucretia fragte sich, wie das funktionieren sollte. In ihren Ohren klang es nach purem Chaos. Andererseits erklärte es, warum die Germanen untereinander verfeindet waren und kein gemeinsames Reich errichteten.

Lucretia winkte freundlich lächelnd einem kleinen Jungen zu, der sich daraufhin ängstlich hinter dem Rock seiner Mutter versteckte.

»Entschuldigt, die meisten hier haben noch nie eine Römerin gesehen«, ertönte auf Germanisch eine tiefe, angenehme Männerstimme hinter den beiden.

Quintus und Lucretia drehten sich um. Vor ihnen stand Baldwin, ein starker Krieger, der noch einen Kopf größer war als Quintus.

»Komm her, alter Freund, lass dich drücken«, sagte der Riese und packte ihn. Die Umarmung tat gut.

»Du hast mir gefehlt«, sagte Quintus und meinte es ehrlich. Baldwin war sein bester Freund aus Kindertagen, mit dem er viel erlebt und durchgestanden hatte. Baldwin hatte helles, rotblondes Haar, das in seinem Nacken zu einem langen Zopf geflochten war, und freundliche grüne Augen. Den Bart trug er kürzer geschnitten als die übrigen Männer. Quintus deutete auf seine Begleiterin: »Lucretia Veturius aus der Colonia Agrippina.«

»Willkommen in unserem Dorf«, sagte Baldwin, der die junge Frau wohlwollend musterte, in seiner Muttersprache. »Wir hatten selten schönere Gäste.«

Quintus übersetzte das Kompliment, das Lucretia freundlich annahm. Baldwin streckte ihr seine große Hand entgegen. Offenbar machte man das hier so. Lucretia ergriff sie, und Baldwin schüttelte jetzt ihre Hand. Welch ungewöhnliche Geste.

»Vielen Dank, es ist mir eine Ehre«, erwiderte Lucretia, und Quintus übersetzte.

»Wie geht es meiner Mutter?«, wollte er jetzt wissen, wobei er weiter Usipetrisch mit Baldwin sprach.

Lucretia hatte sich mittlerweile daran gewöhnt. Es war ihr etwas peinlich, dass sie dem Gespräch nicht folgen konnte. Sie beherrschte kein einziges germanisches Wort, noch nicht einmal guten Tag oder danke konnte sie sagen.

»Das kannst du sie selbst fragen. Sie ist immer noch in meiner Obhut. Komm mit in mein Haus, meine Familie freut sich auch darauf, dich zu sehen.«

Quintus war beruhigt, spürte zugleich aber auch ein flaues Gefühl im Magen. Wieder meldete sich sein schlechtes Gewissen, weil er glaubte, seine Mutter im Stich gelassen zu haben, als er mit vierzehn das Dorf verlassen hatte. Außer ihm hatte sie sonst niemanden gehabt, ihr Geliebter war tot gewesen und Quintus ihr einziges Kind.

»Wir gehen zu meiner Mutter. Sie wohnt bei Baldwins Familie«, erklärte Quintus Lucretia auf Latein, während sie auf ein gepflegtes Langhaus zuhielten. Ein paar Enten stoben quakend vor ihnen davon zu einem brackigen kleinen Tümpel, der sich hinter dem Gebäude erstreckte. Zwischen den Schilfhalmen, die das Ufer säumten, entdeckte Lucretia zahlreiche braun-gelbe Küken, von denen sie kaum den Blick wenden konnte.

»Gelsa, du wirst nicht glauben, wer hier ist!«, rief Baldwin, als er das Haus betrat. Eine Frau Anfang vierzig streckte neugierig ihren Kopf hinter einer Holzwand hervor, wo sich wohl eine Kochstelle verbarg, wie das Klimpern von Geschirr und der Duft gekochter Zwiebeln verrieten.

»Folkward!«, rief Gelsa ungläubig. Für einen Moment erstarrte sie, dann eilte sie auf ihren Sohn zu.

Folkward? Lucretia war dieses Wort schon öfter aufgefallen. Vielleicht war es eine Begrüßungsformel.

»Mutter«, erwiderte Quintus leise. Er war den Tränen nahe.

Lucretia konnte spüren, wie die Gefühle in ihm aufwallten. Sie hatte Quintus noch nie so emotional erlebt. Mutter und Sohn fielen sich in die Arme und wollten sich gar nicht mehr loslassen.

»Schön, dass du mich nicht vergessen hast«, sagte Gelsa und wischte sich eine Träne aus dem Auge.

»Niemals«, sagte Quintus, befreite sich aus ihrer Umarmung, bevor ihn die Gefühle vollends übermannten, und zog zwei Tonfläschchen aus seinem Proviantbeutel. Gastgeschenke.

»Sieh mal, Olivenöl und Garum. Die beste Qualität!«

»Wie schön!«

»… und natürlich Wein«, fügte Quintus hinzu und zog noch eine kleine Amphore heraus.

Gelsa und Baldwin klatschten begeistert in die Hände. Das germanische Bier war zwar sehr gut, aber der Wein war eine willkommene Abwechslung.

»Du bist ein richtiger Mann geworden«, sagte Gelsa, nachdem sie ihren Sohn ausgiebig beäugt hatte, und schlug ihm mit der Faust gegen die Brust. Lucretia fiel auf, dass der Habitus der germanischen Frauen ganz anders war als der der Römerinnen. Sie bewegten sich eher wie Männer.

»Und du siehst jünger aus als beim letzten Mal, als wir uns gesehen haben, Mutter«, entgegnete Quintus.

Er meinte es ernst. Gelsa hatte viel erlitten, aber offenbar den Weg zurück ins Leben gefunden. Sie hatte langes graues Haar, das einmal blond gewesen war, und große, leuchtend blaugraue Augen. Ihre Haut war leicht gebräunt und sah gesund aus. Kein Vergleich mit der kranken, verhärmten Frau von damals, als Folkward zu Quintus geworden war.

»Und wer ist diese Schönheit?«, wechselte Gelsa jetzt ins Lateinische und wandte sich Lucretia zu. »Lerne ich jetzt endlich einmal deine Frau kennen?«

Lucretia stutzte einen Moment – und lachte los. Quintus hatte sie noch nie aus vollem Hals lachen hören. Sie hatte ein rhythmisches, schnaubendes Lachen, das ansteckend war, und Gelsa stimmte schallend mit ein. Baldwin schaute verwirrt.

»Sie glaubt, dass Lucretia meine Frau sei«, übersetzte Quintus für Baldwin, der daraufhin auch loslachte.

»Was ist denn so lustig daran?«, fragte Quintus auf Usipetrisch. Er fühlte sich etwas beleidigt.

»Sie ist viel zu jung für dich und auch viel zu winzig. War mir schon klar, dass ihr kein Paar seid«, erklärte Baldwin.

»Aber lachen kann sie«, sagte Gelsa.

Eine Frau in Baldwins Alter betrat das Haus, sie hatte lange blonde Zöpfe, stämmige Beine, und unter ihrem Kleid zeichneten sich große Brüste ab. Sie hatte drei Kinder im Schlepptau, keines älter als fünf oder sechs, zwei Jungen und ein Mädchen. Quintus freute sich für Baldwin. Als sie zusammen auf Bäume geklettert waren, waren sie so alt gewesen wie seine Kinder jetzt. Kaum zu glauben, wie die Zeit verging.

»Das ist Margard, meine Frau. Liebling, das ist Folkward. Ich habe dir von ihm erzählt. Und das ist seine Begleiterin Lucretia aus der Colonia.«

»Willkommen«, sagte Margard freundlich und schüttelte beiden die Hand. »Ihr müsst einen anstrengenden Weg hinter euch haben. Fühlt euch wie zu Hause und ruht euch aus.«

Lucretia verstand kein Wort, verneigte sich aber höflich. Sie schaute sich um und wunderte sich, wie fünf Personen, dazu wahrscheinlich noch ein, zwei Sklaven, auf so engem Raum leben konnten. Denn nur der vordere Bereich des Langhauses war für Menschen vorgesehen, der hintere Teil, der weitaus größer wirkte, für Tiere. Zwei kleine Pferde standen dort und machten sich durch Schnauben bemerkbar, das Vieh musste wohl auf der Weide sein. Der Wohnbereich war schlicht eingerichtet, alles war um den Kamin herum gebaut, der im Winter wärmte und auf dem das Essen gekocht wurde. Entlang der Wände befanden sich Strohlager mit Decken, über die Käfer krabbelten, wie Lucretia mit Abscheu feststellte. Die Aussicht, dort nächtigen zu müssen anstatt in ihrem weichen Bett mit Holzgestell, gefiel ihr nicht. Plötzlich bereute sie es, mitgekommen zu sein. Überhaupt kam ihr hier alles fremd vor.

Quintus spürte Lucretias Nervosität. Dies hier war eine andere Welt, es musste ein gewaltiger Kulturschock für sie sein. Doch sie hatte es so gewollt, nun musste sie es auch durchstehen.

»Ich möchte den Rat in einer wichtigen Angelegenheit sprechen«, wandte er sich an Baldwin.

Der spürte, dass seinem alten Freund etwas auf der Seele brannte. »Ich trommele gleich alle zusammen«, bot er an und verließ das Haus.

»Hier, trinkt! Auf unser Wiedersehen!«, rief Gelsa freudig

und drückte zuerst Lucretia, dann ihrem Sohn einen hölzernen Bierhumpen in die Hand.

»Was ist das?«, fragte Lucretia und beäugte skeptisch die schaumige Brühe, die darin schwappte.

»Bier. Keine Angst, es ist gesund«, erklärte ihr Quintus auf Latein.

Margard und Gelsa hoben die Humpen hoch und stießen sie gegeneinander. Lucretia, die diese Sitte nicht kannte, berührte schüchtern Gelsas Humpen mit dem ihren, wobei sie ihn mit zwei Händen halten musste. Während die beiden Frauen und Quintus ihre Becher mit wenigen großen Schlucken austranken, nippte Lucretia erst einmal vorsichtig an ihrem. Das Gebräu schmeckte ihr. Es war zwar bitter, aber auch fruchtig. Der Schaum sah aus wie Schnee, fühlte sich aber butterweich an. Lucretia wollte den dreien in nichts nachstehen und versuchte nun auch, den großen Becher zu leeren, ohne abzusetzen. Doch nach ein paar Schlucken musste sie husten, und Bier lief ihr über das Kinn. Quintus, Gelsa und Margard lachten.

»Keiner schafft den Krug beim ersten Mal ganz, Lucretia«, tröstete Quintus sie.

»Du bist in Ordnung, Mädchen«, sagte Margard und schlug Lucretia auf die Schulter. Die verstand die Worte zwar nicht, hörte aber das Lob heraus.

Quintus war froh darüber, dass es seiner Mutter gut ging. Es war die richtige Entscheidung gewesen, sich auf den alten Freund Baldwin und seine Familie zu verlassen, die versprochen hatten, Gelsa respektvoll zu behandeln. Sie hatte viel einstecken müssen, seit sie als Jugendliche über den Rhein getürmt war und sich mit einem Centurio eingelassen hatte. Als sie die Nachricht erhalten hatte, dass er gefallen war, bevor er Gelsa heiraten konnte, musste sie reumütig ins Dorf zurückkehren – mit leeren Händen, aber einem Kind im

Bauch. An einem stürmischen Sommertag hatten die Dorfältesten unter der uralten, riesigen Linde oberhalb der Siedlung über die angemessene Ahndung ihrer Verfehlungen beraten. Es war entschieden worden, Gelsa den Status als freier Mensch abzuerkennen und dass sie von nun an als Halbfreie ihr Leben zu fristen hatte. Das war einer Verurteilung zur Leibeigenschaft gleichgekommen. Halbfreie waren entrechtet und standen vom Status her nur knapp über den Sklaven, die sich ausschließlich aus Kriegsgefangenen rekrutierten. Gelsa hatte fortan kein eigenes Haus und keinen Besitz mehr haben dürfen, sondern musste für einen ihrer Nachbarn schuften. Ein solches Leben war zu ertragen, solange man von einer Familie aufgenommen wurde, die einen gut behandelte, doch Gelsa hatte Pech gehabt. Keiner hatte die Verräterin unter seinem Dach haben wollen und dazu noch den Römerbalg, der in ihr heranwuchs. Nur Ulf, ein grobschlächtiger alter Krieger, der zu viel trank und dafür bekannt war, Menschen im Allgemeinen und Frauen im Besonderen zu hassen, hatte sich erbarmt und Gelsa schlechter behandelt als seine Sklaven. Gelsa hatte ihren eigenen Kopf, und wenn sie nicht spurte, hatte Ulf sie an den Haaren zu einem Pfosten in seinem Haus gezerrt, an dem ein eiserner Halsring mit einer Kette befestigt war, und sie damit gefesselt. Er hatte sie gezwungen, auf allen vieren zu kriechen und Knochen abzunagen, die von seinen Mahlzeiten übrig blieben. »Du bist einem Römer nachgestiegen wie eine läufige Hündin, dann lebst du jetzt auch wie ein Hund«, hatte Ulf sie verhöhnt. »Also friss, Hündchen, friss!«

Nachdem Quintus auf der Welt gewesen war, hatte Ulf Gelsa regelmäßig geschlagen und vergewaltigt. Sie war machtlos gegen die brutalen Übergriffe gewesen und hatte mehr als einmal erwogen zu fliehen. Doch wohin? Sie hätte ihren Sohn ja schlecht im Wald aufziehen können, und so beugte sie sich ihrem Schicksal. Vergewaltigung galt als schweres Verbrechen, und hätte Ulf sich an einer freien Frau vergriffen, wäre er kastriert worden. Aber Gelsa war eben nur eine Leibeigene. Tapfer hatte sie viele Jahre Ulfs Misshandlungen ertragen und versucht, ihren Sohn davon nichts merken zu lassen. Doch Kindern lässt sich nur schwer etwas vormachen, und in Quintus war die Wut auf Ulf gewachsen. Statt selbst gewalttätig zu werden, hatte er als Halbwüchsiger, erst dreizehnjährig, schließlich dafür gesorgt, dass seine Mutter einer anderen Familie zugesprochen wurde. Damals hatte er sein Redetalent entdeckt, und es war das erste Mal gewesen, dass er damit Gerechtigkeit hatte durchsetzen können. Er hatte die Dorfältesten so lange bekniet, bis Gelsa aus Ulfs Diensten genommen und stattdessen in die von Baldwins Familie gestellt worden war. Danach hatte sich die Situation für sie beide von Grund auf verbessert. Auch Quintus hatte unter der Brutalität von Ulf sehr gelitten, der als Besitzer seiner Mutter zugleich auch sein Vormund und damit eine Art Stiefvater war. Ulf hatte auch ihn regelmäßig verprügelt und nie eine Gelegenheit ausgelassen, ihn als Bastard und Halbblut zu beschimpfen. Quintus hatte Ulf gehasst. Er hatte sogar ernsthaft darüber nachgedacht, ihn im Schlaf zu erstechen, als er selbst größer und kräftiger geworden war, aber er hatte es nicht über sich gebracht. Noch heute verachtete er sich insgeheim für diese Schwäche: Er hätte sich und seine Mutter befreien können, aber er war nicht zum Mörder geboren, und so hatte er alles weiter ertragen müssen. Eine Ironie des Schicksals. Doch nicht weniger ironisch war später das verdiente Ende Ulfs gewesen: Obwohl sein Stamm an dem Konflikt unbeteiligt gewesen war, hatte er sich mit einer Handvoll anderer Kampflustiger einem Bündnis aus Sugambrern und Chatten angeschlossen und war dabei prompt in römische Kriegsgefangenschaft geraten. Bei einem Ausbruchsversuch hatte er den wachhabenden Legionär erwürgt, war aber wieder eingefangen worden. Die Kameraden des Getöteten hatten Ulf daraufhin von einem Rudel hungriger Wachhunde zerfleischen lassen, ein Spektakel, das dem Römerlager einen heiteren Nachmittag beschert hatte. Friss, Hündchen, friss!

Quintus wurde aus seinen Erinnerungen gerissen, als Baldwin den Kopf zur Tür hereinstreckte und ihm ernst zunickte.

»In einer Stunde beim König.«

Quintus schlug nun doch das Herz schneller.

21 XXI

»Die Frage ist doch, ob wir ihn überhaupt anhören wollen. Ist einer, der sein Dorf verlassen hat, der sich gegen den Stamm gewandt hat, unsere Aufmerksamkeit wert?«

Zustimmendes Gemurmel zeigte, dass Dagwin mit seinen Zweifeln nicht allein dastand. Quintus hatte lange nicht mehr so viele feindselige Blicke auf sich gespürt wie in der Königshalle, in der er sich nun befand. Ein massives Gebäude aus Eichenholz in der Mitte des Dorfes mit einem breiten Eingangsportal und fünfzehn Fuß hohen Decken, deren Balken mit prächtigen Schnitzereien verziert waren. Durch einen Schornstein in der Decke zog Rauch ab, der von einem Feuer im Zentrum der Halle aufstieg. Die roh gezimmerten Wände wurden von Teppichen verdeckt, die dem Saal mit ihrem gediegenen Grünton einen Hauch herrschaftlicher Würde verliehen, aber insgesamt machte das Ganze doch einen recht kargen Eindruck, wozu auch der Boden, der lediglich aus gestampftem Lehm bestand, beitrug. Die Usipeter waren kein besonders mächtiger Stamm und lebten bescheiden.

»Ich meine, wissen wir, ob er die Wahrheit sagt? Ob wir ihm vertrauen können? Schließlich fließt Römerblut in seinen Adern, und jeder weiß, wie falsch und verlogen die Römer sind«, fuhr Dagwin fort und taxierte Quintus herausfordernd.

Doch der ließ sich nicht provozieren. Wenn ein Bauer wie Dagwin ihm eine Falle stellen wollte, musste er schon früher aufstehen.

»Ich bin kein Verräter, großer Dagwin. Ich bin nur meiner

Wege gegangen. Und ich habe dem Stamm niemals geschadet. Das wisst Ihr. Meint Ihr wirklich, dass es sich ziemt, jemanden einen Lügner zu nennen, bevor man ihn überhaupt angehört hat? Da erinnere ich mich an bessere Sitten in meiner Heimat.«

Der, der ihn angegriffen hatte, sah ihn nur verächtlich an. Dagwin war einer der anwesenden zehn Ältesten, die die Geschicke des Dorfes lenkten. Er war ein breitschultriger Krieger Ende fünfzig mit einer Narbe unter dem rechten Auge, trug ein beiges Gewand aus Wolle und darüber einen alten grau karierten Umhang.

Quintus kämpfte noch ein wenig mit den Worten. Usipetrisch war zwar seine Muttersprache, aber er hatte sie seit Jahren nicht mehr ausgiebig benutzt. Er ertappte sich dabei, wie er auf Latein die Sätze formte und sie dann ins Germanische übersetzte, so sehr hatte die römische Lebensart ihn schon vereinnahmt.

»Aber als Gelsas Sohn warst du kein freier Mann. Du hast nie einen Armreif getragen. Du hättest Ulf um Erlaubnis fragen müssen wegzugehen, und das hast du nicht getan. Damit hast du Recht gebrochen!«, hielt Dagwin ihm vor, und einige der Ältesten, die zur nachtragenderen Sorte gehörten, stimmten murmelnd zu.

König Adalbert blickte in die Runde, das bärtige Kinn etwas gelangweilt auf seine rechte Hand gestützt, und begann zunehmend ungeduldig, auf seinem hölzernen Thron hin und her zu ruckeln. Der Thron war ein großer Stuhl mit hoher Lehne, der mit Ornamenten aus Messing und Silber verziert war, und stand erhöht auf einem Podest mit drei Stufen. Adalbert war ein verdienter Kämpfer von sechzig Jahren. Sein Gesicht war von Falten zerfurcht, und auf seinem schlohweißen Haupt saß eine Krone in Form eines drei Finger breiten, schmucklosen goldenen Bandes, das ihn als Regenten auswies.

»Das ist lange her. Folkwards Vormund ist schon lange tot, und keiner von uns vermisst ihn«, sprang Baldwin Quintus zur Seite. Dann wandte er sich direkt an seinen Freund: »Du hast hier kein leichtes Leben gehabt. Wir alle wissen, was geschehen ist. Niemand kann dir verdenken, dass du fortwolltest. Du warst nicht der Erste aus unserem Stamm, der ein neues Leben jenseits des Rheins begonnen hat, und du wirst nicht der Letzte bleiben, denn das Rad der Zeit dreht sich immer weiter. Noch dazu bist du als Mann bekannt, der Verstand besitzt, und ich finde, dich anzuhören ist das mindeste, was wir dir gewähren sollten, und sei es auch nur aus der Höflichkeit heraus, die die Gastfreundschaft gebietet.«

Die Mehrzahl der Ratsmitglieder, allesamt Männer über vierzig mit wettergegerbten Gesichtern, die sich auf ihre in bunt bemalten Scheiden verstauten Langschwerter stützten, nickte zustimmend und schwieg. Baldwins Wort galt hier viel. Als halber Römer in einem Germanendorf aufzuwachsen, war kein Zuckerschlecken gewesen, aber Quintus hatte sich stets tadellos verhalten, um denen, die nur darauf gelauert hatten, keine Angriffsfläche zu bieten. Er bewunderte seinen alten Freund für die weise gewählten Worte. Wäre Baldwin damals mit ihm in die Colonia gezogen, hätte er wohl auch einen hervorragenden Anwalt abgegeben. Aber Baldwin war unzertrennlich mit dem Stamm, dem Wald und dem Boden verbunden. Er hasste die Römer nicht, wie die meisten hier, doch ihre Errungenschaften beeindruckten ihn auch nicht. Er hielt es nicht für nötig, auch nur ein Wort Latein zu lernen, wie es manche der örtlichen Händler taten, die ins römisch besetzte Germanien pendelten, weil es ihre Arbeit erleichterte. Er hatte andere Werte und Ziele, und er hätte das Dorf niemals verlassen. Erst recht nicht mehr, wo er nun Familie hatte und zum Dorfsprecher aufgestiegen war. Dieser Posten kam dem eines Häuptlings gleich, das hieß, Baldwin musste niemandes Befehlen außer denen des Königs gehorchen. Bei seinen Nachbarn war er hinter vorgehaltener Hand sogar als potenzieller Nachfolger von Adalbert, um den es gesundheitlich angeblich nicht gut stand, im Gespräch. Dabei hatte Baldwin gar keine Bestrebungen zu herrschen. Er war zufrieden mit seinem Leben, so wie es war.

Die Männer hatten begonnen, miteinander zu tuscheln und zu flüstern, während sie Quintus skeptische Blicke zuwarfen, jetzt ging Adalbert dazwischen.

»Ruhe!«, brauste der König auf. Er hatte eine heisere, etwas brüchige Stimme, die aber immer noch eine enorme Lautstärke erreichen konnte. »Ich will wissen, was Folkward zu sagen hat. Sprich, Bursche!«

»Danke, mein König«, sagte Quintus und deutete eine Verbeugung an. Dann trat er vor. Er spürte, wie plötzlich Nervosität in ihm aufstieg, doch er drängte sie erfolgreich zurück. Hier ging es um viel, und Menschen zu überzeugen war sein Beruf – und die, die ihn hier umgaben, hatten nicht den Hauch einer Ahnung, was er zwischenzeitlich getan und gelernt hatte. Doch er wollte auch nicht, dass die Männer den Eindruck bekamen, einen Römer, einen Feind vor sich zu haben, sie sollten wissen, dass er einer von ihnen war. Mit der Mission, die er hier erfüllte, wollte er nicht nur seiner neuen Heimat, der Colonia, Ärger ersparen, sondern auch seiner alten. Aber er musste vorsichtig sein. Er durfte die Anwesenden nicht kränken, durfte ihnen auf keinen Fall das Gefühl geben, dass sie alle Diebe wären oder nicht wüssten, was in ihrem Stamm los war.

»Und danke euch, den Dorfältesten, dass ihr mich anhört«, begann er seine Ausführungen. »Ich wünschte, es wäre ein freudigerer Anlass, der mich zu euch führt. Aber es ist eine heikle Lage, die mich zur Rückkehr zwingt. Eine, die ernste Folgen haben kann, sowohl für die große Stadt jenseits des

Flusses, in der ich seit Jahren lebe, als auch für euch, die ihr in der Freiheit der Wälder lebt.«

Damit hatte er die volle Aufmerksamkeit der usipetrischen Würdenträger. Sie schienen erstaunt, wie gewählt er sich ausdrückte. Er war wahrlich nicht mehr der kleine halbfreie Bastard, den sie kannten. Quintus beschloss, nicht zu übertreiben. Das hier war kein römisches Gericht, zu viel Rhetorik würde die Anwesenden nur überfordern, und auch in der Art der Argumentation musste er sich den örtlichen Sitten und Werten anpassen.

»Seit fast zwei Monaten werden rund um die Colonia Überfälle begangen. Männer auf Pferden haben mehrere Landgüter ausgeraubt und einige der Bewohner verwundet. Es gab auch Todesopfer. Vor kurzem hat diese Bande sogar mitten in der Stadt zugeschlagen, einen Mann verletzt und die Bewohner in Angst und Schrecken versetzt. Ich arbeite für die Gerichtsbarkeit der Colonia, und seit einigen Tagen versuche ich herauszufinden, wer für diese Taten verantwortlich ist.«

»Schön und gut, aber was hat das mit uns zu tun?«, fragte Dagwin ungeduldig und rief seinen Mitstreitern zu: »Ich habe euch doch gesagt, dass er nur unsere Zeit verschwendet.«

»Lasst ihn weitersprechen!«, forderte Adalbert.

Quintus setzte seine Ausführungen fort: »Es hat möglicherweise mehr mit euch zu tun, als euch lieb ist, großer Dagwin. Denn ich habe mit mehreren Augenzeugen gesprochen, die die Schufte aus nächster Nähe gesehen haben. Und alle haben übereinstimmend ausgesagt, dass es sich um ›Germanen‹ gehandelt hat, wie die Römer uns nennen.«

Er machte eine bedeutungsvolle Pause und behielt dabei den Ältestenrat genau im Auge. Um nicht respektlos zu wirken, konnte er die Männer nicht geradeheraus fragen, ob sie etwas mit den Überfällen zu tun hatten. Einige flüsterten miteinander, andere sahen sich nur verdutzt an. Quintus suchte nach Anzeichen von Schuld, von Täuschung, aber er bemerkte, dass Überraschung und Verwirrung vorherrschten, was dafür sprach, dass die Anwesenden nichts mit den Taten zu tun hatten.

»Wie kannst du denn sicher sein, dass auch Usipeter unter diesen Verbrechern waren?«, fragte einer der Ältesten, der sich bisher nicht zu Wort gemeldet hatte.

»Die Räuber hatten Gesichtsbemalungen, wie sie für einige der Stämme typisch sind, wenn sie sich auf dem Kriegspfad befinden. Ein Zeuge, der aus einem weit entfernten Gebiet des römischen Imperiums stammt, unsere Sitten nicht kennt und daher ganz unvoreingenommen ist, hat mir die Farben und Muster genau beschrieben. Danach deutet alles darauf hin, dass die Verbrecher, die im Begriff sind, die ganze Provinz gegen sich aufzubringen, Sugambrer, Usipeter und Marser sind. Was, glaubt ihr, wird die Reaktion der Römer sein, wenn diese Übergriffe nicht bald enden? Auf dem Thron in Rom sitzt immer noch Domitian – ihr kennt seinen Namen und wisst, wozu er fähig ist. Ich will mir gar nicht ausmalen, was dann passiert!«, sagte Quintus mit einem gekonnt dosierten Schaudern, um dann bedeutsam zu schweigen, so dass man für einen Moment nur das Knistern des Feuers hörte.

»Du meinst, es könnte zu einem Krieg kommen«, verstand König Adalbert und lehnte sich nachdenklich in seinem Thron zurück.

»Im schlimmsten Fall. Ich kenne die Römer. Sie lassen sich nicht ungestraft etwas wegnehmen«, bestätigte Quintus. »Aber vielleicht gibt es einen Weg, das zu verhindern.« Er wusste, dass er Gefahr lief, zu fordernd zu klingen, doch er durfte nicht darauf vertrauen, dass Adalbert von allein auf die Idee kam, etwas zu unternehmen.

König Adalbert sah ihn aufmerksam an. Er griff nach seinem Trinkhorn, das in einer geschnitzten Halterung an der rechten Lehne seines Throns hing, und nahm einen großen Schluck Bier daraus. Man merkte, dass es in ihm arbeitete, auch wenn sein Gesicht wie versteinert war und keinen seiner Gedanken verriet.

»Sprich weiter, Folkward, oder wie auch immer du dich nun nennst«, forderte ihn der König mit heiserer Stimme auf.

»Die Überfälle müssen aufhören. Das ist im Interesse der Römer ebenso wie in eurem«, fuhr Quintus fort und kam langsam in Fahrt. Seine Muttersprache ging ihm immer leichter über die Lippen. Und das war gut so, denn es verlieh seinen Argumenten Gewicht. »Noch haben wir Zeit, das drohende Unheil abzuwenden. Mit diesem Vorsatz bin ich zu euch gekommen. Ich mag nach den Sitten der Römer leben, und ich tue es aus voller Überzeugung, aber zugleich schlägt in meiner Brust immer noch das Herz eines Usipeters. Ich will keine Gewalt, kein Feuer, kein Leid. Ich stehe hier und brauche eure Hilfe, um dieses Rätsel zu lösen und Licht ins Dunkel zu bringen, damit wir alle weiter in Frieden leben können«, schloss er.

Die Dorfältesten sahen sich verunsichert an. Der König brauchte jedoch nicht lange, um Stellung zu beziehen. Adalbert straffte sich auf seinem Thron. Er räusperte sich, lehnte sich vor und stemmte seine Hände auf die Knie, die Ellenbogen zur Seite gerichtet. Er hatte etwas Wichtiges zu verkünden, und alle hingen gespannt an seinen Lippen.

»Folkward hat gut gesprochen. Wir sind ihm dankbar für seinen Bericht. Wenn ein paar unserer Männer ohne meine Einwilligung auf der anderen Seite des Flusses plündern, muss ich das wissen. Und wenn es wahr ist, wäre es in unser aller Interesse, es schleunigst zu unterbinden. Keiner hat so etwas hinter meinem Rücken zu tun. Keiner! Mein Vorgänger hat den Fehler gemacht, sich auf der Nase herumtanzen zu lassen. Ich werde das auf keinen Fall wiederholen.«

Mit Vorgänger meinte Adalbert seinen Vetter Berengar, der im Wahlkampf zwar mit Wortgewandtheit und Tatendrang beeindruckte, sich aber gleich nach Beginn seiner Amtszeit als schwächlicher Zauderer erwiesen hatte, woraufhin er bald wieder abgewählt worden war. Seine Frau hatte ihn daraufhin verlassen und war mit einem anderen durchgebrannt. Der Arme würde sein ganzes Leben nicht mehr glücklich werden. Ein germanischer Thron war wacklig, und viele Könige wurden schneller von ihm gestoßen, als sie ihn besteigen konnten. Adalbert hielt sich immerhin schon fünf Jahre, eine ungewöhnlich lange Zeit, und er hatte bei der letzten Wahl zwei ernsthafte Gegenkandidaten weit hinter sich gelassen. Darauf konnte er stolz sein.

Die Ältesten schlugen ihre Waffen aneinander, ein bedeutendes Zeichen der Zustimmung. Quintus war erleichtert. Er hatte den langen Weg wohl nicht vergeblich zurückgelegt. Sein Plan hatte funktioniert.

»Ich danke euch«, richtete er sich an den Ältestenrat und fügte hinzu: »Eines noch: Einer der Täter ist besonders auffällig. Er hat auf dem linken Unterarm eine Bemalung, die man nicht abwaschen kann. Ein Symbol, das an eine Forke erinnert.«

Baldwin ergriff wieder das Wort: »Mein König, ich schlage vor, Boten in die anderen Dörfer zu entsenden, die sich umhören sollen. Auch in die Siedlungen der anderen Stämme können wir welche schicken. Sie sollen uns morgen Bericht erstatten. Eine absolute Verschwiegenheit gibt es nicht. Irgendjemand redet immer. Vielleicht kennt jemand den Mann, den Quintus beschreibt. Wenn unter uns Räuber sein sollten, die sich auf römisches Gebiet wagen, dann werden wir es herausfinden!«

»Recht hast du. Selbst wenn nur Gerüchte kursieren, wäre das schon aufschlussreich. Wir müssen erfahren, was dahintersteckt«, stimmte Adalbert entschieden zu und trank den Rest Bier aus seinem Trinkhorn. Erneut schlugen die Ältesten ihre Waffen aneinander. Der König hob die Hand, machte eine dramatische Pause und rülpste laut. Die Männer lachten schallend, und die Anspannung, die sich im Raum angestaut hatte und die auch Quintus deutlich gespürt hatte, löste sich auf. Damit war das Treffen beendet, und die Männer des Rates strömten eifrig diskutierend zur Pforte hinaus. Dagwin gab nun keinen Mucks mehr von sich und warf dem Mann, den er als Folkward kannte, nur neidische Blicke zu.

Quintus legte freundschaftlich den Arm um Baldwins Schulter, und der erwiderte mit zufriedener Miene die Geste. Für einen Moment waren die beiden wieder die kleinen Jungen, die miteinander im Wald spielten, sich die Welt erschlossen und zusammen durch dick und dünn gingen. Quintus hatte in der Colonia viel erreicht und viel gewonnen, aber wahre Freunde, so wie Baldwin einer war, hatte er dort nie gefunden.

22 XXII

Da es zu spät war, um heute noch die Rückreise zur Colonia anzutreten, und auch Baldwins Boten erst am nächsten Tag zurückerwartet wurden, hatten Quintus und Lucretia beschlossen, die Nacht im Dorf zu verbringen. Baldwin sah es als selbstverständlich an, dass der alte Freund und seine Begleiterin in seinem Haus blieben. Margard gab sich größte Mühe, die Besucher angemessen zu bewirten, und kochte, was die Küche herab. Sie grillte ein Spanferkel über der Feuerstelle und bereitete dazu einen Eintopf aus Sellerie und Löwenzahn zu. Er war mit Bohnenkraut gewürzt, einer Pflanze, deren Geschmack Lucretia noch nicht kannte, aber der ihr zusagte. Das Essen schmeckte gut, es war erdig und gesund, aber etwas fad – Salz und Pfeffer waren hier kaum verbreitet. Dafür war die Stimmung umso besser. Bei einem römischen Mahl, bei dem die Männer auf Liegen ruhten und die Frauen auf Korbsesseln danebensaßen, konnte es natürlich auch sehr ausgelassen zugehen, aber es wirkte doch förmlicher, viel ritualisierter. Hier saßen Männer und Frauen zusammen am Feuer, tranken Bier, lachten und redeten durcheinander. Diese Unbeschwertheit, diese Gemütlichkeit, für die sie in ihrer Muttersprache gar kein richtiges Wort fand, gefiel Lucretia. Überhaupt hatte sie den Eindruck, dass die Sphären der Männer und der Frauen sich bei den Germanen mehr überschnitten und sie Aufgaben häufiger gemeinsam bewältigten. Ein römischer Hausherr hätte seinen Küchensklaven niemals geholfen, aber Baldwin, der neben dem König als der mächtigste Mann im Dorf galt, war sich nicht zu fein, die Möhren für

Gelsa zu schälen. Er strahlte eine Bescheidenheit aus, die den römischen Herrschern längst verlorengegangen war. Lucretia erinnerte sich an die Legende von Cincinnatus, die sie von ihrem Lehrer Menelaos einst gehört hatte. Cincinnatus hatte vor fünfhundert Jahren gelebt und war als Bauer zum Konsul Roms gewählt und damit zum mächtigsten Mann des Reichs gemacht worden. Er hatte Rom gut und gerecht verwaltet und vor kriegerischer Bedrohung geschützt. Und nach Ablauf seiner Amtszeit war er unverzüglich zurück auf seinen Hof gegangen, hatte seinen Ochsen vor den Pflug gespannt und wieder so bescheiden wie zuvor gelebt, als sei nichts gewesen. Das hatte ihn zum Musterbeispiel für die Bürgertugend gemacht. Doch das war lange her und so gut wie vergessen. Heute gingen Römer in erster Linie in die Politik, um sich die Taschen vollzustopfen, und sie klammerten sich an die Macht, so lange sie konnten. So war zumindest Lucretias Eindruck.

»Papa, erzähl uns eine Saga!«, rief Baldwins älteste Tochter.

»Nun gut, welche wollt ihr hören?«

»Die mit dem Hugr, der den Schatz findet.«

Baldwin sammelte seine Gedanken, während er das Ferkel am Spieß langsam über dem Feuer drehte.

»Was ich euch erzähle, hat sich vor langer, langer Zeit zugetragen. Ein Herzog der Usipeter, Guntram, war eines gar guten, friedliebenden Herzens«, begann Baldwin und legte dabei das Pathos eines geübten Geschichtenerzählers in seine Stimme. Er bemerkte Lucretias unsicheren Blick, die kein Wort verstand. Baldwin fand es wichtig, dass auch sie etwas über das Land lernte, in dem sie sich zu Gast befand, und sah sich hilfesuchend nach Quintus um. Doch der war nach draußen gegangen, und so sprang Gelsa, der Lucretias Blick ebenfalls nicht entgangen war, ein.

»Die Suppe braucht mich gerade nicht, und ich freue mich,

mal wieder Latein zu sprechen«, bot sie an. Baldwin nickte.

»Einmal war Guntram auf die Jagd gegangen, und seine Diener hatten sich hierhin und dahin zerstreut. Bloß ein einziger, sein liebster und getreuester, war noch bei ihm geblieben. Da befiel den Herzog große Müdigkeit. Er setzte sich unter einen Baum, legte sein Haupt in des Dieners Schoß und schloss die Augenlider zum Schlummer. Als er nun eingeschlafen war, schlich aus des Herzogs Mund ein Tierchen hervor in Schlangenweise, lief fort, bis es zu einem fließenden Bach gelangte. An dessen Rand stand es still und wollte gern hinüber. Guntrams Diener, in dessen Schoß er ruhte, hatte das alles mit angesehen, zog sein Schwert aus der Scheide und legte es über den Bach hin. Auf dem Schwerte begab sich nun das Tierchen hinüber und lief bis zum Loch eines Berges, da hinein schlüpfte es.«

Gelsa übersetzte die Erzählung flüsternd für Lucretia, die gebannt ihren Worten lauschte. Sie liebte es, Geschichten zu hören. Lucretias Eltern hatten ihr nur selten welche erzählt, doch dank ihres Hauslehrers war sie mit den phantasievollen Überlieferungen der Griechen und Römer sehr vertraut. Sie zu kennen, galt als Zeichen von Bildung und Zivilisiertheit. Und auch Nephele hatte ihr die Legenden aus ihrer Heimat Zypern erzählt. Doch diese Geschichte war ganz anders als alle, die sie kannte. Ein schönes, geheimnisvolles Rätsel, wie es sich nur in einem endlosen Meer aus grünen Blättern formen konnte.

»Nach einigen Stunden kehrte das Tierchen zurück und lief über die Schwertbrücke wieder in den Mund des Herzogs«, fuhr Baldwin fort. Das Fleisch des Spanferkels brutzelte über der offenen Flamme, in die zischend der Saft tropfte. »Der Herzog erwachte und sagte zu seinem Diener: ›Ich muss dir meinen Traum erzählen und von dem Wunderbaren, das ich gesehen habe. Ich erblickte einen großen Fluss, darüber war eine eiserne Brücke gebaut. Auf der Brücke gelangte ich hinüber und betrat die Höhle eines hohen Berges. In der Höhle lag ein unsäglicher Schatz der alten Vorfahren.‹ Da berichtete der Diener ihm alles, was er während seines Herren Schlaf gesehen hatte. Darauf ward an jenem Ort gegraben und eine große Menge an Gold und Silber gefunden, das seit Zeiten dort verborgen war. Von da an lebte unser Volk in Wohlstand und Glück. Aus Dank erhob der Stamm Guntram zum ersten König der Usipeter und baute ihm den Thron, den ihr noch heute in Adalberts Halle sehen könnt.«

Alle applaudierten, auch Lucretia. Die Geschichte hatte sie auf merkwürdige Weise berührt. Sie passte in diese Welt, die ihr gar nicht so fremd war, wie sie immer gedacht hatte. Sie war als Römerin geboren, hatte aber Rom noch nie gesehen. Germanien war ihre Heimat, auch wenn die Colonia eine kulturelle Insel inmitten des großen Landes war. Die Luft, das Wasser, die Erde, hatte das alles doch seine Spuren in ihr hinterlassen? War sie am Ende germanischer, als sie sich eingestand? Vielleicht würde sie sich in Italien oder Mauretanien noch viel fremder fühlen.

Nach dem Essen wollte Baldwin mit Margard und den Kindern einen Verdauungsspaziergang machen. Gelsa räumte das benutzte Geschirr weg, und Quintus und Lucretia saßen sich allein am Feuer gegenüber.

Lucretia bemerkte, wie nachdenklich er in die Flammen starrte.

»Ich habe öfter das Wort Folkward gehört, wenn Leute mit dir sprechen«, sagte sie. »Was bedeutet das?«

»Das ist ein Name«, erwiderte Quintus. »Mein Name. Der Name, den mir meine Mutter gegeben hat.« Er seufzte.

»Und seit wann nennst du dich Quintus?«

»Seit meiner Adoption.«

»Ich finde Folkward auch sehr schön«, sagte Lucretia, »es klingt edel und stark.«

»Sag das mal Pola«, lachte Quintus mit leichtem Kopfschütteln. »Sie hasst meinen Geburtsnamen.«

»Wie schade. Jeder sollte dazu stehen dürfen, wer er ist und woher er kommt.«

Quintus betrachtete Lucretia durch das Feuer. In seinem warmen Schein wirkten ihre Gesichtszüge und die gewellten dunklen Haare, die sie einrahmten, faszinierend schön. Diese junge Frau überraschte ihn immer wieder. In ihrem Alter war er nicht halb so aufgeweckt gewesen. Seine Gedanken hatten nur um ihn selbst gekreist, nicht darum, Zusammenhänge zu verstehen und Verbrechen aufzuklären. Lucretia schien über einen besonderen Antrieb zu verfügen und hatte zweifelsfrei auch ein seltenes Talent.

»In der Colonia zu leben, dort angesehen zu sein, ist ein Privileg für jemanden wie mich«, erklärte er. »Du siehst ja, woher ich komme. Und diesen langen Weg legt man nun einmal nicht zurück, ohne Federn zu lassen.« Er nahm einen Stock und stocherte damit in der Glut. Das noch nicht verbrannte Holz sackte zusammen, und die Flammen züngelten wieder höher, wobei knisternde Funken in die Luft flogen.

Lucretia nahm noch einen Schluck Bier aus ihrem Humpen. Es schmeckte ihr immer besser, und sie war schon ein bisschen beschwipst.

»Zu schade, dass sie nicht deine Frau ist! Wenn schon eine Römerin, dann eine wie sie«, rief Gelsa ihrem Sohn auf Germanisch aus der Küchenecke zu.

»Was hat deine Mutter gesagt?«, fragte Lucretia leise.

Quintus wollte das nicht vertiefen und antwortete: »Sie sagt, dass sie dich mag. Alle hier würden dich gleich adoptieren.«

Lucretia blickte gerührt zu Boden. Sie fühlte sich geschmeichelt.

»Was hast du eigentlich gemacht, während ich bei den Dorfältesten war?«, wollte er wissen.

»Ich habe gelernt, wie man mit dem Bogen schießt. Von einem Mädchen, Hilda, die so alt ist wie ich, aber viel größer. Meine Güte, sind die Frauen hier groß! Ich glaube, sie hat mir erzählt, dass sie auf die Jagd geht. Auf die Jagd! Stell dir das mal vor!«, sprudelte es aus Lucretia hervor. »Die Pfeile waren schwerer, als ich erwartet habe. Es war ein unglaubliches Gefühl, ich hab mich … stark gefühlt. Wie Diana. Es war toll! Mensch, ich wünschte, Mutter hätte mich so gesehen, ihr wären die Augen aus dem Schädel gesprungen«, prustete sie und zog eine Grimasse, die wohl Cäcilias entsetztes Gesicht darstellen sollte. »Dann kamen noch zwei Freunde von Hilda dazu. Wir haben uns gegenseitig Wörter aus unseren Sprachen erklärt.«

»Lass mich raten«, schmunzelte Quintus, »die schmutzigen zuerst? Schimpfworte sind immer am interessantesten.«

Lucretia lachte, vom guten Bier mittlerweile sehr angeheitert. »Jetzt weiß ich, was culus, cauda, sinus und futuere in deiner Muttersprache heißen! Bringst du mir noch mehr dreckige Worte bei, Quintus?«

»Ich glaube, du hast …«

»Bitte, Quintus, bitte!«

»Morgen vielleicht«, beschwichtigte er. Sie hatte eindeutig zu viel Bier getrunken. Es war beeindruckend, wie viel sie vertrug. »Aber erst mal hauen wir uns aufs Ohr«, schlug er vor und gähnte.

Gelsa hatte ihnen ein paar Wolldecken bereitgelegt, in die sie sich einwickeln und einfach auf den Boden legen konnten. Quintus griff sich zwei und streckte sich ohne zu zögern aus. Lucretia war etwas zurückhaltender. Prüfend hielt sie sich eine Decke an die Nase. Sie war schon lange nicht mehr gewaschen worden und roch nach menschlichen Ausdünstungen. Aber sie wollte vor Gelsa, die sie mütterlich ansah und ein paar germanische Worte von sich gab – höchstwahrscheinlich wünschte sie ihr eine gute Nacht –, nicht zimperlich dastehen. Also setzte sie ein fröhliches Gesicht auf, wickelte sich in die Decken und ließ sich in einer Ecke nieder. Kaum hatte sie den Boden berührt, war sie auch schon in Somnus' Reich angekommen.

Am nächsten Morgen ging Quintus mit Baldwin zurück zur Königshalle. Die Sonne strahlte von einem makellos blauen Himmel, es würde ein warmer Tag werden. Der Duft von Apfelblüten stieg ihm in die Nase und erinnerte ihn an seine Kindheit. Im nebligen Herbst und gnadenlosen Winter konnte einem diese Landschaft aufs Gemüt schlagen, doch im Frühling war sie an Schönheit kaum zu überbieten, und die Laune der Dorfbewohner hob sich dann zuverlässig.

Adalbert bewohnte für germanische Verhältnisse prächtige, für römische Verhältnisse bescheidene Gemächer, die sich direkt an den Thronsaal anschlossen und nur wenig größer waren als der Wohnbereich der meisten Langhäuser. Verschwendungssucht war den Germanen zuwider, Zierrat erschien ihnen überflüssig. Königin Uta, Adalberts besonnene Gattin, kümmerte sich um den Haushalt, wobei ihr zwei Sklavinnen, die dem Aussehen nach aus anderen germanischen Stämmen kamen, zur Hand gingen. Ihre sieben Kinder waren allesamt erwachsen. Die Töchter waren verheiratet, manche von ihnen lebten in anderen Dörfern, die Söhne waren Krieger und Händler.

Quintus und Baldwin waren erstaunt, den Regenten nackt in einem hölzernen Badezuber vorzufinden, aus dem das heiße Wasser dampfte.

»Kommt herein, tut euch keinen Zwang an!«, rief er den beiden zu, als er sie am Türrahmen erblickte. Sie kamen näher. Auch wenn die Situation unverhofft war, fand Quintus es löblich, dass das Stammesoberhaupt so reinlich war und badete, wie es auch die Römer in ihren Thermen taten.

»Heute ist der erste Donarstag im Monat, Zeit für mein Bad«, sagte der König zufrieden, »erst recht, wo ich es den Monat davor doch wegen der Reise zu den Brukterern ausgelassen habe.«

Nun gut, immerhin badete er überhaupt, da hatte er vielen seiner Untertanen etwas voraus. Die Germanen waren technologisch gar nicht so rückständig, wie die Römer immer glaubten, doch die Vorurteile bezüglich mangelnder Körperhygiene waren leider begründet. Seine Mutter hatte immer gesagt, es sei besser für die Haut, nicht so oft zu baden. Nur eine Ausrede der Menschen, die zu faul waren, sich zu waschen, hatte Quintus erst viel später verstanden. Wo es hier doch Wasser im Überfluss gab! Doch in den hiesigen Gewässern zu schwimmen, die die meiste Zeit des Jahres eiskalt waren, machte keinen Spaß. Quintus konnte es kaum erwarten, nach seiner Rückkehr wieder die Thermen zu besuchen, und er war sich sicher, dass es Lucretia ähnlich ging.

»Was haben deine Boten herausgefunden, Baldwin?«, fragte der König, während er sich dampfendes Wasser in den weißen Bart rieb.

»Leider nicht viel, mein König. Die Boten, die in usipetrischen Dörfern waren, berichten genau das Gleiche wie diejenigen, die bei unseren Nachbarn vorbeigeschaut haben«, erklärte Baldwin. »Alle sagen, dass sie nichts von Überfällen auf römisches Territorium wissen. Auch den Mann mit der Körperbemalung, den Quintus beschrieben hat, kannte niemand. Die Dorfsprecher schwören Stein und Bein, dass keiner ihrer Männer solche Raubzüge unternommen hat. Es habe in letzter Zeit auch niemand dauerhaft den Dörfern den Rücken gekehrt. Die Marser haben sich zudem gewundert, dass einer, der aus ihrer Mitte stammt, sich auf einen Pferderücken gesetzt haben soll, denn der Stamm züchtet Pferde ja nur, um sie zu essen, und die Krieger kämpfen zu Fuß.«

Quintus registrierte dieses Detail aufmerksam.

»Die Sugambrer waren auch erstaunt über den Bericht unserer Boten«, fuhr Baldwin fort. »Wenn von ihnen Männer an der Aktion beteiligt gewesen wären, hätte sich das sicher herumgesprochen. Und ein Trupp von Räubern wächst schnell, wenn sich herausstellt, dass man ungehindert Beute machen kann. Wenn es etwas zu holen und danach darüber zu prahlen gibt, bleibt das unter diesen Raufbolden nie lange geheim.«

Auch das klang für Quintus schlüssig. Die Sugambrer waren als Angeber bekannt, die sich stets – notfalls mit erlogenen Heldengeschichten – über ihre Mitmenschen erheben wollten. Quintus vermutete, dass sie damit die Schmach aufwiegen wollten, dass ihr Stamm vor langer Zeit von den Römern besiegt und teilweise auf die andere Seite des Rhenus zwangsumgesiedelt worden war. Dazu waren vor vier Jahren erneut viele Sugambrer im Krieg gefallen. Sie hatten als Verbündete an der Seite der Chatten gekämpft, die von Kaiser Domitian angegriffen worden waren und große Teile ihres Gebietes an die Römer verloren hatten. Rückblickend bereuten die Sugambrer das Bündnis. Es war viel Blut für nichts vergossen worden, und zu allem Überfluss, so besagten Gerüchte, begannen die Römer, das eroberte Territorium nun mit einem riesigen Zaun zu sichern. Die Chatten würden ihr Land wohl niemals zurückbekommen, und der Stamm der Sugambrer war so dezimiert wie nie zuvor. Gerade deshalb hätten sie sich sicherlich mit ihren Taten gebrüstet.

Baldwin wandte sich nun an Quintus: »Es tut mir leid, dass wir nicht mehr herausfinden konnten, alter Freund.«

Quintus war zwar erleichtert, aber auch ratlos, hatte er

doch eine Zusammenrottung von abtrünnigen Kriegern für die plausibelste Erklärung gehalten.

»Es sieht ganz so aus, als wärst du einer falschen Fährte gefolgt, Junge«, stellte König Adalbert fest.

»Mich freut die Unschuld der Usipeter«, sagte Quintus, »und ich danke Euch, großer Adalbert, dass Ihr mir Eure Hilfe gewährt habt. Vielleicht erweisen sich diese Informationen doch noch als wichtiger, als es jetzt aussieht.«

»Ich bin nur froh, dass keiner meiner Männer Ärger macht«, erwiderte der König. »Allerdings ist damit das Problem nicht gelöst. Die Räuber mögen nicht aus unseren Reihen stammen, aber sie treiben nach wie vor ihr Unwesen.«

»Und wenn das so weitergeht, bringen sie unseren Stamm und die anderen in Verruf. Damit besteht nach wie vor die Gefahr eines Krieges«, erfasste Baldwin die Lage.

»So schnell lasse ich nicht locker«, versprach Quintus, »ich werde nicht eher ruhen, bis diese Schufte zur Strecke gebracht sind. Aber vielleicht könnt Ihr auch dazu beitragen, dass sich die Schlinge um die Banditen enger zieht.«

»Du wirst uns sicher gleich deinen schlauen Vorschlag unterbreiten«, ahnte König Adalbert.

»Ob er schlau ist, müsst Ihr entscheiden, mein König«, entgegnete Quintus höflich. »Ihr kennt euch in den Wäldern bestens aus. Viele von euch treiben Handel mit der Colonia oder sind regelmäßig als Jäger in der Umgebung unterwegs. Es würde uns allen sehr helfen, wenn Ihr Euren Leuten empfehlt, die Augen offen zu halten. Vor allem nachts, dann, wenn die Räuber meistens zuschlagen.«

»Ich verstehe, worauf du hinauswillst«, sagte Adalbert, während er sich mit der Heiterkeit eines spielenden Kindes Wasser unter die Achselhöhlen schaufelte. »Du willst wissen, ob die Kerle wirklich von hier drüben kommen, oder ob das Problem nicht doch auf eurer Seite des Rheins beheimatet ist.«

»Eure Weisheit wird nur von Eurer Reinlichkeit übertroffen«, entgegnete Quintus schelmisch, was Adalbert aber offensichtlich einzuschätzen wusste – er lachte dröhnend. Germanen hatten Humor, auch wenn die Römer ihn ihnen ständig abzusprechen versuchten.

»Wir könnten Folgendes tun«, hakte Baldwin ein, der alles mit angehört und sich seine eigenen Gedanken gemacht hatte. »Wir schicken eine Woche lang Patrouillen zum Rheinufer. Zwei, drei Wachen reichen. Junge Schützen mit guten Augen, die nachts sicheren Fußes sind. Es gibt nur wenige Stellen, wo der Wald nicht so dicht und das Wasser nicht so tief ist, dass man dort mit einem Floß übersetzen kann. Nur dort werden sich die Räuber zu Beginn eines Beutezuges zeigen. Das sind zehn, vielleicht fünfzehn Stellen in unserem Stammesgebiet, die wir im Auge behalten müssten, mehr nicht. Wenn unsere Krieger etwas Verdächtiges sehen, werden sie das melden oder die Kerle mit Pfeil und Bogen gleich an Ort und Stelle stoppen.«

Quintus nickte. Er fand die Idee hervorragend. Auf etwas in der Art hatte er gehofft. Er war ein bisschen stolz auf sich, hatte er es doch indirekt geschafft, Feinde Roms dazu zu bringen, eine römische Stadt zu beschützen – das sollte ihm erst einmal einer nachmachen.

»So, wie du es gesagt hast, möge es geschehen, Baldwin«, bestätigte der König ohne Umschweife. »Dann wird sich ja zeigen, ob Diebe unter uns sind. Und nun lasst mich allein. Ich will mich noch etwas vergnügen, solange das Badewasser warm ist.«

23 XXIII

Die Rückreise kostete Quintus und Lucretia fast den gesamten restlichen Tag, vor allem da sie viel später aufgebrochen waren, als sie es eigentlich vorgehabt hatten. Gelsa wollte sie kaum gehen lassen und bereitete ihnen ein ausgiebiges Mittagessen. Nach einer herzlichen Verabschiedung von ihr und Quintus' Freunden hatten sie den unbarmherzigen Fußmarsch zurück nach Westen angetreten. Immerhin regnete es nicht, und der Boden war trocken. Anders als auf dem Hinweg fand sich kein freundlicher Händler, der sie ein Stück des Weges mitnahm. Die Wege waren menschenleer, und es schien, als gehörte das Unterholz der Germania Magna nur ihnen beiden. Etwa alle zwei Stunden legten sie eine Rast ein und aßen etwas von dem harten Brot und dem faden Käse, den sie bei sich trugen, bevor sie ihren beschwerlichen Weg fortsetzten. Zu gerne hätte Lucretia mit Quintus die neugewonnenen Informationen beredet und was sie für ihren Fall bedeuteten, doch der reagierte auf ihre Gesprächsversuche nur mit höflichen, aber einsilbigen Antworten. Zuerst fragte sich Lucretia, ob es an ihr lag, immerhin hatte sie sich ziemlich dreist zu ihm nach Hause eingeladen. Doch zugleich war sie sich sicher, dass sie ihm im Dorf keine Schande gemacht, sondern einen guten Eindruck hinterlassen hatte. Er war wohl tief in Gedanken versunken, und sie beschloss, ihn nicht weiter zu stören. Das erlaubte es ihr, die Umgebung genauer wahrzunehmen. Der Wald schien ihr weniger bedrohlich als auf dem Hinweg. Die Bäume, die anfangs für sie alle gleich ausgesehen hatten, ließen sich zunehmend besser unterscheiden, und auch die Tiere, die sich am Wegesrand zeigten oder tief aus dem Gehölz durch ihre Laute auf sich aufmerksam machten, nahm sie mit Interesse wahr. Fast war es, als hätte der Wald ihre Sinne geschärft. Dann geschah, was geschehen musste: Der Riemen ihrer linken Sandale riss ab. Doch Lucretia beklagte sich nicht. Sie biss die Zähne zusammen und ging den Rest des Weges barfuß. Immerhin war der Boden weich, und es mussten keine scharfen Felsen überwunden werden. Quintus nahm keine Notiz von ihren Schwierigkeiten, was sie als Bestätigung dafür wertete, dass sie sich gut schlug und er mit seinen Gedanken wirklich ganz woanders war.

Dort, wo sie das rechte Flussufer betreten hatten, bezahlten sie denselben Flößer wie am Vortag, um sie wieder zurück in den römisch besetzten Teil Germaniens zu bringen. Als sie etwas nördlich der Colonia über das breite, träge dahinfließende Wasser setzten, ging die Sonne bereits unter. Lucretia schaute stromaufwärts, und die Stadt zeichnete sich als gewaltige schwarze Silhouette aus Dächern und Wachtürmen am Horizont ab. Im Hafen, der sich hinter der langen, schmalen vorgelagerten Insel im Fluss befand, wurden noch Schiffe entladen. Es war das erste Mal, dass sie die Stadt aus dieser Perspektive sah, und der Anblick der lebhaften Metropole im Abendrot, dieses Meisterwerks römischer Baukunst, rief in ihr große Erleichterung hervor. Sie hatte das Abenteuer überstanden und war endlich wieder zu Hause. Bisher hatte sie die Colonia, diesen schützenden Ort, immer als eine Selbstverständlichkeit hingenommen. Nun begriff sie zum ersten Mal, was es wirklich hieß, eine Heimat zu haben. Quintus' Blick hingegen war die ganze Zeit starr geradeaus aufs westliche Ufer gerichtet, und auch der Flößer, ein geselliger Kerl, der seine Kunden bei der Überfahrt gern mit Scherzen unterhielt, konnte nicht zu ihm durchdringen. Weder er noch

Lucretia ahnten, dass Quintus ganz ähnliche Gedanken hegte, der Anblick der Colonia heute aber mehr Schmerz als Freude bei ihm auslöste.

Nach einem kurzen Fußweg über die von Grabsteinen gesäumte Grenzstraße, die parallel zum Fluss verlief, kamen die beiden endlich am Nordtor an. Die Aussicht auf ein Ende der langen, schweren Reise ließ sie kurz vergessen, wie sehr ihre Füße schmerzten, und sie legten einen Schritt zu. Doch als sie sich dem Tor näherten, wurde ihnen klar, dass ihnen die größte Herausforderung des Tages noch bevorstand: Eine riesige Menschenmenge hatte sich vor dem Tor versammelt, die von gut einem Dutzend Stadtwachen in Schach gehalten wurde. Protestierende Schreie drangen laut aus dem Durcheinander.

»Was ist denn hier los?«, wunderte sich Lucretia.

»Ich schätze, sie haben die Kontrollen verschärft«, spekulierte Quintus.

Sie näherten sich dem bunt gemischten Pulk, der aus germanischen Händlern, fremdländischen Sklaven und vernarbten römischen Veteranen bestand. Auch die von bunten Tüchern eingehüllte Sänfte eines reichen Patriziers und ein hölzerner, von zwei Ochsen gezogener Reisewagen befanden sich in der Menge. Nun konnten Quintus und Lucretia auch die verärgerten Rufe verstehen: »Lasst uns hinein!«, erschallte es von der einen Seite. »Ihr könnt uns doch nicht zwingen, hier draußen zu übernachten, wo die Räuber umgehen!« von der anderen.

Quintus wollte Klärung und arbeitete sich durch den Pulk Richtung Tor vor, wobei er mit höflichen Worten die Leute zur Seite schob. Er war erschöpft und wollte nur nach Hause. Lucretia folgte ihm auf dem Fuße. Bis sie schließlich vor einem der Marinesoldaten standen, einem jungen Kerl, dem der Tumult sichtlich nicht geheuer war.

»Soldaten, warum lasst ihr die Leute nicht hinein?«, fragte Quintus.

»Wir haben unsere Anweisungen«, antwortete der junge Soldat.

»Nach Sonnenuntergang dürfen nur noch Bürger der Colonia in die Stadt, alle anderen müssen draußen bleiben«, ergänzte eifrig ein älterer Wachmann, der schützend seinen blauen Schild vor sich hielt, so als erwarte er, jeden Moment mit Steinen beworfen zu werden. In Anbetracht der sich zunehmend verschlechternden Stimmung der Wartenden schien es nicht unwahrscheinlich, dass es dazu kommen könnte.

Lucretia blickte auf. Auf den Wachtürmen, die die hölzerne Wand noch um etliche Fuß überragten, waren Bogenschützen postiert, Spezialisten der Marine, die sich zumeist aus Männern aus dem Nahen Osten rekrutierten. Sie dienten vornehmlich der Abschreckung, würden aber wahrscheinlich ohne zu zögern in die Menge schießen, sobald die Lage außer Kontrolle geriet. Aus ihrer Sicht konnte jeder, der sich da unten drängte, ein potenzieller Räuber sein, der etwas Schlechtes im Schilde führte.

»Wenn dem so ist, dann müsst ihr uns durchlassen«, erklärte Quintus. »Ich bin Quintus Tibur, seit vielen Jahren Bürger.«

Die Soldaten beäugten ihn skeptisch und sahen sich dann unschlüssig an. Mit den blonden Haaren, der Wanderkleidung und dem Schweiß und Staub, die von der Reise an ihm klebten, hätte er eher ins Bild der gesuchten Missetäter gepasst. Andererseits sprach er ein fast perfektes Latein – ein besseres sogar als der junge Marinesoldat, der gegen einen schweren illyrischen Akzent ankämpfte.

Lucretia trat vor und sagte: »Ich bin Lucretia Veturius, mein Vater ist Teil der Kurie.«

Die Soldaten musterten sie. Ihre elegante Kleidung und ihre Ohrringe verrieten ihre gehobene Herkunft – ihre schmutzigen, von Dornen zerstochenen nackten Füße hätten aber auch die einer Bettlerin sein können. Sie konnten sich keinen Reim darauf machen.

»Die Konsequenzen wollt ihr euch nicht ausmalen, wenn dem Stadtrat euer Verhalten zu Ohren kommt. Und genau dafür werde ich sorgen, wenn ihr uns nicht sofort hineinlasst«, setzte Lucretia etwas bestimmter nach.

Quintus lächelte still, er war beeindruckt. Lucretia konnte gut die strenge Hausherrin herauskehren, wenn sie musste. Wenn man in einem Haushalt aufgewachsen war, in dem die Eltern Sklaven herumkommandierten, lernte man das wohl automatisch.

»Was ist los? Warum geht es nicht weiter?«, rief eine Stimme aus dem Pulk.

»Wir sind römische Bürger, lasst uns durch!«, rief eine italienisch gefärbte Stimme von ganz weit hinten.

»Vordrängeln gibt es nicht«, antwortete eine empörte Frauenstimme.

»Du wohnst doch sowieso nicht hier, Weib, du kommst auch nicht rein, also spuck' keine großen Töne«, erwiderte einer der Wachleute. Die Stimmung drohte zu kippen.

Quintus bemerkte die Unsicherheit der beiden Wächter vor sich. Lucretia hatte sie fast so weit, sie brauchten nur noch einen kleinen Schubs.

»Ich bin Anwalt und arbeite im Prätorium. Der Richter, Sergius Orata, ist ein Bekannter von mir. Gerechtigkeit ist ihm das höchste Gut. Er wäre sehr verärgert, wenn ihr Leuten den Einlass verwehrt, die ihn verdienen«, sagte er betont ruhig.

Der ältere Soldat runzelte die Stirn. Der große Germane schien sich tatsächlich gut auszukennen, kaum jemand von außerhalb würde wohl den Namen des Richters kennen. Der Jüngere räusperte sich und lenkte dann ein: »Na gut, geht hinein, schnell.« Er trat zur Seite und gab die Eingangspforte frei. Quintus packte Lucretias Hand, zog sie mit sich und nickte den Soldaten dankend zu, während er auf die rettende andere Seite trat. Endlich waren sie in der Stadt. Sie hatten es geschafft. So schnell sie konnten, eilten sie den breiten Cardo südwärts zur Stadtmitte hinab, und die Stimmen derer vor dem Tor, die heute keinen Einlass mehr bekommen würden, verhallten bald.

Es waren die letzten Minuten, bevor es finster werden würde, und die Hauswände und das Straßenpflaster waren in tiefes Rot getaucht. Gerade als die zwei Rückkehrer in Lucretias Straße abbiegen wollten, bewegte sich etwas auf beiden Seiten in den Arkaden. Fast ein Dutzend bewaffneter Männer trat links und rechts von ihnen schweigend aus den Schatten und bewegte sich bedrohlich auf sie zu. Quintus konnte einige Gesichter erkennen, es waren einfache Leute, Handwerker, die offenbar, getrieben von der Angst vor den germanischen Räubern, eine Bürgerwehr gegründet hatten.

»Wer seid ihr, was macht ihr hier?«, fragte einer, der Quintus abschätzig musterte.

»Nur Agrippinenser, die nach einer langen Wanderung heimkehren«, erklärte der ruhig.

Die Männer kreisten sie ein. Einige trugen die Werkzeuge, die sie tagsüber in ihrem Beruf verwendeten, nun als Waffen. Hier ein Schnitzmesser, dort eine Axt.

Ein grobschlächtiger Mann mit einem Teigroller in der Hand, wohl ein Bäcker, baute sich bedrohlich vor Quintus auf. »Wer sagt uns, dass du nicht einer von denen bist? So wie du aussiehst?« Mit dem letzten Satz stieß er ihn provozierend gegen die Brust. Quintus stolperte einen Schritt zurück und hob beschwichtigend die Hände.

»Bitte, wir wollen nur nach Hause. Wir sind nicht auf Ärger aus.«

»Soso, ich hab gedacht, ihr Germanen wärt so harte Kerle«, lachte der Bäcker, und einige seiner Kumpane stimmten ein. Böse grinsend machte er einen weiteren Schritt auf Quintus zu.

»Lasst die beiden, das sind ehrenwerte Leute«, sagte da einer der Männer und trat hervor. Es war Maxentius, der Tuchhändler. Er hielt einen Knüppel in der Hand.

»Maxentius«, sagte Lucretia erleichtert. Nun begriffen auch die anderen Männer, dass sie sich kannten und alles in Ordnung war. Manchen war ihr Verhalten nun sichtlich peinlich. Nur der Bäcker beäugte Quintus und Lucretia weiterhin argwöhnisch.

»Verzeiht unser Misstrauen«, sagte der Mann mit dem Schnitzmesser, »wisst ihr nicht, dass eine Ausgangssperre herrscht?«

»Wir haben meine Schwester außerhalb der Stadt besucht und erfahren erst in diesem Moment davon«, erklärte Lucretia schnell.

»Nun, jetzt wisst ihr es«, erwiderte der Bäcker patzig.

Die Bürgerwehr zog schweigend weiter, bog um die Ecke und verschwand in einer Nebenstraße. Die nächtliche Finsternis verschluckte ihre schwarzen Silhouetten wie eine Gespensterkompanie. Lucretia atmete auf.

»Komm, ich begleite dich noch bis zu eurem Haus«, sagte Quintus, der versuchte, sich seine Erschütterung über die Begegnung nicht anmerken zu lassen.

»Ach, das ist nicht nötig«, wehrte Lucretia ab, die nicht wollte, dass ihre Mutter sie vielleicht zusammen sah und falsche Schlüsse zog. »Danke, dass du es mit mir ausgehalten hast. Trotz ihrer Beschwerlichkeit war es eine schöne Reise. Die ich niemals vergessen werde.«

»Das freut mich zu hören. Dann schlaf gut im eigenen Bett«, antwortete er, hob zum Abschied die Hand und ging in die entgegengesetzte Richtung davon, in die die Bürgerwehr verschwunden war.

Plötzlich stand Lucretia ganz allein da. Die Stadt war ungewohnt still und ungewohnt dunkel. Sie fühlte sich nicht mehr wie der Ort an, den Lucretia verlassen hatte. Die Colonia hatte sich verändert, oder war es sie selbst, die sich verändert hatte? Lucretia spürte, wie eine Gänsehaut über ihre Arme kroch und sich ein flaues Gefühl in ihrem Magen ausbreitete. Plötzlich wollte sie nur noch nach Hause, in die schützenden Arme von Vater und Mutter. Sie rannte los, so schnell ihre geschundenen Füße sie trugen.

24

XXIV

Lucretia erwachte mit schmerzenden Gliedern. Ein Preis, den sie gerne zahlte. Doch so spannend das germanische Abenteuer auch gewesen war, war sie doch erleichtert, wieder in der Colonia mit all ihren Annehmlichkeiten zu sein. Zum Glück hatten ihre Eltern keinen Verdacht geschöpft, als sie gestern nach Anbruch der Dunkelheit zu Hause angekommen war. Wie abgesprochen, hatte die Sklavin Cäcilia und Magnus glauben gemacht, Lucretia wäre über Nacht bei ihrer Schwester auf dem Land gewesen. Der Mutter war zwar aufgefallen, dass sie bei der Rückkehr keine Schuhe trug, doch sie hatte Lucretias Ausrede, die Sandalen wären in einem Bach verlorengegangen, nicht angezweifelt. Einzig ihre Schwester würde ihre Täuschung also noch entlarven können, aber die war nur noch selten in der Stadt. Lucretias gefährlicher Ausflug mit Quintus ins Barbarenland würde also weiterhin ein Geheimnis bleiben.

Cäcilia hatte jedoch darauf bestanden, das verlorene Paar Schuhe durch ein neues zu ersetzen. Lucretia durchschaute schnell, dass ihre Mutter nur einen Vorwand suchte, auf das Forum gehen und etwas kaufen zu können, zumal Lucretia noch mindestens ein Dutzend weiterer Sandalen in allen Formen und Farben in der heimischen Truhe hatte. Doch im Moment war sie froh, ihre Mutter – trotz aller Streitigkeiten, die es zwischen ihnen immer wieder gab – an ihrer Seite zu wissen und mit ihr zum Markt zu schlendern.

Als die beiden auf dem Forum ankamen, mussten sie feststellen, dass sich die Atmosphäre gegenüber ihrem letzten gemeinsamen Besuch vor einer Woche verändert hatte. Es war viel stiller als üblich, das sonst laute Stimmengewirr wirkte gedämpft, und auch die Geräusche der Tiere, die sonst aus allen Richtungen an ihre Ohren drangen, waren deutlich leiser. Das Licht der Sonne wurde von dichtem Nebel geschluckt, der vom Rhenus herübergezogen war. Wie ein grauer Schleier hatte er sich über den Marktplatz gelegt, und die Kunden, die an den Ständen vorbeiliefen, tauchten wie geisterhafte Silhouetten aus den Schwaden auf, um kurz darauf wieder in ihnen zu verschwinden. Diese Trübheit passte zur allgemeinen Katerstimmung, die nach dem einwöchigen Exzess der Floralien in der Colonia Einzug gehalten hatte. Es war kühl, und Lucretia zog ihre Palla etwas fester um den Hals. Der Nebel hinterließ Feuchtigkeit auf dem Stoff, und obwohl es nicht regnete, fühlte sich alles klamm an.

»Hier steht doch sonst immer Graecius, der Schuhmacher«, wunderte sich Cäcilia, als sie an einer Lücke zwischen zwei Ständen vorbeikamen.

»Sie haben ihn nicht reingelassen«, erklärte ein Koch, der den kleinen Essensstand links davon betrieb. Auf einem großen Holzkohlegrill brutzelten Spieße mit Gemüse, Fisch oder Fleisch.

»Warum denn nicht? Er ist doch ein anständiger Mann«, wunderte sich Cäcilia.

»Das ist dem Statthalter egal. Nur noch Bürger der Colonia dürfen die Stadt betreten, alle anderen müssen draußen bleiben. Anweisung von ganz oben«, erklärte der Koch und wedelte Luft in die glimmende Kohle, die in der feuchten Umgebung heute nicht richtig auf Temperatur kommen wollte.

Lucretia sah sich um. Tatsächlich war die Anzahl von Marktständen viel geringer als sonst, kaum die Hälfte der Handwerker und Händler, die das Forum sonst bevölkerten, hatte sich versammelt. Erstmals wurde Lucretia bewusst, wie sehr die Lebhaftigkeit der Stadt nicht nur von ihren Bewohnern selbst, sondern auch von den Nichtbürgern, den Pendlern aus dem Umland und den Reisenden aus der Ferne, abhing. Die Germanen, die Frauenhaar und Bernstein feilboten, die Gallier, die ihren Wein anpriesen, die Händler aus Italien, die das beste Olivenöl mit sich führten – sie alle fehlten, waren abgewiesen worden und hatten umkehren und ohne Einnahmen den Heimweg antreten müssen.

Mutter und Tochter gingen weiter. Lucretia fröstelte, sie war zu dünn angezogen. Nach der anstrengenden Reise in die Germania Magna wäre sie heute lieber den ganzen Tag zu Hause am warmen Herdfeuer bei den freundlichen Küchensklaven geblieben und hätte deren Geschichten gelauscht, aber sie wollte der Mutter keinen Anlass für Nachfragen geben und war daher mitgegangen.

Unter den vorbeihuschenden Gestalten entdeckte sie in einiger Entfernung die Damen Kuh und Ziege, doch anstatt wie üblich auf ein Schwätzchen herüberzukommen, grüßten die beiden nur höflich aus der Distanz, um dann mit gesenkten Köpfen weiterzueilen. Wirklich niemand schien Zeit und Muße für ein Gespräch zu haben, statt angeregter Worte wurden eher argwöhnische Blicke getauscht. Lucretia erinnerte sich daran, dass Quintus' gesagt hatte, die Räuber hätten der Stadt nicht nur etwas genommen, sondern ihr auch etwas gegeben, nämlich Angst und Misstrauen. Er hatte recht. Beides war spürbar und wuchs nun von Tag zu Tag.

»Lass uns zumindest ein paar Forellen mitnehmen, wenn wir schon einmal hier sind«, sagte Cäcilia entschlossen, als ob ein paar Leckerbissen all ihre Sorgen vertreiben könnten. Sie näherten sich dem Fischstand einer alteingesessenen Ubierin, die in einem großen dünnwandigen Becken aus Blech ein Dutzend frisch gefangene Forellen feilbot.

»Guten Morgen, die Damen«, sagte die Verkäuferin, eine

stämmige Frau mit kräftigen Armen und roten Wangen, die eine dunkle Schürze trug.

»Guten Morgen, drei Forellen bitte«, sagte Cäcilia.

»Mit Kopf oder ohne?«

»Mit.«

»Entschuppen und direkt ausnehmen?«

»Bitte.«

Die Ubierin packte eine Forelle, zerschlug ihr ungerührt den Schädel am Rand der Wanne, zückte ein dünnes, scharfes Messer und bearbeitete den Fisch mit routinierten Handgriffen.

»Habt ihr gehört? Es gab schon wieder einen Überfall«, stieg die Frau in ein Gespräch ein.

Lucretia blickte überrascht auf.

»Schon wieder? Wie furchtbar!«, entfuhr es Cäcilia. »Warum gebietet denn niemand diesen Barbaren Einhalt?«

»Mitten in der Stadt, stellt euch das vor«, setzte die Frau nach.

»Wo denn genau?«, wollte Lucretia wissen.

»Gleich beim kleinen Südtor. Der Laden eines Schmiedes, wie man hört. Er soll es nicht überlebt haben, angeblich haben ihn die Kerle aufgeschlitzt.«

Entsetzt schnappte Cäcilia nach Luft und blickte sich unsicher um. Die Fischerin hatte die erste Forelle entschuppt und schnitt ihr nun den Bauch auf. Die Gedärme des Tieres quollen heraus. Lucretia war diesen Anblick eigentlich gewöhnt, er machte ihr sonst nichts aus, aber heute war sie davon angewidert. Sie verspürte den Drang, sich zu übergeben, doch kämpfte erfolgreich dagegen an. Sie wollte mehr wissen über den neuesten Vorfall, am liebsten wäre sie gleich zum Tatort geeilt und hätte sich dort umgesehen. Doch es wäre ihr falsch vorgekommen, Quintus nicht einzuweihen. Schließlich arbeiteten sie zusammen, und er war der Erfahrenere von ihnen. Also beschloss sie, ihm so schnell wie möglich zu berichten, was sie gerade erfahren hatte. Sie wandte sich an Cäcilia: »Mutter, bitte entschuldige mich. Ich muss noch etwas erledigen.«

»Gut, aber bleib nicht zu lange weg. Und pass auf dich auf«, ermahnte Cäcilia sie eindringlich.

»Keine Sorge«, beruhigte sie Lucretia und eilte davon.

Der Weg war nicht weit, das Prätorium lag um die Ecke. Der riesige Bau wirkte bei diesem Wetter bedrohlich, und der Nebel war so dicht, dass die Dächer des Rathauses darin verschwanden. Lucretia eilte die Stufen zum Haupteingang hinauf. Es war niemand zu sehen, der sonst so belebte Verwaltungssitz schien wie ausgestorben. Kurz bevor sie die mächtige Pforte erreichte, schaute sie einer Eingebung folgend zur Seite – und blieb stehen. War das etwa Quintus, der da ein paar Fuß entfernt mit dem Rücken an eine Säule gelehnt auf dem Boden saß? Sie trat näher, und ja, er war es. Er wirkte merkwürdig abwesend und kaute auf seiner Lippe.

Quintus bemerkte Lucretia nicht, die sich ihm näherte. Zu sehr war er damit beschäftigt, sich selbst zu geißeln. Die Ereignisse der letzten Wochen ließen ihm keine Ruhe, und dazu verspürte er seit dem Besuch in seinem Heimatdorf eine seltsame Rastlosigkeit, ein hohles Gefühl im Magen, das er sich nicht erklären konnte. Die gedrückte Stimmung in der Stadt schien das noch zu verstärken. So sehr, dass er in seinem morgendlichen Prozess dermaßen unkonzentriert gewesen war und ihn verloren hatte. Immer wieder waren seine Gedanken abgeschweift. Zu seiner Mutter. Den brutalen Überfällen. Der Wanderung mit Lucretia. Zu dem lügenden Färber. Dem Auflauf vor dem Stadttor. Der Tätowierung. Zu der Bürgerwehr. Der plötzlichen Feindseligkeit. Dem Misstrauen. Auch wenn sein Mandant ohnehin kaum Beweise gehabt hatte, um seine Klage zu untermauern, war Quintus sich sicher, dass er mehr hätte für ihn tun können.

»Quintus?«, hörte er wie aus weiter Ferne.

Er blickte auf. Vor ihm stand Lucretia.

»Kennst du diese Tage«, hob er mit belegter Stimme an, »wo du schon beim Aufstehen weißt, dass dir nichts gelingen wird?«

»Natürlich«, antwortete Lucretia, »ich glaube, die kennt jeder.«

Er musterte sie, und seine Laune hob sich etwas. Er konnte sich daran erinnern, wie es gewesen war, in Lucretias Alter zu sein. Mit achtzehn konnte man noch viel mehr einstecken und fühlte sich, als könne einen nichts zerstören. Er kam sich vor Lucretia merkwürdig klein vor, außerdem war es unhöflich, sitzen zu bleiben. Also erhob er sich und zupfte die Falten seiner Toga zurecht.

»Ist wohl nicht gut gelaufen da drinnen?«, mutmaßte sie.

Er schüttelte den Kopf und wechselte gleich das Thema. »Hast du Ärger bekommen?«

»Nein, meine Eltern haben die Geschichte geschluckt.«

»Und was machst du hier? Wenn du deinen Vater suchst, der Stadtrat tagt heute nicht, soweit ich weiß.«

»Nein, ich wollte zu dir«, erklärte Lucretia ernst.

Sofort überfiel ihn eine düstere Vorahnung: »Sie haben wieder zugeschlagen, oder?«

Sie nickte. »Wir sollten es uns ansehen, denkst du nicht?«

Quintus wusste im Moment nicht, ob er ein guter Anwalt war. Er wusste überhaupt nicht mehr, wer er war. Aber vielleicht könnten sie diesem tristen Tag doch noch Erkenntnisse abringen. Er schöpfte Hoffnung.

25
XXV

Nach einem kurzen zügigen Fußmarsch erreichten sie genau zur Mittagsstunde den Schauplatz des Verbrechens. Der Verkaufsraum des Waffenschmieds Julius Malcho war das mittlere von drei Ladenlokalen im Erdgeschoss eines Wohnblocks am Südrand der Colonia. Quintus war überrascht. Er kannte das Gebäude. Er hatte die abgelegene kleine Ladenzeile entdeckt, als er Pola einmal vom Theater abgeholt hatte, und besorgte sich seitdem seine Schreibutensilien bei Marcus Terzio und seiner Frau Mellonia, deren Laden links an den von Malcho grenzte. Obwohl er bei Malcho noch nie etwas gekauft hatte, kannte Quintus ihn vom Sehen, man hatte sich gegrüßt.

Die Ladenzeile lag ruhig auf der südlichen Seite des Wohnblocks und ging hinaus auf den hölzernen Stadtwall, der die gesamte Colonia umgab.

Das bemerkte auch Lucretia: »Ein guter Ort für einen Überfall. Keine Nachbarn, die von gegenüber etwas beobachten können.«

»Ja, eine Art toter Winkel. Und nah am kleinen Südtor. Gut, wenn man schnell in die Stadt hinein- und wieder hinausmuss«, pflichtete er ihr bei.

Die Räuber hatten dieses Ziel klug gewählt, um das Risiko, erwischt zu werden, möglichst gering zu halten. Quintus wunderte sich, wie planvoll und ortskundig sie vorgingen.

Nichts zeugte davon, dass hier vor kurzem ein Überfall stattgefunden hatte – mit einer Ausnahme: In der geöffneten Schiebetür, die nachts den Laden verschloss, steckte ein Pfeil.

Quintus und Lucretia traten ein. Da der graue Nebel, der

durch die Straßen waberte, nur wenig Licht durch den Arkadengang vor dem Haus ließ, war der Laden von zwei Öllampen beleuchtet, die an dünnen Ketten von der Decke baumelten. Das warme Licht ließ den feilgebotenen scharfen Stahl glänzen: die mandelförmigen Spitzen von Jagdspeeren und Lanzen, die in hölzernen Ständern an der Wand lehnten, und die zahllosen Klingen der Jagdmesser und Dolche verschiedenster Größen und Formen, die, von kleinen Drahtgestellen gehalten, in den Regalen ausgestellt waren. Einige besonders kostbare Dolche waren zusammen mit ihren kunstvoll verzierten Scheiden auf bunten Kissen drapiert.

Lucretia fiel neben dem Geruch von Holz ein weiterer auf, der ihr fremd war. Scharf und ölig. Er stammte von der Waffenpolitur, die Malcho verwendete, um seine Klingen blank zu halten.

Quintus bemerkte in einer Ecke des Verkaufsraumes eine junge blonde Germanin, die weinend auf einem Schemel saß. Sie wurde von zwei älteren Frauen getröstet, einer auffallend großen Nubierin, die Quintus als Mellonia, die Gattin des Schreibwarenhändlers, erkannte, und einer Greisin mit langem schlohweißem Haar, wohl ebenfalls eine Nachbarin.

»Entschuldigt, wir wollten nicht stören«, sagte Quintus.

»Es ist geschlossen. Du siehst doch, wie es Aurelia geht. Komm morgen wieder, wenn du was kaufen willst«, erwiderte die Greisin barsch.

Quintus und Lucretia kamen näher. Nun sahen sie, dass Aurelias Bauch sich kugelrund unter ihrer Tunika wölbte. Lucretia erschrak und war sehr betroffen, als sie verstand, dass dieses Kind, das bald das Licht der Welt erblickte, seinen Vater nie kennenlernen würde.

»Lass gut sein, das ist Quintus Tibur, der Anwalt«, sagte Mellonia, die ihren Stammgast erkannt hatte, zu der Alten, die daraufhin etwas freundlicher schaute.

»Salve. Es betrübt mich, dass wir uns unter so schrecklichen Umständen wiedersehen«, grüßte Quintus.

Dann wandte er sich wieder an die Geschädigte: »Ich möchte dir mein Beileid für deinen schrecklichen Verlust ausdrücken. Das hier ist Lucretia Veturius. Wir untersuchen die Überfälle der letzten Zeit«, erklärte Quintus.

»Untersuchen? Warum das denn?«, wunderte sich die Greisin. »Habt ihr nichts Besseres zu tun?«

»Zumindest aus meiner Sicht gibt es kaum etwas Besseres als Gerechtigkeit, gute Frau«, erwiderte Quintus und deutete mit dem Kopf eine höfliche Verneigung an. »Und die ist es, nach der wir hier streben.«

»Das heißt …«, meldete sich erstmals die Schwangere mit tränenerstickter Stimme zu Wort, »das heißt, ihr wollt die Kerle finden, die das hier getan haben?« Dabei deutete sie mit der Hand in den Laden.

Lucretia drehte sich um. Von hier aus konnte man die Folgen des Einbruchs besser sehen: Ein Holzregal voller Wurfspieße, wie sie in den römischen Legionen gebräuchlich waren, war umgestürzt worden, und die Speere lagen kreuz und quer auf dem Boden verteilt. Dazu bemerkte sie einen weiteren Pfeil, ähnlich dem in der Schiebetür, der in einem Regal steckte und von den Angreifern stammen musste.

»Wir setzen alles daran, dass die Täter gefunden werden, Frau Malcho. Auch ein Mitglied meiner Familie haben die Verbrecher auf dem Gewissen«, warf Lucretia ein und erntete dafür mitfühlende Blicke von den Frauen.

»Wenn ihr Rache sucht, habt ihr meine volle Unterstützung«, sagte die Frau des getöteten Schmiedes grimmig. »Zehn Denare für jeden Kopf von den Kerlen, den mir jemand bringt!«

»Wir wollen dafür sorgen, dass die Räuber für ihre Taten bezahlen«, antwortete Quintus diplomatisch, der von Rache und Kopfgeldern nicht viel hielt, aber die Unterstützung der Ladenbesitzerin brauchte.

Die Frauen sahen sich an. Quintus bemerkte eine gewisse Zurückhaltung, vielleicht, weil sie nach allem, was geschehen war, auf große germanische Männer nicht unbedingt gut zu sprechen waren, selbst wenn sie eine Toga trugen. Lucretia hatte es auch gespürt. Sie zupfte Quintus am Gewand und trat vor, um zu zeigen, dass sie die Gesprächsführung übernehmen wollte.

»Was ist denn passiert?«, fragte sie die Ladenbesitzerin einfühlsam.

»Es war kurz vor Sonnenaufgang, wir hatten noch geschlossen«, hob Aurelia an, und man merkte, dass ihr jedes Wort schwerfiel.

Quintus überschlug, dass sich der Überfall demnach vor sechs oder sieben Stunden ereignet haben musste.

Aurelia fuhr fort: »Wir leben in der Wohnung direkt über dem Laden. Julius und ich, wir haben noch geschlafen. Aber dann haben uns Geräusche von unten aus dem Geschäft aufgeweckt. Schritte. Und Metall, das aufeinanderschlug. Julius ist sofort aufgestanden und die Treppe runter, um nachzusehen. Dann habe ich ihn schreien gehört, und es war plötzlich ein Tumult zu hören. Ich hatte solche Angst. Aber schließlich habe ich mir einen Ruck gegeben.« Sie musste eine Pause machen, um tief durchzuatmen. »Und unten«, fuhr sie mit zitternder Stimme fort, »da war alles durcheinander, und dazwischen … lag mein Liebster am Boden. Reglos. Ich dachte, mein Herz bleibt stehen.« Sie starrte ins Leere, und ihr Atem bebte, während sie den schrecklichen Moment noch einmal durchlebte. Dann wimmerte sie: »Sie … sie haben ihn ermordet. Warum tun Menschen so etwas?« Sie zitterte am ganzen Körper. Lucretia legte mitfühlend ihre Hand auf die der Frau. Nach einigen Momenten konnte sie fortfahren: »Die Tür zum

Laden stand offen, die hatten sie wohl aufgebrochen. Aber von den Kerlen war nichts mehr zu sehen.«

Lucretia wandte sich an die beiden anderen Frauen: »Habt ihr auch etwas gehört?«

»Ich habe die Kerle zufällig aus dem Fenster gesehen, als sie sich davongemacht haben«, erklärte Mellonia. »Sie waren mit Säcken voller Waffen bepackt und sind den Stadtwall entlang Richtung Stadttor gerannt. Da habe ich losgeschrien: ›Überfall, Überfall!‹«

»Das kann ich bestätigen, Mellonias Rufe waren so laut, dass die halbe Stadt sie gehört haben muss«, sagte die Greisin und ergänzte: »Ich wusste, es musste etwas Schlimmes passiert sein. Da habe ich meinen Enkel losgeschickt, damit er zur Feuerwehr läuft und Hilfe holt. Aber als die Vigiles ankamen, gab es schon keine Spur mehr von diesen Unmenschen.«

»Wie sahen sie aus?«, wollte Lucretia wissen.

»Wie Germanen eben so aussehen. Groß. In Felle gekleidet. Und ihre Gesichter waren mit bunten Mustern bemalt«, sagte Mellonia.

Lucretia erinnerte sich: »Bei früheren Überfällen haben die Räuber großen Radau gemacht und ihre Opfer mit Tierlauten eingeschüchtert.«

Mellonia schüttelte den Kopf. »Nein, sie waren ganz still. Wenn sie miteinander geredet haben, dann haben sie nur geflüstert.«

»Hatten die Räuber Bögen dabei? In der Pforte steckt ein Pfeil«, fragte Lucretia.

»Das weiß ich nicht. Ich habe zumindest keinen gesehen.«

Während Quintus dem Gespräch der Frauen genau zuhörte, sah er sich im Laden um. Ihm fielen merkwürdige, kleine runde Objekte auf, die in einer Ecke zu Dutzenden lagen. Er kniete sich hin und hob eines davon auf. Es war schwer, wahrscheinlich aus Blei, eher elliptisch als kreisrund, keine halbe Handbreit lang, mit zulaufenden Enden. Quintus konnte sich zuerst keinen Reim darauf machen, was es darstellte und warum es in einem Waffenladen verkauft wurde, aber als er aufblickte, wurde es ihm klar. In einem gusseisernen Gestell vor ihm hingen mehrere Lederriemen, etwa drei Fuß lang, mit einer Ausbuchtung in der Mitte. Schleudern. Eine Waffe, die eher im Süden gebräuchlich war – und die olivenförmigen Bleigewichte waren die dazugehörige Munition. Die Einbrecher hatten die Holzkiste, in der sie sich befunden hatte, anscheinend mit Absicht auf dem Boden ausgeleert. Sie hatten an dieser Art von Waffe offenbar kein Interesse gehabt, ebenso wenig wie an den Legionärsspeeren. Vielleicht wollten die Germanen ein Zeichen setzen und ihre Abscheu vor allem Fremdländischen kundtun. Die Räuber waren wählerisch gewesen. Selbst die meisten der kostbaren Dolche, deren Verzierungen mit Gold und Perlen von enormem Wert waren, hatten sie verschmäht, und das wunderte Quintus sehr. Warum hatten sie sich einen solchen Fang entgehen lassen? Etwas stimmte nicht mit diesem Bild, aber er wusste nicht genau, was. Er stand auf und wandte sich den Frauen zu.

»Weißt du, was gestohlen wurde?«, fragte er Aurelia. »Worauf hatten es die Unholde abgesehen?«

»Nicht auf Geld, dann wären sie wohl hoch in unsere Wohnung gestürmt«, wurde sich Aurelia bewusst, und man sah, dass die Erkenntnis sie selbst verwunderte.

»Also wollten sie einzig und allein die Waffen«, ergänzte Quintus.

Die Geschädigte nickte: »Vor allem Schwerter. Die haben sie alle mitgenommen, sowohl die kurzen, wie die Legionäre sie tragen, als auch die längeren für die Kavallerie.«

Lucretia und Quintus sahen sich an. Es arbeitete in ihnen, und sie versuchten, sich einen Reim darauf zu machen.

»Ich weiß, es ist ein ungewöhnlicher Wunsch, und ich kann verstehen, wenn du ihn uns verweigern würdest, aber dürften wir deinen Mann einmal kurz in Augenschein nehmen?«

»Wozu das denn?«, wunderte sich die Greisin.

»Vielleicht haben die Räuber Spuren an seinem Körper hinterlassen, die uns weiterhelfen«, antwortete Quintus.

»Ich glaube, ich muss zurück an die Arbeit«, sagte Mellonia, der es ein bisschen unheimlich wurde. Sie strich ihrer Nachbarin noch einmal tröstend über die Schulter.

»Ich komme mit dir, Mellonia«, sagte die Ältere, und fügte, an Aurelia gewandt, hinzu: »Du bist ja in guten Händen, Liebes. Wenn du etwas brauchst, weißt du, wo du uns findest.«

»Danke«, flüsterte die und wischte sich ein paar Tränen von der Wange. Dann erhob sie sich langsam, und man sah, wie schwer sie an ihrem schwangeren Bauch trug. Sie gab Quintus und Lucretia ein Zeichen und stapfte die enge hölzerne Treppe hinauf. Quintus und Lucretia folgten ihr in respektvollem Abstand.

Die Wohnung der Malchos war zwar kaum größer als die von Quintus und Pola, dafür jedoch viel luxuriöser eingerichtet. Die Möbel waren von erlesener Güte, und die Wandmalereien hätten eher in eine Villa der Oberschicht gepasst. Julius Malcho, ein ehemaliger Soldat der Hilfstruppen, hatte es durch ausdauernde, harte Arbeit zu etwas gebracht.

Aurelia führte die beiden ins Schlafzimmer. Dort lag ihr Mann im Ehebett aufgebahrt, bis zum Kinn von einem Laken verdeckt. Es sah beinahe so aus, als würde er schlafen. Aurelia starrte ihn an, als würde ein Teil von ihr immer noch nicht glauben, dass er tot war.

»Ich kann ihn doch nicht einfach auf den Boden legen«, sagte sie. Plötzlich sackte sie in sich zusammen, offenbar hatte sie das Bewusstsein verloren. Quintus reagierte schnell und fing sie auf. Lucretia lief geistesgegenwärtig los, und holte einen Stuhl aus dem Wohnzimmer.

Quintus setzte die Witwe vorsichtig darauf. Langsam kam Aurelia wieder zu sich.

»Was haben sie nur mit meinem Julius gemacht«, flüsterte sie. Lucretia blieb an ihrer Seite und hielt tröstend ihre Hand, während Quintus den Toten betrachtete.

Julius war ein Mann von Mitte vierzig gewesen, gut aussehend, mit gebräunter Haut und schwarzen Locken. Dass der gebürtige Syrer, der das Schmiedehandwerk wie so viele seiner Zunft bei der Armee erlernt hatte, das verdiente Geld zu Lebzeiten nicht nur in teure Möbel, sondern auch in viel Wein und Essen investiert hatte, erkannte man an seiner enormen Leibesfülle. Es musste die Vigiles einiges an Schweiß gekostet haben, den Toten in den ersten Stock zu hieven.

Quintus lugte vorsichtig unter das Laken und stutzte. Nach allem, was ihm zu Ohren gekommen war, hatte er einen furchtbaren Anblick erwartet, doch der Mann schien unversehrt. Vorsichtig entfernte er das Laken und inspizierte den Leichnam. Er begutachtete seinen Schädel, drehte den Körper sogar unter Anstrengung leicht auf die Seite, um seinen Rücken zu sehen, doch nichts. Der Tote wies keinerlei Anzeichen von Gewalteinwirkung auf. Keine klaffende Stichwunde, keine einzige Platzwunde von einem Keulenhieb, kein Blut. Bevor Quintus diese Information verarbeiten konnte, begann Aurelia plötzlich, schwer zu atmen, Schweiß stand ihr auf der Stirn. Lucretia und Quintus blickten sich alarmiert an.

Aurelia stöhnte laut auf und ein Schwall von klarer Flüssigkeit und Blut ergoss sich über den Boden. Lucretia und Quintus hatten beide nicht zum ersten Mal mit einer Schwangeren zu tun und verstanden sofort: Die Wehen hatten eingesetzt. Wahrscheinlich durch die Aufregung.

»Aurelia, dein Kind kommt!«, versuchte Lucretia, so zuversichtlich wie möglich zu klingen, was ihr jedoch nur mäßig gelang. Die werdende Mutter befeuchtete mit ihrer Zunge die trockenen Lippen und stammelte dann: »Zu … früh.«

»Kannst du aufstehen?«

Aurelia nickte. Lucretia half ihr vom Stuhl auf und wollte sie zum Bett führen. Doch schon beim ersten Schritt schrie Aurelia wieder vor Schmerzen auf und sackte zu Boden. Quintus eilte herbei, und zusammen mit Lucretia bugsierte er die stöhnende Frau auf das Bett. Dabei bemerkte er weiteres Blut, das an ihren Beinen herabrann.

Lucretia schob Aurelia ein Kissen unter den Kopf, damit sie es bequemer hatte, und zog dann Quintus beiseite.

»Da stimmt etwas nicht«, flüsterte sie hektisch.

»Was meinst du?« fragte er.

»Es geht zu schnell, die Krämpfe«, erklärte Lucretia, »am Anfang sollten sie … in größeren Abständen kommen. Und das Blut … Wir müssen etwas tun!«

»Ich kenne einen Medicus, der gleich um die Ecke wohnt«, antwortete Quintus und wollte schon zur Treppe eilen, als Aurelia erneut einen markerschütternden Schrei ausstieß.

»Cordia«, stöhnte sie, und versuchte, sich halb aufzurichten.

Lucretia und Quintus hielten verwirrt inne.

»Cordia! Die Hebamme!«, presste die junge Frau erneut hervor und schaute die beiden durchdringend an. «Ich vertraue … nur ihr!«

Quintus und Lucretia sahen sich zweifelnd an. Doch etwas mussten sie tun. Und zwar schnell.

»Wo finden wir diese Cordia?«, fragte Lucretia entschlossen.

Der Tag hatte mit dem Verlust des Vaters begonnen, und Lucretia würde alles dafür tun, dass er nicht auch noch mit dem von Mutter und Kind endete.

26 XXVI

Lucretia spürte einen stechenden Schmerz unter ihren Rippen, und zu allem Überfluss hatte es auch noch angefangen zu nieseln. Rennend folgte sie Aurelias Wegbeschreibung: Richtung Theater an der Mauer entlang zum kleinen Südtor, auf der Via Agrippa nach Südwesten Richtung Tolbiacum bis zur großen Eiche, nach rechts über das Gräberfeld, und dahinter würde sie dann einen Trampelpfad finden.

Schwer atmend erreichte sie den alten Baum, der groß und knorrig wie ein mächtiges Monument aus dem Nebel ragte. Lucretia war auf ihrem ganzen Weg keiner Menschenseele begegnet – und das, obwohl die breite gepflasterte Straße eine der Hauptverkehrsadern der Region war. Normalerweise war die Agrippastraße, auf der man nach Südgallien und zum Mittelmeer gelangte, voll mit Wagen, Wanderern und berittenen Boten, aber heute schienen alle zu Hause geblieben zu sein. Lucretia blieb kurz stehen, um zu verschnaufen, und wandte ihren Kopf nach Westen, wohin sie ihr Weg nun führen würde. Das Einzige, was sie sah, waren Grabsteine. Entlang jeder der Überlandstraßen, die jenseits der Stadttore begannen, gab es diese Friedhöfe. In der ersten Reihe, dicht an der Straße, befanden sich die prunkvoll gemeißelten, oft bis zu zehn Fuß hohen Grabmale der Reichen, die Statuen der Verstorbenen und lange Inschriften aufwiesen, die das Leben des Toten nacherzählten. Die Grabmale waren bunt bemalt, wobei die Farben für die Statuen so gewählt war, dass sie dem Aussehen des dargestellten Verstorbenen möglichst nahe kamen. Lucretia zögerte, das Gräberfeld zu durchqueren. Es war ihr unheimlich, und ein beklemmendes Gefühl kroch in ihr hoch.

Doch Aurelia brauchte sie, also gab sie sich einen Ruck und eilte zwischen den Grabmalen hindurch. Böse Geister gingen nur nachts um, sprach sie sich Mut zu, wenn es sie überhaupt gab. Aus dem Nebel vor ihr tauchten nun die Grabsteine der zweiten Reihe auf. Sie gehörten mittelständischen Bürgern und waren etwas kleiner und schlichter gestaltet als die der Reichen. Im oberen Teil befand sich meist ein Relief, an dem man die berufliche Tätigkeit des Verstorbenen ablesen konnte. Auf einem Stein sah Lucretia zwei kämpfende Gladiatoren, auf einem anderen einen Offizier, der an seinem mit Orden verzierten Brustpanzer erkennbar war. Darunter befand sich eine gemeißelte Inschrift, die zur besseren Lesbarkeit mit scharlachroter Farbe nachgezogen war.

Plötzlich ertönte ein gespenstisches Krächzen. Lucretia zuckte zusammen. Doch es kam nur von einem Raubvogel, der auf einem der Grabsteine gesessen hatte und nun davonflog, weil er sich gestört fühlte.

Lucretias Blick streifte hektisch umher, sie suchte nach dem beschriebenen Pfad, der sie an ihr Ziel führen sollte, aber fand ihn nicht. Schnell schritt sie die Gräber ab und gelangte dabei in die hintere Reihe, wo sich die Gräber der Ärmsten befanden. Deren Zahl war sehr viel größer als die der Mächtigen, umso bescheidener jedoch fiel ihre Gestaltung aus. Meist handelte es sich um einfache, glatte Platten aus billigem Sandstein, und die oft schon verblichenen Inschriften waren bloß mit Farbe aufgemalt statt eingraviert.

Da, endlich ein brauner Streifen im grünen Gras. Lucretia ließ das Gräberfeld hinter sich, das einer wilden Wiese Platz machte. Der Trampelpfad schlängelte sich weiter in den Nebel hinein, und Lucretia folgte ihm. Hohe Gräser streiften ihre Beine. Plötzlich tauchte aus dem Nebel vor ihr ein gewaltiger steinerner Bogen auf. Er war Teil des Aquäduktes, jener hoch aufragenden brückenartigen Leitung, die das Wasser für die Stadt über Hunderte Meilen herantransportierte. Der Pfad führte genau zwischen zweien der mächtigen Stützpfeiler hindurch.

Lucretia eilte weiter. Hoffentlich reichte die Zeit noch, es ging um jede Minute. Um sie herum waren nur noch das Grün der Wiese und der Nebel, den sie mit jedem Atemzug einsog. Nieselregen hatte sich in ihrem Haar gesammelt und tropfte ihr in die Stirn, aber das merkte sie kaum. Sie konnte nur an Aurelia und ihr ungeborenes Kind denken.

Plötzlich meinte sie, ein schwaches Licht in der grauen Wand vor sich wahrzunehmen. Tatsächlich, da waren zwei gelbe Punkte, die sie wie die Augen eines wilden Tieres aus der grauen Nässe anstarrten. Das Licht fiel aus den zwei Fensteröffnungen einer windschiefen Holzhütte, die am Rande eines kleinen, von Bäumen gesäumten Sees stand, der sich nun langsam aus dem Nebel schälte. Die Hütte war aus groben Balken gezimmert und mit Schilf gedeckt. Aus dem Schornstein auf der Spitze, einem alten Bleirohr, wie es Handwerker für das Verlegen von Wasserleitungen benutzten, drang Rauch. Das musste Cordias Heimstatt sein.

»Hallo, ist hier jemand?«, rief Lucretia unsicher und noch außer Atem. Vorsichtig umrundete sie die Hütte. Konnte sie der Frau, von der sie bisher nur den Namen kannte, wirklich vertrauen? Hebamme hin oder her, wer lebte schon freiwillig allein in solcher Abgeschiedenheit, wenn die Stadt mit ihren fortschrittlichen Verheißungen doch so nah war?

»Ist jemand zu Hause?«, rief Lucretia, als sie auf ihre erste Frage keine Antwort bekommen hatte. Doch auch jetzt blieb alles totenstill. Nur das ferne Quaken einer Ente, gedämpft durch den Nebel, drang vom See herüber.

Lucretia entdeckte eine aus hellen Brettern gezimmerte Tür

auf der Rückseite der Hütte. Sie war halb geöffnet, beinahe wie eine Einladung ragte sie zwischen dem sattgrünen Efeu hervor, der diese Seite der Behausung bedeckte. Lucretia zog die Tür behutsam etwas weiter auf, wobei die rostigen Scharniere ein leises Quietschen von sich gaben. Sie klopfte höflich gegen das Holz, horchte einen Moment, aber eine Reaktion blieb aus.

»Entschuldigung! Cordia? Ich bin Lucretia Veturius. Es ist wichtig«, erklärte sie mit fester Stimme, aus der sie ihre Anspannung jedoch nicht ganz verbannen konnte. Irgendwie war ihr der Ort unheimlich.

Wieder keine Antwort. In Lucretia begann Panik aufzusteigen. Was, wenn Cordia gar nicht hier war? Wenn sie sie nicht finden würde? Das wollte sie sich lieber nicht ausmalen. Sie holte tief Luft und trat ein. Die Hütte war von innen geräumiger, als sie von außen wirkte. Lucretia konnte niemanden sehen. In der Mitte des Raumes befand sich eine von Steinen umgebene Feuerstelle. Drei geschälte Stöcke bildeten darüber einen Ständer, an dem von einer Kette ein verbeulter Bronzekessel hing. Dieser war leer, aber in der Feuerstelle lagen rot schwelende Kohlen. Neben dem Geruch des Feuers nahm Lucretia auch den Duft von Kräutern wahr. Er stammte von dicken Bündeln teils frischer, teils getrockneter Pflanzen, die mit Fäden an den Balken unter der Decke befestigt waren. In einer Ecke befand sich ein schmales Bett, das selbst gezimmert wirkte, daneben ein Tisch, auf dem allerlei Messer, Löffel und merkwürdige metallene Instrumente lagen, die Lucretia nicht einzuordnen wusste. Die Wände waren mit grob gezimmerten Regalen bestückt, deren Böden recht schief waren und deren Holz teilweise noch Reste von Rinde aufwies. Auf Lucretia wirkte es rückständig, jeder römische Möbelbauer hätte die Hände über dem Kopf zusammengeschlagen. Doch die Besitzerin wollte es offenbar genau so. In den Regalen standen staubige Fläschchen mit Tinkturen, aber auch kleine Kästen. Diese erweckten Lucretias Neugier. Sie trat an eines der Regale und zog vorsichtig ein Holzkästchen hervor. Als sie hineinspähte, verzog sie angewidert das Gesicht. Dutzende Schädel von kleinen Waldtieren lagen darin, Überreste eines Eichhörnchens, eines Fuchses … Warum sammelte jemand so etwas?

»Wie kann ich dir helfen?«, ertönte eine Stimme, die nur wenig einladend klang.

Lucretia fuhr herum, und vor ihr stand eine Frau. Wo kam sie plötzlich her?

Lucretia machte einen erschrockenen Schritt rückwärts.

»Ich, äh …«, stammelte sie und musste sich erst mal sammeln.

»Irgendeine Hilfe wirst du brauchen. Nur die Verzweifelten klopfen an Cordias Tür«, stellte die Frau fest.

Lucretia konnte sie nun im Schein der glühenden Kohlen genauer betrachten. Cordia war eine großgewachsene Germanin Ende vierzig. Ihr ebenmäßiges Gesicht mit einer feinen Knochenstruktur und einem fast männlich wirkenden kantigen Kinn wurde von langen, silbern glänzenden Haaren eingerahmt, die bis zu den Hüften reichten und gut gepflegt waren. Ihre Haut war gebräunt, sie musste viel Zeit in der Natur verbringen, und doch hatte sie weniger Falten als die meisten Frauen ihres Alters. Eine feine Schicht Talg und Ruß bedeckte ihr Gesicht und verlieh ihm einen fast metallischen Schimmer, ihre trübblauen Augen strahlten eine tiefe Melancholie aus. Cordia trug ein Hemd und eine Hose aus dunkelroter Wolle, recht eng anliegend, was ihren schlanken Körper betonte. Um die Schultern hatte sie einen Pelzumhang gelegt, der fast bis zum Boden reichte und dessen einzelne Teile in Wolfstatzen endeten. An ihren sehnigen Armen, die sie auffordernd in die Hüften gestemmt hatte, klimperten Armringe aus Bronze und Silber, verziert mit fremdartigen Zeichen, und um ihren Hals trug sie eine Kette aus Bernstein. Lucretia spürte sofort, dass diese Frau viel mehr war als eine Hebamme. Sie hatte etwas Kämpferisches, Unerbittliches an sich und strahlte doch große Einfühlsamkeit aus. Lucretia war beeindruckt, Cordias Erscheinung flößte ihr Respekt ein.

Gerade als sie zum Reden ansetzen wollte, machte Cordia eine dramatische Handbewegung.

»Lass mich raten, schönes Blümchen«, sagte sie mit rauer Stimme. »Du bist bei einem hübschen Kerl schwach geworden, er hat seinen Samen in dich gelegt, aber der ist gerade das Letzte, das du gebrauchen kannst.«

»Nein, ich komme aus der Stadt …«, hob Lucretia an.

»Woher sonst?«

»… von Aurelia Malcho …«, präzisierte Lucretia.

»Sag nichts!«, unterbrach sie Cordia erneut, machte eine mysteriöse Handbewegung und murmelte: »Sie hat wieder Blasenbeschwerden. Sie braucht meinen Tee.«

»Nein, es ist … Jetzt hör mir zu. Sie stirbt!«, rief Lucretia verzweifelt.

Cordia wurde schlagartig ernst.

»Was ist passiert?«, fragte sie, während sie Lucretia genau musterte. Diese fühlte sich von den Blicken der älteren Frau regelrecht durchbohrt.

»Es ist ihr Ungeborenes. Sie blutet und hat schreckliche Schmerzen.«

»Gut, dass du gekommen bist.« Zum ersten Mal lächelte Cordia Lucretia kurz an – und offenbarte ein lückenhaftes Gebiss, das in einem herben Kontrast zu ihrem schönen Gesicht stand. Dann begann sie, Werkzeuge in eine Ledertasche zu packen. Lucretia sah ihr dabei zu. Sie wusste nicht, wozu sie dienten, und fragte sich, wer Cordia wohl den Umgang damit beigebracht hatte.

»Ich habe alles von meiner Mutter gelernt. Wir wohnten in einem Turm, an einem Fluss«, murmelte Cordia, die kurz in Erinnerungen versunken schien.

Lucretia stockte der Atem. Sie hatte ihre Frage doch nicht laut ausgesprochen! Konnte die Frau etwa Gedanken lesen? Oder war es reiner Zufall, dass sie das gerade jetzt erwähnte?

»Du hast selbst noch keine Kinder«, stellte Cordia fest. Mit schlafwandlerischer Sicherheit fischte sie einige Kräuter und Tinkturen aus den übervollen Regalen und warf sie in die Tasche.

»Woher willst du das wissen?«, fragte Lucretia, etwas pikiert über solch intime Unterstellungen.

»Ich weiß mit einem Blick, ob jemand noch Jungfrau ist. Das ist mein Geschäft, Kindchen«, erklärte Cordia und fügte etwas versöhnlicher hinzu: »Und ich sehe dir an, dass du nichts von dem tust, was andere sagen, ohne es zu hinterfragen. Du hast deinen eigenen Kopf. Und du bist mutig. Die meisten aus der Colonia trauen sich nicht her. Die wenigen, die es tun, schlottern vor Angst. Angst vor den Toten vorn an der Straße, obwohl sie die Lebenden mehr fürchten sollten. Angst vor der Natur hier draußen, die sie nicht beherrschen können und deren Teil sie doch sind. Und Angst vor … mir!«

Mit dem letzten Wort drehte Cordia ruckartig ihren Kopf zu Lucretia und riss bedrohlich ihre Augen auf wie eine Eule. Als sie merkte, dass ihr junger Gast sich von der Grimasse nicht aus dem Konzept bringen ließ, lachte sie kurz, aber laut und herzlich.

»Es braucht schon mehr als einen ausgebleichten Hamsterschädel, um mich das Fürchten zu lehren«, entgegnete Lucretia bemüht forsch. Cordia amüsierte das offenbar, sie lachte erneut. Lucretia wurde nicht schlau aus der Fremden. Sie hatte zugleich etwas Ungehobeltes und Feinfühliges. Irgendwie war sie Lucretia dennoch sympathisch.

Die Hebamme hatte alles, was sie brauchte, eingepackt und warf den Riemen ihrer Tasche über die Schultern. Mit großen Schritten eilte sie zur Tür. Lucretia stand jedoch wie angewurzelt da. Die Frau, diese Hütte, die Umgebung, es kam ihr fast vor, als sei sie in einer anderen Welt oder in einem Traum.

»He, Mädchen. Worauf wartest du?«, rief Cordia und schnippte fordernd mit den Fingern. Da kam Bewegung in Lucretias Körper. Sie eilte aus der Hütte, und Cordia drückte mit einem Ruck die widerspenstige Tür zu.

27 XXVII

An seinem Schreibtisch brütete Aulus Bucius Lappius Maximus über Aufzeichnungen. Er war noch dabei, sich in seinen neuen Posten als Statthalter einzuarbeiten, und musste sich erst einmal ein Bild von der Provinz machen, deren Regierung er übernommen hatte. An der Wand hinter ihm lagerten unzählige Papyrusrollen in einem Regal. Die meisten davon stammten aus seiner Privatbibliothek, er hatte sie selbst mitgebracht.

Gerade studierte er ein langes Dokument, das Steuereinnahmen für das vergangene Jahr auflistete. Lappius verzog das Gesicht. Da die Provinz Germania Inferior neu gegründet und die Region vorher Teil der Provinz Belgica gewesen war, hatte er die Informationen bei seinem Kollegen im fernen Durocortorum anfordern müssen. Nun rechnete er auf einer Wachstafel den Teil der Einnahmen heraus, der nur sein Gebiet betraf. Lappius war gut mit Zahlen und störte sich nicht an Verwaltungsarbeit – was ihn allerdings störte, war die kaum leserliche Handschrift der Vorlage.

Er fluchte innerlich, zog seinen Wollumhang, der ihn gegen die Kälte schützte, etwas fester und bewegte seine frierenden Zehen, um wieder etwas Blut in die Füße zu bekommen. Immerhin war sein Büro mehr als vorzeigbar, mit viel höheren Decken und mindestens doppelt so groß wie das, was er in Nikomedia gehabt hatte. Dort am Schwarzen Meer hatte man allerdings nicht frieren müssen. Das war es also, was Germanen sich unter Frühling vorstellten? Der Statthalter schüttelte den Kopf. Nicht weit von seinem Tisch entfernt stand zwar eine massive Bronzeschale voller Holzkohle, es hatte sich aber an diesem Tag noch kein Angestellter befleißigt, sie zu entzünden.

Da klopfte es an der zwölf Fuß hohen, aus Eichenbalken gefertigten Tür.

»Herein!«, rief Lappius, ohne von seiner Wachstafel aufzusehen. Er murmelte Zahlen vor sich hin, die er im Kopf subtrahierte.

Die mit Nieten beschlagene Tür schwang auf, und Admiral Gordianus trat ein. Einer der zwei Marinesoldaten, die stets den Zugang zum Büro bewachten, schloss die Pforte direkt wieder hinter ihm. Gordianus trug heute ausnahmsweise nicht seinen prunkvollen Harnisch und seinen federgeschmückten Helm, sondern war in ein dickes Wollgewand gehüllt. Lediglich an seinen Stiefeln konnte man erkennen, dass er ein römischer Offizier war. Lappius war dankbar für etwas Ablenkung und blickte nun auf.

»Salve, Lappius«, sagte Gordianus und streckte die rechte Hand zum Gruß aus.

»Guten Morgen, Admiral. Setz dich doch«, erwiderte Lappius und lehnte sich in seinem Stuhl zurück, der mit seiner hohen Lehne fast wie ein Thron wirkte, aber keinerlei Verzierungen aufwies.

Gordianus setzte sich auf einen breiten metallenen Hocker, der mit einem reich bestickten Sitzkissen gepolstert war.

»Ich hoffe, ich störe nicht?«, fragte er höflich.

»Ganz im Gegenteil. Ein gutes Gespräch wird meine Gedanken ordnen in diesem …«, er zeigte mit verächtlicher Geste auf die Schreibinstrumente auf seinem Tisch, »… Chaos. Man kann es nicht anders nennen. Aber vielleicht war es nicht anders zu erwarten, wenn man einen Teil von einer Provinz abspaltet und daraus eine neue macht.«

»Ich bin mir sicher, du wirst dieses administrativen Albtraums Herr werden, verehrter Prokonsul«, lächelte Gordianus und fügte hinzu: »Aber du weißt, wie es ist: Bevor etwas besser werden kann, muss es erst schlimmer werden.«

Mit diesen Worten zauberte der Flottenpräfekt eine Papyrusrolle unter seinem Mantel hervor und überreichte sie Lappius.

»Das ist die Aufstellung über den Zustand der Rheinflotte, die ich befehlige. Mannstärken, die Zahl einsatzbereiter und reparaturbedürftiger Schiffe, Einnahmen, Ausgaben und so weiter. Alles drin.«

»Na wunderbar, noch mehr Arbeit«, lachte Lappius und legte die Rolle neben das Pergament, mit dem er gerade beschäftigt war. »Hoffentlich hat dein Schreiber eine leserlichere Schrift.«

»Die Flotte ist leider nicht im besten Zustand. Wenn es um die Zuteilung von Mitteln ging, war der Statthalter der Provinz Belgica, dem wir bisher unterstellt waren, immer auf der Seite der Infanterie«, kam Gordianus gleich zur Sache.

»Ich weiß um die Wichtigkeit der Flotte, lieber Admiral. Sie steht zu Unrecht im Schatten der Legionen. Ich werde dafür sorgen, dass sich das ändert und danke dir für deine gute Arbeit«, beschwichtigte ihn der Statthalter.

Gordianus wirkte zufrieden. Das waren die Worte, die er hier und heute hatte hören wollen.

»Du trittst dein Amt in turbulenten Zeiten an«, stellte er fest.

»Die Stimmung in der Stadt ist sehr bedrückt. Ich hatte etwas anderes von den Bewohnern der Colonia erwartet, die eigentlich als fröhliche Leute bekannt sind«, gab Lappius zu.

»Das ist erst seit ein paar Wochen so. Germanische Räuber haben sich zu einer regelrechten Landplage entwickelt.«

»Ja, ich erinnere mich nur zu gut an den Überfall am Tag meiner Ankunft.«

»Und die Überfälle gehen leider weiter«, fuhr Gordianus fort. »Heute Morgen haben die Barbaren einen Schmied überfallen und getötet.«

»Warum einen Schmied?«, wunderte sich der Statthalter.

»Sie haben Waffen erbeutet, massenweise. Und dafür gibt es nur eine Erklärung: Die Wilden auf der anderen Seite des Rhenus rüsten auf.«

Lappius nickte besorgt. Er hatte schon genug Probleme, und jetzt auch noch das.

»Du glaubst, sie planen einen Angriff?«, fragte Lappius.

»Es sieht alles danach aus«, bestätigte Gordianus, er schien sich sicher zu sein. »Überaus bedauerlich, wo wir nun doch so lange Frieden hatten.«

»Ich habe in Aufzeichnungen vom Aufstand der Bataver vor fast zwanzig Jahren gelesen. Das wäre um ein Haar schiefgegangen, die Barbaren standen schon vor den Toren der Colonia«, erinnerte sich Lappius, der sich gut auf seinen Posten vorbereitet hatte.

Gordianus nickte: »Damals war ich noch einfacher Kapitän und gerade frisch im Flottenkastell stationiert. Mit unseren Schiffen haben wir versucht, die Wilden, die mit einfachen Flößen den Rhenus weit im Norden überquerten, zurückzuschlagen. Wir haben viele versenkt, aber ihre Zahl war zu groß. Ich habe mir geschworen, dass das kein zweites Mal passiert. Daher schmerzt es mich sehr, dass diese Unholde nun mitten in meiner Stadt, in unserer Stadt, zuschlagen, edler Lappius.«

»Hat einer der Stämme uns denn offiziell den Krieg erklärt?«, fragte Lappius.

»Noch nicht. Die Räuber kommen und gehen tief in der Nacht und verrichten ihr schreckliches Werk.«

»Dann fällt es also nicht in die Zuständigkeit der Armee, diesbezüglich tätig zu werden«, stellte Lappius fest.

»Das ist zugegebenermaßen eine kluge Strategie. Die Barbaren können immer dreister werden, und bei uns fühlt sich keiner zuständig, sie zu stoppen. Neue Räuber schließen sich der Bande an, und die Überfälle nehmen zu.« In Gordianus' Worten schwang ein leichter Vorwurf mit, was Lappius nicht entging.

»Nun, ich will mir nicht vorwerfen lassen, untätig zu sein«, sagte der ein wenig pikiert. Das Gespräch hatte schnell eine unangenehme Wendung genommen.

Gordianus stand auf. »Nach meiner Erfahrung ist Angriff die beste Verteidigung. Wir sollten es uns nicht gefallen lassen und Sanktionen gegen die Stämme verhängen. Aber das ist nur meine Meinung. Ich vertraue auf dein Urteilsvermögen und deine Erfahrung.«

»Danke, einen schönen Tag noch«, verabschiedete Lappius seinen Gast, der nach einem höflichen Nicken zurück zur Tür gegangen war, die wie auf ein unsichtbares Kommando vor ihm aufschwang.

Lappius atmete durch und blickte nachdenklich aus einem der Fenster, vor dem grauer Nebel waberte. Gordianus hatte recht, das Reich durfte sich Provokationen nicht gefallen lassen. Jeder Ansatz von Widerstand musste unterdrückt werden, sowohl auf dem eigenen Territorium als auch im Grenzbereich, sonst bestand die Gefahr, dass Rom schwach wirkte, und dieser Eindruck durfte unter keinen Umständen entstehen. Lappius würde über die Sanktionen, die der Admiral erwähnt hatte, nachdenken. Später. Denn heute hatte er noch eine Menge Arbeit zu erledigen.

28 XXVIII

»Ist geöffnet?«, fragte ein Mann, der gerade seinen Kopf in den Waffenladen des toten Schmiedes gesteckt hatte. Doch bevor Quintus und Lucretia, die dort warteten, etwas darauf erwidern konnten, ertönte wie zur Antwort ein markerschütternder Schrei aus dem ersten Stock.

«Ich komme morgen wieder«, murmelte der Kunde, der begriff, was vor sich ging, und verschwand so schnell, wie er gekommen war.

Lucretia blickte nervös nach oben, wo sich die arme Aurelia mit der Geburt quälte. Dabei fluchte sie immer wieder auf Germanisch, und Cordia gab ihr, ebenfalls auf Germanisch, Anweisungen – mal einfühlsam, mal im Kommandoton. Lucretia verstand den Austausch der beiden Frauen nicht, konnte sich jedoch zusammenreimen, dass er aus Sätzen wie »Es tut so schrecklich weh« oder »Jetzt komm endlich raus« bestand. Quintus, der sehr wohl verstand, was da gesprochen wurde, hätte das bestätigen können, obwohl der ubische Dialekt der Gebärenden etwas anders war als der seiner Heimat. Er fühlte sich hilflos, er konnte hier nichts ausrichten. Eigentlich war es Zeitverschwendung, hier zu bleiben, doch er wollte Lucretia nicht allein lassen, die vom Geschehen sehr ergriffen schien. Und die merkwürdige Frau, die sie hergebracht hatte, hatte sein Interesse geweckt. Cordia und er hatten sich nur flüchtig begrüßt, als die Hebamme ans Bett der von Wehen geschüttelten Aurelia geeilt gekommen war und er sich schnell ins Untergeschoss zurückgezogen hatte. Doch ihre Erscheinung, ihr Charisma, hatten ihn spontan beeindruckt, und er wollte gern noch ein paar Worte mit ihr wechseln, wenn der Schrecken hier vorüber war. Zum Glück hatte er heute keinen weiteren Termin im Gericht. Immerhin schien Cordia ihrerseits zufrieden damit, dass Quintus, auf Anregung von Lucretia, schon eine Schale mit frischem Wasser bereitgestellt hatte.

Nun standen die beiden etwas hilflos in dem Laden. Sie wussten, dass sie im Moment nichts weiter tun konnten, als die Götter still um einen guten Ausgang für Mutter und Kind zu bitten. Dennoch wollten sie nicht einfach so unverrichteter Dinge verschwinden.

Lucretias Blick fiel auf den Pfeil, der in einem der Regale steckte. Dann wanderte er zu dem, der in der Tür hing.

»Fällt dir an den Pfeilen etwas auf?«, fragte sie leise, als könnte sie mit zu lautem Sprechen die Leidende im Stockwerk darüber stören.

Quintus ging zu dem Regal und zog den Pfeil heraus. Er betrachtete die Spitze, den Schaft, die Befiederung. Er war kein Experte für diese Dinge, und die Beschaffenheit des Geschosses sagte ihm auf den ersten Blick nichts.

»Was ist so ungewöhnlich daran?«, fragte er zurück.

»Die Weise, wie sie im Holz stecken.«

Er runzelte die Stirn und sah hinüber zu dem anderen Pfeil, der in der Tür steckte. Das Ende mit der Befiederung deutete leicht aufwärts. Da verstand er, worauf Lucretia hinauswollte.

»Du meinst die Flugbahn des Pfeils«, mutmaßte er, und sie nickte: »Wenn die Pfeile hier drin auf kurze Entfernung abgeschossen wurden, müssten sie doch waagerecht im Holz stecken. Sie scheinen aber eher von oben gekommen zu sein.«

Quintus fiel eine noch grundlegendere Frage ein: »Warum sollte überhaupt jemand Pfeil und Bogen zu einem Überfall in einem Ladenlokal mitbringen? Die Waffe ist hier völlig unnütz. Wenn man auf engem Raum auf Widerstand trifft, geht man den Gegner doch mit einem Dolch oder Knüppel an. Oder etwa nicht? Die Zeugin hat auch gesagt, sie hätte keinen Bogen bei den Einbrechern gesehen.«

»Nur, dass sie keinen gesehen hat, heißt ja nicht, dass nicht doch einer im Spiel war. Aber ich stimme dir zu, eine solche Waffe wäre hier ziemlich nutzlos gewesen. Außerdem schießt man mit Pfeilen doch auf Gegner. Und die Stube war leer, als die Germanen eingedrungen sind. Warum versenkt man so ein Ding im Regal?«

»Mal angenommen, einer der Räuber hätte zwei Pfeile mitgebracht und sie mit der Hand in das Holz gerammt. Das würde den Winkel erklären«, sinnierte Quintus und machte eine Geste, als ob er den Pfeil wie ein Messer ins Holz rammen würde.

»Dann ging es vielleicht mehr darum, ein Zeichen zu setzen? Wie bei einem Hund, der ein Revier markiert. Nach dem Motto: Schaut, das ist unser Pfeil, fürchtet uns«, spekulierte Lucretia.

Quintus nickte. »Oder haben sie absichtlich eine Spur gelegt?«, überlegte er. »Dann könnte es eine sein, die ablenken, in die Irre führen soll.«

Auch das klang für Lucretia nachvollziehbar: »Eine falsche Fährte.« Bloß verstand sie den Sinn dahinter nicht.

Sie hörten Cordia etwas auf Germanisch rufen, das fast freudig klang.

»Sie sieht den Kopf«, übersetzte Quintus für Lucretia, deren Miene sich aufhellte. Trotzdem wagte sie nicht, sich schon zu freuen, da sie wusste, dass auch jetzt noch einiges schiefgehen konnte.

Nun setzte ein monotoner, beschwörender Gesang ein. Quintus konnte nur wenig verstehen, aber es wirkte auf ihn, als würde Cordia mit Aurelia Atemübungen machen. Quintus lief ein paarmal nervös auf und ab, um sich schließlich auf die Stufen fallen zu lassen. »Aber das größte Rätsel bleibt …«, dachte er laut nach.

»… wie die Kerle so leicht in die Colonia rein- und wieder rausgekommen sind«, beendete Lucretia seinen Gedanken. Quintus nickte zufrieden. Er war beeindruckt davon, wie sie mitdachte. Er musste sich eingestehen, dass er in der ganzen Sache nicht halb so schlau aus allem werden würde, wenn er sie nicht an seiner Seite hätte, selbst wenn noch viele Fragen offen waren.

Lucretia lehnte sich betont lässig an die Wand. »Die Frage habe ich vorhin übrigens auch den Wachen am Tor gestellt«, sagte sie.

Überrascht sah er sie an.

Lucretia lächelte und fuhr fort: »Als ich mit Cordia in die Stadt zurückwollte, mussten wir durch das Tor. Das wahrscheinlich auch die Räuber benutzt haben. Die Stadtwachen wollten Cordia erst nicht reinlassen, da sie keine Bürgerin ist. Ich habe ihnen aber klargemacht, dass sie Hebamme ist und es um Leben und Tod geht. Dass sie wohl kaum für das erbärmliche Ableben einer Bürgerin und eines Kindes verantwortlich sein wollen. Ich hab sie bearbeitet, bis sie uns doch noch durchgelassen haben. Und bei der Gelegenheit habe ich sie gefragt, ob sie die Täter gesehen haben. Aber die Wachen sagten, sie hätten erst eine Stunde zuvor Wachablösung gehabt. Im Morgengrauen sind also andere Soldaten am Tor gewesen. Vielleicht ließe sich rausfinden, wer zu der Zeit Dienst hatte, um diese Männer zu befragen.«

Quintus griff die Geschichte auf und überlegte: »Die Räuber müssen durch eines der Tore gekommen und wieder entwischt sein. Entweder das große Südtor oder das kleine weiter westlich. Jeder andere Weg wäre viel zu weit gewesen, und man hätte sie sofort entdeckt.«

Das Knarren der Tür unterbrach Quintus' und Lucretias

Gedanken. Zwei schlaksige junge Männer schoben sich mit einer hölzernen Bahre in den Raum.

»Wir sollen hier einen Toten abholen«, sagte der Größere und blickte sich suchend um.

Quintus stand auf und nickte den beiden grüßend zu. »Er liegt im Obergeschoss, aber …«

»Danke«, unterbrach der Totenträger ihn und steuerte mit seinem Kollegen schon zielstrebig auf die Treppe zu, als oben, wo es zuletzt wieder still geworden war, Aurelia schmerzerfüllt aufschrie und auf Germanisch fluchte. Die beiden Burschen erstarrten und sahen sich unsicher an.

»Geburt«, bemerkte Lucretia trocken und zeigte nach oben.

»Wie lange …«, setzte der kleinere Träger an, aber sparte sich den Rest der Frage, als Quintus hilflos mit den Schultern zuckte. Wer konnte das schon wissen?

Den Trägern war ihr Unwohlsein deutlich anzumerken. Sie tuschelten kurz und gelangten offenbar zu dem Schluss, dass sie warten wollten. Linkisch drückten sie sich am Fuß der Treppe herum und starrten auf den Boden. Ab und zu trafen sich die Blicke der vier Wartenden, und sie lächelten sich peinlich berührt zu, während die Stimmen von oben zu ihnen herunterdrangen. Plötzlich war es ruhig, die Schmerzenslaute der Witwe waren verstummt. Quintus und Lucretia sahen sich besorgt an. Aber dann durchdrang der Schrei eines Neugeborenen die Stille. Lucretia fiel ein Stein vom Herzen. Auch Quintus freute sich. Kurz ging ihm die Frage durch den Kopf, wie Pola sich wohl bei einer Geburt schlagen und ob und wann er selbst Vater werden würde. Schlagartig wurde ihm bewusst, dass er es sich sehr wünschte.

»Alles in Ordnung da oben?«, rief Lucretia die Treppe hinauf.

»Es ist ein Mädchen«, ertönte Cordias Stimme. Die Erschöpfung war ihr deutlich anzuhören.

Ein paar Minuten vergingen, dann hörten Quintus und Lucretia Schritte auf der Treppe. Langsam kam Cordia herunter. Ihre Stirn war schweißbedeckt, und an den Händen und Unterarmen waren noch rote Spuren zu sehen. Offenbar hatte Aurelia viel Blut verloren und Cordia sich erst notdürftig gewaschen. Während sie in den Verkaufsraum hinabstieg, zog sie den Korken aus einer kleinen Amphore, die sie bei sich trug.

»Bei Freya, was für ein Schlachtfest«, seufzte sie, blieb direkt neben Quintus stehen, hob die Amphore zum Mund, die dem Geruch nach guten Rotwein enthielt, und leerte sie, ohne abzusetzen. Danach rülpste sie laut und beobachtete seine Reaktion. Doch Quintus' Faszination für die Frau überwog den empfundenen Ekel.

Den Totenträgern war diese Erscheinung jedoch ganz und gar nicht geheuer, und sie beäugten sie misstrauisch.

»Können wir jetzt?«, fragte der Größere schnell.

»Ein Bett, oben, nicht zu verfehlen«, deutete Cordia die Treppe hinauf.

Der kleinere der Träger wurde plötzlich blass. »Das heißt … die Geburt gerade … war neben …«

Cordia zog die Augenbrauen hoch und nickte: »Neben der Leiche des Mannes, ja. In der Tat ein makabrer Anblick. Vor allem, wenn jetzt noch das Kind dabeiliegt, das der Arme niemals sehen wird.«

Lucretia bemerkte, dass der junge Kerl leicht grün um die Nasenspitze wurde. Schnell lief sie ein paar Stufen hoch und machte den beiden Zeichen, ihr nachzukommen. »Hier entlang.«

Die Leichenträger setzten sich mit ihrer Vorrichtung in Bewegung, und Quintus blieb mit Cordia im Verkaufsraum zurück.

»Imran war ein guter Mann«, seufzte sie und wirkte ehrlich

betroffen. »Einer, dem Respekt wichtig und eine Frau nicht nur Besitz war. Es gibt zu wenige von der Sorte.«

Quintus vermutete, dass Imran der syrische Geburtsname des Toten war und dass er den Namen Julius erst mit der Staatsbürgerschaft angenommen hatte, die ihm nach seinem Militärdienst zugesprochen worden war. Aber es war auffällig, dass Cordia seinen römischen Namen zu ignorieren schien.

»Kann der Schock über seinen Tod die Wehen ausgelöst haben?«, fragte Quintus.

»Das kann sehr gut sein. Alles Sein folgt dem Geist«, nickte Cordia.

»Geht es Aurelia gut?«, fragte er besorgt.

»Sie ist am Ende ihrer Kräfte, aber hält glücklich ihre kleine Tochter im Arm. Es war richtig, dass Lucretia mich geholt hat, sonst hätten die beiden den Abend nicht erlebt.«

Auch wenn nun alles überstanden war, wurde Quintus nachträglich flau im Magen.

»Das Mädchen lag falsch herum. Ich musste es drehen. Mit der Hand. Wie bei einer Kuh«, setzte Cordia nach, während sie Quintus aus den Augenwinkeln beobachtete. Doch der zuckte nicht mit der Wimper.

»Vielen Dank für deine Dienste. Was sind wir dir schuldig, gute Cordia?«, fragte er und zog seinen Geldbeutel.

Doch die Angesprochene sah ihn nur verächtlich an.

»Behalte dein Geld«, sagte sie mit heiserer Stimme. »Damit kann ich nichts anfangen. Es ist die Wurzel allen Übels. Ich regle das schon mit Aurelia.« Sie musterte ihn abschätzig. »Wer bist du noch mal?«

»Quintus Tibur. Ich bin Rechtsanwalt, und …«

»Das ist aber nicht dein richtiger Name, oder?«, unterbrach ihn Cordia, in seinen Augen nicht sonderlich höflich. Sie stand direkt vor ihm, und er nahm ihren Körpergeruch wahr.

Er war nicht unangenehm, aber ganz anders als der, den er von den Bewohnern der Colonia kannte, bei denen es zum guten Ton gehörte, mindestens jeden zweiten Tag eine Therme aufzusuchen. Sie roch nicht nach Schweiß und Erde, wie die Bauern auf den Feldern vor der Stadt, vielmehr duftete ihr Haar wie das nasse Fell eines Tieres, und von ihrer Haut ging etwas aus, das Quintus an Moos, Blätter und frisches Gras erinnerte. Dazu der metallische Hauch des Blutes, das noch an ihren Armen klebte. Sie roch nach Leben und Tod – nach Natur und nach Heimat. Aber auch nach Frau. Nach Verlangen, wie eine vage Verheißung. Einen Moment lang erregte ihn diese Mischung, aber er schob schnell dieses aufwallende Gefühl zur Seite.

»Mein Geburtsname ist Folkward«, gab er zu.

»Usipeter?«

Quintus nickte. Es fiel ihm einen Moment schwer, sich zu konzentrieren. Diese Frau war etwas Besonderes, so viel stand fest. Nun war es an ihm, Fragen zu stellen: »Gut erkannt. Auch du sprichst mehrere Sprachen. Mehr als ich, ganz sicher. Wo hast du die gelernt?«

»Bin rumgekommen«, antwortete Cordia kurz angebunden.

»Du bist Bruktererin, nicht?«, vermutete er. Sie sprach gut Latein, aber man hörte noch den Anflug eines Akzents.

Cordia zog es vor, nicht darauf zu antworten. Sie war ein Rätsel und schien sich in der Rolle zu gefallen. Ihre Haltung, ihre ganze Art, war nicht die einer gewöhnlichen Germanin. Vielleicht war sie eine Adelige? Er würde es schon noch herausfinden.

»Warum bist eigentlich nicht du zu mir gekommen, sondern hast das Mädchen vorgeschickt?«, fragte Cordia.

»Lucretia ist jünger und kann schneller laufen«, antwortete er nach kurzem Zögern, denn das war tatsächlich der Grund.

»Na, weder bist du alt, noch lahmst du, Folkward«, hielt

ihm die Heilerin vor, doch ihr Ton war neckend. Und sie fuhr fort: »Aber so macht ihr Römer das. Frauen sind für euch kaum besser als Sklaven. Weißt du, wie ich Latein gelernt habe? Indem ich die Inschriften auf den Grabsteinen nahe meiner Hütte studiert habe. Und je besser ich sie lesen konnte, desto mehr stellte ich fest, wie sehr sie sich ähneln. Auf den Gräbern von Männern stehen Geschichten von großen Siegen, von Geld, davon, wie ihr die Welt unterjocht. Aber über eure Frauen vermögt ihr nach ihrem Tod nichts Besseres zu sagen als: Sie war fromm und konnte gut stricken.«

Cordia hatte ins Schwarze getroffen. So hatte er es noch nie betrachtet. Es war einer der seltenen Momente, in denen Quintus um Worte verlegen war. Sein Gegenüber spürte und genoss es.

Ein Poltern auf der Treppe rettete ihn. Lucretia kam die Stufen herab, gefolgt von den beiden schmächtigen Totenträgern, die Julius' korpulenten Leib auf ihre Bahre gehievt hatten und sich nun mit ihm die steile Stiege hinunterkämpften. Sie ächzten hörbar unter der Last, der Kopf des Größeren, der vorne ging, war knallrot angelaufen.

Lucretia trat zu Quintus und Cordia.

»Aurelia ruht sich jetzt aus, und dem Kind geht es bestens«, berichtete sie.

Gemeinsam beobachteten sie den Kraftakt auf der Treppe. Der Anblick brachte Quintus auf eine Idee.

»Du bist doch mit den Geheimnissen des Körpers vertraut«, wandte er sich an Cordia, die ihn abwartend ansah. »Bist du in der Lage festzustellen, woran jemand gestorben ist?«

Lucretia verstand sofort, worauf Quintus hinauswollte, und nickte eifrig. »Es wäre uns eine große Hilfe, wenn du uns sagen könntest, wie der Schmied getötet wurde.«

Cordia musterte sie skeptisch, doch nickte dann langsam. »Ich kann ihn mir einmal ansehen.«

Der Moment war günstig. Die Träger hatten den Verkaufsraum erreicht und setzten eben die Bahre auf dem Boden ab, um kurz zu verschnaufen. Als Cordia sich vor den Toten kniete und anfing, ihn zu begutachten, wichen sie vorsichtshalber ein paar Schritte zurück. Die große Frau war ihnen nicht ganz geheuer.

Cordia inspizierte den Körper, wie es Quintus bereits oberflächlich getan hatte. Doch sie war viel genauer. Sie entkleidete den Oberkörper des Schmiedes und studierte ihn konzentriert von allen Seiten. Sie hob Julius' Arme an, ließ sie fallen. Sie rotierte seinen Kopf, zog die Augenlider hoch. Sie drückte auf seiner Brust herum, und kam schließlich zu ihrem Urteil.

»Er wurde nicht ermordet. Er ist eines natürlichen Todes gestorben.«

Ungläubig starrten Quintus und Lucretia Cordia an.

Sie gab den Totenträgern ein Handzeichen, die darauf die Bahre wieder hochstemmten und die sterblichen Überreste des Waffenschmiedes mit einem letzten höflichen Nicken aus dem Laden trugen.

»Eines natürlichen Todes?«, fragte Lucretia irritiert.

Cordia nickte. »Es sieht so aus, als hätte sein Herz plötzlich aufgehört zu schlagen.«

Das erklärte, warum die Leiche des beleibten Mannes keine Spuren von Gewalteinwirkung aufwies, dachte sich Quintus, aber er wollte das Offensichtliche nicht aussprechen. Cordia schien ein Charakter zu sein, der leicht zu vergrätzen war, und er hatte das instinktive Bedürfnis, sich mit ihr gut zu stellen.

»Du meinst, der Schrecken, die Situation mit Fremden, die ihn in den eigenen vier Wänden bedroht haben … das hat ausgereicht, um ihn in den Orcus zu befördern?«, hakte er nach.

»Imran sitzt nun neben Wodan in der großen Halle. Er war einmal ein angesehener Krieger, wusstet ihr das?«

»Nein«, gab Lucretia zu.

»Er war bei den Bogenschützen. Der Held von Masada, als Erster auf der Zinne. Danach wurde er ehrenvoll entlassen, fünf Jahre früher als geplant, so dankbar war ihm Silva, nachdem er sich dort ewig die Zähne ausgebissen hatte. Aber das ist schon eine ganze Weile her, und die Römer sind längst zu neuen Orten gezogen, um zu morden und zu plündern.«

Cordia seufzte und fuhr dann fort: »Ein ganz schöner Brocken ist Imran gewesen am Ende. Trank zu viel, fraß zu viel, überließ in der Schmiede zunehmend den Lehrlingen das Arbeiten und bewegte sich kaum noch. Männern in seinem Alter schlägt solch ein Lebenswandel aufs Herz. O ja. Es hängt alles am Herzen. Wenn das nicht mehr mitspielt, ist es aus«, beendete sie ihre Ausführungen.

Quintus bemerkte Cordias Blick, der auf den Pfeil gerichtet war, den er unter seinen Gürtel geschoben hatte. Er zog ihn heraus und hielt ihn hoch.

»Ein Pfeil der Eindringlinge. Germanisch. Ich erkenne die Befiederung aus meiner Kindheit«, erklärte Quintus.

Cordia schnappte sich den Pfeil und betrachtete ihn nachdenklich. »Das ist keiner unserer Pfeile. Was die Federn angeht, hast du recht, ja. Aber die Spitze? Diese konische, dreikantige Form, nach unten hin dicker, um möglichst viel Fleisch zu zerfetzen – die ist typisch römisch.«

»Dann haben Römer diesen Pfeil angefertigt?«, wunderte sich Lucretia.

»Und da bist du dir ganz sicher?«, fragte Quintus skeptisch, der nun vollends verwirrt war und sich nicht eingestehen wollte, dass er die Sache nicht mehr durchblickte.

»Junge, du hast keinen Schimmer, wie viele römische Pfeile ich zu meinen besten Zeiten aus unseren Kriegern herausgepult habe. Wenn ich sage, das ist eine römische Spitze, dann ist das eine«, sagte Cordia, und ihr Tonfall machte klar, dass das Gespräch hiermit für sie beendet war. Sie griff sich ihren Umhang aus Wolfspelz, der auf einem Stuhl unweit des Eingangs lag, und warf ihn sich über die Schultern. »Ich komme morgen wieder, um nach Aurelia zu sehen. Meine Tasche lasse ich hier, sie soll sich aus den Kräutern darin einen heißen Aufguss machen und davon trinken. Das Kind sollte den Dunst auch inhalieren, er wird es stärken«, gab sie Anweisungen. Sie bedachte Quintus mit einem letzten forschenden Blick und schenkte Lucretia ein Lächeln. »Pass auf dich auf, Kindchen« waren ihre letzten Worte, bevor sie hinaus in den Nebel verschwand.

29 XXIX

Die Imbissstube nahe dem Forum hatte einen kleinen Innenbereich mit vier Tischen und war durch das Herdfeuer, auf dem es in diversen Töpfen brodelte, mollig warm, während es draußen immer noch nieselte. Quintus und Lucretia nahmen ein frühes Abendessen zu sich. Sie hatten einiges zu verarbeiten. Ein Teller Erbsensuppe und eine Weißweinschorle halfen dabei, wieder etwas Blut in die klammen Glieder zu bekommen und den Verstand auf Touren zu bringen. Um diese Zeit war in dem Thermopolium nicht viel los, sie waren die einzigen Gäste. Bis auf das Klappern von Geschirr, das die Besitzerin gerade in einem kleinen Bottich mit einer Bürste schrubbte, war es still.

»Ich bekomme das alles immer noch nicht ganz zusammen«, murmelte Quintus. Als Anwalt war er vertrackte Fälle gewohnt, aber diese ließen sich meist durch Befragungen und Gespräche lösen. Die detektivische Arbeit, die er hier mit Lucretia vornahm, forderte ihn auf ganz neue Weise. Und irgendetwas hatten Cordias Beobachtungen in ihm ausgelöst. Er hatte das Gefühl, dass die Lösung schemenhaft am Rand seines Gesichtsfelds herumwaberte, nur um sich in Luft aufzulösen, sobald er ihr seinen Blick zuwendete.

Lucretia schien ähnlichen Gedanken nachzuhängen. »Also, die Federn sind germanisch, die Spitzen römisch … Und dann die Sache mit dem Schmied. Sie hatten nicht vor, ihn umzubringen. Es war eher … ein Unfall«, fasste sie zusammen.

»Die Kerle wollten nur die Schwerter«, stellte Quintus fest. »Oder mussten sie ihn nur nicht töten, weil er ihnen… quasi zuvorgekommen ist? Andererseits …« Er runzelte die Stirn. »Überhaupt fällt auf, dass bei den Überfällen ausschließlich Sklaven zu Schaden gekommen sind. Deine Freundin Nephele war der traurige Höhepunkt.«

Lucretia spürte einen Kloß im Hals. Die Wut, die sie bisher durchströmt hatte, wenn sie an Nepheles Tod dachte, war einer schweren, dumpfen Leere gewichen, die aber nicht weniger schmerzhaft war. Sie nahm einen großen Schluck von ihrer Weinschorle und versuchte, dieses Gefühl zu verdrängen. Im Kopf ging auch sie noch einmal die Überfälle durch. Tatsächlich, bis auf Julius Malcho war bisher kein einziger vollwertiger römischer Staatsbürger ernsthaft verletzt worden.

»Du hast recht«, befand sie, »aber warum? Warum die Unterscheidung zwischen Bürgern und Sklaven? Was steckt dahinter? Ein Regelwerk, ein Ehrenkodex? Gehen Plünderer aus dem Barbaricum denn so vor? Für sie sind doch alle, die links des Rhenus leben, Feinde. Und warum haben sie die Stadt nicht gleich angezündet, wenn sie es schon mal reingeschafft haben, wo sie uns Römer doch so hassen?«

Quintus sah sie durchdringend an. In ihm reifte ein schrecklicher Verdacht. »Es sei denn …« Er räusperte sich, nahm dann einen Schluck Wein und starrte abwesend in seinen Becher.

»Es sei denn, was?«, hakte Lucretia ungeduldig nach, nachdem er fast eine Minute lang geschwiegen hatte.

Er zögerte, ob er ihr seine Idee offenbaren sollte, doch ihre Meinung war ihm wichtig.

»Es sei denn«, hob er wieder an, »sie haben die Stadt gar nicht verlassen. Vielleicht sind sie noch hier.«

Lucretia verstand nicht.

»Was wäre, wenn die Räuber Verbündete in der Stadt haben? Sich vielleicht in irgendeiner Wohnung, in einer Insula verstecken?«, fragte er.

»Ganz sicher nicht«, wischte Lucretia den erschreckenden Verdacht mit einem ungläubigen Lachen beiseite.

»Aber es ergibt Sinn. Sie könnten sich sogar tagsüber normal unter uns bewegen. Und wenn es wieder so weit ist, kostümieren sie sich und verbreiten Angst und Schrecken. Dann müssen sie nicht jedes Mal durch ein Tor.«

»Nicht möglich!«, schüttelte sie entschieden den Kopf. Das konnte sie sich beim besten Willen nicht vorstellen.

»Warum nicht? Damit passt alles!«, rief Quintus. Der Knoten in seinem Kopf schien sich langsam zu lösen. »Die römischen Pfeile. Sie haben sie wahrscheinlich vor Ort besorgt und dann die Befiederung ausgetauscht, damit sie germanisch wirken.«

»Unsinn, warum sollte jemand so etwas tun?«, fragte Lucretia und wurde dabei ebenfalls lauter. Die Richtung, die das Gespräch genommen hatte, gefiel ihr ganz und gar nicht. »Die Bewohner der Colonia sind römische Bürger. Es ist schwer, diesen Status überhaupt zu erhalten, das weißt du doch selbst am besten. Wer es geschafft hat, steht auch zu Rom, denn Rom ist das Licht. Römer halten zusammen, Quintus, egal aus welchen Kulturen sie ursprünglich stammen. Sie würden sich nie gegeneinander wenden.«

»Die jahrzehntelangen Bürgerkriege der römischen Geschichte hast du wohl schon vergessen? Sei bitte nicht naiv! Es spricht doch alles dafür, Lucretia«, beschwor sie Quintus. »Die Räuber töten keine römischen Bürger, sie zünden keine Häuser in der Stadt an, benutzen römische Pfeile und gehen hier ungehindert ein und aus. Wie kann das sein?«

Lucretia setzte an, etwas zu erwidern, aber er ließ sich nicht mehr bremsen:

»Und sie verhalten sich nicht einmal wirklich wie Diebe! Die wertvollsten Dolche in der Schmiede, mit Edelsteinen besetzt und mit Griffen aus Elfenbein, lassen sie liegen? Und die vergoldeten Lampen bei den Bulbos nehmen sie auch nicht mit? Finden dort aber Geheimfächer, von denen nicht einmal die Hausbewohner wissen? Erklär mir das!«

Sie zuckte hilflos mit den Achseln. Sie konnte es nicht.

»Am Ende behauptest du noch, die Täter sind gar keine Germanen, sondern Römer, die sich als Barbaren verkleiden«, höhnte sie verzweifelt. Umso erschrockener war sie, als Quintus plötzlich innehielt und sehr ernst wurde.

»Warum nicht?«, fragte er angespannt. Er war sich der Tragweite seines Verdachts bewusst, doch konnte er ihn nicht einfach ignorieren. »Wenn wir diesen Fall wirklich lösen wollen, dürfen wir nichts ausschließen.«

Lucretia sprang auf. Sie war nun vollends verwirrt, und all diese Unklarheiten ließen Wut in ihr aufkommen.

»Warum sollte jemand so etwas tun? Kein Agrippinenser würde sich jemals gegen seine eigene Stadt richten! Wie kannst du so etwas glauben?«, fuhr sie ihn an.

»Und wie kannst du dir anmaßen, für alle zu sprechen? Kennst du die Ziele jedes Einzelnen?«, entgegnete Quintus streng.

»Nein, aber du kennst die Agrippinenser nicht! Wie denn auch. Du bist ein Fremder! Du bist nicht hier aufgewachsen, so wie ich. Es ist nicht deine Stadt, du gehörst gar nicht hier hin!«, zischte sie. »Überhaupt war diese Ermittlung eine unsinnige Idee. Man opfert Stunden und Tage, macht sich selbst verrückt, hört das Gras wachsen, und dreht sich doch nur im Kreis. Da weiß ich Besseres mit meiner Zeit anzufangen!«, rief sie mit einem Anflug von Verzweiflung und fischte in ihrem Geldbeutel nach einem Sesterz für das Essen.

Ihre Worte trafen Quintus hart, und sie spürte es. Sie verfluchte ihr Temperament, das wieder einmal mit ihr durchging, aber sie hatte in diesem Moment keine Möglichkeit, Mäßigung oder Mitleid walten zu lassen. Sie hatte Quintus auf der gemeinsamen Reise schätzen gelernt, umso enttäuschter war sie von seiner gedanklichen Maßlosigkeit, die sie als Mangel an Respekt vor ihrer Heimat empfand.

»Ach ja, was denn Besseres? Stricken und beten?«, erwiderte Quintus mit unüberhörbarer Häme. Er würde sich von einem kleinen Mädchen rhetorisch nicht in die Ecke drängen lassen. Was glaubte sie, wer sie war, so mit ihm zu reden?

Nun war es Lucretia, die verletzt war. Ihr Mund zitterte, doch ihr fiel keine weitere Entgegnung ein. Mit einer herablassenden Handbewegung warf sie die Münze auf den Tisch und stapfte voller Wut aus der Imbissstube.

»Ach je, die Liebe«, murmelte die Besitzerin, die die Situation nicht richtig einzuordnen wusste, als Lucretia an ihr vorbeirauschte.

Zurück blieb ein konsternierter Quintus, der das Gefühl hatte, dass ihm heute alles, wirklich alles misslang. Die Zusammenarbeit mit Lucretia war beendet, so viel stand fest. Wenn er tiefer graben wollte, würde er es allein tun müssen. Doch er war sich gar nicht mehr sicher, ob er das überhaupt noch wollte. Denn nach all den weiteren Fragen, die die neuen Antworten aufwarfen, erschien ihm die Sache langsam doch ein paar Nummern zu groß. Vielleicht hatte er sich in etwas verrannt und es war wirklich besser, die schlafenden Hunde ruhen zu lassen und in sein altes Leben zurückzukehren.

In der Mannschaftsbaracke im Flottenkastell südlich der Colonia hatten sich unterdessen zwei Dutzend Männer versammelt. Anspannung lag in der Luft. Einer der Marinesoldaten ging nervös im Raum auf und ab, ein anderer wippte mit dem Fuß, ein dritter schnitzte mit einem Zimmermannsmesser planlos an einem Ast herum.

Da klopfte es an der Tür. Alle blickten auf. Noch einmal klopfte es: dreimal schnell, dann zweimal langsam – das vereinbarte Zeichen. Der Mann mit dem Messer, ein hagerer Kerl mit bleicher Haut, stand auf. Es war Optio Marcus Vorenus, Stellvertreter des Centurios seiner Kompanie. Er ging zur Tür und öffnete sie. Ein Mann, fast einen Kopf kleiner als Vorenus, schlüpfte in die Baracke, und der Optio schloss nach einem kurzen prüfenden Blick nach draußen die Tür wieder.

»Sind wir jetzt komplett?«, fragte derjenige, der hin und her lief. Es war Antonius Livio, ein unauffälliger Mann von dreißig Jahren mit kurzem Haar.

»Ja. Setz dich endlich, Antonius, du machst mich verrückt«, blaffte ihn der, der mit dem Fuß wippte, an.

»Lass mich«, entgegnete Antonius Livio und warf genervt die Hände in die Luft.

»Ruhe jetzt«, befahl Vorenus, und obwohl er seine Stimme kaum erheben musste, kehrte sofort Stille ein. Er war der ranghöchste Offizier im Raum und offenbar der Anführer der Gruppe. Und er hatte seine Männer im Griff.

Es war eine bunte Mischung von Seeleuten und Kämpfern. Alle zwischen zwanzig und dreißig Jahre alt, die meisten von ihnen Gallier, Britannier und Iberer. Viele der Marinesoldaten waren in Küstenregionen aufgewachsen und von Kind auf mit dem Wasser und der Seefahrt vertraut, etwas, das bei der Rekrutierung berücksichtigt wurde. Da die Männer nicht im Dienst waren, trugen sie nur wollene Hemden und Kniebundhosen in Hellgrün. Das Mannschaftsquartier in dem kleinen Fachwerkhaus war recht geräumig. Waffen, Helme und sonstige Ausrüstungsgegenstände hingen an Haken entlang der Wände. An den Wänden standen auch die aus Tannenholz gefertigten Etagenbetten, in denen zwei Soldaten übereinander Platz fanden. In einer Ecke stand auf dem fest gestampften Lehmboden eine kleine Kornmühle, bestehend aus zwei aufeinanderliegenden Mahlsteinen, mit der die Soldaten das Mehl für ihr eigenes Brot herzustellen pflegten. Die Fenster waren schlichte Öffnungen, die mit dicken Wollvorhängen abgedichtet waren. Normalerweise fanden in der Baracke acht Personen Platz, jetzt waren die Männer darin dichtgedrängt.

»Setz dich«, herrschte Marcus Vorenus den Nachzügler Livio an, der sich daraufhin folgsam neben einen Kameraden auf dem nächstgelegenen unteren Etagenbett platzierte.

Einen Moment lang war nur das Knistern eines Feuers zu hören, das in einem mit Steinen gut abgesicherten kleinen Herd vor sich hin glomm. Der Rauch stieg zur Decke auf, wo sich die Öffnung eines Schornsteins befand.

»Ich kann nicht lange, ich habe gleich Dienst«, murrte der, der mit dem Fuß gewippt hatte, ein großgewachsener Thraker mit dunklen Augen. Er hörte auf den Namen Barsemias und war als der beste Bogenschütze seiner Kohorte bekannt.

»Zuerst einmal möchte ich euch danken«, hob Vorenus an. »Ihr habt in den letzten Wochen Außergewöhnliches geleistet. Schon bald haben wir unser Ziel erreicht.«

Die Angesprochenen sahen sich zufrieden an.

»Wann hören wir auf?«, fragte Barsemias. »Ich meine … es ist wichtig. Aber je länger wir es durchziehen, desto größer das Risiko.«

»Ja, vielleicht sollten wir es nicht übertreiben. Wenn jemand weiter oben spitzkriegt, was wir machen, sind wir alle geliefert«, rief einer weiter hinten im Raum und sprach damit eine Befürchtung aus, die die meisten von ihnen hatten. Zustimmendes Gemurmel erhob sich.

»Geduld, Männer, Geduld. Wir arbeiten auf eine große Tat hin, dafür muss man sich auch mal die Finger schmutzig machen. Aber nicht mehr lang, dann haben wir, was wir wollen! Dann sind wir nicht nur reich, dann wird die Nachwelt unsere Taten besingen«, versprach Vorenus, und einige klatschten hoffnungsfroh in die Hände. Er wusste, was seine Soldaten hören wollten. Geld war einem Römer wichtig, doch noch bedeutsamer war der Ruhm. Er fügte hinzu: »Bald müssen wir nicht mehr Nachtwächter und Bauarbeiter spielen, oder am Webstuhl schwitzen. Dann werden wir Helden sein!« Mit dem letzten Satz ballte Vorenus die rechte Hand zur Faust. Die anderen taten es ihm gleich.

»Ja! Für die Ehre!«, stimmten einige der Männer mit ein.

»Wenn der neue Statthalter uns nicht in die Quere kommt«, meldete sich ein Soldat mit dunklen Locken zu Wort.

»Ach der, pah! Ein typischer Politiker ist das, ein Griffelschieber!«, griff Vorenus den Hinweis in verächtlichem Ton auf, und einige seiner Mitstreiter lachten höhnisch. »Jetzt haben wir einen Weichling als Oberkommandanten, der noch nicht mal ein Schwert richtig halten kann.«

»Aber er macht eine schöne Figur beim Wagenlenken«, warf ein Soldat von einem oberen Etagenbett mit überzogen süßlicher Stimme ein, und alle lachten schallend.

»In der Tat, der schöne, schlappe Lappius macht es uns nicht leicht«, nickte Vorenus grimmig.

»Wahrscheinlich nur, um seinem Freund, dem Kaiser, zu gefallen«, brummte Barsemias.

Die Männer verstummten. Barsemias hatte recht. Erneut wurde ihnen bewusst, wie gefährlich es war, was sie taten.

»Rom gehört den Römern, nicht dem Kaiser!«, entgegnete Vorenus. »Und die Römer sind wir! Jeder hat seine Schmerzgrenze. Auch der neue Statthalter. Wir müssen das richtige Zeichen setzen«, redete sich der Optio in Rage. »Dann wird auch Schlappius endlich verstehen, was zu tun ist.«

Die Männer johlten begeistert. Sie waren zu allem bereit.

30 XXX

Lucretia war immer noch beleidigt, auch wenn inzwischen einige Tage vergangen waren. Sie pfiff auf Quintus und seine Ermittlungen! Eigentlich konnte sie sich über ihr bequemes Dasein doch nicht beklagen, redete sie sich ein. Warum hatte sie sich in die Leben anderer eingemischt, die sie nichts angingen, wenn die eigentliche Herausforderung darin bestand, das eigene in den Griff zu bekommen? Vielleicht lag ihre Mutter doch richtig, und was ihr zur Zufriedenheit fehlte, war nie Anerkennung oder ein Beruf gewesen, sondern tatsächlich ein Ehemann. So hatte sie sich an diesem Morgen spontan auf einen neuerlichen Verkupplungsversuch eingelassen. Cäcilia, die das Arrangement dieses Mal immerhin angekündigt und nicht wie einen Hinterhalt inszeniert hatte, war froh, dass ihre Tochter offenbar endlich den törichten Widerstand aufgegeben hatte. Sie hatte höchstpersönlich die Rolle der Ornatrix übernommen und zwei Stunden lang an Lucretia herumgepinselt. Dabei herausgekommen war eine sehr konservative Aufmachung, die Lucretia älter wirken ließ, als sie war. Auch wenn die Mutter ihr Bestes gegeben hatte, so war sie doch kein Ersatz für ihre schmerzlich vermisste Nephele – weder als Kosmetikerin noch als Vertraute.

Doch als sie das Forum betraten, versuchte Lucretia, zuversichtlich zu sein. Sie wollte weg von den Ermittlungen, von Quintus und den Gedanken, die sie mit ihm verbanden. Es gab eine Menge attraktiver junger Männer in der Colonia, und nach so vielen Reinfällen schuldete ihr das Schicksal eine anregende Begegnung, befand sie. Doch der Bursche, den Cäcilia für ihre Tochter ins Auge gefasst hatte, entpuppte sich charakterlich als Totalausfall. Während er sich das ganze Gespräch hindurch mit Naschereien den Magen vollschlug, konnte er nicht aufhören, mit dem Reichtum seiner Familie zu protzen, wobei er so tat, als habe er mit ihm eine große Bürde zu tragen. In diesen unsicheren Zeiten gliche ein solcher Wohlstand einer Zielscheibe auf der Brust. Und mit der Hygiene nahm es der Prahlhans auch nicht genau, seine ungepflegten Fingernägel und die Angewohnheit, die schmierigen Hände an seiner Toga abzuwischen, widerten Lucretia an. Ihr wurde klar, dass sie einen Fehler gemacht hatte, und sie musste ihre gesamte Willensstärke aufwenden, nicht immer wieder mit den Augen zu rollen. Stattdessen ließ sie das Gespräch stoisch über sich ergehen, bis es zu einem förmlichen Abschied kam. Selbst Cäcilia musste nach diesem Reinfall zugeben, dass sie auf den Falschen gesetzt hatte, und das wollte schon einiges heißen. Lucretia war nicht nach weiteren Begegnungen zumute, und während ihre Mutter noch einkaufen ging, steuerte sie lieber den sicheren Hafen der eigenen vier Wände an.

Als sie ins elterliche Haus zurückkehrte, überraschten sie unerwartete Geräusche. Sie vernahm ein lautes Krachen und die Stimme eines fremden Mannes. Ihr Herz pochte.

Die Germanen, schoss es ihr durch den Kopf, *jetzt rauben sie uns auch noch aus!*

Doch als Lucretia genauer hinhörte, war es weder das Zerbersten von Geschirr noch Wolfsgeheul, das an ihr Ohr drang, sondern vielmehr ein rhythmisches Stampfen, das sich anhörte, als würde ein gewaltiger Hammer auf eine harte Oberfläche schlagen.

Lucretia ließ sich von ihren Ohren leiten, und das dumpfe Klopfen wurde immer lauter, je näher sie dem Schlafzimmer ihrer Eltern kam.

Lucretia sah sich um, das Haus war wie ausgestorben. Vorsichtig lugte sie ins elterliche Schlafgemach. Sie erblickte ihren Vater, der mit verschränkten Armen in einer Ecke stand, und einen zweiten Mann, einen Fremden, beobachtete – kleingewachsen mit massiven Oberarmen. Offenbar war er ein Handwerker und gerade dabei, die Wand hinter dem Ehebett, das etwas zur Seite gerückt worden war, mit einer Spitzhacke zu bearbeiten. Putz und Steinchen flogen bei jedem mächtigen Hieb, den der Mann der Wand zufügte, umher, und es war so, als würde das ganze Haus unter den kräftigen Schlägen erzittern.

»Vater, was ist denn hier los?«, fragte Lucretia überrascht.

Magnus drehte den Kopf und sah sie an. Er wirkte ertappt.

»Bist du nicht mit deiner Mutter unterwegs?«, fragte er unwirsch, obwohl er die Antwort ja vor sich sah.

»Was soll das, Vater? Wozu die Geheimniskrämerei?«, wollte Lucretia wissen.

»Je weniger Leute hiervon wissen, desto besser«, murmelte Magnus, während er näher kam.

Der Handwerker wischte sich kurz den Schweiß von der Stirn und schlug dann weiter auf die Wand ein. Dort bildete sich, etwa auf Brusthöhe, eine Ausbuchtung im Gemäuer. Der Mann stellte die Hacke mit einem lauten Ruck ab und nahm nun einen Hammer und einen Meißel aus einem Beutel, der auf dem Bett lag, um mit der Feinarbeit zu beginnen.

»Was hier geschieht, darf keiner wissen. Ich möchte, dass du niemandem davon erzählst«, mahnte Magnus.

Sie zuckte mit den Achseln. »Ich weiß doch gar nicht, worum es geht.«

Da erblickte sie auf dem Bett, neben dem Werkzeugbeutel des Handwerkers, ein metallisches Objekt. Einen dickwandigen Kasten aus Eisen, etwa einen Fuß lang und einen halben breit, mit einer offen stehenden, dicken Tür an einer Seite.

»Ist das ein Tresor?«, fragte Lucretia und kam interessiert näher. Sie hob den Kasten an. Er war sehr schwer. Was auch immer darin verborgen werden würde, würde sicher sein.

»Ich werde unsere wertvollsten Besitztümer darin deponieren«, nickte Magnus.

Lucretia sah den Handwerker an, der ganz in seine Arbeit vertieft war. Die Aushöhlung für das Geheimfach nahm langsam Gestalt an.

»Der Handwerker ist aus Bonna, er kennt hier niemanden, also wird er auch nichts ausplaudern«, flüsterte Magnus ihr zu. Sie war erstaunt, ihren Vater so ängstlich zu sehen.

»Meinst du, dass das wirklich nötig ist?«

»Natürlich! Du weißt doch, was in den letzten Wochen geschehen ist. Wer keine Vorsichtsmaßnahmen ergreift, wird es vielleicht bald bereuen«, raunte er. In seinem Blick lag eine Besorgnis, wie Lucretia sie nur ein einziges Mal bei ihm gesehen hatte – damals, als ihre Schwester vor ein paar Jahren eine sehr große Dummheit angestellt hatte.

»Nun, schaden kann es sicher nicht«, lenkte Lucretia ein.

»Noch wichtiger als unser Gold ist mir euer aller Leben«, fügte der Vater hinzu, »deshalb kommt morgen ein Schlosser. Er wird ein gusseisernes Tor vor der Haustür installieren, dann können es die Schurken nicht aufbrechen. Jeder, der in meinem Haus lebt, soll sicher sein. Wenn die Stadtwache schon unfähig ist, unsere Leben zu schützen, dann müssen wir das eben selbst tun!«

Magnus nahm seine Tochter in den Arm und drückte sie fest an sich. Sie verstand, dass er große Angst hatte, und das Gefühl verwirrte sie. Sie hatte ihren Vater, der als Soldat so viel durchlebt hatte, der durch die Hölle des Krieges gegangen war, immer als furchtlos empfunden. Aber hier und jetzt, unter diesen Umständen, hatte ihn die fast wahnhafte Vorstellung ergriffen, dass er jeden, den er liebte, und alles, was er sich erarbeitet hatte, verlieren würde. Und er war wahrscheinlich nicht der Einzige in der Colonia, der so dachte.

»Ich will euch nicht weiter stören. Ich habe nichts gesehen und ich weiß von nichts«, sagte sie schnell, und ihr Vater nickte ihr dankbar zu.

Lucretia lief unruhig in ihrem Zimmer auf und ab. So fest sie sich vorgenommen hatte, keine Zeit mehr mit der Ermittlung zu verschwenden, so sehr nagte der Gedanke an den Tresor an ihr. Quintus hatte doch bei ihrem Streit, der mittlerweile fast eine Woche her war, darüber geredet, dass in der Villa der Bulbos ein Geheimfach gewesen war, das die Räuber geplündert hatten. Irgendetwas sagte Lucretia, dass das wichtig war. Doch warum? Und was übersah sie? Noch dazu beschlich sie zunehmend ein schlechtes Gewissen. Hatte sie sich nicht geschworen, Nepheles Tod zu rächen? Durfte sie so einfach aufgeben?

Das Rätsel ließ ihren Jagdinstinkt wieder aufflackern – und plötzlich wusste sie, was sie störte: Was, wenn auch Aemilius Bulbo ein solches Geheimnis um seinen Tresor machte wie ihr Vater? Wie hatten die Einbrecher dann das Geheimfach der Bulbos finden können? Außer … Sie schüttelte den Gedanken ab. Sicherlich gab es eine logische Erklärung.

Eine Stunde später saß Lucretia im Tablinum des prunkvollen Anwesens der Bulbos dem Hausherrn gegenüber. Das Licht, das durch das extravagante gläserne Deckenfenster fiel, erleuchtete den Schreibtisch des Händlers, machte Staubpartikel in der Luft sichtbar und ließ das graue Haar von Aemilius Tullius Bulbo glänzen. Lucretia kannte die Familie schon lange, und der Mittvierziger mit dem etwas trüben Blick und den Tränensäcken unter den Augen, die ihn ein bisschen wie einen freundlichen alten Hund wirken ließen, freute sich, Lucretia wiederzusehen.

»Es ist lange her. Du bist eine richtige Frau geworden«, sagte er anerkennend.

»Ich weiß selbst nicht, wo die Zeit hin ist.«

»Du bist längst verheiratet, nehme ich an? Eine Schönheit wie du …«, schmeichelte ihr der Dominus.

»Bisher nicht. Ich habe den Richtigen noch nicht gefunden«, antwortete Lucretia freundlich, hatte aber nicht vor, das Thema zu vertiefen, bevor Bulbo noch versuchen würde, ihr seinen Sohn Titus schmackhaft zu machen. Mit Grauen erinnerte sie sich an die Begegnung bei dem Fest von Claudia.

»Kann mich noch erinnern, als du so groß warst.« Er machte eine Geste mit der Hand neben der Tischkante. »Du bist beim Spielen mit Titus einmal ins Becken gefallen, und als ich dich rausgezogen habe, hattest du eine Seerose auf dem Kopf. Stand dir gut«, lachte er.

»Ich weiß es noch, als wäre es gestern gewesen«, entgegnete Lucretia mit einem bemühten Lächeln, hoffend, dass der peinliche Moment nicht breiter ausgewalzt würde.

»Wie kann ein alter Mann wie ich dir helfen?«, kam er nun glücklicherweise zum Punkt. Er schien zu spüren, dass sie etwas auf dem Herzen hatte.

»Es geht um den Überfall von vor einer Woche«, setzte Lucretia an.

»O ja, meine Frau ist immer noch ganz mitgenommen. Titus und ich waren verreist, und als wir zurückgekommen sind, war bereits alles wieder hergerichtet, so als sei nichts passiert. Aber auch meinen Sklaven steckt die Angst noch in den Knochen. Es muss schrecklich gewesen sein, plötzlich Fremde im Haus zu haben und so hilflos zu sein. Diese verdammten Barbaren, warum hält die auch keiner auf?«, empörte sich Bulbo.

»Nun, vielleicht gelingt es, sie dingfest zu machen, wenn wir mehr über die Vorgänge wissen«, sagte Lucretia.

Bulbo sah sie überrascht an.

»Wie ungewöhnlich, meine liebe Lucretia. In welcher Funktion stellst du denn solche Nachforschungen an?«

Das war eine gute Frage, dachte sie, denn es gab für das, was sie tat, keine Bezeichnung.

»Meine Sklavin Nephele wurde von den Räubern getötet, und ich will Gerechtigkeit für sie. Ich weiß, wie tief die Betroffenen von den Überfällen erschüttert sind. Deshalb bin ich auch gleich nach der Attacke hergekommen, um nach deiner Frau zu sehen«, erklärte sie Bulbo.

»O ja, davon hat sie mir erzählt«, sagte der, »danke nochmals für deine Anteilnahme. Es war wichtig, dass in dem Moment jemand für sie da war. Und du warst in Begleitung von … wie heißt er noch?«

»Tibur. Ein … flüchtiger Bekannter.«

Bulbo nickte: »Ich habe von Quintus Tibur gehört. Er soll ein heller Kopf sein.«

»Das ist er«, bestätigte Lucretia, auch wenn sie gerade nicht gut auf ihn zu sprechen war. »Rechtsanwalt Tibur hat mir von einem Geheimfach erzählt«, tastete sie sich an den Kern der Sache heran. Sie sah, wie der Blick des Hausherrn reflexhaft zu dem Mosaik auf dem Boden sprang. Sie fuhr fort: »Das Fach stand nach dem Überfall offen und war leer. Einer der Küchensklaven hatte es so vorgefunden.«

Bulbo nickte bitter. »Ich verstehe es nicht. Nicht einmal meine Frau wusste davon.«

»Aber einer der Räuber muss darüber im Bilde gewesen sein. Das Fach ist so gut wie unsichtbar. Man muss schon wissen, wo es sich befindet«, sagte Lucretia.

Bulbo sah sie einen Moment durchdringend an, lächelte dann.

»Lucretia Veturius, schau dich an! Was für ein kluges Kind du bist. Minerva hat ihre Weisheit großzügig über dir ausgeschüttet.«

Lucretia lächelte. Ein Kompliment für etwas zu erhalten, das einmal nichts mit ihrem Aussehen zu tun hatte, war ein unerwartet gutes Gefühl.

Bulbo war ein kluger Mann, der mitdachte, und er spann den Faden weiter: »Ein Zufall ist ausgeschlossen. Die Eindringlinge müssen von dem Fach gewusst haben. Es kann nicht anders sein. Die Frage ist, wer wusste noch von dem Tresor, obwohl ich so penibel darauf geachtet habe, niemandem etwas davon zu verraten?«

»Vielleicht hat doch einmal ein Sklave, der dir Essen oder Trinken an den Schreibtisch brachte, das Fach gesehen.«

»Ausgeschlossen«, wischte Bulbo den Erklärungsvorschlag beiseite, »darauf habe ich genau geachtet. Sklaven kann man nicht trauen, da bin ich doppelt misstrauisch.«

Lucretia überging diese Bemerkung. Sie wusste, dass ihre Beziehung zu Nephele außergewöhnlich gewesen war. Aber sie hatte nie schlechte Erfahrungen mit Sklaven gemacht und wunderte sich über die unterschwellige Angst vieler Mitbürger vor ihnen.

»Vielleicht ist es auch schon lange her. Oder es war ein überraschender Besucher?«, bohrte Lucretia nach.

Bulbo lehnte den Kopf zurück und kramte in seinen Erinnerungen. Plötzlich hielt er inne, es schien ihm etwas eingefallen zu sein. Lucretia beugte sich erwartungsvoll in dem Gästestuhl vor, auf dem sie Bulbo auf der anderen Seite des Tisches gegenübersaß.

»Marcus!«, flüsterte Bulbo, und in seiner Stimme schwang Unglauben mit.

»Wer ist Marcus?«

»Marcus Vorenus!«, entfuhr es dem Hausherrn, und Verärgerung schwang in seiner Stimme mit. Er ergänzte: »Er ist mein Neffe. Er kommt ab und zu zu Besuch. Er ist Offizier bei der Marine, im Flottenkastell südlich der Colonia.«

»Und ihm hast du von dem Tresor erzählt?«

»Nein, nein. Aber er hat ihn gesehen. Ja …! Er war hier bei uns, er hat sich schon immer gut mit unserem Sohn Titus verstanden. Der ist wie ein kleiner Bruder für ihn. Es ist vielleicht … ein halbes Jahr her. Marcus wollte mich begrüßen, und als er ins Arbeitszimmer eintrat, war ich gerade dabei, die Klappe des Tresors zu schließen. Ich bin mir ziemlich sicher, dass er das noch gesehen und sich seinen eigenen Reim darauf gemacht hat.«

Lucretia bewegte sich unruhig auf ihrem Stuhl. Das waren spannende Neuigkeiten. Und zugleich welche, die sie tief beunruhigten. Denn dieser Verdacht bedeutete vor allem eines: dass Quintus mit seinen Vermutungen, die Lucretia so sehr zuwider waren, vielleicht doch recht haben konnte. Stimmte es wirklich, dass sich hier Römer gegen Römer wandten, noch dazu aus den Reihen der Armee, die die Aufgabe hatte, das Imperium zu schützen? Lucretia versuchte, den Gedanken zu verdrängen, der drohte, ihr Weltbild ins Wanken zu bringen.

Es konnte nicht sein. Durfte nicht sein!

Nach einer Pause wurde dem Hausherrn die Tragweite dessen bewusst, was er gerade eben gesagt hatte.

»Aber dann …«, stammelte Bulbo, »… dann würde das ja heißen, dass Marcus mit den Germanen gemeinsame Sache macht. Ein Verräter in der Familie! Bei Jupiter!«

Fassungslos sah er Lucretia an, während die Erkenntnis sich in ihm verfestigte. Sie versuchte, äußerlich gelassen zu bleiben, wenngleich das eben Gehörte sie ebenfalls aufwühlte.

»Vielleicht ist es doch einer der Sklaven gewesen«, mutmaßte sie halbherzig. Denn das war es, was sie selbst unbedingt glauben wollte.

»Nein, Marcus war es, jetzt bin ich mir ganz sicher!«, rief der Hausherr.

Lucretia straffte sich, sie dachte nach. Sie hatte die emotionale Tragweite ihrer Recherche unterschätzt. Auf keinen Fall wollte sie einen Keil zwischen Bulbo und seinen Verwandten treiben. Oder ihn zu unüberlegten Handlungen motivieren. Diese Verbrecher waren gefährlich. Unberechenbar. Sie musste sehr behutsam vorgehen.

»Es ist ja noch nichts erwiesen«, beruhigte sie ihren Gastgeber schnell. »So etwas hätte Marcus als Marineoffizier doch gar nicht nötig, oder? Und was sollte ihn überhaupt mit diesen primitiven Kriminellen verbinden?«

Geschweige denn mit germanischen Dörfern auf der anderen Seite des Rhenus, deren Bewohner nicht einmal Latein sprechen, fügte sie hilflos in Gedanken hinzu. Es schien ihr unrealistisch, dass jemand aus den Familien Bulbo oder Vorenus, konservativ und seit Generationen römisch, gemeinsame Sache mit Menschen machen würde, wie Lucretia sie in Quintus' Heimatdorf angetroffen hatte. Diese Welten passten nicht zusammen. Lucretia schüttelte den Kopf, wie um diese Gedanken aus ihm zu vertreiben. Wie sehr sie es hasste, dass Quintus vielleicht recht behalten sollte …

»Aber was, wenn es doch so ist?«, sagte der Hausherr leise, und etwas Wehklagendes schlich sich in seinen Ton. »Was habe ich denn Marcus angetan, dass er mich so betrügt, so verrät? Ich war immer gut zu ihm, ich liebe ihn wie einen Sohn!« Seine Verzweiflung schlug in Wut um: »Ich werde mein Testament ändern und ihn enterben, kein As wird der Schuft von mir bekommen!«

»Bitte handele nicht vorschnell, Aemilius Bulbo«, bekniete ihn Lucretia, der mulmig zumute wurde. »Ich bitte dich, noch zu warten, was weitere Untersuchungen in der Sache ergeben. Selbst, wenn die Information von ihm kam, vielleicht hat er sich nur aus Versehen irgendwo verplappert.«

Bulbo erklärte sich einverstanden, und sie war erleichtert. Sie hielt ihn auch ausdrücklich dazu an, den Verdächtigen nicht zu kontaktieren und sich, sollte sein Neffe ihm zufällig begegnen, so zu verhalten, als sei nichts vorgefallen. Auch in diesem Fall sollte eine Regel des römischen Rechts gelten, die Lucretia einst von ihrem Hauslehrer gelernt und als Zuschauerin bei Gerichtsverhandlungen oft angewandt gesehen hatte: In dubio pro reo – im Zweifel für den Angeklagten.

31 XXXI

Mordprozesse pflegten dank ihres morbiden Anstrichs stets große Aufmerksamkeit zu erregen, und der heutige war keine Ausnahme, die Gerichtshalle im Rathaus war bis auf den letzten Platz besetzt. Quintus beschäftigten noch immer die vielen ungeklärten Fragen und das Zerwürfnis mit Lucretia, doch er verdrängte Zweifel und Groll und stürzte sich wieder in seine Anwaltsarbeit. Sein heutiger Mandant war ein iberischer Reiterveteran mit Augenklappe, dessen einzige Tochter zu Tode geprügelt worden war. Er war von diesem Verlust sichtlich erschüttert und starrte schwermütig ins Leere. Quintus war besonders konzentriert, nicht nur weil er alles dafür tun wollte, um dem trauernden Vater Gerechtigkeit zu erstreiten, sondern auch weil er vor dem Statthalter Lappius ein gutes Bild abgeben wollte. Gemäß seiner neuen Position als oberster Richter der Provinz Niedergermanien saß er heute zum ersten Mal einem Prozess in der Colonia vor. Prätor Orata, der diese Aufgabe bisher innegehabt hatte, würde zukünftig nur noch ersatzweise als Richter einspringen, wenn Lappius durchs Land reiste, um in den anderen Städten Recht zu sprechen, was eine der wichtigsten Verpflichtungen eines Statthalters darstellte.

Angeklagt war der Ehemann, ein breitschultriger junger Töpfergeselle mit roten Haaren namens Cythogonus.

»Zum einen ist da das Verhalten des Angeklagten selbst«, fuhr Quintus in seinem Schlussplädoyer fort, mit dem er eben begonnen hatte. »Wie wir alle gehört haben, hat er sich beständig selbst widersprochen. Zuerst wollte er zum Tatzeitpunkt geschäftlich verreist sein, wobei das erste Ziel zunächst Confluentes sein sollte, dann aber plötzlich Mogontiacum war. Danach tischte er uns auf, er habe sich in der fraglichen Nacht mit Freunden besinnungslos betrunken, obwohl stadtbekannt ist, dass Cythogonus nichts verträgt und sich von Wein und Cervisia strenger fernhält als die meisten. Wer hätte gedacht, dass solche Tugendhaftigkeit einem Mann zum Verhängnis werden kann?«, führte er weiter aus, wobei er die letzten Sätze mit leicht spöttischem Unterton formulierte, was bei den Zuschauern, die mehrheitlich schmunzelten, auf fruchtbaren Boden fiel.

»Ich war es nicht, so glaubt mir doch!«, stammelte Cythogonus und rutschte ungeduldig auf der Anklagebank hin und her. Dieser Berg von einem Mann, der unter gewöhnlichen Umständen zu der Sorte Kerl gehörte, denen man nicht im Dunklen begegnen wollte, war auf ein Häufchen Elend zusammengeschrumpft, nachdem ihn Quintus in die Mangel genommen hatte. Sein Erzrivale, Anwalt Varro, der mit starrem Gesicht am Verteidigertisch saß, war chancenlos, und es sah so aus, als müsste er sich Quintus wieder einmal geschlagen geben.

»Ich bin es nicht gewesen, das schwöre ich!«, wiederholte der Klotz mit zitternder Stimme. Er wusste, was auf dem Spiel stand. Im Angesicht eines drohenden Todesurteils wurde auch der härteste Hund weich wie Butter, Quintus hatte es schon oft erlebt. Er hatte Cythogonus kleingekriegt. Die Mienen der Geschworenen, die Quintus schnell aus dem Augenwinkel musterte, ließen vermuten, dass sie das ähnlich sahen.

»Der Angeklagte hat das Plädoyer des Anklägers nicht zu unterbrechen«, wies Lappius den Töpfergesellen zurecht, der auf einen strengen Blick Varros hin sogleich verstummte.

Quintus griff das Verhalten des Angeklagten auf, um es gegen ihn zu verwenden, und wandte sich an die Geschworenen: »Wie ihr seht, ist Cythogonus zutiefst verzweifelt. Wer von uns wäre das nicht in Anbetracht der Schuld, die er auf sich geladen hat? In dem Moment, als er das Leben seiner eigenen Frau nahm, war ihm jede Reue fremd, aber jetzt meldet sich sein Gewissen.« Langsam schritt Quintus die Reihe der Geschworenen ab, schenkte mal dem einen, mal dem anderen einen wohlwollenden Blick, um die Verbindung aufrechtzuerhalten, die ihm Einflussnahme sicherte. »Ich bin mir sicher, dass sich Cythogonus nichts sehnlicher wünscht als zu gestehen. Seine Tat zuzugeben, brennt ihm auf der Zunge. Aber er hat Angst vor den Folgen, und auch das ist nur allzu menschlich.«

Quintus war in seinem Element und registrierte zufrieden, wie gebannt die Geschworenen seinen Ausführungen folgten. In diesem Moment verschwendete er keine Gedanken an die Ermittlungen mit Lucretia, die er aufgegeben hatte und die ihm ohnehin nichts einbrachten.

Statthalter Lappius beobachtete ihn genau, der junge Anwalt schlug sich in seinen Augen sehr gut. Da Lappius zuvor schon eine andere Provinz verwaltet hatte, verfügte er über Vergleichsmöglichkeiten, dazu einiges an Rechtswissen und war mit allen Abläufen im juristischen System wohlvertraut. Als Richter zu agieren war ein Aspekt seines Berufes, den er weniger schätzte. Es war ihm zu trocken, und sein Rücken schmerzte schnell bei dem langen Herumsitzen. Doch er wusste, dass das Rechtssystem eine tragende Säule der Pax Romana war, und die Möglichkeit, es in Anspruch zu nehmen, eine wesentliche Motivation für Nichtrömer darstellte, die römische Staatsbürgerschaft anzustreben. Als Abgesandter des Kaisers, in dessen Namen er sprach und der dafür zu sorgen hatte, dass das Licht Roms weit über der Welt schien, musste Lappius diese Verpflichtung ernst nehmen.

»Doch sein Geständnis haben wir nicht. Noch nicht«, fuhr Quintus fort. »Was wir dafür haben, sind Aussagen von Zeugen. Die Wände einer römischen Insula sind dünn wie Papyrus, wie ich aus eigener Erfahrung bestätigen kann. Nachts ist viel Erfreuliches zu hören …«, sagte er und unterbrach sich kurz, um den Damen und Herren im Saal eine gut kalkulierte Pause zum Kichern zu bieten, nur um dann umso ernsthafter zu ergänzen: »… aber eben nicht nur. Man hört auch Unbill, Hass und Leid. So wie die Nachbarn die Schläge hörten, die Tullia von ihrem Gatten erdulden musste. Und die Schreie, die das geschundene Wesen noch zu unterdrücken versuchte, aus Scham, weil sie genau wusste, dass viele Ohren den Gewalttaten des Belgiers lauschten.«

Er schüttelte den Kopf mit halb gespielter, halb ehrlich empfundener Trauer, und einige Geschworene, ebenso wie manche Zuschauerin, ahmten die Bewegung fast automatisch nach. Das waren die Momente, in denen Varro grün vor Neid auf seinen Kollegen wurde, der es ungleich besser verstand, auf der Klaviatur der Emotionen zu spielen als er selbst.

Quintus räusperte sich und schloss so leise, dass alle im Saal genau hinhören mussten: »So war es auch in der betreffenden Nacht. Er schlug sie, immer wieder und wieder, warf ihr eine Affäre vor, von der jeder im Haus wusste, dass es die nicht gab, da Tullia der Inbegriff von Keuschheit war. Er traktierte sie mit seinen Fäusten, keine Gnade kennend, bis Stille einkehrte … Totenstille.«

Der grobschlächtige Belgier auf der Anklagebank sackte in sich zusammen, als hätten ihn Quintus' Worte wie Messerstiche getroffen. Er keuchte, rang nach Luft.

Quintus hatte einen Moment lang Mitleid mit ihm. Zu wissen, dass man des Todes war, musste grauenerregend sein. Doch das Gefühl des Triumphes, sein Werk im Sinne Justitias zu verrichten, überwog – Cythogonus hatte sich alles selbst zuzuschreiben und musste nun die Konsequenzen tragen.

»Ich … ich wollte es nicht. Ich weiß nicht, was in mich gefahren ist«, kam es leise aus ihm heraus. Aber doch laut genug, dass der Hall seine Worte bis hinauf zur marmorverkleideten Empore der Zuschauer trug. Ein Geständnis, zweifellos. »Es tut mir leid, ich würde es ungeschehen machen, wenn ich könnte. Es tut mir leid«, fügte der Belgier noch hinzu, aber so leise flüsternd, dass es selbst die Geschworenen, die nur zehn Fuß vom Zeugenstand entfernt auf ihren langen Bänken saßen, kaum vernahmen.

Lappius atmete auf. Es war vorbei.

Quintus drehte sich zum Vater der Getöteten um und sah dessen Erleichterung. Da fiel auch ihm ein Stein vom Herzen. Daran beteiligt zu sein, einen Menschen der Zwangsarbeit oder sogar dem Tod zu überantworten, widerstrebte ihm zwar, doch die Genugtuung darüber, Gerechtigkeit walten lassen zu können, überwog. Und wer wollte, dass Verbrechen bekämpft wurden, musste auch ihre Ahndung akzeptieren.

Nach dem Prozess, der für den Angeklagten wie erwartet mit einem Schuldspruch und einem Urteil zum Tod »ad bestiam« geendet hatte, verließ Quintus den Gerichtssaal und betrat die mächtige Halle im Herzen des Prätoriums. Die prunkvollen Wandgemälde, die die römische Götterwelt darstellten, beeindruckten ihn immer wieder aufs Neue. Statthalter Lappius schien es ähnlich zu gehen, er stand allein im Raum und betrachtete gedankenversunken die sehr plastische Abbildung des Gottes Apollo, der, auf einem Felsen sitzend, als schöner Mann mit Lorbeerkranz und einer Harfe in der Hand dargestellt war.

»Die Agrippinenser sind stolz auf dieses Kunstwerk«, eröffnete Quintus das Gespräch.

Lappius wandte sich ihm zu und lächelte.

»Und sie können stolz auf noch viel mehr sein«, sagte der Statthalter.

»Ich will dich nicht stören, verehrter Prokonsul, ich wollte nur diese erste Gelegenheit ergreifen, mich persönlich vorzustellen«, fuhr Quintus fort.

»Ich weiß deine Höflichkeit zu schätzen. Quintus Tibur? Ein Name, der hängenbleibt. Nicht unwichtig für einen Anwalt. Und auch ein gewisser Hang zur Melodramatik kann nicht schaden.«

»Meine Frau ist Schauspielerin. Vielleicht färbt das ab«, lachte Quintus. »Wie hast du dich eingelebt, edler Statthalter Aulus Bucius Lappius Maximus?«

»Ganz gut, soweit man es in einer Woche kann. Viele Aufgaben liegen vor mir. Aber es ist schön, in diesem Winkel der Welt, der mir so neu ist, etwas Vertrautes zu sehen«, erklärte Lappius und deutete auf das Bildnis des Apollo. »Mein vorheriger Posten war in einer Provinz in Kleinasien, am Mare Nigrum. Apollo wird dort über alle Maßen verehrt. Er sei sogar dort geboren, behaupten die Bewohner. Von dort hat sich sein Kult über Griechenland, über Italien bis hierher verbreitet. Viele sehen in ihm das größte, ja das einzige, das höchste Wesen. Ein Gott für alles … Ich frage mich, wie es ihm hier in der Fremde geht, wo die Sonne kleiner und viel weiter entfernt scheint, falls sie sich überhaupt einmal zeigt.«

»Apollo muss Geduld haben, wie wir alle. Lass dich nicht von ein paar verregneten Tagen im Frühling täuschen. Die Sommer können hier so heiß werden wie im Süden, lieber Prokonsul.«

»Der Mensch braucht etwas, woran er glauben kann«, sagte Lappius. Er sah Quintus prüfend an und fragte: »Woran glaubst du, Quintus Tibur?«

»An die Gerechtigkeit. Götter offenbaren sich mir selten«,

antwortete er, »doch das Gesetz sehe ich jeden Tag schwarz auf weiß vor mir.«

»Statthalter!«, ertönte eine Stimme hinter ihnen.

Es war die von Admiral Gordianus. Heute trug er wieder seinen Brustpanzer, an dem zahlreiche runde Phalerae prangten, metallene Orden mit phantasievollen Gravuren, die seine Verdienste auswiesen. Von seinen Schultern hing ein makellos sauberer hellblauer Umhang. Auf dem Kopf hatte er einen Helm mit kunstvoll verziertem Visier und einer großen Quaste aus weißen Straußenfedern, die sich bei jeder Bewegung wiegten. Mit der gebräunten Haut und dem kantigen Kinn, gepaart mit der Ausstrahlung ungeheuren Selbstbewusstseins, war er ein Mann, nach dem sich Frauen auf der Straße umdrehten.

»Admiral Gordianus, das ist Quintus Tibur, Anwalt. Ein Mann mit Überzeugungen. Und mit Talent«, stellte Lappius Quintus vor, der sich sehr geschmeichelt fühlte.

»Das sind die gefährlichsten«, lachte Gordianus und fügte hinzu: »Es freut mich, deine Bekanntschaft zu machen.«

»Es ist mir eine Ehre, den Kommandanten der Rheinflotte einmal persönlich zu begrüßen«, erwiderte Quintus und meinte es auch so.

»Dein Gesicht kommt mir bekannt vor«, sagte Gordianus und runzelte die Stirn.

»Ich glaube, wir waren neulich zufällig im selben Haus«, erklärte Quintus und wandte sich an den Statthalter: »Es war am Tag deiner Ankunft, verehrter Prokonsul, im Haus der Bulbos.«

»Oh. O ja. Eine schlimme Sache. Ich hoffe, es geht den Leuten gut«, sagte dieser.

»Bist du ein Freund der Familie?«, wollte Gordianus von Quintus wissen.

Der Anwalt hielt es für klüger, die Intensität seiner Ermittlungen für sich zu behalten, zumal sie keine Resultate gezeigt hatten, mit denen er die hohen Herrschaften hätte beeindrucken können.

»Nein, ich habe mich nur nach dem Überfall dort umgesehen. Ich wollte wissen, ob die Täter Spuren hinterlassen hatten. Aber ich habe nichts gefunden«, erklärte er vorsichtig.

Lappius wirkte angetan von Quintus' Idealismus: »Aufmerksame Bürger brauchen wir in diesen Zeiten dringender denn je.«

»Überaus ehrenhaft, dass du deine Zeit auf das Gemeinwohl verwendest. Solltest du doch noch etwas herausfinden, so lass es mich wissen«, fügte Gordianus hinzu. »Aber jetzt entschuldige uns, ich muss etwas Dringendes mit dem Statthalter besprechen. Einen schönen Tag noch.«

Gordianus wollte das Thema offenbar auch nicht vertiefen. Quintus konnte sich vorstellen, dass ihm als höchstem Sicherheitsoffizier der Stadt die Lage durchaus peinlich war.

»Ich bin in den nächsten Tagen in Aquae Granni, um dort Gericht zu halten. Prätor Orata wird mich hier vertreten«, informierte Lappius Quintus noch. Dann wandten sich der Statthalter und der Admiral ab und schritten zum Portal, das tiefer ins Innere des Gebäudekomplexes führte und hinter dem sich der kleine Garten erstreckte. Sofort schienen sie in ein angeregtes Gespräch vertieft zu sein.

Quintus sah den beiden einen Moment nach. Endlich einmal hatte er die wichtigsten Männer der Stadt, ja des Landes, kennengelernt. Solche Verbindungen nach ganz oben konnten nützlich sein.

Als er sich zufrieden umdrehte, um zum Haupteingang zu gehen, streifte sein Blick ein letztes Mal das Wandgemälde. Er erstarrte und blieb wie angewurzelt stehen. Seine Aufmerksamkeit galt nur noch der Abbildung des Gottes Neptun, die sich links neben dem Tor befand. Trotz des hellen Lichts, das von draußen hereinfiel, konnte man die Ecke leicht übersehen. Neptun war als muskulöser älterer Mann mit von einer Muschelkette geschmückten, wallenden Haaren und einem langen Bart dargestellt, in den grüne Algen geflochten waren. In einer majestätischen Pose erhob er sich aus dem schäumenden Meer. Am auffälligsten war aber, was er mit beiden Händen umklammert hielt: ein langer Dreizack – mit einer goldenen Spitze. Es war diese Spitze, die Quintus ins Auge stach und in ihm das Gefühl auslöste, ein wichtiges Rätsel gelöst zu haben. So oft schon war er an dem Gemälde vorbeispaziert, warum hatte er nicht früher einmal genau hingesehen? Wie eine warme Welle fuhr dieser Moment der Erkenntnis jetzt durch seinen Körper. *Ich lag falsch*, dachte er. Das Symbol, das die Tätowierung des Räubers zeigte, war keine Rune, kein fremder Buchstabe, sondern das Zeichen eines Gottes! Aber was bedeutete das? Was machte er mit dieser Entdeckung, wohin würde sie ihn führen? Er riss seinen Blick los und fuhr sich mit der rechten Hand durch das Haar, während er fieberhaft nachdachte. Er war sich unsicher, was er tun sollte. Er könnte der Spur allein nachgehen, jetzt sofort. Doch er fühlte sich Lucretia verpflichtet, die einen nicht unbeträchtlichen Teil des Weges mit ihm gegangen war. Es würde sich unredlich anfühlen, sie über seine Erkenntnis im Dunkeln zu lassen. Nein, er konnte sie nicht einfach übergehen, zumal diese Erkenntnis sie besonders betraf. Aber würde sie sich dafür noch interessieren? Und würde sie nach ihrem Streit überhaupt noch einmal mit ihm reden wollen? Es gab nur einen Weg, das herauszufinden.

32 XXXII

Antonius Livio überprüfte die Ladung eines Händlers, der Einlass in die Stadt begehrte. Er kannte den Mann, er war ein Bürger und durfte passieren. Regentropfen perlten von Livios Helm ab und liefen ihm in den Nacken. Er winkte den Händler weiter und eilte dann unter einen der beiden Durchgänge des Nordtores, wo man halbwegs geschützt stehen konnte. Dort wartete Barsemias, der mit ihm die Nachmittagsschicht schob. Es wurde langsam dunkel, und die schwarzen Wolken, die über der Stadt hingen, verstärkten den trüben Eindruck noch. Alles schien grau, so als hätte das Wetter sämtliche Farbe aus der Landschaft gesaugt. Auf den Regen, der eingesetzt hatte, waren die Marinesoldaten vorbereitet, sie trugen über ihren rostanfälligen Kettenhemden kurze Mäntel aus bienenwachsgetränktem Leder, die bis knapp über die Hüften reichten.

Barsemias stützte sich auf seinen hohen ovalen Schild, der mit ineinander verschlungenen Fischschwänzen in verschiedenen Blautönen bemalt war. Er musste den schmerzenden Rücken entlasten, der ihm mit zunehmendem Alter Sorgen bereitete. Im Gegensatz zu einem Infanterielegionär war er in seinem Berufsleben zwar keine Tausende von Meilen quer durch ganz Europa marschiert, aber das Rudern auf den täglich patrouillierenden Schiffen und die häufige Arbeit am Webstuhl, die er in unbequemer Haltung verrichten musste, wenn er nicht gerade Wache schob, hatten ihre Spuren hinterlassen.

Eine Weile standen Livio und Barsemias schweigend nebeneinander. Sie langweilten sich, und die Schicht schien kein Ende zu nehmen, auch wenn die Ablösung durch die Nachtwache schon in einer Stunde erfolgen würde.

»Ich kann das Gesicht der Frau nicht vergessen«, flüsterte Livio plötzlich. »Es verfolgt mich die ganze Zeit. Ich sehe es, wenn ich die Augen zumache.«

Barsemias rollte mit den Augen. Schon wieder dieses Thema.

»Sie war nur eine Sklavin«, versuchte er, die Sorgen des Kameraden herunterzuspielen.

»Sie war eine unbewaffnete Frau, Barsemias. Ich sehe sie nachts in meinen Träumen, von den zuckenden Flammen des brennenden Hauses erleuchtet«, fuhr Livio fort. »Ich habe Neptun schon mehrmals geopfert und ihn um Linderung gebeten, doch vergeblich. Vielleicht will er, dass ich leide, dass ich büße. Vielleicht bin ich verflucht. Und vielleicht habe ich es verdient …«

Barsemias betrachtete ihn nachdenklich. Er verstand die Nöte seines Kameraden. Auch er hatte in seiner Laufbahn als Soldat Dinge getan, auf die er nicht stolz war. Aber er hatte gelernt, damit umzugehen, seine Taten vor sich selbst zu rechtfertigen.

»Sie war keine römische Bürgerin. Ihr vergossenes Blut ist es nicht wert, dass du dich so grämst, mein Freund. Sie war zur falschen Zeit am falschen Ort«, tröstete der Thraker ihn.

»Du meinst wie … der Schmied«, presste Livio tonlos hervor und starrte hinaus in den Regen, der laut auf den Asphalt prasselte.

Barsemias wandte sich wieder seiner Arbeit zu und nahm die Menschen, die die in die Stadt führende Pforte passierten, prüfend in den Blick. Heute war wenig los, und das lag nicht nur am schlechten Wetter. Es hatte sich herumgesprochen, dass Nichtbürger die Colonia zu meiden hatten. Viele machten nun lieber ihre Geschäfte in Novaesium oder Bonna. Diese Städte waren zwar weiter entfernt und viel kleiner, aber die Händler und Handwerker aus dem Umland wollten lieber wenig Geld verdienen als gar keines.

»Vielleicht ist das, was wir tun, falsch. Ich … weiß nicht, ob ich das noch lange für mich behalten kann. Ich kann kaum noch schlafen. Sogar mein Mädchen ahnt schon, dass etwas nicht stimmt.«, setzte Livio wieder an, und seine Stimme zitterte leicht.

Barsemias holte tief Luft. Er wollte es nicht hören.

»Lass uns das nicht vertiefen. Nicht hier und jetzt«, wies er seinen Kameraden zurecht. Sie mussten zusammenhalten.

Livio ließ sich nicht bremsen: »Es ist Unrecht.«

Barsemias räusperte sich und entgegnete verständnisvoll: »Genug davon. Du steigerst dich da zu sehr rein. Du schweigst wie ein Grab. So wie wir es geschworen haben.«

Doch Livio ließ nicht locker: »So war das doch alles nicht geplant. Wir schaden zu vielen Leuten.«

Barsemias war fast erleichtert, als er sah, wie sich Marcus Vorenus näherte. Das half ihm, die Worte seines Kameraden innerlich beiseitezuschieben.

Als Unteroffizier pendelte Vorenus an den Tagen, an denen er und seine Männer Wachdienst hatten, regelmäßig zwischen allen Stadttoren, um nach dem Rechten zu sehen. Er stieg über eine Pfütze und stellte sich unter den Torbogen zu Barsemias, während Livio den geschützten Unterstand verließ, um die Waren eines Händlers auf einem kleinen Eselskarren zu untersuchen, der um Einlass in die Colonia bat.

»Alles in Ordnung?«, fragte Vorenus, wobei er seinen Helm absetzte. Sein Helmbusch und sein mannshoher Stab mit einem Metallknauf an der Spitze, das Hastile, wiesen ihn als Unteroffizier aus, ansonsten unterschied sich seine Ausrüstung nicht von der der gewöhnlichen Soldaten.

»Natürlich, Optio«, antwortete Barsemias und war darauf bedacht, Zuversicht auszustrahlen. Sein Blick wanderte verstohlen zu Livio.

Vorenus bemerkte es. Er hatte eine gute Auffassungsgabe, daher war er auch recht schnell in der Armee aufgestiegen, und Optio sollte nicht seine letzte Position bleiben.

»Stimmt was nicht mit dem Kameraden?«, hakte er nach.

Barsemias sah ihn betreten an, was dem Optio bewies, dass er richtiglag.

»Wir haben alle mal einen schlechten Tag«, redete sich Barsemias heraus und widmete seine Aufmerksamkeit den Passanten, die durch das Tor neben ihnen ein- und ausgingen. Doch Vorenus wollte es nicht auf sich beruhen lassen.

»Neulich bei unserer Zusammenkunft schien er auch nicht mehr voll an Bord zu sein«, stellte der Optio fest und hoffte, Barsemias mehr Informationen zu entlocken.

Der war nun in einer schwierigen Lage, denn einerseits glaubte er an die gemeinsame Mission, andererseits war Antonius Livio ein Freund, den er nicht ans Messer liefern wollte.

»Man braucht gute Nerven für das, was wir vorhaben«, raunte Barsemias und hoffte, dass der Vorgesetzte das Thema nicht vertiefen würde. Doch da lag er falsch, Vorenus hatte Blut geleckt.

»Und die hat Antonius nicht, meinst du?«

Barsemias holte tief Luft und sagte dann: »Er ist ein Mann mit Gewissen.«

Vorenus wusste, was sein Untergebener sagen wollte.

»Was wir brauchen, sind Männer mit Entschlossenheit, nicht Männer mit Gewissen«, sagte er, sah Barsemias durchdringend an und forderte: »Was? Was genau hat er gesagt? Berichte mir alles.«

33 XXXIII

Quintus hatte sich durchgefragt, und es war nicht schwer gewesen herauszufinden, welches das Haus der Familie Veturius war. Zumal er seit ihrem Ausflug in die Germania Magna zumindest dessen ungefähre Lage kannte. Lucretias Vater war einer von nur zwei Garumhändlern in der Colonia, und er hatte sein Geschäft im vorderen Teil des Hauses, in dem er auch wohnte. Als Quintus dort ankam, machten die beiden älteren Angestellten, die für den Straßenverkauf der beliebten Fischsoße zuständig waren, den Laden gerade dicht und schlossen die Tür ab. Die Ware, die zur Würzung römischer Gerichte in jede gute Küche gehörte, fand reißenden Absatz, und Lucretias Vater hätte das Geschäft sicher gern länger aufgelassen, aber die Verordnung zum Ladenschluss war streng: Zur sechsten Stunde nach dem Mittag hatten alle Geschäfte geschlossen zu sein.

Quintus ging zur Haustür, die eher unauffällig in der fensterlosen, zur Straße gewandten Häuserfront rechts des Ladenlokals lag. Er betätigte den Türklopfer, der die Form eines Delfins hatte. Kurz darauf waren Schritte zu hören, und eine kleine hölzerne Luke im oberen Drittel der Tür öffnete sich mit einem Quietschen. Es war Cäcilia Veturius persönlich, die hindurchspähte. Quintus erkannte sie wieder.

»Ja, bitte?«, fragte Lucretias Mutter, während sie ihn skeptisch musterte.

»Guten Abend. Entschuldige die Störung. Ich bin Quintus Tibur, Anwalt. Ich müsste mit deiner Tochter sprechen.«

»Steckt sie in Schwierigkeiten?«, sagte Cäcilia erschrocken.

»Nein, keineswegs. Es ist eine … private Angelegenheit. Ich werde nicht lange stören.«

»Nun gut«, sagte die Hausherrin. Man hörte einen Schlüssel, der sich knarzend im Schloss drehte, dann schwang die Tür auf, und er wurde eingelassen.

Cäcilia schloss die Tür hinter ihm wieder ab und führte den Gast durch einen schmalen Gang ins Atrium.

Quintus sah sich um. Hier war Lucretia also aufgewachsen.

»Du bist doch der mit dieser … Frau«, stellte Cäcilia misstrauisch fest.

Quintus bemerkte ihren Unterton, entschied sich aber, nicht darauf einzugehen und antwortete verbindlich: »In der Tat, ich bin glücklich verheiratet, ja.«

»Ich glaube, wir haben uns auf dem Forum gesehen. Bei der Antrittsrede des Statthalters.«

»Die so furchtbar unterbrochen wurde, ich erinnere mich«, pflichtete Quintus ihr bei, als sie beide beim Impluvium, dem unter freiem Himmel liegenden Wasserbecken im Zentrum des Peristyls, ankamen.

Cäcilia hakte nicht weiter nach. »Lucretia, kommst du mal?«, rief sie. »Du hast Besuch.« Und sie fügte hinzu: »Es ist ein Mann.« Als ob das einen Unterschied machte.

Lucretia kam aus einem der Zimmer. Sie war heute nicht aufwendig geschminkt oder frisiert und trug eine schlichte Tunika. Als sie Quintus sah, verzog sich ihre bis dahin entspannte Miene.

»Oh«, sagte sie nur.

»Ich muss über etwas Wichtiges mit dir sprechen«, verkündete er.

Cäcilia, die höchst neugierig war, worum es ging, sah zwischen den beiden hin und her und machte keine Anstalten, sich zurückzuziehen.

»Mutter, lässt du uns kurz allein? Bitte«, wandte sich Lucretia mit einem freundlichen Blick an Cäcilia. Die wollte erst etwas sagen, ließ es dann aber bleiben und schwebte enttäuscht davon.

Einen Moment lang war es ganz still. Man hörte nur das Quaken eines Laubfrosches, der auf dem marmornen Rand des Wasserbeckens saß, sie zu beobachten schien und dabei seine Backen aufblies.

»Ich habe etwas herausgefunden«, setzte Quintus an, und zu seiner Überraschung antwortete Lucretia: »Ich auch. Du zuerst.«

»Es ist nur eine Vermutung.« Er räusperte sich. »Aber ich glaube zu wissen, was das Zeichen darstellt, das deine Freundin kurz vor ihrem Tod auf deinen Arm gemalt und das auch der gekaufte Zeuge beschrieben hat.«

Lucretia sah ihn gespannt an, versuchte aber, nicht zu aufgeregt zu wirken. Den Gefallen wollte sie ihm nicht tun.

»Ich glaube, was die beiden gesehen haben, war ein Dreizack«, erklärte Quintus.

Lucretia kniff nachdenklich die Augen zusammen.

»Der Gedanke kam mir, als ich das Bildnis Neptuns im Prätorium gesehen habe. Diese Form einer Gabel entspricht exakt der Waffe des Meeresgottes«, sagte Quintus.

»Ich kenne das Bild, ich weiß, was du meinst. Wenn sich jemand den Dreizack als Symbol stechen lässt, das man nicht mehr abwaschen kann, dann muss ihm diese Gottheit sehr viel bedeuten«, schlussfolgerte Lucretia.

Quintus lächelte, er hatte schon einen ähnlichen Gedanken gehabt. »Und wem ist es wichtig, sich mit Neptun gutzustellen? Einem Fischer! Er lebt am Wasser und vom Wasser. Er braucht Neptuns Gunst. Das engt den Kreis der Verdächtigen stark ein, auch wenn es sicher einige Männer dieses Berufsstandes in der Stadt gibt.«

»Ja. Einem Fischer«, ergänzte Lucretia nachdenklich, »oder

einem Soldaten. Genauer gesagt, einem Marinesoldaten. Einem, der im Flottenkastell stationiert ist. Oder der unsere Stadttore bewacht.«

»Auch das ist sehr gut möglich«, sagte Quintus beeindruckt, der darauf noch nicht gekommen war, und seine Augen weiteten sich interessiert. Dass Lucretia von sich aus einen römischen Soldaten verdächtigen würde, war das Letzte, was er nach ihrem Streit erwartet hätte. »Hat diese Vermutung etwas mit dem zu tun, was du herausgefunden hast?«

Lucretia taute auf, was er an ihrer Körperhaltung festmachen konnte, die sich etwas lockerte. Es schien ihr auf der Zunge zu brennen, ihm die Neuigkeiten zu berichten. Andererseits hatte sie sich so entrüstet und abfällig über ihre gemeinsamen Ermittlungen geäußert, dass sie sich nun wahrscheinlich keine Blöße geben wollte.

»Bitte sag es mir, ich habe das Gefühl, wir kommen einen großen Schritt voran, wenn wir unsere Beobachtungen abgleichen«, bat Quintus ernst.

Lucretia gab nach. Sie konnte nicht anders. Das Verlangen, den Fall weiterzuverfolgen und zu lösen, war größer als ihr gekränkter Stolz.

»Ich habe mich daran erinnert, dass du mir von dem Geheimfach im Hause der Bulbos erzählt hast«, begann Lucretia.

»Von dem keiner wusste, außer dem Dominus selbst«, erinnerte sich Quintus.

Lucretia nickte. »Das dachte ich auch, bis ich noch mal zu dem Haus gegangen und mit Aemilius Bulbo gesprochen habe. Ich kenne ihn und seinen Sohn Titus von klein auf, er vertraut mir. Er hat sich daran erinnert, dass ein Verwandter von ihm bei einem Besuch zufällig in den Raum gekommen ist, als er das Fach gerade geöffnet hatte. Es ist schon etwas länger her.«

Quintus horchte auf.

»Sehr interessant! Also kann das Wissen um den Tresor doch von einem Dritten nach draußen gelangt sein. Wer war es denn, der das Geheimnis zufällig entdeckt hat?«

»Ein Mann namens Marcus Vorenus. Er ist ein Neffe von Bulbo. Und jetzt rate mal, wo er arbeitet.«

»Im Flottenkastell«, kombinierte Quintus sofort.

»Richtig. Er ist Optio bei der Rheinflotte«, bestätigte Lucretia.

Es passte alles zusammen. Aber gute Nachrichten waren das nicht, deutete dies doch nun tatsächlich auf eine Verschwörung in den eigenen Reihen hin. Immerhin – das Gespräch ließ das Eis zwischen Quintus und Lucretia langsam wieder auftauen.

»Und dieser Vorenus hat nicht zufällig auch noch eine Tätowierung auf dem Arm?«, fragte Quintus sarkastisch.

Doch Lucretia zuckte nur mit den Schultern. Auch wenn ihr selbst diese Frage auf der Zunge gebrannt hatte, war es ihr falsch vorgekommen, Bulbo danach zu fragen.

»Gute Arbeit«, lobte Quintus sie.

Lucretia verspürte nun den Drang, das Thema anzusprechen, das er selbst bisher vermieden hatte: »Möglicherweise hast du recht damit, dass Römer hinter den Überfällen stecken. Oder dass Bürger der Colonia germanische Räuber unterstützen. Man darf ja keine Möglichkeit einfach so ausschließen. Vielleicht war ich … etwas vorschnell. Aber der Gedanke hat mich so entsetzt, so enttäuscht, dass ich ihn nicht zulassen konnte. Oder wollte.«

»Gräme dich nicht deswegen«, tröstete sie Quintus, der ihr längst verziehen hatte. »Es war sehr klug von dir, Bulbo zu befragen. Vielleicht sind wir der Lösung des Falles näher, als wir glauben. Letztlich führen beide Spuren zur Flotte. Wir sollten diesem Marcus Vorenus auf den Zahn fühlen, findest du nicht?«

Lucretia rang mit sich. Nachdenklich drehte sie eine ihrer dunklen Locken um ihren Zeigefinger. Die Sache war riskant. Aber sie wollte zu Ende bringen, was sie angefangen hatte. Für ihre Freundin. Für Nephele. Sie musste es tun und der Zusammenarbeit mit Quintus noch eine Chance geben. Sonst würde Nepheles Seele keinen Frieden finden – und sie selbst auch nicht.

Lucretia sah sich aus den Augenwinkeln um, um sicherzugehen, dass sie nicht belauscht wurden, doch ihre Mutter war nirgendwo zu sehen.

»In Ordnung. Wir suchen ihn morgen. Lass uns die Wachen an einem von den Toren befragen. Sie können uns sicher sagen, wo der Optio zu finden ist. Dann können wir ihn beobachten, vielleicht verrät er sich irgendwie«, raunte sie.

Nicht der beste Plan, aber Quintus fiel auch nichts anderes ein.

»Ja, das passt. Morgen habe ich keinen Gerichtstermin. Wann kommst du am besten von hier weg?«, fragte er verschwörerisch.

»Zur dritten Stunde des Tages«, legte Lucretia fest.

Quintus nickte. Endlich war die Lösung des Mysteriums in greifbare Nähe gerückt.

34 XXXIV

Nur kurz nach der dritten Stunde trafen sie sich vor Quintus' Insula und liefen zum nahegelegenen Westtor. Dort nahm die Via Belgica ihren Anfang, eine der Hauptverkehrsadern der gesamten Region. Sie führte über Juliacum und Samarobriva nach Nordwesten bis zum Ärmelkanal. Die Marinesoldaten, die am Tor Wache hielten, dachten sich nichts dabei, dass zwei harmlose Bürger Vorenus suchten. Sie kannten ihn, auch wenn er in einer anderen Einheit diente und ihnen nicht direkt vorgesetzt war. Er wäre kurz zuvor am Tor gewesen und hätte nach dem Rechten gesehen, dann aber hätte ein aufgeregter Feuerwehrmann nach ihm verlangt, der ihn dringend zum Hafen geleiten wollte. Dort wäre etwas vorgefallen, aber mehr wussten die Soldaten nicht zu sagen.

Quintus und Lucretia beschlossen, der Sache nachzugehen, und liefen einmal quer von West nach Ost durch die gesamte Stadt, bis sie am Hafen ankamen. Es war ein warmer, sonniger Frühlingstag, wenn auch ziemlich windig. Dicke weiße Wolken trieben unter dem blauen Himmel. Sie schienen so eilig unterwegs zu sein wie die beiden Ermittler, die das Gefühl hatten, mit jedem Schritt der Lösung des Rätsels näher zu kommen.

Der östliche Rand der Colonia war wie die anderen drei Seiten durch eine hölzerne Mauer gesichert, und man musste eines von drei kleineren Toren passieren und einige Stufen herabsteigen, um ans Flussufer zu gelangen, das durch eine gemauerte Uferpromenade befestigt war. Der Handelshafen der Colonia war der größte Hafen Germaniens. Er war an der zentralen Schnittstelle von Nord und Süd, Ost und West, am breitesten Fluss des Kontinentes nicht nur bestens positioniert, sondern profitierte auch von einer geographischen Besonderheit: Unmittelbar vor der Colonia ragte eine lange, schmale Halbinsel in den Rhenus. Die ruhige, etwa hundertfünfzig Fuß breite Bucht, die sie bildete, war prädestiniert für einen Hafen. Um beide Seiten zum Anlegen optimal nutzen zu können, hatte man die Landzunge auf Höhe des Prätoriums durch eine große Brücke mit dem Ufer verbunden. Zahlreiche Schiffe lagen hier mit eingeholten Segeln. Von flachen Transportkähnen, die nur für kurze Distanzen benutzt wurden, bis zu hochseetauglichen Handelsschiffen waren die verschiedensten Arten vertreten. Möwen flogen kreischend umher und suchten nach Essbarem, einige standen – nur auf einem Bein – hoch oben auf den sich wiegenden Masten. Der Hafen war ein Schmelztiegel, viele verschiedene Sprachen waren zu vernehmen. Händler aus Helvetien, wo der Fluss entsprang, feilschten in radebrechendem Latein mit Kollegen aus dem fernen Caledonien, dem Norden der Insel Britannien. Gelagert wurden die Waren in großen, aus roten Ziegeln errichteten Speicherhäusern, die überall auf der Insel errichtet waren.

Quintus und Lucretia betraten gerade die Promenade. Ein mit Amphoren beladener Ochsenkarren klapperte an ihnen vorbei in Richtung Tor. Sie sahen sich nach Vorenus um.

»Was ist da los?«, fragte Lucretia und zeigte auf eine Menschentraube, die sich etwa hundertfünfzig Fuß südlich, kurz vor dem Ende der Uferpromenade, versammelt hatte. Dort stand ein Unteroffizier und sprach mit mehreren Feuerwehrleuten. Es sei etwas Schlimmes vorgefallen, hörten sie Menschen im Vorbeigehen flüstern. Man habe eine Leiche im Wasser gefunden! Hatten die Germanen wieder zugeschlagen? Die Bürger waren sichtlich nervös.

Einer der Vigiles war gerade dabei, mit einem langen Holzstab, an dessen Ende sich ein Eisenhaken befand, den bleichen, schlaffen Körper eines Mannes aus dem Hafenbecken zu ziehen. Ein anderer Feuerwehrmann trieb mit rudernden Armbewegungen die versammelten Passanten zurück.

»Haut ab, Leute, ihr habt genug gegafft! Wir übernehmen hier!«, wies er sie zurecht, und die Menge zerstreute sich widerwillig.

Quintus und Lucretia arbeiteten sich durch den Pulk der Schaulustigen nach vorn. An seiner blassgrünen Kleidung konnten sie erkennen, dass es sich bei dem Toten im Rhenus um einen Marinesoldaten handeln musste.

Der Optio wirkte sichtlich betroffen, als der Feuerwehrmann ihm die Leiche vor die Füße legte.

»Marcus Vorenus, ist das einer deiner Männer?«, fragte der Feuerwehrmann.

Vorenus nickte. »Antonius Livio. Einer meiner besten. Ein Verlust für die Truppe und ein Verlust für Rom.«

Lucretia und Quintus schauten sich vielsagend an. Sie hatten Bulbos Neffen gefunden. Doch was nun?

Lucretia betrachtete den Toten genauer. Er trug Zivilkleidung. Offenbar war er nicht im Dienst verstorben. Seine Augen waren geschlossen, und sein triefnasser, regloser Körper wirkte mehr wie ein Gegenstand als ein Mensch.

Doch als ihr Blick auf seinen rechten Unterarm glitt, erstarrte sie. Sie konnte nicht mehr atmen, und ihre Augen weiteten sich. Quintus, der neben ihr stand, konnte spüren, dass etwas nicht stimmte.

Er folgte ihrem Blick und entdeckte, was es war: Auf dem Arm des Toten prangte die Tätowierung des Dreizacks. Antonius Livio war Nepheles Mörder, der Mann, den sie die ganze Zeit gesucht hatten! Doch er würde ihnen keine Auskunft mehr über seine Rolle in alledem geben können.

Einerseits war Lucretia froh, dass Nepheles Mörder tot war. Andererseits fühlte es sich nicht nach der Gerechtigkeit an, die sie gesucht hatte. Und dazu war der Täter kein wilder Germane gewesen, sondern ein römischer Soldat – ausgerechnet einer von den Männern, die diese Stadt schützen sollten! Und er hatte mit den Räubern gemeinsame Sache gemacht. Quintus' verrückte Theorie schien mit einem Mal nicht mehr so verrückt zu sein. Lucretia hatte das Gefühl, den Boden unter den Füßen zu verlieren.

Mittlerweile gehörten Quintus und Lucretia zu den letzten verbliebenen Schaulustigen. Vorenus' fragender Blick traf sie.

»Kann ich euch helfen?«, fragte der Unteroffizier ruppig. Er musterte sie argwöhnisch. »Wer seid ihr?«

Lucretia schreckte aus ihren Gedanken hoch. Nach allem, was sie erfahren hatte, traute sie Vorenus nicht und hielt es für klüger, ihren und Quintus' Namen nicht zu verraten. Was, wenn Vorenus die Verschwörer unwissentlich unterstützte, oder sogar absichtlich mit ihnen zusammenarbeitete? Sie hatte den Namen des Toten aufgeschnappt und beschloss, das zu nutzen.

»Antonius Livio schuldete meiner Familie Geld«, behauptete sie schnell und zeigte auf Quintus: »Das ist mein Anwalt. Wir wollten ihn vor Gericht zitieren, um die Sache zu klären.«

»Aber wie es aussieht, hat sich das ja nun erledigt«, griff Quintus die Idee auf und spielte mit.

»Wie komme ich jetzt nur an unser Geld?«, seufzte Lucretia.

»Gar nicht mehr, gute Frau, tut mir leid. Mit seinem Leben sind auch deine Ansprüche beendet«, gab Quintus ihren Rechtsberater. Vorenus schien die Darbietung zu schlucken.

Da näherten sich drei Marinesoldaten. Sie erblickten ihren toten Kameraden, dessen linker Arm schlaff von der Kaimauer baumelte.

»Antonius! Nein!«, rief einer der Soldaten bestürzt aus.

»Bei den Göttern, was ist hier passiert?«, rief der zweite und schlug sich mit großer Geste die Hände vor den Mund, was zu dem massigen Krieger nicht recht passen wollte.

»Er war doch noch so jung!«, klagte der erste Kamerad laut.

»Die besten gehen immer zu früh von uns«, seufzte der zweite und wischte sich eine unsichtbare Träne von der Wange.

Quintus kniff die Augen zusammen. Ihm kamen die Worte und die Gesten künstlich vor. Das Ganze roch nach einer Inszenierung. Pola hätte sich für ein derart schlechtes Schauspiel geschämt. Die Reaktion der beiden Kameraden war überzogen, viel zu theatralisch. Fehlte nur noch, dass einer von ihnen sich auf die Leiche warf und heulte wie ein Klageweib.

Nur der dritte, Barsemias, sagte nichts. Er stand bloß still da und starrte die Leiche an. Das fiel Quintus auf.

»Ein schwarzer Tag für unsere Garnison«, sagte Optio Vorenus und nahm respektvoll seinen Helm ab.

»Das ist kein Tod für einen Soldaten«, raunte Barsemias, und es schwang ein Vorwurf in seiner Stimme mit, den seine Kameraden ignorierten.

»Wir können ihn hier nicht liegen lassen«, stellte der große, massige Soldat fest.

»Organisiert einen Karren und lasst seinen Leichnam zum Flottenkastell bringen«, befahl Vorenus. »Bahrt ihn in der Hütte seiner Lebensgefährtin auf, damit sie und andere Abschied nehmen können. Und stellt einen Kameraden ab, der gerade nichts zu tun hat, ein Grab auszuheben. Zweite Reihe, wenn ihr noch einen Platz findet, Livio hat ihn sich verdient. Holz für den Scheiterhaufen auf der Ustrina brauchen wir auch. Und eine Urne, die könnt ihr auf dem Rückweg gleich beim Töpfer mitnehmen. Wir beerdigen die Asche des Kameraden bei Sonnenuntergang mit allen Ehren, wie es sich gehört. Ich gehe nachher zu einem Steinmetz, damit er einen Grabstein anfertigt. Sagt schon einmal den Kameraden Bescheid, etwas Geld dafür zusammenzulegen, den Rest begleiche ich.«

Es war üblich, dass Offiziere, die ein Vielfaches des Soldes ihrer Untergebenen verdienten, sich maßgeblich an den Grabmälern für ihre gefallenen Männer beteiligten.

Quintus fiel auf, wie klar der Optio den Plan sofort umrissen hatte, so als hätte er schon vorher Zeit gehabt, darüber nachzudenken. Andererseits war es sicher nicht der erste Tote, den die Rheinarmee zu beklagen hatte, und als Marineoffizier musste man wahrscheinlich öfter Beerdigungen organisieren.

»Man fällt doch nicht einfach so ins Hafenbecken und ertrinkt«, warf Lucretia ein, und Quintus hakte sofort nach: »Er muss nicht hier hineingefallen sein. Könnte es auch woanders geschehen sein? Und die Strömung hat ihn hergespült? Wer hat Livio zuletzt lebend gesehen?«

Die Soldaten sahen ihren Vorgesetzten Vorenus fragend an. Mit solchen Fragen hatten sie nicht gerechnet. Aber einer musste antworten. Barsemias nahm es zögerlich auf sich: »Das war ich, nehme ich an. Nach unserer Wache gestern bei dem schlechten Wetter waren wir übel gelaunt, wir waren klitschnass und durchgefroren. Als wir zurück im Flottenkastell waren, haben wir uns etwas Trockenes angezogen. Und, na ja, dann wollten wir uns ein bisschen von innen wärmen. Ich hatte noch eine Amphore Wein. Die haben wir geleert. Antonius vertrug nicht viel, gegen Mitternacht war er sternhagelvoll. Er wohnt in einem anderen Contubernium, und ich wollte ihn zurück zu seiner Baracke bringen, weil er kaum noch stehen konnte. Aber er hat darauf bestanden, allein zu gehen.«

»Und dann ist er wahrscheinlich sturzbetrunken in den Rhenus gefallen und ertrunken. Und hier hingetrieben worden«, spekulierte Vorenus, für den der Fall damit erledigt schien.

Barsemias räusperte sich und beendete seine Ausführung: »Ich mache mir schwerste Vorwürfe. Hätte ich drauf bestanden, ihn zu stützen, wäre er sicher im eigenen Bett gelandet. Aber ich war doch selbst schon so müde.«

Quintus hatte genug gehört. Noch länger hier zu bleiben, hätte verdächtig gewirkt. Also setzte er eine geschäftliche Miene auf und wandte sich an Lucretia.

»Tut mir leid, liebe Klientin, dein Geld wirst du nicht wiedersehen. Gern hätte ich deiner Familie vor Gericht geholfen, doch die Causa Livio hat sich hiermit erledigt.«

»Du hast recht, da kann man wohl nichts mehr tun«, antwortete Lucretia.

Sie nickten Vorenus und seinen Soldaten noch einmal höflich zu und verschwanden in die nächstgelegene Gasse, die sie wieder aus dem Hafenviertel herausführen würde.

Als sie außer Sichtweite der Soldaten waren, blieben sie an einer schattigen Ecke stehen, um sich zu besprechen. Nur eine Möwe, die mit müden, halb geschlossenen Augen auf dem Schild einer Taverne saß, wurde Zeuge ihrer Unterhaltung.

»Wir kennen Nepheles Mörder«, stellte Lucretia fest.

»Ihren toten Mörder. Ein Jünger Neptuns, der in Neptuns Reich starb. Welche Ironie«, ergänzte Quintus trocken und sprach das Offensichtliche aus: »Kam dir die Reaktion der Kameraden auch seltsam vor?«

»Ja, jetzt wo du es sagst«, bestätigte Lucretia, nachdem sie kurz nachgedacht hatte. »Sie taten so überrascht und aufgewühlt.«

Quintus ergänzte: »Ein wahrlich nicht bühnenreifes Schauspiel. Nur der Dritte, der mit dem thrakischen Akzent, wirkte ernst und wollte bei dem Mummenschanz nicht mitmachen.«

»Glaubst du, sie hatten vielleicht sogar etwas mit Livios Tod zu tun?«, äußerte Lucretia einen schrecklichen Verdacht.

Dass es vielleicht gar kein Unfall war?«, fragte Quintus.

»Vielleicht nicht«, dachte Lucretia laut, »Diese Sache mit dem Angespültwerden … Wenn er im Flottenkastell in den Fluss gefallen wäre, würde er dann nicht am Hafen vorbeitreiben?«

Sie schwieg unsicher. Römische Soldaten, die ihre eigenen Kameraden umbrachten? War das möglich?

Auch Quintus wirkte noch unschlüssig. »Dann würden sie alle unter einer Decke stecken. Vorenus, der Bulbos Tresor kannte. Sein kleines Theatertrio. Der Mörder deiner Freundin … Der ausgerechnet jetzt das Zeitliche segnet, wo wir ihm bedrohlich nahe gekommen sind.«

»Als würde jemand seine Spuren verwischen«, nickte Lucretia. »Allerdings wohl kaum wegen uns. Wer weiß denn schon, dass wir in der Sache ermitteln, welche Spuren wir verfolgen?«

»Nun, mittlerweile haben wir einige Leute ausgequetscht, es könnte sich also herumgesprochen haben. Und ich habe Fridolf vor Gericht vertreten. Das haben viele gesehen«, entgegnete Quintus. »Wir müssen auf jeden Fall vorsichtig sein.«

»Aber es sind weiterhin nur Mutmaßungen«, erinnerte ihn Lucretia. »Gibt es vielleicht einen Weg nachzuweisen, dass Livio eines natürlichen Todes gestorben ist? Wenn er einfach herumgetorkelt und ertrunken ist, muss das doch festzustellen sein.«

Quintus dachte nach, und ein Name kam ihm in den Sinn, der ihm auch gleich von der Zunge schlüpfte: »Cordia!«

Nicht, dass er erpicht darauf war, die Frau, die ihn offensichtlich nicht leiden konnte, so schnell wiederzusehen, doch sie verfügte über Fähigkeiten, die in dem Fall nützlich sein konnten.

Lucretias Augen leuchteten auf. »Das ist eine hervorragende Idee. Aber wir müssen uns beeilen. Wo Livios Kameraden es mit der Einäscherung doch so auffällig eilig haben …«

35 XXXV

Cordia schien sich zu freuen, Lucretia wiederzusehen, doch wechselte kaum ein Wort mit Quintus. Sie hatten, so schnell sie konnten, den Weg zur Behausung der Heilerin zurückgelegt. Sie berichteten ihr von den Ermittlungen, und Cordia hörte sich die Schilderungen schweigend an. Zehn Dinare verlangte die weise Frau für ihre Dienste. Quintus fand das zu teuer und versuchte, den Preis zu drücken, was ihn bei Cordia nicht beliebter machte. Doch Lucretia schlichtete, und so machte sich das ungleiche Trio auf den Weg zum Flottenkastell.

Von Cordias Hütte an der breiten Landstraße nach Südwesten war es gar nicht so weit dorthin. Lucretia hatte viele Fragen an die ältere Germanin, die sie offenbar als eine Art Vorbild zu betrachten begann, und Cordia antwortete höflich, aber kurz angebunden, während sie Quintus weiter die kalte Schulter zeigte. Das war dem Anwalt auch nicht unrecht, er war nicht auf Konversation aus, denn in seinem Kopf arbeitete es, und er versuchte, die bisher erlangten Informationen zusammenzusetzen wie die bunten Steinchen eines Mosaiks. Doch es wollte sich kein Bild ergeben, auf dem etwas Sinnvolles zu erkennen gewesen wäre.

Nach einer halben Stunde Fußmarsch kam hinter einem Hügel der Marinestützpunkt in Sicht. Hier war der größte Teil der römischen Rheinflotte stationiert. Über hundert Kriegsschiffe verschiedener Größen lagen an hölzernen Stegen in einer großen, natürlichen Bucht vertäut. Die besondere Geographie war der Grund, warum die Wahl für den

Bau des Kastells auf diese Stelle gefallen war. Sie war perfekt für diese Zwecke geeignet. Das Kastell war vor vierzig Jahren zur Zeit des Kaisers Claudius errichtet worden und vierzehn Morgen groß. Wie die Colonia war die gesamte Anlage von einem hölzernen Wall aus übereinandergeschichteten dicken Holzbalken umgeben, der von Wachtürmen mit spitzen Schieferdächern unterbrochen wurde. Dahinter, auf dem Gelände des Stützpunktes, befanden sich zahlreiche Gebäude – davon die meisten lange rechteckige Baracken für die Soldaten.

Um das Kastell herum hatte sich im Laufe der Zeit ein Vicus, ein kleines Dorf, entwickelt, das sich aus einfachen Fachwerkbauten und Holzhütten zusammensetzte. Sie standen entlang der drei, dem Land zugewandten Seiten des Walls und waren so im Falle eines Angriffes ungeschützt. Fast jeder feste Truppenstützpunkt im Imperium Romanum hatte solch ein Dorf in unmittelbarer Nachbarschaft. Wo Militär war, konnte man Geschäfte machen, und so ließen sich vor allem Handwerker, Schankwirte und Prostituierte in einem solchen Vicus nieder, aber auch Familienmitglieder der Soldaten, denen als Zivilisten das Betreten der Kastelle verboten war, siedelten sich hier an.

Zu ihnen gehörte auch Aelia, die Lebensgefährtin des verstorbenen Antonius Livio. Quintus und Lucretia fragten sich zu ihr durch und fanden sie rasch. Sie lebte in einer kleinen Hütte hinter einem Bordell, nur einen Steinwurf vom Ufer des Flusses entfernt, der dunkel und träge dahinglitt.

Als die beiden sich der Hütte näherten, hörten sie die Frau weinen. Einige Nachbarn standen mit betroffenen Gesichtern vor deren offen stehender Tür und wisperten leise miteinander. Von den Kameraden des Verstorbenen war keiner zu sehen, sie schienen wieder abgezogen zu sein.

»Cordia muss allein sein, wenn sie die Leiche inspiziert. Dabei können wir keine Zuschauer gebrauchen. Wie sollen wir das anstellen?«, raunte Quintus Lucretia zu.

Die nickte nachdenklich. Cordia folgte ihnen wortlos. Die Dorfbewohner sahen sie mit großen Augen an, manche neugierig, anderen stand die Angst vor der großen, in Tierfelle gehüllten Germanin ins Gesicht geschrieben. So stellte man sich hier ein ungezähmtes Barbarenweib vor, das sich nicht scheute, selbst ein Schwert in die Hand zu nehmen und auf dem Schlachtfeld Männern die Stirn zu bieten – für eine römische Frau unvorstellbar. Cordia ignorierte die Blicke. Sie war es gewohnt, angestarrt zu werden, und für nichts in der Welt hätte sie ihr Aussehen angepasst, um anderen zu gefallen.

Lucretia klopfte sanft an die offene Tür.

»Aelia? Bist du da, dürfen wir hereinkommen?«

Im Türrahmen erschien eine dunkelhaarige Gallierin, die kaum älter war als Lucretia, aber mit ihren starken Schultern und schwieligen Händen, die von regelmäßiger körperlicher Arbeit zeugten, viel reifer wirkte. Ihre Augen waren rot vom vielen Weinen.

»Wer seid ihr?«, schniefte Aelia, während sie das merkwürdige Dreiergespann musterte.

»Ich bin … eine Cousine von Antonius«, improvisierte Lucretia. Die bloße Vorstellung, mit Nepheles Mörder verwandt zu sein, ließ sie erschaudern, doch sie musste jetzt stark bleiben.

Aelia musterte sie. Lucretia hielt den Atem an. Hatte Antonius vielleicht gar keine Familie, und ihre Lüge würde gleich entlarvt werden? Doch plötzlich hellte sich Aelias Miene auf. »Octavia? Octavia Ticina?«

Lucretia dankte Fortuna wortlos und nickte schnell.

»Antonius hat mir von deiner Familie erzählt«, sagte Aelia. »Leider hat er mich nie nach Mogontiacum mitgenommen, um mich vorzustellen. Hat sich wohl geschämt, dass er mit einem einfachen Bauernmädchen zusammen war«, schniefte Aelia. »Aber Antonius hatte mir auch gar nicht gesagt, dass ihr uns besuchen würdet.«

»Er wusste es nicht«, bog Lucretia die Geschichte zurecht und gestikulierte zu Quintus. »Mein …«

»Bruder«, stellte sich Quintus vor. »Ich hatte geschäftlich in der Colonia zu tun, und wir wollten ihn überraschen.«

»Antonius hat uns oft von dir erzählt und von dir geschwärmt, wenn er uns … in Mogontiacum besucht hat«, strickte Lucretia die Lüge weiter. Auch wenn sie Antonius zutiefst verachtete, tat die junge Witwe ihr leid. »Er konnte es kaum erwarten, dich nach seinem Dienst zu heiraten.«

Sie wusste, dass es römischen Soldaten, die unverheiratet in die Armee eintraten, erst nach Ablauf ihrer Dienstzeit gestattet war, eine Ehe einzugehen.

Aelia blickte hoffnungsvoll auf. Die Worte der beiden angeblichen Verwandten schienen ihr gutzutun. »Und wer ist diese Frau?«, fragte sie mit einem wieder argwöhnischeren Blick auf Cordia.

Diese schwieg eisern, was Quintus zwang einzuspringen: »Sie heißt Cordia«, begann er wahrheitsgemäß, »sie ist eine Heilerin und hat Antonius regelmäßig ein Mittel gebraut gegen, ähm …«

»… die Gicht«, ergänzte Lucretia schnell. »Cordia möchte mit uns Abschied nehmen, die Götter anrufen und sicherstellen, dass die Reise des Toten ins Elysium reibungslos verläuft.«

»Gicht? Davon wusste ich gar nichts«, gab Aelia zu, die die vielen Neuigkeiten über ihren verstorbenen Liebsten verdauen musste. »Dann war es wohl das, was ihn in letzter Zeit so gequält hat. Und ich dachte schon, er betrügt mich. Aber er hätte mir es doch sagen können!«

Quintus registrierte das interessiert.

»Er hatte Angst, du fändest ihn weniger attraktiv, wenn du von seiner Krankheit wüsstest«, flüsterte Lucretia.

Das entlockte Aelia ein trauriges Lächeln: »Ja, das sieht ihm ähnlich, so war Antonius. Ein bisschen eitel. Kommt rein.«

Die Bäuerin hatte Vertrauen gefasst. Sie trat zur Seite und bat das Trio in ihre bescheidene Hütte, die außer einem Bett, einem Tisch und einer Truhe für Habseligkeiten nichts weiter enthielt. Auf dem Bett aufgebahrt, in eine saubere Tunika gekleidet, lag Antonius' Leiche. Sein Körper war vor der Aufbahrung gesalbt worden, was den öligen Film auf seinem Gesicht und den nackten Armen erklärte. Er hatte seinen Helm auf dem Kopf, ein älteres Modell aus Bronze, das wahrscheinlich ein Erbstück war. Für Lucretia war es ein beklemmendes Gefühl, mit dem Mörder ihrer Freundin in einem Raum zu sein. Es fiel ihr schwer, die betroffene Cousine zu spielen und sich ihre Abscheu vor Livio nicht anmerken zu lassen, aber sie tat so traurig, wie sie konnte. Ihre Augen wanderten zu dem Dreizack auf Livios Unterarm. Eines der letzten Dinge, die Nephele gesehen hatte. Sie schluckte.

Aelia bemerkte Lucretias Blick und lächelte traurig: »Seine Tätowierung. Hat er dir erzählt, wie ein Bekannter aus Persien sie ihm nach einer durchzechten Nacht gemacht hat? Ich fand sie immer scheußlich, aber jetzt … würde ich alles dafür geben, sie weiter jeden Tag anschauen zu können.«

Lucretia nickte stumm. Sie mussten Livio alleine untersuchen, doch Aelia machte keine Anstalten, sie allein zu lassen. Lucretia warf Quintus einen auffordernden Blick zu. Er dachte kurz nach und wandte sich dann an die Trauernde.

»Antonius hat etwas Geld zur Seite gelegt, und er würde wollen, dass du es erbst«, sagte er dann.

Aelia machte große Augen. Das war eine unverhoffte Nachricht. Quintus holte seinen Geldbeutel hervor.

»Wir sollten es aber nicht hier drinnen übergeben. Vor den Augen des Toten wäre das unziemlich«, ergänzte er leise und mit ernster Miene. Aelia nickte verständnisvoll, und sie verließen die Hütte. Lucretia und Cordia waren endlich allein.

»Dann schauen wir uns den Kerl mal an«, sagte die Heilerin, während Lucretia Livio vor sich nun unverhohlen hasserfüllt anstarrte.

Cordia trat ans Bett und betrachtete zunächst genau das Gesicht des Toten, dann seine leblosen Hände, die sie in ihre nahm, untersuchte und mit den Fingern knetete. Danach drückte sie auf den Brustkorb des Toten, zuerst zaghaft, dann immer fester, bis der ganze Leichnam erbebte.

»Was machst du da?«, zischte Lucretia besorgt.

»Schauen, ob er Wasser in der Brust hat«, erklärte Cordia. »Er ist noch nicht lange tot. Wenn er ertrunken ist, hat der Körper das Wasser noch nicht aufgenommen.«

Sie lehnte sich mit ihrem ganzen Gewicht auf Livios steifen Torso, doch nichts geschah.

»Kein Wasser in den Lungen«, stellte Cordia fest.

»Ganz sicher?«, wunderte sich Lucretia.

»Er ist auf andere Weise gestorben«, war sich die Germanin sicher. »Doch die Frage ist, auf welche.«

Sie musterte den Toten und hielt dann inne.

»Ich frage mich, warum sie ihn mit Helm aufgebahrt haben«, sagte Cordia.

»Vielleicht weil es sich um einen Soldaten handelt«, spekulierte Lucretia.

»Es scheint mir, als wolle da jemand etwas verbergen«, wisperte Cordia, und Lucretia nickte verstehend.

Cordia nahm den Helm des Toten ab und begann, seinen kalten Kopf zu betasten, wobei sie ihn leicht drehte, soweit es die einsetzende Leichenstarre erlaubte. Dabei arbeitete sie sich nach oben vor, überprüfte die Stirn, dann den Haaransatz darüber.

»Da haben wir es«, entfuhr es Cordia triumphierend, als sie mit ihren Fingern die Schädeldecke erreicht hatte. »Gebrochen … Da ist eine weiche Mulde. Fühl mal!«

Lucretia kam der Aufforderung lieber nicht nach, zu sehr ekelte sie die Vorstellung. »Nicht nötig, ich glaube dir schon«, erwiderte sie.

Da hörten sie Schritte. Quintus und Aelia kamen zurück. Schnell drückte Lucretia den Helm, etwas schief, auf den Kopf des Aufgebahrten zurück. Es gelang ihr gerade noch rechtzeitig. Als Aelia eintrat, drehte sich Lucretia mit aufgesetzter Leichenbittermine zu ihr um.

»Ein schrecklicher Verlust. Du hast unser Beileid, liebste Aelia«, sagte sie mit sanfter Stimme und warf Cordia einen schnellen Blick zu.

»Er sitzt nun bei den Göttern«, sagte diese in gewichtiger Manier, als würde sie eine Prophezeiung verkünden.

Doch Aelia beruhigte es ungemein.

»Danke, dass ihr gekommen seid«, sagte sie, während sie Lucretia und Cordia aus der Hütte geleitete, wo Quintus auf die beiden wartete.

Das Trio verabschiedete sich und ging seiner Wege. Kaum waren die drei um die Ecke des Bordells gebogen, das, wie Geräusche aus dem Inneren vermuten ließen, auch tagsüber gut besucht war, steckten sie die Köpfe zusammen.

»Was habt ihr herausgefunden?«, fragte Quintus.

Cordia war sich sicher: »Der Mann ist erschlagen worden.«

»Und dann hat man ihn ins Hafenbecken geworfen, damit es so aussieht, als sei er ertrunken«, ergänzte Lucretia und erschauderte im Angesicht der Kaltblütigkeit, die der Täter an den Tag gelegt hatte.

Cordia nickte. »Als er im Wasser gelandet ist, hat er schon

nicht mehr geatmet.«

»Also haben wir es hier tatsächlich mit einem Mord zu tun«, stellte Quintus fest.

»Ein Schlag hat gereicht, und der muss eine enorme Wucht gehabt haben. Jemand mit sehr viel Kraft muss ihn ausgeführt haben«, ergänzte Cordia.

»Und jemand, der sich nicht scheut zu töten«, dachte Lucretia laut nach. Alles in allem eine Beschreibung, die perfekt auf einen Krieger passte.

Quintus hatte ebenfalls sofort einen Verdacht: »Als Livios Leiche gefunden wurde, kamen einige seiner Marinekameraden dazu. Mindestens einer von ihnen hat sich gestern Abend mit dem Verstorbenen betrunken.«

»Wenn seine Kameraden die Letzten waren, die ihn lebend gesehen haben …«, begann Lucretia.

»… dann stammt der Mörder vielleicht aus ihren Reihen«, ergänzte Cordia und sagte übergangslos: »Ich hoffe, ich konnte helfen.«

»In der Tat. Vielen Dank, dass …«, sagte Lucretia, doch bevor sie ausreden konnte, drehte sich die Germanin um und schritt ohne ein weiteres Wort oder einen weiteren Blick davon. Bei jedem Schritt wippten die Wolfspfoten ihres Umhangs. Die Dorfbewohner schauten ihr misstrauisch hinterher.

»Irgendwie ist sie mir unheimlich«, gab Quintus zu.

»Ich finde sie faszinierend«, entgegnete Lucretia.

Sie hatten ihr Ziel erreicht und Livios Leiche ihr Geheimnis entlockt, bevor sie von Flammen verzehrt werden würde. Aber was sollten sie nun mit dieser Offenbarung anfangen?

»Nach allem, was wir wissen, war der Ermordete direkt an den Überfällen beteiligt. Und wahrscheinlich auch einige seiner Freunde und sogar sein Vorgesetzter Vorenus. Dann wäre es durchaus möglich, dass die Räuber von den Stadtwachen in die Stadt herein- und wieder hinausgelassen wurden. Das würde bedeuten … die Räuber arbeiten nicht nur mit den Soldaten zusammen«, fasste Quintus zusammen und schluckte, »sie sind Soldaten.«

Auch wenn dieser Gedanke für Lucretia, die als Patriotin erzogen worden war und fest an die Einigkeit aller römischen Bürger glaubte, immer noch erschreckend war, so konnte sie nicht umhin, ihn zuzulassen.

»Und heute hat die ganze Bande gelogen. Sie haben Livio auf dem Gewissen. Und wenn die Soldaten wirklich ihren Kameraden getötet haben, dann müssen sie gute Gründe gehabt haben. Vielleicht wurde er ihnen gefährlich. Womöglich wollte er auspacken und musste zum Schweigen gebracht werden«, ergänzte Lucretia, »seine Freundin hat doch gesagt, dass er offenbar etwas auf dem Herzen hatte.«

Quintus nickte, das war eine gute Analyse.

»Es passt alles zusammen. Aber letztlich sind es nur Vermutungen, Beweise haben wir keine. Würden wir die Kerle heute vor Gericht zerren, stünden wir mit leeren Händen da. Doch sie sind der Schlüssel zu allem. Wir sollten sie nicht mehr aus den Augen lassen«, sagte Quintus.

Lucretia nickte entschlossen, und ein aufgeregtes Kribbeln stieg in ihrem Bauch auf. Der Sieg war zum Greifen nah, das spürte sie.

36 XXXVI

Durch das offene Fenster ihres Zimmers hörte Lucretia den Ruf einer Eule. Der klare Sternenhimmel ließ helles Mondlicht in ihr Gemach fallen. Sie hatte ihr Brustband besonders fest geschnürt und mit einem dünnen Schal die hochgesteckten Haare eng an den Kopf gebunden. Was ihr nun noch zur perfekten Tarnung fehlte, war eine kurze, rustikale Tunika, wie Männer sie trugen.

Sie schlich aus ihrem Zimmer in das Peristyl. Es war kurz nach Mitternacht und totenstill, was ihre Mission nicht einfacher machte. Auf nackten Zehenspitzen eilte sie an den Säulen entlang in den hinteren Teil des Gebäudes und durch das Arbeitszimmer ihres Vaters hindurch. Eine Tür trennte diesen Bereich von einem kleinen Kräutergarten, der das hintere Fünftel des Grundstückes ausmachte. Vorsichtig öffnete sie die Tür, von der sie wusste, dass sie laut über den Boden scharrte. Mit aller Kraft hob sie sie an, damit sie einen Fingerbreit Abstand zum Boden bekam.

Im Kräutergarten fand Lucretia, was sie suchte: die Wäscheleine, zwischen zwei bemoosten Holzbalken aufgespannt. Dort hatte eine Sklavin gestern frisch gereinigte Kleidung aufgehängt. Lucretia suchte etwas, das zumindest annähernd ihrer Größe entsprach, und entdeckte die braune Tunika eines zierlichen Küchensklaven. Vorsichtig zog sie sie von der Leine. Sie war noch nicht ganz trocken, aber darauf konnte sie jetzt keine Rücksicht nehmen. Lucretia entledigte sich ihres Schlafgewandes, und für einen Moment streifte der kalte Hauch der frühen Mainacht ihre Haut. Sie fand es erstaunlich angenehm, fast nackt zwischen den Sträuchern zu stehen. Doch dann schlüpfte sie rasch in die klamme, kalte Tunika, eilte zurück in ihr Zimmer, legte ihr Schlafgewand auf dem Bett ab und griff nach den schlichtesten Sandalen, die sie hatte.

Sodann schlich sie in Richtung Haustür. Ihr fiel ein, dass Quintus ihr eingebläut hatte, eine Waffe mitzubringen. Sie hatten den Plan gefasst, sich als Mitglieder einer Bürgerwehr auszugeben. Von diesen patrouillierten inzwischen mehrere in der Stadt. Auf diese Weise würden sie sich nach Mitternacht in der Colonia bewegen können, ohne großes Aufsehen zu erregen.

Lucretia huschte in die Küche und sah sich nach etwas um, das als Waffe durchgehen konnte. In einer Schublade, die sie vorsichtig öffnete, fand sie mehrere alte Küchenmesser, die jedoch im Mondschein nicht besonders einschüchternd wirkten. Jetzt fiel ihr Blick auf einen Schürhaken, der neben der erloschenen Feuerstelle an der Wand lehnte. Das war das Richtige! Sie nahm den gusseisernen Haken, gut drei Fuß lang und schwerer, als er aussah. Zufrieden wog sie ihn in der Hand und wandte sich zum Gehen – doch dabei stieß sie gegen einen Topf, der neben der Tür stand. Ein lautes, metallisches Geräusch hallte durchs Haus. Verdammt! Sie hielt den Atem an und hoffte, dass es keiner gehört hatte.

Aber dieses Glück wurde ihr nicht zuteil, denn kurz darauf hörte sie Schritte. Sie blickte ins Peristyl und sah ihren Vater besorgt aus dem Schlafzimmer kommen, eine brennende Öllampe, die einen gelben Lichtkegel um ihn warf, in der einen Hand, und seinen Gladius aus Legionärszeiten in der anderen.

»Ist da jemand?«, fragte er mit fester Stimme ins Dunkel.

Lucretia drückte sich an die Wand. Sie verstand ja, dass ihr Vater besorgt war, bei allem, was in der Stadt vorging. Aber musste er ausgerechnet jetzt den Nachtwächter spielen?

»Komm raus, ich habe dich gehört!«, rief er und schritt durch das Peristyl in Richtung Küche.

Lucretia wusste, dass sie so schnell wie möglich das Versteck wechseln musste. Sie huschte über den dunklen Säulengang, den die Öllampe des Vaters noch nicht erhellte, und verbarg sich hinter einem Wacholderbusch, der am Rand des Wasserbeckens stand. Auf keinen Fall durfte ihr Vater sie so sehen, es hätte zu vieler Erklärungen bedurft und unwägbare Konsequenzen gehabt.

Magnus betrat die Küche, in der Lucretia eben noch gewesen war. Langsam schien er zu begreifen, dass hier kein Einbrecher sein konnte, geschweige denn eine germanische Räuberbande, die ja bekanntlich einiges mehr an Lärm machte.

»Sicher nur ein Tier«, murmelte er, ließ das kurze, spitze Legionärsschwert sinken, das er schützend vor sich gehalten hatte, und trottete müde zurück ins Schlafgemach. Lucretia atmete auf.

Auch Quintus versuchte, rechtzeitig zu ihrer Verabredung zu gelangen. Um Mitternacht wollten sie sich am großen Südtor treffen und es unter Beobachtung nehmen. Es lag dem Flottenkastell am nächsten.

Quintus lag im Bett neben Pola, die tief und fest schlief. Im Theater war es wieder einmal spät geworden, und sie hatte einiges getrunken, was ihr leichtes Schnarchen erklärte. Quintus hatte allerdings kein Auge zugemacht, die Gedanken an das, was er herausgefunden hatte, beschäftigten ihn zu sehr. Er hatte das Gefühl, alle Teile eines Puzzles zu besitzen, das er aber nicht richtig zusammenzusetzen vermochte. Vielleicht würde diese Nacht endlich die dafür nötigen Erkenntnisse bringen.

Behutsam schob er die Bettdecke beiseite und setzte sich langsam auf. Das Bett neigte dazu, zu quietschen, doch Quintus bewegte sich so geschickt, dass es still blieb. Es war kalt, und er fröstelte. Schnell griff er nach der Tunika, die über dem Stuhl hing, und zog sie an. Obwohl er dabei kein Geräusch machte, schien Pola doch die Bewegungen wahrgenommen zu haben. Sie wälzte sich unruhig hin und her und murmelte etwas im Schlaf. Quintus hielt inne, bis ihr leises Schnarchen wieder einsetzte.

Dann sah er sich um. Er durfte nicht ohne Waffe auftauchen, wenn er als Mitglied der Bürgerwehr durchgehen wollte. Doch er musste feststellen, dass er nichts besaß, was einer Waffe ähnelte. Da fiel sein Blick auf einen Stuhl im Wohnzimmer. Es war der erste, den Pola und er gekauft hatten. Er war schon alt und etwas wackelig. Das konisch zulaufende, fast zwei Fuß lange Stuhlbein würde einen guten Knüppel abgeben. Er schlich ins Wohnzimmer und begann, eines der Beine aus der Unterseite der Sitzfläche zu winden, doch es saß fester, als er gedacht hatte. Er bot seine ganze Kraft auf, und schließlich löste sich das Bein mit einem Ruck aus seiner Verankerung, wobei der restliche Teil des Stuhls jedoch gegen den Tisch schlug und ein Rumpeln verursachte, das Pola weckte.

»Wer ist da?«, entfuhr es ihr reflexhaft, und sie rieb sich die verquollenen Augen.

»Ich bin's nur«, flüsterte Quintus.

»Schatz, was bei allen Göttern tust du da?«, fragte sie.

»Ich muss noch mal raus«, entgegnete er, dem nichts Besseres einfiel.

»Um diese Zeit? Warum?«, murrte sie schlaftrunken. »Und warum machst du meinen Stuhl kaputt?«

»Weil ich, hm, einen Knüppel brauche«, antwortete er. Mit diesem Gespräch hatte er nicht gerechnet. Er fügte hinzu: »Ich bin Teil der Bürgerwehr. Wir sehen in den Straßen nach dem Rechten, falls die Räuber wiederkommen.«

»So ein Unsinn, das ist viel zu gefährlich! Komm wieder ins Bett«, forderte Pola ihn auf.

»Ich kann nicht. Die anderen zählen auf mich. Nur eine Stunde, dann bin ich wieder da, versprochen«, erklärte er.

Pola merkte, dass es ihm wichtig war.

»Na gut, du Held«, murmelte sie. Dass die Stadt engagierte Bürger brauchte, die sich um die Sicherheit aller kümmerten, sah sie ein. Und schon war sie wieder ins Reich der Träume geglitten, und Quintus verließ mit seiner improvisierten Waffe die Wohnung.

Zehn Minuten später war er am Treffpunkt angelangt und wartete im Dunkeln hinter einer Straßenecke. Von hier hatte man eine gute Sicht auf das Südtor. Dort standen sechs Marinesoldaten Wache, doppelt so viele wie sonst in dieser Schicht üblich. Admiral Gordianus wollte sich offenbar nicht lumpen lassen. Sie waren um einen eisernen Korb versammelt, der mit brennenden Holzscheiten befüllt war, und rieben ihre Hände über dem wärmenden Feuer, während sie leise miteinander sprachen und scherzten.

Quintus hörte Schritte und fuhr herum. Eine schmale Gestalt näherte sich. Erst als sie fast vor ihm stand, erkannte er Lucretia. In ihrer Aufmachung sah sie aus wie ein Knabe.

»Alle Achtung, ich hätte dich fast nicht erkannt«, sagte Quintus.

»Und im Gegensatz zu dir habe ich eine Waffe, die etwas hermacht«, erwiderte sie leise und hob den Schürhaken, der wirklich gefährlich aussah. »Im Gegensatz zu deinem … Ja, was ist das? Ein Stuhlbein?«

»Besser als nichts«, verteidigte Quintus sich und spähte wieder hinüber zu den Wächtern am Tor.

Lucretia folgte seinem Blick. Sie fröstelte.

»Ich hätte einen Mantel mitnehmen sollen«, raunte sie.

Fast eine halbe Stunde standen sie da, froren und kamen sich zunehmend dumm vor. Was, wenn sie falschlagen? Wenn die Räuber gar nicht durch das Südtor kamen oder durch keines der Tore? Vielleicht hatten sie eine andere Passage gefunden, die ihnen beiden verborgen geblieben war. Oder wenn die Räuber heute Nacht überhaupt nicht auftauchten? Immerhin waren sie schon einige Tage nicht mehr aktiv gewesen.

Doch plötzlich kam Bewegung in die Wächter. Sie lösten sich vom Feuer, griffen ihre Lanzen und Schilde und eilten zum Torbogen.

»Da!«, flüsterte Lucretia, die es zuerst gesehen hatte.

»Ich bin gespannt, wer nun auftaucht«, raunte Quintus zurück.

Er erkannte zwei der Wachen wieder. Es waren die beiden, die im Hafen, als Livios Leiche aus dem Wasser gezogen worden war, den Verlust ihres Kameraden so theatralisch betrauert hatten.

Lucretia und Quintus beobachteten, wie die Soldaten mit den Ankömmlingen redeten, die vor dem Tor und damit außerhalb ihres Sichtfeldes standen. Als die Wächter endlich zur Seite traten, um die vorbeizulassen, die zu so später Stunde Einlass begehrten, trauten Quintus und Lucretia ihren Augen nicht: Das musste die Räuberbande sein! Zehn Männer zählte Quintus. Sie alle trugen germanische Gewänder und hatten bunt bemalte Gesichter, die durchaus furchteinflößend wirkten.

»Wie kann das sein?«, zischte Lucretia.

»Sie haben sie einfach durchgelassen, ohne einen Mucks«, sagte Quintus, der es nicht fassen wollte.

»Sie stecken wirklich unter einer Decke. Du hattest recht mit deinem Verdacht«, gab Lucretia zu. Sie war tief bestürzt.

»Nie und nimmer sind das Germanen«, flüsterte Quintus

aufgeregt. Jetzt, da er die gefürchteten Missetäter zum ersten Mal aus nächster Nähe sah, fiel es ihm wie Schuppen von den Augen. Was bisher ein vages Gefühl gewesen war, schien ihm jetzt ganz offensichtlich. Die Gesichtsbemalung war völlig falsch, und er sah viel zu viel Fell. Es zu tragen, war bei den Stämmen nur für die Fürsten oder Schamanen üblich. Und dazu waren die meisten Kerle noch zu klein. Diese Gauner waren kostümiert, und das noch nicht einmal besonders gut.

Hintereinander weg huschten die Räuber in eine dunkle Gasse. Quintus machte Anstalten, ihnen zu folgen.

»Was hast du vor?«, fragte Lucretia.

»Ich will ihnen nach, was sonst!«

»Bist du verrückt? Wir müssen Hilfe holen! Den Soldaten können wir nicht trauen, aber hier muss doch irgendwo die Bürgerwehr herumlaufen, oder zumindest ein paar Vigiles beim nächtlichen Kontrollgang«, befand Lucretia.

»Nein! So gern ich die Kerle sofort hinter Gittern sehen würde, ist es wichtiger zu beobachten, was sie tun. Wir müssen herausfinden, was sie vorhaben.«

»Wenn sie uns bemerken, bringen sie uns um!«, flüsterte Lucretia. Zum ersten Mal hatte sie richtige Angst.

»Dann dürfen wir eben nicht gesehen werden. Komm!«, forderte Quintus sie auf und lief los. »Hilfe können wir später immer noch rufen.«

Lucretia biss sich auf die Unterlippe. Sie spürte, wie die Furcht sie lähmte. Aber auch sie wollte wissen, was die Räuber, die sich offenbar mit den Wachen am Tor verschworen hatten, im Schilde führten. Bevor sie es sich noch anders überlegen konnte, huschte sie Quintus nach.

37

XXXVII

Die Banditen trugen germanische Stiefel mit leisen Sohlen, die kaum Geräusche auf dem Pflaster machten. Quintus und Lucretia folgten ihnen mit dem nötigen Abstand durch die finsteren Straßen. Schließlich gelangten sie an einen großen Platz. Es handelte sich um den Kultbezirk südlich des Prätoriums, der einen Block östlich vom Forum lag. Es war das spirituelle Herz der Stadt und eine Art Aushängeschild der Colonia, das Pilger aus der ganzen Provinz anzog, die hier zu verschiedenen Göttern beten und ihnen Opfer darbringen konnten. Auf dem Platz standen zwei Tempel. Zum einen der riesige Kapitolstempel, ein eckiges, von Säulen eingefasstes Gebäude mit rotem Dach, erhöht stehend und über eine breite Treppe erreichbar. Hier wurde den Reichsgöttern Jupiter, Juno und Minerva gehuldigt. Dahinter und nicht weit davon, etwas kleiner, aber nicht minder eindrucksvoll, zum anderen der Tempel für Mars, den Gott des Krieges. Es war ein Rundbau mit einer Kuppel, ebenfalls von Säulen umgeben. Auf dieses Gebäude eilten die Räuber zu.

Lucretia und Quintus stoppten an einer Straßenecke. Wären sie auf den freien Platz gelaufen, hätten die Verbrecher sie sofort gesehen. Die beiden konnten kaum glauben, was sich nun vor dem Tempel abspielte: Der Wächter, ebenfalls ein Marinesoldat, der vor dem Portal stand, schien in keinster Weise beunruhigt zu sein, als die grimmig aussehenden, Felle tragenden Barbaren auf ihn zukamen. Vielmehr schien er sie erwartet zu haben. Es kam zu einem kurzen Gespräch zwischen der Bande und der Wache. Die übergab den Räubern irgendetwas, das in ein Tuch eingewickelt war, das Lucretia und Quintus aber nicht identifizieren konnten. Einer der Räuber schien der Anführer der Bande zu sein. Quintus sah genauer hin – und war erneut schockiert. »Ist das etwa Vorenus?«, fragte er Lucretia.

Sie betrachtete den Anführer, vermochte aber aufgrund dessen Kriegsbemalung nicht zu sagen, ob Quintus richtiglag.

Der Anführer und die Tempelwache gestikulierten, als würden sie eine Choreographie durchgehen. Dann stellte sich der Wächter aufrecht hin, senkte seine Waffe und hob den Kopf. Der Räuberhauptmann holte mit der Faust aus und schlug ihm mit voller Härte ins Gesicht. Der Wächter ging zu Boden.

»Die Kerle stehlen etwas, das können wir nicht zulassen«, raunte Lucretia.

»Was sollen wir gegen die ausrichten?«, flüsterte Quintus besorgt, doch Lucretia hatte recht. Sie mussten handeln.

Quintus trat ein paar Schritte von der Ecke weg, holte tief Luft und brüllte dann: »Zu Hilfe! Zu Hilfe!«

Lucretia verstand, was er vorhatte. Er wollte eine der Bürgerwehren alarmieren, die hier unterwegs sein mussten. Sie stimmte in sein Geschrei mit ein: »Die Germanen sind hier! Hilfe! Die Germanen!«

Ob die Rufe bei einer Wehr ankamen, wussten sie nicht – wohl aber war deutlich zu sehen, dass die Räuber sie gehört hatten. Sie blickten sich ertappt um und machten schließlich Quintus und Lucretia an der Ecke aus.

»Hilfe! Hierher! Sie rauben den Tempel aus!«, schrie Quintus aus voller Brust.

Damit hatten die Räuber nicht gerechnet. Aufgeregtes Gemurmel erhob sich. Schnell schienen sie ihren Plan gefasst zu haben: Diese beiden Schreihälse mussten zum Schweigen gebracht werden.

»O nein«, raunte Quintus, als er sah, wie die Räuber ihre Waffen zückten. Sie hatten Dolche und Schwerter dabei, die wesentlich schärfer waren als die improvisierten Waffen der beiden Ermittler. Ehe sie sich versahen, kamen die Räuber auf sie zugelaufen. Schlagartig wurde Lucretia von Angst gepackt. Würde sie nun genauso enden wie ihre Freundin Nephele?

»Weg hier«, zischte Quintus und packte Lucretia, die wie angewurzelt dastand, am Arm.

Quintus und Lucretia verschwanden in einer Gasse – und liefen fast in die Bürgerwehr hinein, die ihre Rufe offenbar doch vernommen hatte. Zwanzig Männer, alte und junge, mit Keulen und Werkzeugen, standen vor ihnen.

»Wer seid ihr? Sprecht!«, forderte der Anführer, ein älterer Mann, dem viele Zähne fehlten.

»Mein Sohn und ich sind bei der Bürgerwehr, wie ihr«, keuchte Quintus erleichtert. »Die Räuber sind da, gleich da vorn! Sie kommen uns nach!«

»Na, dann nehmen wir sie doch in Empfang«, rief einer der Männer, und mit lautem Geheul liefen die selbsternannten Nachtwächter auf den Platz des Tempelbezirks. Quintus und Lucretia liefen mit ihnen, sie mussten ihre Tarnung aufrechterhalten. Ehe sie sich versahen, standen sie am Rand des Platzes den Räubern gegenüber. Die waren sehr überrascht, als sie plötzlich die aufgebrachten Agrippinenser auf sich zustürmen sahen.

»Sie haben den Marstempel ausgeraubt, packt sie!«, rief Lucretia, wobei sie versuchte, ihre Stimme etwas tiefer klingen zu lassen. Diese Nachricht stachelte die Bürgerwehr nur noch weiter an.

»Ungeheuerlich! Die Kerle nehmen wir uns vor!«, rief einer der Männer.

Die Räuber hielten inne und versuchten, die Situation einzuschätzen. Sie waren kampferprobte Männer, und sie waren gut bewaffnet. Sie konnten es mit den Zivilisten wohl aufnehmen, doch würde es dann ein Blutbad geben.

»Das sind zu viele, weg hier!«, hörte Quintus den Anführer rufen – in klarstem Latein, nicht in einer germanischen Sprache. In der Tat war die Bürgerwehr zahlenmäßig um das Doppelte überlegen, also drehten die verkleideten Verbrecher ab und liefen eilig in die andere Richtung davon.

»Schnappt sie euch!«, rief einer aus der Bürgerwehr, und der wütende Pulk heftete sich an die Fersen der fliehenden Gauner. Quintus und Lucretia rannten mit. Lucretia konnte kaum glauben, was sie hier tat. Es fühlte sich irreal an, doch gleichzeitig spürte sie deutlich ihre Muskeln und die Energie, die durch ihren Körper pulsierte.

Die Verfolger erreichten eine Kreuzung – plötzlich Stille, die Räuber waren verschwunden.

»Aufteilen!«, rief da der Anführer der Bürgerwehr, und in Gruppen von jeweils fünf Männern schwärmten die Mitglieder aus. Quintus und Lucretia ergriffen die Gelegenheit, sich abzusetzen. Sie drückten sich in einen dunklen Hauseingang, um dort zu warten, bis die Luft rein war. Sie hatten für diese Nacht genug getan – und genug gesehen.

Lucretia musste erst einmal zu Atem kommen. Aber dann lachte sie befreit auf.

»Das war …«, keuchte sie, »das war unglaublich. Ich habe noch nie etwas so Aufregendes erlebt!«

»Sei froh, dass wir noch leben«, stöhnte Quintus und wischte sich den Schweiß mit dem Handrücken von der Stirn.

»Was haben die Kerle beim Marstempel gemacht? Was hat die Wache ihnen da gegeben?«, fragte sie.

»Ich habe einen Verdacht«, sagte Quintus, und es war ein Gedanke, der ihm ganz und gar nicht gefiel. Denn wenn die Bande das entwendet hatten, was er befürchtete, würde das unabsehbare Konsequenzen haben.

»Lagert dort nicht das Schwert von Julius Cäsar?«, fiel es Lucretia ein.

»Eine der wertvollsten Reliquien des Reiches«, bestätigte er. Menschen kamen von weit her, um das Schwert des großen Eroberers zu sehen, das im Marstempel ausgestellt war. Es war eine von mehreren Waffen, die Cäsar während der Feldzüge gegen die Germanen vor einhundert Jahren getragen hatte. Angeblich war es das Schwert, das an Cäsars Gürtel hing, als sich ihm der Gallier Vercingetorix bei Alesia ergeben hatte. Es in die Colonia zu bringen war eine Idee von Kaiser Augustus gewesen, dem Adoptivsohn des legendären Cäsar. Es sollte die Stadt in ihrer politischen Bedeutung aufwerten und war damit ein wesentliches Detail seines Plans, die Colonia zu einem bedeutenden Zentrum, zum Rom des Nordens, zu machen. Die anderen Provinzhauptstädte beneideten die Colonia um diese Ehre. Da Cäsar seine größten Siege im Herzen Galliens errungen hatte, gab es immer wieder Anfragen von den Statthaltern in Lutetia und Narbo Martius, ob man das Schwert nicht stattdessen dort ausstellen sollte, aber die Stadtoberen der Colonia weigerten sich selbstverständlich, diesen wertvollen Besitz herauszugeben.

»Das ist eine unglaubliche Schmähung, Lucretia, ein Sakrileg«, wurde Quintus klar, »es wird die Stadt endgültig in Panik versetzen. Wir alle verlieren dadurch unser Gesicht.«

»Wir müssen sofort jemanden warnen, damit rechtzeitig Maßnahmen ergriffen werden können«, erwiderte sie. »Das Rathaus ist nicht weit, wir könnten den Statthalter informieren.«

»Das geht nicht. Lappius ist zu einem Gerichtstermin in Aquae Granni«, erinnerte sich Quintus an das Gespräch vor dem Gerichtssaal.

Doch da fiel ihm Gordianus ein. Der Admiral hatte ihm bei der Zusammenkunft gesagt, dass er sich jederzeit an ihn wenden könnte. Und immerhin ging es hier um dessen Männer, die ihn und die ganze Stadt hinters Licht führten.

»Der Admiral! Gordianus muss erfahren, dass unter seinen Leuten Verräter sind. Nur er kann diesem Spuk ein Ende setzen«, befand Quintus und wollte schon loslaufen, als Lucretia ihn stoppte:

»Und wie willst du zu ihm kommen?«

Er sah sie verwirrt an, bis er schlagartig begriff, was sie meinte. Gordianus residierte im Flottenkastell außerhalb der Stadt, und in seinem Tatendrang hatte Quintus vergessen, dass die Colonia doch jetzt nachts hermetisch abgeriegelt war. Seit er hier lebte, war er es gewohnt, jederzeit die Tore der Stadt passieren zu können.

»Wenn wir den Wachen vom Überfall erzählen, können wir sie vielleicht überzeugen, uns rauszulassen«, suchte Quintus fieberhaft nach einer Lösung.

»Du meinst die Wachen, die mit den Räubern unter einer Decke stecken?«, bremste ihn Lucretia.

»Doch bestimmt nicht alle«, sagte Quintus.

»Aber woher wollen wir wissen, welche und welche nicht?«

Quintus wollte noch etwas erwidern. Doch sie hatte recht. Sich den Wachen zu offenbaren, konnte gefährlich werden. Er würde am nächsten Morgen sein Glück bei Gordianus versuchen müssen.

Viel zu spät, um dem Admiral die schlechten Nachrichten selbst zu überbringen, die ihm bis dahin sicher schon aus anderer Quelle zu Ohren gekommen sein würden. Aber besser als nichts.

Quintus begleitete Lucretia bis zu ihrem Elternhaus. Sie waren beide völlig erschöpft, und der Schreck von der Begegnung mit den Verbrechern steckte ihnen noch in den Gliedern.

»Es fühlt sich schrecklich an, dass wir nichts tun können«, sagte sie.

»Zumindest haben wir Schlimmeres verhindert. Und die Räuber haben zum ersten Mal zu spüren bekommen, wie es ist, wenn der Gegner Mut schöpft und in der Überzahl ist. Vielleicht ist es ihnen eine Lehre. An ihrer Stelle würde ich mich vorerst von der Colonia fernhalten«, tröstete er sie.

»Der Anführer war tatsächlich Marcus Vorenus«, sagte sie. »Ich habe ihn genauer sehen können, als wir der Bande mit der Bürgerwehr gegenüberstanden. Warum sollte er bei so etwas mitmachen? Ich verstehe es nicht.«

»Ich auch nicht, aber wir sind zumindest einen Schritt weiter. Wir haben mit eigenen Augen gesehen, dass die Räuber aus dem Kreis der Marine stammen.«

»Du meinst, das ganze Gerede von Wilden, von Barbaren, das war nur Unsinn? Und dass es von Anfang an keine Germanen waren?«, fragte Lucretia. Ein Teil von ihr sträubte sich immer noch dagegen, das zu glauben, trotz der erdrückenden Beweise. Doch wer konnte schon von heute auf morgen sein gesamtes Weltbild umkrempeln?

»Die Tempeldiebe könnten auch Trittbrettfahrer sein«, lenkte Quintus ein. »Das wissen wir nicht. Aber ich werde versuchen, morgen von Gordianus mehr zu erfahren.«

»Ich kann nicht mitkommen?«, fragte sie, und Enttäuschung schwang in ihrer Stimme mit.

»Vielleicht ist es besser, wenn wir nicht an die große Glocke hängen, dass du dabei warst«, erwiderte er.

Sie nickte zerknirscht. Bisher hatte sie ihrer Familie ihre Abwesenheiten über Tag immer gut mit einem Einkaufsbummel oder anderen Besorgungen erklären können, doch wenn sie beim Admiral eine Aussage machte, würden ihre Eltern erfahren, womit sie sich tatsächlich beschäftigte. Davon wären sie sicherlich alles andere als begeistert, was noch milde ausgedrückt war. Warum mussten sich Frauen auch so vielen Konventionen beugen? Einmal mehr fühlte sich Lucretia als Gefangene ihres Geschlechtes.

38

Die Nachricht vom Diebstahl des Schwertes verbreitete sich wie ein Lauffeuer in der Colonia. Es war eine Ehrverletzung, die ihresgleichen suchte, und kaum etwas war Römern wichtiger als ihre Ehre. Als Statthalter Lappius zur Mittagsstunde in die Stadt zurückkehrte, spürte er sofort die Anspannung, die in der Luft lag. Entlang seines Weges begegneten ihm viele verängstigte und empörte Bürger. Auch ihn erschütterte der Raub, doch noch mehr Sorgen bereitete ihm in diesem Moment, dass die Stimmung in der Stadt zu kippen drohte. Nun war schnelles Handeln gefragt, und er hielt seinen Tross an, ihn nicht wie geplant zum Prätorium zu begleiten, sondern ihm direkt zum Flottenkastell zu folgen, wo er sich mit Gordianus beraten wollte.

Kurz darauf saß er dem Admiral an dessen Schreibtisch aus massivem Eichenholz gegenüber und machte sich Notizen auf einer Wachstafel. Lappius hatte beschlossen, noch am selben Tag eine Versammlung einzuberufen, um die Bevölkerung zu beruhigen. Zwar würde er seine Rede später frei halten, schließlich war er schon als Knabe in der Kunst der Rhetorik geschult worden, wie es in Senatorenfamilien üblich war, doch die Gedanken in so einer prekären Lage zuvor schriftlich zu ordnen, war dennoch hilfreich.

»Es gehen Gerüchte um, dass die Räuber keine Germanen sind, sondern Männer, die sich nur als solche ausgeben«, bemerkte Lappius.

Gordianus kniff die Augen zusammen. Er schien über die Möglichkeit nachzudenken.

»Das ist doch Unsinn«, sagte er dann, »das trunkene Geschwätz selbsternannter Nachtwächter. Warum sollten die so etwas tun?«

»Das weiß ich nicht«, räumte Lappius ein. »Ich möchte nur keine Unschuldigen bezichtigen. Die Agrippinenser glauben an die Wahrheit und das Recht. Und beidem zu dienen ist meine wichtigste Aufgabe.«

»Natürlich sind es Germanen! Unzählige unserer Bürger haben sie doch gesehen«, sagte Gordianus ernst. »Mit Sicherheit leben hier in der Colonia einige, die nie wahre Agrippinenser geworden sind und sich ihrer Verwandtschaft auf der anderen Seite des Rhenus immer noch näher fühlen als uns. Nach außen hin geben sie sich hier als dankbare Untertanen, weil man sie in der Stadt leben lässt. Aber in ihren schwarzen Herzen tragen sie nichts als Hass auf das Licht Roms. Und öffnen bereitwillig Tür und Tor für unsere Feinde. Diese Barbaren halten zusammen.«

»Das kann ich mir kaum vorstellen«, wandte Lappius ein.

Ihm ging auf, dass Gordianus als Mann des Militärs wahrscheinlich nur eine Lösung kannte. Und die gefiel ihm ganz und gar nicht.

»Lasst dich nicht beirren, edler Lappius. Du bist noch nicht lange hier. Ich hingegen schon, und ich habe mehr als einmal gegen die Wilden gekämpft. Und lass mich dir sagen, sie kennen nichts außer Groll und Blutdurst«, setzte der Admiral nach.

Lappius legte den Kopf schief und wog ab. Die Situation war neu für ihn. Die Provinz, die er zuvor verwaltet hatte, Bithynia et Pontus am Schwarzen Meer, war sehr friedfertig gewesen, und sie grenzte auch nicht an das Barbaricum. Vielleicht hatte Gordianus recht, und er, Lappius, hatte die hiesige Kultur noch nicht verstanden.

»Nur ein Jahr werde ich dieses Amt hier innehaben, und

gleich in den ersten Tagen werde ich mit dergleichen konfrontiert«, ärgerte sich der Prokonsul.

»Das hast du nicht verdient«, nickte Gordianus grimmig, »ebenso wenig wie ich und alle Römer, die in der Nachbarschaft dieser von Hunger und Kälte abgehärteten Höllenhunde leben müssen. Umso wichtiger ist es, dass wir uns jetzt wieder Respekt verschaffen. Dass wir handeln.«

Lappius wischte mit dem stumpfen Ende seines Griffels zwei Stichworte vom Wachstäfelchen und ersetzte sie durch neue. Er wusste nicht, was er der Bevölkerung in der anberaumten Rede verkünden sollte, und erst recht nicht, wie er ihnen die Lage beibringen sollte. Er kam sich hilflos vor, wie ein Spielball des Schicksals. Sich so zu fühlen, war er nicht gewohnt. Er versuchte sich vorzustellen, was die großen Redner oder Staatsmänner in seiner Lage getan hätten. Was hätte ein Cicero gesagt, was ein Sulla? Der Statthalter wusste es nicht.

»Und wie würde dieses Handeln deiner Meinung nach aussehen?«, fragte Lappius.

»Wir müssen Stärke zeigen. Ein Zeichen setzen. Damit jeder sieht, dass man dem römischen Adler nicht ungestraft auf dem Schnabel herumtanzt.«

»Du meinst – Krieg?«, fragte Lappius.

»Die Wilden sind nicht wie du und ich. Sie verstehen die Sprache der Diplomatie nicht. Nur die des Schwertes.«

Lappius wog ab.

Gordianus ließ nicht locker: »Es ist doch offensichtlich, dass alles, was bisher geschehen ist, nur der Vorbereitung einer Invasion dient. Wir müssen sie angreifen, bevor sie uns angreifen, Prokonsul. Wenn wir nur ruhig abwarten, bis sie zuschlagen – was sie ohne Zweifel tun werden –, könnte es unser Ende bedeuten«, erklärte er und nickte bedeutsam.

»Einen Krieg vom Zaun zu brechen, ist teuer und wird auf

beiden Seiten hohe Verluste bedeuten«, erwiderte Lappius. »Außerdem wäre ein solches Handeln nicht mit Rom abgesprochen. Erinnere dich daran, dass ich dem Kaiser direkt unterstehe. Ich bin sein verlängerter Arm in Germanien.«

»Genau deswegen musst du den Befehl erteilen, unsere Truppen zu mobilisieren«, griff Gordianus seine Worte auf, »um Rom zu verteidigen und die Ehre Domitians.«

»Ich weiß nicht«, sagte Lappius zweifelnd. »Einerseits hast du sicherlich recht. Andererseits müssen wir verantwortlich handeln. Uns fehlen die Beweise, dass die Germanen den Rhenus überschreiten und uns angreifen wollen. Deine Schiffe fahren doch täglich Patrouille bis weit in den Visurgis hinauf. Wenn die Stämme dort Truppen zusammenziehen, würde das doch bemerkt. Aber das ist nicht der Fall.«

Gordianus war seine Verzweiflung mittlerweile deutlich anzusehen. Sein Gesicht war rot angelaufen, und er machte eine ausladende Geste mit beiden Armen.

»Statthalter, welche Beweise brauchst du denn noch? Die Wilden haben das Schwert Cäsars entwendet. Cäsar wird im ganzen Reich noch immer einem Gott gleich verehrt. Sie haben uns gedemütigt, Lappius, dich, mich, das gesamte Imperium!«

Nachdenklich klappte Lappius seine Wachstafel zu und legte sie vor sich, um dann den Griffel exakt in der Mitte darauf zu platzieren. Er hatte die Übersicht verloren. Die Grenzen zwischen Recht und Unrecht, Wahrheit und Lüge waren verschwommen. Aber er versuchte, sich seine Unsicherheit vor Gordianus nicht anmerken zu lassen.

Der Admiral hatte sich in Rage geredet und war kaum noch zu bremsen: »Warum haben wir die Räuber nie sehen können, als sie über den Fluss setzten? Weil sie sich im Dickicht des gegenüberliegenden Ufers verbergen. Dort reicht der Wald bis direkt zum Wasser heran. Ich schlage daher vor, alle

Bäume am Ufer zu roden. Meine Männer stehen sofort mit Äxten und Sägen bereit, wenn du es befiehlst. Das Holz können wir auch gebrauchen, daraus lassen sich neue Gebäude und natürlich Kriegsschiffe zimmern.«

Lappius war das alles nicht geheuer. Er erhob sich und zog seinen roten Umhang zurecht.

»Ich glaube, das Beste wird sein, mich mit der Kurie zu beraten«, stellte er fest.

»Wozu das? Die Stadträte sind alte Männer, die viel reden und wenig tun«, schnaubte Gordianus.

»Es sind die gewählten Volksvertreter dieser Stadt, mein lieber Admiral. Und sie haben genauso das Recht wie du, sich zur Lage zu äußern.«

Nun sprang auch Gordianus aus seinem Stuhl auf.

»Ich kann dir sagen, wie sie sich äußern werden: Sie werden den Schwanz einziehen. Die sind nur auf den eigenen Vorteil bedacht. Die werden dafür sorgen, dass alles so weitergeht wie bisher, und das Dunkel, das am Horizont im Osten aufzieht, einfach ignorieren. Aber wir haben die Aufgabe, unsere Stadt zu schützen. Unsere Bürger. Auch wenn es Opfer bedeutet.«

»Danke, Gordianus, doch ich werde mit eigenen Ohren anhören, was der Rat zu sagen hat«, antwortete Lappius pikiert.

Der Admiral fasste sich. »Du musst den Bewohnern vermitteln, dass die Sicherheit Roms auch jenseits des Rhenus verteidigt wird«, ergänzte er.

»Ich muss gar nichts. Wir sehen uns am Nachmittag auf dem Forum«, sagte der Statthalter mit einer Stimme, die keinen Widerspruch duldete, und ließ Gordianus stehen.

39 XXXIX

Quintus hatte Pola am Morgen mit einem ausgiebigen Frühstück verabschiedet. Sie würde die nächsten Tage in der Landvilla eines reichen Mäzens in der Nähe von Novaesium verbringen, der ihre Theatertruppe engagiert hatte, um den Gästen seiner Geburtstagsfeierlichkeiten ein besonderes Spektakel bieten zu können. Auch wenn Quintus Pola vermissen würde, hatte er während des Essens wie auf heißen Kohlen gesessen. Nachdem ihm dann noch ein unliebsames Klientengespräch dazwischengekommen war, hatte er schließlich erst am Mittag, als die Sonne am höchsten stand, zum Flottenkastell eilen können, wo er um eine Audienz bei Gordianus bat. Er hatte peinlich darauf geachtet, den Wachen nur das Nötigste über sein Anliegen zu verraten. Gerade so viel, dass sie die Dringlichkeit seines Besuchs begriffen.

Ein Marinesoldat führte ihn nun durch den Stützpunkt zur Principia. Der Sitz des Admirals war weithin sichtbar, denn im Gegensatz zu den Mannschaftsbaracken und Werkstätten hatte das Gebäude zwei Stockwerke und ein mit Ziegeln gedecktes Dach. Die Wände bestanden, wie der Schutzwall, der das Lager umgab, aus geraden Holzbalken, waren jedoch weiß getüncht. Die Unterkünfte der Soldaten hingegen waren schmucklose, mit Schilf gedeckte Blockhäuser, deren unbehandeltes Holz von der jahrelangen Witterung ergraut war. Möwen kreisten schwarmweise über dem Stützpunkt, und ihr forderndes Krächzen war allgegenwärtig. Wo so viele Menschen lebten, gab es für sie auch viel zu holen.

Es war das erste Mal, dass Quintus das Flottenkastell betrat. Nur wenige Zivilisten hatten hier Zutritt. Trotz seiner Eile sah er sich deshalb umso neugieriger um und versuchte, sich ein Bild vom Leben hier zu machen. Auffällig war die große Zahl an Werkstätten, in denen gesägt und gehämmert wurde. In Friedenszeiten konnten sich die Soldaten nicht im Kampf beweisen, also musste man sie anderweitig beschäftigen. Frauen waren keine zu sehen, ihnen war der Zutritt verboten, und sie hatten wie Aelia, draußen vor den Toren im Vicus zu bleiben.

Durch die Lücken zwischen den Mannschaftsbaracken hindurch konnte man den wichtigsten Teil, das Hafenbecken des Kastells, erahnen. Dort lagen über hundert Schiffe vor Anker. Zum Teil Transportschiffe und flache, breite Lastkähne, aber vor allem Kriegsschiffe. Darunter waren die schmalen, leichten Lusorien am häufigsten zu sehen. Sie konnten mit einem Segel und dreißig Ruderern eine enorme Geschwindigkeit erreichen und waren daher schnell an jeden Einsatzort zu bringen, hatten aber nur wenig Laderaum. Seltener vertreten, aber um so eindrucksvoller waren die Liburnen – große, schwere Kriegsschiffe. Sie hatten bronzene Rammsporne, über die Augen gemalt waren, so dass der Bug wie ein grimmiges Gesicht wirkte. Die Liburnen konnten eine größere Menge Soldaten transportieren und boten Platz für Speergeschütze auf dem Vorder- und auf dem Achterdeck, mit denen man Ziele am Ufer unter Beschuss nehmen konnte. Mit diesen Schiffen konnte man auch das Meer befahren, wenn es sein musste.

Als der Marinesoldat Quintus an einer großen Halle vorbeiführte, erregte ein rhythmisches Pochen dessen Aufmerksamkeit. Die Halle hatte keine Wände, sondern bestand nur aus ein paar starken Pfeilern, die ein mit hölzernen Schindeln gedecktes Schrägdach trugen. Das Pochen rührte von einem Dutzend riesiger Webstühle her, die jeweils fast dreißig Fuß breit waren. Kräftige Soldaten waren damit beschäftigt, grobe Fäden zu langen, beigefarbenen Tuchbahnen zu weben.

»Die einzige Segelweberei weit und breit«, erklärte der Soldat, der Quintus' Interesse bemerkte. Und er fügte nicht ohne Stolz hinzu: »Und die beste in Germanien. Unsere Segel werden bis ans Mare Nostrum exportiert, so geschätzt werden sie.«

Sie waren an der Principia angekommen. Der Soldat bedeutete Quintus zurückzubleiben, und ging auf zwei Wachen zu, die den Eingang hüteten. Er wechselte einige Worte mit ihnen und kehrte dann zu Quintus zurück, der ungeduldig von einem Bein aufs andere trat.

»Der Admiral ist noch in einer Besprechung«, verkündete er. »Du kannst später wiederkommen oder warten.«

»Ich warte«, sagte Quintus schnell.

Der Soldat nickte und führte ihn an die Rückseite des Gebäudes zu einer kleinen hölzernen Bank. Quintus setzte sich, doch nach ein paar Sekunden sprang er wieder auf. Warum musste heute alles so lange dauern? Auf seinem Weg zum Kastell hatte er mehrfach beobachten müssen, wie germanisch aussehende Mitbürger von wütenden Passanten angegangen wurden, und er hoffte inständig, dass Gordianus wieder für Ordnung sorgen würde, bevor noch jemand verletzt wurde. Oder Schlimmeres passierte. Mit jedem Moment, der verstrich, wurde Quintus unruhiger. Er lief vor der Bank auf und ab und kam sich vor wie eins der Raubtiere, die in den Käfigen der Arena auf ihren Auftritt bei den öffentlichen Spielen warteten.

Nach einer gefühlten Ewigkeit holte ihn der Soldat endlich wieder ab.

»Quintus Tibur zur Audienz«, erklärte der Mann den Wachen, und diesmal traten sie beiseite, ohne eine Miene zu verziehen oder ein Wort zu sagen. Der Soldat, der offenbar darauf vertraute, dass Quintus die letzten Fuß ohne ihn zurücklegen konnte, verabschiedete sich mit einem freundlichen Nicken.

»Danke«, rief Quintus ihm hinterher.

Er betrat das Büro des Admirals. Entgegen seiner Erwartung war selbiger noch nicht anwesend. Quintus stand einige Momente unschlüssig herum, aber nutzte dann die Gelegenheit, sich ungestört umzusehen. Das ganze Erdgeschoss, ein gut dreißig mal dreißig Fuß hoher Raum, schien Gordianus als Arbeitsbereich zu dienen. Die Wände waren auch von innen weiß bemalt, was den Raum, der nur über wenige Fenster verfügte, vor allem an einem sonnigen Tag wie heute großzügig wirken ließ. Eine Treppe in der hinteren Ecke führte hinauf in den ersten Stock, der wahrscheinlich die Privatgemächer des hohen Offiziers beherbergte. Der Boden war aus gestampftem Lehm, nicht anders als in den Baracken der Soldaten. An den Wänden standen einfache Regale aus Kiefernholz, in denen sich Schriftrollen stapelten. Kein Metall, keine Verzierungen. Alles wirkte schlicht. Ein bescheidener Mann, der Admiral, dachte Quintus, der auf Augenhöhe mit seinen Untergebenen sein wollte. Quintus hielt das für ein Zeichen guten Charakters.

Das größte Möbelstück im Raum war ein gewaltiger Schreibtisch, auf dem zahlreiche Wachstafeln, leere Papyri und Schreibutensilien lagen. Auf ihm standen auch die einzig sichtbaren Wertgegenstände. Quintus erkannte in ihnen kleine Kunstwerke. Ihr Stil war in seinen Augen exotisch. Es waren Statuen, Büsten und Schnitzereien. Wahrscheinlich persönliche Souvenirs des Admirals aus fernen Ländern. Auch eine kleine Büste von Julius Cäsar, den Gordianus wahrscheinlich wie so viele Militärs verehrte, befand sich darunter.

Weitaus beeindruckender fand Quintus eine riesige Zeichnung an der hinteren Wand des Büros, die er zunächst nicht einordnen konnte. Eine Wandmalerei war es nicht, dafür sahen die bunten Linien zu technisch aus. Die Zeichnung war fünfzehn Fuß breit, aber nur ein, zwei Fuß hoch. Als er näher kam, sah er, dass die Farbe auf einem Pergament, einem hauchdünnen Leder, aufgetragen war – einem sehr teuren und sehr haltbaren Material. Die Zeichnung war mit schmalen bronzenen Ketten an Ösen an der Wand aufgehängt. Quintus fiel die blaue Linie auf, die sich in der Mitte der Zeichnung entlangschlängelte. Oberhalb und unterhalb der Linie waren rote Linien und Punkte mit winziger Beschriftung sichtbar. Der größte Punkt hatte die Bezeichnung CCAA – damit war die Stadt gemeint. Dann musste die blaue Schlangenlinie wohl der Rhenus sein. Und in dem Moment verstand Quintus, was er vor sich hatte: Es war eine Landkarte, ungemein detailliert gezeichnet. Dergleichen hatte er noch nie zuvor gesehen. Er war beeindruckt und dachte sofort über die Möglichkeiten nach, die eine solche Abbildung des Großen im Kleinen barg.

»Weißt du, warum wir alle Barbaren in ihre Schranken verweisen können?«, ertönte plötzlich eine Stimme hinter ihm. Er erschrak und fuhr herum. Mitten im Raum stand Admiral Gordianus. Quintus war so vertieft gewesen, dass er dessen Schritte nicht gehört hatte. Gordianus trug heute bloß eine Lederweste über einer einfachen Tunika, doch obwohl er fast wie ein Zivilist aussah, machte die natürliche Autorität, die er ausstrahlte, klar, dass er ein hochrangiger Offizier war. In seinem Blick lag eine unnachgiebige Härte, über die einfache Menschen von der Straße nicht verfügten.

»Salve, Admiral.«

»Salve, Quintus Tibur«, erwiderte Gordianus und stellte sich direkt neben seinen Gast.

»Weil unsere Legionen unbesiegbar sind, ebenso wie unsere glorreiche Flotte?«, vermutete Quintus.

»O nein, auch unsere Feinde haben mutige Kämpfer und große Armeen. Aber was sie nicht haben, ist dies hier!«, sagte Gordianus und zeigte auf die Karte. »Eine unserer größten Errungenschaften ist das Vermessungswesen. Unsere Kartographen durchstreifen das gesamte Reich. Daher kennen wir die genauen Abstände zwischen den Städten, die Größe der Wälder, den Verlauf der Gewässer. Nur deswegen können wir Straßen und Wasserleitungen bauen. Und nur deshalb sind unsere Truppen immer so schnell dort, wo sie gebraucht werden. Man gewinnt keine Kriege mit roher Gewalt. Sondern mit Augenmaß und Mathematik. Bitte«, Gordianus wies auf einen Stuhl vor seinem Schreibtisch, während er selbst dahinter Platz nahm.

»Danke, dass du mich empfängst«, sagte Quintus und setzte sich. Er spürte ein nervöses Kribbeln in sich aufsteigen. Wie würde der Admiral auf seine – zugegeben skandalösen – Nachrichten reagieren? Wenn er ihm überhaupt glaubte …

»Ich kann mir schon denken, warum du hier bist«, sagte der Admiral und legte die Stirn in sorgenvolle Falten. »Wegen dieser impertinenten Tat. Ich hätte diesen Barbaren alles zugetraut, aber das schlägt dem Fass den Boden aus. Und glaub mir, ich habe bereits alle Hebel in Bewegung gesetzt, um das Schwert wiederzufinden.«

»Ja, dieser Diebstahl ist eine Ohrfeige für die Colonia. Und für Rom«, bestätigte Quintus. »Als ich vorhin die Stadt verließ, waren die Bürger bereits in Aufruhr. So habe ich die Colonia noch nie erlebt. Nachbarn, die viele Jahre friedlich zusammengelebt haben, beäugen sich nun misstrauisch.«

Gordianus holte tief Luft und lehnte sich in seinem Stuhl zurück. Man sah, dass er sich grämte. Die dunklen Ränder unter seinen Augen zeugten von einer schlaflosen Nacht.

»Wenn das außer Kontrolle gerät, kann der Stadt Schlimmes bevorstehen. Nicht auszumalen, wenn die Bevölkerung sich weiter spaltet und aufeinander losgeht«, sagte er.

Quintus zögerte einen Moment und sagte dann: »Vielleicht ist es ja genau das, was die Täter beabsichtigen.«

Gordianus blickte auf.

»Bist du deswegen hier, Quintus? Ich nehme an, du bist nicht gekommen, um mir etwas zu berichten, das ich ohnehin schon weiß.«

Quintus nickte. Er fühlte sich geschmeichelt, dass den hohen Herren interessierte, was er zu sagen hatte, und dachte scharf nach. Die nächsten Worte mussten mit Bedacht gewählt sein. Er stand vor der Herausforderung, den Admiral zu warnen, ohne vorwurfsvoll zu klingen. Oder verrückt. Gordianus war in einer heiklen Lage. Er war für die Sicherheit der Colonia verantwortlich, und nach der letzten Nacht war wohl niemand im weiten Umkreis mehr davon überzeugt, dass er seine Arbeit gut erledigte.

»Nun, zufällig bin ich selbst Zeuge des Diebstahls geworden«, sagte Quintus wahrheitsgemäß.

Gordianus machte große Augen und schien einen Moment wie gelähmt. Damit hatte er offensichtlich nicht gerechnet.

»Wie bitte?«, presste er hervor.

Quintus genoss es, etwas Wichtiges beitragen zu können. Es würde ihn sicher in der Gunst des Admirals steigen lassen.

»Es ist so: Ab und zu gehe ich Patrouille mit der Bürgerwehr. Auf dem Weg zum Treffpunkt mit den anderen Männern kam ich am Marstempel vorbei. Genau im richtigen Moment.«

Kurz war der Flottenkommandant perplex, dann fing er sich: »Was für ein phantastischer Zufall! Was genau hast du gesehen?«

»Nun, ich konnte beobachten, wie eine Gruppe von Männern, in Felle gekleidet, mit bemalten Gesichtern, auf den Platz eilte. Mir war sofort klar, dass es die Räuber sind, die seit langem die Gegend unsicher machen. Also versteckte ich mich.«

»Unglaublich! Was geschah dann?«, wollte Gordianus wissen.

»Ich erwartete, dass sie die Wache angreifen würden. Dachte mir, der arme Kerl würde keine Chance haben gegen diese Übermacht.«

»Ja, sie haben ihn niedergeschlagen. Das hat mir die Wache schon berichtet«, nickte Gordianus.

Quintus räusperte sich und zupfte am Ärmel seiner Tunika. Er atmete tief ein und fuhr fort: »Nun, nicht ganz.«

Gordianus starrte den Anwalt an. Einen Moment sahen sich beide Männer tief in die Augen. Quintus hielt der Intensität von Gordianus' Blick nicht stand und schaute auf seine Hände. Etwas irritierte ihn am Verhalten des Admirals, aber er konnte nicht fassen, was es war.

»Nun los, rede schon! Wir sind hier nicht vor Gericht, wo man dramatische Pausen einflechten muss«, forderte ihn Gordianus ein bisschen zu grob auf.

Quintus konnte ahnen, unter wie viel Druck der Admiral, dessen Stuhl vielleicht bereits wackelte, stand.

»Die Wache hat überhaupt keinen Widerstand geleistet. Sie schien die Männer sogar zu kennen. So als ob der Soldat in den Plan der Diebe eingeweiht war. Sie sprachen Latein miteinander. Was in mir den Verdacht weckt … und ich weiß, es klingt verrückt …« Noch einmal holte Quintus Luft und fuhr dann schnell fort: »Es ist möglich, dass die Räuber gar keine Germanen sind, wie wir alle glauben. Es scheint mir fast, als seien wir nur Statisten in einem großen Schauspiel. Aber ich weiß nicht, wer das Stück geschrieben hat.«

Er verstummte und wartete auf eine Reaktion des Admirals.

Doch der saß nur mit offenem Mund da. Er schien die Informationen erst einmal verarbeiten zu müssen.

»Dann habe ich die Kameraden der Bürgerwehr gerufen. Gemeinsam haben wir die Räuber in die Flucht geschlagen. Aber das Schwert konnten wir ihnen nicht entreißen, was mir sehr leidtut«, beendete Quintus seine Ausführungen.

Gordianus schwieg immer noch. Er wirkte, als schössen ihm tausend Gedanken durch den Kopf, was Quintus ihm nicht verdenken konnte. Es fiel ihm selbst immer noch schwer, an eine solch verräterische Bösartigkeit der Soldaten zu glauben. Und er hatte sie mit eigenen Augen gesehen.

»Gräme dich nicht. Die Colonia kann froh sein, dass nachts mutige Männer wie ihr unterwegs seid«, sagte Gordianus endlich. Er stand auf und betrachtete nachdenklich die Landkarte.

»Weiß noch jemand von deiner Beobachtung?«, fragte er.

»Nein, zumindest nicht von diesen Einzelheiten.«

»Gut«, sagte Gordianus leise.

»Es tut mir leid, Admiral«, hob Quintus an und wog jedes Wort vorsichtig ab, »aber ich fürchte, du wirst hintergangen und es gibt Verräter in den Reihen der Marine.«

Gordianus' Körper schien sich einen Moment lang zu straffen. Dann ließ er sich sichtlich entmutigt wieder auf seinen Stuhl fallen.

»Ich kann nicht glauben, dass ich darauf hereingefallen bin. Dass wir alle die Germanen zu Unrecht verdächtigt haben. Das hätte böse enden können«, sagte er schwach.

Quintus schwieg betreten.

»Und das mir. Nachdem ich meine Männer immer gut behandelt habe«, murmelte der Admiral. »Vielleicht zu gut. Vielleicht war ich zu nachsichtig. Das kann passieren in Zeiten des Friedens. Sie machen einen weich.«

»Du hast dir nichts vorzuwerfen, edler Gordianus. Du wirst

landauf, landab verehrt und respektiert«, gab Quintus zurück. Sein Blick blieb an einer kleinen Statue hängen, die direkt vor ihm auf dem Schreibtisch stand. Sie war aus schlichtem Sandstein gefertigt, etwa ein Fuß hoch und schien eine Katze darzustellen.

Gordianus bemerkte den Blick seines Gegenübers.

»Ägyptisch«, erklärte der Admiral und zwang sich zu einem Lächeln.

»Eine sehr markante Form. Welche Bedeutung hat die Katze?«, wollte Quintus wissen.

»Das ist Bastet. Eine Göttin. Die meisten Götter am Nil haben die Form oder zumindest die Köpfe von Tieren. Die Religion der Ägypter ist um Jahrtausende älter als unsere. Eine faszinierende Welt. Ich war dort als junger Mann stationiert, bevor ich nach Germanien kam.«

»Ist der Nil so breit wie der Rhenus?«, wollte Quintus wissen.

Gordianus lachte: »Viel breiter. Und länger. Der Rhenus ist ein Bächlein dagegen. Aber der Nil ist ein launischer Fluss. Die Menschen sind abhängig von ihm. Steigt das Wasser im Frühjahr nicht hoch genug, um die Felder zu bewässern, müssen alle hungern.«

»Wann rufen die Ägypter Bastet an?«, fragte Quintus.

»Wenn sie auf Liebe und Fruchtbarkeit hoffen«, erklärte Gordianus. »Meine Frau hat mir die Statue einst geschenkt. Es ist alles, was mir von ihr geblieben ist.«

Quintus wollte nicht nachhaken und alte Wunden aufreißen. Die Lage war für den Admiral ohnehin schon schwierig genug. Aber er zählte zwei und zwei zusammen und vermutete, dass Gordianus verwitwet war. Zu seiner Erleichterung kam der Admiral zum Thema zurück.

»Ich werde den Dingen auf den Grund gehen«, sagte Gordianus. »Sehe ich dich nachher auf dem Forum?«

Verwirrt blinzelte Quintus. Auf dem Forum? Hatte er etwas verpasst?

»Statthalter Lappius wird heute Nachmittag eine Rede halten. Er hofft, damit die Bevölkerung zu beruhigen«, klärte der Admiral ihn auf. »Du hast ihn vorhin übrigens nur knapp verpasst.«

Quintus horchte auf. Er hatte noch nicht mitbekommen, dass Lappius zurückgekehrt war, geschweige denn, dass er öffentlich aufzutreten gedachte. Und er fluchte innerlich. Hätte er sich am Morgen nicht so lange aufhalten lassen, hätte er seine Geschichte direkt dem Admiral und dem Statthalter gemeinsam berichten können.

Gordianus schien seine Gedanken gelesen zu haben und versicherte: »Ich werde dich beim Statthalter lobend erwähnen und ihm alles erzählen, was du mir gesagt hast.«

»Ich danke dir«, sagte Quintus erleichtert.

»Nein, ich danke dir für deine Ausführungen. Ich wünschte, alle Agrippinenser hätten so viel Rückgrat«, seufzte der Admiral.

»Als Bürger der Colonia ist es meine Pflicht zu helfen«, erwiderte Quintus, nicht ganz frei von einer gewissen Selbstgefälligkeit.

»Noch eines, bitte behalte vorerst für dich, was du mir berichtet hast«, bat Gordianus ihn eindringlich. »Wir möchten doch nicht, dass eine noch größere Panik ausbricht.«

»Selbstverständlich«, nickte Quintus. Dass ein so wichtiger Mann wie Gordianus ihm vertraute, war eine Ehre. Er stand auf und verneigte sich zum Abschied.

Zufrieden mit sich, verließ er die Principia. Auf dem Vorplatz blickte er sich noch einmal um und sah, dass auch Gordianus das Büro verließ. Quintus konnte es ihm nicht verdenken. Nach diesen Neuigkeiten brauchte er sicherlich eine Brust voll frischer Luft. Er beobachtete, wie der Admiral einen der Wachmänner zu sich winkte und ihm Befehle zu geben schien, der gehorsam nickte und sich eilig entfernte.

Erleichtert setzte Quintus seinen Weg fort. Sein Besuch schien bereits Früchte zu tragen. Bald würden Gordianus und Lappius den Spuk beenden, die Schuldigen würden bestraft werden, und die Colonia würde zur Normalität zurückkehren. Auch wenn er wusste, dass die Sache noch nicht ausgestanden war und Gordianus die Verräter erst noch ausmachen musste, konnte er es kaum erwarten, Lucretia von dem Erfolg zu berichten.

40 XL

An diesem Tag stattete Claudia ihrer Familie in der Stadt einen Besuch ab. Lucretia war dankbar für diese Abwechslung. Wenn ihre Schwester vorbeischaute, kam immer Leben ins Haus. Cäcilia hatte den Sklaven freigegeben, und Magnus war am Hafen, um eine Garumlieferung für den Laden abzuwickeln, und so hatten die drei Frauen das Haus für sich.

Sie nahmen ein leichtes Mittagessen im Speisezimmer ein, das sich in der hinteren Ecke des Hauses befand. Dort standen drei Speisesofas mit kunstvoll gedrechselten Rahmen aus dunklem Holz, die mit weichen roten Kissen bedeckt hufeisenförmig um einen Tisch in der Mitte angeordnet waren. Der Raum hatte keine Fenster, und da das zur Tür hereinfallende Licht nicht ausreichte, brannte auch am helllichten Tag eine Öllampe. Den Boden zierte ein schwarz-weißes Mosaik, das ineinander verschlungene Weinranken zeigte, und die Wände waren kunstvoll bemalt. Magnus, der an den Gestaden der afrikanischen Mittelmeerküste aufgewachsen war, hatte sich für Strandszenen entschieden, die ihn an seine alte Heimat erinnern sollten. Seesterne, Muscheln und Krebse auf braunen Felsen gaben einen guten Eindruck, wie es dort wohl aussehen mochte. Lucretia hatte das Meer noch nie mit eigenen Augen gesehen und träumte davon, eines Tages den an den Wänden dargestellten Wesen auch einmal in natura zu begegnen.

Sie schob sich eine Olive in den Mund, während sie sich mit dem Arm auf einem großen Kissen abstützte, und reichte dann die milchig transparente Glasschale an ihre Schwester weiter, die sich auch sogleich bediente. Die Stimmung war gelöst. Mutter und Töchter waren froh, auf diese Weise Zeit miteinander zu verbringen.

»Wie sieht es aus, liebste Claudia? Hat Bona Dea dein Flehen erhört?«, wollte die Mutter wissen.

»Drei Kälber sind eine Opferspende, die sich sehen lassen kann«, bestätigte Lucretia.

»Das wissen wir noch nicht«, gab Claudia mit einer für sie untypischen Ernsthaftigkeit zu. »Der Feiertag ist ja noch keine zwei Wochen her. Da kann man sich noch nicht sicher sein.«

»Wann würdest du denn deine nächste Blutung erwarten?«, fragte Cäcilia unverblümt, wie es ihre Art war.

»Wenn du es so genau wissen willst, vorgestern«, antwortete Claudia etwas pikiert. »Aber ein gewisses Ziehen im Bauch sagt mir, dass es wohl heute losgeht.«

»Also eher … nicht schwanger«, stellte Cäcilia mit einer gewissen Enttäuschung fest.

Claudia senkte den Blick. Sie lehnte sich auf ihrem Speisesofa vor und stellte den Teller mit Ziegenkäse wieder zurück auf den Tisch. Dass sie ihn nicht komplett verputzt hatte, zeigte Lucretia deutlich, dass es ihr nicht gut ging. Sie kannte ihre Schwester und suchte nach tröstenden Worten:

»Vielleicht liegt es gar nicht an dir. Vielleicht liegt es an ihm. Warum wird immer uns Frauen zuerst die Schuld gegeben, wenn keine Kinder kommen?«

»Da ist etwas dran. Vielleicht trägt der Samen deines Liebsten keine Früchte. Das kommt öfter vor, als man denkt. Die Herren reden nur nicht gern darüber«, pflichtete Cäcilia ihr bei.

»Der Gedanke ist uns natürlich auch schon gekommen«, lenkte Claudia ein. »Ich habe mit Plautus offen darüber gesprochen.«

Lucretia und ihre Mutter schauten Claudia erwartungsvoll an.

»Und?«, hakte Lucretia nach, die es merkwürdig fand, dass ihre Schwester, die nicht im Ruf stand, auf den Mund gefallen zu sein, nicht weitersprach.

»Nun ja«, wandte Claudia nach einem betretenen Räuspern ein, »offenbar ist sein Samen nicht das Problem. Plautus wollte das Thema zuerst vermeiden, aber ich habe nachgehakt. Und ihm klargemacht, wie wichtig es für mich ist.«

»Und dabei hat sich – was genau herausgestellt?«, fragte Cäcilia, die bereits eine ungute Vorahnung hatte und einen großen Schluck Mulsum aus ihrem Becher nahm.

»Dass Plautus schon ein Kind hat«, gab Claudia zu.

»Wie bitte? Wie das denn? Und mit wem?«, rief Cäcilia und schien nun doch aus allen Wolken zu fallen.

»Nun, ich glaube, den Vorgang selbst muss ich nicht erklären«, lachte Claudia, und etwas von ihrer gewohnten Bissigkeit kam wieder zum Vorschein.

»Hat er dich betrogen?«, fragte Lucretia und fühlte sich gleich danach dumm, dass sie diese Frage gestellt hatte. Seitensprünge waren in römischen Ehen gang und gäbe – zumindest für den Mann, während er für die Frau auf Verlangen des Ehemannes juristische Konsequenzen haben konnte. Ertappte der Ehemann seine Frau mit einem Liebhaber in flagranti, durfte er sie sogar auf der Stelle straffrei töten.

»Nein, es ist schon Jahre her. Plautus war erst fünfzehn. Es war sein erstes Mal. Mit einer Sklavin aus dem Haushalt seiner Eltern. Sie war zweimal so alt wie er und hatte schon ein Kind.«

»Na so was, ein uneheliches Kind. Das sind ungeheure Neuigkeiten«, sagte Cäcilia aufgeregt. Ob es klug wäre, ihren Freundinnen davon zu berichten? Doch sie befürchtete, Claudia und damit auch sie selbst würden damit schlecht dastehen, und so verdrängte sie den Gedanken.

»Ist dieses Kind denn sicher von Plautus?«, hakte Lucretia nach.

»Ganz sicher. Ich habe den Jungen gesehen. Er heißt Maximus und ist jetzt schon so alt, wie Plautus es damals bei seiner Zeugung war. Er ist ihm wie aus dem Gesicht geschnitten, es ist regelrecht unheimlich.«

»Lebt der Junge noch in der Colonia?«, wollte Cäcilia wissen.

»Ja, sein Besitzer hat ihn mittlerweile freigelassen. Und wie so viele Freigelassene hat er gehörigen Ehrgeiz entwickelt. Er arbeitet als Schreiber beim Zoll im Hafen und ist sehr angesehen«, erklärte Claudia. Dann schloss sie mit trauriger Miene: »Offenbar bin es also doch ich, mit der etwas nicht stimmt.«

»Vielleicht solltest du mal andere Dinge ausprobieren als Opfergaben und Gebete«, überlegte Lucretia.

Claudia sah sie an und antwortete gereizt: »Hört, hört, meine jungfräuliche Schwester berät mich in Angelegenheiten der Mutterschaft.«

»Man kann durchaus über Vorgänge Bescheid wissen, auch wenn man sie noch nicht selbst erlebt hat«, konterte Lucretia. »Ich muss auch nicht bei der Legion dienen, um zu wissen, dass nach sieben Stunden Marsch die Füße weh tun.«

»Vielleicht ist das wirklich nicht ganz dein Gebiet«, pflichtete die Mutter Claudia bei.

Lucretia wollte das nicht auf sich sitzen lassen. »Tut mir leid, dass ich andere Ziele im Leben habe, als wie eine Bruthenne auf einem Gelege zu sitzen«, sagte sie gekränkt.

»Ziele? Welche anderen Ziele sollte eine römische Frau im Leben haben als Kinder und Familie? Das ist das Los, das uns die Götter zugedacht haben. Und es ist ein Los, mit dem es sich gut leben lässt«, ermahnte Cäcilia sie.

Lucretia stöhnte. Sie hatten das Thema schon so oft besprochen. Die Arbeit mit Quintus hatte ihr gezeigt, was alles möglich war, wenn man einen Verstand besaß, wie sie ihn hatte. Aber sie hatte gute Gründe, diese Erlebnisse vor der Familie geheim zu halten.

»Keine Ahnung. Ich könnte zum Beispiel irgendwann mal Vaters Laden übernehmen«, sagte sie.

Dieser Gedanke war ihr tatsächlich schon einmal gekommen, aber sie hatte ihn nie ausgesprochen. Cäcilia und Claudia blickten sie erstaunt an.

»Darüber reden wir noch mal, wenn es so weit ist, und das dauert hoffentlich noch lange«, murmelte ihre Mutter und beeilte sich hinzuzufügen: »Und selbst wenn du das Geschäft übernehmen würdest, solltest du dennoch heiraten und Kinder bekommen. Das eine schließt das andere ja nicht aus.«

»Gut, ich merke schon, ihr wollt meinen Rat nicht. Ich bin ja nur ein kleines Mädchen, und auf mich muss niemand hören«, sagte Lucretia eingeschnappt. Gleichzeitig sah sie ihrer Schwester an, dass es in ihr arbeitete.

»Nun, in solch einer Lage ist jeder Beistand willkommen«, schlug Claudia versöhnlichere Töne an. »Ich habe ja schon viel versucht. Mit Bädern. Und Kräutern. Wir haben es sogar einmal ein halbes Jahr lang streng nach den Mondphasen getan, weil ein Priester Plautus dazu geraten hatte.«

»Ich kenne eine Frau, die dir vielleicht helfen kann. Eine Heilerin, die in der Stadt vor allem als Hebamme arbeitet. Eine Germanin«, sagte Lucretia.

»Was? Woher kennst du denn solche Leute?«, echauffierte sich ihre Mutter.

Lucretia wusste, dass sie nun achtgeben musste. Über ihre Ermittlungen durfte sie nichts berichten.

»Ich war zufällig bei der Frau des Schmiedes, der nach dem Überfall gestorben ist. Gerade in dem Moment, als ich an dem Laden vorbeikam, setzten bei ihr die Wehen ein. Sie hat mich geschickt, um diese Frau zu holen. Cordia heißt sie. So habe ich sie kennengelernt.«

»Und du meinst, diese … Cordia kann etwas an meiner Lage ändern?«, fragte Claudia hoffnungsvoll.

»Ich bin sonst noch niemandem begegnet, der sich mit dem Körper so gut auskennt wie sie. Und mit den Kräften der Natur und den Pflanzen. Schließlich ist das ihr täglich Brot. Sie weiß bestimmt etwas, was der Empfänglichkeit dienlich ist.«

Claudia legte nachdenklich den Kopf schief. Seit sie mit Plautus zusammen in das Landhaus gezogen war, hatte sich ihr Leben verändert. Sie hatte mit Männern zuvor alles ausprobiert, was sie sich in ihren Phantasien ausgemalt hatte – und mehr. Nun spürte sie, dass sie bereit war, sich wirklich zu binden, und der Wunsch, Mutter zu werden, wurde von Tag zu Tag stärker. Noch vor wenigen Jahren hätte sie sich nicht träumen lassen, dass sie einmal so empfinden würde.

»Nein, nein, vergiss das gleich wieder. Mit solch einer germanischen Striga wollen wir nichts zu tun haben!«, wandte die Mutter ein.

»Natürlich nicht«, sagte Claudia schnell, nickte Lucretia aber dankbar zu und deutete ihr damit an, dass sie später noch unter vier Augen eingehender über Cordia und ihre Kräfte reden wollte. Wenn ein bitterer Wurzelsud helfen würde, ihren Traum wahrzumachen, würde sie ihn schlucken, egal, wie schlecht er schmeckte.

»Du kannst dankbar sein, dass Plautus so geduldig mit dir ist«, merkte Cäcilia an.

»Das bin ich«, sagte Claudia. »Er wäre sogar offen für eine Adoption. Es gibt so viele Waisen, die sich nach Eltern sehnen.«

»Ich bin froh, dass ihr euch gefunden habt. Er ist der Richtige für dich«, bestätigte Lucretia. Sie hatte immer ein gutes

Gefühl bei Plautus gehabt und sah, dass er ihrer Schwester guttat.

»Ja, nicht auszudenken, wenn ich jemanden wie Hostus geheiratet hätte«, lachte Claudia und nahm eine Olive aus der Schale.

»Hostus, welcher Hostus denn?«, fragte Lucretia neckend. »Du hast mir doch von allen deinen Eroberungen erzählt – dachte ich zumindest.«

»Das würde mich auch interessieren«, gab Cäcilia zu.

»Na, Gordianus. Hostus Gordianus. Er hat auch noch zwei Mittelnamen, aber die habe ich vergessen.«

Lucretia war überrascht. Der Name Gordianus war nicht sehr häufig.

»Doch nicht etwa der Admiral?«, hakte sie nach.

»Gordianus, der Präfekt der Rheinflotte?«, fiel nun auch bei Cäcilia der Groschen.

»Es war nichts Ernstes. Und es dauerte nicht lange. Einen Monat lang haben wir uns heimlich getroffen. Er ist so ein schöner Mann. Der schönste, den ich je hatte. Aber er war sehr traurig, als ich ihn kennenlernte. Doch ich begehrte ihn umso mehr, da ihn diese Melancholie umgab. Amors Pfade sind manchmal unergründlich.«

Lucretia musste diese Information erst einmal verdauen. Dann lachte sie. »Meine Schwester. Meine große Schwester Claudia!«

Die Mutter war allerdings gar nicht amüsiert.

»Es ist beschämend«, entfuhr es ihr. »Manchmal scheint es mir, als hättest du dich mit jedem Mannsbild der Colonia eingelassen, Claudia. Ist dir nicht bewusst, was für ein schlechtes Licht deine Liederlichkeit auf unsere Familie wirft?«

»Ruhig Blut, Mutter, meine wilden Zeiten sind vorbei, das weißt du doch«, sagte die beschwichtigend.

»Eine Schande!«, murmelte Cäcilia, doch wenn eines noch

stärker war als ihre Lust am Skandalösen, dann war es ihre Neugier. Sie konnte es sich nicht verkneifen, trotz aller Kritik flüsternd zu fragen: »Wie war er denn so?«

Nun prusteten Lucretia und Claudia beide los.

»Ich erspare dir lieber schändliche Beschreibungen, nicht, dass sich deine Scham noch vergrößert«, neckte Claudia die Mutter.

»Nein, nein, mir ist ja nichts Menschliches fremd. Das möchte ich nun doch wissen«, insistierte Cäcilia und schmunzelte über sich selbst. Ihre Töchter hatten guten Grund, sie auszulachen.

»Nun, Hostus war früher einmal verheiratet. Er hatte eine Frau und eine Tochter. Sie sind in Ägypten gestorben, ich glaube, an einer Seuche. Er konnte das Leben am Nil ohne sie nicht mehr ertragen und hat sich nach Norden versetzen lassen. Um neu anzufangen. Ich war offenbar die erste Frau seit langer Zeit, mit der er zusammen war. Ich hätte ihn geheilt, hat er gesagt, als wir uns trennten.«

»Warum hat es nicht gehalten zwischen euch?«, fragte Lucretia. Sie wollte mehr über Gordianus erfahren, der bei ihren Ermittlungen eine zunehmend wichtige Rolle spielte.

»Im Bett lief es gut – keine Klagen, was das angeht«, sagte Claudia mit einem Grinsen. »Aber er hat immer nur an seinen Beruf gedacht. Ständig sprach er vom Krieg, von großen Heldentaten, das war manchmal sehr anstrengend. Er hätte ein großes Ziel, auf das er hinarbeiten würde, aber Genaueres hat er nie gesagt. Er war überhaupt sehr verschlossen, hatte Geheimnisse. Ich konnte ihm nie wirklich nahekommen. Und obwohl er immer gut zu mir gewesen ist, war ich mir eines Tages nicht mehr sicher, ob ich ihm vertrauen kann. Es ist schwer zu beschreiben, aber ich glaube, es ist etwas Dunkles in ihm.«

»Woher stammt er eigentlich?«, fragte Lucretia.

»Aus Gallien«, antwortete Claudia. »Aus irgendeiner Stadt weiter im Süden, die Julius Cäsar gegründet hat, nachdem er das Land mit seinen Armeen erobert hatte. Überhaupt … Cäsar, das war ein Steckenpferd von ihm. Hostus hat viel über ihn geredet.«

»Weil er ihn bewundert hat? Das ist ja beim Militär üblich. Der große Cäsar, ein leuchtendes Vorbild für alle«, mutmaßte Cäcilia, die das wusste, weil sie selbst mit einem ehemaligen Soldaten verheiratet war. Auch Magnus hielt das Andenken Cäsars, der als erfolgreichster römischer Feldherr galt, in Ehren und pries dessen historische Leistungen regelmäßig, wenn er auf Gelagen zu viel getrunken hatte.

»Nein, es war mehr als das«, erwiderte Claudia und erinnerte sich: »Er behauptete sogar, Cäsar sei sein Ururgroßvater. Und dass er in seine Fußstapfen treten wolle. Merkwürdig, nicht?«

»Spinnerte Träume, wie Männer sie oft haben«, pflichtete die Mutter ihr bei und schenkte ihrer Ältesten etwas Gewürzwein nach. »Trink mit uns, und lass uns nicht mehr an ihn denken, Claudia. Die Vergangenheit soll ruhen, freuen wir uns lieber auf eine fruchtbare Zukunft.«

Lucretia konnte nicht glauben, was sie gerade gehört hatte. Diese Information über Gordianus war wie das fehlende Puzzlestück, das sie gesucht hatte. Sie sprang auf.

»Was ist denn los, Kind?«, wunderte sich Cäcilia.

Doch Lucretia hatte keine Zeit für weitere Erklärungen und lief aus dem Speisezimmer. Sie musste Quintus finden und ihn warnen, bevor es zu spät war.

41 XLI

Die Straßen platzten aus allen Nähten, überall war aufgeregtes Gemurmel zu hören. Die Bewohner der Colonia strömten zum Forum, um der Rede des Statthalters beizuwohnen. Niemand wusste genau, warum er diesen Termin angesetzt hatte, doch die meisten Agrippinenser waren sich sicher, dass der Anlass etwas mit den Raubzügen und dem nächtlichen Diebstahl des Reliktes aus dem Marstempel zu tun haben musste.

Quintus schob sich gegen den Strom der Menge zum Prätorium. Dort war es ruhiger als gewohnt. Er wollte Gordianus abfangen, um von ihm zu erfahren, wie sein Gespräch mit dem Statthalter verlaufen war. Quintus platzierte sich im Säulengang unweit des Hauptportals. Er beobachtete, wie die Mitglieder des Stadtrates, die soeben getagt hatten, in ihren weißen Togen das Gebäude verließen und sich in die Menschenmenge, die sich in Richtung Forum bewegte, einreihten.

Nervös ging er auf und ab. Wo blieb Gordianus? Hatte er ihn verpasst? Gerade, als er aufgeben und sich ebenfalls zum Forum begeben wollte, um noch einen Platz zu ergattern, sah er den Admiral, wie er aus dem Gebäude trat. Er hatte seine Paraderüstung angelegt. Seinen Prunkhelm trug er unter den Arm geklemmt.

»Admiral!«, rief Quintus und ging auf Gordianus zu.

»Mein lieber Quintus Tibur«, begrüßte ihn der Angesprochene. »Hast du den Statthalter sprechen können?«, fragte Quintus.

Gordianus bedeutete Quintus, ihm hinter eine der großen

Säulen zu folgen, damit die anderen Männer, die gerade an ihnen vorbeiliefen, ihr Gespräch nicht hören konnten.

»Er war sehr interessiert an meinem Bericht und lässt dir für deine Hilfe danken«, sagte er, was Quintus erfreute.

Doch der Admiral fügte hinzu: »Ich hatte heute Mittag den Eindruck, du hast mir nicht alles berichtet.«

Quintus zögerte. Sollte er Gordianus wirklich mehr erzählen? Ja, befand er, das wäre wohl das einzig Richtige, wenn es darum ging, eine Verschwörung aufzudecken, die letztlich allen hier schadete. Quintus sah keinen Grund, an Gordianus zu zweifeln. Der Admiral hatte sich bisher als guter Verbündeter gezeigt, und es konnte seiner Karriere nicht schaden, diese Bande zu festigen.

»Ich ermittle schon etwas länger in der Sache«, gab er zu.

»Ach? Warum denn das?«, fragte Gordianus aufhorchend.

»Ein Mann wurde bezichtigt, Mitglied der Räuberbande zu sein. Ein germanischer Jäger. Ich habe ihn vor Gericht vertreten.«

»Ah, du warst das«, erwiderte der Admiral anerkennend.

»Danach habe ich etwas tiefer gegraben …«

»Tatsächlich? Und das ganz allein?«, fragte Gordianus.

Quintus wollte nicht alle Lorbeeren für sich selbst einheimsen. »Ich hatte Hilfe«, gab er zu. »Von einer klugen Dame.«

»Aha, und was habt ihr noch herausgefunden?«

»Zum Beispiel, dass die Pfeile, die bei den Überfällen recht wahllos verschossen wurden, nur auf den ersten Blick germanisch waren. Sie hatten römische Spitzen. Man hatte versucht, ihnen durch eine andere Befiederung ein irreführendes Aussehen zu geben.«

»Interessant. Das hat uns einer der Verschwörer, den wir soeben festgenommen haben, auch gestanden. Diese schlecht ausgeführte Maskerade war ein großer Fehler, der uns letztlich zu ihm geführt hat.«

Quintus musste kurz verarbeiten, was der Admiral ihm gerade mitgeteilt hatte.

»So schnell? Dann ... ist die Sache aufgeklärt? Und die Gefahr für die Colonia gebannt?«

»Mach dir keine Sorgen, Tibur, bald kehren wieder Ruhe und Ordnung ein«, bestätigte ihm der Admiral und setzte seinen Helm auf. Die Straußenfedern, die darauf befestigt waren, bewegten sich leicht im Wind.

»Und wer ist dieser Mann, den ihr festgenommen habt, wenn ich fragen darf?«, wollte Quintus wissen.

»Sag du es mir«, forderte ihn Gordianus heraus. »Geh in dich, du weißt es doch. Du bist ihm schon begegnet.«

Da fiel es Quintus wie Schuppen von den Augen: »Optio Vorenus! Alle Fäden laufen bei ihm zusammen. Er war der Einzige, der das Geheimfach im Hause Bulbo kannte. Das hat ihn als Mitglied der Bande verraten.«

Gordianus' Augen flackerten kurz, aber Quintus war zu sehr in Gedanken vertieft, um es zu bemerken.

»Volltreffer«, rief Gordianus. »Du hast die Sache durchschaut. Marcus Vorenus war der Drahtzieher. Er und ein paar seiner Männer waren mit ihrem Sold unzufrieden. Und so bereicherten sie sich an unschuldigen Opfern. Ein Skandal sondergleichen für unsere Truppe, der erbarmungslose Konsequenzen haben wird. Das verspreche ich.«

Quintus fiel ein Stein vom Herzen. Der Fall war gelöst, und all die Arbeit hatte sich bezahlt gemacht. Am liebsten hätte er einen Freudensprung gemacht, konnte sich vor dem Admiral aber gerade noch beherrschen.

»Dann steckte also nichts als reine Gier dahinter«, sagte Quintus, mehr zu sich selbst als zu seinem Gegenüber. »Wie so oft.« Das kannte er nur zur Genüge von seinen Fällen im Gericht.

»Vorenus war ein Schützling von mir, fast kann man sagen,

meine rechte Hand. Du kannst dir vorstellen, wie tief es mich verletzt, dass er mich hintergangen hat. Dieser undankbare Verräter wird hängen, bevor die Sonne untergeht, zusammen mit seinen Helfern«, versprach der Admiral mit fester Stimme und schwor Quintus dann ein: »Aber versprich mir, dass du weiterhin bei niemandem ein Wort darüber verlierst. Das, was ich dir gerade verraten habe, muss noch so lange unter uns bleiben, bis unser Statthalter es offiziell bestätigt hat. Wir haben es hier mit einer weitreichenden Konspiration in der Verwaltung zu tun, Quintus Tibur. Und wir wissen nicht, wem wir noch trauen können.«

»Ich schweige wie ein Grab«, versprach Quintus.

»Da bin ich mir sicher«, sagte Gordianus, lächelte und klopfte Quintus aufmunternd auf die Schulter. Dann wandte er sich ab und schritt die Stufen hinab auf den Cardo, wo ihn einige Marinesoldaten erwarteten. Kurz darauf wurde der kleine Tross von der sich dahinwälzenden Menschenmenge verschluckt.

Quintus war erleichtert und stolz. Bald würde die Stadt zur Normalität zurückkehren können.

Als er auf dem Forum ankam, war es bereits mit Menschen gefüllt, die angespannt den Auftritt des Statthalters erwarteten. Unheilvolle Wolken hatten sich vor die Sonne geschoben und warfen dunkle Schatten auf den Platz. Von der Volksfeststimmung bei Lappius' Einzug in die Colonia war heute nichts zu spüren. Vielmehr lag eine Mischung aus Furcht und Feindseligkeit in der Luft. Jeder der Anwesenden, der germanisch aussah – und das war fast jeder dritte –, wurde argwöhnisch beäugt.

»Quintus!«, ertönte eine aufgeregte Frauenstimme. Er sah sich um und entdeckte Lucretia, die ihm aus einiger Entfernung vom Sockel einer Statue herab zuwinkte. Er änderte die Richtung und ging auf die Statue zu, die etwa sieben Fuß hoch war und auf einem fast ebenso hohen Sockel stand. Sie stellte Agrippina dar, die Ehefrau von Kaiser Claudius und Namensgeberin der Stadt. Lucretia war es gelungen hinaufzuklettern, um eine bessere Sicht über die Köpfe der heranströmenden Menge zu haben. Nun sprang sie behände vom Sockel und landete sicher auf den Füßen, direkt vor ihm.

»Was ist denn …«, hob Quintus an und wurde sofort von Lucretia unterbrochen: »Sag mir, dass du noch nicht mit ihm gesprochen hast!«

An ihrer sorgenvollen Miene las er ab, dass etwas ganz und gar nicht stimmte.

»Gesprochen? Mit wem? Admiral Gordianus? Ich habe ihn am Mittag getroffen – wie geplant«, erklärte er, woraufhin Lucretia bestürzt das Gesicht verzog.

»Was hast du ihm erzählt?«, wollte sie wissen.

»Nun, ich, äh …«

»Schnell, wir haben nicht viel Zeit!«

Quintus erklärte hastig: »Vom Diebstahl beim Marstempel.«

Lucretia hob beschwörend die Hände und hakte mit scharfem Ton ein: »Hast du ihm erzählt, dass wir von der Verschwörung wissen?«

»Ja, habe ich«, sagte Quintus und ergänzte unsicher: »Das war doch der Sinn des Gesprächs, oder etwa nicht?«

»Bei den Göttern«, entfuhr es Lucretia. Quintus verstand noch immer nicht. »Ich habe vorhin mit meiner Schwester gesprochen«, erklärte sie eilig. »Ob du es glaubst oder nicht, sie hatte früher einmal ein Verhältnis mit Gordianus.« Quintus wollte sie unterbrechen und fragen, was das bedeutete, aber ließ es bleiben, als sie eine herrische Geste mit der Hand machte. »Gordianus glaubt, er sei ein Nachfahr von Julius Cäsar.«

Sie hatte etwas zu laut gesprochen, und einige Passanten,

die an ihnen vorbei das Forum betraten, warfen ihnen fragende Blicke zu. Lucretia setzte sich in Bewegung, um möglichst nah an den Portikus zu gelangen, solange es noch möglich war. Quintus ging direkt neben ihr. So beunruhigt hatte er sie noch nie erlebt.

»Und er hat phantasiert, eines Tages in die Fußstapfen seines vermeintlichen Ahnen zu treten«, ergänzte sie um einiges leiser als zuvor, aber nicht weniger energisch.

Quintus glaubte, langsam zu verstehen, worauf sie hinauswollte: »Nehmen wir an, das stimmt. Ist es dann ein Zufall, dass das heilige Schwert aus dem Marstempel, wenn man so will Gordianus' Familienerbstück, ausgerechnet jetzt entwendet …«

»… und vom Wachmann, der einer seiner Soldaten ist, dem Dieb widerstandslos überlassen wird? Nein, Quintus, das kann kein Zufall sein!«, beendete Lucretia seinen Satz.

»Aber das würde ja bedeuten, dass Gordianus … Teil der Verschwörung ist«, raunte Quintus und achtete darauf, dass niemand um sie herum etwas von dem aufschnappen konnte, was sie sagten.

»Er ist nicht nur Teil davon. Ich würde wetten, dass er der Kopf der Bande ist, der den ganzen Plan ausgeheckt hat. Ich bin mir sicher, dass er das Schwert schon immer an sich bringen wollte. Er glaubt, ein Anrecht darauf zu haben«, sagte Lucretia. Nur eine Spekulation, aber sie ergab auch für Quintus Sinn – wenn auch nicht in Gänze.

»Der ganze Aufwand, die Überfälle, wochenlang, nur für das Schwert? Er hätte es doch die ganze Zeit haben können. Ein solcher Vorlauf wäre dafür nicht nötig gewesen«, wog Quintus ab.

Das stimmte, musste Lucretia eingestehen.

»Vielleicht verfolgt er einen noch größeren Plan«, sagte sie mit einem Anflug von Unsicherheit.

Quintus wurde plötzlich flau im Magen, und er versuchte, diese unangenehme Schlussfolgerung zu verdrängen. Denn wenn sie zutraf, hatte er einen riesigen Fehler gemacht, Gordianus alles aufzutischen, was er wusste. Lucretia durfte mit ihrem Verdacht einfach nicht recht haben.

»Mach dir keine Sorgen«, sagte er beschwichtigend, aber klang dabei so, als wollte er vor allem sich selbst beruhigen. »Der Admiral ist auf unserer Seite. Er hat versprochen, die Situation aufzuklären, und das wird jeden Moment passieren.«

Lucretias Blick wanderte zur Exedra, dem halbkreisförmigen, von Säulengängen gerahmten westlichen Abschluss des Forums. Dort stand bereits Admiral Gordianus mit breiter Brust, die Hände hinter dem Rücken verschränkt. Hinter ihm entdeckte Lucretia jetzt auch einen alten Bekannten – Marcus Vorenus, der gerade einigen Marinesoldaten bedeutete, sich zu verteilen, um die Menge im Blick zu behalten.

»Marcus Vorenus ist der wahre Schuldige. Es ist schlau von Gordianus, ihn mitzubringen. Sie werden ihn gleich vor versammelter Menge auffliegen lassen«, versuchte Quintus, optimistisch zu bleiben.

»Das glaube ich erst, wenn ich es sehe«, erwiderte Lucretia, die zunehmend den Eindruck gewann, dass Quintus sich die Sache schönredete.

»Alles wird gut werden«, insistierte der, doch Lucretia hatte kein gutes Gefühl.

Gordianus gab zwei Trompetern in der Uniform der Marine, die hinter ihm vor dem halbrunden Säulengang am westlichen Ende des Forums standen, ein Zeichen. Sie hoben ihre Bucinas und spielten eine zweistimmige Fanfare. Ruhe kehrte ein. Nun betrat der Prokonsul die Szenerie. Dieses Mal nahm er kein Bad in der Menge wie bei seinem Amtsantritt, sondern trat aus dem Säulengang hervor, flankiert von seinen Liktoren. Die Menge applaudierte artig, aber rechte Begeisterung wollte sich nicht einstellen. Während sich die Liktoren wie eine menschliche Wand in einer Reihe auf den breiten Treppenstufen vor der Exedra positionierten, trat Lappius neben Gordianus, machte dann aber noch ein paar Schritte vor, auf das wartende Volk zu. Die Fanfaren verstummten, und noch einmal drang vereinzeltes Klatschen aus der Menschenmenge.

Lappius hob die Hände, und Stille kehrte ein. Der Statthalter setzte ein zuversichtliches Lächeln auf, das aber bei näherem Hinsehen nicht echt wirkte. Der Anlass war ernst, und man konnte ihm die Verunsicherung anmerken, auch wenn er alles tat, um sie zu verbergen.

»Liebe Agrippinenser, ich stehe heute vor euch, um euch zu danken. Ich danke euch für eure Geduld, für eure Ausdauer, für eure Tapferkeit«, hob Lappius an. Zustimmendes Gemurmel war zu vernehmen. »Wir alle haben in den letzten Wochen gelitten. Einige von euch haben geliebte Menschen verloren, andere ihr Hab und Gut. Ihr wisst, wovon ich spreche.«

»Von den verdammten Germanen!«, schrie ein Mann aus der Menge, und Hunderte stimmten ihm lauthals zu.

»Es ist wahr, dass unsere Civitas Opfer zahlreicher Überfälle geworden ist. Und das, so schwöre ich euch beim Namen des Kaisers, obwohl die Verwaltung alles getan hat, um ihre Sicherheit zu gewährleisten.«

Vereinzelte Buhrufe waren aus der Menge zu hören, viele Menschen winkten verächtlich ab oder pfiffen zornig. Aus ihrer Sicht hatten Lappius und Gordianus versagt.

Lappius fuhr mit einem entscheidenden Satz fort, der sowohl Gordianus als auch Quintus und Lucretia aufhorchen ließ: »Diejenigen unter euch, die gerade die Germanen verflucht haben, seien daran erinnert, dass die Colonia selbst ursprünglich eine germanische Stadt ist. Und dazu noch ein Musterbeispiel für das friedliche Zusammenleben von Menschen aus allen Winkeln des Imperiums. Tatsache ist, dass wir hier und jetzt niemanden verurteilen können, weil wir noch nicht wissen, wer die Täter sind.«

Gordianus drehte den Kopf und blickte zu Lappius.

Auch Quintus war verblüfft.

»Warum sagt er das? Wir wissen doch, wer dahintersteckt!«, raunte er Lucretia zu.

Da fuhr Lappius mit seiner Rede fort: »Liebe Römer, liebe Freunde! Um Gewissheit zu erlangen und die faulen Äpfel aus unserem Korb zu lesen, habe ich mich soeben mit den von euch gewählten Dekurionen beraten. Wir haben einen wichtigen Entschluss gefasst.« Er unterbrach sich und machte eine dramatische Pause.

Jetzt gleich würde er verkünden, wer die Täter waren, dachte Quintus. Doch es kam anders.

»Wir haben Sanktionen gegen die Germanen rechts des Rhenus erlassen. Wir wollen sie dort treffen, wo es sie am meisten schmerzt – im Geldbeutel. Der Fährverkehr wird mit sofortiger Wirkung eingestellt. Ab dem morgigen Tag dürfen keine Waren mehr aus dem freien Germanien in unsere Provinz eingeführt werden.«

Die Reaktion der Menge war gespalten. Einige jubelten, manche klatschten. Sie hatte das Gefühl, dass endlich etwas geschah. Doch vielen Menschen, vor allem den Händlern, für die ein stetiger Austausch mit den freien Germanen wichtig war, stand das Entsetzen ins Gesicht geschrieben.

»Das ist doch Irrsinn!«, rief ein älterer Mann.

»Solche Maßnahmen treffen uns doch selbst viel mehr als die Wilden!«, schrie eine jüngere Frau, und um sie herum wurde Beifall geklatscht.

Es läuft nicht gut, es läuft überhaupt nicht gut, dachte Quintus und verlagerte unruhig sein Gewicht von einem Fuß auf den anderen.

»Kein Wort von der Verschwörung? Und warum trotzdem die Germanen bestrafen? Das verstehe ich nicht!«, flüsterte er Lucretia irritiert zu.

»Was gibt es daran nicht zu verstehen? Gordianus hat nichts von dem, was du ihm berichtet hast, an den Statthalter weitergeleitet«, sprach Lucretia das Offensichtliche aus.

Quintus hatte vorschnell gehandelt, er hatte vor Gordianus glänzen wollen. Das rächte sich jetzt.

Aber noch konnte und wollte Quintus das so nicht hinnehmen. Sicher gab es eine andere Erklärung. Hatte Lappius dem Admiral vielleicht nicht geglaubt und hielt deshalb weiter an den Germanen als Schuldigen fest? Hätte er womöglich den Statthalter von der Wahrheit überzeugen können, wenn er selbst mit ihm gesprochen hätte?

Lappius hob wieder an, mit lauter, bemüht fester Stimme: »Darüber hinaus werden wir einen breiten Streifen des Waldes auf der anderen Flussseite roden. Das verbessert die Sicht für unsere Bootspatrouillen. Das Betreten dieser so entstehenden Zone wird verboten und streng bestraft. So wird kein Germane mehr ans Wasser gelangen, ohne dass wir es sehen und dagegen vorgehen können.«

Es kam deutlich wahrnehmbarer Applaus auf, die Maßnahmen schienen ein Gefühl von Sicherheit zu vermitteln.

Gordianus rückte seinen Helm zurecht. Quintus konnte nur vermuten, dass auch er sich in diesem Moment sehr unwohl fühlte.

»Ich verspreche euch, ich werde alles dafür tun, um eure Sicherheit zu gewährleisten und den Frieden zu wahren«, beendete Lappius seine Ansprache.

Da sauste plötzlich etwas über die Menge hinweg auf den Statthalter zu, zu schnell, als dass es jemand hätte erkennen können. Umso größer war der Schock, als der Liktor, der Lappius am nächsten stand, unvermittelt auf der Treppe zu

Boden ging. Aus seiner Brust ragte ein Pfeil. Die Bürger, die in den ersten Reihen standen, schrien entsetzt auf. Panik griff sofort um sich. Während die Menge verwirrt zu brüllen begann, eilten die übrigen Liktoren zu Lappius, um ihn zu schützen. Ihren getöteten Kameraden beachteten sie nicht, in diesem Moment zählte nur das Leben des Prokonsuls. Noch bevor sie Lappius erreichen konnten, näherte sich ein weiterer Pfeil.

»Vorsicht, Lappius!«, schrie Gordianus und warf sich todesmutig vor den Statthalter. Der Pfeil traf ihn am Kopf, doch sein Helm, der durch die Wucht des Geschosses weggeschleudert wurde, rettete ihn.

»Die Barbaren greifen an!«, schrie einer in der Menge.

»Die Germanen kommen!«, verbreitete sich die Nachricht wie ein Lauffeuer.

Die Liktoren hatten Lappius nun erreicht. Sie umringten ihn von allen Seiten, den Blick nach außen gerichtet, so wie sie es schon bei seiner Ankunft getan hatten.

Gordianus war wieder auf die Füße gesprungen und hatte seinen Helm aufgesetzt. Er hob den Pfeil auf, hielt ihn in die Höhe und deutete auf die germanische Spitze.

»Eindeutig germanisch!«, rief er. Dank Quintus' voreiliger Enthüllung hatte offenbar jemand dazugelernt. »Sucht den Schützen! Findet ihn, los!«, befahl er seinen Soldaten.

Die umstehenden Marinesoldaten setzten sich in Bewegung. Auch Optio Vorenus, der dem Admiral im Vorbeilaufen zunickte.

Dann wandte sich Gordianus an die Menge und rief mit dröhnender Stimme: »Bleibt ruhig, Bürger! Wir werden den Germanen zeigen, dass sie sich mit der falschen Stadt angelegt haben! Diese Tat wird nicht ungesühnt bleiben!«

Quintus erstarrte. Lucretia hatte recht gehabt. Was hier geschah, daran trug auch er Schuld. Er machte sich schwere

Vorwürfe. Noch nie in seinem Leben war er sich so dumm vorgekommen.

In der Menge brach ein Tumult aus. Germanen und Nichtgermanen gingen aufeinander los.

»Warum müsst ihr Barbaren alles zerstören?«, rief ein griechischer Zuwanderer einem großen blonden Mitbürger zu.

»Wir haben euch nicht gebeten herzukommen! Das ist unsere Stadt!«, schrie ihn ein Ubier an, dessen Familie seit Generationen auf diesem Stück Land lebte.

Lucretia klammerte sich an Quintus, um nicht vom Gewühl fortgerissen zu werden.

»Ja, geht dahin zurück, wo ihr hergekommen seid!«, stimmte ein anderer Germane ein – und fing sich einen Fausthieb eines zornigen Iberers ein. Eines führte zum anderen, und bald brodelte es auf dem ganzen Forum. Inmitten sich prügelnder Männer irrten schreiende Frauen und weinende Kinder umher.

»Wir müssen hier weg!«, rief Lucretia, bahnte sich einen Weg aus diesem Strudel der Wut und zog Quintus, der immer noch in Schockstarre verharrte, mit sich.

»Glaubst du mir jetzt? Hinter allem steckt Gordianus«, sagte Lucretia, während sie reflexhaft über zwei Männer sprang, die sich am Boden wälzten und einander zu erwürgen versuchten.

Quintus legte einen Schritt zu. Ein wütender Italiener rannte auf ihn zu, um ihn anzugreifen, aber Lucretia stellte ihm ein Bein, und er ging zu Boden, wo er ächzend liegen blieb.

»Sie werden uns alle töten«, keuchte ein Veteran, dem das rechte Bein fehlte, als er ihren Weg kreuzte. Er benutzte eine Krücke und kam damit nur langsam im Gewühl voran.

Während die Liktoren den verstörten Statthalter, der kein Wort mehr herausbekam, in den Schatten des Portikus leiteten, blieb als Einziger Admiral Gordianus in der halbkreisförmigen Exedra zurück. Keiner beachtete ihn mehr, aber wer es getan hätte, dem wäre der Triumph in seiner Miene nicht entgangen.

42 XLII

Lucretia und Quintus schafften es, sich von den brodelnden Straßen in seine Wohnung zu flüchten, die nicht allzu weit vom Forum entfernt lag. Hier versuchten sie, ihre Gedanken zu ordnen. Lucretia saß am Esstisch auf dem Stuhl, dessen Bein Quintus in der Nacht des Schwertraubes als Waffe zweckentfremdet hatte und der nun wieder repariert war. Langsam beruhigte sie sich, und das unangenehme Pochen ihres eigenen Pulses im Hals ließ nach. Quintus war innerlich noch aufgewühlter als zuvor und ging im Raum auf und ab.

»Entschuldige. Ich habe einen großen Fehler begangen. Und das nur aus Eitelkeit«, ärgerte er sich maßlos über sich selbst.

»Du möchtest dazugehören. Und du wolltest jemanden beeindrucken, der dir dabei helfen kann«, analysierte Lucretia. »Das kann ich dir nicht verdenken.«

»Ich muss einfach lernen, im richtigen Moment auch mal die Klappe zu halten«, stöhnte Quintus.

»Ja, das denke ich auch«, sagte Lucretia trocken, lachte dann aber, als er sie erstaunt ansah.

»Schön, dass zumindest eine hier ihren Humor noch nicht verloren hat.«

»Wer hat wohl auf den Statthalter geschossen?«, fragte Lucretia jetzt.

»Bestimmt kein Germane. Eher einer von Gordianus' Männern. Ich habe gesehen, wie der Admiral sich kurz vor dem Schuss an den Helm gefasst hat. Vielleicht war das ein Signal.« Lucretia schwieg einen Augenblick betreten und fragte dann: »Glaubst du, er wollte Lappius töten lassen?«

»Nein, der Pfeil ist genau dort gelandet, wo er landen sollte. Und er hat bewirkt, was er bewirken sollte: die Angst anheizen und so viel Unfrieden stiften, dass die Leute aufeinander losgehen.«

»Und Gordianus steht als Held da, der dem Statthalter das Leben gerettet hat«, ergänzte Lucretia.

»Der Anschlag werde nicht ungesühnt bleiben ... was hat Gordianus damit gemeint? Will er etwa ...« Quintus lief ein kalter Schauer über den Rücken. »Will er einen Krieg anfangen?«

Lucretia schluckte. »Nach dem, was Claudia über ihn erzählt hat, würde das passen. Es würde alles erklären. Ein Krieg ... dann ... wäre er am Ziel«, stellte sie tonlos fest.

»Dann stehen Zehntausende Leben auf dem Spiel«, flüsterte Quintus.

Beide schwiegen betroffen, als würden sie erwarten, jeden Moment aus diesem Albtraum zu erwachen. Doch die Wirklichkeit wollte ihnen diesen Gefallen nicht tun.

»Wir müssen ihn aufhalten«, sagte Quintus leise.

»Und wie? Er hat die vollständige Kontrolle. Wenn wir der Stadtwache alles melden, wird man uns entweder nicht glauben ...«

»...oder uns direkt mit vorgehaltener Waffe zum Admiral schleppen«, ergänzte Quintus. Er wurde wütend. »Der Bastard hat wirklich alle Fäden in der Hand.«

»Wir müssen Lappius warnen. Er ist der verlängerte Arm des Kaisers. Er steht über Gordianus. Und ich spreche mit meinem Vater. Die Kurie steht hinter dem Statthalter. Nur diese Kräfte zusammen können den Admiral stoppen.«

»Aber das weiß Gordianus auch«, wandte Quintus ein. »Er wird Lappius abschotten. Dafür sorgen, dass niemand an ihn herankommt. Schon gar nicht wir, nachdem er erfahren hat, was wir alles wissen! Ich verdammter Hornochse!«

»Wir müssen jetzt einen kühlen Kopf bewahren«, erinnerte ihn Lucretia. »Was werden Gordianus' nächste Schritte sein?«

»Er wird die Rodung des Ufers so schnell wie möglich vorantreiben. Das war sicher nicht Lappius' Idee.«

»Nein, ich meine, was wird Gordianus jetzt tun? Unmittelbar? Noch heute?«, präzisierte sie.

»Was würdest du denn an seiner Stelle tun?«

»Nun, ich würde … meine Spuren verwischen«, dachte sie laut und versuchte, sich in den Kopf des Verschwörers hineinzuversetzen.

Quintus hielt inne. Seine Nackenhaare stellten sich auf, und ein unangenehmes Gefühl breitete sich in seiner Magengrube aus.

»Spuren verwischen«, wiederholte er leise. »Das heißt auch, Zeugen aus dem Weg zu räumen. Leute, die zu viel wissen.«

Nun wurde es auch Lucretia mulmig.

»Du meinst … uns«, flüsterte sie. »Wir sind wahrscheinlich die Einzigen, die ihn durchschaut haben.«

Seine Augen weiteten sich. Erst jetzt wurde ihm das ganze Ausmaß der Gefahr deutlich, das ihr Wissen für Gordianus und seine Mitverschwörer darstellte.

»Wir müssen die Stadt verlassen, Lucretia, sofort«, sagte er mit belegter Stimme.

Wie zur Antwort ertönte ein lautes Klopfen an der Wohnungstür. Alarmiert sahen sie sich an. Das Klopfen wiederholte sich, diesmal lauter. Quintus öffnete den Mund, um zu fragen, wer da sei, doch Lucretia gab ihm ein schnelles Zeichen, das zu unterlassen.

»Stadtwache! Macht auf!«, dröhnte eine tiefe Männerstimme dumpf durch die Tür.

Die beiden zuckten zusammen. Sie waren bereits hier! Gekommen, um sie zu verhaften – oder Schlimmeres. Erschrocken schlug Lucretia die Hände vor den Mund.

»Wir haben eure Stimmen gehört, wir wissen, dass ihr da seid! Macht keine Dummheiten!«, tönte es aus dem Treppenhaus.

Quintus blickte zum Wohnzimmerfenster, das auf die Straße hinausging. Lucretia folgte seinem Blick und verstand. Sie eilte hin und spähte vorsichtig nach draußen. Auf der Straße vor dem Haus erblickte sie zwei Marinesoldaten mit Schilden und Lanzen. Sie wandten ihr den Rücken zu, da sie gerade damit beschäftigt waren, Gaffer zu vertreiben, die neugierig vor dem Haus stehen geblieben waren.

»Ihr habt es nicht anders gewollt«, rief die dumpfe Stimme, und einen Moment später erbebte die Tür. Jemand warf sich von außen dagegen.

Schnell zog Lucretia ihren Kopf wieder zurück, bevor sie jemand von draußen am Fenster sehen konnte, und wandte sich Quintus zu. Der stand wie erstarrt in der Mitte des Raumes. Was hatte er ihnen nur eingebrockt? Er war froh, dass Pola auf dem Land in Sicherheit war und diesen Schrecken nicht miterleben musste. Es war Lucretia, die ihn aus seiner Lähmung riss. Sie packte ihn an den Schultern und schüttelte ihn.

»Quintus!«, flüsterte sie so leise sie konnte. »Gibt es noch einen anderen Ausgang?«

Er hörte sie kaum, ihre Stimme schien ihm weit entfernt. Dafür dröhnten die bebende Wohnungstür und die aggressiven Stimmen der Soldaten im Treppenhaus umso lauter in seinen Ohren.

»Das Schlafzimmer«, hauchte er, und Lucretia eilte dorthin.

Wieder und wieder warf sich der Soldat mit der tiefen Stimme gegen die Wohnungstür. Quintus musste handeln. Die Bronzegelenke, die die Tür in den Angeln hielten, begannen bereits, sich zu verbiegen. Er eilte zum Tisch, packte ihn und schob ihn quer durch den Raum direkt vor die Tür. Vielleicht würde das Hindernis die Schergen des Admirals zumindest für kurze Zeit aufhalten. Oder auch nicht … Er vermutete, dass der Tisch nicht standhalten würde, und griff sich eine hölzerne Truhe voller Küchenutensilien. Sie war sehr schwer, doch es gelang ihm, sie auf den Tisch zu wuchten.

»Ihr werdet euer blaues Wunder erleben, ihr Verräter!«, drang die Stimme dumpf durch die Tür.

Quintus wagte nicht zu antworten. In diesem Moment fielen ihm keine geistreichen Worte ein, die er seinen Gegnern an den Kopf werfen konnte. Dies hier war nicht der Gerichtssaal, es war seine Wohnung, sein Zuhause, das er sich mit Pola geschaffen hatte, und es ging um Leben und Tod. Um sein Leben – und seinen Tod.

Ein letzter gewaltsamer Ruck ging durch die Tür, und sie öffnete sich. Verzweifelt sah sich Quintus nach irgendetwas um, mit dem er sich bewaffnen konnte, aber da war nun einmal nichts. Ein hünenhafter Soldat presste sich durch den Türspalt, mit rotem Kopf und verschwitzt von der Anstrengung, sich Zutritt zu verschaffen. Ängstlich wich Quintus zurück, während der bärenstarke Mann den Tisch mit einem Ruck wegschob.

Wo war Lucretia? Versteckte sie sich? Quintus konnte es nur hoffen, sie hätte erst recht keine Chance gegen die Eindringlinge gehabt. Jetzt packte er den Stuhl, um sich zu verteidigen, eine andere Möglichkeit blieb ihm nicht. Als der Hüne in den Raum trat, schmetterte Quintus ihm das Möbel mit aller Wucht entgegen, doch der Marinesoldat schien den Schlag kaum zu spüren. Weitere Soldaten drängten nach, sie hatten ihre Schilde abgelegt und waren nur mit Dolchen bewaffnet, um wendiger zu sein.

»Ihr seid die Verräter!«, brüllte Quintus und schlug noch einmal zu. Die Furcht verlieh ihm ungeahnte Kräfte, und dieser Treffer streckte den Hünen endlich zu Boden, wobei der

Stuhl jedoch zerbarst. Der nachfolgende Soldat stolperte über ihn und blockierte damit die Tür. Es waren mindestens fünf oder sechs Mann, die versuchten, sich hineinzudrängen.

Da packte Quintus eine Hand an der Schulter. Er fuhr herum. Es war Lucretia. In ihren Augen sah er, dass sie nicht weniger verängstigt war als er. Aber da war auch eine kaltblütige Entschlossenheit, die ihm imponierte. Lucretia zog ihn ins Schlafzimmer. Dort sah er, was sie vorbereitet hatte: Aus ein paar Bettlaken hatte sie ein Seil geflochten. Es war lang genug, um daran aus der Fensteröffnung in den Hinterhof des Wohnblocks zu klettern.

»Unten sind keine Wachen«, flüsterte sie.

Quintus schöpfte Hoffnung: »Du zuerst!«

Lucretia knotete das eine Ende des Seils um die schwere Wäschetruhe, die unter dem Fenster stand, und warf das andere nach draußen. Dann kletterte sie behände durch die enge Öffnung hinaus. *Hoffentlich passe ich da auch durch*, dachte Quintus.

Er fuhr herum, als er Schritte hörte, die näher kamen. Etwas sagte ihm, dass die Schergen des Admirals ihre Dolche nicht bei sich trugen, um eine Festnahme durchzuführen, sondern um dem Ganzen hier und jetzt ein Ende zu setzen. Sie würden eine Geschichte erfinden, die erklärte, wie ein Rechtsanwalt und die Tochter eines reichen Händlers den Tod gefunden hatten – natürlich durch die Hand der Germanen, die ja auch den Anschlag verübt hatten.

Lucretia war unten im Hof angelangt. Dort schien es sicher. Das Tor zur Straße war verschlossen, aber sie würden durch die angrenzenden Gärten entkommen können.

Der erste Soldat hatte Quintus im Schlafzimmer entdeckt und rief seine Kameraden herbei. Quintus erkannte den Mann, es war einer von Vorenus' Leuten, dessen schlechtes Schauspiel er am Hafen miterlebt hatte – Barsemias. Quintus wurde sich bewusst, dass er noch immer ein Bein des zerstörten Stuhls in der Hand hielt, und warf es nach Barsemias, der ihm mit grimmiger Miene entgegenlief. Das Geschoss traf den Soldaten mit voller Wucht im Gesicht und ließ ihn vor Schmerzen aufheulen. Das verschaffte Quintus ein paar Sekunden Zeit. Er stürzte zum Fenster und presste sich mit Mühe und Not hindurch, während die nachrückenden Stadtwachen ihrem benommenen Kameraden wieder auf die Füße halfen. Quintus seilte sich in die Freiheit ab und war in diesem Moment so dankbar wie nie zuvor, dass er Lucretia begegnet war.

Über mehrere ruhige Hinterhöfe gelangten sie wieder auf eine Straße. Zum Glück waren weit und breit keine Soldaten zu sehen, nur aufgeregte Bürger und Ladenbetreiber, die hektisch ihre Geschäfte vor einer Plünderung zu sichern versuchten.

Lucretia und Quintus waren den Häschern um Haaresbreite entkommen, aber das war noch kein Grund, sich zu entspannen. Hinter jeder Ecke konnte eine Patrouille auftauchen. Obwohl Quintus bezweifelte, dass sämtliche Soldaten eingeweiht und auf der Suche nach den Flüchtenden waren, schien es ihm ratsam, um jeden, der offiziell aussah, einen großen Bogen zu machen.

Sie gingen die Straße entlang und hielten sich im Schatten der Arkaden, die die Gebäude säumten. Sie bemühten sich, nicht zu schnell zu laufen, um keinen Verdacht zu erwecken, obwohl sie nichts lieber getan hätten, als zu rennen – so schnell sie nur konnten.

»Was jetzt?«, wisperte Lucretia.

»Wir müssen raus aus der Stadt.«

»Aber wie? An allen Toren sind Wachen.«

»Das stimmt.«

Es war zu riskant, es an den Toren zu versuchen.

»Welche Möglichkeit gibt es noch?«, fragte Lucretia nervös.

»Wir könnten über den Stadtwall klettern. Aber dazu bräuchten wir ein Seil …«

»… und einen Enterhaken«, ergänzte Lucretia, »und die Wachen auf den Türmen würden uns bemerken.«

Quintus dachte nach. Schließlich ging ihm ein Licht auf.

»Wenn nicht über den Zaun, dann vielleicht darunter hindurch«, schlug er vor.

Lucretia sah ihn ratlos.

»Die Kloake!«, sagte er triumphierend.

Lucretia blieb ruckartig stehen. »Bist du verrückt? Ich … ich stapfe doch nicht durch … du weißt schon was!«

»Faeces «, nannte Quintus es beim Namen. »Nun, die Alternative ist, von einem halben Dutzend Dolche durchbohrt zu werden.«

Protestierend stemmte Lucretia die Hände in die Hüften.

»Du kannst dir ja etwas anderes überlegen. Wir treffen uns dann am Ende des Gräberfeldes an der Uferstraße nach Norden«, provozierte er sie.

Doch Lucretia wusste, dass es keinen anderen Weg gab. Sie seufzte tief, dann hatte sie sich mit ihrem Schicksal abgefunden.

»Und wie kommen wir da hinein?«, fragte sie.

Es gab über die ganze Stadt verteilt öffentliche Latrinen. Bis zu zwanzig Personen gleichzeitig konnten in den einfachen flachen Ziegelgebäuden ihre Notdurft verrichten. Alle Schichten, alle Nationalitäten, jung und alt, Männer und Frauen besuchten den Abort, der auch ein beliebter Treffpunkt zum Austausch von Klatsch und Tratsch war. Direkt unter den Öffnungen, über die sich die Besucher setzten, verlief die Kanalisation, durch welche stets Frischwasser geleitet wurde, um die Exkremente wegzuspülen und üblem Geruch vorzubeugen.

Die Latrine, die Quintus und Lucretia betreten hatten, war zum Glück gerade unbesucht. Die beiden mussten jedoch feststellen, dass die Öffnungen in den großen Brettern, die auf eine etwa zwei Fuß hohe Mauer montiert waren, zu klein waren, um sich hindurchzupressen. Es blieb ihnen nur, sie gewaltsam zu vergrößern. Quintus begab sich gleich an die Arbeit. Er stieg auf die Holzfläche, die sich unter seinem Gewicht bog, und begann, auf und ab zu springen. Lucretia hörte Schritte, jemand näherte sich. Sie eilte zum Eingang, um die Person abzufangen. Es war eine ältere Dame.

»Entschuldige, werte Frau, du kannst da gerade nicht hinein«, sagte Lucretia und lächelte, so zuckersüß sie nur konnte.

»Ich muss aber. Im wahrsten Sinne«, entgegnete die Frau.

»Mein … Bruder muss sich gerade da drinnen übergeben. Er ist schwer krank. Es könnte ansteckend sein«, erfand Lucretia schnell eine Ausrede.

Die Dame glaubte ihr offenbar, blickte angewidert und eilte dann weiter, wohl um möglichst schnell zur nächsten Latrine zu gelangen.

Jetzt ertönte hinter Lucretia ein lautes Krachen, gefolgt von etwas, das sich wie ein Platschen anhörte. Sie fuhr herum und suchte nach Quintus, aber der war verschwunden.

»Hier bin ich!«, hörte sie eine leicht hallende Stimme.

An der Stelle, wo Quintus herumgesprungen war, klaffte nun ein großes Loch. Lucretia blickte hindurch und sah etwa sechs Fuß unter sich im Licht, das durch die Öffnung fiel, Quintus, der durchnässt im Kanal stand. Lucretia musste lachen.

»Lach mich später aus. Komm erst einmal herunter, bevor die Wachen dich erwischen«, forderte er sie brüsk auf.

Lucretia kletterte durch die Öffnung und ließ sich vorsichtig in die dunkle Tiefe hinab. Quintus packte ihre Beine, sie ließ los, und er setzte sie sanft ab. Sofort spürte sie das Wasser, das den zum Rhenus hin leicht abfallenden Zementtunnel durchströmte.

»Und jetzt, wohin?«, fragte sie, und ihre Stimme hallte durch den Tunnel. Plötzlich huschte etwas an ihr vorbei. Eine Ratte! Sie zuckte zusammen.

»Immer dem Wasser nach, würde ich sagen«, entgegnete Quintus, und sie schritten vorsichtig voran. Mit jedem Schritt wurde es dunkler um sie herum, und sie kamen nur gebückt voran, denn die Kanalisation war nur etwa fünf Fuß hoch.

Der Gestank war abstoßend. Lucretia rümpfte die Nase. Die beiden tasteten sich an der Wand entlang immer weiter vor, bis sie an eine Kreuzung kamen. Es war stockfinster. Lucretia spürte, wie etwas ihren linken Fuß streifte. Zum Glück konnte sie nicht sehen, was es war.

»Das Wasser fließt dort entlang«, sagte Quintus und bog nach links ab.

Wenige Minuten später wurde es heller. Von irgendwoher drang Tageslicht.

»Wir haben es gleich geschafft. Da vorne fließt der Rhenus«, machte Quintus seiner Begleiterin Hoffnung. Und tatsächlich – aus der Ferne waren die Schreie der Möwen zu vernehmen – und sie wurden mit jedem Schritt lauter.

Als sie das Kanalsystem endlich durch eines seiner zahlreichen Ausflüsse verließen, fanden Lucretia und Quintus sich inmitten von Schilf am Ufer wieder, etwa eine halbe Meile nördlich des Hafenkais. Lucretia blinzelte erleichtert in die Sonne, und auch Quintus brauchte einen Moment, sich wieder an das grelle Licht der Sonne zu gewöhnen, die zum Ende dieses unangenehmen Tages doch noch über die Wolkenberge gesiegt hatte.

»Wir könnten bei Claudia Unterschlupf finden«, schlug

Lucretia vor. Sie roch an ihrer Kleidung und fügte hinzu: »Sie hat auch ein sehr schönes Bad.«

»Ich fürchte, auf solche Annehmlichkeiten müssen wir verzichten«, musste Quintus sie enttäuschen. »Bisher habe ich versucht, dich aus der Sache herauszuhalten, aber spätestens jetzt wissen die Verschwörer, wer du bist. Sie werden dem Landhaus deiner Schwester ganz sicher einen Besuch abstatten. Lass uns lieber in mein Dorf gehen, da findet uns niemand.«

»Ich weiß gar nicht, wie ich das alles meinen Eltern erklären soll«, sagte Lucretia. Dieses Mal würden ihre üblichen Ausreden nicht fruchten.

»Und ich weiß nicht, wie ich es meiner Frau erklären soll«, variierte Quintus ihre Worte. »Aber bis es so weit ist, sollten wir uns darüber freuen, noch am Leben zu sein.«

»Wie Pola es nur mit dir aushält«, seufzte Lucretia theatralisch. »Das Leben mit dir ist ja wirklich nicht ungefährlich.«

»Ach was. In Polas Augen bin ich der langweiligste Kerl der Welt«, lachte Quintus. Und vielleicht war er das auch – zumindest so lange, wie er seine Nase nicht zu tief in Angelegenheiten steckte, von denen man nicht wollte, dass sie ihn etwas angingen. Insgeheim verfluchte er seine Neugierde. Aber es gab kein Zurück mehr. Sie hatten keine andere Wahl als den Weg, den sie eingeschlagen hatten, bis zum Ende zu gehen. Und die nächste Etappe dorthin lag auf der anderen Seite des Grenzflusses, in seiner alten Heimat. Er fragte sich, wie willkommen Lucretia und er dieses Mal dort sein würden. Denn sie hatten wahrlich keine guten Nachrichten.

43 XLIII

»Riechst du das auch?«, fragte Quintus flüsternd.

Lucretia hob den Kopf und versuchte den Geruch ihrer Kleidung auszublenden: »Ja, irgendwo in der Nähe brennt es.«

Während die Sonne langsam unterging und die Landschaft um sie herum in warmes Orange tauchte, überlegten sie, wie sie hier, nördlich der Stadt, über den Fluss kommen sollten. Sie hatten gehofft, dass die Anordnungen, die Lappius erteilt hatte, sich nur langsam herumsprechen würden und sie noch eine Fähre erwischen könnten, um ins freie Germanien zu gelangen. Doch ihre Hoffnung war enttäuscht worden.

Da entdeckte Quintus eine graue Rauchsäule, die nicht weit vor ihnen in den von grau-roten Wolken überspannten Himmel stieg. Geduckt schlichen sie weiter vor durch ein Gebüsch unmittelbar am Ufer. Aus dem Schilf neben ihnen drang das Quaken von Fröschen. Lucretia blieb mit ihrer Palla an den Dornen eines blühenden Brombeerstrauchs hängen und befreite sich vorsichtig davon. Sie fröstelte. Sobald die Sonne verschwand, konnte es zu dieser Jahreszeit noch sehr kalt werden. Doch die beiden hatten andere Sorgen. Als sie sich dem Feuer näherten, hörten sie aufgeregte Stimmen. Sie duckten sich, und Quintus schob die hohen Grashalme beiseite, um freie Sicht zu haben.

Sie sahen an mehreren Stellen hohe Flammen lodern. Als Lucretia genauer hinsah, erkannte sie, dass es Flöße waren. Lappius' Soldaten machten ernst mit der Ansage, dass alle Verbindungen zur anderen Seite gekappt werden sollten.

»Das könnt ihr nicht machen!«, hörten sie nun deutlicher

eine Stimme aus dem Rauschen des vorbeifließenden Wassers heraus. Es war die eines Flößers. Quintus erkannte sie, sie gehörte dem Mann, der sie beim letzten Besuch in seinem Heimatdorf über den Fluss gebracht hatte.

»Befehl ist Befehl«, erwiderte einer der beiden Marinesoldaten, der noch die Fackel in der Hand hielt, mit der er den Kahn des armen Besitzers in Brand gesteckt hatte.

»Wir sind zu spät«, fluchte Quintus leise.

»Dann müssen wir uns etwas anderes überlegen. Vielleicht können wir uns irgendwo in der Nähe verstecken und warten, bis dieser Sturm vorüber ist.«

»Nein«, wandte Quintus ein, »wir müssen hinüber. Die Stämme müssen erfahren, was hier vor sich geht. Und wir sind die Einzigen, die ihnen die Information überbringen und sie warnen können.«

»Was willst du denn machen«, fragte Lucretia, »etwa schwimmen?«

Quintus sah sie an. »Ja, daran dachte ich.«

»Nein! Nein, vergiss es, das ist Wahnsinn!«

»Kannst du denn schwimmen?«

»Ja, aber die Frage ist, ob ich will. Jeden Tag ertrinken Leute im Rhenus, weil sie die Strömung unterschätzen.«

Quintus wusste, was sie meinte. Von außen sah der große Strom trügerisch ruhig aus, fast wie ein See. Doch er floss wesentlich schneller dahin, als man ihm ansah, und unter seiner Oberfläche verbargen sich reißende Strömungen und gefährliche Strudel.

Lucretia blickte hinüber zur anderen Seite – und erstarrte.

Quintus folgte ihrem Blick. Zu seinem Erstaunen tauchten auf der anderen Seite viele kleine Lichtkegel auf. Fackeln, die jetzt in der Dämmerung entzündet wurden, vermutete er. Er kniff die Augen zusammen und bemerkte lange schwarze Silhouetten am anderen Ufer. »Kriegsschiffe«, stellte er fest.

»Dann hat die Rodung der Wälder schon begonnen, die der Statthalter angekündigt hatte. Er hat es wirklich sehr eilig«, bemerkte Lucretia.

»Wenn dem so ist, sind wir aufgeschmissen. Wir können nirgendwohin, ohne Gordianus' Schergen in die Arme zu laufen«, raunte Quintus entmutigt.

»Andererseits wird es jetzt schnell dunkel. Sie würden uns nicht sehen. Und wer rechnet schon damit, dass jemand so verrückt ist, durch den Rhenus zu schwimmen?«, entgegnete Lucretia.

»Du hast dich also mit dem Gedanken angefreundet.« Quintus war erleichtert, dass es keine weiteren Diskussionen geben würde.

»Wir könnten uns zusätzlich tarnen«, schlug Lucretia vor und deutete auf einen ausgetrockneten Baumstamm, der ein paar Fuß hinter ihnen halb versumpft im Schilf lag.

»Gute Idee«, lobte er.

Sie warteten, bis es noch etwas dunkler geworden war. Als die Sonne hinter dem Horizont verschwand, erschien ihnen der Rhenus nur noch wie ein schwarzes Band. Umso deutlicher leuchteten die Flammen der brennenden Flöße. Das Licht der Feuer reichte ihnen aus, um sich zu orientieren. Sie stiegen ins knöcheltiefe Wasser und begannen, an dem Baumstamm zu rütteln, der sich langsam aus dem matschigen Boden löste. Lucretia versank bis zu den Knien im Morast, aber stemmte sich dennoch mit ihrem ganzen Körper gegen den Stamm. Quintus hatte das Ende des Stammes gepackt und drehte das Holz mit all seiner Kraft aus dem Matsch.

»Gut so, gleich haben wir es«, presste Lucretia hervor.

Mit einem Ruck löste sich der Stamm, und Quintus wälzte ihn durchs Schilf ins Wasser. Plötzlich durchschnitt ein lautes Krächzen die Stille. Ein Fischreiher, der hier wahrscheinlich gerade Schlaf finden wollte, flatterte schimpfend in die

Höhe. Sie hielten den Atem an. Der Schrei des Vogels musste weithin zu hören sein, und sie hofften, dass die Soldaten, die die Flöße angezündet hatten, mittlerweile weitergezogen waren. Eine Minute verstrich, doch nichts geschah.

»Weiter geht's«, sagte Quintus.

Beide stemmten ihre sandalenbewehrten Füße in den schlammigen Boden und schoben das Holz vor sich her. Es funktionierte, der Baumstamm setzte sich in Bewegung und trieb hinaus auf den Fluss.

Die beiden klammerten sich an ihn und begannen, mit den Füßen zu paddeln, so schnell sie konnten, damit sie nicht zu weit abtrieben. Der Plan ging auf, und sie kamen gut voran. Doch die berüchtigte Strömung war stärker, als sie gehofft hatten. Der Stamm nahm plötzlich an Fahrt auf, und trieb sie gefährlich nah an den Feuern vorbei. Sie waren noch nicht weit genug vom Ufer entfernt, man würde sie noch sehen können. Also neigten sie ihre Köpfe zum Wasser und klammerten sich an das Holz.

»Schneller, sonst gehen wir erst bei den Batavern an Land«, trieb Quintus Lucretia an, als sie endlich wieder mit ihren Köpfen aufgetaucht waren. Lucretia spürte, wie ihr allmählich die Kraft ausging. Nun packte sie doch die Angst.

»Das ist Selbstmord«, wimmerte sie und krallte ihre Finger noch fester in die Rinde des Stammes.

»Genau das, was ich jetzt hören will«, entgegnete Quintus. Beide spürten sie, wie mit jedem Fuß, den sie zurücklegten, das Wasser tiefer und kälter wurde.

»Ich frage mich, was unter uns ist. Vielleicht irgendwelche Seeungeheuer«, ächzte Lucretia.

»Spar dir die Spucke und strample«, herrschte Quintus sie atemlos an. Er hatte ebenso viel Angst wie sie.

Langsam kamen die Lichtpunkte auf der anderen Flussseite näher. Es handelte sich tatsächlich um Fackeln, getragen von Marinesoldaten, die mit Schild und Lanze bewaffnet in geordneten Abständen am Rand der Rodungsstelle standen. Quintus und Lucretia sahen Schatten zwischen den Lichtern herumhuschen. Es waren zum Holzfällen abkommandierte Soldaten in schlichter Arbeitskleidung, die Sägen und Äxte bei sich trugen. Auch wenn es noch keine offizielle Kriegserklärung gab, liefen die Vorbereitungen bereits auf Hochtouren.

»Nicht mehr weit«, sagte Lucretia und bemühte sich, zuversichtlich zu klingen.

»Wir sind erst auf der Hälfte«, keuchte Quintus. Sein ganzer Körper schmerzte – nicht nur von der Anstrengung, sondern auch von der Kälte. Lucretia ging es nicht anders, sie spürte ihre Füße kaum noch. Der breite Strom war Anfang Mai noch weit davon entfernt, eine angenehme Badetemperatur zu haben.

»Wie kommen wir eigentlich wieder zurück?«, keuchte sie.

»Schön, dass du vorausdenkst, aber dafür ist jetzt wirklich nicht der geeignete Zeitpunkt«, blaffte Quintus.

Er spähte vorsichtig über den Baumstamm und sah ein Dutzend Holzfäller, die einen frisch geschlagenen, von Ästen befreiten Baumstamm mit Seilen zu einem Lastkahn zerrten.

»Zu-gleich! Zu-gleich!«, rief ein Offizier, und in diesem Takt näherte sich das Holz seinem Ziel. Der dumpfe Schlag der Äxte und das markante Geräusch der Sägen waren nun deutlich zu hören.

Quintus und Lucretia duckten sich hinter ihren Baumstamm und strampelten verbissen weiter. Trotz des mittlerweile eisigen Wassers stand ihnen der Schweiß auf der Stirn. Bald schien das Ufer in greifbare Nähe zu kommen. Zum Glück hatte die Strömung sie an der Rodungsstelle vorbeigetrieben, so dass sie nun an einem stockfinsteren Fleck stromabwärts Land ansteuerten.

»Gleich haben wir es geschafft«, seufzte Lucretia erleichtert. Normalerweise hätte sie das finstere Ufer geängstigt, aber nun erschien es wie eine Erlösung. Quintus bekam als Erster wieder schlammigen Boden unter die Füße. Wie am linken Ufer wuchs hier überall Schilf, das die beiden vor den Blicken der Soldaten verbarg. Quintus zerrte den Stamm ein paar Fuß weiter in Richtung Land und ließ sich dann völlig erschöpft auf die Erde fallen. Lucretia ließ sich neben ihn sinken und wischte sich den Schweiß von der Stirn. Das war wahrlich keine Unternehmung für eine anständige junge Dame, dachte sie. Das würde sie niemals jemandem erzählen können.

»Gut gemacht«, lobte sie jetzt ein erleichterter Quintus.

»Danke, du schlägst dich auch ganz ordentlich«, sagte Lucretia trocken. Sie mochte keine bevormundenden Kommentare, auch wenn sie gerade tatsächlich selbst stolz auf sich war.

Ein dumpfer Knall drang von flussaufwärts zu ihnen herüber. Ein weiterer Baum war gefällt.

Quintus setzte sich auf und spähte über das Schilf. Lucretias Kopf tauchte vorsichtig hinter seinem auf. Sie konnten die Rodungsstelle nun besser sehen. Die Marine hatte bereits einen etwa dreißig Fuß breiten Streifen zwischen Wald und Ufer geschlagen. Auf einer Strecke von fast einer halben Meile wimmelte es nur so von Holzfällern. Man wollte wohl schnell Fakten schaffen, bevor die ersten Germanen Wind davon bekamen.

Plötzlich ertönte ein durchdringender Pfeifton, und Männerstimmen schrien durcheinander.

»Sie haben uns gesehen!«, zischte Quintus panisch und duckte sich.

»Nein, warte«, sagte Lucretia, »ich glaube, da ist jemand verletzt.«

Tatsächlich konnten sie durch die Bäume schemenhaft erkennen, dass einer der Soldaten von dem soeben gefällten

Baum getroffen worden war. Die Schmerzensschreie waren jetzt deutlich zu hören. Dutzende seiner Kameraden eilten herbei und hoben den Stamm an, damit der Verwundete geborgen werden konnte. Ein schnell herbeigeschafftes Tuch diente als Ersatz für eine Trage, und vier Männer schleppten den armen Teufel unter Aufsicht eines Offiziers zu einem der schlanken Kriegsschiffe, das direkt am Ufer ankerte und mit einer am Bug kunstvoll bemalten hölzernen Seeschlange furchteinflößend aus der Finsternis aufragte.

Quintus begriff, dass dies ihre Chance war, unbemerkt von hier wegzukommen, jetzt da alle Soldaten mit dem Unfall beschäftigt waren.

»Wir müssen dort hinüber«, er zeigte auf eine Stelle hinter der Rodung, gut sechshundert Fuß entfernt. »Dort beginnt der Weg, der zu meinem Dorf führt. Los, komm!«

Geduckt huschten sie am Waldrand entlang. Während sie sich ihrem Ziel näherten, konnten sie Stimmen hören, die der Wind herübertrug.

»Ich hoffe, er überlebt.«

»Der ist hart im Nehmen.«

Die Stimmen gehörten zwei Soldaten, die eine große Säge hin und her bewegten, wie das Geräusch verriet, das ihre Unterhaltung untermalte.

»Gefahr gehört eben dazu«, sagte der eine, der in den Wald hinausspähte.

»Ja, ist doch viel besser, als immer nur im Kastell rumzusitzen. Endlich passiert mal wieder was«, pflichtete ihm der andere bei.

»Und wenn die Germanen kommen – nun, sollen sie nur! Dann bekommen die dreckigen Wildschweine meine Lanze zu spüren«, rief der erste, und seine Prahlerei kam gut an, wie zustimmendes Lachen um ihn herum bewies.

Die Stimmen wurden allmählich leiser, und auch die Arbeitsgeräusche verebbten langsam. Quintus und Lucretia waren weiter vorgedrungen und hatten den Zugang zum Handelspfad Richtung Osten erreicht.

»Und«, fragte Quintus trocken, »Lust auf einen erholsamen Spaziergang durch den nächtlichen Urwald?«

»Du meinst, ohne störende Fackeln? Aber dafür mit hungrigen Wölfen?«, griff Lucretia seinen Galgenhumor auf.

»Genau. Und warte, bis du die lieblichen Paarungsrufe der Wildkatzen und die Schreie der bezaubernden Eulen gehört hast.«

»Ich kann es kaum erwarten«, erwiderte Lucretia, als die Schatten des Waldes sich über sie legten.

Lucretia war froh, dass Quintus nicht aussprach, wie ihr tatsächlich zumute war. Noch nie in ihrem Leben hatte sie sich so ausgeliefert und ohne jede Hoffnung gefühlt. Die Erschöpfung, die nassen, schlammigen Kleider, die Sorge ihrer Eltern, der drohende Krieg – alles das zusammen lag ihr wie eine schwere Last auf den Schultern und schien sie zu Boden drücken zu wollen. *Ist es nicht das, was ich immer wollte?*, verfluchte sie sich innerlich selbst. *Habe ich mir nicht ein Leben voller Abenteuer gewünscht?* Doch aufzugeben lag ihr nicht im Blut, und so biss sie die Zähne zusammen und stapfte verbissen weiter über Stock und Stein.

44 XLIV

»Du bist mir einer!«, rief Gelsa, während sie Quintus an sich drückte. »Erst lässt du dich jahrelang nicht blicken, und dann besuchst du uns gleich zweimal in so kurzer Zeit.«

Sie hatte ihren Augen kaum getraut, als ihr Sohn am Morgen verdreckt und zerzaust in ihrer Küche gestanden hatte, wieder mit der jungen Römerin im Schlepptau.

Auch Lucretia bekam eine feste Umarmung. Der nächtliche Gang durch den Wald war ihr dieses Mal fast endlos erschienen. Es war unheimlich gewesen, mit Quintus so ganz allein unterwegs zu sein und zu spüren, wie die vertraute Zivilisation mit jedem Schritt in immer weitere Ferne rückte. Immer dann, wenn der Mond, der ihren Weg schwach beleuchtete, hinter einer Wolke verschwand, war es so stockfinster, dass Lucretia vor Beklemmung kaum atmen konnte. Nun war sie froh, hier zu sein. In diesem Land, das viele in der Colonia als Feindesland bezeichneten, sie aber als gastfreundlich und voller herzlicher Menschen erlebte.

»Wo sind denn Baldwin und Margard? Ich möchte sie auch begrüßen«, fragte Quintus. Wie sonst auch sprach er mit seiner Mutter Germanisch. Lucretia hatte sich immer noch nicht daran gewöhnt, die kehligen Laute aus seinem Mund zu hören. Quintus, oder Folkward, wie sie ihn hier nannten, schien dann ein anderer Mensch zu sein.

»Baldwin ist auf der Jagd, und seine Frau ist mit den Kindern Pilze und Beeren sammeln. Aber sie werden zum Mittagessen wieder zurück sein. Sie werden Augen machen, wenn ihr plötzlich mit am Feuer sitzt!«, lächelte Gelsa.

Dann betrachtete sie Lucretia mitleidig und sagte in gebrochenem Latein: »Lucretia Veturius, komm, wärm dich erst einmal auf.« Sie schob einen Schemel vor das Feuer, das sie eben erst entzündet hatte, und legte Lucretia ein wärmendes Bärenfell um die Schultern.

Lucretia bedankte sich und fragte Gelsa dann: »Was heißt danke in deiner Sprache?«

Gelsa sprach ihr das Wort vor, und Lucretia bedankte sich noch einmal auf Usipetrisch, was Gelsa erfreute.

»Sagt nicht, ihr seid die ganze Nacht durchgewandert?«, fragte Gelsa ungläubig und blieb dabei vorerst im Lateinischen.

»Halb so schlimm. Wir konnten den Weg einigermaßen erkennen. Auch wenn wir uns zweimal kurz verlaufen haben«, sagte Lucretia tapfer.

»Das war aber sehr leichtsinnig. Jeder weiß doch, dass in der Dunkelheit die … wie ist das Wort? Geister! Dass dann die Geister der Toten umgehen. Sie hätten euch ins Moor ziehen können!«

»Mutter, ich bin fünfundzwanzig Jahre alt und Rechtsanwalt, ich glaube nicht an Geister«, lachte Quintus.

»Und trotzdem sind sie dort!«, mahnte Gelsa mit ernster Miene.

Lucretia erschauderte nachträglich. Auch wenn sie es nie offen zugegeben hätte, fürchtete sie sich insgeheim vor rastlos umgehenden Seelen. Immerhin wurde der Ahnenkult im Hause Veturius ernst genommen. Und wenn es einen Ort gab, an dem der Schleier zwischen den Welten besonders dünn schien, dann war das der wilde germanische Wald.

Quintus' Mutter drückte ihren Gästen Brot in die Hand. Lucretia nickte dankbar und biss gierig hinein. Sie hatte Hunger wie eine Wölfin. Das Brot war innen noch weich und außen knusprig, wahrscheinlich war es erst gestern gebacken worden. Auch wenn es nicht gewürzt war und nach nichts schmeckte, gab es in diesem Moment für sie nichts Köstlicheres auf der Welt.

Quintus Mutter wandte sich dem Tisch in der Küchenecke zu und fuhr damit fort, in einer kleinen verbeulten Blechwanne Löwenzahnblätter zu verlesen.

»Lass mich raten. Du bist doch bestimmt nicht so schnell zurückgekommen, nur weil du mich vermisst hast«, schaltete Gelsa wieder auf Germanisch um.

»Natürlich hab ich dich vermisst, Mutter. Aber du hast recht. Wir sind hier, weil wir dringend mit König Adalbert sprechen müssen.«

»Klingt wichtig.«

»Das Überleben unseres Stammes könnte davon abhängen«, erklärte Quintus ernst.

»Dieselbe Sache, um die es auch das letzte Mal gegangen ist?«, fragte Gelsa. »Ich habe kaum etwas darüber erfahren. Die Männer haben es für sich behalten.«

»Sie wollten wahrscheinlich nicht, dass ihr euch unnötig Sorgen macht. Da war auch noch sehr vieles unklar. Aber jetzt … Glaubst du, ich kann einfach so bei Adalbert reinplatzen?«, fragte er.

»Mach dir keine Gedanken, Folkward. Ich habe gehört, dass er dich für einen hellen Burschen hält. Du hast Eindruck gemacht. Worauf ich übrigens stolz bin. Er sieht dich wohl als eine Art Brücke zwischen unserer und der anderen Seite. Ich wette, er freut sich, dich wiederzusehen«, erklärte Gelsa.

Quintus fühlte sich ermutigt. Er wandte sich an Lucretia: »Willst du zum König mitkommen?«

Lucretia machte große Augen. Das kam unerwartet. Schnell schluckte sie den letzten Bissen des Brotes herunter, das sie in Rekordzeit vertilgt hatte.

»Gute Idee, nimm die Kleine ruhig mit, sie … wie sagt man?

Sie macht was her!«, sagte Gelsa bewusst auf Latein, damit Lucretia das Kompliment verstand.

»Vor allem ist sie ziemlich klug«, ergänzte Quintus. Auf Germanisch, damit Lucretia sein Kompliment nicht verstand.

Gelsa ließ vom Löwenzahn ab und lief hinüber zur Truhe, »Wie auch immer, so lasse ich euch nicht gehen«, verkündete sie resolut.

Kurz darauf standen Quintus und Lucretia in frischen, germanischen Gewändern, die ihnen Gelsa förmlich aufgedrängt hatte, in der aus Eichenholz gezimmerten Königshalle. Lucretia staunte über die kunstvollen Schnitzereien, die auch die Balken im Inneren verzierten, und die grob gewebten, aber leuchtend bunten Teppiche mit geometrischen Mustern, die an den Wänden aufgehängt waren. Dennoch hatte sie sich den Sitz eines Königs prunkvoller vorgestellt. Noch einmal wurde ihr bewusst, wie rückständig die Germanen auf vielen Gebieten waren. Warum wehrten sie sich nur mit Händen und Füßen gegen die römische Lebensart, die doch in vielem so viel fortschrittlicher und bequemer war? Lucretia sah sich weiter um und musste sich fasziniert eingestehen, dass die Königshalle dennoch respekteinflößend wirkte. Es war förmlich zu spüren, dass hier seit Generationen Recht gesprochen wurde, Kriegspläne geschmiedet und wichtige Beratungen abgehalten wurden. So karg der Ort aus der Sicht einer Römerin auch wirkte, er schien lebendig und voller Geschichte. Hier war eine erhabene Energie zu spüren, der man sich nicht entziehen konnte.

Der bärtige König trug einen eindrucksvollen Mantel aus Dachsfell, das silbrig glänzte. Lucretia fand es wunderschön. Das Gesicht des Sechzigjährigen war freundlich und erweckte ihr Vertrauen. Gelsas Einschätzung, dass er Quintus gerne empfing, war richtig gewesen.

Wesentlich grimmiger schaute hingegen Dagwin drein, der alte Kämpfer, der Quintus gegenüber schon immer argwöhnisch gewesen war. Er stand zur Rechten des Königs, der auf seinem erhöhten Thron saß.

Warum musste Dagwin ausgerechnet jetzt hier sein? Quintus ärgerte sich. Warum war er nicht mit Baldwin auf der Jagd? Quintus wusste, dass alles schwieriger werden würde, sollte Dagwin sich wieder einmischen.

»Schön, dich wiederzusehen, Folkward«, sagte der König mit der ihm eigenen Stimme, in der immer ein Hauch Sarkasmus mitzuschwingen schien.

»Danke, dass ihr mich empfangt, mein König. Das hier ist Lucretia Veturius, Tochter eines Händlers aus der Colonia Agrippina. Sie unterstützt mich bei meinen Nachforschungen. Daher dachte ich, dass es sinnvoll ist, wenn sie unserem Treffen beiwohnt.«

»Auch du bist willkommen, Lucretia Veturius. Ich habe schon von dir gehört.«

Lucretia hörte ihren Namen aus den germanischen Worten heraus und verneigte sich höflich.

»Und was treibt euch beide wieder her? Das gute Essen, die frische Luft, üble Gerüchte?«, fragte Adalbert. Bevor Quintus sich erklären konnte, sprach er weiter: »Nein, nein, ich kann mir denken, worum es geht. Um die Raubüberfälle, mit denen wir nichts tun haben.«

»Genau, das hatten wir letztes Mal ja schon geklärt«, bestätigte Quintus.

»Wenn du den weiten Weg zu uns erneut auf dich genommen hast, nehme ich an, dass sich die Lage verschärft hat und du schlechte Nachrichten hast.«

»Sehr schlechte«, pflichtete ihm Quintus bei. Er war hier bei den Germanen – und die redeten nicht lange um den heißen Brei herum.

Adalbert und der alte Krieger Dagwin sahen sich an. Sie hatten schon genug Ärger. Sie drohten gerade in Streit um Land mit den benachbarten Sugambrern zu geraten. Das Letzte, was sie gebrauchen konnten, war noch ein zusätzlicher Konflikt mit den Römern.

»Wollt ihr die lange Version oder die kurze?«, fragte Quintus.

»Die kurze«, grollte Dagwin.

»Die Römer wollen Krieg«, verkündete Quintus.

König Adalbert atmete scharf ein und rückte auf seinem Thron vor.

»Warum?«, fragte er nach einem nachdenklichen Moment. »Wir haben ihnen nichts getan. Seit Jahren treiben wir friedlichen Handel, von dem beide Seiten profitieren.«

»Zumindest bis ihr angefangen habt, unsere Händler am Stadttor abzuweisen«, mäkelte Dagwin.

»Ihr habt nichts Unrechtes getan«, überging Quintus Dagwins Einwurf. »Eure Regentschaft ist vorbildlich, mein König, und es ist lobenswert, dass ihr stets die Verhandlung der unüberlegten Gewalt vorgezogen habt«, erklärte Quintus und merkte, dass seine Schmeicheleien Adalbert etwas beruhigten.

»Dann wollen sie uns einfach so angreifen?«, fragte Dagwin verächtlich, bevor Quintus fortfahren konnte. »Es wäre ja nicht das erste Mal, dass sie unsere Dörfer grundlos überfallen und ausplündern und uns abschlachten.«

»Nein, nicht grundlos«, entgegnete Quintus. »Bloß ist der Grund frei erfunden. Die Bevölkerung wird getäuscht.«

»Also ein Vorwand«, stellte König Adalbert fest. »Ich dachte, diese … wie sagt man, Pax Romana sei euch so wichtig. Oder sieht der neue Statthalter das anders?«

»Nein, Bucius Lappius ist meiner Ansicht nach ein Nachbar, mit dem ihr gut leben könntet, großer König. Aber eine so große Stadt wird nicht nur von einem einzelnen Mann regiert. Und eine so bedeutende Provinz erst recht nicht.«

»Dann gibt es Verräter in euren Reihen?«, fragte Dagwin höhnisch. »Ich dachte, die Römer stehen immer fest geschlossen Schulter an Schulter. Dass es gerade das sei, was sie von uns sogenannten ›Germanen‹ unterscheidet.«

»Wir stehen in der Tat Schulter an Schulter. Deshalb bin ich auch in Begleitung einer Römerin hier. Ich lasse sie euch das erklären. Ihre Worte werde ich übersetzen«, sagte Quintus. Er wandte sich zu Lucretia und flüsterte: »Bitte gib eine kurze Zusammenfassung der Ereignisse.«

Lucretia sammelte ihre Gedanken, trat einen Schritt vor und begann mit ihren Ausführungen.

»König Adalbert«, begann sie auf Germanisch. Sie hatte den Namen und den Titel des Regenten in dieser Sprache nun schon mehrmals gehört. Adalbert nickte wohlwollend. Die junge Frau hatte offenbar eine schnelle Auffassungsgabe.

»Es gibt eine Verschwörung in der Stadt. Admiral Gordianus, der Kommandant der römischen Flotte, scheint der Kopf davon zu sein«, fuhr sie dann auf Latein fort.

Quintus übersetzte ihre Ausführungen für Adalbert und Dagwin, die aufmerksam zuhörten.

»Nach dem, was wir herausgefunden haben, scheint der Admiral schon seit längerem den Plan zu verfolgen, einen Krieg zu provozieren. Er hat sein Vorhaben auf zwei Ebenen vorangetrieben: Zum einen hat er die Überfälle in der Colonia und im Umland inszeniert. Die Räuber waren keine Germanen, es waren verkleidete Marinesoldaten.«

Erstaunt blickten Adalbert und Dagwin auf.

»Wir sollen also als Sündenböcke herhalten, obwohl wir nichts getan haben«, brummte Adalbert. Eine solche Art von Hinterhältigkeit verachtete er zutiefst.

»Es geht ja ganz schön unkultiviert zu in eurer ach so kultivierten Stadt«, stichelte Dagwin unverhohlen.

Lucretia fuhr fort: »Der Kreis der Verschwörer kann nicht groß sein. Wenn zu viele davon wüssten, wäre die Sache schon viel früher aufgeflogen. Ziel ihrer Operationen war es, einen Keil zwischen Germanen und Römer in der Colonia zu treiben und Angst zu verbreiten. Und das ist ihnen wahrlich gelungen.«

König Adalbert nickte. Er war selbst ein erfahrener Politiker, und die Vorgehensweise ergab Sinn. Auch wenn der Gedanke an die Folgen ihn zutiefst erschreckte.

»Und zum anderen versucht der Admiral offenbar, den neuen Statthalter von seiner Idee eines Krieges gegen Germanien zu überzeugen. Wir vermuten, dass er Lappius bearbeitet, seit der sein Amt angetreten hat. So wie es aussieht, hat Lappius sich bisher allerdings dagegen gesträubt.«

Quintus übersetzte. König Adalbert war erstaunt, wie gut sich die junge Römerin ausdrücken konnte. Auch wenn sie nicht in seiner Sprache redete, konnte er das sehr wohl merken.

»Und lasst mich raten«, griff der Regent ihre Ausführungen auf, »er hat es endlich geschafft, den neuen Statthalter auf seine Seite zu ziehen, und der wird in den nächsten Tagen eine Mobilmachung bekanntgeben.«

»Sollen sie nur kommen!«, rief Dagwin wütend, der nicht fassen konnte, was er da hörte. »Ich habe schon Hunderte Römer im Kampf erschlagen, mein Schwert erledigt auch noch mal so viele.«

»Es waren höchstens dreißig, du Prahlhans«, wies ihn der König zurecht.

Quintus übersetzte Adalberts Befürchtung einer Mobilmachung ins Lateinische.

»Das wissen wir noch nicht«, bekannte Lucretia und beendete ihre Zusammenfassung: »Doch es gab gestern bei einer Rede auf dem Forum einen Anschlag auf den Statthalter. Er hat ihn überlebt, aber Gordianus hat es so aussehen lassen, als ob er wieder von Germanen verübt worden wäre, und vor allem, als ob er selbst Lappius das Leben gerettet hätte. Damit könnte er Lappius nun endgültig auf seine Seite gezogen haben.«

Sorgenvoll kratzte Adalbert sich am Kopf. Ja, es roch in der Tat nach Krieg. Er kannte das Gefühl, das ihm sagte, wenn etwas Unvermeidliches bevorstand.

»Und eine Sache nicht zu vergessen«, fügte Quintus auf Germanisch hinzu. »Gordianus hat das Schwert von Julius Cäsar, das in unserem Marstempel aufbewahrt wird, entwenden lassen.«

»Das dürfte bei euch als Schandtat sondergleichen gelten«, schätzte der überraschte Adalbert richtig ein. »Natürlich hat er auch diese Tat uns Fremden in die Schuhe geschoben, nicht wahr?«

»Alle Götter mögen diesen Hurensohn Gordianus verfluchen!«, schimpfte Dagwin. »Wenn er das wirklich getan hat, werden sie über uns herfallen und hier jeden Stein umdrehen, bis sie das verdammte Stück Eisen gefunden haben.«

»Das sie natürlich nicht finden werden, nicht finden können«, erklärte Quintus. »Denn keiner der Stämme hier besitzt es. Ich bin mir sicher, dass Gordianus das Schwert an einem geheimen Ort versteckt hält. Am liebsten würde er es für sich behalten, wo er sich doch für einen Nachfahren von Cäsar hält.«

»Das wird ja immer schöner! Die Raben sollen ihm die Augen aushacken«, brüllte Dagwin.

»Wenn er wirklich in die Fußstapfen seines Ahnen treten will, müssen wir uns auf viel Blutvergießen einstellen. Cäsar war ein Schlächter. Sein Name wird hier bis heute gefürchtet und gehasst. Welcher Stamm wüsste das besser als unserer? Doch gerade deshalb darf sich so etwas nicht wiederholen«, antwortete König Adalbert besorgt. Das Blutbad, das acht römische Legionen einst an der Mündung von Mosa und Vahalis angerichtet hatten, war unvergessen. Zehntausende Tenkterer und Usipeter, auch Frauen und Kinder, waren innerhalb weniger Stunden auf Geheiß des Feldherrn niedergemetzelt worden. Es war keine Schlacht gewesen, sondern ein Massenmord. Die Nachfahren der Opfer weigerten sich noch immer, dieses Gebiet, wo die beiden Flüsse ineinanderliefen und dann gen Mare Germanicum flossen, zu betreten, obwohl das Geschehen schon über hundert Jahre zurücklag, und nahmen lieber lange Umwege in Kauf, wenn sie nach Norden reisten. Das Land wäre verflucht, hieß es.

Quintus musste nicht für Lucretia übersetzen – sie konnte sich wegen der Erwähnung von Gordianus und Julius Cäsar, aber vor allem wegen der Reaktion ihrer Gastgeber zusammenreimen, was gerade besprochen wurde.

»Es tut mir leid, mein König, dass wir euch den Tag verdorben haben. Aber nun wisst Ihr, warum meine Reise zu Euch keinen Aufschub duldete.«

»Es ist gut, dass du gekommen bist. Wir sind dir dankbar.«

Dagwin brummelte etwas in seinen Bart hinein.

»Nicht wahr, Dagwin? Wir sind Folkward und Lucretia doch dankbar?«, wandte der König sich auffordernd an ihn.

»Natürlich«, presste Dagwin aus seinem Bart hervor.

»Die Frage ist, was nun zu tun ist«, sagte Lucretia auf Latein.

»Sie hat sicher gefragt, was nun zu tun sei«, sagte Adalbert zu Quintus, noch bevor dieser übersetzen konnte.

»Richtig«, lachte der und wurde dann wieder ernst. »Ich glaube, ich habe eine Idee, wie wir das Unheil noch abwenden können. Doch es geht nicht ohne die Hilfe der anderen Stämme. Wir müssen ihre Anführer alle so schnell wie möglich zusammenbringen.«

»Mit den Sugambrern sprechen wir zur Zeit nicht«, wandte Dagwin brüsk ein.

»Das müsst ihr aber jetzt, wenn euch euer Leben lieb ist«, fuhr Quintus ihn an. »Aus der Sache kommen wir nur raus, wenn die freien Stämme Einigkeit beweisen.«

»Ich werde sofort Boten entsenden, um ein Thing einzuberufen«, nickte König Adalbert.

»Es muss gleich heute Nacht sein. Ich weiß, das ist sehr kurzfristig. Aber glaubt uns, jede Minute zählt, sonst steht Germania Magna bald in Flammen«, sagte Quintus etwas zu schroff und fügte dann verbindlich an: »Mein König.«

»Dagwin? Du hast ihn gehört. Schick die Boten los!«, befahl der König, und der alte Kämpfer stapfte missmutig zum Ausgang.

»Es wird geschehen«, versprach Adalbert mit Blick auf Quintus und Lucretia. »Aber nun erzählt mir alle Einzelheiten eurer Geschichte!«

45 XLV

Lappius kam nicht richtig in die Gänge. Er war erst um die Mittagsstunde erwacht, doch selbst nach der langen Ruhe fühlte er sich nicht wirklich erholt. Um seine Augen hatten sich dunkle Ringe gebildet, und jedes unerwartete Geräusch ließ ihn zusammenzucken.

Nach dem Anschlag auf dem Forum war er von seinen Liktoren schnurstracks in sein Privatgemach im Prätorium gebracht worden. Der Schock darüber, dass jemand versucht hatte, ihn, einen Bevollmächtigten Domitians, umzubringen, hatte ihn sichtlich aus der Bahn geworfen. In den letzten hundert Jahren hatte sich in keiner römischen Provinz ein vergleichbarer Vorfall ereignet. Trotzdem hatte er sich um eine würdige Haltung bemüht und mit betont fester Stimme noch einmal seinen Leibwächtern gedankt, ohne deren schnelles und besonnenes Handeln er schon auf dem Weg in den Orcus gewesen wäre.

»Treu bis in den Tod«, hatten die drei Liktoren einstimmig erwidert, bevor sie zur Verabschiedung kurz die rechte Hand gehoben und ihn dann sich selbst überlassen hatten.

Kaum hatten sie die Tür hinter sich geschlossen gehabt, waren Lappius' Knie weich geworden und Schweißperlen hatten sich auf seiner Stirn gebildet, während er nach Luft gerungen hatte. Schnell hatte er zwei Becher Mulsum heruntergestürzt, was sonst eigentlich nicht seinen Gewohnheiten entsprach, und sich auf die samtigen Felle, die auf seinem schlichten hölzernen Einzelbett ausgebreitet waren, fallen gelassen. Er hatte kurz sehnsüchtig an seine Frau und seine Tochter gedacht, die noch in Rom verweilten und ihm erst ein paar Wochen später nachreisen wollten. Er freute sich auf den Tag, an dem er die beiden wieder in die Arme schließen würde. Der Länge nach ausgestreckt, hatte der Prokonsul die Augen geschlossen, noch einmal tief durchgeatmet und war in einen unruhigen Schlaf gefallen.

Jetzt schlüpfte er in eine frische, schlichte Tunika und lief unruhig in seinem Gemach auf und ab. Er ging zu seinem Tisch, der unter einem teuren verglasten Fenster stand, und goss etwas Wasser aus einem Tonkrug in einen der einfachen Becher aus Terrakotta, die dort bereitstanden. Dann widmete er sich dem Frühstück aus Fladenbrot, Eiern und Moretum, das seine Sklaven ihm wie immer am Morgen bereitgestellt hatten. Doch schon nach ein paar Bissen schob er es von sich und begann, die Decken und Felle auf seinem Bett ordentlich zu falten und dekorativ anzuordnen. Gerade als er sich nach einer weiteren Ablenkung umsah, klopfte es an der Tür.

»Ja?«, rief Lappius.

Die Tür öffnete sich einen Spaltbreit, und einer seiner Liktoren steckte den Kopf herein.

»Entschuldige die Störung. Admiral Gordianus ist hier. Darf er eintreten?«

Lappius war nicht nach einem Gespräch zumute, aber Gordianus hatte ihm am Vortag das Leben gerettet. Ihm gebührte Respekt. Lappius nickte und bedeutete, dass der Gast hereinkommen sollte.

Die Tür wurde vollständig geöffnet, und der Admiral trat ein, gefolgt von vier seiner Stadtwachen, die sich sofort in den Ecken des Raumes postierten.

Lappius beäugte das Aufgebot skeptisch, ließ es jedoch unkommentiert.

»Wie froh ich bin, dich lebend zu sehen, Bucius Lappius!«, rief der Admiral. Er war mit Brustpanzer, Helm und himmelblauem Umhang ausstaffiert, damit schon von weitem zu sehen war, dass eine wichtige Persönlichkeit nahte. Heute trug er eine riesige Pergamentrolle unter dem Arm.

»Auch deine Unversehrtheit freut mich, edler Gordianus. Du hast dich todesmutig vor mich geworfen. Ich stehe in deiner Schuld«, antwortete Lappius.

»Ich habe nur meine Pflicht getan – für dich und für Rom«, erwiderte Gordianus mit leicht gesenktem Kopf.

»Hast du schon Hinweise auf die Täter gefunden?«, wollte der Statthalter wissen.

»Nur die Pfeile«, erklärte Gordianus. »Sie waren germanisch befiedert und hatten germanische Spitzen. Was Bände spricht.«

Lappius nickte schwach. Er wirkte nun fast unbeteiligt. Er ließ sich an seinem Tisch nieder und begann erneut, an einem Stück Fladenbrot zu nagen.

Gordianus beobachtete ihn einen Moment lang schweigend und setzte dann mit sanfter Stimme an: »Der Anschlag der Barbaren auf dich ist eine unverzeihliche Missetat. Du bist der Vertreter des Kaisers, und wenn einer die Hand gegen dich erhebt, erhebt er sie auch gegen ihn. Das ist ein Frevel und kommt fast einer Gotteslästerung gleich. Ich empfehle, dass du zu deiner eigenen Sicherheit deine Gemächer vorerst nicht verlässt.«

Erneut taxierte Lappius die Wachen in den Ecken des Raumes. Sie verzogen keine Miene. Sie blinzelten nicht einmal, sondern starrten nur vor sich, als seien sie Statuen.

»Du stellst mich unter Hausarrest?«, fragte Lappius ungläubig.

»Meine Männer sind nur hier, um deine Liktoren zu unterstützen. Zu deinem eigenen Besten, edler Statthalter«, erwiderte Gordianus. »Du bist der verlängerte Arm des Princeps. Eine Verkörperung der Hoffnung in schweren Zeiten.

Die Agrippinenser und alle anderen links des Rhenus brauchen dich lebend.«

»Wie kann ich Hoffnung verkörpern, wenn du mich hier einsperrst?«, gab Lappius unwirsch zurück. Zum ersten Mal an diesem Tag regten sich seine Lebensgeister. Und mit ihnen der Widerstand gegen eine derartige Bevormundung.

»Ich verstehe deinen Missmut, verehrter Statthalter, doch offenbar haben es die Barbaren auf dich abgesehen«, sagte Gordianus ernst. Scharf setzte er nach: »Wer sagt uns, dass sie es nicht erneut versuchen werden? Der nächste Pfeil findet vielleicht sein Ziel.«

Lappius' Augen weiteten sich, seine Hände begannen zu zittern. Schnell griff er nach seinem Becher und trank einige Schlucke. Er hielt das Gefäß fest umklammert, während sich sein Atem langsam beruhigte.

»Ich verspreche dir, es ist nur für eine kurze Zeit«, beruhigte ihn Gordianus. »Bis wir die Lage besser einschätzen können.«

»Nun gut, vielleicht ist es wirklich das Beste. Vorerst«, räumte Lappius schließlich ein.

Der Admiral nickte zufrieden. »Eine weise Entscheidung, Statthalter. Sie gibt uns Zeit, die nächsten Schritte gut zu durchdenken und zu planen.«

»Und die wären?«, fragte Lappius.

»Zuerst einmal habe ich gute Nachrichten. Wir haben bereits gestern Abend mit den Rodungsarbeiten am anderen Ufer begonnen. Die baumfreie Zone gewinnt schnell an Größe, und kein Germane kann sie betreten, ohne gesehen zu werden. Wer es trotz Warnung tut, wird von meinen Männern getötet. Auch die Fähren sind verbrannt worden. Jetzt können diese Barbaren mal sehen, was passiert, wenn man die Hand beißt, die einen füttert.«

»Das ist erfreulich. Doch was können wir noch tun?«, überlegte Lappius. »Die ganze Stadt steht Kopf. Was, wenn die Rodungen nicht helfen? Wenn es einfach so weitergeht?«, sagte er verzweifelt.

Gordianus betrachtete ihn nachdenklich. Dann schüttelte er kaum merklich den Kopf und blickte zu Boden, was Lappius nicht entging.

»Was ist? Ich sehe doch, dass dir etwas auf der Zunge brennt. Spuck es aus«, sagte Lappius ungeduldig.

Gordianus zog die Augenbrauen hoch. Ihm gefiel Lappius' Tonfall nicht, doch er widerstand dem Impuls, ebenso barsch zu antworten. Stattdessen seufzte er und sagte: »Du kennst meine Position.«

»Krieg?«, rief Lappius aus. »Etwas Besseres fällt dir nicht ein? Aber natürlich, was erwarte ich auch von einem Soldaten.«

»Du hast gefragt«, räumte Gordianus entschuldigend ein, »und es tut mir leid, dir dauernd damit in den Ohren zu liegen. Doch glaube mir, auch für mich ist das kein leichter Schritt.«

»Das fällt mir allerdings schwer zu glauben. Du versuchst, mich schon lange zu manipulieren«, entfuhr es Lappius. »Nur damit du deinen Krieg bekommst!«

Der Admiral erstarrte für einen Moment und starrte Lappius an. Dann setzte er ein trauriges Lächeln auf.

»Es tut mir leid, dass du es so empfindest. Ich hatte und habe stets nur das Wohl unserer Stadt und ihrer Bürger im Sinn. Die Feinde der Gerechtigkeit und der Freiheit wollen aus reinem Neid auf unsere Errungenschaften das harmonische Miteinander unter den schützenden Händen Roms zerstören. Das kann ich nicht zulassen.«

Lappius lachte hämisch auf. »Schön gesagt. An dir ist ein Politiker verlorengegangen, Gordianus.«

Der Admiral registrierte den Seitenhieb mit unbewegter

Miene. Dann gab er den vier Wachen, die auf ihren Posten verharrten, ein Handzeichen. Sie setzten sich in Bewegung und verließen im Gänsemarsch das Zimmer.

Als sie die Tür hinter sich geschlossen hatten, sagte Gordianus mit samtweicher Stimme: »Verzeih mir, dass ich so offen spreche, doch bitte vergiss nicht, dass du gestern beinahe ermordet worden wärst. In meinen langen Jahren beim Militär habe ich gesehen, was eine solche Erfahrung mit Männern machen kann.«

Es wirkte, als träfe er einen Nerv bei Lappius, und dessen Wut schien zu verpuffen.

»Es geht mir gut«, murmelte er.

Erneut lächelte Gordianus traurig. Er setzte sich Lappius gegenüber an den Tisch und blickte ihn fest an. »Es ist keine Schande, Angst zu empfinden. Ich weiß, wie es ist, plötzlich mit der eigenen Sterblichkeit konfrontiert zu sein. Doch im Gegensatz zu dir gehört es bei mir zum Berufsrisiko. Ich habe gewusst, worauf ich mich einlasse.«

Lappius wich Gordianus' Blick aus und fixierte ein Stück Brot.

»Was du fühlst, ist normal«, fuhr Gordianus fort. »Doch vergiss darüber nicht, wer Freund ist und wer Feind. Du bist im Moment nicht du selbst, und wenn du ehrlich mit dir bist, weißt du das auch.« Der Admiral lehnte sich zurück und ließ seine Worte wirken.

Lappius schwieg weiter, doch an seinem Blick, der unruhig über den Tisch hin und her huschte, war zu merken, dass seine Gedanken rasten. Es war nicht schwer zu erraten, welch inneren Kampf er austrug. Der Admiral war ein zuverlässiger Mann, der Rom jahrzehntelang verteidigt hatte und der an die Prinzipien des Reichs glaubte wie kaum ein anderer. Sollte Lappius trotzdem auf seine innere Stimme hören, die ihn vor Gordianus warnte? Und das, obwohl er in einer Verfassung war, in der er sich seiner eigenen Urteilskraft nicht sicher sein konnte?

Schließlich nickte Lappius und atmete tief ein. »Es tut mir leid. Was schlägst du vor?«

Gordianus stand auf. Sobald er Lappius den Rücken zudrehte, war auf seinem Gesicht der Anflug eines Lächelns zu erkennen.

»Du darfst auf keinen Fall untätig bleiben«, sagte er fest. »Wir müssen gegen die Bedrohung hart und entschlossen vorgehen. Nicht nur um unser Volk zu schützen, sondern auch dich. Du weißt selbst, welche Bedeutung es für einen Römer von Stand hat, Ruhm und Ehre zu erwerben. Und wie schändlich ein Versagen sein kann. Möchtest du, Bucius Lappius, der erste Statthalter dieser frisch ernannten Provinzhauptstadt, als derjenige in die Geschichte eingehen, der diese Stadt sogleich dem Untergang geweiht hat?«

Lappius schluckte. »Natürlich nicht«, seufzte er.

Er konnte nicht umhin, die Wahrheit in Gordianus' Worten zu erkennen. Wenn er das Chaos hier nicht ordnen würde, wäre seine Karriere vorbei, und all seine bisherigen Bemühungen, das Ansehen seiner Familie zu mehren, wären vergeblich gewesen.

»Ich bin nach wie vor nicht überzeugt, dass eine militärische Lösung die beste Option ist«, sagte er schließlich. »Ein solcher Schritt wäre ein gewaltiger Einschnitt, der unser aller Leben verändert. Dennoch …« Er hob leicht die Hand, als Gordianus protestieren wollte, und fuhr fort: »Dennoch schulde ich es dir und der mir anvertrauten Provinz, dich zumindest anzuhören. Also, wie würdest du vorgehen? Überzeuge mich.«

Das ließ sich Gordianus nicht zweimal sagen.

»Nun, ich würde es nicht gleich einen Krieg nennen, vielmehr einen militärischen Verteidigungsschlag. Folgende

Idee«, setzte er an. Er griff nach der Pergamentrolle, die er neben sich auf den Boden gelegt hatte, stand auf und bugsierte das Frühstückstablett des Statthalters mit einer Hand vom Tisch auf einen danebenstehenden Stuhl. Dann entrollte er mit einer energischen Geste das Dokument. Es handelte sich um die riesige Landkarte, die den Verlauf des Rhenus zeigte. Jene Karte, die normalerweise an der Wand hinter seinem Schreibtisch im Flottenkastell hing.

Auch Lappius erhob sich, um besser sehen zu können, und ließ seinen Blick interessiert über das Dokument schweifen.

»Ich kann die Arbeit unserer Kartographen nur immer wieder bewundern«, sagte er beeindruckt.

»Wir kennen die Standorte der Dörfer im Barbaricum. Zumindest die meisten in unserer Nähe«, erklärte der Admiral und zeigte auf kleine grüne Punkte in der oberen Hälfte der Karte. Daneben standen die Namen der Stämme, die in der jeweiligen Gegend herrschten.

»Unser wichtigstes Ziel muss es sein«, fuhr Gordianus fort, »das Schwert Cäsars wieder in unseren Besitz zu bringen. Es ist tausendmal mehr wert als jede Legionsstandarte. Und auch diese bringen wir stets wieder an uns, sollte es dem Feind einmal gelungen sein, sie in Besitz zu nehmen.«

»Der römische Adler darf nie in der Hand des Feindes bleiben«, nickte Lappius.

»Also werden wir jedes Dorf nach dem Schwert und nach dem anderen Diebesgut aus den Überfällen durchsuchen. Wir werden dabei so friedlich wie möglich vorgehen. Wer kooperiert, wird verschont, doch Widerstand müssen wir mit Gewalt brechen. Und das machen wir so lange, bis sie vor uns im Staub liegen und ihre Beute wieder herausgeben. Ich habe schon mit Tribun Paterculus gesprochen, dem Kommandeur der Legio XXII Primigenia in Castra Vetera. Auch die Infanterie will sich an der Aktion beteiligen. Wir werden viele Männer brauchen, die tausend Marinesoldaten unter meinem Befehl reichen dafür nicht aus.«

»Das kann ich alles nachvollziehen«, sagte Lappius langsam, »und natürlich muss das Schwert zurück in den Tempel …«

Gordianus sah ihn ungeduldig an und wartete darauf, dass er seinen Satz beendete.

»… aber für mich sieht das nicht nach Verteidigung, sondern nach einem Einmarsch aus, nach einem groß angelegten Angriffskrieg auf Germania Magna, wie ihn zuletzt der Feldherr Germanicus vor siebzig Jahren durchgeführt hat. Vergeblich, wohlgemerkt!«

»Aber keineswegs«, wandte der Admiral ein. »Wenn wir haben, was wir wollen, ziehen wir uns gleich wieder zurück. Unnötige Opfer, vor allem auf unserer Seite, zu vermeiden ist mir ein großes Anliegen. General Paterculus sieht das genauso.«

»Ich weiß nicht«, wog Lappius ab. »Besteht nicht trotzdem die Gefahr, dass Unschuldige zu Schaden kommen?«

»Wer sich nichts hat zuschulden kommen lassen, ist sicher. Doch wenn wir irgendwo Diebesgut finden – und glaube mir, das werden wir –, dann wissen wir, dass das ganze Dorf die Verbrecher deckt. Und das wird seine Konsequenzen haben.«

Lappius schien noch immer nicht beruhigt.

Der Admiral deutete auf die Karte, und sein Zeigefinger zeichnete auf dem dünnen Leder den Verlauf des Rhenus nach.

»Durch die Rodungen bekommen wir tonnenweise frisches Bauholz. Wir werden daraus neue Liburnen zimmern und unsere Flotte vergrößern, damit wir zum Schutz unserer Grenze Bootspatrouillen in höherer Taktung durchführen können. Und auch notfalls über den Visurgis bis tief ins Feindesland vorstoßen können. Wo immer die Räuber ihre Trophäe verbergen, wir werden sie wie Bluthunde aufspüren.«

»Aber das verursacht Kosten«, wandte Lappius ein, »wer soll das bezahlen?«

»Ich hoffe darauf, dass du für unser Vorhaben ein gutes Wort beim Finanzsekretär in Augusta Treverorum einlegen wirst. Er wird die Notwendigkeit sicher einsehen, wenn du ihm berichtest, was ich dir gerade gesagt habe. Die Freiheit Roms wird auch jenseits des Rhenus verteidigt«, sagte der Admiral. Nach einer Pause fügte er mit ergebener Stimme hinzu: »Es ist deine Entscheidung.«

Lappius begann erneut auf und ab zu gehen, die Stirn in tiefe Falten gelegt.

Gordianus setzte sich abwartend auf einen freien Stuhl und folgte ihm angespannt mit seinem Blick. Als Lappius plötzlich innehielt und sich ihm zuwendete, erhellte sich die Miene des Admirals. Doch im nächsten Moment wurde seine Hoffnung enttäuscht.

»Wann brauchst du eine Antwort?«, fragte der Statthalter.

Gordianus seufzte. »Glaub mir, Lappius, die Zeit zu handeln ist jetzt«, erklärte er. »Mit jeder Stunde, die wir zögern, wird der Feind stärker. Die Kunde vom Verlust des Schwertes und unserer Untätigkeit werden sich in der Wildnis herumsprechen. Die Barbaren werden Rom verspotten, uns für schwach halten. Sie könnten sich sogar ermutigt fühlen, uns ihrerseits den Krieg zu erklären. Deswegen müssen wir ihnen mit einem Präventivschlag zuvorkommen.«

»Wann brauchst du die Antwort?«, wiederholte Lappius, und Gordianus antwortete ernst: »Nicht später als morgen.«

»Ich werde dir meine Entscheidung übermitteln«, nickte der Statthalter. »Doch nun lass mich allein. Ich muss nachdenken.«

Gordianus nickte höflich. Er ging zur Tür, öffnete sie und verließ das Zimmer.

Lappius blieb allein in seinem Gemach zurück. Erschöpft

setzte er sich auf die Kante seines Bettes. Er wusste, dass er eine Entscheidung treffen musste. Bald. Und egal, wie er sich entscheiden würde, er konnte nicht gewinnen. Als irgendwo eine Tür knallte, zuckte er zusammen, und seine Hände begannen wieder zu zittern. Er, der mächtigste Mann des römischen Germaniens, fühlte sich völlig machtlos. Ihm war übel.

46 XLVI

Kurz vor Mitternacht waren die Häuptlinge der benachbarten Stämme am großen Thingplatz angekommen. Er lag umgeben von Tannenwald auf einem etwa dreihundert Fuß hohen Hügel. Dieser befand sich einige Meilen östlich von Quintus' usipetrischem Dorf. Auf dem ansonsten kahlen Hügel ragte eine einzelne, gewaltige Eiche in den dunklen Himmel. Wolken hatten den Mond und die Sterne verdeckt. Die Alten des Stammes werteten es als schlechtes Omen. So war der Versammlungsort nur vom Schein eines großen, laut knisternden Lagerfeuers erhellt, um das die Anwesenden standen.

Adalbert hatte gefordert, dass sich nur die Häuptlinge am Feuer versammeln sollten. Doch das gegenseitige Misstrauen unter den Stammesführern war so groß, dass sie sich alle geweigert hatten, den Thingplatz ohne Geleitschutz zu betreten. Also hatten sie sich darauf geeinigt, dass jeder Fürst von zehn Kriegern begleitet werden durfte. Unter Adalberts Begleitern waren neben Dagwin auch Baldwin, Quintus' bester Freund aus Kindertagen, wie auch Quintus selbst zu finden, der bei dieser Zusammenkunft eine besondere Rolle spielen sollte. Obwohl Gelsa mittlerweile seine und Lucretias Kleidung gewaschen und getrocknet hatte, wollte Quintus vorerst das germanische Gewand anbehalten. So angetan, würde er mehr Vertrauen bei den Gesprächspartnern wecken, als wenn er wie ein Römer gekleidet vor ihnen stand. Das hoffte er zumindest. Obwohl er es gewohnt war, als Anwalt vor vielen Menschen zu sprechen, verspürte er in dieser Nacht eine ungewohnte Nervosität. Vom Ausgang des Thinges hing viel ab. Lucretia hatte im Dorf bleiben müssen. Das Thing war nur freien germanischen Männern vorbehalten.

Keiner sprach ein Wort, nur das Knistern des Feuers war zu hören. Alle warteten darauf, dass Adalbert die Sitzung eröffnete. Im Licht der Flammen konnte Quintus die Vertreter der anderen Stämme, die skeptische, ja sogar feindselige Blicke in Richtung seiner Gesandtschaft schickten, sehen. Viele Krieger hatten demonstrativ lässig die Hand auf den Knauf ihres Schwerts gelegt, das sie in einer Scheide an einem Gürtel um die Hüfte trugen. Die meisten Männer waren in dicke Wollumhänge gehüllt, denn die Nacht war so kalt, dass der Atem zu sehen war.

»Sind alle gekommen?«, fragte Quintus Baldwin leise, der neben ihm stand.

»Fast alle«, wisperte Baldwin. »Die Brukterer sind nicht gekommen, weil sie Krieg mit den Marsern haben. Usfred, der Hauptmann der Mattiaker, ist sehr krank und liegt im Sterben, und sie konnten sich nicht darauf einigen, wen sie an seiner Stelle zu uns schicken würden.«

Adalbert trat vor und hob die Hände. Der Aufstieg zum Thingplatz hatte ihn angestrengt, aber jetzt nahm er eine Pose ein, die ihn kraftvoll und stark wirken ließ.

»Verehrte Fürsten. Danke, dass ihr meinem Ruf so schnell gefolgt seid. Ich verspreche euch, dass euer weiter Weg nicht vergeblich war …«

»Ja, vielleicht erklärt uns einmal jemand, warum die Römer ungefragt unser Ufer abholzen?«, unterbrach ihn Gerbod, der Häuptling der Tenkterer, verärgert. Gerbod war kleingewachsen für einen Germanen, trug den Bart kurz gestutzt, aber das gepflegte, wallende Haar dafür fast hüftlang.

»Halt den Mund, und lass Adalbert ausreden«, wies ihn Gudmunt, der Fürst der Sugambrer, zurecht. Er war der Älteste in der Runde und schon recht gebrechlich. Sein Kopf war kahl geschoren, und er trug seinen Bart, in den silberne Ringe geflochten waren, bis zum Bauch.

»Wir kommen als Ebenbürtige zusammen an diesem heiligen Ort, der niemandem gehört außer den Göttern«, setzte Adalbert seine Begrüßung fort. »Sie sollen Zeugen sein, dass in dieser Nacht nur die Wahrheit gesprochen wird. Möge Tyr, Gott des Rechts und Beschützer des Thinges, darüber wachen.«

Murmelnd stimmten die Männer zu.

Adalbert wandte sich den Sugambrern zu: »Gudmunt, es ist schön, dich wiederzusehen. Deine Anwesenheit freut mich sehr. Lass uns unsere Streitigkeiten für ein, zwei Stunden vergessen.«

»Ich werde anhören, was du zu sagen hast«, erwiderte Gudmunt höflich, aber reserviert.

»Auch dir und deinen tapferen Kriegern, großer Gerbod, danke ich fürs Kommen. Ihr Tenkterer werdet Antworten auf alle eure Fragen erhalten«, fuhr Adalbert fort. Dann wandte er sich der dritten Gruppe zu: »Und auch du, Wiglaf, Fürst der Marser, bist mir mehr als willkommen. Ich habe deinen Vater sehr geschätzt. Ohne dich wäre diese Runde nicht vollständig.«

»Ich danke dir«, sagte Wiglaf mit tiefer Stimme. Er war noch ein junger Mann. Sein Kinn war glattrasiert, doch er trug einen gewaltigen rotblonden Schnauzbart. Das Haar hatte er zu einem Zopf geflochten und an der rechten Seite seines Kopfes hochgesteckt, so wie es jetzt Mode bei vielen Stämmen war. Er trug einen schwarz-weiß karierten Wollumhang nach keltischer Sitte.

»Lasst uns trinken«, sagte Adalbert. Baldwin reichte ihm ein gewaltiges Trinkhorn, und Adalbert füllte es persönlich mit Honigwein aus einem Lederschlauch. Er trank zuerst, um den anderen Häuptlingen zu zeigen, dass kein Gift darin war, und reichte das Horn dann an Wiglaf weiter. Der nahm zwei große Schlucke, nickte zufrieden ob der guten Qualität des Mets, und gab es an Gudmunt weiter, der es nach zwei Schlucken Gerbod reichte, bis es wieder bei Adalbert ankam.

Quintus musste sich beherrschen, um sich seine Ungeduld nicht anmerken zu lassen. Einerseits war schnelles Handeln gefragt, andererseits wusste er aber auch, dass er nicht mit der Tür ins Haus fallen durfte.

»Also dann, großer Adalbert. Lüfte das große Geheimnis. Ich möchte wetten, es hat damit zu tun, dass wir den Rhein nicht mehr überqueren dürfen«, forderte Wiglaf den König auf.

»Ihr dürft was nicht?«, fragte Gutmund, dem das offenbar völlig neu war.

»Wir alle dürfen das nicht mehr«, sagte Wiglaf nachdrücklich. »Händler aus meinem Dorf wurden brüsk zurückgewiesen, als sie sich dem Fluss näherten.«

»Die Römer haben sogar die Fähren auf ihrer Seite zerstört. Es gibt keine Möglichkeit mehr hinüberzukommen«, ergänzte Gerbod, der Tenkterer.

»Was soll das? Wir brauchen den Handel mit den Römern«, wunderte sich Gudmunt über das, was ihm hier zu Ohren kam.

»Und sie brauchen den Handel mit uns«, fügte König Adalbert hinzu.

»Was ist der Grund für dieses Vorgehen? Solch eine weitreichende Entscheidung trifft der römische Statthalter doch nicht einfach mal so«, fragte der junge Wiglaf in die Runde.

»Nein, bestimmt nicht. Die Römer führen immer etwas im Schilde«, knurrte Gudmunt.

»Das Roden des Ufers und das Einstellen des Fährverkehrs sind Sanktionen der Römer, um uns zu bestrafen«, erklärte Adalbert.

»Aber wir haben ihnen doch gar nichts getan«, rief Wiglaf, und seine marsischen Krieger pflichteten ihm erbost bei.

»Auch wir haben uns in den letzten Jahren ruhig verhalten. Keiner von uns will Legionen in seinem Wald sehen«, sagte Gudmunt.

»Wir haben uns nichts zuschulden kommen lassen, keiner von uns. Etwas anderes steckt dahinter«, sagte Adalbert und machte eine dramatische Pause, in der man einen Moment lang wieder nur das Knistern des immer höher lodernden Feuers hörte. Dann fuhr er fort: »Es gibt eine Verschwörung in der römischen Verwaltung. Wie es aussieht, will der Kommandant der Flotte dringend einen Krieg vom Zaun brechen. Um den Statthalter auf seine Seite zu bringen, ist er sogar so weit gegangen, einen Anschlag auf ihn zu inszenieren.«

»Bei Wodan«, brummte Gerbod, dem Böses schwante. Auch die Delegation der Sugambrer sah betroffen in die Runde.

»Aber was haben wir damit zu tun? Ich verstehe das nicht«, sagte Wiglaf.

Adalbert setzte wieder an: »Der Flottenpräfekt will sein Ziel um jeden Preis erreichen. Die Überfälle auf der anderen Seite haben allesamt seine Männer verübt. Sie haben sich als Angehörige unserer Stämme verkleidet …«

»… um uns die Schuld in die Schuhe zu schieben!«, rief Gudmunt, dem die Zusammenhänge nun klarwurden.

Wut griff um sich, die Krieger redeten lautstark durcheinander.

Adalbert wartete, bis wieder Ruhe eingekehrt war. »Es kommt noch schlimmer«, fuhr er fort. »Ein heiliges Relikt ist aus dem Tempel ihres Kriegsgottes gestohlen worden. Die Wut der Römer deswegen ist grenzenlos. Und es wird von offizieller Seite behauptet, dass wir auch für diesen Diebstahl verantwortlich sind!«

Die anderen Teilnehmer des Thinges schrien empört auf.

Einige der Krieger zogen ihre Schwerter und fuchtelten drohend mit ihnen herum.

»Den verdammten Römern gehört das Fell über die Ohren gezogen!«, sagte Gerbod zornig.

»Ihnen gehört eine Lektion erteilt«, rief ein Krieger der Sugambrer.

»Ja, wir haben sie schon viel zu lange in unserer Nachbarschaft geduldet!«, schrie jemand aus der marsischen Delegation.

»Lasst uns ihnen zuvorkommen, bevor sie uns angreifen! Krieg!«, schrie auch ein Tenkterer, und die Männer neben ihm stimmten ein: »Krieg, Krieg!«

»Nein«, sagte da Quintus mit fester Stimme und trat vor.

Die Männer verstummten. Alle sahen ihn an. Wer war dieser Fremde?

»Auf keinen Fall, denn das wäre genau das, was Admiral Gordianus erreichen will«, sagte Quintus noch einmal lauter. »Er setzt auf euer Temperament, eure Wut. Und auf eure Angst.«

»Marser kennen keine Angst!«, entgegnete Wiglaf beleidigt. »Wer ist der unverschämte Kerl?«

»Das ist Folkward, ein kluger Mann aus meinem Stamm«, erklärte Adalbert. Er war froh, dass Quintus sich im richtigen Moment eingeschaltet hatte, bevor die Situation eskaliert war. »Alles, was ich über die Sache weiß, weiß ich von ihm und seiner Begleiterin, einer jungen Römerin. Folkward lebt seit vielen Jahren in der Colonia.«

»Jetzt erinnere ich mich an ihn«, lachte Gudmunt. »Ein Bastard, ein verfluchtes Balg, das den Lenden eines römischen Offiziers entsprungen ist, der unsere Brüder und Schwestern getötet hat. Geboren aus dem Leib einer Sklavin.«

Die Sätze trafen Quintus hart. Er hätte sofort auf den Häuptling losgehen können, doch er beherrschte sich. Wenn er verhindern wollte, dass die Germanen sich provozieren ließen, musste er mit gutem Beispiel vorangehen.

»Nun, großer Gudmunt, wenn ich mich recht erinnere, habt Ihr selbst Euren Bruder getötet, um den Thron zu besteigen, nicht wahr?«, schleuderte ihm Quintus forsch entgegen.

Seine Schlagfertigkeit beeindruckte die anderen Männer, einige lachten laut auf. Quintus hatte einen Treffer gelandet. Zornig wollte Gudmunt auf ihn losgehen, doch seine eigenen Männer hielten ihn zurück.

»Lasst ihn reden, ich will hören, was er zu sagen hat«, verkündete Wiglaf.

Er gehörte zu einer neuen Generation von Fürsten, die den Römern offener gegenüberstand. Viele von ihnen bewunderten die Eindringlinge aus dem Süden für ihre Errungenschaften.

»Danke, großer Wiglaf. Als Bewohner der Colonia muss ich mich bei euch entschuldigen. Ich bin beschämt darüber, dass meine Mitbürger sich vom Hass aufstacheln lassen, den ein einzelner Mann sät. Der Flottenpräfekt hat diese Umwälzung in eurem und unserem Land von langer Hand geplant.«

»Hört nicht auf das Halbblut, ich sage euch, er ist ein römischer Spion!«, kläffte Gudmunt, der den Konter von Quintus noch nicht verkraftet hatte.

»Hüte deine Zunge«, warnte ihn Adalbert. »Folkward ist ein angesehenes Mitglied meines Stammes. Ihr solltet dankbar sein, dass er hier Licht ins Dunkel bringt. Oder wollt ihr lieber unwissend bleiben und nächste Woche eure Kinder als Sklaven sehen?«

Die Krieger murrten. Es war wohl besser, Quintus zuzuhören.

»Ich bitte euch, auf jeden Fall die Waffen ruhen zu lassen. Die Römer werden jetzt jede unbedachte Tat gegen euch wenden. Wenn ihr ihnen auch nur den kleinsten Anlass bietet, rückt die gesamte Rheinflotte an und dazu noch die Legionen aus Casta Vetera und Bonna. Die Worte des Königs, eure Kinder betreffend, waren klug. Denn genau das würde passieren. Ihr könntet euch nicht schnell genug organisieren, um euch dem zu widersetzen.«

»Aber was sollen wir dann tun? Einfach abwarten, bis das Unheil über uns kommt? Die Römer werden uns doch ohnehin angreifen. Es ist also egal, ob wir den ersten Schritt machen oder sie«, wandte Wiglaf ein.

»Der Junge hat die Klugheit seines Vaters geerbt«, brummte Gudmunt zufrieden, der es genauso sah.

Nun meldete sich Gerbod zu Wort, der länger geschwiegen und nachdenklich ins Feuer gestarrt hatte:

»Das Problem ist, dass unsere Stimmen drüben nicht gehört werden. Den Agrippinensern sind wir fremd, für sie sind wir nur Wilde. Deshalb kann jeder ungestraft Lügen über uns verbreiten. Das überprüft dort niemand – wie denn auch. Sie trauen sich nicht zu uns, und wir uns nicht zu ihnen.«

Quintus nickte. Das war eine sehr gute Analyse. Er hatte ganz ähnliche Gedanken. Tatsächlich war es so, dass die Römer sich ihre Wirklichkeit, ihre Wahrheit selbst erschufen und überhaupt nicht wussten, was die Menschen auf der anderen Flussseite dachten und fühlten.

»Gerbod hat weise gesprochen«, sagte Quintus nun. »Ich kenne den Statthalter. Und wenn wir eine gewaltlose Lösung finden, wird er euch und mir sehr dankbar sein. Wir könnten eine neue, dauerhafte Ära des Friedens einläuten.«

Baldwin bewunderte Quintus für seine weise gewählten Worte. Sein alter Freund hatte in der großen Stadt wahrlich viel gelernt. Baldwin nickte ihm aufmunternd zu.

»Das mag schön klingen, aber wie soll das gehen?«, winkte Gudmunt ab.

Auch Wiglaf war unsicher: »Eben habt ihr berichtet, die Römer wollten um jeden Preis Krieg mit uns. Jetzt redest du von Frieden, Folkward. Das passt für mich nicht zusammen.«

»Wir müssen die Dinge in ihr Gegenteil verkehren, Wiglaf«, erklärte Quintus. »Aus Misstrauen muss Vertrauen werden. Aus der ungezähmten Wildheit, die euch die Römer immer vorhalten, kluges und besonnenes Vorgehen. Ihr müsst ihnen zeigen, dass ihr anders seid, als sie denken.«

Auch wenn einige Vorurteile stimmen, fügte Quintus im Geiste hinzu.

»Es klingt so einfach, wie du es sagst. Aber wie genau soll das gehen?«, mischte sich nun König Adalbert wieder ein.

»Zuerst müssen wir den Krieg verhindern, der schon bald so sicher wie die Sonne über dem Horizont aufsteigen wird. Das wird nicht einfach werden. Aber viel einfacher, als zu kämpfen und zu töten. Viel einfacher, als Tränen zu vergießen für gefallene Väter, Söhne und Brüder«, leitete Quintus zum schwierigsten Teil über – zu einem Vorschlag, der den Leuten hier ganz und gar nicht schmecken würde.

»Wie kann es gelingen? Sag schon, Folkward«, forderte ihn Gerbod neugierig auf.

Quintus spürte, wie ein kaltes Kribbeln seinen Körper durchströmte. Er ahnte, wie seine Landsleute auf seinen Vorschlag, der zugegebenermaßen tollkühn war, reagieren würden. Doch jetzt war es zu spät, um noch einen Rückzieher zu machen.

»Ihr müsst alle Schuld auf euch nehmen und die Römer um Vergebung bitten«, sagte Quintus laut und deutlich.

Es herrschte absolute Stille. Die Germanen mussten erst einmal verdauen, was der Wanderer aus der Colonia ihnen da serviert hatte. Nur das Knistern des Feuers und das Heulen der Wölfe, das aus weiter Ferne über die Wipfel hallte, war zu hören.

Plötzlich begann Gudmunt, schallend zu lachen. Auch seine Männer stimmten mit ein. Es war so ansteckend, dass nun auch die Marser anfingen. Einzig Gerbod und seine Tenkterer blieben ernst.

»Es ist nicht die Zeit für Scherze«, zischte Gerbod. »Ein Tenkterer entschuldigt sich nicht für Verbrechen, die er nicht begangen hat.«

»Ich weiß, der Plan ist verwegen. Aber er kann gelingen«, sagte Quintus ernst.

Nun vergaßen auch die anderen plötzlich ihre Heiterkeit. Feindselige Blicke trafen Quintus.

»Ich habe doch gesagt, er arbeitet für die Gegenseite«, ging Gudmunt ihn an.

»Sich kampflos zu ergeben, kommt für einen Marser nicht in Frage«, stellte auch Wiglaf klar.

»Niemand redet davon, sich zu ergeben. Kommt mit mir in die Colonia. Nur ihr vier Häuptlinge, eure Stämme lassen wir aus der Sache raus. Ihr werdet die Stadt als freie Männer betreten und auch als freie Männer wieder verlassen. Und eure Dörfer werden erneut Handel mit der anderen Seite treiben, als sei nichts gewesen, und erstarken und erblühen wie seit hundert Jahren nicht.«

»Warum erzählst du das nicht einfach deinem Statthalter? Der verkündet, dass alles das Werk eines Verräters war und hängt ihn auf. Problem gelöst«, begehrte Gudmunt erneut auf.

Quintus nickte langsam. Diesen Einwand hatte er erwartet und die Option bereits ausgiebig mit Lucretia diskutiert. So war er jetzt zum Glück nicht um eine Antwort verlegen.

»Das war auch mein erster Gedanke, glaubt mir. Doch bereits jetzt sind die Menschen der Colonia von Angst und Misstrauen ergriffen. Ihnen diese Nachricht zu unterbreiten, wäre wie eine Fackel in einen Haufen trockenes Reisig zu werfen. Das Vertrauen in die Autoritäten würde mit einem

Schlag zunichte, und statt der erwarteten Entspannung entstünde noch mehr Chaos. Ein Chaos, das geradewegs in einen Bürgerkrieg münden würde.«

Gudmunt lachte: »Soll uns recht sein, wenn sich unsere Feinde selbst zerfleischen. Dann verschwinden die Römer vielleicht endlich wieder.«

Quintus verstand seine Feindseligkeit. Für die Colonia stand viel mehr auf dem Spiel als für die freien Stämme. Und die hatten wenig Anlass, eine fremde Kultur zu retten, unter deren Ausbreitung sie gelitten hatten.

»Euer Ansinnen in Ehren, großer Gudmunt. Aber bedenkt eines: Wird das Land links des Rheins auf diese Art verwundet, sind die Folgen nicht abzusehen. Die Wellen der Verwirrung und des Hasses könnten auch an das diesseitige Ufer schwappen. Stämme aus dem Osten, die im strauchelnden Westen Reichtum wittern, könnten eure Territorien überrennen. Vom Zusammenbruch des Handels und dem Ende des knospenden Wohlstands in euren Dörfern ganz zu schweigen. Das wäre alles vorbei, wenn Roms Macht in der Colonia schwindet.«

Quintus beobachtete die Fürsten genau. Er hatte das Gefühl, seine Erklärung schien ihnen einzuleuchten. Zumindest kam von Gudmunt kein weiterer Einwand.

»Du hast Honig auf der Zunge«, lachte Gerbod anerkennend. Er fing offenbar an, Quintus zu respektieren. Aber der sah, dass noch längst nicht alle Zweifel ausgeräumt waren.

»Große Fürsten und Krieger, hört mich an. Mein Kopf mag mittlerweile der eines Römers sein, aber mein Herz ist und bleibt das eines Usipeters. Ich verstehe, wie schmerzhaft es für uns alle ist, gegen unseren Stolz zu handeln. Doch glaubt mir, die Alternative wäre unendlich schmerzhafter«, hob Quintus wieder an. Ihr aller Schicksal stand auf Messers Schneide. Wenn er diese Männer nicht überzeugte, würden

Tausende Menschen in einem jahrelangen Krieg sterben. Er verdrängte seine innere Unruhe. Dies hier musste das beste Schlussplädoyer werden, das er je gehalten hatte.

»Als ich zum ersten Mal in die Colonia kam, war mir alles fremd. Die merkwürdigen Gebäude. Die fremdartige Tracht. Die Menschen anderer Hautfarbe, die so anders aussehen als wir hier und aus fernen Ländern stammen, von denen ich bis dahin niemals auch nur den Namen vernommen hatte«, sagte Quintus. Einige der Krieger nickten, sie waren wohl schon einmal in der Stadt gewesen und hatten sich ähnlich gefühlt.

»Am Anfang fand ich sogar ihre Frauen hässlich«, sagte Quintus und setzte ein Schmunzeln auf. Die Germanen lachten. Solche Bemerkungen kamen an. »Mittlerweile habe ich meine Meinung geändert und bin mit einer von ihnen verheiratet.«

»Worauf willst du hinaus? Mein Rücken schmerzt, komm endlich auf den Punkt«, forderte der alte Gudmunt.

»Das werde ich, großer Gudmunt! Es ist doch so: Erst in der Colonia ist mir klargeworden, wie groß die Welt da draußen ist und wie klein die unsere. Ist es nicht so, dass wir Stämme selten weiter denken als bis zum nächsten Tag? Dass unser Horizont nicht weiter reicht als bis zum nächsten Baum oder Felsen? Schon unsere eigenen Nachbarn scheinen uns oft fremd. Und das in einer Zeit, wo alles immer mehr zusammenwächst.«

Er traf einen wunden Punkt. Natürlich war es so, dass den Stämmen rechts des Rheins die Überlegenheit der Römer nur zu bewusst war. Deren Kultur war fortschrittlicher und schien sich viel schneller zu entwickeln als ihre eigene. Doch keiner wollte sich die Blöße geben, es offen auszusprechen. Das verbot der Stolz der Germanen.

»Die Welt weiß nichts über euch, weil ihr euch nicht zeigt. Sie fürchtet euch, weil die meisten von euch unter sich bleiben. Und sicherlich auch, weil ihr den Ruf habt, große Krieger zu sein und dafür bekannt seid, stärker und tapferer als alle anderen zu sein.«

Die Männer nickten. Die Worte gingen ihnen runter wie Öl.

»Eure Kraft habt ihr ihnen gezeigt, als Erman die Römer in seine Schranken verwies und drei ihrer Legionen vernichtete. Und ihr habt sie erneut beim Aufstand der Bataver in der letzten Generation bewiesen. Aber kennt euch die Welt als große Politiker, als kluge Verhandler? Nein, das traut man euch nicht zu! Denn ihr habt eure Siege nur auf dem Schlachtfeld errungen. Für die Römer seid ihr stark, deshalb fürchten sie euch. Aber sie wissen nicht, zu was ihr wirklich fähig wäret. Unsere Stämme stehen nicht auf der großen Bühne der Geschichte, so wie einst die Ägypter, die Griechen, Karthager oder Perser. Über all diese Völker redet man, da sie Großes geleistet und den Lauf der Geschichte beeinflusst haben. An uns, die wir in Holzhütten leben und nicht lesen und schreiben können, scheint sich das Rad der Zeit jedoch vorbeizudrehen. Und keiner wird schneller in die Dunkelheit des Vergessens gestoßen, als der, der nicht mit der Zeit geht.«

Gudmunt kraulte sich nachdenklich den langen Bart. Er schien langsam zu verstehen, worauf Quintus hinauswollte.

»Aber wie sollen wir das anstellen?«, fragte Gerbod. »Sollen wir einfach alle Traditionen über Bord werfen und leben wie die Römer?«

»Keineswegs«, entgegnete Quintus. »Ihr müsst nur aus dem Schatten hervortreten. Die Menschen in der Colonia müssen euch sehen und hören. Zeigt, dass ihr zu viel mehr imstande seid, als sie euch zutrauen. Zeigt, dass ihr kluge Menschen seid und nicht die Tiere, für die euch Unwissende halten. Zeigt, dass ihr tun könnt, was für die Welt notwendig ist, auch wenn es euch im tiefsten Inneren widerstrebt. Bringt die Römer dazu, euch zu verstehen. Dann werden sie euch vertrauen. Bringt sie dazu zu begreifen, dass ihr ein Volk seid, das mit den tausend anderen Völkern dieser Welt auf Augenhöhe verhandeln kann. Tut, was keiner von euch erwartet. Überrascht sie, und entwaffnet sie damit!«

Die Fürsten mussten erst einmal verarbeiten, was sie da gehört hatten. An derlei komplizierte Ausführungen waren sie nicht gewöhnt.

»Gut gesprochen«, flüsterte Adalbert Quintus zu und legte ihm eine Hand auf die Schulter.

Quintus nickt kurz in die Runde und stellte sich wieder hinter den König.

Laut verkündete Adalbert:

»Ich stimme Folkward zu. Er hat uns schmerzhafte Wahrheiten verkündet. Deshalb sage ich: Lasst uns versuchen, auf diplomatischem Weg eine Lösung zu finden. So wie die Herrscher der großen Reiche es tun. Zeigen wir der Welt, dass auch wir dazu fähig sind«, verkündete Adalbert laut.

»Die Marser wären dazu bereit«, wagte sich Wiglaf als Erster vor.

»Was redest du da?«, fuhr ihn Gudmunt an. »Dein Vater würde sich im Grab herumdrehen, wenn er dich hören könnte.«

Doch auch Gerbod war überzeugt: »Wir sollten die Möglichkeit nutzen, den Konflikt friedvoll beizulegen. Manchmal muss man über den eigenen Schatten springen.«

Gudmunt war nun sichtlich verärgert. Quintus hoffte, dass er sich nicht weiter querstellen würde. Sein Stamm war einer der größten im freien Germanien. Es würde viel bedeuten, wenn er die Sache unterstützte. Doch zu dieser Einsicht musste er selbst gelangen.

Mit durchdringendem Blick taxierte der Sugambrerfürst Quintus, der es kaum wagte zu atmen. Die Zeit schien stillzustehen.

»Nun gut, Folkward«, sagte Gudmunt schließlich. Ihm war anzusehen, wie viel Überwindung ihn sein Einlenken kostete. »Erläutere uns deinen Plan genau. Vielleicht lassen auch wir Sugambrer uns überzeugen.«

47 XLVII

Quintus und Lucretia waren schon vor Sonnenaufgang auf den Beinen. Gelsa hätte die beiden gern noch länger bei sich behalten, sie bekocht und mit ihren Geschichten unterhalten, doch die Zeit drängte. Niemand wusste, wie lange ihnen noch bliebe, bis der Statthalter den Krieg erklären würde. Aus diesem Grund hatte Adalbert vorgeschlagen, die Strecke bis zum Fluss nicht zu Fuß, sondern auf Pferden zurückzulegen, und Baldwin hatte seine zwei besten Tiere gesattelt.

Quintus' Freund würde sie in die Stadt begleiten. Das war nicht ungefährlich, aber Baldwin hatte sich freiwillig dazu bereit erklärt. Quintus wusste um seine Beweggründe. Es ging ihm nicht um Ruhm und Ehre oder um die Stärkung seiner Position als König Adalberts Nachfolger. Nein. Er wollte ganz ohne Hintergedanken sein Volk retten, und konnte so nebenbei auch endlich einmal die Stadt sehen, von der ihm Quintus so viel erzählt hatte.

Lucretia waren die großen Tiere nicht geheuer, doch nach allem, was sie geschafft hatte, würde sie auch diese Herausforderung meistern, da war sie sich sicher. Sie sah zu, wie Quintus zu Baldwin, der schon oben saß und die Zügel hielt, auf das Pferd stieg. Auf dem zweiten Roß saß bereits ein germanischer Reiter namens Sigmund, der sie begleiten würde. Lucretia tat es Quintus gleich, schwang sich rasch hinter den Mann und hielt sich an ihm fest. Sobald das erste Tageslicht den Weg erhellte, trieben sie die Pferde zum Galopp an. Anfangs hielt Lucretia die Augen geschlossen und hoffte nur, diesen wilden Ritt heil zu überstehen. Aber bald hatte sich Lucretia an das Tempo und den Rhythmus des Pferdes gewöhnt, und das Reiten begann, ihr Spaß zu machen. Das Wetter an diesem Tag war blendend. Junge Vögel zwitscherten hungrig in ihren Nestern, und Eichhörnchen suchten nach den Vorräten, die sie im letzten Jahr angelegt hatten.

Auf den Rücken der Pferde kamen sie zügig voran, und schon bald hörten sie Geräusche, die ihnen bedeuteten, dass sie die heikelste Station ihrer Reise erreicht hatten – die Rodungsstelle am Ufer lag nun vor ihnen. Aus unmittelbarer Nähe drangen das Schlagen der Äxte und das Knirschen der umstürzenden Bäume zu ihnen herüber, und nur wenige hundert Fuß vor ihnen lichtete sich der Wald.

In sicherer Entfernung hielten sie an und stiegen ab. Mit den germanischen Worten, die sie am Vortag gelernt hatte, dankte Lucretia Sigmund, der daraufhin etwas freundlich Klingendes erwiderte, nach den Zügeln von Baldwins Pferd griff und mit beiden Tieren wieder im Wald verschwand.

Jetzt wurde es ernst. Quintus, Lucretia und Baldwin hatten genau abgesprochen, was jeder von ihnen zu tun hatte.

»Bereit für die Maskerade?«, fragte Quintus.

Lucretia nickte tapfer. Ihr war sehr unwohl bei dem, was nun bevorstand. Der Trick, mit dem sie zurück auf die andere Seite gelangen wollten, konnte leicht schiefgehen. Aber wieder hinüberzuschwimmen, war keine Alternative. Die Stadt lag stromaufwärts, und bei dem starken Sog würden sie zudem noch weit abgetrieben werden. Dann zur Stadt zurück zu laufen, würde viel zu lange dauern.

In der Tat war Zeit ein entscheidender Faktor bei ihrem Plan. Quintus hoffte, dass die Fürsten, die auf dem Thingplatz gewesen waren, ebenfalls wie verabredet aufgebrochen waren. Auch wenn sie sich betont selbstsicher gegeben hatten, war ihr Unterfangen nicht weniger gefährlich.

Jetzt nahm Baldwin die zwei Gürtel ab, die um seine Hüften geschnallt waren. An beiden hing ein Dolch in einer Scheide. Einen Gürtel reichte er Quintus, den anderen Lucretia, die sie sich umschnallten.

»Und, sehen wir jetzt aus wie Kopfgeldjäger?«, fragte Quintus auf Germanisch und guckte herausfordernd.

»Ehrlich gesagt, nein«, grinste Baldwin. »Du hast zu wenig Narben. Und zu wenig Muskeln. Du solltest dich mehr bewegen, alter Freund.«

»Ich stemme täglich meinen Griffel, das muss reichen«, winkte Quintus ab.

»Und was ist mit mir?«, wollte Lucretia wissen.

Sie war heilfroh gewesen, wieder in ihre eigene Kleidung zu schlüpfen, nachdem Gelsa sie gewaschen hatte, und trug nun zur Tarnung noch einen Wollmantel von Baldwins Frau darüber. Er war zwar viel zu warm für das Wetter, aber der Schatten, den die hochgezogene Kapuze auf ihr Gesicht warf, verlieh ihr tatsächlich etwas Geheimnisvolles.

»Perfekt«, sagte Quintus. Dann wandte er sich Baldwin zu: »Jetzt kommt der unangenehme Teil.« Er nahm die beiden Seile von der Schulter, die er mit sich getragen hatte.

»Mach schon«, sagte Baldwin und hielt seinem Freund die Hände hin. Quintus begann, ihn an den Handgelenken zu fesseln.

»Für einen Gefangenen sieht er viel zu gepflegt aus«, fand Lucretia. Sie griff Baldwin in den Bart und zerzauste ihn. Dann tat sie das Gleiche mit seinem Haar. Das reichte aber noch nicht aus, und so bückte sie sich, fuhr mit der Hand durch den Schlamm und dann durch Baldwins Gesicht, was er tapfer ertrug.

»Ja, jetzt passt es. Nun nur noch die Schlinge. Tut mir leid, alter Freund«, sagte Quintus, während er das geknotete Seil um Baldwins Hals legte und daran zog.

»Das reicht«, keuchte Baldwin.

Sie setzten sich in Bewegung. Quintus ging voran und führte den vermeintlichen Gefangenen hinter sich her. Lucretia, mit der Kapuze über dem Kopf, ging hinter ihnen. Sie hatte den Dolch gezückt und hielt seine Klinge auf Baldwins Rücken gerichtet, so als wäre sie bereit, jederzeit zuzustechen, sollte er versuchen zu fliehen.

Als sie an den Rand der Lichtung gelangten, blieben sie kurz stehen, um den Anblick zu verarbeiten, der sich ihnen bot. Vor ihnen lag eine Art Schlachtfeld – mit Bäumen statt Kriegern als Opfer. Die Marinesoldaten hatten in kürzester Zeit ganze Arbeit geleistet. Hunderte von Stämmen lagen dort, und über allem hing der Geruch von Baumharz schwer in der Luft. Baldwin war regelrecht überwältigt von der Tatkraft der Römer, als er beobachtete, wie unzählige uniformierte Männer im Gleichschritt und mit voller Kraft die gefällten Bäume zu den Lastkähnen am Ufer zogen. Von überallher hörte man die Sägen, mit denen jeweils Männer zu zweit Stämme zerteilten oder große Äste davon abtrennten. Sie schienen alle ohne Unterlass zu arbeiten und sich keine Pause zu genehmigen.

»Das haben sie alles an einem Tag vollbracht?«, raunte Baldwin ungläubig. Erst jetzt wurde ihm klar, welche Gefahr den Völkern des freien Germaniens wirklich drohte.

»An einem Tag und in zwei Nächten«, nickte Quintus.

Er sah sich um. Sie durften auf keinen Fall einem Soldaten in die Arme laufen, der sie womöglich wiedererkannte. Das war das Heikle an ihrem Plan: Sie wollten die Marine für ihre Zwecke einspannen, durften dabei aber nicht enttarnt werden.

»Da drüben«, raunte Lucretia und nickte mit dem Kopf nach rechts. Sie hatte einen alten Bekannten entdeckt, und Quintus folgte ihrem Blick: Da war einer der Männer, die im Hafen bei der Bergung der Leiche und später beim Überfall in seiner Wohnung dabei gewesen waren. Es war also gut möglich, dass auch seine beiden Kameraden und noch dazu der Offizier Vorenus hier waren, die ihre Maskerade sofort durchschauen würden. Doch noch waren sie vor einer Entdeckung sicher – der Mann stand hundertfünfzig Fuß entfernt und hatte sie nicht bemerkt.

»Lasst es uns bei dem dort versuchen«, wisperte Quintus und zeigte auf einen jungen Soldaten mit leichtem Silberblick, der in entgegengesetzter Richtung stand. Sie mussten die Nerven bewahren. Das Trio steuerte mit festem Schritt auf den Soldaten zu, der offenbar Wachdienst am Waldrand hatte.

»Verdammt nochmal, was ist denn hier los?«, bellte Quintus. Er versuchte so zu reden, wie er es für einen rohen Kopfgeldjäger angemessen hielt. Lucretia musste ein Grinsen unterdrücken. Baldwin spielte artig den gebrochenen, erschöpften Gefangenen und bemühte sich, möglichst unterwürfig dreinzuschauen.

»Halt, wer seid ihr?«, rief der Soldat, hob den Schild und legte seinen Speer auf die Ankömmlinge an. Als er Baldwin erblickte, der einen guten Kopf größer war als er selbst, ergänzte er: »Hier dürfen keine Germanen passieren!«

»Wir sind keine Germanen, Dummkopf«, zischte Lucretia unter ihrer Kapuze hervor.

Der Soldat betrachtete sie. In der Tat war ihre Haut viel zu dunkel, also war er gewillt, ihr zu glauben.

»Aber der dort!«, sagte der junge Mann mit bemüht fester Stimme und wies mit der Spitze seines Speers auf Baldwin.

»Richtig, aber der ist unser Gefangener, der geht dich nichts an«, blaffte Quintus und spuckte auf den Boden.

Hoffentlich übertreibt er es jetzt nicht, dachte Lucretia.

»Wir sind Mellonia und Brutus. Kopfgeldjäger«, sagte Lucretia und versuchte, einschüchternd zu klingen.

Der Soldat musterte sie zweifelnd. Diese kleine zierliche Frau wollte eine Kopfgeldjägerin sein?

Quintus bemerkte den Blick des Soldaten und bemühte sich, möglichst dreckig zu lachen: »Schon viele haben den Fehler gemacht, sie zu unterschätzen. Mellonia ist die beste Fallenstellerin weit und breit. Und Expertin für Gifte«, erklärte er. »Und ich mach' den verfluchten Rest und brate den Gesuchten eins über den Schädel.«

Baldwin knurrte wie ein Tier und rüttelte an seinem Strick. Quintus zog ihn fester, so dass sein alter Freund ächzen musste, was ihm leidtat, doch das Schauspiel war notwendig. Demonstrativ hielt Lucretia ihren Dolch an Baldwins Kehle.

»Noch eine Bewegung, und ich schlitz' dich auf, du germanische Drecksau«, kläffte sie so vulgär, wie sie nur konnte.

Der Soldat blickte zwischen den dreien hin und her. Der Mann und die Frau waren ihm nicht geheuer. Mit Leuten wie ihnen legte man sich besser nicht an.

»Was ist hier eigentlich los, verdammt, wo sind die ganzen Bäume hin? Als wir zur Jagd aufgebrochen sind, war noch alles normal«, murrte Quintus und blickte düster auf den Fluss.

»Wir legen eine Sicherheitsschneise an. Der Statthalter hat die Rodung angeordnet«, erklärte der Soldat.

»Und wo ist Ferox, unser Fährmann, verflucht nochmal? Der Hurensohn sollte uns doch hier abholen!«, zischte Lucretia unter ihrer Kapuze hervor.

»Der Fährverkehr ist eingestellt«, sagte der Soldat entschuldigend. »Keiner darf rüber. Ihr auch nicht.«

»Was soll denn das?«, brauste Quintus auf. »Wir waren eine Woche lang im verfluchten Urwald unterwegs, um den Mörder hier zu kriegen. Woher hätten wir wissen sollen, was hier vor sich geht? Wir riskieren unser Leben, und du kommst mir jetzt mit diesem Schwachsinn?«

Lucretia hoffte inständig, dass ihre für diese Geschichte viel zu saubere Kleidung sie nicht verraten würde, doch der Soldat schien zum Glück keine große Leuchte zu sein.

»Äh ... ja«, räumte er nachdenklich ein, »das stimmt schon. Ihr konntet es natürlich nicht wissen. Und Händler seid ihr auch keine.«

»Ganz sicher nicht!«, lachte Lucretia höhnisch.

Quintus machte eine versöhnlichere Miene.

»Hör mal, Junge, du bist doch vernünftig. Der Kerl hier ist ein dreckiger Mörder. Wir haben ihn im Auftrag einer armen römischen Witwe gejagt. Das Monster hat ihre Tochter umgebracht und ist dann auf die andere Seite abgehauen.«

»Das ist ja schrecklich«, sagte der junge Soldat erschüttert.

»Aber wir sorgen dafür, dass er vor Gericht gestellt wird und seine Strafe kriegt, der Lump«, versprach Lucretia. War das Wort Lump zu brav gewesen? Lucretia war auf die Schnelle nichts Derberes eingefallen.

»He, Strabo, alles in Ordnung da drüben?«, schallte jetzt eine Männerstimme zu ihnen.

Verdammt! Ohne den Kopf zu wenden, wusste Quintus, wer da rief. Der thrakische Akzent des Verräters war unverkennbar. Der Einzige weit und breit, der sie erkennen konnte. Und er kam näher. Quintus und Lucretia wendeten sich unauffällig ab, so dass er sie nur von hinten sehen konnte.

»Alles in Ordnung, Barsemias. Ich komm schon klar«, rief der Jüngere ihm zu.

Gerade wollte Barsemias sich wieder umdrehen, als sein Blick an Lucretia und Quintus hängenblieb. Die zierliche Frau in Kombination mit dem großen Kerl – irgendetwas daran kam ihm bekannt vor. Stirnrunzelnd ging er zurück auf seinen Posten.

Lucretia schwitzte unter ihrer dicken Kapuze Blut und Wasser. Jede Minute länger, die sie hier verbrachten, machte die Sache gefährlicher.

»Kannst du nicht eine Ausnahme für uns machen, Junge?«, bearbeitete Quintus den Soldaten weiter.

»Das Kopfgeld, das wir für den Mörder kriegen, kann sich sehen lassen«, lockte Lucretia.

Quintus griff die Idee sofort auf: »O ja, schon von dem Vorschuss hätten wir die Taverne leersaufen können. Oder sie gleich kaufen.«

Der Soldat dachte nach. Dann sah er sich verschwörerisch um.

»Na gut, also … vielleicht kann ich euch helfen. Wenn ihr das Kopfgeld mit mir teilt. Also, euren Vorschuss. Ich würde ja quasi mithelfen, dass das Untier vor den Richter kommt, stimmt's?«

»Stimmt«, sagte Quintus. Zum Glück hatte er etwas Geld dabei. »Was ist dein Preis?«

»Zehn Denare«, forderte der Junge mit leiser Stimme.

Quintus widerstand dem Drang, sofort zuzustimmen. Er musste in seiner Rolle glaubwürdig bleiben. »Acht«, hielt er dagegen.

»Na gut, neun«, murrte der Soldat. »Mein letztes Angebot.«

»Alles klar«, ging Quintus darauf ein. »Du bist ein harter Hund.«

Der Soldat war sichtlich stolz auf sein Verhandlungsgeschick. »Folgt mir.«

Er setzte sich in Bewegung und führte die drei quer über die riesige Lichtung auf eines der Kriegsschiffe zu, die am Ufer lagen. Die geschnitzte Figur, die an seinem Bug in die Luft ragte, zeigte einen blauen Fisch. Die Besatzung war gerade dabei, die Leinen loszumachen. Der Soldat winkte dem Kapitän zu, der an der Reling stand, einem massigen Mann mit grauen Locken.

»Ich habe hier noch zwei Passagiere!«

»Wir sind keine Fähre«, rief der Seebär mürrisch zurück.

»Es sind Römer. Beide in der Stadt wohnhaft. Sie führen einen Gefangenen mit sich«, erklärte der Soldat.

»Na gut, wir schmeißen sie im Hafen raus«, murrte der Kapitän und winkte die drei missmutig an Bord.

Lucretia fiel ein Stein vom Herzen. Es hatte geklappt!

Quintus drückte dem Soldaten seinen Geldbeutel in die Hand. »Dank dir, Mann, du bist in Ordnung. Es sind genau zehn drin. Kannst sie behalten«, brummte er. »Vielleicht besser, wenn deine Kameraden davon nichts erfahren …«

»Oh, danke!« Der Soldat steckte den Beutel freudig ein.

Hoffentlich würde er erst hineinschauen, wenn sie abgelegt hatten, dachte Quintus, denn es befanden sich nur vier Münzen darin – und die waren aus Bronze, nicht aus Silber.

Lucretia musste an Nephele denken. Nur aufgrund ihres gewaltsamen Todes hatte sie überhaupt begonnen zu ermitteln. Sie hatte sich geschworen, Nephele zu rächen. Und jetzt spürte sie das erhebende Gefühl, diesem Ziel einen beträchtlichen Schritt näher gekommen zu sein. Nepheles Mörder, Livio, war bereits von den eigenen Männern beseitigt worden. Doch Lucretia würde nicht ruhen, bis auch der Kopf der Schlange abgeschlagen war. Admiral Gordianus.

Zusammen mit Quintus und ihrem Gefangenen eilte sie über die Planke, die vom sandigen Uferstreifen auf das Schiff führte. Diese Herausforderung hatten sie gemeistert, doch es standen ihnen noch weit größere bevor.

48 XLVIII

Sie gelangten zurück in die Stadt, so wie sie herausgekommen waren – durch die Kanalisation. Gelsa hätte sich die Mühe sparen können, ihre Kleidung zu waschen, ging es Lucretia durch den Kopf, als sie wieder ins stinkende Wasser stiegen. Für Baldwin war die Idee eines Abwassersystems, das die Hygiene in den Straßen gewährleistete, völlig neu. Während sie durch die dunkle Kloake stapften, schienen ihm der Geruch und die Dunkelheit gar nichts auszumachen. Vielmehr bewunderte er die Konstruktion der Anlage und die Beschaffenheit der verputzten Wände. Das war eine etwas merkwürdige erste Begegnung mit der glorreichen Colonia, und doch machte sie auf ihre Weise Eindruck, fand Quintus amüsiert.

Zuerst wollten sie in derselben öffentlichen Latrine wieder herausklettern, wo ihr Abstieg in die Unterwelt zwei Tage zuvor begonnen hatte. Doch Lucretia argumentierte, dass diese zu weit weg vom Prätorium lag. Selbst wenn sie wieder in die Rollen der Kopfgeldjäger und Baldwin in die des Gefangenen geschlüpft wären, hätten sie die Blicke der Leute auf sich gezogen. Und sie wären womöglich von Nachbarn erkannt worden. Diese Gefahr durften sie nicht eingehen, zumal Quintus sich mühevoll einen guten Ruf erarbeitet hatte, den es zu wahren galt.

Auch Lucretia konnte sich Schöneres vorstellen, als Schande über ihre Familie zu bringen. Schnell verdrängte sie den Gedanken an ihre Eltern, die bestimmt krank vor Sorge waren, weil sie seit dem Aufruhr auf dem Forum nicht mehr nach Hause gekommen war, und konzentrierte sich auf ihren Plan.

Sie mussten so nah wie möglich an Lappius herankommen. Da sie ungefähr wussten, an welchen Straßenecken sich die öffentlichen Toiletten befanden, konnten sie sich orientieren. Eine Stunde lang stapften sie in der finsteren, stinkenden Kanalisation herum, die Beine knietief in der braunen Suppe, bis sie sich sicher waren, genau unter der Latrine des Prätoriums angekommen zu sein. Dort arbeiteten sie sich mit Hilfe der zwei Seile, an die Baldwin geknotet gewesen war, ins Gebäude hoch, wobei sie zum Glück niemand beobachtete. Schnell huschten sie durch den hinteren, wenig frequentierten Teil des monumentalen Verwaltungsgebäudes und verbargen sich in einer Nische.

»Und jetzt? Wie sollen wir unbemerkt weiterkommen?«, seufzte Lucretia.

»Nun, es ist Bürgern nicht verboten, sich im Rathaus zu bewegen«, tat Quintus ihre Besorgnis ab. »Und die gewöhnlichen Beamten wissen doch gar nicht, dass wir von Gordianus gesucht werden. Die sind mit ihren Gedanken bei irgendwelchen Listen und Urkunden.«

»Aber wie erklären wir«, fragte Lucretia und deutete dabei auf Baldwin, »warum er bei uns ist? Wer sollte ihn für einen Bürger halten?«

Wie als Antwort hörten sie plötzlich Schritte über den Marmorboden hallen, die näher kamen. Gleich würde sich zeigen, ob Quintus recht hatte. Die drei setzten ihre unschuldigsten Mienen auf und schlenderten den Gang entlang. Um die Ecke bog ein Verwaltungsbeamter, ein kleiner, schmaler Mann mit krausem Bart, der Schriftrollen unter beiden Armen trug. Er stutzte kurz und sah die Fremden etwas verwirrt an, ging dann aber ohne einen Kommentar an ihnen vorbei.

»Guten Tag«, sagte Lucretia höflich.

»Tag«, brummte der Beamte und eilte weiter. Wahrscheinlich hielt er sie für Kanalarbeiter – so verdreckt wie sie waren und mit dem Seilbündel über Quintus' Schulter.

»Siehst du, ich hab es dir doch gesagt«, grinste Quintus.

Baldwin mischte sich nun ein: »Wie stellst du dir das vor, mein Freund? Euer Fürst wird doch sicher von den Verschwörern abgeschirmt. Wie wollt ihr an den Wachen vorbei?«

»Er fragt, wie wir an den Wachen vorbeikommen«, übersetzte Quintus, schon etwas weniger freudig. Der Einwand war berechtigt. Schlimmstenfalls würden sie festgenommen werden, bevor sie auch nur ein Wort gesagt hätten.

Baldwin zeigte auf die Seile, deutete dann nach oben, und sagte: »Warum versuchen wir es nicht von oben?«

Diesmal brauchte Lucretia keine Übersetzung. Sie verstand sofort. »Das könnte klappen«, sagte sie. »Der Statthalter residiert im obersten Stockwerk. Wenn wir irgendwie aufs Dach gelangen, könnten wir uns zu ihm abseilen. Dann würde keine der Wachen merken, dass wir da sind.«

Eine bessere Idee hatten sie nicht. Sie betraten den Innenhof des Prätoriums, den ein bezaubernder kleiner Garten voller blühender Blumen und Sträucher zierte. Sie warteten, bis zwei Mitglieder der Kurie, die sich am Rand des Gartens unterhielten, gegangen waren. Dann huschten sie quer über den Hof in das Treppenhaus, das am anderen Ende des Gebäudeteils lag, in dem sich auch die Gemächer des Statthalters befanden. Sie hetzten die Stufen hinauf, und lugten im obersten Stockwerk vorsichtig in den hohen Gang. Die Luft war rein. Schnell fanden sie ein leeres Büro, aus dem sie auf das Vordach steigen konnten. Von dort aus nahmen sie den oberen Teil des Daches in Angriff. Baldwin kletterte schnell und behände, Quintus gab sich Mühe, es ihm nachzutun. Lucretia tat sich noch schwerer, aber gerade als sie spürte, wie ihre

Kräfte sie verlassen wollten, hatte auch sie es auf das Dach geschafft. Das Rathaus war eines der höchsten Gebäude der Stadt, und von hier oben hatte man einen Ausblick über die ganze Colonia.

Während Quintus und Lucretia noch verschnauften und darauf bedacht waren, nicht auf einem Dachziegel auszurutschen, war Baldwin überwältigt vom Anblick der Stadt, von der er schon so viel gehört hatte. Ein ganzes Meer aus weißen Wänden und roten Dachziegeln, auf die die Sonne brannte, breitete sich vor ihm aus.

»Das ist unglaublich«, sagte er. »Wer hat das nur alles gebaut?«

»Vorwiegend Soldaten«, erklärte Quintus.

»Wie viele Menschen leben hier?«

»Etwa zwanzigtausend, ohne die Vororte«, sagte Quintus und ergänzte schnell: »Vielleicht so viele wie in fünfzig, sechzig germanischen Dörfern.«

Baldwin machte große Augen.

»Sehr beeindruckend«, murmelte er, und kam sich in diesem Moment klein und rückständig vor. Wie einfach doch die Lebensweise seiner Familie war.

Lucretia schaute lieber nicht hinaus auf das Häusermeer, sondern hielt den Blick auf ihre Füße gerichtet. Als sie vorhin einmal den Fehler gemacht hatte, in die Tiefe zu blicken, hatte sie sofort eine starke Beklommenheit verspürte, die sie zuvor nie gekannt hatte. Plötzlich hatte ihr Nacken zu kribbeln und das Dach unter ihr zu schwanken begonnen.

»Alles in Ordnung?«, fragte Quintus Lucretia. »Du bist so blass.«

»Alles gut«, antwortete Lucretia knapp angebunden.

»Kommt, da entlang«, sagte Quintus und balancierte vorsichtig über den First.

Unter ihnen ging es bestimmt fünfzig Fuß in die Tiefe.

Würden sie hier stolpern, konnten sie einen Sturz vielleicht knapp überleben – oder auch nicht.

»Hier muss es sein«, sagte Quintus jetzt, als sie am Rand des Daches angekommen waren, und wandte sich an Lucretia: »Ich schlage vor, wir lassen dich zu ihm hinunter.«

»Was? Mich? Nein!«, entfuhr es Lucretia. Sie war froh, noch halbwegs festen Boden unter den Füßen zu haben, und um nichts in der Welt wollte sie diese Position aufgeben.

»Es geht nicht anders. Du bist von uns dreien am leichtesten«, erklärte Quintus. Lucretia musste zugeben, dass das stimmte. Quintus spürte ihr Unwohlsein und versuchte es etwas einfühlsamer: »Es kann nichts passieren, Lucretia. Baldwin und ich halten das Seil fest. Ich bitte dich. Wir brauchen dich jetzt. Die ganze Colonia braucht dich.«

Lucretia verdrängte ihre Angst. In dieser halsbrecherischen Höhe an einem Seil zu baumeln, war wirklich das Allerletzte, was sie wollte, aber es musste wohl sein. Also versuchte sie, sich zu beruhigen, indem sie ein paar tiefe Atemzüge machte. In ihrem Magen rumorte es, und für einen kurzen Moment war ihr schwindelig, um sie herum drehte sich alles – aber das merkten die Männer nicht. Lucretia konzentrierte sich, schnappte sich dann kurz entschlossen das Seil, wickelte es sich mehrmals um die Taille und knotete es fest.

Statthalter Lappius saß auf der Bettkante in seinem Gemach. Er fühlte sich unwohl und rieb sich die Schläfen. Nach einer langen, unruhigen Nacht hatte er sich zu einer Entscheidung durchgerungen und sie am Morgen Gordianus mitgeteilt. Am Nachmittag würde er sie auf dem Forum verkünden. Er betete zu den Göttern, dass es die richtige war.

Gordianus' Wachen statteten ihm regelmäßige Kontrollbesuche ab, und selbst seine Liktoren, die ausschließlich seinen Befehlen zu gehorchen hatten, waren aus Sorge um seine Unversehrtheit auf Gordianus' Seite eingeschwenkt und erlaubten ihm nicht, seine Räumlichkeiten zu verlassen. Er durfte nur nach nebenan ins Büro gehen, um sich Schriftrollen zum Lesen zu holen, war aber ansonsten zu völliger Untätigkeit verdammt, die ihn zermürbte. Seine treuen Leibwächter waren zu Gefängniswärtern geworden. Er bereute es, sich auf diese Vorsichtsmaßnahme eingelassen zu haben.

Plötzlich hörte er ein Klopfen. Aber nicht an der Tür. Da, noch einmal. Es war hinter ihm. Er fuhr herum und erblickte durch das trübe Glas des Fensters Lucretia, die ihm zuwinkte. Lappius erschrak heftig und sprang auf. Lucretia sah es von draußen, machte eine beschwichtigende Geste und bedeutete ihm, das Fenster zu öffnen. Lappius rang nach Luft, und nachdem sich sein Puls wieder etwas beruhigt hatte, trat er vorsichtig näher und kam Lucretias Aufforderung nach.

»Entschuldige die Störung, edler Statthalter«, grüßte ihn Lucretia, in schwindelerregender Höhe über dem Pflaster baumelnd. Sie war um Höflichkeit bemüht, konnte ihr Unwohlsein aber nicht komplett verbergen.

»Moment, kennen wir uns nicht? Aus der Villa der Bulbos?«, fragte Lappius atemlos. Er wirkte verängstigt, und Lucretia konnte es ihm nach dem Mordversuch an ihm nicht verdenken.

»Richtig. Ich bin Lucretia Veturius, Freundin der Familie«, sagte sie bemüht selbstbewusst, doch das leichte Zittern in ihrer Stimme war unüberhörbar.

Lappius lugte aus dem Fenster in die Tiefe. Die Irritation über die Absurdität der Situation schien seine Furcht in den Hintergrund zu drängen. »Aber was um alles in der Welt machst du hier draußen?«, fragte er irritiert.

»Ich habe Quintus Tibur und einen Gast dabei. Wir müssen dich dringend sprechen. Dies war der einzige Weg, unbemerkt zu dir zu kommen.«

Lappius dachte nach.

Lucretia spürte, wie das Seil ihr zunehmend in die Eingeweide schnitt. Tief unter ihr lag der steinharte Boden, den sie auf keinen Fall sehen wollte, weswegen sie den Blick starr auf Lappius gerichtet hielt. Sie hoffte inständig, dass sie und Quintus beim Statthalter einen so guten Eindruck hinterlassen hatten, dass er sie als vertrauenswürdig einstufte und sie anhören würde.

Lappius hatte sich beruhigt und betrachtete fassungslos die drei Gestalten, die vor ihm standen. Den Anwalt und die Händlerstochter kannte er ja schon, wenngleich nicht in einem solchen Aufzug und nicht mit einem solchen Geruch. Höflicherweise ließ er das unkommentiert. Immerhin hatte die junge Frau wieder etwas an Gesichtsfarbe gewonnen, seit er sie durch das Fenster gezogen hatte.

»Bei allen Göttern. Wo kommt ihr her? Wo seid ihr gewesen?«, wollte er leise wissen.

»In Germanien, im Dorf meiner Vorfahren«, erklärte Quintus.

»Nachdem Gordianus' Männer versucht haben, uns zu töten, konnten wir nicht in der Stadt bleiben«, ergänzte Lucretia.

Dem Statthalter stockte der Atem. Quintus wollte etwas sagen, aber Lappius hob unterbrechend die Hand und fragte: »Moment, Moment, Gordianus hat – was …?«

»Wir haben uns nach dem Anschlag auf dem Forum in die Wohnung von Quintus Tibur geflüchtet. Kurz darauf sind Marinesoldaten gewaltsam eingedrungen«, vertiefte Lucretia ihre Ausführung selbstbewusst. Nach dem luftigen Abenteuer war es ihr noch kurz flau im Magen gewesen, doch dieses Gefühl hatte sich schnell in ein euphorisches Kribbeln verwandelt – und in Stolz.

»Aber warum sollten sie euch töten wollen?«, fragte Lappius völlig verständnislos. Und fügte mit einem Blick auf Baldwin, der ihm ganz und gar nicht geheuer vorkam, hinzu: »Und wer ist dieser Mann?«

»Zu deiner ersten Frage: Weil wir zu viel über seine Verschwörung wissen«, sagte Quintus im Flüsterton. »Und zur zweiten: Das ist Baldwin, ein angesehener Krieger vom Stamm der Usipeter und mein Freund seit Kindertagen. Ohne ihn wären wir nicht zurück über den Rhenus gekommen, und er ist hier, um den Kooperationswillen der Germanen zu demonstrieren.«

Lappius betrachtete den Usipeter genauer. Baldwin war der erste freie Germane von der rechten Flussseite, dem Lappius begegnete. Der Fremde war groß und kräftig, so wie man es sich über die Wilden erzählte. Aber er hatte eigentlich ein sympathisches Gesicht. Und seine Zähne sahen gar nicht aus wie das Gebiss eines Raubtiers, als er freundlich lächelte. Er wirkte wie ein ganz normaler Mensch.

»Guten Tag und danke für den Empfang«, stellte sich Baldwin höflich vor. Lappius verstand zwar kein Wort dieser Sprache, die für ihn rau und kehlig klang, aber es waren doch keineswegs die Laute eines Tieres, wie man sie den Unbezwungenen oft andichtete. Quintus übersetzte, und der Statthalter nickte Baldwin anerkennend zu.

»Ich hatte mir euren Fürsten größer vorgestellt«, sagte Baldwin zu Quintus, der das nun lieber nicht übersetzte.

»Von welcher Verschwörung redet ihr?«, kam Lappius zur Sache. Sein Gefühl, dass Gordianus eigene Ziele verfolgte, hatte ihn also nicht getäuscht. Umso gespannter war er jetzt, die Perspektive seiner Gäste zu hören.

»Der Anschlag auf dich ist nicht von Germanen verübt worden, sondern von Verrätern aus den eigenen Reihen«, begann Quintus.

»Gordianus wollte dich ängstigen und isolieren. Und wie es

aussieht«, sagte Lucretia und blickte sich um, »ist es ihm gelungen.«

»Einer meiner eigenen Leute hat auf mich geschossen? Das kann ich nicht glauben«, erwiderte Lappius empört.

»Der Schütze war sehr geschickt. Die Pfeile trafen genau dort, wo sie sollten. Sonst wärst du längst im Elysium, verehrter Prokonsul«, entgegnete Quintus mit einem Seitenblick auf die Tür, hinter der er Lappius' Bewacher vermutete.

»Auch an den Überfällen, die die Umgebung wochenlang geplagt haben, war kein einziger Germane beteiligt«, fuhr Lucretia fort. »Es waren enge Vertraute des Admirals, die mit einer Inszenierung die Furcht der Bevölkerung befeuern sollten.«

Lappius konnte, wollte nicht glauben, was er hörte, und sprang auf: »Das geht aber nun doch zu weit. Wie kommt ihr denn auf solche Theorien? Das ist doch reiner Unsinn. Ich hätte euch für klüger gehalten!«

»Es sind keine Theorien, es sind Fakten. Bitte hör uns weiter an«, bat ihn Quintus mit besänftigender Stimme.

»Wir sind durch umfassende Nachforschungen zu unseren Schlüssen gelangt. Es gab zwei wesentliche Spuren, die wir verfolgt haben: Ein Bild in Form eines Dreizacks, das meine sterbende Freundin mir unmittelbar nach dem Überfall mit ihrem Blut auf den Unterarm gemalt hat. Es führte uns zu ihrem Mörder, der eine solche Tätowierung an der gleichen Stelle trug. Und dieser Mann war ein Römer namens Livio, ein Marinesoldat aus dem Umfeld des Optio Marcus Vorenus, der rechten Hand des Admirals.«

Das war für Lappius schon nachvollziehbarer. Er hatte von Livios Tod gehört – seine Leiche war im Hafenbecken gefunden worden. Das war ihm gleich schon seltsam vorgekommen. Und Vorenus, dem er auch einmal begegnet war, war ihm verschlagen erschienen.

»Dieser Livio ist ertrunken, richtig?«, fragte Lappius und ergänzte: »Ein merkwürdiger Zufall.«

»Kein Zufall. Wir haben Cordia, eine erfahrene germanische Hebamme und Heilerin, die Leiche untersuchen lassen«, wandte Quintus ein.

»Ihr wart fleißig«, kommentierte der Statthalter anerkennend. Auch wenn er das alles noch nicht fassen konnte, so fand er das, was er hörte, doch so fesselnd, dass er unbedingt mehr wissen wollte.

Lucretia erklärte: »Der Mann ist durch einen Schlag auf den Schädel gestorben. Es liegt nahe, dass Livio von seinen eigenen Kameraden aus dem Weg geräumt wurde. Vielleicht, weil er Gewissensbisse hatte und auspacken wollte.«

»Du hast vorhin noch eine zweite wesentliche Spur erwähnt. Welche ist das?«, hakte Lappius nach.

»Ein Fund in der Villa Bulbo, wo wir uns zum ersten Mal begegnet sind, edler Lappius«, fuhr Lucretia fort. »Während des Überfalls wurde dort ein Geheimfach mit Wertgegenständen geplündert. Es war allerdings hervorragend getarnt. Kein Eindringling, erst recht kein Germane, dem eine solche Art des Verstecks völlig fremd ist, hätte es finden können.«

»Nur der Hausherr kannte das Versteck?«, dachte Lappius mit.

»Das nahmen wir zuerst auch an. Ich habe dann noch mal mit Aemilius Bulbo geredet. Ihm ist eingefallen, dass sein Neffe bei einem Besuch zufällig das geöffnete Fach gesehen hatte. Und dieser Neffe ist kein Geringerer als der Optio Marcus Vorenus«, schloss Lucretia.

»Dann muss Vorenus Teil der Räuberbande gewesen sein, es geht gar nicht anders«, stellte Lappius tonlos fest. Ein beklemmendes Gefühl überkam ihn. Wem konnte er hier überhaupt noch trauen?

»Nun, und zur Krönung des Ganzen haben wir zufällig aus

nächster Nähe miterlebt, wie das Schwert aus dem Tempel gestohlen worden ist. Eine weitere Tat, die man den Germanen in die Schuhe geschoben hat, obwohl sie rein gar nichts damit zu tun haben«, sagte Quintus, der sich den besten Part bis zum Ende aufgehoben hatte.

»Wie bitte? Ihr wart Augenzeugen? Wie denn das?«, fragte Lappius, der nun gar nichts mehr verstand.

»In der Nacht haben wir uns beim Südtor auf die Lauer gelegt. Wir wollten herausfinden, wie die Räuber in die Stadt gelangen«, sagte Lucretia.

»Das habe ich mich tatsächlich auch gefragt: Wie sind sie immer so einfach reingekommen?«, gab Lappius zu, gab sich aber nach kurzem Nachdenken selbst die Antwort: »Lasst mich raten. Die Wachen am Tor waren Verbündete und haben die Schurken einfach durchgelassen.«

»Volltreffer«, bestätigte Quintus. »Sie stecken unter einer Decke. Daher haben die Räuber den Wächter am Marstempel auch nicht getötet, sondern ihm nur einen Kinnhaken verpasst, um es wie einen Überfall aussehen zu lassen. Er hat ihnen Cäsars Klinge freiwillig ausgehändigt.«

»Weil er Teil der Bande war«, sagte Lappius leise und mehr zu sich. Sein Gehirn arbeitete auf Hochtouren, während er das Puzzle zusammensetzte. Tatsächlich ergab alles, was seine Besucher ausführten, immer mehr Sinn und passte auch zu seinen eigenen Beobachtungen. »Und das Schwert ist sicher nicht in Germanien«, stellte er fest.

»Ganz bestimmt nicht«, antwortete Quintus. »Ich würde alles, was ich habe, darauf verwetten, dass Gordianus es zu seinem persönlichen Besitz auserkoren hat. Wusstest du, dass der Admiral sich für einen Nachfahren Julius Cäsars hält?«

»Nein. Aber … wenn das tatsächlich so ist, dann glaubt er vielleicht sogar, dass er sich nur genommen hat, was ihm auch zusteht«, überlegte Lappius. »Dieser Verbrecher hat mich von Anfang an hintergangen und benutzt. Und ich habe mich einlullen lassen, bin wie ein Frischling in seine Falle getappt!«

Lappius wollte wütend mit der Faust auf den Tisch schlagen, konnte sich aber eben noch bremsen, als ihm einfiel, dass das seine Bewacher alarmieren würde.

»Mach dir keinen Vorwurf, edler Statthalter. Der Admiral hat all das monatelang, vielleicht jahrelang ausgeheckt. Lang bevor überhaupt feststand, dass du hier Verwalter werden würdest«, tröstete ihn Lucretia.

Lappius' Körper straffte sich. Er sah erst Quintus, dann Lucretia und zuletzt Baldwin lange an. Quintus zitterte innerlich und betete zu allen Göttern, sowohl zu den römischen als auch den germanischen, dass der Statthalter ihnen glauben und angemessen reagieren würde. Wenn die Ergebnisse ihrer Ermittlungen ungehört verhallten, würde es Krieg geben. Tausende, vielleicht Zehntausende Menschenleben hingen an diesem einen Moment.

Und dann endlich sprach Aulus Bucius Lappius Maximus den erlösenden Satz: »Wie können wir ihn aufhalten?«

49 XLIX

Am späten Nachmittag drängten sich die Agrippinenser wieder auf dem Forum, bereits zum dritten Mal in kurzer Zeit. Was konnte so wichtig sein, dass sich der Statthalter erneut dem Volk zeigte, wo man doch eben erst einen Anschlag auf ihn verübt hatte? Die Menge war heute noch stiller als beim letzten Mal, und die meisten Bürger waren sich sicher: Das war der Tag, an dem Lappius endlich den Krieg ausrufen würde. Gordianus, der sich einige Fuß hinter dem Statthalter postiert hatte, hatte bereits erfahren, was Lappius verkünden würde, und trug einen triumphierenden Ausdruck im Gesicht, als hätte man ihn höchstselbst zum Kaiser gekürt.

Lappius wollte heute kein Risiko eingehen, seine Liktoren waren rings um ihn angeordnet. Er hatte seiner Leibwache eingeschärft, den Verräter nicht aus den Augen zu lassen. Der Marktplatz war bis zum Bersten gefüllt, Tausende Augenpaare waren gespannt auf den Statthalter gerichtet, der sich auf dem Rostrum in der Exedra an der höchsten Stelle des Forums vor der mächtigen, kunstvoll bemalten Marmorstatue von Kaiser Domitian platziert hatte.

Quintus und Lucretia hatten sich unter das Volk gemischt. Das bevorstehende Schauspiel durften sie sich auf keinen Fall entgehen lassen. Lucretia war mit ihrer Kopfgeldjäger-Aufmachung ohnehin noch gut getarnt, und Quintus hatte von Lappius ein altes Bettlaken bekommen, in das er sich gehüllt hatte. Dreckig wie sie waren, gingen sie mit Leichtigkeit als Bettler durch.

Baldwin konnte dem großen Moment hingegen nicht beiwohnen. Ein Bad in der Menge war ihm nicht geheuer gewesen und er hatte sich zu seiner eigenen Sicherheit entschieden, im Privatgemach des Statthalters zu bleiben.

Im Publikum waren auch Magnus und Cäcilia. Sie waren außer sich vor Sorge um ihre verschwundene Tochter. Jeden, den sie kannten, hatten sie gefragt, ob er Lucretia gesehen hätte, aber sie war wie vom Erdboden verschluckt. Auch Pola stand weiter hinten in der Menge. Sie war entsetzt gewesen, als sie bei ihrer Rückkehr von dem dekadentesten Fest, das sie jemals besucht hatte, ihre Wohnung völlig demoliert vorgefunden hatte. Nachbarn hatten ihr vom Eindringen der Stadtwache berichtet, und sie konnte das alles überhaupt nicht einordnen.

Statthalter Lappius ließ den Blick über die Menge schweifen. Plötzlich beschleunigte sich sein Atem. Auf seiner Stirn bildeten sich Schweißperlen. Seine Hände begannen zu beben. Er ballte sie schnell zu Fäusten, schloss die Augen und atmete einige Male tief ein und aus. Als er sie wieder öffnete, lag darin ein entschlossener Blick. Er machte einen Schritt nach vorn, hob die Hände und fing mit lauter Stimme zu sprechen an.

»Bürger der Colonia, ich grüße euch! Wie ihr sehen könnt, bin ich gesund. Nichts kann mich davon abhalten, mein Amt auszuüben, wie es meine Pflicht ist.«

Erleichterung war spürbar und die Menge klatschte Beifall.

»Ich habe euch heute zusammenrufen lassen, um einen historischen Wendepunkt in der Beziehung von Römern und Germanen zu verkünden«, fuhr er fort.

Menschen auf dem Forum, aus den verschiedensten Ländern und Kulturen, sahen einander angespannt an. Quintus und Lucretia hingegen wurden nervös. Jetzt wurde es ernst. Die Würfel waren gefallen, und sie konnten nichts mehr tun, als zu hoffen, dass das Spiel zu ihren Gunsten ausging.

Gordianus stand mit stolzgeschwellter Brust da und schien noch einige Handbreit zu wachsen. Dies war der Moment, auf den er so lange hingearbeitet hatte. Die Flotte wartete nur noch auf den Marschbefehl.

Lappius leckte sich nervös über die Lippen und straffte sich. »Die große Nachricht möchte ich euch aber nicht allein überbringen«, fuhr er dann souverän fort. »Ich bitte euch, liebe Agrippinenser, würdevoll und höflich unsere Ehrengäste zu begrüßen. Sie haben einen weiten Weg hinter sich.«

Er drehte sich nach links. Dort traten vier Gestalten aus dem Säulengang, die von zwei Liktoren flankiert wurden. Die Menge traute ihren Augen nicht: Es waren große Männer in einer Tracht, wie sie im freien Germanien getragen wurde. Wilde! Der Feind war hier!

»Wiglaf, Fürst der Marser. Gudmunt, Herrscher der Sugambrer. Gerbod, Herzog der Tenkterer. Und König Adalbert von den Usipetern«, rief Lappius aus.

Die Zuschauer waren verwirrt. Fast noch mehr die anwesenden Marinesoldaten, die sofort die Schilde hoben und Lanzen anlegten, als glaubten sie, die germanischen Herrscher wollten gleich über sie herfallen. Am schlimmsten traf es jedoch Gordianus. Er stand plötzlich wie gelähmt, und die Verwirrung stand ihm ins Gesicht geschrieben.

Die Reaktion der Menge ließ nicht lange auf sich warten:

»Was machen die hier? Raus aus unserer Stadt!«, schrie eine Frau.

»Wir wollen diese Monster hier nicht haben!«, rief ein Mann, und Hunderte Stimmen riefen ähnliche Verwünschungen.

Quintus zog sich das Laken vorsorglich noch etwas tiefer ins Gesicht, und auch Lucretia wurde es leicht mulmig zumute. Doch eine herrische Geste des Statthalters ließ wieder Ruhe einkehren. Die Germanenfürsten schritten ruhig und mit würdigen, ernsten Gesichtern auf Lappius zu, hielten dann aber in gemessener Entfernung an und stellten sich nebeneinander auf.

»Ich habe noch nie so viele Menschen auf einmal gesehen«, knurrte Gudmunt zum jungen Wiglaf, der neben ihm stand.

»Das alles hier kommt mir vor wie ein Traum«, raunte Wiglaf zurück, der von der Colonia sichtlich beeindruckt, aber auch etwas eingeschüchtert war. Er hatte einen großen Weidenkorb mit sich getragen, der nun vor ihm auf dem Boden stand.

Lappius drehte leicht den Kopf, um Gordianus' Reaktion aus dem Augenwinkel zu betrachten, und registrierte zufrieden dessen schockierten Gesichtsausdruck.

Die germanischen Fürsten hatten flussabwärts ein Handelsschiff abgepasst, das vom Mare Germanicum kam. Sein Kapitän war ein britannischer Händler namens Tetumus, den König Adalbert kannte, da sein Stamm auch Waren von ihm kaufte. Tetumus legte schon seit Jahren regelmäßig in der Colonia an und war der Hafenbehörde hinlänglich bekannt, so dass das Schiff ohne Überprüfung in den Hafen einlaufen konnte. Gegen eine hübsche Summe Silber hatte sich Tetumus bereit erklärt, die heikle Fracht zu befördern. Nachdem Lucretia und Quintus dem Statthalter den Plan erklärt hatten, wurden die Fürsten am Hafen bereits von zwei seiner treuesten Liktoren erwartet. Zudem waren loyale Wachen an einem Tor auf den Besuch vorbereitet worden, so dass die germanischen Fürsten in die Stadt gelangen konnten, ohne behelligt zu werden. Dieses Vorgehen war nicht ohne Risiko gewesen. Aber es hatte funktioniert.

»Ihr alle wisst von den Überfällen, die unsere Stadt erschüttert haben«, hallte Lappius' Stimme weit übers Forum, während Gordianus hinter ihm leichenblass wurde. »Viele von euch haben ihr Hab und Gut verloren, manche sogar Verwandte oder Freunde. Doch ich habe euch versprochen, diese Verbrechen aufzuklären. Nun löse ich mein Versprechen ein und verkünde euch hier und jetzt die Wahrheit.«

Er ließ seine Worte kurz wirken, und sprach dann: »König Adalbert möchte einige persönliche Worte der Erklärung an euch richten. Ich werde für ihn übersetzen.«

Wie am Vortag den Germanenfürsten hatte Quintus auch Lappius genauestens die Geschichte eingebläut, die es der Öffentlichkeit zu präsentieren galt. Vielleicht würde es keine wortgenaue Übersetzung werden, doch der Inhalt zählte.

Als Adalbert seinen Namen hörte, trat er wie abgesprochen vor und stellte sich auf die oberste Stufe der Treppe, die zum Marktplatz hinunterführte. Er holte tief Luft. Er war aufgeregter, als man es ihm ansehen konnte. Er war es gewohnt, große Reden zu schwingen – aber nur vor höchstens hundert Leuten. Das hier war etwas ganz anderes. Und er wusste nun, was Quintus auf dem Thingplatz damit gemeint hatte, als er erklärte, dass die Welt viel größer wäre, als die Germanen ahnten, und dass sie darin ihren neuen Platz finden mussten.

»Liebe Agrippinenser«, begann er auf Germanisch. »Wir, die Häuptlinge der benachbarten Stämme, möchten uns bei euch in aller Form entschuldigen.«

Lappius übersetzte. Die Menge gab keinen Mucks von sich, zu groß war die Überraschung über diesen unerwarteten Auftritt eines leibhaftigen Barbarenkönigs auf ihrem Forum.

»Auch wir waren von den Überfällen auf eure wunderschöne Stadt sehr überrascht. Durch einen Gesandten, der sowohl römischen als auch germanischen Blutes ist, haben wir erst vor kurzem davon gehört.«

Quintus musste bei seiner Erwähnung unwillkürlich grinsen.

Lappius übersetzte. Noch gab es keine große Reaktion der

Bürger, sie lauschten still. Gordianus hingegen räusperte sich nervös.

»Warum darf der reden und nicht ich? Ich bin viel älter«, murrte Gudmunt leise.

»Sei still und hör zu«, zischte Gerbod. »Wenn das hier schiefgeht, kommen wir nicht mehr lebend aus diesem kahlen Steinhaufen raus.«

Adalbert fuhr fort: »Unsere Stämme haben sich miteinander verständigt. Wir stellten fest, dass keiner von uns hinter den abscheulichen Taten steckt. Doch wir fanden heraus, wer die Täter sind: Abtrünnige, die ihr Leben als Räuber bestreiten und auch auf unserer Seite des Rheins ihr Unwesen treiben.«

Lappius übersetzte – beziehungsweise gab das wieder, was mit Quintus abgesprochen war. Er selbst verstand natürlich kein Wort von dem, was der alte König von sich gab.

Zum ersten Mal ging ein Raunen durch die Menge.

»Endlich könnt ihr, Bürger der Colonia, wieder aufatmen und ruhig schlafen, so wie es auch die Männer, Frauen und Kinder in unseren Dörfern können. Wir haben die Missetäter gefasst, und ihnen das gegeben, was ihnen zusteht.«

Der Statthalter gab die Worte des Königs auf Latein wieder. Aus dem Publikum waren erste verhaltene Freudenrufe zu vernehmen, und irgendwo begann eine Frau erleichtert zu schluchzen. Doch der Großteil der Agrippinenser konnte oder wollte noch nicht glauben, was er da hörte, und starrte wie gebannt Lappius und seine seltsamen Gäste an.

Wer sich gefragt hatte, was der geheimnisvolle Korb enthielt, den Wiglaf herangeschleppt hatte, bekam nun die Antwort. Adalbert nickte Wiglaf leicht zu, der den Korb zu ihm brachte und auf der obersten Treppenstufe abstellte.

Auf dem Forum war es nun so still, dass man eine Haarnadel hätte fallen hören.

Mit einem kräftigen Tritt stieß der König den Korb um, der

Deckel öffnete sich und die blutverschmierten Köpfe von vier bärtigen Männern rollten heraus. Die Menge schrie entsetzt auf. Die Köpfe kullerten mit einem dumpfen Geräusch die Treppe hinunter auf die Zuschauer zu, die schreiend vor dem grausigen Schauspiel zurückwichen.

Quintus lachte in sich hinein. Diese Idee war von den Germanen selbst gekommen. Nach langen Diskussionen hatten die Fürsten sich mit den Familien einiger kürzlich Verstorbener darauf geeinigt, dass deren Leichen exhumiert und für diese Inszenierung benutzt werden durften. Mit etwas Schweineblut darauf sahen sie ganz frisch aus. Für ihr Opfer im Namen des Friedens würden die Männer in Gimle auf ewig reich belohnt werden.

Als das Publikum den ersten Schock überwunden hatte, brandete frenetischer Applaus auf, und zahlreiche Bürger schrien ihre Erleichterung heraus. Es hatte funktioniert, die Agrippinenser kauften diese Geschichte, die so gar nichts mit der Wahrheit zu tun hatte.

Lappius nutzte diesen positiven Schwung. Er trat demonstrativ neben Adalbert und legte freundschaftlich eine Hand auf seine Schulter, ohne dabei jedoch zu anbiedernd oder vertraut zu wirken. Auch Adalbert fand in seiner Erwiderung der Geste das richtige Maß. Die beiden Männer nickten sich versöhnlich zu, und der Germanenkönig trat wieder zurück zu seinesgleichen.

»Ich danke euch, ehrenwerte Fürsten«, hob Lappius an. »Mit eurem selbstlosen Einsatz habt ihr unsere Stadt vor einer Katastrophe bewahrt, und wir sind euch zu ewigem Dank verpflichtet.« Dann wandte er sich an sein Volk: »Liebe Bürger, wir alle, ich eingeschlossen, sind Opfer unserer Vorurteile geworden. Wir können keine Gruppe von Menschen für ein Verbrechen verurteilen, das nur einige wenige begangen haben.«

Lucretia hoffte, dass Lappius mit dieser positiven Botschaft ins Schwarze traf, und es schaffen würde, die entzweite Gemeinschaft wieder zusammenzubringen. Diese Hoffnung schien nicht unberechtigt. Zustimmendes Gemurmel erhob sich in der Menge. Die Menschen sehnten sich bei den Wirren der letzten Wochen nach Frieden. Auch Gordianus hatte wohl rasch seine Taktik angepasst und zeigte wieder seine stolze Miene, als sei das Ganze sein Verdienst.

Lappius appellierte: »Während die Germanen links des Rhenus seit Jahrzehnten Freunde, Ehepartner oder Kinder von Römern sind, erscheinen uns die Germanen rechts des Flusses nach wie vor fremd. Dabei sind es Menschen, die nur in Frieden leben wollen, so wie wir. Wir werden weiter aufeinander zugehen, damit Missverständnisse wie dieses nie wieder auftreten.«

Applaus ertönte, der langsam lauter wurde. Die Menge war noch unsicher, ob sie sich der Meinung des Statthalters anschließen sollte. Zu tief hatten sich in vielen Köpfen die Schauergeschichten eingeprägt, die man sich über die Fremden erzählte.

Lappius deutete nun an das offene, östliche Ende des Forums: »Seht, unsere Ara. Das größte Heiligtum weit und breit. So wichtig ist dieser Altar, dieses Bindeglied zwischen unserer Welt und der der Götter, dass er im Namen unserer Stadt verewigt ist.«

Hunderte Köpfe in der Menge drehten sich und schauten nun mit einer Mischung aus Stolz und Ehrfurcht zu dem gewaltigen, erhöhten Altar.

Gordianus wollte den Moment ausnutzen, in dem alle Augen auf den Altar gerichtet waren, und hielt nach einem Fluchtweg Ausschau. Doch zu allen Seiten standen Liktoren, während er von seinen Mitverschwörern keinen zu entdecken vermochte.

»Auf diesem Altar opfern nicht nur wir Römer unseren Göttern, sondern auch diejenigen Germanen, die unsere Lebensweise angenommen haben, den ihren. Ich finde, dass auch die Stämme rechts des Rhenus das Recht haben sollten, ihren Glauben bei uns zu leben. Daher habe ich beschlossen, dass einmal im Jahr eine Zusammenkunft stattfinden soll, bei der auch die, die uns noch fremd sind, mit uns gemeinsam eine Zeremonie durchführen. Mit dieser Congregatio werden wir einen neuen, dauerhaften Bund der Einigkeit in ganz Germanien schließen, auf dass wir noch Hunderte Jahre in Frieden leben, Handel treiben und miteinander gedeihen können«, schloss Lappius seine Rede und schüttelte dann demonstrativ jedem der Germanenfürsten die Hand.

Die Menge war begeistert. Tosender Beifall erklang, und Jubelrufe ertönten. Auch Gordianus applaudierte nun gezwungenermaßen. Lappius war zufrieden mit sich. Er hatte seine drohende Niederlage in einen gewaltigen Sieg verwandelt. Gestern hatte er noch als überfordert gegolten, heute war er die Lichtgestalt, der große Einiger. Gordianus starrte ihn von hinten finster an, aber der Statthalter erwiderte seinen Blick nicht, sondern winkte seinen Bürgern und genoss den Moment seines Sieges, wohl wissend, dass er den Verräter in seinem Rücken damit zur Weißglut trieb.

»Wir haben es geschafft!«, rief Lucretia triumphierend.

Die beiden Ermittler fielen sich glücklich in die Arme, nur um sich nach einem Moment leicht beschämt wieder voneinander zu lösen.

50 L

Nach dem öffentlichen Auftritt bat Lappius die vier Germanenfürsten und Gordianus in sein Büro im Prätorium.

Lappius hatte dem Admiral keine Wahl gelassen. Dieser Triumph müsse schließlich gefeiert werden, hatte er Gordianus vorgeheuchelt, und als einer der wichtigsten Männer der Provinz würde er bei der Zusammenkunft der Anführer natürlich nicht fehlen dürfen. Als sich Gordianus trotzdem unter einem Vorwand aus der Affäre hatte ziehen wollen, hatte Lappius ihn sogar vermeintlich scherzhaft gefragt, ob er etwas zu verbergen hätte, was Gordianus natürlich verneinte und sich zähneknirschend gefügt hatte.

Gordianus war nun sichtbar bemüht, seine kühle, selbstbewusste Fassade aufrechtzuerhalten. Ein Teil von ihm schien immer noch zu hoffen, dass die Inszenierung nichts mit ihm zu tun hatte und dass seine Rolle bei der Verschwörung vielleicht nicht aufgedeckt würde.

Als die Tür geschlossen war, postierten sich zwei Liktoren neben Lappius, der sich an seinen Schreibtisch setzte, während zwei weitere neben der Tür in Position gingen. Gordianus ergriff als Erster das Wort.

»Welch eine Überraschung«, rief er. »Und welch ein Triumph, edler Lappius. Auch ich hatte unsere Gäste zu Unrecht verdächtigt, und ich danke den Göttern, dass ihr die Wahrheit ans Licht gebracht habt, bevor wir einen schrecklichen Fehler machen konnten.«

Lappius lächelte Gordianus nur kalt an, der sich weiterhin alle Mühe gab, sich nichts anmerken zu lassen, und angefangen hatte, bei den Germanenfürsten mit kleinen ungelenken Verneigungen Respekt und Dank zu heucheln.

Da öffnete sich die Tür zum Nebenzimmer, und Quintus und Lucretia traten, von Baldwin begleitet, ein.

»Ihr!«, rief Gordianus, und kurz entgleiste ihm die Miene.

»Wir«, bestätigte Quintus grinsend, während Baldwin seinem König zuzwinkerte.

Adalbert zwinkerte zurück. Die Germanen hatten das Richtige getan und waren sich sicher, dass sie von diesem Schritt, der sie einiges an Überwindung gekostet hatte, noch lange profitieren würden.

»Du hast verloren, Gordianus«, stellte Lappius fest und lehnte sich genüsslich in seinem Stuhl zurück.

»Ich weiß nicht, wovon du redest«, antwortete Gordianus. Dass er dabei allerdings hektisch zwischen den Anwesenden hin und her schaute, verlieh ihm keine Glaubwürdigkeit.

»Ich weiß es dafür nur um so besser, Admiral«, sagte Lappius. »Die manipulierten Pfeile. Die falschen Gesichtsbemalungen. Unschuldige germanische Jäger, die zu Unrecht vor Gericht gezerrt wurden, nur um das Bild vom marodierenden Wilden in den Köpfen der Bürger zu verankern. Ein ausgefeilter Plan, das muss ich dir lassen.«

»Ich weiß wirklich nicht, wovon du redest, edler Statthalter. Habe ich nicht alles getan, um diese Stadt zu schützen? Um dich zu schützen?«, appellierte der Admiral an dessen Dankbarkeit.

»Du hast mich vor einem Anschlag gerettet, den du selbst in Auftrag gegeben hast. Einer meiner treuen Liktoren war das Bauernopfer. Allein dafür solltest du schon hängen«, sagte Lappius hart.

Gordianus schluckte. Dann schaute er grimmig zu Quintus und Lucretia herüber. Es war offensichtlich, dass diese elenden Schnüffler hinter allem steckten. Er durchbohrte sie mit

Blicken, als würde er ihnen am liebsten sein Schwert in den Bauch rammen.

Doch Quintus und Lucretia hielten seinem Blick ungerührt stand.

»Die Soldaten, die an deiner Verschwörung beteiligt waren und die Villen überfallen haben, um Angst und Schrecken zu verbreiten, und die für dich in den Krieg gezogen wären … die haben wir übrigens bereits aus dem Verkehr gezogen und den Germanen geschenkt – Dutzende kräftiger Sklaven als Geste der Wiedergutmachung«, erklärte Lappius ungerührt.

In der Tat würden Marcus Vorenus, Barsemias und die anderen von nun an auf der anderen Seite des großen Flusses leben müssen und weniger wert sein als Hunde, wie Quintus aus eigener Erfahrung wusste. Das konnte schlimmer sein als der Tod – je nachdem, an welchen Besitzer man geriet.

»Einer Verschwörung?«, gab sich Gordianus empört. »Davon habe ich keine Kenntnis. Doch wenn meine Männer in so etwas verwickelt waren, verdienen sie jede Strafe, die du ihnen auferlegst.« Gordianus zog nun alle Register, er nickte langsam, als würde er sich an etwas erinnern und jetzt eins und eins zusammenzählen. »Sie haben sich bei mir über zu wenig Sold beklagt. Und gemurrt, dass sie Soldaten seien und keine Handwerker. Dass ein Krieg uns guttun würde, uns reich machen würde. Aber ich habe das immer von mir gewiesen und versucht, den Haufen zusammenzuhalten. Ich dachte, ich hätte das geschafft.«

»Ach wirklich?«, fragte Lappius. Dann öffnete er die Schublade seines Schreibtisches, zog das Schwert Cäsars heraus, das in einer mit Edelsteinen prächtig verzierten Scheide steckte, und legte das wertvolle Artefakt behutsam vor sich auf den Tisch. Gordianus starrte es entgeistert an.

»Während wir auf dem Forum waren, haben meine Liktoren das hier in einer gut verschlossenen Kiste in deinem

Gemach gefunden. Keiner weiß besser als du, worum es sich handelt, nicht wahr?«

Gordianus stand nun mit offenem Mund da. Er rang mit sich.

Lappius provozierte ihn weiter: »Cäsar war dein Vorfahr, denkst du? Und du wolltest ihm nachfolgen? Ihn vielleicht sogar übertreffen? Mit dieser Klinge wärst du im Krieg gegen die Germanen an der Spitze der Rheinflotte gesegelt und hättest deine Männer in die siegreiche Schlacht geführt. Gordianus wäre als großer Held in die Geschichte eingegangen. Als der Feldherr, der Germanien endgültig unterworfen hat. Wer weiß, vielleicht hättest du dadurch sogar zum Kaiser aufsteigen können. Besser als die Flachpfeifen in Rom wärst du dieser Aufgabe allemal nachgekommen! Oder etwa nicht?«

Diese Worte stachen dem Admiral wie Nadeln ins Fleisch, und sein Gesicht lief rot an. Es war deutlich, dass Lappius ihn empfindlich getroffen hatte.

»Gleich gesteht er alles«, flüsterte Lucretia Quintus zu.

»Ich kann es kaum erwarten«, raunte Quintus zurück.

Es war ganz still im Raum. Auch die Liktoren, die normalerweise keine Miene verzogen, starrten nun gespannt zu Gordianus herüber.

»Ihr glaubt, mich zu kennen. Aber ihr irrt euch«, zischte der Admiral und spuckte den Anwesenden die Worte geradezu vor die Füße. »Ich bin ein Nachfahr Cäsars, ja, so weiß es meine Familie. Aber ich wollte das Schwert nicht behalten. Es hätte mir persönlich nichts genützt.«

Mit einer dramatischen Handbewegung fuhr er fort: »Nein, viel nützlicher wäre es als das gewesen, was es ist – als Symbol. Nachdem wir Germanien dem Erdboden gleichgemacht hätten, wäre ich mit dem Schwert in die Colonia heimgekehrt. In einer großen, feierlichen Zeremonie hätte ich es zurück in den Marstempel gebracht, wo es hingehört. Und die Bürger hätten gesagt: ›Gordianus hat richtig gehandelt. Er hat Roms Ehre gerettet. Den Beweis hält er ja in Händen. Das war jedes Opfer wert.‹«

Gordianus holte tief Luft. Einen Moment wirkte er abwesend und seine Augen starrten reglos in die Ferne.

»Was aus mir danach geworden wäre?«, nahm er seinen Monolog danach wieder auf, und fuhr in bitterem Ton fort: »Das weiß ich nicht. Ein Kriegsheld, sicher. Damit hätte ich mich zufriedengegeben. Jemand mit meiner einfachen Herkunft kann es im Reich sowieso nicht bis an die Spitze schaffen. Da habe ich mir nie etwas vorgemacht.«

Lappius nickte zufrieden. Aber für Quintus waren noch nicht alle Fragen beantwortet: »Wenn nicht für Ruhm und Ehre, für was das alles? Reichtum?«

Der Admiral drehte sich zu Quintus. »Quintus Tibur! Wer hätte gedacht, dass ich an einem einfachen Rechtsverdreher scheitere. Und einem … Mädchen«, stieß er verachtend hervor.

»Diese junge Frau ist um einiges klüger als du, und auch eine größere Patriotin. Du solltest dir lieber ein Beispiel an ihr nehmen«, schaltete sich Lappius wieder ein.

Lucretia schmeichelte es, dass er offenbar große Stücke auf sie hielt, doch Gordianus brachte das zur Weißglut.

»Größere Patriotin? Dass ich nicht lache. Wofür ich das alles getan habe? Für Rom. Nur für Rom!«

»Wie kann ein Krieg, der durch Lügen herbeigeführt wird und bei dem Tausende Unschuldige sterben, im Sinne Roms sein?«, fragte Lucretia entgeistert.

»Rom ist nur mächtig, solange es seine Grenzen weiter ausdehnt«, rief Gordianus genervt. Offenbar hielt er die Umstehenden für ungebildet. Oder begriffsstutzig. Oder beides.

»Das Imperium ist ein gewaltiger, schwerfälliger Apparat geworden, der sich mit gigantischen Staatsausgaben von innen heraus selbst auffrisst. Und je größer er wird, desto schwerer ist er in Gang zu halten. Aber dafür braucht man nicht nur Geld, das in Germanien ohnehin nicht zu holen ist, sondern vor allem …«

Quintus ging ein Licht auf: »Sklaven!«

»Genau!«, rief Gordianus aus. »Das ganze Reich dreht sich nur wie ein gut geöltes Rad, solange Sklaven es antreiben. Aber auch Sklaven werden alt und sterben. Jede verlorene Arbeitskraft schwächt das Reich. Und wer keine Kriege führt und neues Land erobert, dem gehen diese Arbeitskräfte schon innerhalb einer Generation aus. Sklaven wachsen nicht auf Bäumen. Die muss man sich nehmen.«

Er ließ seinen Blick über den Statthalter, seine Leibwächter, über die Germanenfürsten, über Lucretia, Quintus und Baldwin gleiten.

»Ohne Sklaven wird Rom untergehen. Ich bin kein Verräter«, schloss Gordianus seine Ausführungen.

»Danke für dein Geständnis. Es ehrt dich. Und ich glaube dir, dass dir deine Prinzipien immer wichtiger waren als jede Bereicherung. Aber dir ist klar, Gordianus, dass du diesen Raum nicht ungestraft verlassen wirst. In deinem Namen wurde gemordet und geplündert. Großer wirtschaftlicher Schaden wurde angerichtet. Und das Schlimmste ist, du hast die Colonia an den Rand eines Bürgerkrieges getrieben.«

»Ich akzeptiere jede Strafe«, sagte Gordianus fest.

»Hast du eine Ahnung, worüber die reden?«, raunte Gerbod dem König der Usipeter zu.

»Sie diskutieren seine Strafe, nehme ich an«, flüsterte der alte Adalbert zurück.

»Weil du gestanden hast und dich kooperativ zeigst, lasse ich dir die Wahl«, meinte Lappius. »Entweder kannst du selbst zum Sklaven werden und deinen Männern im germanischen Urwald Gesellschaft leisten. Dann liegt dein Schicksal in den Händen derer, die du zu Unrecht bezichtigt hast. Oder du beendest die Sache hier und jetzt.«

Gordianus atmete langsam aus. Beide Aussichten waren wenig erheiternd. Ganz still stand er mit gesenktem Kopf da, wie ein Mann, der wusste, dass ihm kein Ausweg mehr blieb und er am Ende seines Weges angelangt war. Gordianus nahm Haltung an. »Helft mir, die Rüstung auszuziehen«, forderte er die Liktoren entschlossen auf.

Zwei Liktoren legten ihre Rutenbündel ab und gingen zu ihm. Sie lösten die Riemen des Brustpanzers, den er immer noch trug, und legten ihn zu Boden.

»Lasst es mich mit dem Schwert meines Ahnen tun«, bat er Lappius und blickte auf die Klinge Cäsars.

»Nein, die heilige Klinge darf nicht besudelt werden.« Er legte das Schwert demonstrativ wieder in die Schublade seines Schreibtisches zurück. »Dein eigenes muss genügen.«

Gordianus kniete sich neben seiner Rüstung auf den Boden und zog seinen Gladius, der ihn durch so viele Schlachten begleitet hatte, mit dem er unzählige Männer besiegt und getötet hatte, aus der Scheide. Einen Moment lang wog er ihn in den Händen. Dann drehte er das Schwert wortlos um, hielt die Arme weit von sich gestreckt und stützte den Knauf auf dem Boden ab. Die stählerne Spitze zeigte nun genau auf seinen Bauch. Er atmete schwer.

Lappius gab einem seiner Liktoren ein Zeichen, der daraufhin die Tür zu Lappius' Privatgemächern öffnete.

Mit einer einladenden Geste wandte sich Lappius an seine Gäste: »Bitte.« Er schaute Gordianus ein letztes Mal in die Augen und schritt durch die Tür. Quintus und die Germanen taten es ihm gleich. Lucretia war froh darüber. Sosehr sie den Admiral für das, was er getan hatte, auch verachtete, wollte sie das nicht mit ansehen. Schnell folgte sie den anderen.

Noch bevor sie die Tür hinter sich geschlossen hatten, hörten sie wie Gordianus tief einatmete.

»Für Rom!«, rief er und stürzte sich in sein Schwert.

»Mögen sich die Würmer an ihm laben«, sagte Wiglaf.

»Das kannst du laut sagen«, pflichtete ihm Gerbod bei. Aus seiner Sicht war der Verräter viel zu leicht davongekommen, in seinem Stamm kannte man weit grausamere Bestrafungsmethoden für einen solchen Fall.

»Danke für deine Hilfe«, sagte Quintus zu Baldwin und umarmte ihn herzlich.

»Für dich tu ich alles, alter Freund«, antwortete Baldwin gerührt. Auch er war über alle Maßen froh, dass seine Familie und er weiter in Frieden leben konnten.

Lucretia beobachtete die zwei Freunde wehmütig. Die Person, mit der sie diesen Moment am liebsten geteilt hätte, war nicht hier. Doch immerhin hatten sie jetzt sowohl ihren Mörder, als auch den Drahtzieher des Verbrechens zur Strecke gebracht. Nun konnte Nephele in Frieden ruhen, im ewigen Frühling auf den elysischen Feldern wandeln und ihr irdisches Leid vergessen.

Für einen Moment hing bedrückte Stille im Raum. Es war vorbei.

Der Statthalter wandte sich nun Quintus und Lucretia zu: »Quintus Tibur und Lucretia Veturius. Zwei Namen, die ich mir merken werde. Zwei Namen, denen alle Bewohner der Colonia den künftigen Frieden verdanken. Wir brauchen Bürger wie euch, die sich für die Gerechtigkeit einsetzen. Ich danke euch von Herzen für alles, was ihr getan habt. Wenn ich euch jemals einen Gefallen erweisen kann, sagt es mir. Und ich will euch ermutigen, diesen Weg weiter zu gehen. Ihr leistet Rom wichtige Dienste. Ich werde euch zukünftig bei all euren weiteren Nachforschungen unterstützen.«

Quintus und Lucretia waren überwältigt.

»Wie danken dir«, sagte Quintus stolz.

»Du kannst auf uns zählen«, versprach Lucretia.

Nun wandte sich Lappius den übrigen Anwesenden zu: »Was hier und heute geschehen ist, muss unter uns bleiben. Niemand außerhalb dieses Raumes darf davon erfahren. Kann ich diesbezüglich auf euch zählen? Dann schwört es!«

Quintus übersetzte die Bitte für die germanischen Fürsten. Alle nickten und hoben feierlich die Hand zum Schwur.

51 LI

Einige Tage später trafen sich Quintus und Lucretia zur Mittagszeit an der Imbissstube, die im Erdgeschoss von Quintus' Wohnblock lag. Als sie sich zum ersten Mal dort getroffen hatten, hatte Lucretia nichts vom gegrillten Siebenschläfer abbekommen. Deshalb lud Quintus sie heute dazu ein. Da das Thermopolium über keine Sitzplätze verfügte, schlenderten sie zum Forum, ließen sich auf einer der breiten Stufen an dessen Westende nieder und genossen dort das zarte Fleisch des gut gewürzten Nagetiers.

Sie hatten sich seit dem schicksalhaften Nachmittag im Prätorium nicht mehr gesehen. Die Lösung des Falls hatte ihnen viel abverlangt, und sie hatten beide erst einmal das Bedürfnis gehabt, sich auszuruhen und etwas Distanz zwischen sich und das Geschehene zu bringen.

Gordianus war schnell bestattet worden. Mit großen militärischen Ehren und mit einem prunkvollen Grabstein in der Nähe des Flottenkastells, der an ihn erinnern sollte. Seine Verbrechen hatte Lappius, der die Grabrede gehalten hatte, natürlich nicht erwähnt, sondern den Toten nur im besten Licht erscheinen lassen. Suizid wurde als offizielle Todesursache beibehalten, allerdings umgedeutet: Gordianus, der seit dem Verlust von Frau und Tochter stets betrübt gewesen war, hatte sich schließlich aus Melancholie das Leben genommen, um den vermissten Liebsten ins Elysium zu folgen. Eine romantische Geschichte, die viel Mitgefühl hatte aufkommen lassen.

Die Stadt selbst war wie ausgewechselt. Sie hatte schon

fast wieder zu ihrer unbeschwerten, offenen Stimmung zurückgefunden. Hier und da sah man Römer, die ein schlechtes Gewissen plagte und die Germanen nun besonders zuvorkommend behandelten. Die Zeichen standen auf Versöhnung. Lucretia hatte es nicht so deutlich bemerkt wie Quintus, aber auch ihr war die Wandlung aufgefallen. Und beide waren insgeheim stolz darauf, etwas Wesentliches dazu beigetragen zu haben. Auch wenn sie sonst niemandem jemals davon erzählen konnten.

Quintus und Lucretia kauten schweigend. Nachdem sie lange die vorbeieilenden Passanten auf dem Forum beobachtet und dem Rattern der Räder der Pferdefuhrwerke gelauscht hatten, ergriff Quintus das Wort.

»Ist dir sicher nicht leichtgefallen, das alles zu erklären. Welche Geschichte hast du deinen Eltern aufgetischt?«

»Oh, das war dieses Mal tatsächlich nicht so einfach«, lachte Lucretia und leckte das köstliche Fett von den Lippen. »Mein Vater, sonst immer lammfromm, ist ganz schön laut geworden. Vor allem, weil ich ihnen ja keine Nachricht hinterlassen hatte und einfach verschwunden war. Da hätte meine übliche Ausrede, ich wäre bei meiner Schwester gewesen, wirklich nicht gezogen.«

»Ich hoffe, du hast dich nicht mit der Wahrheit gerettet«, entgegnete Quintus. »Obwohl sie die ganz sicher nicht geglaubt hätten. Ich kann ja selbst noch immer kaum fassen, was wir erlebt haben.«

Lucretia sah Kinder, die am Sockel der nicht weit entfernten Kaiserstatue spielten. Sie waren so unbeschwert. Lucretia beneidete sie. Es war noch gar nicht so lange her, da war sie selbst so klein gewesen. Und doch schien ihr das nun unendlich fern.

»Nein, ich pflege mich an Schwüre zu halten. Ich habe meinen Eltern aufgetischt, ich hätte auf der Flucht vor den

Germanen Panik bekommen und wäre in den Laden eines Händlers geflohen. Der hatte mich dann aber aus Versehen eingesperrt und war aus Verunsicherung über die Überfälle am nächsten Tag nicht zur Arbeit gekommen.«

»Nicht schlecht, das muss ich mir merken«, schmunzelte Quintus.

»Das wäre fast nach hinten losgegangen. Mein Vater wollte sich gleich mit dem Händler anlegen. Aber ich habe es ihm ausgeredet und gemeint, die Leute hätten eben auch große Angst gehabt. Und es hätte allen unheimlich leidgetan, und sie hätten sich tausendfach bei mir entschuldigt.«

»Schön, dass du so großzügig verzeihen kannst«, lachte Quintus. »Da bist du ja glimpflich davongekommen. Du weißt nicht, was meine Frau für Fragen gestellt hat, als ich endlich zurückgekommen bin.«

»Ui«, sagte Lucretia und riss die Augen auf, »aufgebrochene Tür, zerstörte Möbel, Bettlaken, die aus dem Schlafzimmerfenster baumeln …«

»Ich habe es mit einer Verwechslung erklärt. Habe Pola erzählt, die Stadtwache wäre hinter einem Dieb her gewesen, der einen Patrizier auf dem Forum um seine Geldbörse erleichtert hätte. Der Dieb hätte sich zu Verwandten im obersten Stockwerk unseres Hauses geflüchtet, aber die Stadtwache hätte sich geirrt und einen Stock zu tief gesucht, und deshalb ist unsere Wohnung leider in Mitleidenschaft gezogen worden«, berichtete Quintus.

»Nicht schlecht. Und das hat sie geglaubt?«

»Hat sie. Glaube ich zumindest. Zum Glück haben die Nachbarn dich nicht gesehen, sonst wäre ich wirklich in Erklärungsnot gekommen.«

»Und ich erst!«, grinste Lucretia. »Tut mir leid, dass ihr jetzt auf dem Boden essen müsst.«

»Wir haben schon neue Möbel gekauft«, sagte Quintus. »Ich

habe behauptet, wir hätten von der Wache eine Entschädigung für das Missverständnis bekommen. In Wirklichkeit habe ich natürlich alles aus eigener Tasche bezahlt. Na, Hauptsache, gut aus der Sache rausgekommen.«

Beide lachten.

»Und was hast du jetzt vor?«, fragte Lucretia.

»Ich mache, was ich immer mache«, antwortete Quintus leicht verwundert. Das Geschäft lief gut, er hatte neue Klienten gewonnen, sein Ruf als Anwalt wurde zusehends besser und er damit immer bekannter. Quintus fügte hinzu: »Die Frage ist doch eher, was du jetzt vorhast, Lucretia Veturius.«

»Ich weiß es nicht«, sagte sie und atmete langsam aus. Quintus spürte, dass sie etwas belastete. Aber statt nachzuhaken wartete er geduldig, bis sie sich ihm von selbst anvertraute.

»Das, was ich in den letzten Wochen erlebt habe«, setzte sie an, »das war etwas Besonderes. Wir haben so viel gewagt, so viel erreicht. Ich fühle mich ganz anders als zuvor.«

»Erwachsener?«, fragte Quintus.

»Ab wann ist ein Mensch erwachsen? Kann man das an einem einzigen Moment festmachen?«, sinnierte Lucretia. »Es ist eher so, als hätte jemand einen Schleier von meinen Augen gezogen. Als sei ich vorher halb blind gewesen und könnte erst jetzt klar sehen. Die Menschen klar sehen. Das sehen, was sie umtreibt. Verstehen, warum sie tun, was sie tun.«

»Ich weiß, was du meinst. So ging es mir in meinen ersten Jahren in der Colonia ständig. Das war eine neue Welt, die ich entdeckt habe. Und ich entdecke vor Gericht auch immer noch Neues. Seiten, die ich an Menschen bisher nicht gekannt habe. Leider oft die finsteren Seiten. Die schrecklichsten. Aber wer Gerechtigkeit will, muss dem Unrecht ins Auge blicken.«

Lucretia wusste genau, was er meinte. »Es ist, als hätte ich eine Grenze überschritten. Und ich habe das Gefühl, dass ich nicht mehr dorthin zurückkann, woher ich gekommen bin. Ich fühle mich jetzt viel freier, aber zugleich noch gefangener als zuvor. Ich kann diesen inneren Widerspruch selbst nicht einordnen. Aber er fühlt sich nicht schlecht an. Im Gegenteil.«

Quintus schwieg. Er kannte diese Empfindungen, zumindest zum Teil. Als er zum ersten Mal in einem römischen Gerichtssaal einen Anwalt gesehen hatte, war es so gewesen, als hätte er sich selbst gesehen. Ab diesem Moment war klar gewesen, wohin sein Weg ihn führen würde. Er wusste also, wie es sich anfühlte, seine Berufung zu finden. Nicht jedoch, wie es war, ihr nicht folgen zu können.

Lucretia wandte sich Quintus zu und sah ihn durchdringend an. Das Sonnenlicht schien warm auf ihre braune Haut. Ein Windhauch wehte den Geruch ihrer lockigen dunklen Haare, die mit parfümiertem Olivenöl eingerieben waren, zu Quintus hinüber.

»Wäre ich ein Mann, würde ich dich jetzt bitten, bei dir in die Lehre gehen zu dürfen«, sagte Lucretia.

»Ich habe noch nie darüber nachgedacht, jemanden auszubilden«, lenkte Quintus verwundert ein und fügte hinzu: »Aber wenn ich es tun würde, könnte ich mir keinen besseren Lehrling als dich wünschen.«

Lucretia biss sich auf die Unterlippe. Sie beide wussten, dass es nie dazu kommen würde, und schwiegen betreten.

»Wir können natürlich weiter zusammenarbeiten«, sagte Quintus, um Zuversicht bemüht. »Vorausgesetzt, dir gehen die Ausreden nicht aus, um dich von zu Hause wegzustehlen.«

Lucretia lächelte. Das waren die Worte, die sie hören wollte.

»Das werden sie schon nicht. Und es muss ja sein, denn wir haben ja sozusagen einen Auftrag von ganz oben«, ergänzte sie mit gespielt wichtiger Miene.

»Allerdings«, pflichtete ihr Quintus bei. »Der Statthalter hat selbst gesagt, wir sollen weitermachen …«

»… und dass er uns sogar unterstützt, wenn es geboten ist«, ergänzte Lucretia.

»Dieser Pflicht müssen wir natürlich nachkommen. Mal sehen, was das Schicksal mit uns vorhat«, sagte Quintus und schob sich den letzten Bissen seines gegrillten Siebenschläfers in den Mund.

»Das war köstlich. Das nächste Mal geht auf mich«, sagte Lucretia.

»Jederzeit«, freute sich Quintus.

In diesem Moment schien alles im Einklang. Sie fühlten sich aufgehoben zwischen den weißen Häusern mit ihren Säulengängen und hellroten Ziegeldächern. Fühlten sich wohl zwischen den schimpfenden Wirtinnen und mürrischen Händlern, alten Ratsherren und jungen Bäuerinnen, braven Bürgern und Halsabschneidern, all den Streitenden und Liebenden, wie sie zusammen hier in der Colonia lebten, am breiten Fluss mit seinen Schiffen und Möwen, in diesem letzten Außenposten römischer Zivilisation, der sich den endlosen Wäldern der Terra Incognita so mutig zugewandt hatte. Hier, an der Grenze der bekannten Welt, waren sie zu Hause. Das war ihre Stadt. Und wenn die wieder ihre Hilfe bräuchte, wären sie zur Stelle. Denn das nächste Unheil würde sicher nicht lange auf sich warten lassen.

GLOSSAR

Ad bestiam – Strafe für schwerste Verbrechen im römischen Justizsystem, bei der Verurteilte öffentlich in der Arena wilden Tieren vorgeworfen wurden

Ädil – niederes Amt in der römischen Stadtverwaltung, zuständig für die Beaufsichtigung der Tempel und das Ausrichten von Spielen

Agrippinenser – Bewohner der Colonia Agrippina, die heutigen Kölner

Aquädukt – brückenförmige über Land verlaufende Wasserleitung

Ara – Altar für Kultzwecke

As – Römische Messingmünze, entspricht einem halben Dupondius bzw. vier Sesterzen

Atrium – Eingangsbereich eines römischen Hauses, meist sehr repräsentabel dekoriert

Aulos – antike Flöte mit zwei langen Melodierohren

Bucina – kreisförmig gebogene Trompete, die beim Militär zur Signalgebung verwendet wurde

Cardo Maximus – Hauptstraße einer römischen Stadt auf der Nord-Süd-Achse

Cena – Abendessen

Centurio – Offiziersrang in der römischen Armee, kommandiert eine Centurie (100 Soldaten)

Cervisia – Bier

Civitas – Verwaltungseinheit im Römischen Reich, die ein städtisches Zentrum mit Umland umfasste und meist nach dem Hauptort benannt war

Clientes – Schutzbefohlene eines sozial höhergestellten Mannes (Patronus), die diesem zu Diensten sein mussten und im Gegenzug Unterstützung von ihm erhielten

Colonia – Verwaltungseinheit im Römischen Reich. Eine geplant angelegte Stadt in erobertem Gebiet, die zuerst mit Veteranen besiedelt wurde und als Brückenkopf für die Romanisierung des Umlandes fungierte

Congregatio – Versammlung, Zusammenkunft

Contubernium – kleinste Einheit in der römischen Armee; Wohngemeinschaft, die 8 Soldaten umfasste, welche sich ein Zelt teilten und zusammen kochten

Decumanus Maximus – Hauptstraße einer römischen Stadt auf der Ost-West-Achse, doppelt so breit wie der Cardo Maximus

Dekurionen – Mitglieder der Kurie, des gewählten Rates einer römischen Stadt

Denar – römische Silbermünze, entsprach 4 Sesterzen

Dominus / Domina – Oberhaupt einer römischen Familie

Donarstag – der heutige Donnerstag, benannt nach dem germanischen Wettergott

Dorisch – Architekturstil, ursprünglich aus Griechenland

Duovir – hoher römischer Stadtbeamter, mit einem Bürgermeister vergleichbar. Das Amt war immer doppelt besetzt; die Duoviri führten den Vorsitz in der Kurie

Dupondie – römische Kupfermünze, entspricht einem halben Sesterz bzw. zwei As

Elysium – paradiesähnlicher Ort in der römischen Jenseitsvorstellung, oft als Frühlingsgarten oder endloses Kornfeld dargestellt

Eque – Mitglied des römischen Ritterstandes, einer mit besonderen Vorrechten ausgestatteten gesellschaftlichen Gruppe. In der Rangfolge unter dem Senatorenstand, aber über dem gewöhnlichen Bürger. Eine Adelsform, bei der Verdienste und Vermögen, nicht Abstammung über Zugehörigkeit entschieden

Exedra – nischenartiger Raum, der sich auf einen Hof, Platz oder eine Halle öffnet

Falerner – in Italien erzeugte Weinsorte, die zu den beliebtesten im römischen Reich gehörte

Falsum – Falschaussage, Meineid

Fasces – Rutenbündel mit einer eingelassenen Axt, Erkennungszeichen der Liktoren, von jenen bei öffentlichen Auftritten über der Schulter getragen

Fuß – römische Maßeinheit, entspricht 29,6 Zentimetern

Garum – Fischsauce, wichtigstes Würzmittel in der römischen Küche

Haruspex – Wahrsager, der die Zukunft aus den Eingeweiden von geopferten Tieren las

Hastile – Stock mit einer Metallkugel an der Spitze, Erkennungszeichen eines Unteroffiziers (Optio), wurde in der Schlacht benutzt, um Soldaten zu dirigieren

In dubio pro reo – »Im Zweifel für den Angeklagten«

Insula – Bodenmaßeinheit bei der Bebauungsplanung einer römischen Stadt. Auch Bezeichnung für ein mehrgeschossiges Wohnhaus, das von mehreren Parteien vorwiegend zur Miete bewohnt wurde

Impluvium – rechteckiges Regenwasserbecken im Zentrum des Atriums eines römischen Hauses

Iudices – Geschworene, die in Gerichtsprozessen Urteile fällten

Domitian – römischer Kaiser, Herrscher über das Reich von 81–96 n. Chr., bekannt für seine aktive Baupolitik und sein schwieriges Verhältnis zum Senat

Kurie – Stadtrat, der die politischen Geschicke einer römischen Siedlung bestimmte, bestehend aus hundert Männern (Dekurionen), die von den Bürgern jährlich gewählt wurden. Zugleich ist damit der Saal im Rathaus gemeint, in dem sich die Versammlung trifft

Latrine – öffentliche Toilette

Latron - Räuber, Gauner, Schuft

Legatus Augusti Pro Praeore – Statthalter, der eine römische Provinz verwaltet, vom Kaiser persönlich eingesetzt und nur ihm Rechenschaft schuldig

Legatus Legionis – militärischer Oberbefehlshaber einer römischen Provinz

Legionär – Berufssoldat, Dienstzeit 25 Jahre, musste bereits das Bürgerrecht besitzen, um in die römische Armee aufgenommen zu werden

Lenticulum – Frühstück

Liburne – leichtes, mit zwei Ruderreihen ausgestattetes Kriegsschiff der römischen Marine

Liktor – Leibwächter hoher staatlicher Würdenträger, zumeist aus ehemaligen Offizieren der römischen Armee rekrutiert

Manumission – Ritual, bei dem ein Sklave von seinem Besitzer freigelassen wurde

Mater Familias – »Mutter der Familie«, weibliches Oberhaupt eines Haushaltes

Medicus – Arzt

Moretum – Brotaufstrich aus Schafskäse und püriertem Gemüse, eine Art Pesto

Mulsum – Gewürzwein, mit Honig gesüßt und mit Kräutern aromatisiert

Optio – niederer Dienstgrad in der römischen Legion, vom Centurio als dessen Stellvertreter ausgewählt

Orcus – strafender römischer Totengott, der schlechte Menschen im Jenseits folterte. Auch Bezeichnung für die düstere Unterwelt, in der er residierte

Ordo Decurionum – der »Orden der hundert Männer«, vergleichbar mit einem heutigen Stadtrat, der aus gewählten Volksvertretern bestand und die Lokalpolitik beeinflusste und bestimmte

Ornatrix – Leibsklavin, zuständig für das Einkleiden, Frisieren und Schminken des Besitzers

Palla – Kleidungsstück, das von allen römischen Frauen unabhängig vom Status getragen wurde. Ein langer, breiter Schal, der um den Oberkörper geschlungen wurde und als Mantel fungierte

Papyrus – aus getrocknetem Schilf hergestellter Vorläufer des heutigen Papiers

Pater Familias – »Vater der Familie«, männliches Oberhaupt eines Haushaltes. Seine juristische Stellung garantierte ihm absolute Herrschaft über Ehefrau und Kinder

Patrizier – römischer Erbadel, dem man nur durch Abstammung angehören konnte. Höchste politische Ämter wurden vorrangig mit Vertretern dieser kleinen Gruppe besetzt. Nicht-Adelige, also einfache Bürger, wurden Plebejer genannt

Pax Romana – »Römischer Friede«, Begriff der politischen Propaganda, der die hohe soziale und wirtschaftliche Stabilität einer von Rom unterworfenen Region betonte

Peregrinus – »Fremder«, jemand, der von außerhalb der Grenzen des Imperiums stammte; eine freie Person, die aber kein römischer Staatsbürger war und daher im Reich kaum Rechte hatte

Pergament – Vorläufer des Papiers. Hauchdünnes Leder, auf dem wichtige Schriften, meist Verträge, verfasst wurden; seltener und wesentlich teurer als Papyrus

Peristyl – rechteckiger, von Säulen umgebener Innenhof einer römischen Villa, in dem meist ein Ziergarten angelegt war

Phalera – runder metallener Orden auf dem Brustpanzer römischer Offiziere, auch als Verzierungen an Pferdegeschirren verwendet

Portikus – Säulenhalle als Vorbau an der Haupteingangsseite eines Gebäudes

Posca – Getränk; Schorle aus Weinessig und Wasser

Praefectus Classis – Flottenkommandant, vergleichbar mit einem heutigen Admiral

Prätor – hohes politisches Amt in einer römischen Provinz, verantwortlich für Rechtspflege, für ein Jahr gewählt, vergleichbar mit einem heutigen Landesjustizminister

Prätorianergarde – Leibwache der römischen Kaiser. Eliteeinheit des römischen Militärs, das als einziger Teil der Armee innerhalb der Stadtmauern Roms stationiert sein durfte

Prätorium – Verwaltungsgebäude einer römischen Stadt, mit einem Rathaus vergleichbar, benannt nach dem Sitz des Prätors

Princeps – »Erster Bürger«, Bezeichnung für den römischen Kaiser, aber auch angesehene Adelige

Principia – Unterkunft des höchsten Offiziers in einem römischen Heerlager, meist ein Zelt oder eine Hütte im Zentrum des Truppenstützpunktes

Pro bono – »Zum Wohle« bzw. für das Gute; Begriff aus dem römischen Recht; ein Anwalt vertrat seine Mandanten ohne Bezahlung gerichtlich

Prokonsul – Bezeichnung für einen römischen Statthalter, ein heutiger Gouverneur oder Ministerpräsident, zugleich Oberbefehlshaber der Truppen in der von ihm verwalteten Region

Rostrum – Rednertribüne

Sesterz – römische Münze aus Messing, entsprach einem halben Denar oder zwei Dupondien

Skythische Sauna – psychedelisches Schwitzritual des Volkes der Skythen, bei dem sich Männer und Frauen in ein Zelt einschlossen und Cannabis verbrannten

Statthalter – Verwalter einer römischen Provinz, vom Kaiser oder Senat ernannt, auch Prokonsul genannt

Stola – Kleidungsstück. Bodenlange Robe aus dickem Stoff, die über der Tunika und nur von verheirateten Frauen getragen wurde

Striga – blutsaugender Dämon in der römischen Mythologie, aber auch Bezeichnung für eine Hexe bzw. Frau mit schwarzmagischen Fähigkeiten

Tablinum – Arbeitszimmer des Familienoberhauptes, trennt den vorderen und hinteren Bereich eines römischen Einfamilienhauses

Thermopolium – Imbissstube für einfache Speisen zum Mitnehmen, meist ohne Sitzplätze

Thing – Versammlung germanischer Adeliger, bei der durch Abstimmung politische und rechtliche Entscheidungen getroffen wurden, traditionell an einem markanten Platz in der freien Natur abgehalten

Toga – Kleidungsstück, bestehend aus einem großen, dünnen Stück Stoff, das über der Tunika kunstvoll um den Körper gewickelt wurde. Durfte nur von erwachsenen freien Männern mit römischer Staatsbürgerschaft getragen werden

Tunika – Kleidungsstück, das von allen Schichten getragen wurde. Ein weites Hemd, bei Männern knielang, bei Frauen knöchellang, mit einem Gürtel an der Taille zusammengehalten

Tribun – politischer oder militärischer Funktionsträger. Volkstribunen waren Magistrate des römischen Volkes, Militärtribunen hingegen höhere Offiziere in der Armee, die einem Oberst oder General entsprachen

Ustrina – Platz für Bestattungsrituale am Rand eines Friedhofes, hier wurden vor Beisetzungen Leichen verbrannt und deren Asche in Urnen gefüllt

Usurpator – illegitimer oder umstrittener Anwärter auf ein hohes politisches Amt, der die Macht durch Intrigen oder Gewalt an sich reißt

Vicus – Dorf, auch: Vorstadt, eine im Laufe der Zeit entstandene Siedlung, die sich unmittelbar außerhalb der Mauern einer römischen Stadt befand

Vigiles – Verein in einer römischen Stadt, der neben Aufrechterhaltung der öffentl. Ordnung vor allem für Brandbekämpfung zuständig war. Mischung aus freiwilliger Feuerwehr und Bürgerwehr. Vertreter aller Geschlechter und gesellschaftlichen Stände konnten Mitglied werden

Villa Rustica – Landgut außerhalb einer Stadt, meist große Villa im Besitz reicher Bürger mit einem angegliederten landwirtschaftlichen Betrieb

Zisterne – Wasserspeicher, Sammelbehälter für Regen- oder Brunnenwasser

Zwölftafelgesetz – älteste schriftliche Gesetzessammlung Roms und Grundlage des im gesamten Imperium gültigen Justizsystems

STÄMME

Bataver – von den Römern 12 v. Chr. unterworfener germanischer Stamm auf dem Gebiet der heutigen Niederlande. Stellte zeitweise die Leibwache der römischen Kaiser. Lehnte sich 69/70 n. Chr. erfolglos gegen die römische Herrschaft auf

Brukterer – freier germanischer Stamm, der ursprünglich zwischen Ems und Lippe angesiedelt war

Cananefaten – von den Römern unterworfener germanischer Stamm, der westlich der Bataver im heutigen Holland lebte, übersetzbar mit »Kaninchenesser«

Chatten – Aussprache: Katten. Freier germanischer Stamm, der seinen Siedlungsschwerpunkt am Oberlauf der Lahn hatte und für seine mutigen zu Fuß kämpfenden Krieger bekannt war

Chauken – von Griechisch »die Hohen«. Freier germanischer Stamm im heutigen Ostfriesland

Gallier – von den Römern geprägter Begriff für indigene Stämme mit keltischer Kultur östlich Spaniens und westlich des Rheins, heute stark mit französischer Identität verbunden

Germanen – von den Römern geprägter Begriff für indigene Stämme mit ähnlichen Sprachen rechts des Rheins. Der Begriff war den so Bezeichneten selbst unbekannt, da sie sich als voneinander unabhängige Nationen betrachteten

Goten – freier germanischer Stamm, der ursprünglich an der Ostseeküste auf dem Gebiet des heutigen Polen und der baltischen Staaten beheimatet war

Jüten – freier germanischer Stamm auf dem Territorium des heutigen nördlichen Dänemark

Marser – freier germanischer Stamm, der ursprünglich am Rhein gesiedelt haben soll, sich nach der römischen Invasion aber in ein Gebiet zwischen Heissiwald, Lippe und Ruhr zurückzog

Mattiaker – freier germanischer Teilstamm der Chatten auf dem Gebiet des heutigen Taunus

Sueben – große germanische Stammesgruppe, zu denen u. a. die Markomannen und Langobarden gehörten. Ursprünglich im nördlichen Ostdeutschland beheimatet.

Sugambrer – germanischer Stamm, nordöstlich der Colonia Agrippina im Bergischen Land zwischen Wupper und Sieg beheimatet. Wurde 8 v. Chr. von den Römern unterworfen und teilweise auf die linke Rheinseite umgesiedelt

Tenkterer – freier germanischer Stamm, der am Niederrhein nördlich der Usipeter siedelte und bei den Römern für die Reitkünste seiner Krieger geachtet war

Ubier – 38 v. Chr. unterworfener germanischer Stamm, ursprünglich rechtsrheinisch, danach von den siegreichen Römern ins Gebiet der heutigen Stadt Köln umgesiedelt

Usipeter – freier germanischer Stamm, dessen Gebiet sich vom Niederrhein bis ins nördliche Bergische Land erstreckte

Apollo – Gott des Lichtes, des Frühlings, der Mäßigung, der Weissagung und der Künste, v.a. der Musik, des Gesangs und der Dichtkunst. Der Kult stammte ursprünglich aus Kleinasien und verbreitete sich durch griechischen Einfluss im römischen Reich

Äskulap – Gott der Heilkunst

Bacchus – Gott des Weines und der Fruchtbarkeit

Bacchanalien – Feierlichkeiten zu Ehren des Bacchus, rauschhaftes, sexuell enthemmtes Frühlingsfest, das am 16./17. März begangen wurde

Bastet – ägyptische Fruchtbarkeitsgöttin, als sitzende Katze dargestellt

Bona Dea – Göttin der Fruchtbarkeit, Heilung, der Jungfräulichkeit und der Frauen

Diana – Göttin der Jagd, des Mondes und der Geburt, Beschützerin der Frauen und Mädchen

Donar – germanischer Wettergott, der skandinavische Thor

Felicitas – Personifikation des Glücks in der römischen Mythologie, dargestellt als Frau mit einem Füllhorn, oft mit der Göttin Fortuna gleichgesetzt

Flora – Göttin der Blüte und der Vegetation

Floralien – Feierlichkeiten zu Ehren der Flora, eine Woche lang ab dem 28. April jedes Jahres abgehalten und von ausgelassenen Feiern und Spielen begleitet

Fortuna – Göttin des Glücks und des Schicksals

Gimle – paradiesischer Ort in den Jenseitsvorstellungen der Germanen

Freya – germanische Göttin der Liebe und der Ehe

Helios – Sonnengott der griechischen Mythologie, zieht mit seinem Pferdegespann die Sonne durch den Himmelskreis

Hydra – vielköpfiges Drachenmonster der griechischen Mythologie

Juno – Göttin der Geburt, Ehe und Fürsorge. Gattin des Göttervaters Jupiter, bildet mit ihm und Minerva die »kapitolinische Trias«, das Gespann der römischen Staatsgötter

Jupiter – Himmelsvater und höchster aller Götter, ursprünglich v. a. als Wetter- und Lichtgott verehrt und an mehreren über das Jahr verteilten Festtagen gefeiert

Justitia – Göttin der Gerechtigkeit

Mars – Gott des Angriffskrieges und des Ackerbaus, wird auch als »Vater des römischen Volkes« betrachtet

Mors – Totengottheit. Personifikation des Todes, sowohl weiblich als auch männlich als geflügelte Person mit einem Schwert dargestellt

Matrone – Bezeichnung für die Ehefrau eines römischen Bürgers. Die Mehrzahl »Matronae« wurde für Muttergottheiten verwendet, die im linksrheinischen Germanien und östlichen Gallien besonders verehrt wurden

Merkur – Bote der Götter, Gott der Händler und Diebe, des Geschäfts und des Reichtums, der Botschaften, Reisenden und Grenzen

Minerva – Göttin der Weisheit, des Webens, der Strategie und des Verteidigungskrieges, Schutzpatronin der Künstler, Handwerker, Händler und Lehrer. Gilt als bedeutendste römische Göttin

Morta – Göttin des Schicksals und des Todes, basierend auf den drei griechischen Moiren, die die Lebensfäden der Menschen spinnen (und durchtrennen)

Neptun – Gott der fließenden Gewässer und des Meeres

Nymphe – weiblicher Naturgeist in der griechischen und römischen Mythologie

Saturn – Gott der Zeit, der Schöpfung und des Verfalls, der Aussaat und Ernte

Saturnalien – Feiertage zu Ehren des Saturn, zur Wintersonnenwende am 21. Dezember abgehalten, die von Zechgelagen und dem Austausch von Geschenken, aber auch Rollentausch und straffreier Meinungsäußerung gekennzeichnet waren

Sol Invictus – Sonnengott, wird mit Helios gleichgesetzt, ist aber italischen Ursprungs. Geburtstag am 25. Dezember. Als »allsehender« Gott wurde er zum Schutzpatron der römischen Kaiser, die Verschwörungen fürchteten und sich Warnungen von ihm erhofften

Somnus – Personifikation des Schlafes

Tyr – germanischer Gott des Kampfes, des Sieges und des Gesetzes

Venus – Göttin der Liebe, des erotischen Verlangens und der Schönheit

Vidar – germanischer Waldgott, ein Sohn Wodans

Wodan – Hauptgott der germanischen Mythologie. Göttervater, Kriegs- und Totengott, Gott der Dichtung, Magie und Runen. Entspricht dem skandinavischen Odin

GEOGRAPHISCHES

Alpina – die Alpen (Gebirge)

Aquae Granni – das heutige Aachen

Augusta Treverorum – das heutige Trier

Barbaricum – »Barbarenland«, Bezeichnung der Römer für alle Territorien jenseits der Grenzen ihres Reiches

Belgica – römische Provinz auf gallischem Boden, das heutige Belgien

Bithynia et Pontus – römische Provinz am Schwarzen Meer, der heutige Nordwesten der Türkei

Bonna – das heutige Bonn

Caledonien – das heutige Schottland

Castra Vetera – großer römischer Militärstützpunkt an der Lippemündung. Später wurde daraus Colonia Ulpia Traiana, das heutige Xanten

Colonia Claudia Ara Agrippinensium – abgekürzt Colonia Agrippina sowie CCAA, vollständiger römischer Name der heutigen Stadt Köln

Confluentes – das heutige Koblenz

Dakien – zur Zeit der Handlung umkämpftes Gebiet, später vom römischen Reich einverleibt. Das heutige Rumänien

Dalmatien – römische Provinz an der Adria, bestehend aus den heutigen Staaten Kroatien, Bosnien-Herzegowina, Serbien, Montenegro und nördliches Albanien

Durocortorum – das heutige Reims in Frankreich

Germania Inferior – die römische Provinz Niedergermanien mit Hauptstadt Colonia Agrippina

Germania Magna – das nicht von den Römern besetzte Gebiet rechts des Rheins, oft auch »freies Germanien« genannt

Germania Superior – die römische Provinz Obergermanien mit Hauptstadt Mogontiacum

Helvetien – die heutige Schweiz

Iadera – das heutige Zadar in Kroatien

Imperium Romanum – das römische Kaiserreich

Juliacum – das heutige Jülich

Karpen – Volksstamm in Südosteuropa, das Karpatengebirge ist nach ihm benannt

Lutetia – das heutige Paris

Mauretania Tingitana – römische Provinz am Mittelmeer auf dem Gebiet des heutigen nördlichen Marokko

Mare Germanicum – Nordsee

Mare Nigrum – Schwarzes Meer

Mare Nostrum – Mittelmeer

Masada – Bergfestung im heutigen Israel, in die sich im jüdischen Krieg zur Zeit Kaiser Vespasians Aufständische vor den römischen Truppen verschanzten. Konnte erst nach langer Belagerung im Jahr 74 n. Chr. eingenommen werden

Mediolanum – das heutige Mailand

Mogontiacum – das heutige Mainz

Mosa – die Maas (Fluss)

Narbo Martius – das heutige Narbonne in Frankreich, wurde 118 v. Chr. erste Colonia außerhalb Italiens

Nikomedia – das heutige İzmit in der Türkei

Novaesium – das heutige Neuss

Oceanus – Atlantischer Ozean

Rhenus – der Rhein (Fluss)

Samarobriva – das heutige Amiens in Frankreich

Sarmatien – römische Bezeichnung für das Gebiet zwischen Weichsel, Wolga, Ostsee und Schwarzem Meer. Entspricht ungefähr dem heutigen Polen, Baltikum, Weißrussland und der Ukraine

Septem Fratres – römische Stadt vom Rang einer Colonia in Mauretanien, das heutige Ceuta

Sina – römische Bezeichnung für das heutige China, über das man wenig wusste, aber dessen Existenz aufgrund des Seidenhandels bekannt war

Skythien – römische Bezeichnung für ein großes Gebiet östlich von Sarmatien. Umfasste u.a. das heutige Südrussland, Turkmenistan, Usbekistan und Kasachstan

Terra Incognita – der unerforschte, unbekannte Teil der Welt

Tolbiacum – das heutige Zülpich

Vahalis – die Waal (Fluss)

Via Agrippa – von der Colonia Agrippina aus nach Südwesten verlaufende Überlandstraße

Via Belgica – von der Colonia Agrippina aus nach Nordwesten verlaufende Überlandstraße

Visurgis – die Weser (Fluss)

EMPFEHLUNGEN

Für alle, die von den »alten Römern« nicht genug bekommen können, möchten wir hier noch die Stationen unserer bisherigen Recherchen teilen, die allesamt einen Ausflug wert sind. Tipp: Die meisten Museen laden bei regelmäßigen Sonderveranstaltungen zum Mitmachen und Entdecken ein.

Köln

Das Römisch-Germanische Museum gibt mit zahlreichen Fundstücken Einblick in die antike Stadtgeschichte, von der u. a. auch die Grabkammer in Weiden, der Römerturm und Teile des Forums im Keller von C&A zeugen.

Römertage des LWL-Römermuseums Haltern am See

Alle zwei Jahre im Sommer gibt es hier Legionäre und germanische Krieger zum Anfassen: beeindruckende Vorführungen vor der Kulisse eines nachgebauten Militärlagers. Das Museum hat ganzjährig geöffnet.

Archäologiepark Villa Borg, Perl

Rekonstruktion einer kompletten römischen Landvilla mit Wohnräumen und (funktionstüchtigem) Badetrakt. Die Gastronomie serviert authentische antike Küche. Die ultimative Zeitreise ins römische Germanien.

Römische Villa Nennig, Perl

Nur eine kurze Autofahrt von der Villa Borg entfernt kann man in dieser ehemaligen Gladiatorenschule ein riesiges, gut erhaltenes Bodenmosaik bewundern, das Szenen der harten Ausbildung zeigt.

Trier

Hier sind noch zahlreiche gut erhaltene antike Gebäude Teil des Stadtbildes. Porta Nigra, Basilika, Thermen, Amphitheater und das Rheinische Landesmuseum sind ein Muss, und im Restaurant *Zum Domstein* gibt es einige Gerichte nach Apicius' Kochbuch »De re coquinaria«.

Mainz

Hier stehen Drususstein und Überreste der Wasserleitung, und das Museum für Antike Schifffahrt beeindruckt mit seinen Nachbauten. Geheimtipp: Im Keller eines Einkaufszentrums liegt das Isis-Heiligtum mit vielen kultischen Fundstücken.

Saalburg, Bad Homburg

Ein römisches Reiterkastell, das im 19. Jahrhundert nach damaligen historischen Kenntnissen komplett rekonstruiert wurde. Mit archäologischem Museum und einer Gastronomie, die römische Gerichte serviert.

RömerWelt am Caput Limitis, Rheinbrohl

Südlich von Bonn, romantisch in Weinbergen gelegen, vermitteln Ausstellungen und Veranstaltungen einen Eindruck vom Leben im römischen Grenzgebiet.

Archäologischer Park Xanten

Rekonstruktion einer Römerstadt am Originalstandort. Eine Herberge sowie Stadtmauer und Stadttor wurden komplett, ein Amphitheater und ein Tempel teilweise nachgebaut. Das dazugehörige Museum ist herausragend.

Ausstellung »Roms fließende Grenzen«
Die temporäre Ausstellung präsentierte 2022 den Stand der Forschung zum Thema Römer im Rheinland, z. B. bei »Rom am Rhein« in Köln oder »Leben am Limes« in Bonn. Der begleitende exzellente Bildband ist noch verfügbar.

Colchester, Großbritannien
Die älteste Stadt Englands. Ein römisches Stadttor und Teile der Stadtmauer sind teilweise erhalten. Das Stadtmuseum in der normannischen Burg zeigt Funde aus verschiedenen Zeiten. Auch das Museum zum jüngst entdeckten Circus lohnt sich.

Zadar, Kroatien
Im Stadtkern des beliebten Urlaubsortes an der Adria sind Teile des Forums erhalten, auf dem auch Ausgrabungsstücke unter freiem Himmel ausgestellt sind. Das Stadtmuseum dokumentiert die Geschichte des römischen Iadera.